Dirk Trost
Neuntöter für Greetsiel

Das Buch

Der 4. Fall für Jan de Fries.

In dem Moment, als die Signalrakete mit einem scharfen Knall explodiert und die Nebelbank in rotes Licht taucht, weiß der ehemalige Anwalt Jan de Fries, dass etwas gewaltig nicht stimmt.

Zwei miteinander vertäute Muschelkutter treiben wie Geisterschiffe auf dem Meer. Als Jan mit seinen Freunden Uz und Onno an Bord geht, erwartet ihn in der Kabine eine Szenerie des Grauens: Die beiden Mannschaften der Fischerboote hatten sich wohl zu einer Geburtstagsfeier auf See getroffen, nun sind sie alle tot. Doch von wem wurde nur wenige Minuten zuvor die Rakete abgefeuert? Sofort ist klar, dass die Seeleute keines natürlichen Todes gestorben sind und Jan mitten in einer neuen Ermittlung steckt.

Am nächsten Tag beim Morgenlauf entlang des Deichs werden Jan und sein Hund Motte Opfer einer gezielten Attacke, offensichtlich will jemand mögliche Nachforschungen im Keim ersticken. Es wird deutlich, dass Jan es dieses Mal mit besonders gefährlichen Gegnern zu tun hat ...

Der Autor

Der Autor Dirk Trost wurde 1957 in Duisburg geboren.

Bereits als kleiner Junge verbrachte er seine Sommerferien regelmäßig in Ostfriesland und schmökerte den Sommer über in den Abenteuergeschichten von Enid Blyton, Erich Kästner und an langen Winterabenden in den »verbotenen« Krimis seines Großvaters, die ganz hinten im Kleiderschrank versteckt waren. Was lag da näher, als selber Kriminalromane zu schreiben. Es sollte 50 Jahre dauern, bis sich dieser Kindheitstraum mit der Jan-de-Fries-Serie erfüllte.

DIRK TROST

Neuntöter für Greetsiel

4. FALL FÜR JAN DE FRIES

KRIMI

Deutsche Erstveröffentlichung bei
Edition M, Amazon Media EU S.à r.l.
5 Rue Plaetis, L-2338, Luxembourg
September 2017
Copyright © der Originalausgabe 2017
By Dirk Trost
All rights reserved.

Umschlaggestaltung: bürosüd⁰ München, www.buerosued.de
Umschlagmotiv: © Bosiljka Zutich / Alamy Stock Foto;
© Rasica /Shutterstock; © Triff / Shutterstock; © schankz / Shutterstock;
© Romanchuck Dimitry / Shutterstock; © Valeriya_Dor / Shutterstock
1. Lektorat: Kanut Kirches
2. Lektorat und Korrektorat: Verlag Lutz Garnies, Haar bei München,
www.vlg.de
Printed in Germany
By Amazon Distribution GmbH
Amazonstraße 1
04347 Leipzig, Germany

ISBN 978-1-542-04870-5

www.edition-m-verlag.de

Ein Mann muss nicht immer ein Held sein, aber ein Mann kann immer ein Mann sein!
Jan de Fries (frei nach Johann Wolfgang von Goethe)

1

»Hey, was ist denn da los?« Onno reckte den Hals, um besser sehen zu können.

Fragend hob ich den Kopf und sah zu dem spitteldürren Matrosen hinüber, der erschrocken nach Steuerbord spähte, wo gerade aus einer Nebelbank eine rote Leuchtspur in den Himmel schoss. Achtlos ließ ich den Schlauch fallen, mit dem ich gerade das Deck der *Sirius* abgespritzt hatte, und stiefelte in meinen schweren Gummistiefeln zu Onno, der sich am Bug auf die Reling des Krabbenkutters gestellt hatte, um besser sehen zu können.

»Das war eine Signalpistole!«, sagte ich und stellte ebenfalls einen Fuß auf die Reling, während ich mit dem anderen sicheren Halt auf der Holzbank suchte, die halbmondförmig an der Innenreling der *Sirius* befestigt war. »Da braucht jemand Hilfe!«

»Jo!«, erwiderte Onno trocken. »Da is wohl die Kacke am Dampfen, das is ja man klar!«

Wir griffen beide automatisch in die Bugtakelage, als der Bug der *Sirius* nach Steuerbord schwenkte und der Krabbenkutter Fahrt aufnahm. Mitten in dem Song »I Don't Hurt Anymore« verstummte der Bordlautsprecher mit der rauen, brüchigen

Stimme von Uz' Lieblingssänger Johnny Cash, der uns den ganzen Morgen über bei unserer Arbeit an Bord begleitet hatte. Offenbar hatte Uz ebenfalls die rote Leuchtspur aus dem Nebel aufsteigen sehen.

»Könnt ihr etwas sehen?«, rief uns Uz zu, der seinen Kopf aus dem Seitenfenster seines Ruderhauses gestreckt hatte.

»Ner, Käpt'n, nix zu sehen!« Onno schüttelte so energisch den Kopf, dass sein dünner Haarzopf aufgeregt wie die Rute eines Jagdhundes auf seinen Schultern hin und her tanzte.

Es war kein Wunder, dass wir nicht viel sehen konnten. Seit wir heute um vier Uhr in der Früh vom Greetsieler Hafen aus mit der *Sirius* in See gestochen waren, lag dichter Nebel über der Krummhörn. Uz hatte gehofft, dass der gestrige Bericht des Deutschen Wetterdienstes zu pessimistisch ausgefallen war und sich der Nebel mit der Morgendämmerung auflösen würde.

Diese Hoffnung hatte sich nur teilweise erfüllt. Zunächst hatte sich der Nebel zwar im Morgengrauen gelichtet, sodass wir die Netze auswerfen konnten. Bereits mit dem dritten Hol, wie Fischer ein Netz voller Fische, Krabben oder Muscheln bezeichnen, konnten wir unser Fangziel zur Hälfte erreichen. Dann aber zog erneut Nebel auf und ein kalter Nieselregen sorgte zusätzlich für eine graue Waschküchenatmosphäre.

Heute war das Krabbenfischen überhaupt nicht romantisch und ich beneidete die Berufsfischer nicht um ihren harten Job, den sie bei jedem Wetter tagein, tagaus erledigen mussten. Wenn allerdings mein Kumpel Uz zum Krabbenfischen rausfuhr, war das mehr Liebhaberei als Broterwerb, denn seine *Sirius* war seine große Liebe. Diese Liebe hatte Uz aber erst durch Zufall gefunden, als er nach einem Landarztleben in der Krummhörn seine Praxis an seine Tochter Claudia übergeben hatte. Bei einem seiner Hafenspaziergänge in einem Norddeicher Trockendock war Uz seinerzeit quasi über die mit Möwenschiet zugekleisterte

Sirius gestolpert. Er steckte eine beträchtliche Summe seines Ersparten in die Restaurierung des über fünfzig Jahre alten Krabbenkutters und hatte an einem herrlichen Augustmorgen mit dem Stapellauf der neu erblühten Schönheit seine neue Passion gefunden, was Claudia erleichtert aufatmen ließ. Uz war kein angenehmer Ruheständler gewesen und knurrte und murrte sich durch die »langweiligen Tage«. Mit dem Stapellauf der *Sirius* begann sein neues Leben als Kutterkapitän.

»Da!«, sagte ich und deutete mit der Hand, mit der ich mich nicht festhielt, nach vorn. »Dort ist ein Schiff!«

»Dort sind zwei Schiffe«, brummte Uz hinter uns, der die Ruderanlage auf Automatik gestellt hatte, um vom Bug aus einen Blick Richtung Nebelbank zu werfen.

»Der Käpt'n hat recht«, murmelte Onno und kniff die Augen zusammen. »Es sind zwei Schiffe: miteinander vertäut!«

»Die *Ina* und die *Adele*«, stellte Uz fest.

Während sich die *Sirius* der Nebelbank mit dem dunklen Schatten näherte, bei dem es sich offenbar um die beiden Schiffe handelte, von denen die beiden sprachen, schälten sich nun auch für mich sichtbar die Konturen zweier großer Kutter aus dem Grau des Nebels und dem noch immer schleierartig niedergehenden Nieselregen.

»Stimmt«, bestätigte ich. »Zwei Schiffe. Jetzt kann ich sie auch erkennen.«

»Jo«, meinte Onno, während er aufgeregt mit seinen Gummistiefeln gegen die Reling klopfte. »Der Käpt'n hat 'n scharfen Blick wie 'ne Skua.«

Auch wenn Uz den berühmten scharfen Blick der großen isländischen Raubmöwe haben sollte, wie Onno meinte, wunderte ich mich, dass er die Namen der Schiffe in dieser Waschküche auf so eine Entfernung hatte lesen können. Mir bereitete es schon Mühe, in diesem Dunst die beiden Schiffe überhaupt zu erkennen.

»Echt, Käpt'n, meinst du?« Onno wandte überrascht seinen Kopf.

Ohne auf Onnos Frage einzugehen, starrte Uz schweigend in den Nebel.

»Was sind das für Schiffe?«, fragte ich ungeduldig, da Uz keine Anstalten machte, etwas Erhellendes zu sagen.

»Ich muss die Maschinen drosseln«, brummte er und wandte sich um.

Da ich aus Erfahrung wusste, dass man Uz am besten in Ruhe lässt, wenn er einsilbig wird, verzichtete ich auf weitere Fragen. Meist durchdenkt er in solchen Situationen gerade ein Problem und blendet seine Umgebung aus, was Leute, die ihn nicht kennen, fälschlicherweise als eigenbrötlerische Unfreundlichkeit interpretieren. Er würde mir schon antworten, wenn es etwas zu antworten gab.

Mit schweren Schritten stiefelte Uz Richtung Ruderhaus.

Ich starrte weiter geradeaus, wo die beiden Schiffe immer deutlicher zu sehen waren. Jetzt konnte auch ich am Heck des uns zugewandten Schiffes den Namen *Adele* entziffern. Am Bug prangte in weißen Ziffern das Schiffskennzeichen: NOR 429, wobei NOR für den Heimathafen Norddeich stand.

»Der Käpt'n hat recht.« Onno nickte zustimmend. »Das ist die *Adele* und der andere Pott muss die *Ina* sein. Kann ich nur von hier aus nicht erkennen.«

Uz drosselte den Dieselmotor. Langsam verlor die *Sirius* an Geschwindigkeit. Die vor uns liegenden Schiffe waren deutlich größer als unser Krabbenkutter. Ich schätzte die vor uns liegende *Adele* auf über dreißig Meter Länge und eine Breite von knapp zehn Metern.

Wie in Zeitlupe glitt die *Sirius* längsseits an die fast dreimal so lange *Adele* heran und stupste sanft gegen die Bordwand des vor uns aufragenden Riesen. Geschickt griff sich Onno einen Tampen und zog ihn durch einen Ring, der neben der an der Bordwand aufragenden eisernen Schiffsleiter angebracht war. Ich ging schnell zum Heck der *Sirius* und tat es Onno gleich. Eilig zog ich die Halteleine der *Sirius* durch einen weiteren eisernen Ring.

Mit einem letzten Blubbern erstarb der Dieselmotor der *Sirius*. Schlagartig war es gespenstisch still. Es waren weder Möwen zu hören, die bei dem Schietwetter auch lieber an Land geblieben waren, noch ein Wellenschlag, denn die graue Oberfläche der Nordsee war an diesem Morgen spiegelglatt.

Die zuklappende Tür des Ruderhauses unterbrach die gespenstische Stille. Selbst Uz' Gummistiefel gaben keinen Laut von sich, als er auf uns zukam.

»Was nu, Käpt'n?«, fragte Onno im Flüsterton, offenbar war ihm ebenfalls mulmig zumute.

Schweigend sahen wir uns an.

»Das sind die Muschelkutter von Mattes Lürs, dem Muschelkönig«, erwiderte Uz mit gesenkter Stimme, auch er sprach unbewusst fast im Flüsterton. »Ich hab mir schon gedacht, dass es die Kutter von Lars und Jochen sein müssten.«

»Stimmt, ja!«, platzte Onno heraus und schlug sich mit der flachen Hand vor die Stirn. »Jochen hat doch heute Geburtstag. Hätt' ich auch selber drauf kommen können.«

»Dafür hast du doch mich«, antwortete Uz trocken und fuhr gemächlich in seiner Erklärung fort. »Wenn einer der Lürs-Brüder Geburtstag hat, treffen sie sich immer auf See, um die Geburtstagstorte anzuschneiden.«

Der Name Lürs sagte mir natürlich etwas. Jeder in Ostfriesland kannte die großen weißen Kühllaster mit der blauen Muschel im Logo: *Muschelfischerei – Lürs & Söhne*. Und wohl jeder, der bei uns an der Küste lebte, kannte die Lürs-Fabrik in Norddeich, wo Muscheln verarbeitet und als Spezialität in die ganze Welt versandt wurden.

»Die müssen immer alle auf See Geburtstag feiern«, warf Onno feixend ein.

»Wieso denn das?«, wollte ich wissen.

»Weil die alle in den R-Monaten geschlüpft sind.«

»Jetzt schlüpf du mal lieber!«, knurrte Uz seinen Matrosen gereizt an. »Und zwar ganz geschmeidig die Leiter hoch!«

Onno glruckste begeistert über seinen eigenen Scherz, setzte aber schnell seinen Fuß auf die Edelstahlleiter, die von der Bordwand der *Adele* bis kurz über der Wasseroberfläche herunterragte. Eilig hangelte er die Leiter hoch, denn Onno wusste, dass er besser zügig der Anweisung seines Käpt'n folgte, wenn Uz ihn so grimmig anknurrte.

»R-Monate?« Begriffsstutzig sah ich Onno hinterher. »Was meint er denn damit?«

»Alle Monate, in denen der Buchstabe R vorkommt, sind Fangmonate, dann holen die Muschelfischer ihre Ernte ein«, antwortete Uz mürrisch. »Solltest du eigentlich auch wissen. Bist ja schließlich lange genug an der Küste.«

Überrascht über Uz' ungewöhnlich schroffe Antwort warf ich ihm einen Blick zu. Eigentlich ist dieser Mann ein absoluter Gemütsmensch, wenn auch mit der typisch ostfriesischen Knorrigkeit. Seit knapp drei Wochen beobachte ich aber bei meinem alten Kumpel eine zunehmende Gereiztheit, deren Ursache ich mir nicht erklären kann. Bevor ich mir jedoch über Uz' Gemütszustand weitere Gedanken machen konnte, nickte er mir auffordernd zu.

Ich verzichtete auf eine passende Antwort und verspürte im Moment auch keine Lust auf ein Männergespräch. Daher tat ich es Onno schweigend nach und hangelte mich ebenfalls die Leiter hoch. Die Seitenwand des Muschelkutters hatte eine Höhe von zwei Meter achtzig, wie Uz mir gesagt hatte, sodass der Höhenunterschied zwischen der *Sirius* und dem vor uns liegenden Muschelkutter nur etwas über eineinhalb Meter war.

Es war mühselig und nicht ganz ungefährlich, bei diesem Schietwetter auf den von Meer- und Regenwasser nassen und glitschigen Metallsprossen herumzuturnen. Alternativ hätte ich mich auch auf die Reling der *Sirius* stellen und mich mit einem halben Klimmzug zur *Adele* hochziehen können. Da aber das ganze Deck nebelfeucht und höllisch glitschig war, nahm ich lieber die Leiter. Wegen des schlechten Wetters trugen wir drei schwere wasserdichte Arbeitskleidung und in meinem gelben Ölzeug, der Schwimmweste und den hohen Gummistiefeln kam ich mir so gelenkig wie eine trächtige Seerobbe an Land vor.

Nachdem ich umständlich die Leiter hochgeklettert war, schwang ich mein linkes Bein über die Reling der *Adele* und zog ächzend den Rest meines Körpers hinterher.

»Hier stimmt was nicht«, hörte ich Onno flüstern.

Ich richtete mich auf und trat neben den Matrosen, der seitlich des Steuerhauses stand und wie ein Vorstehhund Richtung Vordeck zu schnuppern schien. Mit einer Hand schob ich die Kapuze meiner Wetterjacke vom Kopf, um besser hören zu können.

Es war still. Totenstill.

Prüfend sah ich mich um. Das Deck war menschenleer.

Ein vom Beifang gereinigter Berg frisch gewaschener, blauschwarz glänzender Miesmuscheln, der auf der Backbordseite in einem großen rechteckigen Abteil aufgetürmt war und fast das halbe Deck ausfüllte, sowie das mittschiffs stehende triefnasse Förderband zeugten davon, dass hier vor Kurzem noch Muscheln gewaschen und sortiert worden waren. Die beiden großen Metallschaufeln des Krans, mit dem die Ladung vom Kutter direkt in die bereitstehenden Kühltransporter abgekippt werden konnte, waren weit geöffnet, der Sitz des Kranführers jedoch leer.

Schräg von uns an der gegenüberliegenden Bordwand lag ein hüfthoher Berg achtlos zusammengeknüllter großer blauer Plastikplanen, die üblicherweise bei schlechtem Wetter über den kostbaren Fang gezogen werden, um ihn zu schützen – was jedoch nicht geschehen war. Der Muschelkutter sah aus, als hätte sich die Mannschaft vom einen auf den anderen Moment in nichts aufgelöst.

Gespenstisch!

Auf der gegenüberliegenden Bordseite der *Adele*, die ich erst von ihrem Deck aus überblicken konnte, war ein zweiter Muschelkutter vertäut, vermutlich die *Ina*, wie Uz vorhin festgestellt hatte. Auch auf diesem zweiten Schiff war keine Menschenseele zu sehen.

»Hier stimmt krass was nicht!« Onnos Stimme war kaum zu hören, weil er erneut zu flüstern begann. »Wo sind die denn alle? Das geht hier doch nicht mit rechten Dingen zu!«

Auch wenn ich wusste, dass Onno grundsätzlich einen großen Bogen um jede Leiter machte, statt darunter hindurchzugehen, schwarzen Katzen mit großem Misstrauen begegnete und an einem Freitag den dreizehnten keinen Fuß an Bord setzte, musste ich ihm an diesem nebelverhangenen Novembermorgen recht geben: Die menschenleeren Decks beider Kutter inmitten des beinahe undurchdringlichen Nebels hatten wirklich etwas Gespenstisches.

»Wo ist denn die Mannschaft?«, fragte jetzt auch Uz, der sich gerade über die Reling der *Adele* geschwungen hatte.

»Sag ich doch, Käpt'n.« Onno fuhr herum und sah uns mit großen Augen an. »Das ist hier ein Geisterschiff!«

»Nu mach mal halblang, du alter Spökenkieker«, winkte Uz ab. »Die sitzen alle gemütlich bei Kaffee und Kuchen unter Deck.«

»Und wieso haben sie eine rote Notrakete abgefeuert?«, fragte ich skeptisch. »Das macht man ja auch nicht gerade als Geburtstagsfeuerwerk.«

»Stimmt auch wieder«, brummte Uz.

»Vielleicht doch?« Onno sah uns furchtsam an. »Ich meine …«

»Quatsch!«, knurrte Uz ungehalten. »Wir schauen jetzt nach dem Rechten und gut is! Onno, du siehst drüben auf der *Ina* im Steuerhaus nach und …«

»Ne, Käpt'n!« Onno tat vor Schreck einen Satz rückwärts und wäre fast der Länge nach in den Stapel Abdeckplanen gefallen. »In hundert Jahren nicht. Ich geh da nicht alleine rüber. Lieber spring ich über Bord.«

Schlagartig hatte Onnos Gesicht seine Farbe gewechselt.

Uz kniff die Augen zusammen und sah seinen Matrosen scharf an, dann nickte er knapp. »Meinetwegen. Dann gehen wir zusammen. Ich will schließlich nicht, dass dich der Klabautermann holt.«

»Ich auch nicht, Käpt'n. Ich auch nicht.« Onno nickte erleichtert und schob sich hinter meinen Rücken. »Jan kann ja vorangehen.«

Obwohl ich mich ebenso unbehaglich auf dem anscheinend menschenleeren Muschelkutter fühlte, setzte ich mich wortlos Richtung Steuerhaus in Bewegung. Uz folgte mir. Aus Angst, den Anschluss zu verlieren, hastete Onno uns hinterher. Mit einem beklommenen Gefühl im Magen stieg ich die beiden eisernen Stufen zum Steuerhaus hoch und drückte die Messingklinke der dunkelbraunen Holztür hinunter. Langsam zog ich die Tür auf und spähte ins Innere.

Das Steuerhaus war ebenfalls vollkommen verwaist. Keine Menschenseele war zu sehen, nur ein verblichener Emaillebecher stand zwischen Tastatur und Monitor auf der Arbeitsplatte der Kommandobrücke. Vorsichtig betrat ich das Steuerhaus und streckte meine Hand nach dem Becher aus, der noch halb voll war. Meine Nase nahm den leichten Assamduft wahr, der einen echten Ostfriesentee auszeichnet. Prüfend legte ich meinen Handrücken an das Gefäß – lauwarm. Allzu lange konnte der Becher mit dem Tee noch nicht hier stehen.

»Der Anker liegt. Alle Instrumente stehen auf Bereitschaftsbetrieb«, stellte Uz mit einem Blick auf die Instrumententafel des Kutters fest.

»Also sitzt die Mannschaft wohl doch nur bei der Kaffeepause.« Erleichtert streifte ich mir mit einer Hand meine dicke Wollmütze vom Kopf und warf einen Blick in die Runde. »Puh! Ganz schön heiß hier.«

Das Steuerhaus war rundum verglast, sodass man vom Ruder aus einen kompletten Rundumblick über das gesamte Deck des Muschelkutters und die ihn umgebende Nordsee hatte. Im Moment sah man allerdings nicht weiter als rund achtzig Meter, die Sicht hatte sich weiter verschlechtert. Es fühlte sich an, als würde sich die Nebelbank drohend um uns schließen.

»Hm«, hörte ich Uz brummen und wandte mich ihm wieder zu. »Es ist nur ungewöhnlich, dass Jochen die Brücke allein lässt. Der alte Mattes würde ihn kielholen, wenn er das mitbekäme.«

Da ich mir keinen weiteren Anraunzer von Uz einhandeln wollte, fragte ich nicht nach, wer Jochen war. Wahrscheinlich handelte es sich um den Kapitän der *Adele*.

»Dann lass uns doch einfach mal im Mannschaftsraum nachschauen«, sagte ich beherzter, als mir zumute war, und warf einen argwöhnischen Blick durch die Scheibe des Steuerhauses auf die Nebelwand, die sich im Zeitlupentempo auf uns zuzubewegen schien. »Wo geht's lang?«

Uz deutete mit dem Kinn hinter meine linke Schulter. Ich drehte mich um und sah an der Rückwand des Steuerhauses eine weiß lackierte Metalltreppe, die zum unter uns liegenden Deck führte.

»Müssen wir … sollen wir wirklich?« Onnos Wispern war kaum zu hören. Ob aus Angst vor dem Klabautermann oder vor seinem Käpt'n, vermochte ich nicht zu sagen, nahm ihn aber ernst und nickte wortlos.

Der Matrose holte geräuschlos Luft und sah mich furchtsam an, während ich mich Richtung Treppe in Bewegung setzte. Vorsichtig setzte ich meinen Fuß mit dem noch immer vor

Nässe rutschigen Gummistiefel auf die Stufe der weiß lackierten Treppe und griff mit der Hand nach dem Handlauf.

Das unter mir liegende Deck lag im Halbdunkel einer funzeligen Deckenleuchte. Wenn ich ehrlich war, musste ich zugeben, dass auch mir mit jedem Schritt, den ich hinunter machte, mulmiger wurde.

Als ich am Fuß der Treppe angekommen war, kniff ich die Augen zusammen, um im Halbdunkel besser sehen zu können. Mein Blick huschte den Gang mit seinen ebenfalls weiß lackierten Wänden entlang. Links von mir befand sich ein Durchgang mit einer halb geschlossenen schmalen Holztür am Ende, der man trotz guter Pflege den Zahn der Zeit ansah. Ich gab mir einen Ruck, durchquerte mit ein paar schnellen Schritten den Gang und klopfte gegen das Holz.

»Moin, Matrosen!«, rief ich betont fröhlich, obwohl mir die Worte fast im Halse stecken blieben, so unheimlich mutete alles an.

Ich wartete einen Moment und zählte im Geiste langsam bis zehn, bevor ich mit einem vorsichtigen Stoß die Tür öffnete. Vor mir lag eine kleine Mannschaftskabine: schmale, aber bequem aussehende Schlafpritsche, handtuchbreiter Einbauschrank, schlichter Holztisch mit einem wackelig aussehenden Stuhl davor. Das Zimmer machte einen bewohnten Eindruck. In der Mitte der Wolldecke, die auf der Schlafpritsche lag, erkannte ich eine Vertiefung, als wäre gerade eben jemand aufgestanden. Neben dem Tisch standen ein paar Gummistiefel, die ebenso nass glänzten wie meine.

»Hier, Jan!«, hörte ich Uz' Stimme und drehte mich schnell nach dem Ausgang der kleinen Kabine um.

Mein Freund stand am anderen Ende des Ganges und deutete auf eine Tür ein paar Meter seitlich von ihm. »Hier ist der Mannschaftsraum.«

Während ich die Kabinentür hinter mir zuzog, sah ich, wie Uz die Tür vor ihm öffnete und im Mannschaftsraum verschwand. Gleich darauf hörte ich ihn gequält aufstöhnen.

»Was'n los, Käpt'n?«, rief Onno vom Oberdeck. »Is alles in Ordnung bei euch?«

Uz antwortete nicht. Schnell stiefelte ich über den Gang, um meinem Kumpel zu Hilfe zu eilen, und stieß fast mit ihm in der Tür zusammen. Uz stand wie zur Salzsäule erstarrt direkt hinter der Schwelle zum Mannschaftsraum der *Adele* und rührte sich nicht.

Das Bild, das sich uns bot, war ebenso unbegreiflich wie grauenvoll.

Der Mannschaftsraum hatte die gleichen weißen Wände wie offenbar das gesamte Schiff. Zwei schmale Fenster erlaubten einen Blick auf die bleigraue Nebelwand, die sich gerade um das gesamte Schiff zu legen schien. Eine Leuchtstoffröhre, die von einem Gitter auch bei unruhiger See an ihrem Platz, der Decke des Mannschaftsraums, gehalten wurde, warf ihren milchigen Schein auf die fürchterliche Szene.

Uz hatte recht gehabt: Die Mannschaft hatte wohl gerade in trauter Runde zusammengesessen.

Auf dem Tisch stand eine große Pappschachtel mit heruntergeklappten Seitenteilen, in deren Mitte das restliche Viertel einer opulenten Geburtstagstorte stand. Auf den Tellern der Geburtstagsgesellschaft befanden sich Reste unterschiedlich großer Tortenstücke, je nachdem wie schnell oder langsam der jeweilige Mann seine Portion gegessen hatte. Es war sicherlich eine ausgelassene und gemütliche Geburtstagsrunde aus rechtschaffenen und hart bei Wind und Wetter arbeitenden Fischern zweier Muschelkutter gewesen, die sich im Mannschaftsraum der *Adele* zum Feiern zusammengefunden hatten.

Zumindest bis zu dem Zeitpunkt, als sie starben!

Ihre weit aufgerissenen Augen und Münder sprachen eine ebenso deutliche Sprache wie die fahlen, vom Todeskampf schmerzverzerrten Gesichter der Muschelfischer und der beiden Kapitäne, die unschwer an ihren von Wind und Wetter ausgeblichenen Skippermützen zu erkennen waren.

Alle Männer der Geburtstagsrunde waren tot! Zwei lagen zusammengekrümmt auf dem Boden, einer der Kapitäne hing wie ein nasser Sack über seinem Stuhl.

Zutiefst schockiert und unfähig, auch nur ein Wort von mir zu geben, wanderte mein entsetzter Blick über die wachsbleichen Seeleute. Seitlich vor mir saß einer der Muschelfischer fast noch aufrecht und starrte mich aus blutunterlaufenen Augen ungläubig an, als hätte er noch nicht verstanden, dass er nicht mehr am Leben war.

Mein Verstand weigerte sich, das grauenhafte Bild der toten Muschelfischer als reales Ereignis einzustufen, und konzentrierte sich auf jedes noch so kleine Detail der im Halbdunkel liegenden gespenstischen Szenerie im Mannschaftsraum des Muschelkutters: ein mit Schokolade verschmierter Kaffeelöffel, eine halb volle Flasche Friesengeist, leere Schnapsgläser, die große Kaffeelache auf dem Tisch, von der sich ein Rinnsal gebildet hatte, das quer über den Tisch gelaufen war, um über die Kante auf den Boden zu tropfen und dunkle Spritzer auf dem Boden zu hinterlassen, die mit Buttercreme verschmierte Hand eines Fischers, die sich im Todeskampf zu einer Kralle verkrampft hatte und die der Tote anklagend auf mich zu richten schien, zwei umgefallene Kaffeetassen, Sahnereste im Bart eines der Männer, der offenbar noch versucht hatte aufzustehen und quer über die Tischplatte gefallen war, um dort mit gebrochenen Augen liegen zu bleiben.

»Tot«, unterbrach eine tonlose hauchdünne Stimme, die sich so fremd anhörte, dass ich sie nicht sofort als Onnos Stimme erkannte, die Totenstille. »Alle tot.«

Onno hatte es trotz seiner Angst nicht auf dem Oberdeck ausgehalten, als er Uz aufstöhnen hörte. Ebenso lautlos, wie er die Treppe heruntergestiegen war, hatte er den Mannschaftsraum betreten. Seine Finger klammerten sich an den Türrahmen, während sein angsterfüllter Blick durch den Raum irrlichterte. Auch er konnte das unfassbare Grauen der Szenerie nicht realisieren. Onno sah so bleich aus wie eine Wasserleiche auf Landgang und unterschied sich optisch in keiner Weise von den vor uns sitzenden Männern.

»Das ist ein Geisterschiff«, flüsterte Onno. »Ich hab's gleich gesagt.«

»Geh an Deck, Onno«, sagte Uz ebenso leise mit vor Schock dünner Stimme. »Warte oben auf uns.«

Onno blieb wie angewurzelt in der Tür stehen und umklammerte noch immer den Türrahmen. Seine Fingerknöchel zeichneten sich weiß unter der Haut ab. Tief aus seiner Brust erklang ein klägliches Wimmern wie das einer verhungernden Katze.

Ich drehte mich zu ihm um und musterte ihn besorgt. Seine Unterlippe zitterte unkontrolliert, aus dem einen Mundwinkel lief ein langer Faden Speichel, den er nicht zu bemerken schien.

»Verschwinde, Onno!«, ertönte erneut Uz' Stimme, diesmal etwas kräftiger. »Ab nach oben.«

Anstatt der Aufforderung zu folgen, wurde das Wimmern, das aus Onnos Kehle aufstieg, immer lauter. Der Matrose rührte sich noch immer nicht vom Fleck. Seine Augen flackerten ebenso unkontrolliert, wie seine Zähne zu klappern begannen.

Onno stand unter Schock.

Mühsam löste ich mich aus der Erstarrung, die mich ebenso wie meine beiden Freunde ergriffen hatte, und ging auf Onno zu. Dicht vor ihm blieb ich stehen und fasste ihn bei den Schultern.

»Onno!«, krächzte ich mühsam, denn meine Kehle schien wie zugeschnürt, und rüttelte ihn unsanft.

Langsam wandte mir Onno den Kopf zu. In seinen noch immer weit aufgerissenen Augen entdeckte ich blanke Panik.

»Onno! Sieh mich an!«, wiederholte ich und bemühte mich, meine Stimme eindringlich klingen zu lassen.

Er versuchte, meiner Aufforderung nachzukommen, schaffte es aber nicht, seinen Blick auf mich zu konzentrieren. Zu entsetzlich war das Szenario, in das wir an diesem neblig-trüben Novembermorgen hineingestolpert waren. Zu bizarr, zu grauenhaft, um als reales Erleben einsortiert zu werden. Immer wieder huschten auch meine Augen zwischen den kleinsten Details hin und her und versuchten, dem Gehirn sachliche Informationen mitzuteilen.

Ich gab es auf, Onnos Blick auf mich zu lenken. Energisch packte ich ihn bei den Schultern und drehte ihn, sodass er mit dem Rücken zu mir stand. Nachdrücklich schob ich ihn den Gang entlang Richtung Treppe.

»Ich bin mal kurz oben«, sagte ich knapp zu Uz gewandt.

Der knurrte wortlos zur Bestätigung und ich verstärkte meinen Griff um Onnos Schultern, weil der sich wieder umdrehen wollte.

»Geh weiter. Zur Treppe!«, befahl ich.

Onno fügte sich und wir polterten im holprigen Gleichschritt die Metallstufen zum Steuerhaus der *Adele* hinauf. Ich hielt Onno weiter an seinen Schultern gepackt und schob ihn quer durchs Steuerhaus. Während ich die eine Hand auf seiner linken Schulter beließ, öffnete ich mit der anderen Hand die Tür des Steuerhauses. Wir stiegen die zwei Stufen zum Deck hinunter und ich erschrak, wie dicht sich der Nebel in den paar Minuten, die wir unter Deck waren, um die Schiffe gelegt hatte. Der Bug des Muschelkutters verschwand in der dicken Nebelwand und die gegenüberliegende *Ina* konnte ich nur noch schemenhaft erkennen.

»Meine Fresse«, keuchte Onno angsterfüllt. »Das ist ja wie …«

Mit einem Ruck machte sich Onno frei und fuhr zu mir herum.

»Beruhig dich!«

»Das ist genau wie ...«, stammelte er.

»Was ist wie oder wer?«, fragte ich mit zunehmender Ungeduld, denn ich wollte so schnell wie möglich wieder zu Uz unter Deck, um ihm bei diesem Horror zur Seite zu stehen.

»Wie ... wie ... in dem Film.« Voller Furcht sah Onno mich an. »Die kommen uns holen.«

Ich holte tief Luft und widerstand nur mit Mühe dem Impuls, meine Augen zu verdrehen. Natürlich wusste ich sofort, dass Onno von dem Film sprach, vor dem er sich am meisten fürchtete: *The Fog*.

Nebel des Grauens, dachte ich seufzend. Auch wenn ich Onnos Faible für Horrorfilme nicht teilte, kam ich nicht umhin, ihm insgeheim recht zu geben, wenn ich an das grauenhafte Bild im Mannschaftsraum dachte. Kein Wunder, dass Onno in Panik geriet. Hinter seiner Stirn ratterte schon sein Kopfkino.

»Onno!«, sagte ich energischer, als mir zumute war. »Filme sind Filme und das ist hier die Wirklichkeit. Und in der Wirklichkeit gibt es keine toten Seeräuber, die aus dem Meer wiederkehren!«

»Aber die ... die sind alle tot«, wisperte Onno so leise, dass ich ihn kaum verstehen konnte.

»Ja, schon«, gab ich zu. »Aber deine Untoten aus dem Film haben damit rein gar nichts zu tun.«

»Das weiß ich auch«, gab er fast trotzig zurück. »Das ist ja schließlich auch ein Film. Aber der Nebel ist echt!« Verängstigt streckte Onno seinen Arm aus und wies auf den Bug der *Adele*, von wo aus sich der Nebel langsam über das Deck schob. »Und die Toten unter Deck ... die sind auch echt.«

Da Onno sowohl mit den toten Männern als auch mit dem ungewöhnlich dichten Nebel recht hatte, ersparte ich mir fruchtlose Diskussionen. Ein Kind davon zu überzeugen, dass sich weder im Kleiderschrank noch unter dem Bett Monster versteckt haben, wäre einfacher, als Onno davon, dass es auf See weder Klabautermann noch den Fliegenden Holländer gibt. Ich packte Onno an seiner Jacke und zog ihn zu dem Stapel Abdeckplanen hinüber.

»Setz dich!«, befahl ich und begann in der Innentasche meiner wetterfesten Jacke nach meinem Handy zu suchen.

Onno ließ sich gehorsam auf eine Ecke des Stapels fallen und starrte wie hypnotisiert auf die graue, undurchdringliche Nebelwand, die vor uns emporragte und sich bereits über unseren Köpfen wie eine Käseglocke zu schließen begann. Endlich hatte ich mein Handy herausgeangelt. Nachdem ich den Freischaltcode eingegeben hatte, rief ich meinen Musikstream auf und tippte den Namen von Onnos Idol ein: Jan Delay.

Mit ein paar Wischern über den Touchscreen hatte ich gefunden, wonach ich geblättert hatte. Mittlerweile kannte ich Onnos Musikgeschmack in- und auswendig, da er, sobald Uz außer Hörweite war, Jan Delay seinen derzeitigen Lieblingssong »Hammerhart« näseln ließ.

Der schnelle Beat und der unverwechselbar rotzige Rap des schmächtigen Sängers durchdrangen laut und grell die Totenstille, die an Bord herrschte, und holten uns schlagartig ein Stück weit zurück in die Normalität. Meine Idee funktionierte. Onno wandte sich mir zu, sein Blick wurde klarer und seine Augen fanden den meinen.

»Besser?« Fragend sah ich ihn an.

Onno nickte verlegen. »Sorry, Jan. Ich bin ein bisschen ...« »Alles gut«, winkte ich ab. »Bleib, wo du bist. Ich geh wieder runter und helfe Uz.«

Sofort nahm Onnos Gesicht einen furchtsamen Ausdruck an. »Du willst ...«

»Klar«, nickte ich. »Uz ist allein dort unten.«

»Und ich bin allein hier oben.«

»Aber unten sitzen tote Männer«, erwiderte ich mit wachsender Ungeduld. »Hier oben nicht!«

»Noch nicht.«

»Jetzt ist aber gut!«, riss mir der Geduldsfaden. »Ich geh jetzt zu Uz und helfe ihm. Komm mit runter oder bleib hier oben.«

Abrupt drehte ich mich auf dem Absatz herum und stiefelte Richtung Steuerhaus, wandte mich aber auf der obersten Stufe noch einmal zu Onno um, der wie ein Häufchen Elend auf der äußersten Ecke des Stapels Abdeckplanen hockte. Tapfer nickte er mir zu und hob den Daumen, um mir zu signalisieren, dass mit ihm alles in Ordnung sei. Ich nickte ebenfalls kurz und zog mich hoch ins Steuerhaus.

Es tat mir in der Seele weh, den verängstigten Onno allein an Deck zurückzulassen, aber beim Anblick der aufrecht sitzenden Leichen wäre er wahrscheinlich vor Angst durchgedreht. Was auch nur verständlich war. Das Schrecklichste an dem Bild, das sich mir erneut bot, als ich den Mannschaftsraum betrat, waren die normalen alltäglichen und menschlichen Details dieser makabren Szene: Sahnereste im Bart, schokoladenverschmierte Finger, halb aufgegessene Tortenstücke …

»Gift!«, stellte Uz mit rauer Stimme fest und zog den Bauch ein, um sich an dem Toten vorbeizudrücken, der, den Kopf an die Bordwand gelehnt, auf einem Stuhl saß und uns zu beobachten schien. »Sie wurden alle vergiftet.«

»Die Torte!« Mein Kopf fuhr herum und starrte auf deren restliches Viertel, das in der Pappschachtel auf dem Tisch stand.

Uz nickte. »Ja, wahrscheinlich haben sie das Gift über die Torte zu sich genommen.«

»Sind alle …?« Ich beendete meine Frage nicht, zu offensichtlich war der Tod ohne die geringste Chance der Männer, sich dagegen zu wehren, über sie gekommen.

»Ja. Alle sind tot.« Uz konnte kaum sprechen, die Erschütterung stand ihm ins Gesicht geschrieben. »Jochen, der Kapitän der *Adele*, und seine beiden Matrosen Enno und Tim. Und die Besatzung der *Ina* auch: Käpt'n Lars und Gunnar ...« Wie elektrisiert fuhr Uz zusammen: »Der dritte Mann fehlt!«

Wir sahen uns eine Schrecksekunde an, bis ich mir mit der Hand vor die Stirn klatschte.

»Ich Vollidiot. Onno ist alleine oben!«

Wir wirbelten beide gleichzeitig herum und hasteten aus der Mannschaftskabine hinaus den Gang entlang zur Treppe, die zum Steuerhaus führte. Einen Moment später standen wir auf dem Oberdeck und starrten in den bedrohlich aussehenden Nebel, dessen Grau dem ohnehin trüben Tag das letzte Licht nahm und in dem ich mich wie in einer beklemmenden Parallelwelt fühlte. Die Luftfeuchtigkeit war weiter gestiegen und ich meinte, kaum noch durchatmen zu können. Rasch öffnete ich mir den obersten Knopf meiner Wetterjacke und spürte gleichzeitig, dass sich die kalte Luft wie ein nasses Handtuch auf meine Lunge zu legen schien.

Von Onno war nichts zu sehen. Was allerdings kein Wunder war, da der Stapel mit den Abdeckplanen vom Nebel verschluckt worden war – und Onno mit ihm.

»Onno!«, rief ich in Richtung Abdeckplanen in den Nebel hinein.

Wir lauschten. Nichts! Kein Laut zu hören.

»Ist er dort drüben?«, wollte Uz wissen.

Ich nickte. »Ja. Ich habe ihn zu dem Stapel Planen geführt und ihm gesagt, er soll sich nicht vom Fleck rühren.«

Langsam und Schulter an Schulter setzten wir uns in Bewegung. Obwohl auch uns der Nebel zu verschlucken schien, konnten wir einen knappen Meter weit sehen. Vorsichtig tasteten wir uns voran. Nach ein paar Metern hörte ich Geräusche aus dem Grau, und nachdem wir ein paar weitere vorsichtige

Schritte auf dem rutschigen Deck getan hatten, erkannte ich Jan Delay, der gerade mit melancholischer Stimme sein Lied »Im Arsch« sang.

Ich hörte Uz ungehalten knurren und nahm sogleich Onno in Schutz: »Ich habe ihm mein Handy dagelassen und seine Lieblingsmusik angemacht. Er hatte Angst.«

Statt einer Antwort bellte Uz scharf: »Onno! Sag was!«

Keine Antwort. Nur die näselnde Stimme des Hamburger Sängers drang durch den Nebel. Plötzlich erstarb die Musik. Stille.

Ich starrte in den Nebel. Verdammt! Wenn Onno mit der Musik herumspielen konnte, verstand ich nicht, weshalb er keinen Mucks von sich gab.

»Onno!«, rief ich diesmal. Laut und verärgert.

Nichts. Onno gab keinen Laut von sich.

Nach zwei weiteren Schritten tauchten die Umrisse des Abdeckplanenstapels aus dem Nebel auf. Ich ging weiter und blieb genau dort stehen, wo ich Onno zurückgelassen hatte. Nichts deutete darauf hin, dass Onno hier gesessen hatte.

»Bist du sicher, dass dies die richtige Stelle ist?«, brummte Uz und trat neben mich.

»Todsicher«, antwortete ich und hätte mir für die makabre Bemerkung im selben Moment am liebsten auf die Zunge gebissen.

Ganz langsam drehten wir uns beide um unsere eigene Achse und versuchten, mit Blicken den tiefgrauen Nebel zu durchdringen. Vergeblich.

Vorsichtig machte ich ein paar Schritte seitlich an der Abdeckplane entlang und suchte ebenso vergeblich mit den Augen den Boden ab. Uz folgte mir langsam und kam dicht neben mir zum Stehen. Selbst er, der alte Seebär, schien sich in dem tiefgrauen Nebel alles andere als wohlzufühlen.

»Wo ist dein Handy?«, fragte Uz mit gesenkter Stimme und sah mich vielsagend an.

»Oder besser gefragt: Wer hat die Musik ausgemacht?«, entgegnete ich und blickte mich voller Unbehagen um. »Der dritte Mann, derselbe, der die Signalrakete abgefeuert hat.«

Grimmig biss ich die Zähne zusammen und schob das Kinn nach vorn. Verdammt! Ich hatte überhaupt nicht mehr daran gedacht, dass uns ja eine Signalrakete hierhergelotst hatte. Diese Rakete ist wohl kaum von selbst in die Luft gestiegen, sondern wurde von jemandem abgefeuert. Und dieser Jemand befand sich noch auf dem Schiff. Aber warum ließ er sich nicht blicken? Und wo steckte Onno?

»Komm!« Uz stieß mich mit dem Ellbogen an. »Lass uns zurück ins Steuerhaus gehen.«

»Wir müssen Onno finden«, entgegnete ich, jedoch nur mit lahmem Protest, da man mittlerweile nicht mehr die Hand vor Augen sah; wo und wie hätten wir Onno suchen können?

»Wie sollen wir das denn anstellen?«, bestätigte Uz meinen Gedanken. »Wir können ja schlecht über den Boden robben und alles mit den Händen abtasten.«

Verdrossen nickte ich und folgte Uz, der sich bereits in die Richtung bewegte, in der wir das Steuerhaus vermuteten.

Seenebel kann verdammt tückisch und lebensgefährlich sein. Abgesehen davon, dass Onno vor einigen Jahren seine Schwester Stephanie verloren hatte, die mit ihrem Freund wegen des plötzlich aufkommenden Nebels bei einer Wattwanderung die Orientierung verloren hatte und von der aufkommenden Flut überrascht worden war, kam mir der Tod von Martin Bornemann in den Sinn. Onno und mich hatte es im vergangenen Jahr im Rahmen einer Ermittlung auf die Vogelschutzinsel Lütje Hörn verschlagen, wo wir zwar Onnos Freund Max und seinen Vater gefunden hatten, aber ebenfalls von einem dichten Nebel überrascht worden waren. Mit Schaudern erinnerte ich mich an unsere gemeinsame Flucht vor einem eiskalten Killer mit einer Jagdbüchse durch das nicht enden wollende

Wattenmeer. Max' Vater war von einer Kugel getroffen worden und ich schleppte den Schwerverletzten quer durch den Schlick. Kurz vor der Küste gerieten wir in einen auflaufenden Priel und der Ornithologe versank, ohne dass ich ihm helfen konnte, vor meinen Augen im trüben Wasser der Nordsee.

Als hätte Uz meine Gedanken gelesen, rief er mir über die Schulter zu: »Genau der gleiche Schiet wie im letzten Jahr, verdammich!«

Langsam stieg in mir die Angst auf, dass wir Onno in diesem tückischen Nebel ebenso verloren haben könnten und es ihm genauso ergangen war wie seiner Schwester und Martin Bornemann. Bevor ich weitere trübe Gedanken ausbrüten konnte, lief ich gegen Uz' Rücken, der stehen geblieben war und sich gerade bückte.

»Hier«, sagte er und drehte sich mit ausgestrecktem Arm zu mir um, in dessen Hand er etwas hielt. »Ist das dein Handy?«

Ich ergriff das Smartphone und drückte den Einschaltknopf. Mottes mächtiger Schädel erschien auf dem Display und seine dunklen Knopfaugen schienen mir Mut zusprechen zu wollen.

»Ja.« Ich nickte. »Das ist meins. Jemand hat die Musik ausgeschaltet.«

Uz sah mich schweigend, aber bedeutungsvoll an und machte eine Kopfbewegung. Wir setzten uns wieder in Marsch, der glücklicherweise nach wenigen Schritten beendet war. Uz' Orientierungssinn hatte uns direkt zur Tür des Steuerhauses geführt.

Erleichtert atmete ich auf, als wir den warmen Raum betraten. Ich hatte vor lauter Konzentration überhaupt nicht gemerkt, dass ich bis auf die Knochen durchgefroren war.

»Ich ruf die Wasserschutzpolizei an«, sagte Uz und griff zum Funktelefon.

»Und ich geh noch mal nach unten«, sagte ich ohne große Überzeugung.

Ich hatte auf nichts weniger Lust, als ein weiteres Mal einen Fuß in die Totengruft zu setzen, die vormals der Mannschaftsraum gewesen war. Aber wir konnten nicht ausschließen, dass sich der dritte Mann genau dorthin zurückgezogen hatte, während wir draußen im Nebel herumgestolpert waren.

Und Onno?, fuhr es mir durch den Kopf; was war mit Onno? War er aus Angst vor dem Alleinsein doch wieder hinuntergegangen, um bei uns zu sein? Andererseits wäre er sicher nicht freiwillig zurück zu den Toten gegangen. Eher wäre er wahrscheinlich über Bord gesprungen.

Vielleicht ist er ja tatsächlich …, energisch wischte ich den Gedanken zur Seite. Das würde sogar Onno nicht tun! Bei dieser Suppe dort draußen über Bord hieße in den sicheren Tod zu springen. Nein, da ist etwas anderes passiert!

Vorsichtig und mit klopfendem Herzen schob ich meine Nase erneut durch den Türrahmen und warf einen schnellen Blick über den Mannschaftsraum, in dem sich die toten fünf Seeleute befanden.

Es war noch immer totenstill in der stählernen Gruft aus weiß lackierten Bootswänden. Aber wer hätte auch hier noch einen Ton von sich geben sollen?

Beklommen durchquerte ich den Raum, an dessen Steuerbord-seite sich eine dunkle Holztür befand, die geschlossen war. Ich hatte keine Ahnung, ob Uz schon einen Blick hineingeworfen hatte. Falls nicht, würde ich genau das jetzt nachholen.

Vor der Tür zögerte ich. Es bestand die Möglichkeit, dass der dritte Mann sich hinter dieser Tür befand. Was, wenn er etwas mit dem Tod der Fischer zu tun hatte? Wenn er seine Kollegen umgebracht hatte? Langsam streckte ich die Hand aus. Ich warf noch einen Blick in die Runde auf der Suche nach etwas, das ich als Schlagwaffe benutzen konnte. Mein Blick fiel auf das große

Messer, das neben dem Tortenrest auf der Pappe lag und das die Fischer dazu benutzt hatten, die Schokoladentorte zu zerteilen.

Mir war klar, dass die stählerne Gruft ein Tatort war und ich nichts anfassen oder verändern durfte. Aber lieber verstieß ich gegen ein paar kriminalistische Gesetze, als dass ich mit bloßen Händen und meinem Charme einem mutmaßlichen fünffachen Mörder entgegentrat. Da ich noch meine Arbeitshandschuhe anhatte, machte ich mir keine Gedanken über Fingerabdrücke. Im Gegenteil, die Handschuhe verhinderten eher noch, dass ich irgendwelche Spuren verwischte. Aber was für Spuren? Die Männer waren schließlich vergiftet und nicht erstochen worden.

Kurz entschlossen trat ich an den Tisch und griff nach dem Messer. Um trotzdem möglichst keine Spuren zu verwischen, fasste ich das Messer mit spitzen Fingern an und wischte auch die Sahne und die Schokoladenkrümel nicht ab.

Komisch kam ich mir schon vor, als ich mit dem sahneverschmierten Tortenmesser vor der Klotür des Kutters stand und vorsichtig meine Hand nach dem Türgriff ausstreckte. So langsam, wie ich die Tür öffnete, so schnell schlug ich sie sofort wieder zu, nachdem ich einen Blick hineingeworfen hatte.

Angewidert und nach Luft schnappend legte ich das Tortenmesser zurück an seinen Platz und verschwand so rasch wie möglich aus dem Mannschaftsraum. Das Klo war leer gewesen. Zumindest menschenleer. Der beißende säuerliche Dunst, der mir beim Öffnen der Tür entgegengeschlagen war, hatte bestialisch gestunken. Bevor die Männer gestorben waren, mussten wohl einige das winzige Klo mit dem ebenfalls winzigen Bullauge vollgekotzt haben. Dem Gestank nach war die Toilettenschüssel aus Edelstahl verstopft und übergelaufen.

Noch immer nach Luft schnappend kehrte ich zurück ins Steuerhaus, wo Uz gerade das Funktelefon zurück an seinen Platz an der Stirnseite der Frontscheibe hängt. Ein kurzer

Blick nach draußen durch die Scheibe zeigte mir, dass der Muschelkutter nun komplett vom Nebel eingeschlossen war.

»War was?« Uz sah mich fragend an.

Ich schüttelte den Kopf. »Nur ein verstopftes und bestialisch stinkendes Klo.«

»Passt«, nickte er grimmig.

»Zu deiner Vermutung, dass die Männer vergiftet wurden?«

Wieder nickte Uz. »Die meisten Vergiftungen lösen Schwindel, Kopfschmerzen, Atemnot und Erbrechen aus. Ein vollgekotztes Klo passt ins Bild.«

»Und was war bei dir, hast du den Wasserschutz erreicht?«, fragte ich ungeduldig, denn mir ging Onnos Verschwinden nicht aus dem Kopf.

»Ja. Allerdings wird es dauern, bis sie kommen können.«

»Dauern?«, polterte ich los. »Was soll denn das heißen? Hier sind fünf Tote und es kann dauern?« Erbost schlug ich mit der flachen Hand auf die Arbeitsfläche, dass die Teetasse einen kleinen Hüpfer tat.

»Vor Baltrum und Norderney sind in dem Nebel zwei Fähren mit ein paar Hundert Fahrgästen auf Grund gelaufen. Da werden gerade zwei Seniorengruppen und drei Schulklassen mit Erstklässlern von Bord geholt.« Onno deutete mit dem Kinn zuerst Richtung Mannschaftsraum und dann Richtung Deck. »Die Kundschaft läuft denen nicht weg. Und wir auch nicht.«

Wir schwiegen uns ein paar Minuten an und starrten nach draußen in den Nebel, während wir unseren Gedanken nachhingen.

Uz griff nach seiner Kapitänsmütze, die er neben das Steuerrad gelegt hatte, und zog sie sich tief in die Stirn. »Na denn mal los.«

»Wohin willst du?«, fragte ich, obwohl ich die Antwort bereits kannte; viele Möglichkeiten gab's ja nicht.

»Onno suchen. Der kann sich ja nicht in Luft aufgelöst haben.«

»Warte noch einen Moment«, bat ich ihn. »Mir kommt da gerade eine Idee.«

Suchend sah ich mich um.

»Ist das hier das Mikrofon für den Bordlautsprecher?«, fragte ich und wies auf ein rechteckiges Handmikrofon, das neben dem Funktelefon hing.

Uz nickte und sah mich abwartend an, die Hand schon auf der Türklinke.

Ich griff nach dem Mikrofon und wog es nachdenklich in der Hand.

»Unten im Mannschaftsraum hattest du die Namen aller Toten genannt und sofort gewusst, dass ein Mann der Mannschaft fehlt«, sagte ich nachdenklich und legte den Daumen auf den Knopf des Mikrofons.

»Ja«, bestätige Uz. »Der dritte Mann der *Ina*.«

»Und wie heißt dieser dritte Mann?«

»Heino.«

Ich drehte mich zur Frontscheibe der *Adele* und sah auf die grauen Nebelschwaden, die das komplette Steuerhaus des Muschelkutters umschlossen hatten. Der Bordlautsprecher gab ein kurzes Knacken von sich, als ich den Knopf des Mikros drückte.

»Moin, Heino!«, hörte ich meine eigene Stimme aus dem Lautsprecher tönen. »Ziemlich ungemütlich da draußen.« Ich machte eine kurze Pause, um dann fortzufahren: »Ich weiß, dass du da draußen bist.«

Es war ein merkwürdiges Gefühl, die eigene Stimme über Bordlautsprecher zu hören. Sie hörte sich ruhiger an, als ich mich fühlte, und ich hoffte, dass der dritte Mann zu der fremden Stimme, die aus dem Nebel zu ihm sprach, Vertrauen fasste.

»Es ist schrecklich, was hier an Bord passiert ist«, sagte ich bedächtig und wusste instinktiv, dass mir der dritte Mann in diesem Moment genau zuhörte. »Und ich kann mir sehr gut vorstellen, dass du Angst hast und dich versteckst.«

Wieder machte ich eine Pause. Es war weiter totenstill auf dem Kutter. Ich sah zu Uz hinüber, der noch immer regungslos an der Tür stand und die Klinke umklammerte. Er nickte mir zustimmend zu.

Ich hob erneut das Mikrofon an den Mund: »Sorry, ich habe mich noch gar nicht vorgestellt. Ich heiße Jan de Fries. Von Beruf bin ich Anwalt, aber ich wälze schon lange keine Gesetzbücher mehr. Ich helfe lieber meinem Kumpel Uz beim Krabbenfischen. Uz steht übrigens neben mir. Na ja, und dann ist da noch Onno, unser dritter Mann an Bord. Genau wie du. Und Onno hat sicher genauso großen Schiss wie wir alle hier an Bord.«

Nichts rührte sich. Nichts zu hören und nichts zu sehen.

Langsam ließ ich das Mikro sinken und spürte, wie meine Sorge um Onno ebenso dunkel wie die Nebelbank wurde, die uns umschloss.

»Jansen?«, erklang plötzlich ein lauter Ruf wie aus dem Nichts. »Uz Jansen, der alte Doc?«

Mit zwei Schritten stand Uz neben mir und nahm das Mikrofon, das ich ihm entgegenstreckte.

»Das mit dem ›alt‹ will ich mal nicht gehört haben«, knarrte Uz' Stimme über das nebelverhangene Deck. »Aber das mit dem ›Doktor‹ stimmt.«

Uz ließ ebenso wie kurz zuvor ich seinen Arm mit dem Mikro sinken: Beide lauschten wir angestrengt in den Nebel hinein. Kein Laut war zu hören.

»Was war am 28. Dezember 1978 los?«, rief es plötzlich aus dem Nebel heraus.

Verdutzt sah ich zu Uz hinüber. Was sollte denn das? Das war doch hier kein Quiz!

In Uz' Gesicht regte sich keine Miene. Wortlos starrte er geradeaus in den Nebel. Die Sekunden schienen sich zu dehnen, bis er langsam nach dem Mikro griff und es mit einem Daumendruck einschaltete.

»Was soll der Unsinn? Wer ist da?«

»Wenn du wirklich Uz bist, weißt du, was da passiert ist. Und auch, wer ich bin.«

Ich verstand überhaupt nichts mehr. Aber Uz schien zu wissen, worum es ging.

Er räusperte sich und antworte: »Am 28. fing es nachmittags an zu schneien und hörte fünf Tage nicht auf. An dem Abend machte sich eine Mutter im dichten Schneegestöber mit ihrem Säugling auf den Weg zum Arzt, weil das Baby hohes Fieber und Schüttelfrost hatte. Sie kam in dem Schneesturm mit ihrem Auto von der Fahrbahn ab und prallte gegen einen Baum. Sie war auf der Stelle tot.« Uz machte eine Pause, bevor er fortfuhr: »Es war deine Mutter, die starb. Du warst das Baby und ich ... ich war der Arzt, zu dem deine Mutter wollte. Und jetzt hör auf mit dem Schiet und komm raus aus deinem Versteck, Hilde!«

Ich sah Uz erstaunt an. Hilde? Wieso denn Hilde? Ich dachte, der dritte Mann, von dem wir sprachen, war ein Fischer namens Heino und somit ein Mann!

Uz hängte das Mikrofon wieder zurück an seinen Platz und ging wortlos zur Tür. Ich folgte ihm ebenso stumm. Wenn Uz von sich aus nichts sagte, konnte man sich die Mühe sparen, ihn zu fragen. Man bekam ohnehin keine Antwort.

Hintereinander stiegen wir die beiden Metallstufen hinunter und machten ein paar Schritte in den Nebel hinein, blieben aber sofort wieder stehen. Diese verdammte Suppe war einfach zu dicht!

Es dauerte eine knappe Minute, bis sich direkt vor unserer Nase wie aus dem Nichts die dunklen Konturen zweier Gestalten herausschälten. Die rechte Gestalt war Onno. Ich erkannte ihn sofort. Onno kniff die Lippen zusammen und ließ sich mit geschlossenen Augen von einer Gestalt, die dicht hinter ihm ging, durch den Nebel schieben.

Die Gestalt war einen Kopf kleiner als ich und trug wie wir die gelbe Arbeitskleidung eines Fischers. Der Kopf verschwand fast vollständig unter einer großen Kapuze. Was vom Gesicht darunter hervorlugte, verdeckte dafür ein dicker schwarzer Wollschal. Nur ein Augenpaar musterte uns ausdruckslos unter dem Kapuzenrand. Mit einer Hand hatte die Gestalt Onno im Nacken gepackt. In der anderen Hand blitzte ein schmales und höllisch scharf aussehendes Anglermesser kurz auf, das der Vermummte gegen Onnos mageren Hals drückte. Die Spitze des Messers lag genau an der Stelle, wo seine Halsschlagader pulsierte, und schien sich jeden Moment in seinen Hals zu bohren.

»Moin, Hilde!«, sagte Uz neben mir. »Lange nicht gesehen. Jetzt hör auf mit dem Unsinn und nimm das Messer runter!«

Regungslos und ohne ein Zeichen des Erkennens sahen uns die Augen unter der Kapuze hervor an. Plötzlich öffnete sich die Hand mit dem Messer. Mit einem hässlichen Geräusch fiel der tödliche Stahl aufs Deck. Die Kapuzengestalt machte eine schnelle Bewegung auf uns zu, brach aber nach dem ersten Schritt unvermittelt und ohne einen Laut von sich zu geben in sich zusammen. Uz reagierte geistesgegenwärtig und fing sie im Fallen auf, bevor ihr Kopf auf dem harten Deck aufschlagen konnte.

Im selben Moment griff ich nach Onno, der ebenso plötzlich wie leblos in sich zusammensackte, als das Messer von seinem Hals verschwand. Ich bekam ihn an seiner Wetterjacke zu fassen, konnte aber nicht verhindern, dass er mit dem Kopf leicht auf dem Boden aufschlug. Armer Kerl! Morgen würde mit Sicherheit eine fette Beule auf seiner Stirn leuchten.

Während Uz die schmale Gestalt, die er Hilde genannt hatte, kurzerhand hochhob und wie ein Bräutigam seine Braut ins Steuerhaus trug, legte ich mir Onnos Arm über Schulter und Nacken und schleifte ihn wie einen nassen Sack über das Deck, als ich Uz ins Warme folgte.

Ich vermutete, dass es sich bei der Person, die Uz vor sich hertrug, um denjenigen handelte, der die Seenotrakete abgefeuert hatte. Wer war diese Hilde? Uz hatte als dritten Mann der *Ina* einen Matrosen namens Heino genannt. Wer also war diese Hilde? Und woher kannte Uz sie?

War sie der Mörder der fünf toten Fischer, die unter Deck noch immer wie Wachsfiguren auf ihren Stühlen saßen, oder schlich dieser noch im Nebel umher?

Und wo war der dritte Mann?

2

»Noch Tee?« Uz hielt die Kanne hoch und sah mich fragend an.

»Danke«, antwortete ich, ohne den Blick von den zwei Bewusstlosen zu nehmen. »Ich hab noch.«

Wir lehnten beide mit dem Rücken an der Kommandobrücke der *Adele* und hielten unsere Teebecher in der Hand, die ich zusammen mit einer großen Thermoskanne von der *Sirius* geholt hatte. Wir standen jetzt schon eine geschlagene Viertelstunde herum und warteten darauf, dass einer der Bewusstlosen ein Lebenszeichen von sich gab. Nachdem Uz der Gestalt die Kapuze vom Kopf gezogen und sie aus der nassen Wetterjacke und einem zwei Meter langen Wollschal herausgepellt hatte, kam eine schlanke Frau, die ich auf Mitte vierzig schätzte, zum Vorschein – Hilde. Die Frau mit dem dunklen Wuschelkopf war ebenso leichenblass wie Onno, den ich mit hochgelegten Beinen vor die Kommandobrücke gebettet hatte. Uz untersuchte zuerst die Frau und danach Onno kurz, aber gründlich.

»Alles okay«, nickte Uz mit Blick auf den Sekundenzeiger seiner Uhr, während er Onnos Puls an dessen Halsschlagader zählte. »Sie sind nur weggetreten. Das dauert noch ein paar Minuten, dann sind beide wieder an Deck.«

»Schock?«, vermutete ich.

»Stress, Kälte, Todesangst – Schock!«, zählte Uz auf, während er ein paar Klapptüren im rückwärtigen Schrank des Steuerhauses inspizierte, bis er fand, was er gesucht hatte. »Deshalb hat sie sich unter dem Stapel Abdeckplanen versteckt. Sie hatte Angst, dass sich der Mörder noch auf dem Schiff herumtrieb.«

»Sie hat wohl gar nicht mitbekommen, dass wir mit der *Sirius* angelegt haben, weil sie unter dem Stapel lag?«

»Wahrscheinlich«, meinte auch Uz und warf mir eine der Wolldecken zu, die er im Wandschrank gefunden hatte. »Sie hat nur unsere Gummistiefel gehört, und als Onno allein war, hat sie ihn sich aus purer Verzweiflung geschnappt und mit unter die Planen gezogen.«

»Und ihm dabei ein Anglermesser an die Halsschlagader gehalten«, ergänzte ich vorwurfsvoll. »Die Dinger sind höllisch scharf.«

»Sie war in Panik«, entgegnete Uz.

Ich entgegnete nichts auf Uz' Bemerkung, weil ich noch nicht wusste, ob ich sauer auf die Frau sein sollte oder nicht. Sie war die einzige Überlebende an Bord der *Adele* und ich war froh, dass der fehlende dritte Mann, der sich nun als dritte Frau herausstellte, diesen Horror überlebt hatte. Auch für ihre Angst und Panik hatte ich größtes Verständnis. Schließlich hatte sie nicht wissen können, ob diejenigen, die an Bord herumpolterten, Freund oder Feind waren. Aber auch Onno hatte Todesängste ausgestanden, als sie ihn geschnappt und ihm ein Anglermesser an den Hals gehalten hatte. Aber vielleicht sollte ich nicht den Stab über sie brechen. In Todesangst hätte ich wahrscheinlich genauso gehandelt wie Hilde Lürs und mir einen der vermeintlichen Täter geschnappt, wenn sich mir die Gelegenheit dazu geboten hätte. Ich hätte auch nicht lange gefackelt.

Uz hielt mir eine zweite Wolldecke hin und wir deckten die beiden Bewusstlosen zu. Die Decken rochen zwar muffig, aber sie hielten warm. Seitdem ich die Thermoskanne mit Tee von Bord der *Sirius* geholt hatte, hockten wir im Steuerhaus und sahen Hilde und Onno beim Schlafen zu.

Während wir schweigend auf die Wasserpolizei warteten, kreisten meine Gedanken ständig um die toten Männer, die nur wenige Meter von uns im Mannschaftsraum rund um den Tisch lagen und saßen.

Was hatte sie so schnell getötet?

An keinem von ihnen hatte ich Verletzungen oder Blut gesehen. Also schied schon mal alles, was mit Pistolen, Gewehren oder Messern zu tun hatte, als Todesursache aus. Erwürgt worden waren sie nach dem, was ich gesehen hatte, auch nicht. Blieb nur noch Strom oder Gift. Mehr Möglichkeiten fielen mir im Moment nicht ein. Aber wie hätte jemand fünf Männer mit Strom töten können? Gedankenverloren schüttelte ich den Kopf. Ein solches Szenario konnte ich mir beim besten Willen nicht vorstellen.

»Also Gift!«, dachte ich, ohne recht von meinem eigenen Überlegungen überzeugt zu sein. »Es bleibt nur noch Gift.«

Während meiner aktiven Zeit als Anwalt hatte ich öfter, als mir lieb war, mit Vergiftungen und Giftmorden zu tun gehabt. Ich besaß sicherlich nicht das umfassende Wissen eines Arztes wie Uz, aber auch ich wusste, dass die meisten Gifte nicht so schnell wirken, wie man landläufig meint, da sie vor ihrer tödlichen Wirkung heftiges Erbrechen, schmerzhafte Muskelkrämpfe und grausame Atemnot hervorriefen. Der Gifttod kommt nicht auf solch leisen Pfoten, wie es uns die klassischen Krimis erzählen, und auch nicht so schnell, wie es Hollywood in seinen Filmen zeigt. Auch die berühmte Zyankalikapsel wirkt nicht in dem Sekundenbruchteil, wie es ihr nachgesagt wird.

Ich rief mir nochmals die entsetzliche Szene im Mannschaftsraum ins Gedächtnis – die Männer waren nicht weit vom Tisch weggekommen. Dann war da noch das winzige Klo mit den Lachen von Erbrochenem, was wiederum für Gift sprach. Allerdings konnte ich mir nicht vorstellen, dass die Männer bei einer Massenvergiftung nacheinander das Klo aufgesucht haben sollten. Das passte nicht zu dem, was ich von Vergiftungen wusste. Die Betroffenen erbrachen sich dort, wo sie sich gerade befanden: unkontrolliert und von Muskelkrämpfen geschüttelt, zu keinem Schritt oder kontrollierten Handlungen mehr fähig. Und noch etwas machte mich stutzig.

Aber was?

Irgendetwas an diesem makabren Szenario war meinem Unterbewusstsein aufgefallen, doch das Detail war nicht an mein Hirn weitergegeben worden. Was war es, was mir seltsam vorgekommen war? Ich zerbrach mir noch ein paar Minuten den Kopf, kam aber nicht darauf, was mich unter Deck hatte stutzen lassen.

Blieb also nur die Möglichkeit, noch einmal im Mannschaftsraum nachzuschauen. Bei dem Gedanken, erneut die Gruft im Unterdeck betreten zu müssen, lief mir ein kalter Schauer den Rücken hinunter. Schnell schob ich das Unbehagen zur Seite und richtete meine Aufmerksamkeit wieder auf die beiden noch immer unter den Wolldecken Schlafenden.

»Hoffentlich wechselt Onno nicht von der Bewusstlosigkeit in den Winterschlaf«, dachte ich mit milder Ironie. »Das würde dauern.«

Obwohl ich Uz lange genug kannte und wusste, dass er stundenlang kein Wort von sich geben konnte, wenn ihm nicht nach Reden zumute war, hatte ich erwartet, dass er mir zumindest sagen würde, woher ihm die Frau mit dem Wuschelkopf bekannt war, deren blasse Nase spitz unter dem Rand der Wolldecke hervorlugte.

Ich warf meinem Kumpel einen nachdenklichen Seitenblick zu. Irgendetwas stimmte mit ihm nicht. Und das nicht erst, seit wir die Toten auf diesem Geisterschiff gefunden hatten.

Bedächtig trank ich meinen Tee, bis mir schließlich der Kragen platzte.

Gereizt fuhr ich herum. »Würdest du mir vielleicht mal verraten, wer diese Frau dort ist?«, platzte es unfreundlicher aus mir heraus, als es eigentlich gemeint war.

Uz starrte ungerührt auf den verbeulten Teebecher in seiner Hand und machte keine Anstalten, mir zu antworten.

Ich wartete eine halbe Minute auf Antwort.

Uz schwieg beharrlich.

Ich wartete eine weitere Minute auf Antwort.

Schweigen.

Langsam spürte ich Wut in mir aufsteigen.

Ich kannte Uz schon seit geraumer Zeit. Wir hatten uns vor ein paar Jahren gemeinschaftlich in Gretas Hafenkneipe mit dem zutreffenden Namen *Rettungsschuppen*, der auf seine ursprüngliche Bestimmung hinwies, unter den Tisch gesoffen: er, weil er gerade seine Landarztpraxis an seine Tochter abgegeben hatte und mit seinem Ruhestand nichts anzufangen wusste, ich, weil ich gerade dem Burn-out von der Schippe gesprungen war und meine Berliner Anwaltskanzlei an meinen Seniorpartner übertragen hatte. Auch ich stand damals gerade vor einem dunklen Loch und wusste nichts mit mir anzufangen. Beste Voraussetzungen für zwei gestandene Kerle, sich bis zur Halskrause volllaufen zu lassen. Seit dem Saufgelage waren wir ziemlich beste Freunde und hatten gemeinsam schon so manche brenzlige Situation und manchen Kater überstanden. Wir sprachen über Gott und die Welt und über Themen, die nur Kerle mit Kerlen besprechen. Wir hatten keine Geheimnisse voreinander. Es wäre nicht übertrieben, zu sagen, dass mich niemand besser kannte als mein Kumpel Uz.

Umso mehr machte mich sein Schweigen wütend. Warum erzählte er mir nicht, um wen es sich bei der bewusstlosen Frau namens Hilde handelte, deren Mutter während der 78er-Schneekatastrophe bei einem Unfall ums Leben gekommen war?

Moment mal! Mein Kopf ruckte herum; nachdenklich musterte ich Uz. Verkehrsunfall? War deshalb kein Wort aus ihm herauszubekommen?

Ich wusste, dass Uz' Frau … schnell überschlug ich im Kopf die Jahreszahlen und rechnete nach … vor zweiundzwanzig Jahren bei einem Verkehrsunfall ums Leben gekommen war. Uz hatte mir damals, als wir in einer stürmischen und regnerischen Novembernacht unsere Freundschaft besoffen, von dem tragischen Unglück erzählt, bei dem seine Frau starb und seine damals zweiundzwanzig Jahre alte Tochter Claudia so schwer verletzt wurde, dass sie seitdem im Rollstuhl saß. Gab es eine Parallele zum Tod der Mutter dieser bewusstlosen Frau? Auch wenn zwischen dem Unfalltod ihrer Mutter und dem von Uz' Frau rund sechzehn Jahre lagen?

»Hilde.«

»Wie?« Irritiert sah ich Uz an, der sich doch noch zu einer Antwort hatte hinreißen lassen.

»Hilde«, brummte er zum zweiten Mal. »Sie heißt Hilde.«

Scharf atmete ich durch die Nase ein und musste mich zusammenreißen, um nicht loszupoltern.

»Ich weiß«, erwiderte ich stattdessen betont ruhig und bemühte mich, sachlich zu bleiben. »So nanntest du sie vorhin bereits. Wer ist sie?«

Offenbar hatte sich Uz' Auskunftsbereitschaft mit dieser Antwort erschöpft, denn in den nächsten zwei Minuten starrte er weiter stoisch in seine Teetasse und machte keine Anstalten weiterzusprechen.

Mir wurde das endlose Schweigen zu dumm. Ich warf noch einen kurzen Blick auf die beiden Bewusstlosen, die ebenso stumm unter ihren Wolldecken lagen, wie Uz vor sich hin starrte. Entschlossen drehte ich mich herum und setzte mich Richtung der Treppe in Bewegung, die zum Mannschaftsraum hinunterführte. Anstatt mich weiter über Uz' Verschlossenheit zu ärgern, konnte ich auch etwas Nützliches tun und mir noch einmal die Toten anschauen. Vielleicht kam ich ja drauf, worüber ich mir schon die ganze Zeit den Kopf zerbrach.

Unter Deck war es totenstill.

Treffender hätte man die gespenstische Grabesruhe nicht beschreiben können. Der schmale Gang lag noch immer im dämmrigen Licht der Deckenfunzel.

Mit einem mulmigen Gefühl im Magen machte ich zwei Schritte und näherte mich vorsichtig dem Mannschaftsraum. Die Tür stand noch immer halb offen. Ich schob mich seitlich durch die Türöffnung. In dieser Gruft wollte ich so wenig wie möglich anfassen. Am besten überhaupt nichts.

An der schaurigen Szenerie hatte sich nichts geändert. Wie auch?

Die Toten starrten in die Ewigkeit. Nur die Luft schien noch dichter geworden zu sein. Die Ausdünstungen von Erbrochenem hatten sich mit dem Geruch der feuchten Arbeitskleidung der Fischer und dem süßlichen Geruch nach Schokoladentorte vermischt. Über allem lag der modrige Atem des Todes. Eine widerliche Mischung, die mir fast die Luft abschnürte.

Widerwillig riss ich mich zusammen und tat das, wofür ich noch einmal in diese Grabkammer hinuntergestiegen war. Ich sah mir die Szenerie Detail für Detail an. In Zeitlupentempo bewegte ich mich durch den engen Raum und war bemüht, nichts zu berühren und nirgendwo gegenzustoßen.

Ein schmuckloser Tisch mit grauer Platte und eine Sitzbank mit ebenso einfachen Holzstühlen bildeten das gesamte Mobiliar in dem Mannschaftsraum, der mit seinen weiß lackierten Bordwänden reine Sachlichkeit ausstrahlte.

»Gemütlich geht anders«, dachte ich bei mir. »Da ist es aber auf der *Sirius* wohnlicher.«

Auch wenn es sich bei dem Mannschaftsraum der *Adele* um einen Arbeitsplatz der Fischer handelte, hätten ein paar Bilder an der Wand Wunder gewirkt. Schließlich waren die Männer bei Wind und Wetter auf See und hielten sich zum Aufwärmen und Essenfassen öfters im Mannschaftsraum auf. Aber wahrscheinlich war ihnen der trockene und warme Raum Erholungspause genug, sodass niemand einen Gedanken darauf verschwendete, irgendetwas an die Wand zu hängen; noch nicht einmal die in Gemeinschaftsunterkünften beliebten Pin-ups von Kalendergirls.

Mein Blick wanderte über den Tisch mit der Pappschachtel, in der sich der Rest der Schokoladentorte befand: Teller, halb gegessene Tortenstücke, ein paar Arbeitshandschuhe, die einer der Männer neben seinen Teller gelegt hatte, eine angebrochene Flasche, ein metallener Schraubverschluss, der neben der Flasche in der Kaffeelache lag …

Die Flasche!, fuhr es mir durch den Kopf.

Vorsichtig beugte ich mich über die Flasche mit dem schwarzen Etikett und der silbernen Schrift. Mit der Hand fächelte ich über die Flaschenöffnung und schnupperte konzentriert.

»Friesengeist«, stellte ich fest. »Eindeutig!«

Nachdenklich richtete ich mich auf und sah mir jeden der Männer aufmerksam an.

Das war es! Es war der Friesengeist, der mir aufgefallen war!

Dies war ganz offensichtlich eine Geburtstagsrunde, zu der sich die Fischer der *Adele* und der *Ina* zusammengefunden hatten. Sie hatten von Land eine Schokoladentorte in einer

Pappschachtel mitgebracht. Den Kaffee hatten sie offenbar mithilfe der Kaffeemaschine gekocht, die oben im Steuerhaus auf einem Wandbord stand. Und bei einer Kaffeerunde durfte natürlich auch ein guter Schluck nicht fehlen: der Friesengeist.

Die Männer hatten zwar den Kuchen unterschiedlich schnell gegessen. Während der eine sein Stück Torte schon vertilgt hatte, waren von einem anderen Tortenstück nur ein paar Bissen gegessen worden. Den Friesengeist aber hatten alle gemeinsam getrunken.

Mein Kopfkino sprang an und ich sah die Szene so lebendig vor mir, als wäre ich selber dabei gewesen: Zwei der Muschelfischer saßen bereits am Tisch, als die anderen Fischer dazukamen. Ein großes Hallo und laute Begrüßung. Die Pappschachtel der Torte wurde geöffnet, der Deckel abgeklappt. Einer der Männer zerteilte die Schokoladentorte mit dem großen Messer in gleich große Stücke und packte sie auf die Kuchenteller, welche die Fischer ihm entgegenhielten. Die Kaffeekanne kreiste. Die Männer lachten und scherzten miteinander.

Ein Teller mit Kuchen blieb unangerührt: Der Käpt'n verließ nur ungern die Brücke. Aber um mit dem Geburtstagskind anzustoßen, kam auch er unter Deck.

Ich sah die Männer bildlich vor mir, wie sie ihre Schnapsgläser erhoben, um miteinander anzustoßen. Die Gläser klirrten und der feurige Friesengeist lief die durstigen Kehlen hinunter.

In dem Moment, als der hochprozentige Kräuterschnaps in den Mägen der Männer ankam, musste ihr Bewusstsein explodiert sein. Die Gläser fielen ihnen aus der Hand und sie versanken ausgeknockt in eine Bewusstlosigkeit, aus der sie nie wieder erwachen sollten.

Genau dieser Punkt war mir aufgefallen!

Alle Fischer hatten gleichzeitig ihren Schnaps getrunken und waren im gleichen Moment dort weggetreten, wo sie gerade saßen. Während Kaffeekanne, Tassen und Teller noch ordentlich auf dem Tisch standen, lagen die Schnapsgläser durcheinandergewürfelt und umgekippt auf dem Tisch und zwei auf dem Boden. Das Glas des Mannes, der auf dem Tisch lag, war in eine Kaffeetasse gefallen und diese zersprungen, was die Kaffeelache erklärte. Der Mann musste gestanden haben, als er den Schnaps trank. Vielleicht war er das Geburtstagskind gewesen und er hatte sich erhoben, während ihn seine Kollegen hochleben ließen.

Das Gift muss sich in der Flasche mit dem Friesengeist befunden haben.

Obwohl … mir war kein Gift bekannt, das so schnell wirkte, dass die Männer noch nicht einmal begriffen, was gerade mit ihnen geschah.

»K.-o.-Tropfen«, sagte eine Stimme hinter mir.

Mein Herzschlag setzte fast aus. Erschrocken fuhr ich herum.

Vor mir stand Mackensen. Kommissar Mackensen von der Kripo Emden.

»Wo kommen Sie denn her?«, fuhr ich ihn wütend an. »Sie haben mich ja fast zu Tode erschreckt!«

»Es hat etwas länger gedauert«, erwiderte er ungerührt. »Es ist ein ziemlicher Nebel draußen.«

Offenbar war endlich das Boot der Wasserschutzpolizei eingetroffen und hatte aufgrund der Meldung von Uz, dass wir zwei tote Schiffsbesatzungen gefunden hatten, gleich die Kripo aus Emden mitgebracht.

»K.-o.-Tropfen«, wiederholte Kommissar Mackensen seine Bemerkung, die er zur Begrüßung gemacht hatte. »Ich wette, in der Flasche befanden sich die berühmten K.-o.-Tropfen. Geruchs- und geschmacksneutral, durchsichtig, leicht zu beschaffen und: sie setzen das Opfer sofort außer Gefecht.«

Was Mackensen sagte, klang logisch.

»Ja, klar!«, dachte ich. »Er hat recht.«

Warum war ich bloß nicht selber draufgekommen? Vor einiger Zeit hatte ich sogar mit einem Fall zu tun, bei dem K.-o.-Tropfen eine maßgebliche Rolle bei dem Mord an einer jungen Frau gespielt hatten. Die Obduktion ergab seinerzeit, dass sie vor ihrem Tod einvernehmlichen Sex mit ihren Mördern, mehreren Männern, gehabt haben sollte; ein Verhalten, das angesichts ihrer bevorstehenden Hochzeit und Verliebtheit sowohl von ihrer Schwester und auch von mir als Ermittler als absurd angesehen wurde. Meine Tochter Thyra hatte seinerzeit auf eigene Faust ermittelt, um mir zu helfen. Von ihr kam der entscheidende Tipp, dass die Täter *Liquid Ecstasy* benutzt hatten. Die Partydroge aus der Raverszene, die auch unter *Gamma-Hydroxybutyrat* oder kurz *GHB*, *Soap* oder *Pearl* bekannt war, erhöht drastisch die sexuelle Bereitschaft, was Thyra burschikos mit den Worten »das Zeug macht einen geil wie eine Laborratte!« kommentiert hatte.

Nun hatte mit Sicherheit niemand die Muschelfischer geil machen wollen. Aber wie schon der Alchemist Paracelsus wusste: »… allein die Dosis macht's, dass ein Ding kein Gift sei«, wusste ich, dass auch bei K.-o.-Tropfen die Dosis entscheidend ist. Wer seinem Opfer in einer Disko K.-o.-Tropfen in den Drink mischt, will sein Opfer sexuell missbrauchen und willenlos machen. Wer aber die Fischer töten wollte, erhöhte einfach die Dosis. Die K.-o.-Tropfen hatten die Fischer ausgeknockt wie ein Dampfhammer.

Sie hatten ihr Bewusstsein ziemlich abrupt verloren, sodass …

… *das eigentliche Gift wirken konnte!*, dachte ich, während mein Blick zur Schokoladentorte wanderte. Die Torte. Sie war tödlich!

Welch perfide Art zu töten. Der Mörder hatte seine Tat perfekt vorbereitet. Das tödliche Gift befand sich in der Schokoladentorte. Um welches Gift es sich handelte, würde die Obduktion der Leichen ergeben. Da die Männer nicht alle gleich viel von der Torte gegessen hatten, war sie wahrscheinlich bis zum Anschlag mit Gift getränkt worden, sodass bereits der erste Bissen tödlich war. Um die Zeit zu überbrücken, bis das Gift seine mörderische Wirkung entfaltete, kamen die K.-o.-Tropfen ins Spiel. Der Mörder war sich sicher, dass die Fischer nach Kaffee und Kuchen einen Schnaps trinken würden. Ob meine Vermutung richtig war, würde die Obduktion der Leichen ergeben.

Die bewusstlosen Seeleute starben im Schlaf. Hart arbeitende Männer, die bei Wind und Wetter ihren schweren Job verrichteten und dem Meer und seinen Elementen tagtäglich trotzten – sie hatten keine Chance. Nur eine Person aus der Geburtstagsrunde hatte weder Ostfriesengeist noch Torte angerührt: Hilde!

»Die Torte!«, wiederholte ich.

»Nicht schlecht, de Fries.« Mackensen schnalzte anerkennend mit der Zunge. »Gar nicht mal so schlecht.«

Ich ignorierte seine Bemerkung und starrte noch immer auf die Tortenreste in der Pappschachtel. Warum hatte die Frau, die von Uz Hilde genannt worden war, nichts von der Torte gegessen? War sie es gewesen, die das Klo vollgekotzt hatte? Jemand musste es schließlich gewesen sein. Aber wieso Hilde? Wenn sie doch nichts gegessen hatte?

»Nichts anfassen«, bellte eine Stimme im Kommandoton. »Bleiben Sie stehen!«

Wo Mackensen auftauchte, konnte sein neuer Partner, Kommissar Freud, ein hochmotivierter Endzwanziger, nicht weit sein.

»Ich habe in den vier Stunden, in denen wir auf Ihr Erscheinen gewartet haben, nichts angefasst. Warum sollte ich jetzt damit anfangen?«, erwiderte ich und drehte mich zu den beiden Kommissaren der Emder Kripo um; die Hände hielt ich tief in den Taschen meiner Wetterjacke vergraben.

Freud und Mackensen standen im Türrahmen und sahen mich abschätzend an. Vor nicht allzu langer Zeit hatten wir uns schon einmal in dieser Konstellation an einem Tatort gegenübergestanden; im Wattenmeer am Uplewarder Trockenstrand. Damals hatte mich Mackensens Erscheinung sehr überrascht. Kannte ich ihn bislang als blasierten Schnösel, dessen Auftreten anmaßend, überheblich und bisweilen auch aggressiv war, zeigte er sich nicht mehr als der Schönling, der einem Männermagazin entsprungen zu sein schien, sondern mit Jeans und Gummistiefeln bodenständig und uneitel. Am meisten aber hatte mich Mackensens Freundlichkeit überrascht: Er hatte sogar bitte und danke gesagt!

Sein Kollege Freud, der für Mackensens ehemaligen Partner Kommissar Hahn eingesprungen war, zeigte sich, wie es sich für einen Berufsanfänger gehört, idealistisch bis blauäugig, motiviert und hartnäckig bis penetrant ehrgeizig. Eine sehr anstrengende Kombination. Allerdings konnte ich mich im letzten Sommer nicht des Eindrucks erwehren, dass sich Freuds Ehrgeiz nicht nur auf die Aufklärung um den zerstückelten Toten im Wattenmeer beschränkte, sondern er ziemlich erpicht darauf war, die Bekanntschaft meiner Tochter Thyra zu machen. Womit er sich per se meines Misstrauens sicher sein konnte.

»Ach ...«, sagte Freud überrascht, der trotz seines jungenhaften und lässigen Aussehens meist steif und hölzern wirkte; ein Eindruck, der durch sein perfektes und akzentfreies Hochdeutsch unterstrichen wurde, »... Sie sind das!«

Während ich misslaunig die Augen zusammenkniff, gluckste Mackensen lautlos in sich hinein.

»Ja, er ist es. Jan de Fries, Anwalt im Ruhestand und stets vor der Polizei am Tatort.«

»Tja«, erwiderte ich zweideutig und konnte mir ein ironisches Grinsen nicht verkneifen. »Ich bin Ihnen halt immer einen Schritt voraus.«

In der Vergangenheit war ich mehrmals mit Mackensen aneinandergeraten und wusste, dass ihn eine solche Bemerkung von mir sofort auf die Palme gebracht hätte.

»Geschenkt, de Fries, geschenkt.« Heute erwiderte der Kommissar lediglich mein Grinsen.

Ich hätte nur zu gern gewusst, wer oder was im vergangenen Jahr diese positive Veränderung des Kommissars bewirkt hatte. Bevor ich mir aber weitere Gedanken über Mackensens Metamorphose machen konnte, winkte mich Freud mit einer Handbewegung zu sich heran und deutete auf die Treppe, die zum Oberdeck führte.

Beide traten zurück in den Gang, als ich mich durch die Tür schob.

»Bleiben Sie dort stehen«, wies Freud mich an.

Ich nickte ohne Begeisterung und setzte mich kommentarlos in Bewegung.

Hinter mir schoben sich Mackensen und Freud in den Mannschaftsraum mit den toten Männern.

»Heilige Scheiße!«, rutschte es dem Jungkommissar heraus, als er den Tatort betrat.

Unterdessen stieg ich, anstatt Freuds Anweisung zu folgen, die Treppe zum Oberdeck hoch. Es war mir ziemlich egal, was der Jungspund von Kommissar mir anzuweisen gedachte.

Als ich das Steuerhaus betrat, sah ich Uz, vertieft im Gespräch mit Hinrich Jakobsen, dem vierschrötigen Kapitän der Wasserschutzpolizei, an der Tür des Steuerhauses stehen. Neben ihnen stand der leicht verwirrt aussehende Onno mit einem Becher Tee in der Hand, während er mit der anderen

Hand die Wolldecke umklammert hielt, in die er noch immer eingewickelt war.

Mein Blick fiel auf die Frau, die weiterhin auf der Sitzbank lag und ihre Decke bis zur Nasenspitze hochgezogen hatte. Sie war wach! Ihre Augenlider waren eng zu Schlitzen zusammengezogen und blinzelten nervös. Lautlos ging ich neben ihr in die Hocke und sah sie schweigend an.

Auf sie kam einiges zu. Sie hatte zwar als Einzige den heimtückischen Giftanschlag überlebt, war aber gleichzeitig Haupttatverdächtige für die Polizei. Sie würde nicht nur ihre Trauer und das Trauma des Erlebten überwinden müssen, sondern auch durch die Ermittlungsmühlen von Staatsanwaltschaft und Kripo gedreht werden.

Hilde Lürs hatte meine Bewegung gespürt. Sie wandte mir den Kopf zu. In ihren Augen standen unübersehbar der Schmerz und das Entsetzen über das Grauen, das sie an Bord erlebt hatte. Die Frau tat mir leid. Beim Anblick der schmerzerfüllten Augen erschien mir der Gedanke vollkommen abwegig, dass es sich bei ihr um eine fünffache Mörderin handeln könnte.

»Wieso haben Sie keinen Kuchen gegessen?«, flüsterte ich so behutsam, wie es in dieser Situation ging.

Die Augen der Frau weiteten sich angstvoll. Ihr Körper versteifte sich unter der Wolldecke und ein leises Wimmern drang aus ihrer Kehle. Während ihre Lippen zu zittern begannen, formten sie mühsam lautlose Worte, die ich nicht verstand. Ich beugte mich tiefer zu ihr hinunter und brachte mein Ohr näher an ihren Mund.

»Wer sind Sie?«, hauchte sie kaum hörbar.

Ich hob den Kopf und suchte ihren Blick. Meine Antwort kam mit fester Stimme und ohne über das nachzudenken, was ab diesem Moment auf mich zukam.

»Mein Name ist Jan de Fries. Ich bin Ihr Anwalt.«

3

»Und?« Thyra sah mich gespannt an. »Was hat sie gesagt? Warum hat sie den Kuchen nicht gegessen?«

Ich griff nach dem Sahnelöffel, der in einem kleinen Porzellankännchen auf dem Tisch stand. Vorsichtig legte ich eine kleine Portion frischer Sahne an den Innenrand meiner Teetasse und sah den zarten Sahnewölkchen beim Aufsteigen zu. Die ostfriesische Teezeremonie hat für mich immer etwas unglaublich Entspannendes. Außerdem gibt es bei einem solchen Schietwetter nichts Besseres, um sich aufzuwärmen, als eine gute Tasse Ostfriesentee.

»Du solltest mich zuerst fragen, weshalb ich Hilde Lürs überhaupt vertrete«, sagte ich zur Teetasse.

»Mensch, Papa!«, stieß meine Tochter ungeduldig hervor. «Da muss ich nicht erst fragen. Die Gründe kenne ich auch so!«

»Ach was. Und die wären?«, gab ich pikiert zurück. War ich eigentlich so durchschaubar?

Thyra lachte amüsiert und legte mir beruhigend ihre Hand auf meinen Unterarm.

»Ein mysteriöser fünffacher Mord«, zählte sie auf. »Ein Geisterschiff, eine hilflose, verängstigte Frau, die in den Mordfall verstrickt ist. Du kannst gar nicht anders, als der Frau zu helfen.«

Ich gab ein missbilligendes Brummen von mir und griff erneut nach der Teekanne mit dem heißen Ostfriesentee, die auf einem kleinen Stövchen zwischen uns auf dem Tresen von Gretas *Rettungsschuppen* stand.

»Du hast nämlich ein riesengroßes Herz und gehst nicht einfach an jemandem vorbei, der sich in Not befindet«, meldete sich nun auch Greta zu Wort, die den Tresen umrundete, um einen Teller mit kleinen Waffelröllchen zwischen uns zu stellen.

Der verführerische Duft frisch gebackener Waffeln, vermischt mit dem Aroma von Zimt, stieg mir in die Nase.

»Hier, probiert mal«, sagte Greta und ihre Augen funkelten vergnügt. »Das sind Rullerkes. Die mache ich zu Neujahr.«

»Du bist aber früh dran. Sind doch noch fast sieben Wochen hin«, staunte Thyra und griff begeistert nach einer der Waffeln. Herzhaft biss sie in den zigarrenförmig gerollten Neejahrskoken, ein süßes Teigröllchen, das als Neujahrskuchen sehr beliebt bei uns in Ostfriesland ist.

»Hmm! Die sind ja noch warm.«

»Probier doch auch mal, Jan!« Auffordernd schob mir Greta den Teller mit dem appetitlich duftenden Gebäck zu.

»Danke, du bist ein Schatz«, sagte ich und angelte mir ebenfalls eins der Röllchen vom Teller. »Da kann ich nicht Nein sagen.«

Greta war nicht nur eine Seele von Mensch, sondern auch die Seele des alten Backsteingebäudes, in dem jahrzehntelang das Greetsieler Seenotrettungsboot untergebracht war, bis die Seenotrettungsstation Anfang der Neunzigerjahre nach Norddeich verlegt wurde. Mit ihrer wallenden blonden Mähne und den ausladenden Hüften erinnerte sie stark an eine nordische Walküre. Ihr üppiger Busen wogte unter ihrer blütenweißen, bretthart gestärkten Rüschenschürze, von denen sie eine große Sammlung hatte, sodass Greta jeden Tag eine frische schneeweiße Schürze anziehen konnte.

»So groß wie Papas Herz ist aber auch seine Neugier«, flachste meine Tochter. »Und einem mysteriösen Kriminalfall kann Paps einfach nicht widerstehen.«

Auch wenn ich im Innersten zugeben musste, dass meine Tochter recht mit dem hatte, was sie sagte, winkte ich ab.

»Die Frau hat heute auf See zwei ihrer Brüder und drei Kollegen verloren, die sie schon seit Jahren kannte. Sie steht zwar unter schwerem Schock, hat aber Glück gehabt. Sie ist dem Giftanschlag entgangen und mit dem Leben davongekommen«, erklärte ich.

»Und warum hat sie nicht von dem Kuchen gegessen?« Thyra stand mir in puncto Neugier in nichts nach.

»Ja!«, sagte jetzt auch Greta und beugte sich gespannt vor. »Das würde mich brennend interessieren. Es muss einen triftigen Grund geben, wenn jemand ein Stück Schokoladentorte nicht anrührt.«

Ich nahm einen Schluck aus meiner dampfenden Teetasse.

»Sie ist Diabetikerin«, antwortete ich und setzte die Tasse wieder ab. »Hilde Lürs ist Diabetikerin. Sie darf nichts Süßes essen. Keinen Zucker, keine Schokolade.«

Greta und Thyra schwiegen betroffen.

»Sie trinkt deshalb auch fast nie Alkohol«, erklärte ich, während ich an die Frau mit dem verzweifelten Blick dachte.

Obwohl sie unter Schock stand, war ihr klar, in welcher Lage sie sich befand. Sie wusste, dass sie dringend einen Anwalt brauchen würde, der ihr bei all dem, was unabwendbar auf sie zukam, zur Seite stehen würde. Mit schwacher Stimme hatte sie mich ganz pragmatisch nach den Kosten gefragt.

»Geht aufs Haus«, hatte ich mit schiefem Grinsen geantwortet.

Argwöhnisch hatte sie mich gemustert. Auch als ich ihr erklärte, dass ich eigentlich im Ruhestand sei und sie nur aufgrund der außergewöhnlichen Notlage, in der sie sich befand, vertreten würde, blieb ihr Blick skeptisch.

»Warum sollten Sie das tun?«, flüsterte sie kaum hörbar.

»Weil Sie in Not sind und ich gerade da bin.« Lapidar hatte ich mit den Schultern gezuckt.

Zu diesem Zeitpunkt wusste ich noch nicht, dass Hilde Lürs zwei Brüder hatte, die beide tot unter Deck saßen. Ich konnte selber nicht mit Bestimmtheit sagen, weshalb ich ihr helfen wollte. Denn ich befinde mich tatsächlich im Ruhestand und übernehme keine Mandate mehr – eigentlich!

Als ich vor ein paar Jahren meine Anwaltskanzlei aufgab, geschah das aus gutem Grund. Meine langjährige Ehe war gescheitert: Nach vielen Jahren, in denen meine Frau und ich uns in erster Linie um unsere Karrieren gekümmert hatten, verkümmerte unsere Ehe wie eine vernachlässigte Pflanze. Meine Frau Maria und ich bekamen das langsame Sterben unserer Beziehung überhaupt nicht mit. Wir waren viel zu sehr mit uns selber beschäftigt. In den letzten Zügen unserer Ehe unternahmen wir einen Eherettungsversuch und fuhren übers Wochenende nach Ostfriesland, da meine Frau ohnehin in der Nähe einen Mandanten besuchen wollte. Nachdem wir an diesem Wochenende erkannt hatten, dass unsere Ehe schon zu lange tot war, um sie zu neuem Leben zu erwecken, beschlossen wir endgültig, uns zu trennen.

Wie es zu erwarten gewesen war, vergrub ich mich in den darauf folgenden Wochen und Monaten noch tiefer in meiner Arbeit, befeuerte meine Sucht als Hardcore- Workaholic und ignorierte meine zunehmenden Schlafstörungen und Magenprobleme.

Eines Morgens überfiel mich auf der Fahrt zum Gericht auf der Berliner Rudolf-Wissell-Brücke in einem mehrstündigen Stau eine Panikattacke. Bei strömendem Regen brachte ich den Verkehr auf dem Berliner Stadtring vollends zum Erliegen, als ich aus dem Auto sprang und auf der Fahrbahn zusammenbrach. In diesem Moment wurde sogar mir klar, dass ich dringend etwas ändern musste, um am Leben zu bleiben.

Da mir das malerische ostfriesische Fischerdörfchen als beschauliche Oase der Ruhe in Erinnerung geblieben war, machte ich kurz entschlossen eine Auszeit in Ostfriesland. Tagelang radelte ich unrasiert und ungewaschen durch die Warftendörfer der Krummhörn. Ich blieb, wo es mir gefiel, und fühlte mich vom ersten Moment an in dieser unbeschreiblich schönen Landschaft mit ihrer unendlich scheinenden Weite unglaublich wohl. Der bodenständige und wortkarge Charme der Ostfriesen tat mir ebenso gut wie die friesische Einsilbigkeit. Mir war klar, dass ich nicht mehr lange leben würde, wenn ich so weitermachte wie bisher: Herzinfarkt, Depressionen oder Schlaganfall – ich konnte mir die Reihenfolge aussuchen.

Kurz entschlossen stieg ich aus der Tretmühle aus.

Es war ein Aufwasch: Das schicke Penthouse im Prenzlauer Berg, die etablierte Kanzlei am Ku'damm und den protzigen SUV, der ohnehin meist nur im Parkhaus herumstand, tauschte ich ein – gegen meine Freiheit!

Meine Ersparnisse reichten aus, um mir am Hamswehrumer Altendeich ein gemütliches Kapitänshaus zu kaufen und mich ohne Geldnöte meiner alten Leidenschaft aus Studientagen zu widmen; dem Entwerfen und Zeichnen von Tattoos oder, besser gesagt, von Vorlagen für Tattookünstler, die meine Entwürfe, meist Gothic- und Dark-Romance-Motive, ihren Kunden unter die Haut stachen.

Ein Herzenswunsch, den ich schon als kleiner Junge hegte, erfüllte sich in dem Moment, als ich auf einen Tipp von Greta hin Oma Frieda auf ihrem Hof besuchte, den die Zweiundachtzigjährige noch selber bewirtschaftete. Kaum dass ich aus dem Auto ausgestiegen war, umringte mich bereits eine wild gewordene Meute braun-schwarzer Pelzkugeln, die sich als Hundebabys der Gattung Berner Sennenhund herausstellten.

Während sie übermütig an meinen Hosenbeinen herumknabberten und mir vor lauter Begeisterung ans Bein pinkelten, saß einer der kleinen Pelzknäuel abseits und musterte mich mit trägem Blick: Motte!

Mittlerweile war aus dem kleinen Pelzknäuel ein ausgewachsener Fellberg mit trägem Blick geworden, der meist vorm Kühlschrank oder Kamin lag und pennte.

»Könntest du bei Gelegenheit mal nach Oma Frieda schauen?«, fragte genau in diesem Moment Greta und erbrachte mal wieder den Beweis, dass es Telepathie gibt.

Irritiert über den abrupten Themawechsel sah ich von meiner Teetasse hoch.

»Ja, klar«, antwortete ich. »Aber ... was ist denn los mit ihr? Ich meine, wieso?«

»Sie hat ein paar Problemchen mit Malte, ihrem Enkel«, sagte Greta und rollte vielsagend mit den Augen. »Aber ich wollte euch nicht unterbrechen. Es wäre nur schön, wenn du mal in einer freien Minute dran denkst. Irgendwann.«

In diesem Moment unterbrach eine sechsköpfige Männergruppe, die lautstark und sichtlich alkoholisiert in den *Rettungsschuppen* einfiel, unser Gespräch.

»Hallo, Frau Wirtin! Wir brauchen was zu trinken!«, grölte einer der Neuankömmlinge lautstark.

»Ach, du dicker Vater!«, sagte Greta mit einem Blick auf die Horde. »Drei Lagen und die Jungs kann ich mit 'ner Schubkarre den Deich runterkarren.«

Während Greta sich den Männern mit wogendem Busen und strengem Blick näherte, genehmigte ich mir noch eine von den Waffeln. Ich musste ohnehin abnehmen, da kam es auf eine mehr oder weniger nicht an.

»Der Diabetes erklärt natürlich, weshalb die Frau nichts getrunken und gegessen hat«, knüpfte Thyra übergangslos an ihre Frage an.

»Nicht ganz«, wandte ich ein. »Sie hat mit den anderen zusammen auf den Geburtstag angestoßen.«

»Ja, aber ... wieso hat es sie nicht umgehauen?«

»Hilde Lürs ist zwar eine Fischertochter, hat es aber sehr schwer, sich in der Männerwelt der Seeleute durchzusetzen«, erklärte ich. »Die meisten Fischer sind noch immer der Meinung, dass Frauen nichts an Bord zu suchen haben. Da will sie bei den Männerritualen nicht zurückstehen.«

»Und hat einen Schnaps mitgetrunken?«

»Nein«, sagte ich. »Sie hat nur an dem Ostfriesengeist genippt und das Glas unauffällig entsorgt. Das Nippen hat aber schon ausgereicht, dass ihr speiübel und schwindelig wurde. Sie hat es gerade noch bis zum angrenzenden Klo geschafft und sich dann auf Knien mit Magenkrämpfen übergeben. Als sie halbwegs wieder stehen konnte und zurück in den Mannschaftsraum ging, waren alle Männer bereits tot.«

»Oh, mein Gott«, sagte Thyra und schüttelte ungläubig den Kopf. »Das muss ein Schock gewesen sein.«

»War es auch«, bestätigte ich. »Als sie im Ansatz kapiert hatte, was geschehen war, hat sie sich hoch an Deck geschleppt und dort die Notrakete abgefeuert.«

»Wieso hat sie nicht das Bordtelefon benutzt?«, wollte Thyra wissen. »Funktionierte das nicht?«

»Doch, schon«, erwiderte ich. »Aber sie bekam kaum ein Wort heraus: der Schock, die Übelkeit. Außerdem wusste sie, dass bei dem Nebel nicht so schnell Hilfe kommen würde. Sie hoffte darauf, dass ein anderer Kutter in der Nähe war.«

»Und da kamt ihr ins Spiel«, stellte Thyra fest.

Wortlos nickte ich.

»Was hat sie denn eigentlich an Bord des Kutters gemacht?«, wollte Thyra wissen. »Wieso war sie als Fischerin unterwegs? Ich denke, Frauen dürfen nicht an Bord.«

»Sie ist auf der *Ina* für einen ausgefallenen Matrosen eingesprungen. Hilde Lürs hat zwei Brüder: Lars und Jochen.«
»Die beiden Kapitäne?«
Ich nickte. »Genau. Lars ist Käpt'n der *Ina* und Jochen der *Adele*. Hilde Lürs ist ebenfalls Käpt'n, sie fährt auf der *Hilde*, dem vierten Muschelkutter der Flotte vom alten Lürs.«
»Hilde Lürs ist Käpt'n?«, staunte Thyra. »Das ist ja 'ne echte Seltenheit.«
Meine Tochter hatte recht. Es war erst knapp zwei Jahrzehnte her, dass Frauen die letzte Bastion an Bord gestürmt hatten – die Kommandobrücke. Zwar gab es nach dem Zweiten Weltkrieg Funkerinnen und Servicepersonal an Bord von Schiffen, aber keine Frau im Rang eines Kapitäns. Ich hatte mich vor einiger Zeit mal mit Onno über das Thema unterhalten, weil er sich eine Reportage angesehen hatte und mir daraufhin sagte, dass er niemals auf einem Kutter anheuern würde, auf dem der Käpt'n eine Frau ist. Nachdem Onno mir die gesamte Reportage erzählt hatte, wusste ich auch noch das letzte Detail, obwohl ich mich nicht sonderlich dafür interessierte; beispielsweise, dass die *Royal Caribbean International* vor zehn Jahren als erste Kreuzfahrtreederei Geschichte geschrieben hatte, als sie eine Frau als Kapitänin einstellte. Mochte die Weiblichkeit auch in der internationalen Schifffahrt Einzug gehalten haben, war sie doch hier bei uns an der Küste die absolute Ausnahme. Ich jedenfalls hatte, bis ich Hilde Lürs an Bord des Totenschiffs kennenlernte, noch von keiner ostfriesischen Kapitänin gehört.
»Die Lürs-Geschwister sind genau wie ihr Vater schon als Kinder mit zum Muschelfischen rausgefahren«, berichtete ich meiner Tochter weiter, was Uz mir in ein paar spärlichen Worten erklärt hatte. »Der alte Matte Lürs hat vor fünfzig Jahren als Muschelfischer angefangen. Er ist schon mit Vater und Opa zum Fischen rausgefahren, da trug er noch Windeln.

Mit fünfzehn ist er bei seinem Vater in die Lehre gegangen und mit Ende zwanzig hatte er bereits sein erstes eigenes Boot, die *Hilde*. Zehn Jahre später besaß Mattes seine eigene Fangflotte mit vier hochseetüchtigen Muschelkuttern – zur *Hilde* waren noch die *Ina, Adele* und *Petra* gekommen. Ein paar Jahre danach übernahm der alte Mattes eine Fischfabrik, die nicht so gut lief, und baute sie zu einer Muschelfabrik um.«

»Wer ist Käpt'n auf der *Petra*?«, wollte Thyra wissen.

»Der alte Mattes Lürs. Er fährt noch selber mit raus, sooft er kann. Seine Frau kümmert sich allein um die Fabrik.«

»Eine Fischerdynastie«, sagte Thyra anerkennend. »Und die Geschwister sind alle Kapitäne geworden, einschließlich Hilde Lürs.«

»Genau«, entgegnete ich. »Eigentlich sollte sie eine kaufmännische Ausbildung an Land machen und die Mutter in der Fabrik unterstützen. Sie sollte eigentlich die Geschäftsleitung übernehmen.«

»Kann sie ja immer noch«, meinte Thyra.

Ich schüttelte den Kopf. »Jetzt nicht mehr. Ihre Brüder sind tot, und ob der alte Mattes jetzt noch weitermacht, ist fraglich. Ihm wird das Geschäft mit den vier Muschelkuttern und der Fabrik langsam zu viel. Vielleicht verkauft er den ganzen Kram. Oder vielleicht will ja auch Hilde Lürs nicht mehr. Schließlich hat sich eine Familientragödie an Bord der *Adele* abgespielt.«

»Und du willst herausfinden, was da passiert ist?«

Wieder schüttelte ich den Kopf. »Nein. Das ist nicht mein Job. Das ist Sache von Kripo und Staatsanwaltschaft. Ich habe Hilde Lürs lediglich meine Hilfe als Anwalt angeboten.«

»Braucht sie denn einen?«

Ich zuckte mit den Schultern. »Ich gehe mal davon aus. Die Kripo wird sie zunächst einmal als Zeugin vernehmen. Ich weiß aber nicht, was Kripo und Staatsanwaltschaft daraus machen, dass sie die einzige Überlebende des Giftanschlags ist.«

»Hat die Kripo sie mitgenommen.«

»Ja.« Ich nickte.

»Warum bist du dann noch hier, wenn deine Mandantin von der Mordkommission vernommen wird?« Meine Tochter sah mich verblüfft an.

»Im Moment wird sie noch nicht vernommen«, erklärte ich. »Mackensen und Freud hätten sie zwar am liebsten noch an Bord durch die Mangel gedreht, aber sie steht unter Schock und ist vorübergehend nicht vernehmungsfähig. Sie liegt in Norden in der Klinik. Sobald sie ansprechbar ist, rede ich mit ihr.«

»Wo sind eigentlich Uz und Onno?«, rief Greta vom Tresen her, wo sie gerade Bier für die durstige Männerrunde zapfte. »Ich hab die beiden schon vermisst.«

»Hm«, machte ich und zerbiss den Rest Kluntje, der mir mit dem letzten Schluck Tee auf die Zunge gespült worden war. »Onno ist total fertig und gleich ab nach Hause in die Koje.«

»Kann ich verstehen«, sagte Thyra. »Hab du mal die ganze Zeit in diesem grauenhaften Nebel ein Messer am Hals.«

»Der Notarzt wollte ihn gleich mit einweisen«, fuhr ich fort. »Aber er hat sich mit Händen und Füßen gegen das Krankenhaus gewehrt.«

»Und Uz?«, Greta blieb mit ihrem Tablett voller Biergläser auf dem Weg zur Männerrunde bei uns stehen. »Warum ist er nicht hier? Schmeckt ihm mein Bier nicht mehr?«

Missmutig schob ich die Teetasse zur Seite.

Greta sah mich noch immer fragend an.

»He! Frau Wirtschaft!«, grölte einer der Männer. »Wir haben Durst!«

»Alles klar mir dir und Uz?« Sorgenvoll sah Greta mich an.

»Ich weiß nicht genau«, antwortete ich und zuckte mit den Schultern. »Er ist in letzter Zeit ziemlich mürrisch und wortkarg.«

»Na, dann bin ich aber beruhigt«, lachte Greta so herzhaft, dass ihr Busen zu beben begann. »Und ich dachte schon, er wäre sauer auf mich. Mehr als ein ›Moin‹ ist im Moment nicht drin bei ihm. Und allein das klingt von Tag zu Tag mürrischer.«

»Wir haben Durst! Durst! Durst!«, skandierten die Männer lautstark und trommelten auf die Tischplatte.

»Gebt Ruhe!«, rief Greta die lärmende Runde scharf zur Ordnung. »Ich hab die Hände voll!«

»Kerle.« Demonstrativ verdrehte sie die Augen und setzte sich mit ihrem Tablett in Marsch.

Bedächtig griff ich nach meiner Jacke und stand auf.

»Fahren wir zusammen?«, fragte Thyra und rutschte von ihrem Barhocker.

Ich schüttelte den Kopf. »Ich hab den Grauen hinterm *Rettungsschuppen* stehen. Außerdem will ich noch mal bei Uz reinschauen.«

»Verstehe. Männergespräche.«

»Und du?«, wandte ich mich an Thyra. »Fährst du nach Hause?«

»Nö.« Betont gleichgültig knöpfte sich meine Tochter ebenfalls ihre Steppjacke zu. »Ich hab noch was vor.«

Argwöhnisch musterte ich sie. »Was hast du denn bei dem Nebel vor?«

»Ich bin verabredet.«

Mühsam unterdrückte ich den Impuls, meine Tochter zu fragen, mit wem sie denn verabredet sei. Zu deutlich erinnerte ich mich an den vergangenen Sommer, wo ich ihr insgeheim unterstellt hatte, dass sie sich heimlich mit dem feschen Jungspund Kommissar Freud traf. Was sie meinetwegen ja auch konnte. Schließlich war sie alt genug! Mir hatte nur nicht die Vorstellung behagt, dass meine Tochter ihren Freund betrog. Schon klar, auch das hatte mich nicht zu interessieren. Ich bin ja nicht ihr Moralapostel, sondern nur ihr Vater. Aber mir tat ihr

Freund Tillmann leid. Der dürre Pathologe mit der karottenfarbigen Bob-Marley-Frisur und dem ständig aufgeregt auf und ab hüpfenden Adamsapfel war zwar ein echt netter Kerl und brillanter Mediziner, doch nicht unbedingt der Mann, den ich mir an der Seite meiner Tochter vorstellte. Freud aber auch nicht. Ich weiß nicht, ob andere Väter auch so kritisch den Verehrern ihrer Töchter gegenüberstehen. Immerhin: ich wollte schließlich nur das Beste für meine Tochter.

Wortlos knöpfte ich mir die Jacke bis zum Hals zu und zog mir die Wollmütze tief in die Stirn.

»Moin!«, rief ich Greta zum Abschied zu, die schon wieder auf dem Weg zum Zapfhahn war, um für die durstigen Gäste Nachschub zu holen.

»Pass auf dich auf«, sagte ich zu Thyra, die mich umarmte, um dann mit einem fröhlichen Winken im dichten Nebel zu verschwinden.

4

Der Nebel schien bei jedem Schritt noch undurchsichtiger zu werden. Als wir mit der *Sirius* im Hafen eingelaufen waren, konnte ich noch die typischen Umrisse der Giebelhäuser oben auf der Sielstraße erkennen. Jetzt war es nicht einmal mehr möglich, bis auf die gegenüberliegende Hafenseite zu schauen, wo der große Bruder des *Greetchen*, der neue Ausflugsdampfer *Graf Edzard I.*, vertäut lag. Die Außenleuchten des *Hafenkieker*, der gemütlichen Hafenkneipe direkt an der Mole, schimmerten gelblich durch den Nebel, als wären sie in Watte gepackt. Im Schatten der Außenwand der Kneipe meinte ich die Umrisse einer Gestalt zu erkennen. Angestrengt kniff ich die Augen zusammen und starrte zum *Hafenkieker* hinüber. Ich fuhr mir mit der Hand über die Augen, die vom angestrengten Spähen zu tränen begannen, und versuchte, etwas im Nebel zu erkennen.

Vergeblich.

Der Umriss der vermeintlichen Gestalt hatte bereits in der Suppe ringsum seine Kontur verloren. Wenn überhaupt jemand dort gestanden hatte. Warum sollte sich einer bei diesem Schietwetter hinterm *Hafenkieker* verstecken?

»Blödsinn!«, murmelte ich mir halblaut zu. »Du siehst Gespenster!«

Ich konzentrierte mich auf die steinernen Stufen der Treppe, die im Deich eingelassen war und die hinunter zum Kai führte. Schließlich wollte ich mir nicht den Hals brechen.

Der Nebel war so dicht, dass ich das Gefühl hatte, mich in einer Dampfsauna zu befinden. Nur wäre es dort angenehm warm gewesen, während mir die kalte Nässe hier unfreundlich durch die Kleidung kroch.

Ich zog die Schultern hoch bis zu den Ohren und schüttelte mich. Ekliges Wetter!

Bis zum Liegeplatz von Uz' *Sirius* war es nicht weit, nur knapp fünfzig Meter. Vermutlich befand sich Uz noch an Bord und erledigte die Dinge, die sonst Onnos Aufgaben waren. Da der Matrose heute nicht mehr in der Lage war, vernünftig seine Aufgaben abzuarbeiten, ging ich davon aus, dass Uz bis jetzt dort herumkramte. Ich hatte ihm nach dem Anlegen natürlich auch geholfen, aber irgendwann hatte er abgewunken und gesagt, dass Feierabend sei. Außerdem würde er nachher gleich nach Hause gehen – was ich ungewöhnlich fand. Normalerweise gehen wir nach jeder Fangfahrt auf ein oder zwei Bier zu Greta. Und man möchte meinen, erst recht nach einem solch außergewöhnlichen Ereignis, wie wir es heute erlebt hatten. Schließlich findet man nicht jeden Tag ein Geisterschiff mit fünf Fischern, die tot bei Kaffee und Kuchen sitzen. Jeder normale Mensch verspürt da doch das Bedürfnis, mit jemandem über das Erlebte zu reden. Mochte man auch noch so wortkarg wie mein Kumpel Uz sein.

Irgendetwas stimmte mit Uz nicht! Und ich wollte herausfinden, was es war.

Ich gebe zu, dass auch ich kein großer Redner bin, wenn es um Gefühle geht. So was mache ich in der Regel mit mir selber aus. In diesem Punkt sind Uz und ich uns verdammt ähnlich.

Aber gerade weil ich mich in emotionalen Belangen schwertue, gebe ich mir mittlerweile Mühe, über genau diese Dinge zu sprechen, und springe über meinen Schatten – auch wenn's schwerfällt und mitunter schmerzhaft ist.

Ob Uz bereit war, über das zu sprechen, was ihm offensichtlich schon seit Tagen die Laune verdarb … keine Ahnung. Andererseits hatte bislang ein offenes Männergespräch noch immer alles zwischen uns klären können. Warum nicht auch heute?

Mein guter Orientierungssinn hatte mich direkt zum Liegeplatz der *Sirius* geführt. Soeben tauchte das wohlbekannte Heck vor mir auf.

Da der Krabbenkutter sicher an seinem Liegeplatz vertäut war, hatte Uz Positionslichter und Hecklampe gelöscht. Nur aus dem Steuerhaus fiel gelber Lichterschein. Uz befand sich also an Bord, wie ich es vermutet hatte.

Während ich am Rand des Kais stand und mir ein paar Worte zurechtlegte, mit denen ich Uz auf unser Männergespräch einstimmen wollte, hatte ich das Gefühl, als bohrte sich der Blick beobachtender Augen in meinen Rücken. Mit einer schnellen Bewegung fuhr ich herum, sah den Kai entlang und ließ dann meinen Blick hoch zum *Hafenkieker* wandern, wo ich schwach die Umrisse einer dunklen Gestalt erkennen konnte, die versuchte, sich im Halbdunkel der Hauswand unsichtbar zu machen.

»Also doch!«, knurrte ich grimmig. »Was bist du denn für ein Spanner?«

So unvermutet, wie sich der Nebel für einen Moment gelüftet hatte, schloss sich die Wand wieder wie von Geisterhand.

Nachdenklich starrte ich noch einen Moment lang zur Silhouette der Hafenkneipe hinüber und schüttelte dann unwillig den Kopf. Meinetwegen konnte sich der Typ die ganze Nacht am *Hafenkieker* verstecken. Ich hatte weder Lust noch Grund nachzuschauen, um wen es sich handelte und was er wollte. Wahrscheinlich einer der trinkfreudigen Wochenendurlauber, dem schlecht geworden war und dem sich gerade der Magen umstülpte.

Ich hatte Besseres zu tun, als mich um betrunkene Touristen zu kümmern. Entschlossen wandte ich mich wieder der *Sirius* zu und griff mit der rechten Hand nach dem Ausleger, um mich festzuhalten, während ich über die Bordwand kletterte. Im gleichen Moment, als ich mein Bein über die Reling schwang, öffnete sich die Tür des Steuerhauses. Zu meiner Überraschung hörte ich eine Frauenstimme.

»Das musst du schon selber wissen!«, sagte die Frau scharf, deren Umriss nur schwach zu erkennen war.

Ich hielt mitten in der Bewegung inne. Wie erstarrt blieb mein Bein in die Luft gestreckt.

Aus dem Steuerhaus erklang gedämpftes Gemurmel. Obwohl ich kein Wort verstand, erkannte ich die Stimme von Uz.

Was ging da vor? Wer war die Frau?

»Du musst dich entscheiden!« Die Stimme der Frau klang gereizt und unnachgiebig.

Was ist denn da los?, dachte ich vollkommen verdattert. Wer muss sich warum und wofür entscheiden?

Was wollte die Frau von Uz? Und überhaupt. Seit wann hatte Uz mit einer Frau zu tun. Im Gegensatz zu mir, der ich das große Glück gehabt hatte, eine Frau kennenzulernen, mit der das Thema »Liebe« überhaupt denkbar war, hatte für Uz, solange ich ihn kannte, noch nie ein weibliches Wesen außer seiner Tochter in irgendeiner Weise eine Rolle gespielt. Auch wenn meine Beziehung mit Traute ein unglückliches Ende genommen hatte, weil ich nicht der passende Partner für ihre spezielle Neigung war, Ausflüge in sexuelle Parallelwelten zu unternehmen, hatte mir das Ende unserer Beziehung glatt das Herz gebrochen. Ich schüttelte den Gedanken an Traute ab und spitzte die Ohren, um die Gesprächsfetzen besser verstehen zu können.

»Wenn du dich nicht traust, mir ... entgegenzukommen«, erklang erneut die Stimme der Frau, in der jetzt eine tiefe Traurigkeit mitschwang, »werde ich gehen. Du siehst mich dann nie wieder.«

Ich war wie vom Donner gerührt!

Uz hatte eine Frau? Eine Beziehung zu einer Frau?

Das war ja nicht zu fassen. Offenbar bestand diese Verbindung auch schon länger, ansonsten würde er ja wohl kaum Gefahr laufen, die Frau zu verlieren.

Du verdammter alter Hecht!, dachte ich. Sagst kein Wort und hängst schon längst am Haken.

»Ich werde jetzt gehen und ... das war es dann! Du hattest deine Chance.«

Der Tonlage nach vermutete ich, dass Uz die Frau zwar mit guten Worten davon abhalten wollte zu gehen. Allerdings vergeblich. Der Lichtstrahl, der aus dem Steuerhaus fiel, wurde breiter und die Frau schob sich durch die Türöffnung.

»Adieu«, verabschiedete sie sich mit kühler Stimme und trat im gleichen Moment in den Schein der Bootslampe, die am Steuerhaus hing und das Deck in geisterhaftes Licht tauchte.

Ich konnte nicht viel von ihr erkennen, da sich die Frau in dem Moment, als sie das Steuerhaus verließ, die Kapuze ihres langen Wintermantels über den Kopf zog. Lediglich einen kurzen Blick auf ihr kurzes brünettes Haar konnte ich erhaschen, bevor ihr Kopf unter der Bedeckung verschwand.

So schnell ich konnte, schwang ich mein Bein zurück auf den Kai und versuchte, mich unsichtbar zu machen. Vergeblich.

Wie aus dem Boden gewachsen stand Uz' unbekannte Besucherin vor mir.

Die Frau hatte ein schmales Gesicht mit vollen Lippen und schien gerade die vierzig überschritten zu haben, was ich allerdings schlecht einschätzen konnte, da sie dem beneidenswerten Typ von Menschen angehörte, die zeitlos aussehen, sodass man deren Alter kaum einschätzen kann. Ihr langer Mantel war mit einem extravaganten Muster bedruckt: schwarz-graue Schamanengesichter, die den mit den charakteristischen weißen Strichen und Punkten bemalten Gesichtern der australischen Ureinwohner ähnelten. Die Münder waren mit dunkelroter Farbe in flüchtigen, aber dicken Strichen skizziert worden: ein echter Designermantel – wobei man über Geschmack bekanntlich nicht streiten kann.

Ein intensiver Blick aus jadegrünen Augen traf mich, und ich wunderte mich kurz, dass ich bei der Dunkelheit überhaupt ihre Augenfarbe erkennen konnte. Vielleicht bildete ich mir die Farbe aber auch ein und sie hatte mich einfach nur mit ihrem Blick durchbohrt.

»Hallo, Matrose«, sagte die Frau in einem lasziven Ton, der Stahlnägel zum Schmelzen gebracht hätte. »Lassen Sie sich nicht aufhalten und gehen Sie ruhig zu Ihrem Admiral durch.«

»Moin«, erwiderte ich verdattert darüber, dass sich hinter der gereizten Stimme, deren scharfer Ton noch vor ein paar Sekunden den Nebel durchdrungen hatte, eine solche Femme fatale verbarg.

Die Klasse der Frau war auf den ersten Blick zu erkennen: intelligent und von einer unterschwelligen, aber dennoch sehr präsenten Sinnlichkeit. Letztere verlor allerdings ihre Wirkung, als ich der Frau in die Augen sah. Ihr Blick war kühl und berechnend. Da ich ebenso wie der Volksmund der Meinung bin, dass die Augen eines Menschen der Spiegel seiner Seele sind, verspürte ich eine Welle des Unbehagens, als sich unsere Blicke trafen. Die Frau war zwar schön und sinnlich, aber auch eiskalt und berechnend. Ich brauchte kein großer Frauenkenner und -versteher zu sein, um in ihrem Blick etwas unterschwellig Lauerndes zu erkennen. Sie hatte etwas von einer Katze an sich, die sich gerade überlegt, ob sie noch mit der Maus spielen solle, bevor sie ihr das Genick brach.

Die Unbekannte intensivierte ihren Blick und sah mir unverwandt in die Augen.

Ich starrte unbeirrt zurück und musste zugeben, dass mich die jadegrünen Augen der Frau trotz oder vielleicht gerade wegen der lauernden Unberechenbarkeit nicht kalt ließen. Ein wissendes Lächeln umspielte den Mund der Unbekannten. Mit der Langsamkeit zäh fließenden Honigs löste sie endlich den Blickkontakt.

Ohne ein weiteres Wort schob sich die Frau dann an mir vorbei. Als sich unsere Oberarme kurz berührten, fühlte es sich an, als würde sich meine Jacke statisch aufladen.

Ich sah ihr hinterher.

Ihr extravaganter Mantel war eng geschnitten und ließ die Konturen einer kräftig gebauten Frau mit ausladenden Hüften erkennen. Sie hatte eine weibliche Figur mit offensichtlich gut proportionierten Rundungen.

Mit einem eleganten Satz sprang sie auf die Hafenmauer und ich konnte einen Blick auf ihre wohlgeformten Beine erhaschen, die in engen Röhrenjeans steckten. An den Füßen trug sie bequeme Bootsschuhe aus blauem Wildleder mit weißer Sohle.

Sekunden später war die unbekannte Schönheit in dem dichten Nebel verschwunden. Nur ein Hauch eines sinnlichen Parfüms verblieb in der feuchten Luft: Rose, Mandarine und eine Spur Vanille.

Ich verstand die Welt nicht mehr!

Uz hatte ein Verhältnis! Und dann noch mit einer Frau, deren Blick Stahl schmelzen konnte.

Und er hat mir nichts davon gesagt! Ungläubig schnaubte ich durch die Nase.

Nicht dass ich neugierig war, aber – wenn man sich so gut kannte, sich immer alles offen und ehrlich erzählte, und plötzlich feststellte, dass der beste und einzige Kumpel, dem man alles, und damit meine ich wirklich alles, anvertrauen konnte, Geheimnisse vor einem hatte! Was sollte ich davon halten?

Ich starrte noch immer auf die Stelle in der Nebelsuppe, wo sich die Unbekannte wie in einem Säurebad ohne Rückstände aufgelöst hatte. Es dauerte einen Moment, bis ich den Blick von der grauen Nebelwand löste und mich in Richtung Steuerhaus in Bewegung setzte.

Meine Fingerknöchel klopften laut gegen das Holz der Kajütentür. Ohne eine Antwort abzuwarten, zog ich sie auf.

»Moin«, sagte ich knapp und schob mich unaufgefordert zu ihm in das gut beheizte Steuerhaus.

Uz saß mit vornübergebeugtem Oberkörper zusammengesunken auf einem alten Holzschemel neben dem Steuerrad und hatte seinen Kopf gegen das Holz des Ruders gelegt.

»Jan?« Erschrocken wie ein Messdiener, der gerade vom Messwein genascht hat, fuhr Uz hoch und starrte mich an, als sei ihm ein Gespenst erschienen.

Er war sichtlich überrascht, mich so plötzlich in seiner Kajüte auftauchen zu sehen.

»Wer war denn diese Frau?«, fragte ich unverblümt. »Ist sie der Grund, weshalb du in letzter Zeit so griesgrämig bist?«

Wozu sollte ich um den heißen Brei herumreden?

»Das ... das war ... eine Bekannte«, stotterte Uz so unsicher, wie ich ihn nie erlebt hatte. »Sie ... äh ... sie ...« Hilflos brach er ab.

»Eine Bekannte?«, antwortete ich und beendete den Satz meines Freundes mit spöttischem Unterton: »Die weiß, was sie will!«

Uz ließ den Kopf sinken, um auf den Kabinenboden zu starren, und nickte betreten. »Kann man so sagen.«

»Und du?«, fragte ich ins Blaue hinein, ohne zu wissen, wovon ich redete. «Weißt du, was du willst?«

Langsam schüttelte er seinen Kopf mit dem weißen Haarschopf.

Ich hatte zwar keinen Schimmer, was hier eigentlich vor sich ging, geschweige denn, was mit Uz los war. Aber was immer es war, es tat ihm nicht gut!

Uz war ein stattliches Mannsbild. Groß und breitschultrig, entsprach er mit seiner schlohweißen Haarpracht und seinem weißen Vollbart den gängigen Klischees, die Landratten mit einem Kapitän in Verbindung bringen, wenn sie oft genug die Fernsehserie *Traumschiff* und die Werbespots mit Käpt'n Iglo gesehen hatten. Mit seiner fast fünfzigjährigen Erfahrung als Landarzt in der Krummhörn war Uz abgeklärt und lebenserfahren. Es tat mir in der Seele weh, den alten Freund, den ich stets als Fels in der Brandung erlebt hatte, so kläglich vor mir sitzen zu sehen.

»Uz«, sagte ich ruhig, »wir sind Freunde. Schon sehr lang. Freunde reden miteinander und helfen sich gegenseitig. Was ist los mit dir?«

Schweigend starrte Uz auf den matt schimmernden Holzboden des Steuerhauses.

»Was will die Frau von dir?«, fragte ich geduldig. »Und wer ist sie überhaupt? Du hast mir nie erzählt, dass du …« Unentschlossen, wie ich den Satz beenden sollte, brach ich vorsichtshalber ab, bevor ich etwas Falsches sagte.

Ein schwerer Seufzer kam aus seiner Brust. Langsam hob er den Kopf und sah mich aus müden Augen an.

»Das war heute ein Scheißtag, Jan. So viele Tote. So viel Leid. Gute Männer sind gestorben. Familienväter, Söhne, Brüder.« Wieder seufzte er schwer.

Ich sah ihn stumm an. Er hatte recht.

Würde er meine Frage beantworten … etwas zu der Frau sagen?

Auch mir war der heutige Tag an die Nieren gegangen. Und langsam merkte ich jetzt, wie erschöpft ich eigentlich war. Uz hatte recht. Wir sollten nach Hause gehen und uns ausschlafen. Dennoch blieb ich hartnäckig. So leicht kam er mir nicht davon!

»Wer war die Frau?«, wiederholte ich geduldig meine Frage.

Anstatt mir zu antworten, erhob sich Uz schwerfällig von dem Schemel. Er warf einen Blick durch die beschlagene Scheibe des Steuerhauses nach draußen, wo der Nebel sich nach wie vor gegen das Glas drückte.

»Lass uns nach Hause gehen«, entgegnete er, ohne auf meine Frage einzugehen.

Ich gab's auf.

Wenn Uz nicht reden wollte, bekam man eher Wasser aus einem Stein als eine Antwort aus ihm herausgepresst. Auch wenn ich die Eigenarten meines Freundes akzeptierte, war ich enttäuscht. Ich war bislang beinahe selbstverständlich davon ausgegangen, dass wir über alles reden konnten. Das schien diesmal nicht der Fall zu sein.

Mürrisch drehte ich mich um und drückte die Tür des Steuerhauses auf. »Moin«, brummte ich kurz zum Abschied und trat aufs Deck.

Uz brummte mir ein ebenso muffeliges »Moin« hinterher, während ich mich über die Reling schwang. Wenn Uz meinte, dass er nicht mit mir über diese Frau und das Problem, das sie ihm offenbar bereitete, reden wollte, dann war das seine Entscheidung.

»Dann rutsch mir doch den Buckel runter!«, fluchte ich halblaut und stapfte durch den nassen Nebel.

Ich war nur ein paar Meter weit gekommen, als Uz' Stimme hinter mir erklang.

»Celine!«

Ohne stehen zu bleiben, rief ich über die Schulter zurück: »Was?«

»Sie heißt Celine!«

Jetzt blieb ich doch stehen. Langsam drehte ich mich Richtung *Sirius* oder zumindest in die Richtung, in der ich den Kutter vermutete.

»Was will sie von dir?«, rief ich ins Grau hinein.

Der Nebel antwortete mir nicht.

Langsam zählte ich die Sekunden, während mir die Feuchtigkeit der Luft in den Nacken kroch.

»… zwanzig!« Wütend drehte ich mich wieder um und machte mich endgültig auf den Heimweg.

Sollte Uz doch meinetwegen ein Geheimnis aus der Unbekannten machen. Und überhaupt – was ging mich das Liebesleben meines Kumpels eigentlich an? Sein Problem, wenn er sich von dieser Frau fertigmachen ließ.

Dann rutsch mir doch den Buckel runter, dachte ich und stapfte mit großen Schritten durch den Hafen.

Ich wusste, dass ich mich gerade engstirnig und unfair verhielt. Aber das war mir in dem Moment egal! Nicht nur Uz konnte stur sein, ich hatte auch meinen Dickkopf!

5

Es war nicht so, dass ich wahnsinnig neugierig war und über alles von meinen Freunden informiert werden wollte. Aber wenn man sich viele Jahre lang kennt, neigt man zu dem Gefühl, so ziemlich alles über den anderen zu wissen.

So kann man danebenliegen, dachte ich mit einem diffusen Gefühl, das ich nicht Enttäuschung nennen mochte; ich fühlte mich eher angepisst als enttäuscht, denn schließlich war Uz mein Kumpel und nicht meine Ehefrau. »Da denkst du, du kennst deinen Kumpel in- und auswendig und musst feststellen, dass er dir doch einiges vorenthält.«

Vielleicht sah ich das Thema auch zu eng. Wahrscheinlich erwartete ich von Uz automatisch die gleiche Offenheit, mit der ich ihm seinerzeit von den Gründen erzählt hatte, weshalb es vor zwei Jahren mit Traute und mir auseinandergegangen war.

Aber vielleicht tat ich ihm auch gerade unrecht und er machte Ähnliches durch wie ich damals mit Traute. Möglicherweise war er noch nicht so weit, über die Geschichte zu reden.

»Was denn für eine Geschichte?«, sagte ich halblaut und schüttelte den Kopf. »Vielleicht gibt's ja gar keine Geschichte und du hast lediglich eine zu blühende Fantasie.«

Mein Gefühl sagte mir allerdings etwas anderes. Es musste ja schließlich einen Grund für Uz' brummiges und schlecht gelauntes Verhalten der letzten Wochen geben. Und ich war mir ziemlich sicher, dass diese ominöse Celine der Grund für seine Missstimmung war.

Während ich meinen Gedanken nachhing, hatte ich den Hafen durchquert und war die steinerne Treppe hochgestiefelt, die den Deich hinaufführte. Der Nebel war hier oben etwas lichter und ich konnte zumindest die charakteristische Dachbeleuchtung des *Huus an't Diek* durch das dunstige Grau schimmern sehen, die den direkt am Deich gelegenen Ferienhäusern in dieser Nebelsuppe ein heimeliges Aussehen verlieh. Die beiden über hundert Jahre alten Fischerhäuser schmiegen sich malerisch an den Deich, wobei ihre spitz zulaufenden Dachfirste mir dank ihrer indirekten Beleuchtung eine hilfreiche Orientierung boten.

Noch immer ziemlich stinkig, vergrub ich meine Hände in den Jackentaschen und folgte gedankenverloren dem Weg, der auf dem Deich entlangführte. Wie üblich hatte ich meinen VW-Käfer hinterm *Rettungsschuppen* parken wollen. Da aber alle Parkplätze belegt waren, hatte ich den Grauen auf dem Parkplatz »Am alten Deich« abgestellt, schräg unterhalb der Pizzeria *La Dolce Vita*. Nach wenigen Metern hatte ich die Pizzeria erreicht und stieg die Treppe seitlich der hell erleuchteten Fenster des Restaurants hinunter.

Bei dem ungemütlichen Wetter war die Pizzeria ziemlich gut besucht, obwohl die Hauptsaison für Urlauber vorüber war. Hinter den Fenstern sah ich eine Kellnerin mit einem Tablett zwischen den Tischen mit den rot karierten Decken hindurchbalancieren. Ich verlangsamte meinen Schritt und blieb stehen, um durch die beschlagenen Scheiben zu spähen.

Die Kellnerin stellte einem weiblichen Gast ein Getränk auf den Tisch, das wie einer von diesen süßen, klebrigen

Cocktails aussah, die Uz' Tochter Claudia so gerne trank. Da die Frau mit dem Cocktail mit dem Rücken zur Scheibe saß, konnte ich ihr Gesicht nicht erkennen, eines aber stach mir ins Auge: der lange Mantel mit den Schattengesichtern über ihrer Stuhllehne.

Es musste die Frau namens Celine sein, die ich vor wenigen Minuten an Deck der *Sirius* getroffen hatte. Ich kniff die Augen zusammen und presste meine Nase fast schon an die Glasscheibe. Für einen Moment kam ich mir ziemlich seltsam vor, wie ich da so im Nebel stand und vermutlich wie ein Spanner aussah. Schnell wischte ich die Bedenken weg und starrte angestrengt durch die Scheibe. Da ich mit dem Körper seitlich der Hauswand stand, war von innen nicht viel von mir zu sehen – hoffte ich zumindest.

Diese Hoffnung zerstob aber im gleichen Moment, als ein kleines Mädchen vom Nachbartisch mich mit schreckgeweiteten Augen ansah. Schnell setzte ich ein, wie ich meinte, lustiges Gesicht auf und wackelte mit dem Kopf.

Mein Versuch, das erschrockene Kind zu beruhigen, schlug allerdings fehl. Mit lautem Kreischen zeigte das kleine Mädchen mit ausgestrecktem Arm zum Fenster. In der Hand hielt sie eine Gabel, deren Zinken direkt auf mich deuteten und auf der noch ein paar Pommes steckten.

Ich zerbiss eine Verwünschung zwischen den Zähnen und warf der Frau noch einen letzten musternden Blick zu, um mich schnellstens zu verdrücken, da das Kreischen des Mädchens für ein ziemliches Durcheinander an dem großen Sechspersonentisch führte. Allerdings kam ich nicht weit, denn meine Körperdrehung wurde schon im Ansatz von dem groß gewachsenen Mann gestoppt, dessen Kopf unter der Kapuze eines schwarzen Hoodies verschwand.

»Was gibt's denn Interessantes zu sehen?«, raunte er mir mit tonloser Stimme zu, die an die Stimme eines Navis erinnerte, während er mir den Weg versperrte, um über meine Schulter hinweg durch die Glasscheibe in das Innere der Pizzeria zu schauen.

»Nix Besonderes«, entgegnete ich und wich mit einem Schritt zur Seite aus. »Nur Urlauber.«

»Hm«, machte er verächtlich und trat ebenfalls einen Schritt zur Seite. »Interessierst du dich für die Frau?«

Misstrauisch hielt ich in der Bewegung inne. Heute Abend schien der Greetsieler Hafen von merkwürdigen Gestalten bevölkert zu sein. Zuerst der Schatten an der Hauswand des *Hafenkieker*, dann die Frau und jetzt der Typ hier. Oder … war der Typ vielleicht der Schatten gewesen? Aber warum drückte er sich hier herum? Was wollte er? Vielleicht verfolgte er die Frau? Warum auch immer.

»Welche Frau?«, stellte ich mich dumm.

»Dort am Tisch.« Der Mann mit der Kapuze deutete mit seiner Hand, die in einem schwarzen Lederhandschuh steckte, auf den Tisch mit der Frau, die ich für Celine hielt.

»Nicht mein Typ«, erwiderte ich betont locker und wandte mich zum Gehen.

Die Hand des Mannes, dessen Gesicht noch immer zum Großteil von der Kapuze verdeckt wurde, schoss vor und umklammerte meinen Oberarm.

»Sei froh!«, stieß er hervor, während sich seine Finger wie Stahlklammern in meinen Bizeps bohrten.

Wenn ich etwas nicht leiden kann, ist es, von Unbekannten einfach angefasst zu werden. Eine so grenzüberschreitende Unhöflichkeit kam in der Skala der Dinge, die ich hasste, direkt hinter dem Versuch, mir den Weg zu versperren. Entsprechend schroff fiel meine Erwiderung auf den Griff des Unbekannten aus.

Meine Faust schnellte blitzschnell hervor und schlug bretthart unter den Unterarm des Mannes, dessen Finger sich ebenso rasch von meinem Oberarm lösten, wie sie sich zuvor in meinen Muskel gekrallt hatten.

Der Mann mit der Kapuze gab ein unterdrücktes Stöhnen von sich und machte einen drohenden Schritt näher an mich heran. Seine Schulter stieß schmerzhaft gegen meinen Oberarm. Da ich keinerlei Ambitionen verspürte, hier im Nebel auf dem Alten Deich mit einem durchgeknallten Touristen zu rangeln, packte ich ihn mit einem guten alten Judogriff an den Schultern, ließ mein Bein vorschnellen und legte mein Körpergewicht in die Richtung, in der ich ihn über mein Bein stieß.

Der Mann ging zu Boden, rollte sich sofort auf den Bauch und kam erstaunlich schnell wieder auf die Beine. Erneut stürmte er auf mich zu. Seinen Kopf hatte er zwischen die Schultern eingezogen und visierte meinen Bauch an, um mich zu rammen. Weniger geschmeidig als gewünscht wich ich seitlich aus, erzielte aber doch den geplanten Effekt, weil ich meinen rechten Fuß stehen ließ, über den mein Angreifer ungeschickt stolperte, wobei er der Länge nach auf den Gehweg fiel.

Ich selber landete unsanft auf dem linken Knie und sog die Luft zwischen den Zähnen hindurch ein, als mir ein scharfer Schmerz ins Knie schoss. Mein Osteopath würde nächste Woche seine helle Freude an mir haben.

»Ich mach dich kalt!«, zischte der Mann, der ein weiteres Mal vor mir auf dem Boden lag und erneut schneller auf die Beine kam, als mir lieb war.

Er holte mit seinem rechten Bein so weit aus, als würde er ein Golden Goal versenken wollen. Nur dank meiner guten Reflexe konnte ich mich mit einem halben Hechtsprung vor seinem Tritt in Sicherheit bringen. Sein eigener Schwung riss den Mann nach vorn und er krachte in einen Stuhlstapel seitlich des Eingangs zur Pizzeria. Mit lautem Getöse fiel der Stapel um und begrub die Beine meines Angreifers unter sich.

In diesem Moment öffnete sich die Tür des Restaurants und die vom Gekreisch des Kindes genervten Eltern traten heraus, um nach dem »bösen Mann« zu sehen, vor dem ihr Kind, das noch immer das halbe Restaurant zusammenschrie, sich erschrocken hatte.

Ich nutzte die Gelegenheit, mich grußlos von dem unter den ineinander verkeilten Stühlen liegenden Mann zu verabschieden, und machte mich im Dunst des Nebels davon.

»Wir sehen uns noch!«, hörte ich ihn mir hinterherbrüllen.

»Was für ein Vollidiot«, fluchte ich und humpelte den Weg entlang. »Sind denn heute nur Deppen unterwegs?«

Mein Grauer stand noch immer auf dem Parkplatz unterhalb des *Rettungsschuppens*. Die Nässe machte meinem VW-Käfer nicht das Geringste aus. Zuverlässig sprang er sofort an, als ich den Zündschlüssel herumdrehte.

Der Nebel hatte sich tatsächlich etwas gelichtet, dennoch beugte ich mich so weit über das Lenkrad, dass ich fast mit dem Kopf an die Frontscheibe stieß, und starrte angestrengt nach vorn.

Ich fuhr langsam. Streckenweise zuckelte ich mit gerade mal dreißig Stundenkilometern auf der Landstraße und hoffte nur, dass kein Tieffflieger hinter mir auftauchte, der der Meinung war, dass seine Limousine auch den Blindflug beherrscht. Ich hatte Glück. Auf der gesamten Heimfahrt begegnete mir kein anderes Auto. Die Leute waren vernünftig und blieben bei dem derartigen Wetter lieber daheim. Nur ich alter Esel kurvte durch die Gegend.

Hinter Groothusen bog ich rechts in die Van-Wingene-Straße ab und folgte ein paar Hundert Meter dem holperigen Feldweg, um am Hamswehrumer Altendeich in die Zufahrt einzubiegen, die zu meinem kleinen Kapitänshaus führt. Ich freute mich darauf, mit einem dampfenden Teepott in der Hand vorm Kamin die Beine auszustrecken.

Mein aus roten Backsteinziegeln gemauertes Kapitänshaus schälte sich erst völlig aus dem Nebel heraus, als ich den Käfer neben der Eingangstür parkte. Heilfroh, unversehrt zu Hause angekommen zu sein, schaltete ich das Abblendlicht aus und öffnete die Fahrertür. Mich umfing wohltuende Stille, nur die extreme Feuchtigkeit der Luft schien sich wie ein kalter, nasser Lappen auf meine Lunge zu legen. Ich hustete kurz und heftig. Das Wetter war nichts für mich.

Motte schlug mit einem fragenden Wuff an, das gedämpft hinter der Eingangstür erklang. Natürlich hatte er den Käfer sofort am Geräusch erkannt und saß nun drinnen direkt vor der Tür. Normalerweise interessierte er sich nicht dafür, wann ich kam oder ging. Hauptsache, sein Futternapf war gut gefüllt, und er konnte ungestört vorm Kamin liegen und pennen. Wobei ich mich oft fragte: Was träumt so ein Hund eigentlich? Jagt er Katzen oder Karnickel? Mein Dicker allerdings lag in seinen Träumen wahrscheinlich inmitten der Auslage einer Fleischerei, ausgestreckt zwischen Filets, Schweinshaxen und Pansen – Mottes erklärtem Zweitlieblingsleckerbissen: kam bei ihm direkt hinter getrockneter Lunge.

Weil Motte im letzten Sommer das Berner-Sennenhund-Normalgewicht von einhundertzwanzig Pfund überschritten hatte, bekam er von mir eine Diät verpasst. Da mich selber auch der Hosenbund kniff, teilten wir beide das Los einer kalorienarmen Diät und quälten uns bei unseren Läufen auf dem Deich ab. Leider war unseren Bemühungen nur mäßiger Erfolg beschieden. Da mir aber der Dicke leidtat, wenn nachts sein Magen so laut knurrte, dass ich davon wach wurde, erklärte ich seine Spezialkost für beendet und achte seither mehr auf die Größe der Portionen. Den gleichen guten Vorsatz hätte ich auch bei meinen eigenen Portionen umsetzen sollen. Mein Hosenbund spannte noch immer, die nächste Jeans würde eine Nummer größer ausfallen müssen.

»Moin, Dicker!«, begrüßte ich Motte, der sich erhoben hatte, als ich die Tür aufschob. »Ich hoffe, du hast mich vermisst.«

Ausdruckslos sah mich mein Hund an. Wie gewohnt wedelte Motte weder mit dem Schwanz noch begrüßte er mich freudig schnüffelnd oder sprang an mir hoch. Ich wusste, dass mein Hund mich liebte und sogar vermisste, wenn ich nicht da war. Allerdings waren von ihm keine Gefühlsausbrüche zu erwarten.

Halt wie Kerle so sind, dachte ich selbstironisch. Warum solltest du auch eine Ausnahme machen?

Heute allerdings ließ sich Motte wie ein nasser Sack zu Boden fallen und wälzte sich auf den Rücken, was die Aufforderung an mich bedeutete, ihm gefälligst den Bauch zu kraulen.

»Du alter Genießer«, lachte ich und wuschelte ihm erst einmal ordentlich das Fell durch.

Nachdem Motte auf seine Kosten gekommen war, zog ich meine Klamotten aus und ließ sie liegen, wo sie zu Boden gefallen waren. Mir war eiskalt. Ich brauchte erst einmal eine heiße Dusche.

Eine halbe Stunde später saß ich in meinen dicken Bademantel eingewickelt vor dem flackernden Kamin. Mit beiden Händen umklammerte ich meinen Teepott und starrte gedankenverloren in die Flammen.

Wie es wohl in diesem Moment Hilde Lürs ging? Ob sie wach war?

Wahrscheinlich hatten ihr die Ärzte ein Mittel gegeben, damit sie zur Ruhe kam und schlafen konnte. Ich mochte mir die Angst und den Schmerz gar nicht vorstellen, den diese Frau auszuhalten hatte: der Schock, als sie aus dem kleinen Toilettenraum zurückkehrte und vor ihren toten Brüdern und Kollegen stand, die Todesangst vor dem Killer, von dem sie nicht wusste, ob er nicht noch irgendwo auf dem Muschelkutter herumschlich, die Angst vor uns, als wir übers Deck liefen, und die Anspannung, als sie sich Onno geschnappt und ihn mit dem Messer an der Kehle unter die Planen gezogen hatte.

»Ganz zu schweigen von dem Schmerz und der Trauer um ihre toten Brüder«, sagte ich gedankenverloren, während ich in die Flammen starrte.

Auch wenn ich mal wieder meine Grundsätze gebrochen und trotz aller guten Vorsätze ein Mandat angenommen hatte, bereute ich mein spontanes Angebot an Hilde Lürs nicht. Die Frau war von einem unsagbar grausamen Schicksalsschlag getroffen worden.

Warum sollte ich ihr nicht helfen?

Geld brauchte ich nicht, ich kam gut klar. Und Zeit hatte ich im Moment genug. Die Entwürfe der Tattoos, die ich bis Weihnachten fertiggestellt haben sollte, lagen bereits fertig koloriert auf meinem Schreibtisch. Jetzt im November wartete auch keine Gartenarbeit auf mich. Warum zum Teufel hätte ich nicht helfen sollen?

Grundsätze, Alter, sagte eine Stimme in mir und hob einen imaginären Zeigefinger.

Stimmt, dachte ich schuldbewusst. Du wolltest nichts mehr mit der Juristerei zu tun haben, dich nicht mehr um die Sorgen anderer Leute kümmern und nur noch Sachen machen, die dir Spaß machen und guttun.

Das macht dir doch Spaß!, flüsterte eine zweite Stimme in mir. Sogar mörderischen Spaß! Du kannst der Frau helfen und obendrein noch an einem kniffligen fünffachen Mord arbeiten. Und etwas Bewegung und Abwechslung täte dir ohnehin ganz gut. Du rostest sonst ein – Alter!

»Stimmt«, sagte ich zu Motte, der sich nicht angesprochen fühlte und leise schnarchend das wärmende Kaminfeuer genoss. »Ich will wissen, wer die Fischer vergiftet hat. Und ich will wissen, warum!« Und ja, ich half Hilde Lürs auch gern.

Zur Bestätigung meiner Feststellung gähnte ich herzhaft, während mir beim sanft flackernden Schein des Kaminfeuers langsam die Augen zufielen.

6

»Mist!« Fluchend griff ich nach dem Küchentuch, das ich als Serviettenersatz neben meinem Teller liegen hatte, und versuchte mir das Eigelb vom T-Shirt zu wischen.

Vergeblich. Anstatt das Eigelb zu entfernen, rieb ich es nur noch tiefer in den dunklen Stoff hinein. Ich warf die Gabel auf den Tisch, ließ den Rest der Spiegeleier, die ich mir zum Frühstück gemacht hatte, in Mottes Futternapf plumpsen und stapfte nach oben ins Schlafzimmer, um mich umzuziehen.

Es gibt Tage, da lohnt es sich nicht aufzustehen, man täte besser daran, sich die Decke über den Kopf zu ziehen und im Bett zu bleiben. Heute war so ein Tag. Nicht nur, dass mir alle Knochen wehtaten, weil ich eingepennt war und die halbe Nacht im Ledersessel vorm Kamin verbracht hatte. Sondern auch, weil ich obendrein noch den Verdacht hatte, mir in der nebligen Kälte auf dem Geisterschiff eine Erkältung eingefangen zu haben.

Beim Aufwachen hatte mich ein Niesanfall durchgeschüttelt. Außerdem kratzte es im Hals und hinter meiner Stirn machten sich jene Kopfschmerzen bemerkbar, die auf einen grippalen Infekt hindeuteten. Ich kannte so ziemlich alle Witze über Männerschnupfen – und ich konnte über keinen davon lachen. Wahrscheinlich stammten diese Männerwitze ohnehin alle von Frauen.

Ich rief also keineswegs den Notarzt, um mich auf eine Intensivstation einweisen zu lassen, sondern zog mein Sportzeug an und schnürte meine Laufschuhe. Lediglich eine dicke Wollmütze zog ich mir über die Ohren und wickelte mir einen ebenso dicken Wollschal in drei Lagen um den Hals.

Heute musste ich den Dicken nicht vor die Tür locken. Als ich die Treppe hinunterkam, stand er schon in der Diele und sah mich gleichgültig an.

»Na, Dicker«, lachte ich. »Willst du raus oder musst du raus?«

Beleidigt über meine Unterstellung, dass er nur aus dem profanen Grund auf mich wartete, weil er dem Ruf der Natur folgen musste, drehte er mir demonstrativ den Rücken zu. Im Vorbeigehen versetzte ich ihm einen liebevollen Knuff.

»Stell dich nicht so mimosenhaft an.«

Ich zog die Tür hinter uns zu und trabte gemächlich los. Da mein Haus direkt hinterm Deich liegt, waren es nur wenige Schritte bis zu den Steinstufen, die den Deich hochführten. Immer zwei Stufen auf einmal nehmend lief ich die Treppe hinauf. Mottes Schnaufen war dicht hinter mir. Auf dem Deich blieb ich kurz stehen und warf einen Blick in die Runde. Viel gab es nicht zu sehen. Zwar war der Nebel nicht so dicht wie gestern, aber mehr als hundert Meter konnte ich an diesem grauen und kalten Novembermorgen nicht sehen. Nicht einmal das Gras auf dem Deich hob sich farblich ab.

»Komm, Dicker!«, rief ich über die Schulter. »Auf geht's.«

Mit heraushängender Zunge hechelte Motte die letzten Stufen hoch und gab ein freudiges Wuff von sich. Erstaunlich. Wenn der Dicke mal in Fahrt kam, konnte er ein richtiges Energiebündel sein. Heute Morgen verblüffte er mich, als er mit einem weiteren gut gelaunten Wuff an mir vorbeistürmte und mit wehenden Ohren den Deichweg entlanggaloppierte.

Locker lief ich los und hatte das Gefühl, die einzige Menschenseele auf diesem Planeten zu sein. So weit ich schaute, war die Welt grau in grau. Ich konnte seewärts weder See noch Watt erkennen, erkannte aber am Geruch, dass Ebbe sein musste: Ebbe riecht salziger und fischiger als Flut. Landeinwärts war mein Haus verschwunden. Bei diesem Schietwetter waren auch keine Touristen unterwegs. Und von den Einheimischen war erst recht keiner so blöd wie ich, um diese Uhrzeit den Deich entlangzulaufen. Die Schlauen lagen noch im Bett oder saßen gemütlich am Frühstückstisch.

Da ich weder Landmarken noch sonstige Orientierungspunkte sah, war es schwierig für mich, die Entfernung einzuschätzen, die ich gelaufen war. Schrittzähler und Sport-Apps hielt ich schon immer für überflüssigen technischen Schnickschnack, also musste ich mich allein auf mein Gefühl verlassen.

Allerdings machte mir die beginnende Erkältung einen dicken Strich durch die Rechnung. Schon nach gefühlten fünfhundert Metern lief mir der Schweiß in Bächen unter der dicken Wollmütze hervor. Schnaufend blieb ich stehen und zerrte an meinem Schal, der ebenfalls an meinem Hals klebte. Ich musste einsehen, dass es mit Halsschmerzen und Schnupfen wohl keinen Sinn machte, weiter im Nebel über den Deich zu joggen.

»Motte!«, rief ich deshalb laut. »Ab nach Hause!«

Der Nebel schien meine Stimme zu verschlucken.

Obwohl ich wusste, dass es keine kluge Idee war, zog ich mir nun auch noch die Wollmütze vom Kopf, um mir Kühlung zu verschaffen. Mit geschlossenen Augen genoss ich die kalte Luft und wischte mir mit dem Ärmel meiner Jacke den Schweiß vom Gesicht.

»Motte!«, rief ich ein zweites Mal. »Komm her. Lass die Karnickel in Ruhe!«

Nichts. Von Motte war kein Laut zu hören. Da der Dicke oft genug faul vorm Kamin liegt, es aber bei unseren Deichläufen liebt, hinter Karnickeln herzujagen, wollte ich ihm den Spaß nicht verderben. Ich machte ohne ihn kehrt. Motte kannte den Nachhauseweg und würde irgendwann hinterhergetrottet kommen.

Nach wenigen Metern hörte ich ein wütendes Aufjaulen im Nebel, das ebenso abrupt verstummte, wie es ertönt war.

Ich fuhr herum. Motte!

Was war mit meinem Hund los?

»Motte!«, rief ich energisch. »Komm sofort her! Sofort!«

Ich lauschte angestrengt. Der Dicke gab keinen Mucks von sich.

Jetzt war ich in echter Sorge, denn dieses Verhalten war für Motte absolut ungewöhnlich. Auch wenn er seinen eigenen Kopf hatte und meist genau das Gegenteil von dem tat, was ich von ihm wollte, wäre er spätestens beim scharfen Klang meiner Stimme aus dem Nebel aufgetaucht.

Irgendetwas stimmte ganz gewaltig nicht. Vielleicht hatte er sich verletzt? Aber dafür hatte das kurze Aufjaulen zu wütend geklungen. Was war da los?

Plötzlich löste sich ein Schemen aus dem dichten Nebel. Ich kniff die Augen zusammen, um besser sehen zu können. Angestrengt stierte ich dem dunklen Schatten entgegen, der sich mir näherte.

Motte war das eindeutig nicht.

Der Schatten nahm Kontur an. Dann erkannte ich, dass es sich ebenfalls um eine joggende Person handelte. Ob die dunkle Gestalt ein Mann oder eine Frau war, vermochte ich zunächst nicht mit Bestimmtheit zu sagen, sie entpuppte sich dann aber als Mann. Ähnlich wie die autonomen Steinewerfer, die am 1. Mai in Berlin für Randale sorgen, war er vermummt: schwarze Hose, aber nicht speziell zum Joggen, schwarzer Kapuzenpulli und ebenfalls schwarzer Mundschutz, sodass lediglich die Augen zu sehen waren, als er sich auf gleicher Höhe mit mir befand.

»Moin«, sagte ich freundlich und trat einen Schritt zu Seite. Zu spät.

Der schwarz vermummte Jogger folgte meinem Ausweichschritt und rempelte mich so kräftig mit der Schulter an, dass ich stolperte und der Länge nach ins nasse Gras fiel. Im gleichen Moment, als mich der Bodycheck des Unbekannten traf, durchfuhr mich ein glühender Schmerz unterhalb des linken Rippenbogens und ich verlor das Gleichgewicht.

»Du verdammter Vollidiot!«, schrie ich wütend und rappelte mich leicht benommen auf.

Ich sah dem Rüpel hinterher, dessen Angriff mit Sicherheit kein Zufall gewesen war. Sofort schoss mir die gestrige Begegnung mit dem Unbekannten vor der Pizzeria in den Sinn. Konnte der Kapuzenmann von gestern der Rempler von gerade eben sein?

Quatsch!, dachte ich. Wo soll der denn plötzlich herkommen?

Blieb also doch nur eine morgendliche Zufallsbegegnung. Aber wieso sollte mich hier auf dem Deich ein Unbekannter attackieren?

Anderseits: Weshalb treten Unbekannte Frauen von hinten in den Rücken, sodass sie die Stufen einer U-Bahn-Station hinabstürzen und sich die Knochen brechen, wie es jüngst in Berlin geschehen ist? Oder weshalb schubsen irgendwelche Soziopathen wildfremde Leute vor die einfahrende U-Bahn? Die zunehmende Verrohung und Brutalität in Berlin während der letzten Jahre beunruhigten mich schon seit geraumer Zeit. Nun war es auch hier bei uns so weit, im beschaulichen Greetsiel?

Noch bevor ich meinen Gedanken zu Ende gedacht hatte, war der Unbekannte ebenso schnell im Nebel verschwunden, wie er aufgetaucht war. Natürlich hätte ich ihm hinterherspurten und ihn zur Rede stellen können. Aber ich machte mir große Sorge um Motte. Zu wütend hatte sein Jaulen geklungen, als dass es keinen Anlass dafür gäbe. Was war mit meinem Hund? Hatte der Rüpel Motte etwas angetan?

»Motte!«, rief ich nochmals und rannte zutiefst beunruhigt in den dichten Nebel. Meinen schmerzenden Rippen schenkte ich keine Bedeutung.

Nach etwa hundert Metern schälte sich ein dunkler Schatten aus dem Grau des Nebels, der auf dem Deichweg zu liegen schien.

»Motte!«, durchfuhr es mich wie ein Blitz.

Entsetzt sprintete ich los und erreichte wenige Sekunden später meinen Hund, der regungslos am Boden lag.

»Mein Gott, Dicker!«, rief ich voller Angst. »Was ist denn mit dir los?«

Schnell ging ich in die Knie und beugte mich über Motte, der sich schwach bewegte, als er meine Berührung spürte.

»Was ist denn mit dir?« Völlig außer mir vor Sorge tastete ich Motte ab.

Was hatte dieser Scheißkerl mit dem Dicken gemacht? Fieberhaft fuhren meine Hände durch Mottes Fell. Ich konnte keine Verletzungen, kein klebriges Blut an ihm entdecken. Ein jämmerliches Winseln kam aus seiner Kehle. Seine Beine begannen zu zucken.

Mit beiden Händen fuhr ich ihm durchs Fell und erstarrte vor Schreck!

Ein Kabelbinder!

»Du verdammter Scheißkerl!«, zischte ich. »Wenn ich dich in die Finger bekomme …«

Der unbekannte Jogger hatte Motte einen Kabelbinder um den Hals geschlungen und zugezogen. Mein armer Hund war bewusstlos und kurz vorm Ersticken. Der Kerl musste Motte eiskalt so lange am Boden niedergedrückt haben, bis dieser sich vor Kraftlosigkeit nicht mehr wehren konnte. Dann war er aufgestanden und weitergejoggt, bis er mir begegnet und mich aus dem Weg gerempelt hatte. Wahrscheinlich konnte ich von Glück reden, dass er mir nicht auch einen Kabelbinder um die Kehle geschnürt hatte.

Meine Finger glitten an dem straff gezogenen Kabelbinder ab. Zu eng hatte der Unbekannte das Plastikteil gezogen, als dass ich meine Finger darunterschieben konnte.

»Ruhig, Motte. Ganz ruhig«, redete ich dem Dicken zu, obwohl er sich nur noch schwach bewegte.

In mir stieg Panik auf. Fieberhaft suchten meine Fingerspitzen eine Stelle, wo vielleicht Mottes Fell so dicht war, dass der Kabelbinder nicht direkt auf seiner Haut auflag und ich meine Finger drunterschieben konnte.

Immer panischer glitten meine Finger über das glatte Plastik. Immer wieder rutschten sie ab. Während ich den Kabelbinder abtastete, bei dem es sich offenbar um einen sehr stabilen Profibinder handelte, rasten meine Gedanken. Mein Hund erstickte mir unter meinen Händen und ich konnte ihm nicht helfen.

Was konnte ich bloß tun? Motte liegen lassen und zum Haus rennen und mit einem Seitenschneider wiederkommen? Bis ich den Seitenschneider im Werkzeugkasten gefunden hätte und wieder zurück bei Motte war, wäre der Dicke schon dreimal erstickt. Ein Messer hatte ich nicht dabei.

Voller Verzweiflung vergrub ich mein Gesicht in Mottes Fell und versuchte, mit den Zähnen dieses gottverfluchte Plastikteil aufzubeißen. Meine Zähne rutschten ebenso ab wie meine Finger.

»Es tut mir so leid, Dicker«, flüsterte ich, das Gesicht in seinem Fell vergraben, und spürte Tränen der Verzweiflung in meine Augen aufsteigen. »Ich kann dir nicht helfen.«

Voller Wut bäumte ich mich auf. Die Verzweiflung jagte mir einen Adrenalinschub durch den Körper und ich griff erneut nach dem schwarzen Kabelbinder, der in Mottes braunschwarzem Fell fast unsichtbar war.

»Tut mir leid, wenn ich dir jetzt wehtue«, sagte ich, obwohl Motte mich wohl gar nicht mehr hörte. »Aber es geht nicht anders.«

Meine Fingerspitzen gruben sich in Mottes Haut und ich presste meine Finger so tief in sein Gewebe, dass ich Haut und Fell ein paar Millimeter unter dem Kabelbinder verschieben konnte, ebenso wie meine Mittel- und Zeigefinger beider Hände. Mit aller Kraft zerrte ich an dem Mordinstrument. Natürlich hatte ich nicht die geringste Chance, dieses Profiteil zu zerreißen, aber vielleicht bekam ich es ja gedehnt oder …

»Ja!«, entfuhr es mir triumphierend.

Der Kabelbinder hatte ein paar Millimeter nachgegeben, weil die Kabelzunge nicht sicher arretiert gewesen war. Das war sie aber jetzt! Obwohl ich alle Kraft aufwendete, gelang es mir nicht, den Binder weiter zu dehnen; Polyamid hat eine unglaubliche Materialfestigkeit. Aber zumindest hatte ich ein paar Millimeter gewonnen. Ich hörte, dass Motte laut zu röcheln begann.

»Halt durch, Alter!«, rief ich und merkte, wie von meinen Fingern Blut lief.

Der Kabelbinder hatte mir tief in die Haut geschnitten. Ich spürte keinen Schmerz, sondern hatte nur große Sorge, dass meine Hände wegen des Bluts an dem Kunststoff abrutschen könnten.

Was sollte ich jetzt machen? Motte bekam dadurch, dass ich den Kabelbinder mit aller Kraft auseinanderzog, etwas Luft. Auch wenn er um jeden Atemzug kämpfen musste, bestand jetzt zumindest die Chance, dass er diese feige und hinterhältige Attacke überleben würde.

Wenn ich nur den Kabelbinder lange genug auseinander halten könnte.

Keinesfalls bekam Motte genug Luft, dass ich ihn hier liegen lassen und zum Haus laufen könnte, um Werkzeug zu holen. Also tat ich das, was mir in Filmen immer so unsäglich albern vorkam.

Ich schrie um Hilfe!

»Hilfe!«, brüllte ich den Nebel hinein. »Ist da jemand?«

Stille. Keine Antwort.

Nur das Blut in meinen Ohren rauschte. Ansonsten war nichts zu hören, was mich auch gewundert hätte.

»Hallo!«, schrie ich wie ein Wahnsinniger. »Hilfe! Ich brauche Hilfe!«

Ich weiß nicht, wie lange und wie oft ich um Hilfe gebrüllt hatte, bis ich plötzlich eine Antwort bekam.

»Hey!«, erklang es aus dem Nichts. »Was ist da los?«

Wie elektrisiert fuhr ich hoch. Meine Augen versuchten, den Nebel zu durchdringen, natürlich vergeblich. Aber da war jemand!

»Helfen Sie mir!«, rief ich mit rauen und wunden Stimmbändern.

»Was ist denn los?«

»Mein Hund erstickt!« Mittlerweile war aus meinem Rufen ein Krächzen geworden. »Schnell!«

»Dein Hund?«, ertönte es ungläubig. »Was ist mit deinem Hund?«

»Er ist in eine Drahtschlinge gelaufen«, kürzte ich das Geschehen ab, denn wie hätte ich die Geschichte am schnellsten in den Nebel krächzen können?

»Scheiße!«, rief die Stimme. »Moment noch. Ich hab 'ne Zange im Kofferraum. Ich steh hier gleich auf dem Parkplatz.«

»Schnell! Mach schnell!«, forderte ich den unbekannten Helfer auf, erhielt aber keine Antwort mehr.

Hoffentlich hatte er sich auf den Weg zu seinem Auto gemacht.

»Halt durch, Dicker«, sagte ich mit zitternder Stimme zu Motte. »Gleich kommt Hilfe. Halt durch.«

Es dauerte unsäglich lang, bis unvermittelt die Stimme erneut erklang. Diesmal aus nächster Nähe.

»Wo seid ihr?«

»Hier!«, rief ich. »Gleich hier.«

Unvermittelt tauchte eine Gestalt aus dem Nebel auf.

»Jan?«, fragte der Retter, von dem ich nur die Umrisse erkennen konnte.

»Ja«, krächzte ich. »Schnell!«

Ohne lang zu schwätzen oder zu fragen, was passiert war, kniete sich unser Retter neben uns. Jetzt erkannte ich den Mann, der so unverhofft aus dem Nebel aufgetaucht war.

»Holger!«, sagte ich erleichtert. »Dich schickt der Himmel.«

»Wohl weniger«, kam die für Holger typische Antwort. »Die haben mir von da oben auch noch nie geholfen. Musste ich alles alleine machen.«

Holger Wehmann kannte ich seit meinen ersten Tagen in Greetsiel. Der hagere Mittvierziger betrieb direkt gegenüber der grünen Mühle in der *Alten Müllerei* seinen Mühlenladen. Tagein, tagaus stand der geschäftstüchtige Friese von morgens bis abends in seinem Laden und hatte auf jede Frage eine Antwort und für jedes Anliegen eine Lösung. Auch heute hatte er eine Lösung für mein Anliegen.

Ich spürte den Stahl des Seitenschneiders an meinen Fingern und in meinem Kopf blitzte das Bild eines Mordopfers in einem SM-Klub in Pilsum auf, dem vor ein paar Jahren sein Mörder mit einem solchen Seitenschneider einzeln die Fingerglieder abgetrennt hatte.

»Ich hab's, Jan«, sagte Holger mit ruhiger Stimme. »Zieh vorsichtig deine Finger raus. Du blutest ja wie Sau.«

Ich tat, was Holger sagte.

Mit einem leisen Knack durchtrennte der Seitenschneider den Kabelbinder. Ein tiefes Röcheln entrann Mottes Kehle. Sein Gehirn brauchte aber noch einen Moment, um zu verstehen, dass die Lunge wieder atmen konnte.

»Dicker! Hey, Dicker«, rief ich aufgeregt. »Hol Luft. Atme!«

Ich rüttelte Motte und fuhr ihm durchs Fell. Langsam hob sich sein Brustkorb. Die flachen Atemzüge wurden nach jedem Einatmen kräftiger, bis ihn ein heftiger Hustenreiz durchschüttelte. Benommen öffnete Motte die Augen und blinzelte mich verwirrt an.

»Atme!«, forderte ich ihn auf.

Als hätte er mich verstanden, öffnete Motte sein Maul und hechelte geräuschvoll nach Luft. Mir schossen vor Glück und Erleichterung, ihn am Leben zu sehen, Tränen in die Augen, die auf sein Fell tropften.

»'tschuldigung, Holger«, sagte ich und wischte mir verlegen mit dem Jackenärmel über die Augen. Die Tränen mischten sich mit dem Blut aus meinen zerschnittenen Händen.

»Macht nix, Jan«, entgegnete Holger. »Ich würde um meine Katze genauso heulen.«

Ich drückte Motte die nächsten Minuten vorsichtig zu Boden und kraulte ihm beruhigend das Fell. Nach und nach wurde sein Hecheln ruhiger.

»Wer macht denn so was?«, wollte Holger wissen. »Wer erdrosselt denn einen Hund? Der hat doch keinem nix getan.«

»Das werde ich herausfinden, Holger«, sagte ich mit drohender Stimme. »Vielleicht nicht heute oder morgen. Aber ich werde es herausfinden. Und dann gnade ihm Gott!«

Mit eisigem Blick sah ich zu der Stelle, wo der Vermummte im Nebel verschwunden war.

»Egal, wer du auch bist – ich finde dich!«

7

»Halt still!«, mahnte mich Claudia. »Es brennt halt ein bisschen.«
Sie untertrieb maßlos. Das Desinfektionsmittel, mit dem Uz' Tochter meine Schnittwunden behandelte, brannte höllisch.

»Du hast Glück gehabt, dass du dir keine Sehnen verletzt hast.« Claudia schüttelte den Kopf. »Und der Typ ist einfach weitergelaufen?«

Ich nickte müde und sog scharf die Luft zwischen die Zähne. Auch wenn das Desinfektionsmittel höllisch brannte, war ich doch froh, dass die Schnittwunden nicht so tief waren, dass sie genäht werden mussten. Ich hasste alles, was mit Spritzen und Nadeln zu tun hatte.

»Du hast wirklich ein Riesenglück gehabt, dass Holger zufällig auf dem Parkplatz war. Sonst gäbe es Motte wahrscheinlich nicht mehr«, sagte Claudia, während sie spezielle Pflasterstreifen um meine Finger wickelte.

Wie aufs Stichwort schob sich Holger Wehmann mit einem Teepott in der Hand in die Küche.

»Alles klar mit deinem Hund, Jan«, sagte er und deutete mit dem Kopf Richtung Wohnzimmer, wo wir Motte auf seine Lieblingsdecke vor den Kamin gelegt hatten. »Der pennt jetzt durch bis Weihnachten.«

»Das darf er auch!«, lächelte ich milde. »Hauptsache, dem Dicken geht's gut.«

»So, fertig!«, verkündete Claudia und schlang den letzten Rest des Spezialpflasters um meinen Zeigefinger. »Das Pflaster sollte drei, vier Tage halten und darf auch nass werden. Aber es ist trotzdem besser, wenn du dir die hier vorm Duschen überziehst.« Sie legte mir eine Handvoll elastischer Einmalhandschuhe auf den Küchentisch.

»Mach ich«, nickte ich und bewegte vorsichtig die Finger, was erstaunlicherweise nur ein wenig brannte, aber nicht nennenswert schmerzte. »Hab vielen Dank für deine Hilfe.«

»Kein Ding«, winkte Claudia ab und wandte sich an Holger, während sie das Verbandszeug zusammenpackte. »Das war ein echtes Glück, dass du im richtigen Moment zur Stelle warst und auch noch dein Werkzeug im Kofferraum hattest.«

Holger winkte ebenso wie Claudia zuvor ab und entgegnete augenzwinkernd: »Kein Ding.«

»Was hast du eigentlich so früh am Deich gemacht?« Claudia hielt im Aufräumen inne und sah zu Holger hoch.

Holger sah Claudia an, antwortete aber nicht. Leicht verunsichert wanderte sein Blick zu mir. Ihm war anzusehen, dass er gerade krampfhaft nach einer Antwort auf Claudias Frage suchte.

»Ich meine …«, hakte Claudia nach und zog ihre Augenbrauen steil in die Höhe, »… es war noch sehr früh. Und neblig. Was macht man in diesem Nebel am Deich?«

»Eben.« Holger nickte demonstrativ und nahm einen kräftigen Verlegenheitsschluck aus seinem Becher.

»Eben was?«, gab Claudia zurück und sah Holger wie eine Klassenlehrerin an, die ihren Schüler mit dem Spickzettel in der Hand erwischt hat, während dieser höchst erstaunt über den Zettel in seiner Hand ist.

»Na, eben …«, mit unschuldiger Miene zog Holger die Schulter hoch und sah Claudia treuherzig an, »… ich meine … eben. Der Nebel.«

»Der Nebel?«, echote Claudia mit strengem Blick. »Was war mit dem Nebel?«

»Ich … ich wollte nur gucken …«

Zwar hatte ich mich auch schon gefragt, was Holger um diese frühe Uhrzeit auf dem Parkplatz unten am Deich machte. Da er grundsätzlich Sport für Mord hielt, kam ein Deichlauf schon mal nicht infrage. In mir war auch kurz der Gedanke aufgeblitzt, ob er den unbekannten Vermummten kannte, vielleicht sogar getroffen hatte.

Ich hatte aber den Gedanken nicht weiterverfolgt, denn wir hatten alle Hände voll zu tun, um Motte zum Haus zu tragen. Gott sei Dank hatte Holger sein Handy dabei, sodass ich, ohne lange nachzudenken, zuerst Uz anrief. Normalerweise verblüfft Uz mich immer damit, dass er beim ersten Klingelzeichen den Hörer abnimmt und zu jeder Tages- und Nachtzeit hellwach klingt. Heute nicht. Zum ersten Mal, seit ich Uz kannte, ging er nicht ans Telefon.

Bevor ich anfangen konnte, mir Sorgen zu machen, klingelte ich bei Claudia durch, die wie an den meisten Tagen der Woche ärztlichen Notdienst hatte. Trotz des tragischen Unfalls, bei dem ihre Mutter ums Leben gekommen war und sie sich eine Querschnittslähmung zugezogen hatte, die sie an den Rollstuhl fesselte, absolvierte Claudia regelmäßig wie ihr Vater den ärztlichen Notdienst für die Patienten ihrer Praxis. Natürlich war Claudia keine Tierärztin, sondern Landärztin, ebenso wie ihr Vater Uz es sein Leben lang gewesen war. Aber sie hatte sich in der Vergangenheit schon einige Male um Motte gekümmert. Wenn er sich zum Beispiel mit einer Katze geprügelt hatte. Claudia war zudem deutlich schneller bei uns als der

Tierarzt aus Emden. Außerdem hatte sie heute mit mir gleich zwei Patienten.

Holger zu fragen, weshalb er denn nun zufällig am Deich war, kam mir nicht in den Sinn. Zu aufgewühlt und unter Adrenalin stehend, hatten wir Motte nach Hause geschleppt. Da zur gleichen Zeit Claudias Kombi die Einfahrt hochgerollt kam, hatten wir keine Zeit zum Quatschen. Erst jetzt, nachdem Claudia mir die Hände verarztet hatte, kam ich langsam wieder runter. Die Wirkung des Adrenalins ließ allmählich nach und ich spürte immer stärkere Schmerzen in der linken Schulter, wo der Vermummte mich mit der Wucht eines Huftritts gerammt hatte.

»Gucken?« Claudia ließ nicht locker. »Was wolltest du gucken? Ob der Nebel noch da ist?«

Mir tat Holger leid, wie er von Claudia ins Kreuzverhör genommen wurde. Mich interessierte es zwar mittlerweile auch brennend, was Holger auf dem Parkplatz gemacht hatte, aber ich würde ihn bei anderer Gelegenheit fragen.

»Mögt ihr noch 'ne Tasse Tee?«, fragte ich deshalb und legte meine Hände auf die Lehnen des Küchenstuhls, um mich zu erheben.

Eine Bewegung, die ich besser unterlassen hätte. Ein glühend heißer Schmerz durchfuhr mich. Mit schmerzverzerrtem Gesicht presste ich meinen Arm gegen meinen linken Rippenbogen.

»Oh Schiet«, stöhnte ich laut auf. »Tut das weh!«

Claudia ließ das Verbandszeug auf den Tisch fallen. Mit ihrem Rollstuhl machte sie eine Einhundertachtziggraddrehung und griff nach meinem Arm. Der Schmerz in meiner Seite war so stechend heiß, dass ich das Gefühl hatte, als würde mir jemand eine riesige glühende Stahlnadel durch den Oberkörper direkt ins Hirn jagen.

»Lass mal sehen!«, befahl Claudia, die den Umgang mit schmerzverkrümmten Patienten gewohnt war, mit professioneller Arztstimme.

»Hmpf«, machte ich und versuchte, mich halbwegs aufrecht hinzusetzen.

Mit geschickten Fingern schob Claudia mir mein Sweatshirt hoch.

»Mein Gott!«, rief sie überrascht. »Du blutest ja!«

»Wieso blute ich?«, fragte ich entsetzt.

»Lehn dich zurück«, befahl Claudia, ohne mir zu antworten.

Ich befolgte ihre Anweisung und lehnte mich in Zeitlupe gegen die Lehne des Küchenstuhls. Stöhnend sog ich die Luft zwischen die Zähne.

»Das war ein Messer«, ließ sich Holger vernehmen und zeichnete ein paar unsichtbare Striche in die Luft wie Zorro. »Ein Stich und zack.«

»Keine voreiligen Schlüsse«, wies Claudia ihn zurecht und wischte mit einem Tupfer an mir herum.

»Scheiße!«, stieß ich zwischen zusammengebissenen Zähnen hervor, denn jetzt brannte es genauso höllisch wie vor ein paar Minuten, als Claudia mir die Finger verbunden hatte.

»Ist gleich vorbei«, beruhigte sie mich. »Ich glaube, Holger hat recht. Die Wunde sieht ganz nach einer Stichwunde aus.«

»Stichwunde?« Ich glaubte mich verhört zu haben. »Wieso denn Stichwunde? Wo soll die denn auf einmal herkommen?«

»Hast du denn nichts gemerkt, als der Typ dich angerempelt hat?«, fragte Claudia und legte eine sterile Kompresse auf meine Rippen.

»Ja ... doch«, räumte ich ein, denn mit einem Mal erinnerte ich mich an den glühenden Schmerz, den ich in etwas milderer Form beim Zusammenstoß mit dem Vermummten verspürt hatte. »Als der Typ mich anrempelte, hat es für einen kurzen Moment an den Rippen ziemlich wehgetan.«

»Siehst du«, nickte Claudia und zog einen weißen Pflasterstreifen von der Rolle ab, um den Tupfer auf meiner Haut zu befestigen. »Das wird es wohl gewesen sein.«

»Ja, aber …«, widersprach ich. »Wenn das ein Messer war, hätte ich doch bluten müssen.«

»Hat es ja auch. Nur nicht so viel, dass du es gemerkt hast«, erwiderte Claudia und wandte sich an Holger. »Hol mir mal zwei Sofakissen aus dem Wohnzimmer.«

Holger verschwand, um Claudias Auftrag umgehend zu erledigen.

»Aber es hätte doch sicherlich tierisch geschmerzt«, stöhnte ich. »So wie jetzt.«

»Du warst bis über die Ohren vollgepumpt mit Adrenalin, Jan«, erklärte Claudia und griff nach einem der Kissen, die Holger ihr wortlos hinhielt. »Das Adrenalin blendete den Schmerz aus. Eine Schutzreaktion des Körpers. Erst wenn der Adrenalinspiegel wieder auf seinen Normalwert absinkt, spürst du den Schmerz. Genau wie du jetzt erst die Prellung in deiner Schulter verspürst.«

Ich wusste, dass Claudia recht hatte. Die Wirkung von Adrenalin auf die Schutzmechanismen des Körpers waren mir durchaus bekannt. Erstaunlich, dass einem die einfachsten Dinge nicht einfallen, wenn man selber betroffen ist.

»Und was den Stich anbelangt …«, fuhr Claudia fort, während sie mir ein Kissen vorsichtig in den Rücken schob, »… bin ich mir fast sicher, dass es kein Messer war, sondern …«

»Was denn sonst?«, fiel Holger ihr ins Wort.

»Ein Skalpell.«

»Aua!«, entgegnete er trocken.

Ich stöhnte unterdrückt auf. »Ein Skalpell. Bist du sicher?«

»Nein«, antwortete Claudia. »Bin ich natürlich nicht ohne Röntgenbefund. Aber ziemlich. Der Stich ist schmal. So schmal, dass es kein Messer gewesen sein kann. Zumindest fällt mir kein Messer ein, das eine solch schmale und glatte Wunde verursachen kann, dass die Wundränder sofort wieder zusammenkleben, wenn die Klinge aus der Wunde gezogen wird. Bleibt nur ein Skalpell. Außerdem kenne ich Skalpellschnitte. Habe ja oft genug selber eins in der Hand.«

»Verstehe«, sagte ich, während ich mühsam versuchte, meinen Niesreiz zu unterdrücken, der mir meine Erkältung ins Gedächtnis zurückrief. »Deshalb hat es auch nicht geblutet. Aber wieso jetzt?«, wollte ich wissen.

»Keine Ahnung«, antwortete Claudia. »Wahrscheinlich hat die Wunde Spannung bekommen, als du dich gerade mit den Armen vom Stuhl abstoßen wolltest. Da ist sie aufgeplatzt.«

»Genau so war's«, pflichtete Holger ihr bei und reichte Claudia das zweite Sofakissen.

Ohne auf Holgers Einwand einzugehen, schoss Claudia einen scharfen Blick auf den Ladenbesitzer ab und wandte sich mit dem Kissen in der Hand mir zu.

»Und du bleibst jetzt ganz ruhig sitzen«, wies sie mich an und polsterte meine Seite mit der Wunde von hinten ab. »Ohne Röntgenaufnahme kann ich nicht ausschließen, dass dein Rippenfell verletzt ist. Kommt drauf an, wie tief die Stichwaffe eingedrungen ist. Deshalb geht's jetzt auch ab ins Krankenhaus zum Röntgen.«

Ich verzichtete darauf zu widersprechen. Sie hatte recht. Es wäre unvernünftig gewesen, es bei einem Verband zu belassen.

Während Claudia ihr Handy hervorzog und einen Notarztwagen alarmierte, fischte ich mein Handy aus der Hosentasche und wählte Thyras Nummer. Sie war in der vergangenen Nacht nicht nach Hause gekommen, wie schon einige Male in letzter Zeit. Hatte ich ihr am Anfang noch Vorwürfe in Form spitzer Bemerkungen gemacht, ärgerte ich mich nun nur noch stumm, aber ständig. Zugegeben, es ging mich nichts an, mit wem meine Tochter ihre Nächte verbrachte. Ich hätte es aber trotzdem gern gewusst. Schließlich war sie, soweit ich wusste und wenn sich nichts geändert hatte, mit dem Pathologen Tillmann liiert.

Ich lauschte dem Freizeichen. Nichts.

Die Mailbox sprang an und Thyras Samtstimme ertönte, die ich nur allzu gut aus ihrer Zeit als Radiomoderatorin der Nachtsendungen im Ohr hatte.

»… einfach eine Nachricht hinterlassen«, beendete Thyras Stimme die Ansage.

Ich drückte die Verbindung weg.

Was war denn nur heute los? Uz war nicht erreichbar, was schon ungewöhnlich genug war. Und jetzt auch noch Thyra?

»Verdammt!«, fluchte ich in mich hinein und wandte mich Holger zu. »Kannst du mir einen Gefallen tun?«

»Welchen?« Argwöhnisch sah er mich an.

»Motte«, sagte ich. »Kannst du so lange bei Motte bleiben, während ich im Krankenhaus bin?«

Holger wiegte nachdenklich seinen hageren Schädel, dessen verbliebene Haare ebenso kurz geschoren waren wie meine. Ich wusste, was in ihm vorging. Er musste ein paar weitere Stunden seinen Laden geschlossen lassen. Ein Unding für Holger.

»Hast du eigentlich noch ein paar von deinen Bootslaternen auf Lager?«, wechselte ich das Thema.

»Na klar.« Ein verschmitztes Lächeln erschien auf seinem Gesicht. »Habe letzte Woche eine ganze Fuhre reinbekommen.«

»Wie groß?«, wollte ich wissen.

Holger zeigte mit den Händen eine Höhe, von der ich wusste, dass es sich um große Bootslaternen handelte.

»Dann nehme ich zwei«, sagte ich.

»Zwei große?«

Ich nickte. »Zwei große. Und du nennst mir den Preis. Dann hast du für heute Vormittag dein Geschäft gemacht und kannst deinen Laden zulassen, bis ich wieder da bin. Bei dem Schietwetter verirren sich sowieso keine Kunden in deinen Laden.«

»So mock wi datt.« Erfreut lächelte Holger und fuhr sich mit der Hand über seinen Dreitagebart, der ebenso grau wie meiner war.

Zwanzig Minuten später flammte das Blaulicht des Notarztwagens durch die Scheiben des Küchenfensters auf. Während der Fahrt durch den nebligen Morgen starrte ich schweigend an die weiße Decke des Notarztwagens und stöhnte unterdrückt auf, wenn er über eine Bodenwelle der Landstraße fuhr.

Der heutige Tag hatte sich zu einem echten Scheißtag für Motte und mich entwickelt. Wäre ich besser doch im Bett geblieben.

8

»Skalpell«, stellte der diensthabende Arzt in der Notaufnahme des Emder Krankenhauses fest und bestätigte Claudias ursprüngliche Vermutung. »Ein sauberer Schnitt. Schmal, aber tief.«

»Wie tief?«, wollte ich wissen.

Der diensthabende Chirurg, auf dessen Namensschild Dr. Benno Boeckhoff stand, hielt ein kleines Kunststofflineal ans Röntgenbild.

»Hm. Ich schätze, drei Zentimeter. Glatt rein und ebenso glatt wieder raus.«

Er wandte sich von dem Leuchtkasten ab, an den er mein Röntgenbild geklemmt hatte, und schob sich die Lesebrille ins dichte Grauhaar.

»Sie haben Glück gehabt«, beglückwünschte er mich. »Richtig großes Glück. So ein Skalpell ist scharf, sehr scharf. Es durchtrennt Muskeln, Sehnen, Bänder wie ein heißes Messer die Frühstücksbutter. Dafür ist es ja auch gemacht. Bei Ihnen hat das Skalpell glücklicherweise keine Blutgefäße und auch keine inneren Organe verletzt. Es ging sauber rein und raus.«

»Dann werde ich mich für den sauberen Schnitt bei dem Typen bedanken – persönlich!«, erwiderte ich grimmig.

Skeptisch verzog der Arzt sein Gesicht. »Ich kann mir vorstellen, dass Sie stinksauer sind, Herr de Fries. Wäre ich auch. Aber halten Sie mal besser die Füße still und überlassen die Ermittlungen der Polizei. Haben Sie schon eine Anzeige gemacht?«

Ich schüttelte den Kopf. »Nein.«

»Sollten Sie aber«, ermahnte Dr. Boeckhoff mich. »Wer einfach mal so beim Morgenspaziergang im Vorbeigehen aus dem Nichts heraus einen Hund erdrosselt und einem Mann ein Skalpell zwischen die Rippen sticht, ist eine Gefahr für die Allgemeinheit!«

»Ich werde Ihren Rat beherzigen«, sagte ich ohne rechte Überzeugung.

Sicher hatte der Arzt recht und ich würde auch Anzeige erstatten. Falls mir aber der Vermummte zufällig über den Weg laufen sollte, würde ich nicht lange fackeln und ihn mir schnappen. Natürlich mit der gebotenen Vorsicht. Denn auch ich hielt den Kerl für einen Soziopathen mit verminderter oder nicht vorhandener Hemmschwelle.

Eine solche Attacke sprach für sich. Es gehörten schon eine beträchtliche Skrupellosigkeit und menschliche Verrohung dazu, einem friedlich dahertrabenden Hund aus dem Handgelenk heraus einen Kabelbinder als Würgeschlinge umzulegen und ein paar Meter weiter einem Spaziergänger seelenruhig ein Skalpell in die Seite zu rammen. Ganz abgesehen davon: Wer trägt morgens beim Joggen Kabelbinder und Skalpell bei sich?

»Wann war Ihre letzte Tetanusimpfung?«, unterbrach die Stimme des Arztes meinen Gedankengang.

Ich machte ein ratloses Gesicht. »Keine Ahnung.«

»Mein Stichwort!«, lachte die Krankenschwester gut gelaunt, welche die ärztliche Untersuchung am Computer protokolliert hatte.

Nachdem mir die Schwester die Impfung verpasst hatte, sah ich misstrauisch auf die Spritze, die der Arzt in der Hand hielt. Ich hasse jegliche Art von Nadeln, die Ärzte in einen hineinstechen können. Ich weiß, das ist für jemanden, der Tattoos entwirft, vielleicht eine merkwürdig anmutende Abneigung. Aber jeder hat so seine Marotten.

»Keine Sorge, Herr de Fries«, beruhigte mich der Chirurg, der meinen Blick treffend interpretiert hatte. »Für das Lokalanästhetikum nehme ich immer die kleinste Nadel. Den Einstich merken selbst die ängstlichsten Kinder, die sich vorm Doktor fürchten, nicht.«

»Danke«, erwiderte ich ironisch. »Jetzt habe ich auch keine Angst mehr.«

»Sorry, so hatte ich das nicht gemeint«, lachte der Arzt schallend.

»Geschenkt, Doc«, erwiderte ich trocken, denn für heute war mir der Humor vergangen.

Mit mürrischem Gesicht ließ ich die Behandlung über mich ergehen und zählte unterdessen die gegenüberliegenden Schubladen des Verbandsschrankes.

»So, Herr de Fries!« Zufrieden mit seinem Werk zog sich mein Gegenüber die OP-Handschuhe aus und ließ sie in einen metallenen Mülleimer fallen. »Ich habe die Wunde steril gespült, Ihnen ein Antibiotikum eingelegt und die Wunde mit zwei Stichen genäht. Was bei einem solch glatten Schnitt im Grunde nicht nötig wäre. Aber ich gehe lieber auf Nummer sicher, denn ich will vermeiden, dass Ihnen der Schnitt bei einer falschen Bewegung wieder aufplatzt.«

Nachdem mir der Arzt noch erklärt hatte, dass sich der Faden selber auflösen werde, ich zwei Wochen körperliche Anstrengungen vermeiden und meinen Hausarzt auf die Wunde schauen lassen sollte, verabschiedeten wir uns mit Handschlag voneinander.

In der Cafeteria des Krankenhauses genehmigte ich mir erst einmal einen doppelten Espresso und eine Käseschrippe. Lustlos kaute ich an dem Brötchen und einem Gedanken herum, der mir gerade in der Cafeteria gekommen war: Hilde Lürs lag hier im Krankenhaus. Obwohl man mich noch nicht verständigt hatte, konnte es durchaus sein, dass sie bereits ansprechbar war. Entschlossen legte ich die angebissene Schrippe auf den Teller und erhob mich.

Erstaunlicherweise erhielt ich die Zimmernummer von Hilde Lürs, ohne mich ausweisen zu müssen. Ich staunte ebenfalls nicht schlecht, als ich vor der Zimmertür der Frau stand und kein Polizist weit und breit in Sicht war. Immerhin war sie die einzige Überlebende eines Giftanschlags, dem fünf Männer zum Opfer gefallen waren, und es war nicht auszuschließen, dass der Mörder sie als mögliche Zeugin nachträglich aus dem Weg räumen wollte. Schließlich lag das Motiv noch vollkommen im Dunkeln.

Ich sah den Gang hinunter. Da weder Arzt noch Pflegepersonal in Sichtweite waren, klopfte ich dezent gegen die Tür.

Kein Laut war hinter der Tür zu hören. Keine Stimme erklang, die mich zum Eintreten aufforderte. Abwartend stand ich vor der Tür und wartete auf eine Reaktion. Als diese nach ein paar Sekunden nicht erfolgte, klopfte ich erneut. Diesmal lauter.

Auch auf das zweite Klopfen erfolgte keine Reaktion. Ob Hilde Lürs schlief? Vielleicht stand ich ja auch vorm falschen Zimmer.

Leise drückte ich die Klinke hinunter und schob die Zimmertür auf. Das Krankenzimmer lag im Dämmerlicht. Die Jalousien waren hintergelassen und das trübe Tageslicht trug nicht dazu bei, mehr als die Umrisse eines am Fenster stehenden Krankenbettes zu erkennen. Neben dem Bett ragte ein Infusionsständer empor, an dem ein paar Flaschen hingen. Leises Summen ertönte von einem medizinischen Gerät. Zwei kleine rote Kontrolllämpchen leuchteten im Halbdunkel.

»Hallo«, flüsterte ich und betrat leise das Zimmer.

Wenn Hilde Lürs immer noch unter Medikamenten stand und schlief, wollte ich sie nicht aus dem Schlaf reißen, schließlich drang ich hier unangemeldet ein.

»Hilde«, flüsterte ich von der Zimmermitte her. »Sind Sie wach?«

Zwar konnte ich das Bett erkennen, aber die darin liegende Gestalt nicht. Bettdecke und Nachtschrank verdeckten die Patientin in ihrem Krankenbett. Als ich mich dem Bett bis auf Armlänge genähert hatte, kamen mir Zweifel an meiner Idee, Hilde Lürs einen Besuch abzustatten. Mich überkam ein ungutes Gefühl, aber ich wollte zumindest einen Blick auf sie werfen.

»Frau Lürs.« Vorsichtig beugte ich mich vor.

Eine Hand schnellte unter der Bettdecke hervor und umklammerte mit hartem Griff mein Handgelenk. Im gleichen Moment schlang sich ein Arm um meinen Hals und nahm mich in den Würgegriff.

»Zwei Angreifer«, schoss es mir durch den Kopf.

Alles geschah gleichzeitig: die hervorschnellende Hand, die mich am Arm packte, die Gestalt, die blitzschnell unter der Bettdecke hervorschnellte, und der Arm, der sich um meinen Hals schlang.

Das verdunkelte Zimmer mit dem nur schemenhaft erkennbaren Bett war eine Falle gewesen!

Der Angreifer hinter mir drückte mich zu Boden, während die Gestalt, die unter der Bettdecke hervorgeschnellt war, sich vornüberbeugte und mir einen Kabelbinder um das rechte Handgelenk schlang.

Ich wehrte mich verbissen mit aller Kraft und es gelang mir, dem Gegner vor mir einen Tritt mit dem Knie zu verpassen. Gleichzeitig traf einer meiner Schläge einen der Angreifer, dass es laut knirschte, als ein Knochen brach. Wahrscheinlich handelte es sich um die Nase meines Gegenübers. Ein greller Schmerzensschrei bestätigte meine Vermutung.

»Das wird teuer«, knurrte eine Stimme, die mir bekannt vorkam. »Widerstand gegen die Staatsgewalt.«

»Was denn für eine Staatsgewalt, ihr Deppen!«, brüllte ich zornig und legte mein ganzes Gewicht in den nächsten Tritt, als ich austeilte.

Ein dumpfes Geräusch ertönte, dem ein schmerzhafter Aufschrei folgte, als mein Stiefel einen Körper traf.

»Polizei!«, sagte die Stimme hinter mir scharf. »Sind Sie das, de Fries?«

»Lassen Sie mich los, Freud!«, fuhr ich den Kommissar an, dessen Stimme ich erkannte, und grub meine Finger in seinen Unterarm, mit dem er mich fast erdrosselte.

»Was soll denn der Scheiß?«, rief ich aufgebracht. »Spielt ihr hier Räuber und Gendarm?«

Der Griff um meinen Hals lockerte sich. Röchelnd holte ich Luft und bekam einen Hustenanfall. Der Arm verschwand von meinem Hals. Ein paar Sekunden später flammte das Deckenlicht auf.

Keuchend richtete ich mich auf. Meine Lunge pfiff auf dem letzten Loch. Reichte es denn nicht, dass mir meine Erkältung beim Atmen immer stärker zu schaffen machte? Musste mir der Jungspund obendrein noch die Luft abdrehen?

Vor mir auf dem Linoleumboden kniete Kommissar Mackensen und krümmte sich vor Schmerz, während er seine Hände gegen den Unterleib presste.

Mit strengem Gesicht und blutender Nase nahm Kommissar Freud seinen Finger vom Lichtschalter und kam auf mich zu.

»Das wird teuer!« Seine Stimme klang drohend, während er sich mit dem Handrücken das Blut wegwischte, das ihm übers Kinn lief.

»Und ob, Inspektor Clouseau!«, entgegnete ich mit ätzender Ironie in Anspielung auf den genialen Tölpel aus den Krimis *Der rosarote Panther*, während ich mir den Hals rieb. »Aber für Sie!«

Ich wandte mich Mackensen zu, der noch immer mit schmerzverzerrtem Gesicht auf dem Boden kniete.

»Kommen Sie hoch. Ich helfe Ihnen«, bot ich Mackensen meine Hilfe an und streckte ihm meine Hand entgegen.

Mit zusammengepressten Lippen schüttelte er den Kopf.

»Widerstand gegen die Staatsgewalt. Körperverletzung eines Beamten im Dienst. Beamtenbeleidigung«, zählte er auf.

»Stimmt«, erwiderte ich. »Wenn Sie sich als Polizisten zu erkennen gegeben hätten. Haben Sie aber nicht!«

Drohend baute sich Freud vor mir auf und funkelte mich wütend an.

»Da Sie für mich nicht als Beamte zu erkennen waren, können Sie Ihre Beschuldigungen in der Pfeife rauchen. Sie haben mich überfallen, ich hab mich gewehrt – in Notwehr.« Ich griff an dem noch immer am Boden knienden Mackensen vorbei nach der Notrufklingel und drückte den roten Knopf. »Ich hol jetzt mal eine Schwester. Sie sehen echt übel aus, Kommissar Mackensen.«

Auch wenn es in der Vergangenheit einige Gelegenheiten gegeben hatte, in denen ich Mackensen liebend gerne ein Ding verpasst hätte, tat er mir jetzt fast schon leid, wie er da hockte. Mein Tritt hatte ihn voll an seinen Kronjuwelen erwischt.

»Uii«, mitfühlend verzog ich mein Gesicht, »DAS tut weh.«

Mein Blick fiel auf das Krankenbett, in dem sich der Kommissar unter der Bettdecke verborgen hatte. Es war natürlich leer. Mackensen hatte sich ja schlecht mit der Patientin gemeinsam ins Bett legen können.

»Wo ist Hilde Lürs?«, fragte ich scharf.

Während Mackensen unterdrückt vor sich hin stöhnte, sah mich Freud ausdruckslos an. Er machte keine Anstalten, mir eine Antwort zu geben.

»Das wird teuer«, zitierte ich seine Begrüßung vor zwei Minuten. »Körperverletzung und Amtsmissbrauch, weil Sie mir den Kontakt mit Hilde Lürs verweigern. Frau Lürs ist meine Klientin.«

Die hereinstürmende Schwester enthob Kommissar Freud einer Antwort.

»Was ist denn hier los?«, fragte die rothaarige Schwester scharf und stemmte ihre kräftigen Arme in die Hüften.

Ich deutete mit dem Kopf auf Mackensen, der noch immer auf dem Fußboden hockte und sich den Unterleib hielt. »Volltreffer.«

»Kerle!«, schnaufte sie erbost und stapfte auf ihren kräftigen Beinen, die in bequemen weißen Turnschuhen steckten, auf den am Boden knienden Kommissar zu, um sich seiner anzunehmen. »Ich hab von Anfang an gesagt, das mit der Falle ist eine Schnapsidee. Aber auf mich wollten Sie ja nicht hören. Nur gut, dass die Patientin wohlbehalten zu Hause ist und dort ihre Ruhe hat.«

»Vielen Dank«, sagte ich trocken und warf Kommissar Freud einen spöttischen Blick zu. »Ich bin dann mal weg.«

»Und Sie halten sich etwas auf die Nase«, hörte ich sie Freud anblaffen. »Sie bluten mir den ganzen Fußboden voll.«

Nachdem ich das angebliche Krankenzimmer von Hilde Lürs verlassen hatte, verließ ich ebenso zügig die Station, hielt mich nicht mit dem Warten auf den Fahrstuhl auf, sondern lief eilig die Treppen hinunter. Im Erdgeschoss steuerte ich sofort die Besuchertoilette an.

Ich verriegelte die Tür hinter mir und lehnte mich drinnen außer Atem dagegen. Die Erkältung machte mir immer stärker zu schaffen. Und der Ringkampf mit Mackensen und Freud hatte mich ziemlich außer Puste gebracht. Erschöpft rieb ich mir den Hals, wo mich der Jungspund mit seinem Unterarm wie in einer Schraubzwinge gewürgt hat.

»Du dämlicher, übermotivierter Klugscheißer«, fluchte ich halblaut und drückte mich von der Tür ab. Vorsichtig schob ich vor dem Spiegel mein Sweatshirt hoch, um die frisch verarztete Wunde zu inspizieren.

Der Doc hatte gute Arbeit geleistet. Der Verband saß noch sicher an seinem Platz. Ich drehte den Wasserhahn auf und schöpfte mir mit beiden Händen das kühlende Nass ins Gesicht. Auch Claudias Pflaster um die Finger hatten die Auseinandersetzung schadlos überstanden.

Nachdem ich mich erfrischt hatte, angelte ich mein Handy aus der Tasche. Erleichtert sah ich, dass Uz sich mittlerweile gemeldet hatte. Ich wählte seine Nummer. Wie gewohnt nahm mein Kumpel mit dem ersten Klingelzeichen ab.

»Mm«, machte er wortkarg.

Seine Laune schien sich nicht wesentlich gebessert zu haben.

»Moin«, begrüßte ich ihn und kam ohne Umschweife zur Sache. »Kannst du mich im Krankenhaus abholen und zu Hilde Lürs fahren?«

»Klar«, antwortete Uz. »Wie geht's dir?«

»Frisch verpflastert und schlecht gelaunt.«

»Na, das passt ja«, brummte er. »Zwanzig Minuten. Dann bin ich bei dir.«

Da mich Uz nach meinem Befinden gefragt hatte, dürfte Claudia ihm wohl Bericht erstattet haben. Und Thyra? Von ihr hatte ich noch immer nichts gehört. Auch auf dem Display war keine Meldung, dass sie versucht hatte, mich anzurufen. So langsam begann ich mir Sorgen zu machen.

9

Uz setzte den Blinker, der trotz der dreißig Jahre, die er auf dem Buckel hatte, zuverlässig leise knackend seinen Dienst verrichtete, und lenkte seinen alten Benz auf die B 72 Richtung Norden. Der Nebel hatte sich halbwegs aufgelöst und wir kamen zügig voran.

Nach unserer kurzen Begrüßung vergewisserte sich Uz, dass es mir tatsächlich so gut ging, wie ich sagte. Dann versanken wir in tiefes Männerschweigen, das bis zum Kreisel anhielt, der kurz hinter Norden liegt.

»Hier geht's zur Fabrik vom alten Lürs«, sagte Uz und bog in die Ostermarscher Straße ein, die auch zum Flugplatz Norden-Norddeich führt.

Nach einem knappen Kilometer bog er links Richtung Küste ab und nach weiteren zwei Kilometern blieb der Benz mit laufendem Motor vor der Einfahrt zu einem modernen blauen Fabrikgebäude stehen. Die mit einem Gitter eingezäunte Fabrik lag an der Tunnelstraße direkt hinterm Deich. Auf dem großen Parkplatz waren mehrere Lkws geparkt sowie eine Handvoll Pkws, bei denen es sich wahrscheinlich um Privatautos von Mitarbeitern handelte.

»Das ist sie, die Fabrik vom alten Lürs«, stellte Uz fest.

»Größer, als ich dachte«, sagte ich und ließ meinen Blick an der blauen Fassade des Gebäudes entlanggleiten.

»Ja, der Alte ist geschäftstüchtig.«

»Und wo wohnt Hilde Lürs?«, fragte ich. »Wohl kaum hier auf dem Betriebsgelände.«

Uz deutete nach links, wo ich ein kleines Wäldchen erkannte, das ein Anwesen mit mehreren Häusern umschloss.

»Da drüben. Mattes hat damals den Hof mit einigen Nebengebäuden gekauft und ausgebaut. Hilde wohnt in dem kleinen Haus, das wie eins der alten Kapitänshäuser aussieht. Mattes wohnt im Haupthaus.«

»Und die Brüder?«, fragte ich und reckte den Hals. »Wohnen ... wohnten die auch auf dem Hof?«

Uz schüttelte den Kopf. »Ich weiß nicht. Früher ja, aber ob sie heute noch dort wohnen ... wohnten ...« Auch Uz musste sich korrigieren; zu frisch war der Tod der Männer auf dem Muschelkutter, als dass er sich bereits daran gewöhnt hatte, in der Vergangenheitsform zu sprechen.

Er legte knarrend einen Gang ein, woraufhin sich der Benz ächzend wieder in Bewegung setzte. Ein paar Hundert Meter später bog Uz in die Einfahrt ein, die zum Anwesen von Mattes Lürs führte, das von einem dichten Ring knorriger alter Bäume umgeben war. Wir stiegen aus und mit einem satten Geräusch fielen Fahrer- und Beifahrertür des alten Mercedes ins Schloss, als wir sie zuwarfen. Mit einem unguten Gefühl sah ich mich in dem Innenhof des beeindruckenden Anwesens um.

Mattes Lürs hatte das Haupthaus und die drei Nebengebäude aus rotem Backstein liebevoll und aufwendig restaurieren lassen. Die Backsteinhäuser mit ihren weißen Butzenfenstern und den für Ostfriesland typischen grün-weißen, mit kunstvollen Schnitzereien verzierten Haustüren waren eine Augenweide.

»Beeindruckend«, staunte ich und sah mich mit großen Augen um.

»Ja, Mattes hat viel Geld in seinen Hof gesteckt. Sei ihm auch gegönnt. Er hat sein Leben lang hart geschuftet. Kein Wochenende, kein Feiertag. Sogar am Tag seiner Hochzeit war er kurz vor der Trauung auf dem Kutter, weil eine Maschine sauer fuhr.« Uz lachte trocken. »Er war von oben bis unten ölverschmiert, als er in der Kirche auftauchte.«

»Ihr kennt euch gut«, stellte ich fest.

Uz sah schweigend zum Haupthaus hinüber, das wie ausgestorben vor uns lag. Es vergingen zwei Minuten, bis er anfing, langsam zu nicken.

»Wir waren Freunde.«

»Waren?« Ich sah ihn überrascht an.

Obwohl wir uns schon lange kannten, hatte Uz mir nie von seiner Freundschaft mit dem Muschelfischer erzählt. Sicherlich war er mit mehr Leuten in der Krummhörn bekannt oder stand in irgendeiner Beziehung zu ihnen, als ich sie jemals kennenlernen würde. Aber ich wunderte mich schon ein bisschen, dass er Mattes Lürs niemals erwähnt hatte.

Zwei weitere Minuten vergingen.

»Is' schon lange her.«

Ich warf ihm einen kurzen Seitenblick zu. Uz' Gesicht war aschfahl und wirkte wie versteinert. Ihm schien dieses Familiendrama gehörig an die Nieren zu gehen.

»Dort wohnt Hilde.« Uz deutete auf ein schmuckes kleines Backsteingebäude mit Butzenscheiben, das sich mit seinem niedrigen Dach unter die schützenden Äste der Baumumfassung zu schmiegen schien.

»Kommst du mit?« Fragend sah ich meinen Freund von der Seite her an.

Er sog tief die feuchte und noch immer leicht neblige Luft durch die Nase ein.

»Nee, du«, bedächtig schüttelte er den Kopf, »mach du mal allein.«

»Gehst du währenddessen zum alten Lürs?«, wollte ich wissen.

Diesmal klang Uz' tiefes Luftholen wie ein trauriger Seufzer. Auch sein bedächtiges Schweigen schien doppelt so lange zu dauern.

Endlich nickte er. »Wat mutt, dat mutt.«

»Ich denke, ihr seid Freunde?«

»Waren, Jan. Wir waren Freunde!«, entgegnete Uz gereizt. »Präteritum! Vergangenheit!«

In letzter Zeit versetzte mich Uz immer öfter in Erstaunen. Ich konnte mir weder seine störrische Schweigsamkeit noch seine zunehmende Gereiztheit erklären. Mir war es aber auch zu blöde, ihn ständig zu fragen, was los war. Schließlich war Uz ein mehr als erwachsener Mann und sollte einschätzen können, wann er seine Freunde vor den Kopf stieß.

Diesmal war ich es, der wortlos davonstapfte.

Nach zwanzig Metern drehte ich mich zu Uz herum. Er stand noch immer an der gleichen Stelle und starrte auf das Haus von Mattes Lürs.

»Wann habt ihr euch das letzte Mal gesehen?«, rief ich ihm zu.

Es dauerte die mittlerweile schon obligatorischen zwei Minuten, bis von Uz eine Antwort kam. »Bei seiner Hochzeit!«

Mir fiel fast die Kinnlade herunter. Ich wusste ja von Uz' Dickschädeligkeit und ging davon aus, dass Mattes Lürs ihm da in keiner Weise nachstand. Aber eine solche Zeitspanne schien mir auch für den schweigsamsten Ostfriesen als ziemlich ausgedehnt.

»Das ist ...«, ich überschlug kurz die Jahreszahlen im Kopf, »... vierzig Jahre her!«

»Neununddreißig!«, kam postwendend Uz' Antwort.

Ich starrte ihn ungläubig an. Das konnte doch wohl nicht wahr sein! Diese Zeitspanne erschien mir selbst für Uz eine ziemlich lange Zeit des Schweigens zu sein. Zwischen den beiden musste etwas Gravierendes vorgefallen sein. Etwas sehr Gravierendes.

Auch wenn ich vor Neugier fast platzte, verkniff ich mir jede weitere Frage. Ich wollte mich nicht wieder von meinem Kumpel abkanzeln lassen. »Pfft«, machte ich und drehte mich kommentarlos um.

Uz sollte tun, was er wollte, oder es meinetwegen auch lassen. Mittlerweile war ich mindestens genauso gereizt, wie er es seit Tagen war. Mürrisch stapfte ich auf dem Weg zu Hilde Lürs' Haustür und rammte meinen Finger ungestüm auf die Klingel.

Als sich nichts regte, wartete ich anstandshalber noch eine halbe Minute ab, um meinen Zeigefinger erneut nachdrücklich auf den messingfarbenen Klingelknopf zu legen.

Langsam, fast zögerlich öffnete sich die Tür einen Spalt. Ein Auge wurde im Türspalt sichtbar.

»Moin, Frau Lürs«, begrüßte ich sie ohne Anflug eines schlechten Gewissens, weil ich Sturm geklingelt hatte, schließlich war ich nicht zum Vergnügen hier.

»Moin«, erwiderte die Stimme hinter der Tür tonlos.

Wenn ich jetzt erwartet hatte, dass Hilde Lürs mich erkannte und die Tür öffnete, hatte ich mich getäuscht. Die Kapitänin der *Hilde* umklammerte mit einer Hand das Türblatt und machte keine Anstalten, mich einzulassen.

»Frau Lürs«, sagte ich behutsam. »Wissen Sie, wer ich bin?«

Das Auge sah mich ausdruckslos und ohne jegliche Regung an. Es blinzelte noch nicht einmal.

»Mein Name ist Jan de Fries.«

Hilde Lürs zeigte noch immer keine Regung, geschweige denn ein Zeichen des Erkennens. Ich begann mich zu fragen, ob sie nicht zu früh aus dem Krankenhaus entlassen worden war. Möglicherweise stand sie noch immer unter Schock.

»Jan de Fries«, wiederholte ich mit ruhiger Stimme. »Ihr Anwalt.«

In dem Auge, das mich die ganze Zeit unverwandt anstarrte, glomm für den Bruchteil einer Sekunde ein Zeichen des Erkennens auf.

»Ach«, sagte sie ohne erkennbares Interesse. »Der Anwalt.«

»Ihr Anwalt!«, sagte ich nachdrücklich.

»Mein Anwalt«, echote sie ohne jegliche Gefühlsregung und mit kaum hörbarer Stimme.

Langsam öffnete sich der Spalt der Tür. Licht fiel auf das blasse Gesicht der Frau. Hilde Lürs sah ausgezehrt und unsäglich müde aus. Was ja auch kein Wunder war. Ein schrecklicher Schicksalsschlag hatte sie getroffen und nur durch den Umstand, dass sie Diabetikerin war, war sie selbst knapp dem Tod entkommen.

Ich fasste an die Tür und schob sie sacht so weit auf, dass ich mich seitlich hindurchschieben konnte. Hilde Lürs löste ihre Hand vom Türblatt und trat einen Schritt zurück. Mit zwei Schritten stand ich vor ihr in der kleinen und gemütlichen Diele, deren Wände mit unzähligen Fotos in Goldrahmen geschmückt waren. Ein Blick über die Bildergalerie ließ mich vermuten, dass es sich bei den Fotos um Familienbilder handelte. Allerdings gab es ... ich zählte kurz ... siebzehn leere Stellen inmitten der Fotogalerie. Natürlich hätten dort keine Bilder hängen müssen, aber anhand der Schatten und der noch in der Wand steckenden kleinen Nägel war klar, dass dort Bilder weggenommen worden waren. Hatte Hilde Lürs sie abgehängt? Und wenn ja, warum?

»Darf ich eintreten?«, fragte ich überflüssigerweise, da ich ja bereits in der Diele stand.

Wortlos drehte sich Hilde Lürs um und durchquerte die Diele, um durch eine offen stehende Tür zu verschwinden. Sie trug einen blau-weiß gestreiften Bademantel.

Ich sah ihr nach, bis sie verschwunden war, und ging ihr dann mit langsamen Schritten hinterher. Mit den Fingerknöcheln klopfte ich an den Türrahmen, bevor ich das im Halbdunkeln liegende Zimmer betrat.

Hilde Lürs stand am Fenster, das zu einem hinter dem Haus liegenden Garten hinausging, und sah nach draußen. Sie wandte mir den Rücken zu.

»Frau Lürs«, machte ich mich bemerkbar.

Vorsichtig näherte ich mich ihr.

Unter meinen Füßen knirschte Glas. Mein Blick nach unten fiel auf mehrere Bilder, bei denen es sich zweifellos um jene handelte, die in der Fotogalerie in der Diele kahle Stellen an der Wand hinterlassen hatten. Die Rahmen waren auf den Boden geworfen worden. Das Holz zertreten, die Glasscheiben zersplittert. Ob achtlos, verzweifelt oder voller Wut, wusste nur Hilde Lürs allein.

Ich tippte auf blanke Verzweiflung.

»Ich …« Wieder knirschte es unter meinen Füßen; diesmal mit einem harten Geräusch.

Die Frau am Fenster fuhr herum.

»Wer sind Sie?«, kreischte sie mit schriller Stimme.

»Jan«, sagte ich mit der Vorsicht, mit der man sich einer verletzten Wildkatze nähert, deren Fuß in einer stählernen Falle steckt. »Jan de Fries. Ich bin Ihr Anwalt. Erinnern Sie sich?«

Als keine Reaktion kam, versuchte ich es auf einem persönlicheren Weg. »Ich bin ein Freund von Uz.«

Der Name ihres alten Arztes schien eine Blockade zu lösen. Hilde brach weinend zusammen.

Ich erwischte die Kapitänin, bevor sie mit dem Kopf auf einen Beistelltisch schlagen konnte, und umfasste sie mit beiden Armen. Hilde Lürs war eine schmale Frau, die einen Kopf kleiner war als ich. Es fiel mir leicht, sie aufzufangen. Mit der Frau im Arm durchquerte ich das Wohnzimmer und setzte mich auf die Sofakante. Ihre Arme schlangen sich um meinen Hals, während ihr gesamter Körper unkontrolliert zu beben begann.

Hilflos hielt ich die Frau in den Armen und wusste nicht genau, was ich machen sollte. Ich bin nicht sehr geübt darin, verzweifelt schluchzende Frauen zu trösten. Auch wenn ich weiß, dass es ein alter Chauviimpuls ist, werde ich butterweich, wenn Frauen weinen.

Mir hatte mal eine Frau nach der zweiten Flasche Rotwein gebeichtet, dass sie bewusst weinen konnte. »Wenn ich nicht weiterweiß oder mir kein Argument einfällt ...«, hatte sie mit schwerer Zunge gestanden, »... dann heul ich halt. Mein Gegenüber hat dann nämlich schon mal per se Unrecht.«

Nun wäre es den Frauen der Welt gegenüber unfair, wenn ich auch nur im Ansatz denken würde, dass Tränen prinzipiell ein berechnendes weibliches Kalkül seien. Schließlich war ich der Letzte, den ich als einen einfühlsamen Frauenversteher bezeichnen würde. Vielleicht aber beschlich mich deshalb nach der Rotweinbeichte das ironisch-diffuse Gefühl, so manche von Tränen begleitete Diskussion mit einer Frau im Nachhinein besser verstanden zu haben.

Bei der verzweifelten Frau jedoch, die mich soeben mit ihren Armen umschlang und deren Tränen mein Sweatshirt durchnässten, war ein solcher Gedanke vollkommen absurd. Als wäre ein Damm gebrochen, weinte Hilde Lürs sich gerade ihre Trauer und Verzweiflung aus der Seele.

Ich hatte keine Ahnung, wie lange ich sie in den Armen gehalten hatte, bis ihr Schluchzen leiser wurde. Zwanzig Minuten, vierzig Minuten? Keine Ahnung. Ich hatte das Zeitgefühl verloren. Nur mein eingeschlafenes Bein zeugte davon, dass wir schon eine ganze Weile auf dem Sofa hockten. Es dauerte noch eine weitere Weile, bis ich mich traute, ihre Umarmung zu lockern.

»Frau Lürs«, sagte ich leise und löste mich behutsam mit tränennassem Shirt aus ihren Armen. »Wir müssen reden.«

Benommen nickte sie und hob ihren Kopf. Ihr Haar war an den Seiten nass und klebte ihr vollkommen zerdrückt an Stirn und Schläfe. Ein trockener Hickser schüttelte sie durch.

»Ich hole Ihnen ein Glas Wasser«, sagte ich und schob sie sacht zur Seite. Mühsam stand ich auf und hinkte mit eingeschlafenem Bein zur Diele, wo ich irgendwo die Küche vermutete.

Meine Vermutung erwies sich als richtig. Gleich rechter Hand führte eine Tür zu einer eleganten Einbauküche im Landhausstil. Hinter einer Butzenscheibe erkannte ich diverse Gläser, von denen ich eines mit Wasser aus der Leitung füllte.

Als ich mit dem Wasserglas ins Wohnzimmer zurückkehrte, saß Hilde Lürs aufrecht auf dem Sofa und versuchte mit beiden Händen, Ordnung in ihren zerknautschten Wuschelkopf zu bringen.

»Danke«, sagte sie und blickte verlegen an meiner Schulter vorbei, als ich ihr das Wasserglas reichte.

Mit großen Schlucken trank sie das Glas gierig aus. Ich nahm ihr das leere Glas aus der Hand und ging zurück in die Küche, um es ein zweites Mal zu füllen. Auch dieses leerte die Kapitänin mit großen Schlucken.

Sie muss total ausgedörrt sein, dachte ich und bot ihr an, das Glas ein drittes Mal zu füllen.

Sie schüttelte den Kopf. »Danke. Das reicht.«

Ich stellte das leere Glas auf den Couchtisch. »Können wir reden?«, fragte ich behutsam.

Sie nickte und fuhr sich mit beiden Händen durchs Haar. »Geht schon. Entschuldigen Sie bitte …«

»Kein Grund, sich zu entschuldigen!«, winkte ich ab. »Alles gut.«

»Ich …«, begann sie stockend, »… ich weiß nicht, wo ich anfangen soll.«

Mir war klar, dass ich äußerst behutsam mit meinen Fragen sein musste. Zu frisch, zu schmerzhaft war die Wunde, die der Verlust der Brüder und Kameraden in ihr Herz gerissen hatte.

»Wie ist der Fang verlaufen?«, begann ich mit einer sachlichen Frage, die sich nicht auf die Tragödie des Massenmords an Bord bezog.

»Gut«, antwortete sie spontan und ohne zu überlegen. »Der Morgen lief total gut. Wir hatten vier Hols.«

»Waren die Hols reich?«, hakte ich nach, denn ich wusste, dass jeder Hol – wie Muschelfischer das Einholen der Fangnetze bezeichnen – das Fangergebnis des ganzen Tages beeinträchtigen konnte.

»Sehr gut.« Ihre Stimme wurde lebhafter, als sich ihre Erinnerung auf ihren Alltag, das Muschelfischen, bezog. »Die Netze waren prall. Wir haben eine Muschelkolonie abgefischt.«

Mir war das Muschelfischen mit den Diskussionen um Umweltschutz und Fangquoten geläufig. In der Vergangenheit gab es immer wieder Stimmen von Umweltschützern, die den Muschelfischern Raubbau an den Muschelbeständen und Umweltzerstörung vorwarfen. Obwohl ich mich nicht allzu gut mit den Feinheiten des Muschelfischens auskannte, wusste sogar ich, dass diese Vorwürfe nicht zutrafen. Schon seit vielen Jahren bestellten Muschelfischer verantwortungsvoll und nachhaltig ihre Muschelbänke. Sie setzten mit immensem Zeit- und Kraftaufwand Muschelsaaten aus, die sie auf den eigens angelegten Kolonien vermehrten und die erst geerntet wurden, wenn sie sich über eine gewisse Anzahl von Jahren entsprechend vermehrt und entwickelt hatten. Ähnlich wie Bauern ihre Felder bestellen, bewirtschafteten Muschelfischer ihre Muschelkolonien: nachhaltig, umweltbewusst und im Einklang mit Natur und Umweltschutz. Ich wusste auch, dass die konservativen Muschelfischer neuen Methoden der Kultivierung von Muschelbänken und -beständen skeptisch und kritisch gegenüberstanden. Das alte Lied von althergebrachten Methoden und modernen Innovationen machte auch vor dem jahrhundertealten Stand der Muschelfischer nicht halt.

»Und dann ...«, lenkte ich Hilde Lürs' Aufmerksamkeit auf die schrecklichen Geschehnisse an Bord, »... dann haben Sie Geburtstag gefeiert.«

Sie nickte schwach.

»Wer hatte denn Geburtstag?«, hakte ich nach.

»Jochen«, antwortete sie mit zitternder Stimme und bestätigte Uz' Hinweis auf das Geburtstagskind, bevor wir auf die *Adele* geklettert waren. »Mein Bruder Jochen. Er ist ... war ... Käpt'n der *Adele*.«

Bevor sie wieder in ihre Verzweiflung abdriften konnte, lenkte ich ihre Aufmerksamkeit auf die nächste Frage. »Sie sind Diabetikerin, richtig?«

Sie hickste zur Antwort.

Ich stand erneut auf und holte ihr ein drittes Glas Wasser, von dem sie aber nur einen Schluck nahm, bevor sie es wieder auf den Tisch stellte.

»Deshalb haben Sie nichts von der Torte gegessen«, stellte ich fest.

Wieder hickste sie zur Antwort.

»Aber Sie haben mit angestoßen?«, hakte ich nach.

»Und mir dann fast die Seele aus dem Leib gekotzt!«, entfuhr es ihr. »Obwohl ich nur einen ganz kleinen Schluck getrunken habe. Ich hasse das Zeug!«

»Es lag nicht an dem Schnaps«, erklärte ich. »Ich glaube, der Friesengeist war mit K.-o.-Tropfen versetzt.«

»K.-o.-Tropfen?« Ihr Kopf fuhr hoch.

»Eine Vermutung, die noch nicht bestätigt wurde«, schwächte ich meine Aussage ab, um sie nicht mehr als unbedingt nötig aufzuregen. »Eine erste Vermutung.«

»Und das Gift?«, hauchte sie so leise, dass ich sie kaum verstehen konnte. »Wo war das Gift?«

Wir sahen uns schweigend an. Ich musste nicht antworten. Ihre Vermutung wurde zur Gewissheit, als sie die Antwort in meinen Augen las. Langsam begann Hilde Lürs' Unterlippe zu zittern.

»Die Torte«, ihre Augen sahen mich furchtsam an, als ob sie meine Bestätigung fürchtete, »das Gift war in der Torte.«

»Es ist noch nicht bestätigt, dass es Gift war«, antwortete ich. »Aber ja. Im Moment spricht alles dafür, dass sich das Gift in der Torte befand.«

Hilde Lürs' Gesicht war aschfahl.

In dem Bemühen, sie mit einer anderen Frage vom Schmerz abzulenken, fuhr ich fort: »Wieso haben Sie die Bilder von der Wand abgenommen?«

Wie von einem Insekt gestochen fuhr sie vom Sofa hoch. Ihre Arme umklammerten ihren Oberkörper, der zu zittern begann. Mit bebenden Fingern begann sie ihre Oberarme zu kneten.

»Weil …«, sie konnte ihrer Stimme kaum Herr werden, als sie antwortete, »… weil … ich konnte ihren Blick nicht mehr ertragen!«

Ich sah sie voller Mitgefühl an. »Verstehe.«

»Sie verstehen nichts!«, fuhr sie mich ebenso unvermittelt an. »Sie verstehen gar nichts!«

»Was verstehe ich nicht?«, fragte ich, obwohl ich ihre Antwort bereits zu kennen glaubte.

»Weil …«, ihre Stimme versagte, als ein erneuter Weinkrampf sie schüttelte, »… weil … ich habe die Torte mitgebracht.«

»Ich habe die Torte mitgebracht!«, stieß sie ein weiteres Mal hervor. »Ich habe meine Brüder umgebracht! Meine Brüder und meine Freunde. Ich bin eine Mörderin!«

10

Vorsichtig lehnte ich die Tür an, als ich das Haus verließ.

Hilde Lürs lag auf dem Wohnzimmersofa. Ich hatte sie mit einer Wolldecke zugedeckt, nachdem ich mir ziemlich sicher war, sie ein paar Minuten allein lassen zu können. Ich wollte Uz zur Hilfe holen, damit er sich um die Kapitänin kümmerte.

Schließlich ist er der Arzt von uns beiden, dachte ich. Außerdem kennt er sie viel besser als ich.

Zielstrebig steuerte ich das Haus vom alten Lürs an und überquerte mit schnellen Schritten den Hof. Als auf mein Klopfen niemand antwortete, umrundete ich das Backsteingebäude auf dem schmalen Kiesstreifen, der entlang der Hauswand verlief. Der Kiesweg führte mich hinters Haus, wo sich ein Garten mit einer großen mit alten Kopfsteinen gepflasterten Terrasse befand, die ich zum Teil schon vom Wagen aus gesehen hatte. Trotz des nasskalten Novemberwetters hatte Mattes Lürs die Terrassenmöbel noch nicht ins benachbarte Gartenhaus geräumt. Auf zwei massiven Gartenstühlen aus Holz saßen sich Uz und Mattes Lürs schweigend und ohne eine Miene zu verziehen gegenüber.

»Moin«, machte ich mich bemerkbar und trat neben die beiden Männer.

Genauso gut hätte ich die Armee Gartenzwerge begrüßen können, die seitlich der Terrasse aufgebaut war und von der Sammelleidenschaft der Hausbewohner zeugte. Wobei ich eher die Frau des Hauses hinter der Sammelwut vermutete. Der weißhaarige, knochige Muschelfischer mit dem wettergegerbten Gesicht und den schwieligen Händen schien mir nicht der Typ zu sein, der eine ganze Garnison von Gartenzwergen in unterschiedlichsten Größen, Farben und Posen zusammengetragen hatte: vom klassischen Gartenzwerg mit Schubkarre über einen blauen Schlumpfzwerg bis hin zu einem exhibitionistischen Gartenzwerg, der seinen Mantel aufriss, und einem auf dem Boden hingestreckten Zwerg, in dessen Rücken ein Messer stak – alle möglichen und unmöglichen Gartenzwerge, die ein leidenschaftlicher Sammler zusammentragen konnte oder geschenkt bekam, waren hier versammelt.

Da keiner der beiden Männer zu beabsichtigen schien, in nächster Zukunft etwas zu sagen, hielt ich mich nicht lange mit Floskeln auf, sondern kam direkt zur Sache: »Hilde Lürs hatte gerade einen Nervenzusammenbruch. Sie braucht einen Arzt!«

Ohne ein Wort zu viel zu verlieren, erhob sich Uz und stiefelte auf direktem Weg quer über den Rasen auf seinen Benz zu. Er öffnete den Kofferraum und ich sah ihn seine abgewetzte alte Arzttasche hervorholen, die er immer im einsatzbereiten Zustand im Kofferraum deponiert hatte. Einmal Arzt – immer Arzt.

Ich setzte mich auf den Platz, von dem Uz gerade eben aufgestanden war, und sah den Fischer an. Auch wenn immer vom alten Lürs die Rede war, kam mir der Muschelfischer nicht alt vor. Mit seinen grauen Haaren und dem wettergegerbten Gesicht sah Mattes Lürs wie ein echter Seebär aus, der schon so manchen Sturm überstanden und manche Untiefe des Lebens umschifft hatte. Aber wie ein alter Mann wirkte er nicht auf mich.

»Moin«, sagte ich.

Keine Reaktion. Mattes Lürs' Gesichtsausdruck ließ keinen Rückschluss darauf zu, ob es ihm egal war, wer ich war und warum ich bei ihm aufkreuzte, oder ob er mich überhaupt wahrnahm. Letzteres könnte ich ihm nicht verdenken. Schließlich hatte er zwei Mannschaften verloren, von denen die beiden Kapitäne seine Söhne waren.

»Ich weiß, dass niemand den Schmerz nachfühlen kann, den Sie gerade empfinden müssen«, sagte ich mit betroffener Stimme. »Trotzdem möchte ich Ihnen mein tief empfundenes Beileid aussprechen.«

Eine Minute verging, ohne dass der Fischer eine Reaktion zeigte. Dann straffte er seine Schultern und drehte langsam den Kopf in meine Richtung. Seine blassblauen Augen musterten mich misstrauisch.

»Warum wollen Sie Hilde helfen?«, fragte er schroff, ohne auf meine Worte einzugehen.

Ich erwiderte seinen Blick freundlich, ohne sein Misstrauen persönlich zu nehmen. Wieso auch? Er kannte mich schließlich nicht und seine Frage war berechtigt: Wieso sollte ein völlig Fremder seiner Tochter aus heiterem Himmel helfen?

»Ich weiß es selber nicht«, antwortete ich und zuckte mit den Schultern. »Gelegentlich fahre ich mit Uz zum Fischen raus und genieße ansonsten meinen Ruhestand. Wir waren zufällig in der Nähe, als ...«, einen Moment suchte ich nach den richtigen Worten, um dann mit möglichst neutraler Stimme fortzufahren, »... wir das Notsignal sahen.«

Ich wusste nicht, ob Uz, die Polizei oder Hilde Lürs den Muschelfischer über das Geschehen an Bord der *Adele* und die Umstände, unter denen wir die toten Muschelfischer gefunden hatten, aufgeklärt hatten, ging aber von einem Besuch der Polizei aus.

»Ihre Tochter ist die einzige Überlebende«, fuhr ich fort. »Sie steht noch immer unter Schock.«

»Hilde ist unschuldig!«, fuhr Mattes Lürs mich aufgebracht an. »Sie braucht keinen Anwalt!«

»Gerade dann braucht sie einen Anwalt«, entgegnete ich nachsichtig.

Mit dieser Reaktion war ich in meinem Berufsleben als Anwalt schon oft konfrontiert gewesen. Wenn es so einfach wäre, dass derjenige, der unschuldig war, keinen Anwalt benötigte, wäre nie ein Unschuldiger hinter Gittern gelandet und Justizirrtümer hätte es nie gegeben. Aber so leicht war es nicht. Ich wusste zum derzeitigen Zeitpunkt noch nicht, ob der zuständige Staatsanwalt gegen Hilde Lürs ermitteln würde. Dafür war es noch zu früh. Zunächst einmal hatte die Kripo Hilde Lürs nach Hause gehen lassen. Offenbar lag kein Tatverdacht gegen sie vor. Das konnte sich aber noch ändern.

»Quatsch!«, fuhr mich der Muschelfischer an. »Die Polizei hat sie nach der Vernehmung laufen lassen.«

Was sich auch wieder ändern kann, dachte ich ohne Ironie bei mir, unterließ es aber, den Fischer noch zusätzlich zu beunruhigen.

Wie aufs Stichwort ertönten Motorengeräusche von mehreren Wagen, die auf den Hof fuhren. Ich stand auf und ging bis zur Hausecke, von der aus ich den gesamten Hof überschauen konnte.

Ein dunkler BMW rollte heran und blieb nach ein paar Metern neben Uz' altem Benz stehen. Der dunklen Limousine, die ich als Mackensens Dienstwagen erkannte, folgten ein Polizeiwagen und ein unauffälliger weißer Kastenwagen, bei dem es sich um ein Fahrzeug der Spurensicherung handelte. Die Türen der Fahrzeugkolonne sprangen gleichzeitig auf. Ich erkannte Mackensen und Freud, die sich kurz absprachen und sich anschließend getrennt, jeweils gefolgt von zwei uniformierten Polizeibeamten, in Bewegung setzten. Während Mackensen auf Mattes Lürs' Haus zukam, steuerte Freud das Haus von Hilde Lürs an. Die vier Beamten der Spurensicherung blieben an ihrem Kastenwagen stehen und warteten auf weitere Anweisungen.

Mackensen bog um die Ecke, dicht gefolgt von zwei Uniformierten.

»Moin zusammen.«

Mit in den Taschen vergrabenen Händen baute sich der Kommissar vor uns auf. Mir warf er einen kurzen grimmigen Blick zu, ging aber nicht auf unsere kürzliche Begegnung ein. Offensichtlich hatte er sich von meinem Tritt erholt.

Zumindest spricht er noch in einer männlichen Tonlage, dachte ich boshaft.

»Herr Lürs?«, wandte sich Mackensen an den alten Muschelfischer.

»Was wollen Sie?«, erwiderte der grauhaarige Käpt'n, ohne aufzusehen.

»Kommissar Mackensen von der Kripo Emden«, stellte der sich vor. »Ich möchte Ihnen mein Beileid aussprechen.«

»Und dafür kommen Sie extra hierher?«, unterbrach ihn der Muschelfischer trocken.

Mackensen seufzte leicht. Seine Fußspitze zeichnete eine imaginäre Figur auf dem Terrassenholz.

»Nein, Herr Lürs. Ich komme nicht nur, um Ihnen mein Beileid auszusprechen«, erwiderte er ungewöhnlich einfühlsam. »Wir sind auch gekommen, um Ihre Tochter abzuholen.«

»Zum Verhör?«

»Nicht nur«, antwortete Mackensen. »Sie steht unter Mordverdacht.«

Die Worte des Kommissars trafen Mattes Lürs wie eine Ohrfeige.

Der Muschelfischer fuhr von seinem Stuhl hoch und schien im ersten Moment auf den Kommissar losgehen zu wollen. Ich machte einen Schritt auf ihn zu und fasste ihn fest an der Schulter. Es war niemandem damit gedient, wenn auch er noch verhaftet worden wäre.

Meine Hand schien den Fischer wieder zur Besinnung zu bringen. Er blieb stehen und sah Kommissar Mackensen mit finsterer Miene an. »Meine Tochter ist unschuldig.«

»Das...«, erwiderte Mackensen mit einer der üblichen Floskeln der Kriminalpolizei, »... werden die Ermittlungen ergeben. Im Moment haben wir fünf tote Fischer und eine Überlebende. Die Männer an Bord der *Adele* wurden vergiftet. Ihre Tochter war die Einzige an Bord, die nichts gegessen und getrunken hatte. Wir sehen im Moment nur sie als dringend Tatverdächtige.«

»Steht das Obduktionsergebnis schon fest?«, unterbrach ich Mackensen.

»Wer will das wissen?« Mackensen sah mich forschend an, schien aber mit der Antwort zu rechnen, die ich ihm gab.

»Der Anwalt der unter Mordverdacht stehenden Hilde Lürs«, antwortete ich knapp.

»Als hätte ich es mir nicht schon gedacht«, nickte Mackensen gleichgültig. »Ja. Die Obduktion ist bereits erfolgt. Die Ergebnisse liegen vor.«

»Welches Motiv sehen Sie bei Frau Lürs?«, fragte ich.

»Sie hatte die Gelegenheit und sie war am Tatort«, lautete die wenig überzeugende Antwort des Kommissars.

»Mit anderen Worten: Sie haben weder einen Tatverdächtigen noch ein Motiv«, lachte ich trocken und humorlos auf. »Die Staatsanwaltschaft möchte aber in einem solch spektakulären Fall so schnell wie möglich eine Verhaftung präsentieren.«

»Alles Weitere wird die Vernehmung zeigen«, sagte Mackensen und machte deutlich, dass er nicht die Absicht hatte, mit mir über die Gründe der Staatsanwaltschaft zu diskutieren, die zu Hilde Lürs' Verhaftung führten. »Ich habe hier eine Durchsuchungsgenehmigung, Herr Lürs. Wir wollen uns ihr Haus anschauen.«

Mattes Lürs' Kiefer begannen vor unterdrückter Wut und Verzweiflung zu mahlen. »Wieso?«, presste er zwischen den Zähnen hervor.

»Das Gift befand sich in der Torte. Und die muss irgendwo gebacken worden sein. Wir wollen uns Ihre Küche anschauen.«

Der Muschelfischer machte wortlos einen Schritt auf den Kommissar zu und ballte die Fäuste. Mackensen behielt unbeeindruckt die Hände in den Taschen und rührte sich keinen Millimeter vom Fleck.

»Gehen Sie ruhig rein«, sagte ich und verstärkte den Griff um die Schulter des Fischers. »Wir warten so lange hier draußen.«

Mackensen warf mir einen kurzen Blick zu und gab den beiden uniformierten Polizisten einen Wink mit dem Kopf, die sich daraufhin gleichzeitig in Bewegung setzten.

»Rauchen Sie, Mattes?«, wandte ich mich an den Kapitän, der mich irritiert ansah und nickte.

Während Mackensen sich mit einem letzten Blick abwandte, zog ich den Fischer zurück zu dem Stuhl, auf dem er gesessen hatte.

»Setzen Sie sich hin«, forderte ich ihn auf. »Es bringt nichts, wenn Sie sich aufregen.«

Ich begann in den Taschen meiner Jacke zu kramen und zog eine zerdrückte Packung Zigarillos hervor.

»Rauchen Sie so was?« Ich fingerte zwei der braunen Stäbchen aus der Packung hervor und hielt Lürs eins davon unter die Nase.

Wortlos griff er nach dem leicht verbogenen Tabakstäbchen, während ich ein Einmalfeuerzeug mit dem Werbeaufdruck eines Bestatters hervorzog.

Nomen est omen, dachte ich und hielt dem Fischer die Flamme entgegen.

Mattes Lürs beugte sich vor und paffte ein paar Züge. Knisternd setzte sich der Tabak in Brand. Schweigend saßen wir da und bliesen den blauen Rauch in den grauen und nebelverhangenen Himmel.

Einige Minuten und etliche Rauchkringel später räusperte sich der Muschelfischer und spuckte achtlos neben meinen Schuh. Ich wusste nicht, ob ich das Ausspucken als Gesprächseröffnung oder Feindseligkeit deuten sollte.

»Da haben Sie wohl recht gehabt«, stellte er fest.

Aha. Gesprächseröffnung, dachte ich, machte aber keine Anstalten, ihm zu antworten. Ich konnte auch den Schweiger mimen, wenn mir danach war.

Mattes Lürs warf mir nach einer Minute einen Seitenblick zu. Ich blies einen großen Rauchkringel in die Luft.

»Was kosten Sie?«

Ich ließ dem Rauchkringel noch zwei weitere folgen, ehe ich mit amüsiertem Lächeln antwortete: »Unbezahlbar!«

Der Fischer spuckte ein zweites Mal aus. Auch dieses Mal verfehlte er meine Schuhspitze nur knapp. Langsam ging mir seine Art der Kommunikation auf die Nerven.

»Mich können Sie nicht kaufen!«, erklärte ich und schnippte meine Kippe knapp an seiner Nasenspitze vorbei. »Wenn ich Ihre Tochter vertrete, kostet sie das nur meine Auslagen. Aber wenn Sie noch mal in meine Richtung spucken, stehe ich auf und gehe.«

Die Augen des alten Käpt'n zogen sich drohend zusammen, als er mich forschend musterte. Es folgte ein Moment des Schweigens, in dem er mich durchdringend ansah. Dann wandte er den Blick ab.

»'tschuldigung«, nuschelte er undeutlich und sah an meinem linken Ohr vorbei, dorthin, wo Mackensen gerade aus dem Haus trat. »War nicht so gemeint.«

Ich nickte kurz, sagte aber nichts. Mackensen musste ja nicht alles mitbekommen.

»Gehört Ihnen das?« Der Kommissar hielt eine Packung Schokoladenflocken hoch.

Mattes Lürs sah hoch. Sein Blick blieb an der Pappschachtel hängen.

»Und?« Mackensens Stimme wurde eine Spur schärfer. »Gehört Ihnen die Packung?«

»Muss ja wohl«, entgegnete der Fischer. »Wenn Sie die aus meinem Schrank haben.«

»Nicht unbedingt«, gab Mackensen zurück. »Die Packung kann auch Ihre Tochter mitgebracht haben. Als sie in Ihrer Küche gebacken hat.«

Wütend fuhr der alte Lürs von seinem Gartenstuhl hoch. Seine blassblauen Augen funkelten Mackensen zornig an, während sich seine Fäuste abwechselnd öffneten und schlossen.

»Hat sie?«, fragte Kommissar Mackensen unbeeindruckt von Lürs' heftiger Reaktion.

»Hat sie was?«, blaffte Lürs trotzig.

»Gebacken«, antwortete Mackensen mit einer Geduld, die mir bisher an ihm verborgen geblieben war. »Hat Ihre Tochter in den letzten beiden Tagen bei Ihnen in der Küche gebacken?«

Der Blick des Muschelfischers schien den Kommissar zu durchbohren. Wortlos starrte der alte Lürs Mackensen an, während sich seine Hände unablässig öffneten und wieder zusammenballten.

»Und. Hat sie?« Noch immer hielt Kommissar Mackensen die Packung mit spitzen Fingern hoch, die in sterilen Einmalhandschuhen steckten.

»Ja. Hat sie!« Mattes Lürs spuckte Mackensen die Worte ebenso entgegen, wie er zuvor in Richtung meiner Schuhe gespuckt hatte.

Langsam senkte sich Mackensens Hand mit den Schokoflocken. Sein Blick fixierte den Muschelfischer kühl.

»Hat Ihre Tochter in den letzten zwei Tagen in Ihrer Küche eine Schokoladentorte gebacken?« Mackensens Stimme klang schneidend, wie ich sie in der Vergangenheit bereits einige Male gehört hatte.

Jetzt schnippte der Fischer hastig seine Kippe weg, die ihm unbeachtet zwischen den Fingern verglommen war.

»Ja«, antwortete er und rieb sich die verbrannten Finger. »Sie hat hier gebacken.«

»Was nicht zwingend heißt, dass Hilde Lürs ihre Brüder vergiftet hat«, unterbrach ich Mackensens Vernehmung, denn nichts anderes war das Frage-und-Antwort-Spiel, was er gerade hier veranstaltete.

»Das habe ich auch nicht behauptet, Herr Anwalt«, entgegnete Mackensen milde lächelnd und trat einen Schritt zur Seite, als zwei Beamte der Spurensicherung in ihren typisch weißen Overalls um die Hausecke bogen.

Mackensen oder seine uniformierten Kollegen hatten die wartenden Männer über Funk herbeigerufen. Offenbar waren sie in der Küche des Muschelfischers fündig geworden. Die Beamten der Spurensicherung eilten wortlos an uns vorbei und verschwanden im Haus.

»Sie halten sich bitte zu unserer Verfügung«, wies Kommissar Mackensen den Muschelfischer mit scharfem Blick an und ließ, in meine Richtung gewandt, eine für ihn typische und fast schon vermisste boshafte Spitze los. »Wenn Sie aber verschwinden wollen, de Fries, habe ich nichts dagegen.«

Ich grinste ihn an und dachte nicht daran, ihm zu antworten.

Nachdem der Kommissar seinen Beamten ins Haus gefolgt war, kramte ich aus meiner Tasche mein letztes Tabakröhrchen hervor. Es war lange her, dass ich zwei Zigarillos hintereinander geraucht hatte. Der Höflichkeit halber bot ich Lürs den letzten Glimmstängel an und war erleichtert, als er abwinkte.

Nachdem ich ein paar Züge in das Grau des Himmels gepafft hatte, wandte ich mich erneut an Mattes Lürs. »Ich glaube, es ist besser, wenn ich erst mit Ihrer Tochter spreche, bevor Sie eine Aussage machen.«

Er zuckte mit den Schultern. »Was, soll ich lügen?«

»Sie sollen nicht lügen«, entgegnete ich bestimmt. »Aber ich muss mir erst einmal einen Überblick über den Sachstand verschaffen. Und dafür muss ich zunächst mit Ihrer Tochter sprechen.«

»Aber sie hat doch hier gebacken«, gab er fast trotzig zurück. »Ihr Herd ist kaputt. Da hat sie vorgestern die Geburtstagstorte bei mir in der Küche gebacken.«

»Halten Sie Ihre Tochter für die Mörderin Ihrer Söhne?«, fragte ich brutal und sah ihn mit hartem Blick an.

Erbost fuhr sein Kopf hoch. Seine Pupillen schienen sich vor Schreck und Entrüstung über meine unverblümte Frage auf Stecknadelgröße zusammengezogen zu haben. »Nein!«, fuhr er mich aufgebracht an. »Natürlich nicht!«

»Dann halten Sie die Klappe, bis ich mit Ihrer Tochter gesprochen habe!«

Mit einem laut hörbaren Klack klappte der alte Lürs mehr überrascht als gehorsam seinen Mund zu und stierte mich überrumpelt an.

Ich blies noch ein paar Rauchkringel in die Luft und überlegte. Hilde Lürs hatte mir gegenüber bereits zugegeben, dass sie die Torte an Bord der *Adele* gebracht hatte. Ihre Aussage, dass sie ihre Brüder umgebracht habe, hatte für mich keine Aussagekraft. Ihr war klar geworden, dass die Torte vergiftet war, und da sie die Torte mitgebracht hatte, fühlte sie sich automatisch verantwortlich.

Selbst dann, wenn sie lediglich das Instrument des eigentlichen Mörders war, dachte ich grimmig.

Aber auch wenn meine Vermutung stimmte, wog die Aussage ihres Vaters schwer, dass seine Tochter die Schokoladentorte in seiner Küche gebacken hatte.

»Und wenn ich mit meinem Gefühl falsch liege?«, ging es mir durch den Kopf, als ich den Zigarillo an meinem Absatz ausdrückte und die Kippe in die zerdrückte Schachtel legte. »Was ist, wenn Hilde Lürs doch ihre Brüder umgebracht hatte?«

Aber warum sollte sie das tun? Andererseits: Warum sollte sie das nicht tun?

Ich wusste einfach zu wenig, um mir ein Bild machen zu können.

Nicht sehr professionell, Herr Anwalt, dachte ich spöttisch. Keine Ahnung von nichts. Sich nur aufs Gefühl verlassen und den edlen Ritter spielen wollen.

»Helfen Sie ihr?«, unterbrach der alte Lürs meine Gedanken. »Helfen Sie meiner Tochter?«

Ich sah hoch. Die raue Schale des alten Muschelfischers bekam Risse. Hinter seiner ruppigen Fassade sah ich den verletzbaren alten Mann, dem der Schmerz um den Verlust seiner beiden Söhne ins Gesicht geschrieben stand. »Ich will sie nicht auch noch verlieren.«

»Ja, Käpt'n«, ich nickte langsam, »ich helfe ihr.«

11

Die Haustür öffnete sich und Mackensen verließ mit den Uniformierten und den Beamten der Spurensicherung im Schlepptau im gleichen Moment das Haus des Fischers, als Freud um die Ecke bog. Auf seiner Nase prangte ein schmales Pflaster, wie ich es schon bei Boxern nach der dritten Runde gesehen hatte. Zwei der Beamten trugen die weißen Transportbehälter der Spurensicherung und einer trug den abmontierten Geruchsverschluss der Küchenspüle in einer durchsichtigen und versiegelten Plastiktüte. Offenbar hatten die Beamten alle Gerätschaften und sämtliches Kücheninventar abmontiert und eingepackt, das mit den Backzutaten der tödlichen Schokoladentorte in Berührung gekommen sein konnte.

»Wir sind so weit fertig, Folkert«, informierte Kommissar Freud seinen Kollegen und warf mir einen bösen Seitenblick zu. »Die Frau konnten wir noch nicht vernehmen. Der Arzt hat das nicht zugelassen. Sie steht wohl doch noch unter Schock.«

Ich unterdrückte ein zufriedenes Lächeln.

Uz hatte genauso gehandelt, wie ich es vermutet hatte, als ich meine Mandantin unbesorgt seinen guten Händen überlassen hatte. Er hatte bei Hilde Lürs einen Zustand diagnostiziert, der eine Vernehmung vor Ort durch die Kripo nicht zuließ.

Falls dies nicht der Fall gewesen wäre, hätte er mich unverzüglich als Anwalt dazugeholt. Wahrscheinlich hatte er bereits eine Krankenhauseinweisung von Hilde Lürs veranlasst. Wobei sich mir die Frage stellte, wieso sie überhaupt schon entlassen worden war. Wahrscheinlich hatten Mackensen und Freud ihre Finger dabei im Spiel. Umsonst hatte die Schwester, die in Hilde Lürs' Zimmer aufgetaucht war, nicht so erbost über die Schnapsidee der Kommissare geschimpft.

»Der Krankenwagen kommt gleich«, bestätigte Freud meine Vermutung. »Der alte Landarzt hat die Einweisung von Frau Lürs veranlasst.«

»Das habe ich mir schon gedacht.« Mackensen zuckte gleichgültig mit den Schultern. »Das ist nicht das erste Mal, dass die Herren der Kripo bei ihren Ermittlungen in die Speichen greifen. Aber macht nix. Wir können gleich hier weitermachen.«

Mit einer Handbewegung forderte er Käpt'n Lürs auf, ihn ins Haus zu begleiten.

»Wenn's denn sein muss«, brummte der alte Muschelfischer verdrossen vor sich hin und folgte der Aufforderung des Kommissars.

Ich sah den Beamten der Spurensicherung hinterher, die mit ihrer Beute Richtung Kastenwagen verschwanden; dann folgte ich den beiden Kommissaren ins Haus, die Mattes Lürs in ihre Mitte genommen hatten.

»Sie wird man auch nicht los«, stellte Kommissar Freud mit einem bösen Blick über die Schulter fest, als ich mich dem Trio an die Fersen heftete.

Ich schenkte ihm ein freundliches Lächeln, da ich wusste, dass er sich darüber mehr ärgerte als über einen schlagfertigen Spruch.

Wir betraten die Diele und bogen linker Hand direkt in die geräumige Küche ab, die mit einer geschmackvollen friesisch blau-weißen Landhausküche und einer farblich passenden Eckbank mit Tisch und Stühlen ausgestattet war.

»Setzen Sie sich«, wies Kommissar Freud den Fischer und mich an.

Wir blieben stehen und sahen Freud und Mackensen abwartend an.

»Wie Sie wollen«, sagte Mackensen und machte eine beschwichtigende Handbewegung in Richtung seines Kollegen, der sich gerade aufregen wollte. »Wir können die Vernehmung auch im Stehen durchführen.«

Er zog sein Handy aus der Innentasche seiner Jacke und schaltete die Diktierfunktion ein. Nachdem er Datum, Ort und Namen der Anwesenden in das Gerät gesprochen hatte, wandte er sich an mich: »Kann ich davon ausgehen, dass Sie der Anwalt der Familie Lürs sind?«

»Sie können«, bestätigte ich und beugte mich zum Mikrofon hinüber, um formvollendet zu Protokoll zu geben: »Mein Name ist Jan de Fries, Anwalt. Ich vertrete die juristischen Interessen meiner Mandanten Hilde und Mattes Lürs.«

Die Vernehmung dauerte nicht lange.

Mackensen fragte den Muschelfischer, wann, warum und in welcher Form Hilde Lürs vor zwei Tagen die Küche zum Backen der Geburtstagstorte für die Besatzungen der *Adele* und der *Ina* benutzt hatte, nach deren Genuss fünf Männer gestorben waren.

»Und Sie sind sicher, dass Ihre Tochter die Geburtstagstorte für die Männer der beiden Kutter gebacken hat?«, fragte Mackensen zum zweiten Mal.

Mattes Lürs nickte.

»Der Befragte, Mattes Lürs, nickt«, sprach Kommissar Mackensen ins Mikrofon und wandte sich an den Fischer. »Sie müssen antworten, Herr Lürs. Ihre Gesten können nicht zu Protokoll genommen werden.«

»Jo«, knurrte Käpt'n Lürs. »Hat sie. Hilde hat die Geburtstagstorte gebacken. Wie sie jedes Jahr die Geburtstagstorte für ihre Brüder gebacken hat. Seit Jahren macht sie das!«

»Wobei natürlich nicht gesagt ist, dass es sich bei der Torte, die meine Mandantin gebacken hat, auch um die Torte handelt, von der die Männer an Bord gegessen haben«, mischte ich mich ein, indem ich mich vorbeugte und unaufgefordert ins Mikrofon sprach.

»Wir haben hier alles abmontiert und unser Labor wird feststellen, ob es sich bei den hier verwendeten Backzutaten um die gleichen Zutaten handelt, die wir in der vergifteten Torte gefunden haben.«

»Falls dies der Fall sein sollte ...«, entgegnete ich lässig, »... heißt das noch immer nicht, dass das Gift von Hilde Lürs benutzt wurde. Es hat mit Sicherheit eine Menge Gelegenheiten gegeben, in denen ein Dritter die Torte vergiftet haben könnte.«

»Aha«, feixte Mackensen. »Der berühmte geheimnisvolle Unbekannte.«

Ohne auf Mackensens Kommentar einzugehen, wandte ich mich in einer plötzlichen Eingebung an den Muschelfischer. »Essen Sie eigentlich gerne Süßigkeiten?«

»Wie?« Der Muschelfischer sah mich irritiert an.

»Ich möchte wissen, ob Sie gerne Süßigkeiten essen«, sagte ich. »Kuchen zum Beispiel.«

»Na klar.« Ein verstehendes Lächeln huschte über das wettergegerbte Gesicht des Fischers. »Kuchen ist mein Liebstes. Kommt gleich hinter einer ordentlichen Portion Miesmuscheln.«

»Dann haben Sie doch sicherlich als Kind gerne die Teigschüssel ausgeschleckt?«

Mattes Lürs nickte mit verschmitztem Lächeln. »Oh ja. Meine Mutter hat mir immer die Ohren lang gezogen, wenn sie mich erwischt hat.«

Aus den Augenwinkeln sah ich, wie Mackensen demonstrativ die Augen verdrehte, als er merkte, worauf ich hinauswollte.

»Und Ihre Tochter?«, bohrte ich nach, ohne Mackensens Pantomime eine Bedeutung beizumessen. »Haben Sie vor zwei Tagen auch die Teigschüssel Ihrer Tochter ausgeschleckt, als diese die Geburtstagstorte gebacken hat?«

»Und ob«, nickte Mattes Lürs, während ein Leuchten in seine blassblauen Augen trat. »Mit dem großen Löffel, erst die Reste des Teigs und dann noch die der Creme.«

»Ist Ihnen nicht schlecht geworden?«, lachte ich, obwohl mir nicht zu lachen zumute war und meine Frage einen ernsten, um nicht zu sagen einen todernsten Hintergrund hatte.

»I wo!« Der Fischer schüttelte energisch den Kopf. »Hilde kann gut backen! Die Schokoladencreme war ihr auch diesmal sehr gut gelungen. Sehr locker und leicht. Dabei aber kräftig im Geschmack.«

»Sie kennen sich gut aus«, bemerkte ich, während ich überlegte: Ganz offensichtlich waren weder Teig noch Schokoladencreme der Torte vergiftet gewesen. Jemand – und dabei ging ich nicht von Hilde Lürs aus – musste die fertige Schokoladentorte präpariert haben.

Mattes Lürs nickte. »Und ob. Bei Schokoladentorte macht mir so leicht keiner etwas vor.«

Sofern es überhaupt Teig und Creme waren, dachte ich. Wenn die Torte nach dem Zubereiten vergiftet worden war, wäre es technisch am einfachsten, die Schokoladenflocken zu präparieren, mit denen die Torte erst ganz am Schluss dekoriert wurde.

Eine solche Vorgehensweise wäre sehr raffiniert und hinterhältig, da sie vorzeitige und ungeplante Vergiftungen durch eventuelle Naschkatzen ausschloss. Es lag immer im Bereich des Möglichen, dass bei der Zubereitung irgendjemand, den der Mörder nicht auf dem Schirm hatte, den Teig probierte, die

Creme abschmeckte oder irgendwelche Krümel von der Torte naschte. Wäre es dabei zu einer Vergiftung oder einem Toten gekommen, hätte die tödliche Geburtstagstorte nicht ihr Ziel erreicht: die Muschelfischer auf der *Adele*. Der Mörder hatte es nämlich ganz gezielt auf die Muschelfischer der Lürs'schen Fangflotte abgesehen. Die Frage war nur: wer und warum?

»Danke, Herr Lürs«, sagte ich und nickte den beiden Kommissaren zu. »Sie sehen, es bedeutet nicht zwangsläufig, dass Hilde Lürs die Torte, die sie hier gebacken hat, auch vergiftet hat.« Ich zeigte auf den Muschelfischer: »Ihr Vater lebt schließlich noch.«

»Wir haben verstanden«, erwiderte Mackensen mit säuerlichem Grinsen. »Wir führen die Unterhaltung fort, wenn die Analysen der Küchenutensilien vorliegen.«

»Auch dann werden Sie nicht beweisen können, dass Hilde Lürs die Torte vergiftet hat, der ihre Brüder zum Opfer gefallen sind«, behauptete ich. »Hilde Lürs ist unschuldig.«

»Mit welcher Gewissheit behaupten Sie das?«, fuhr mich Kommissar Freud an. »Reines Bauchgefühl, oder was?«

Ich lachte. Freud schien ein guter Kommissar zu sein, doch er war noch sehr jung und naiv.

»Wir Anwälte sind so, wenn wir von der Unschuld eines Mandanten überzeugt sind.«

»Wieso?«, funkelte er mich an. »Weil Sie dafür bezahlt werden?«

Ich lachte dröhnend. »Und wieso sind Sie von der Schuld eines Verdächtigen überzeugt? Arbeiten Sie ehrenamtlich? Kommen Sie mir jetzt nicht mit der Nummer ›Alle Anwälte prostituieren sich für Geld‹.«

Bevor Freud seine guten niedersächsischen Umgangsformen vergessen und mir einen Grund für eine Dienstaufsichtsbeschwerde geben konnte, legte Mackensen ihm beruhigend eine Hand auf die Schulter.

»Wir identifizieren uns alle mit unserer Arbeit«, stellte er mit für ihn untypischer Diplomatie fest. »Wir spielen nur in unterschiedlichen Mannschaften.«

»Sehen Sie«, entgegnete ich mit leichtem Lächeln. »Genau das finde ich nicht. Wir wollen doch alle, dass der oder die Täter zur Verantwortung gezogen werden, und wir wollen nicht, dass ein Unschuldiger hinter Gitter wandert.«

»De Fries ...«, lachte Kommissar Mackensen und verzichtete darauf, den leichten Spott in seiner Stimme zu unterdrücken, »... spricht das Wort zum Sonntag.«

»Ich kann Ihnen auch gerne die Beichte abnehmen«, entgegnete ich süffisant und sah Mackensen ebenfalls spöttisch an.

Mackensen schürzte die Lippen und suchte sichtlich nach einer scharfen Antwort, als ihm der eintreffende Krankenwagen zuvorkam und einmal kurz gellend die Sirene ertönen ließ, um auf sich aufmerksam zu machen.

Ohne weiteren Kommentar beendete Kommissar Mackensen das Verhör von Mattes Lürs und wies ihn darauf hin, dass er noch einmal auf ihn zukommen und zum Verhör vorladen werde.

Der Fischer zuckte gleichmütig mit den Schultern.

Draußen waren die Sanitäter gerade damit beschäftigt, die Krankentrage mit Hilde Lürs im Krankenwagen zu verstauen.

»Sie wird jetzt erst einmal ein paar Tage aus dem Verkehr gezogen«, stellte Uz fest, der neben mich trat, als ich mit Mattes Lürs auf der Terrasse stand und dem Tun der Sanitäter zusah. »Wenn sie vernehmungsfähig ist, gebe ich dir Bescheid.«

Ich nickte. »Hat sie etwas gesagt?«, wollte ich wissen.

Uz schüttelte den Schädel. »Nichts, was sie dir nicht auch schon erzählt hat, nehme ich an.«

Wir sahen dem Krankenwagen hinterher, der sich mit dem gleichen kurzen Aufheulen der Sirene verabschiedete, mit dem er sich bemerkbar gemacht hatte.

»Na, denn.« Mackensen tippte zur Verabschiedung an eine imaginäre Hutkrempe. »Wir sehen uns.«

Während Uz und Mattes Lürs die beiden Kommissare ohne sichtbare Regung ansahen, setzte ich ein professionelles Haifischlächeln auf. »Das werden wir. Ganz gewiss sogar!«

Nebeneinander stehend wie *Die Drei von der Tankstelle* sahen wir den Fahrzeugen der Mordkommission und der Spurensicherung hinterher, die im Schritttempo vom Hof rollten.

Als die letzte Rückleuchte hinter einem Baum der Naturhecke verschwunden war, verspürte ich plötzlich, dass sich ein beklemmendes Schweigen breitmachte. Ich sah kurz zwischen Uz und Mattes Lürs hin und her, bis mir die neununddreißigjährige Funkstille zwischen den beiden einfiel. Auch wenn mir die Neugier wie Säure unter den Nägeln brannte, unterdrückte ich das Bedürfnis, die beiden Männer zum Grund ihres jahrzehntelangen Schweigens zu befragen. Irgendetwas Gravierendes musste zwischen den beiden vorgefallen sein. Auch wenn Ostfriesen sich gerne mal tage- oder auch wochenlang ohne für einen Außenstehenden ersichtlichen Grund ausschweigen, musste etwas Schwerwiegendes vorgefallen sein, dass eine Freundschaft so abrupt endete.

»Wenn Ihre Tochter vernehmungsfähig ist, werde ich ihr zur Seite stehen«, wandte ich mich an den Muschelfischer. »Die Kripo wird sie nicht vernehmen, ohne dass ich bei ihr bin und auf sie aufpasse.«

»Danke«, brummte der Fischer kaum hörbar, während er noch immer in die Richtung starrte, in die der Krankenwagen verschwunden war.

»Rufen Sie mich einfach an«, bot ich an. »Jan de Fries aus Hamswehrum. Ich stehe im Telefonbuch. Wenn ich nicht zu Hause bin, leitet Sie die Rufumleitung auf mein Handy. Sie können mich jederzeit erreichen. Das Gleiche gilt auch, wenn die Kripo Sie vernehmen will«, schärfte ich ihm ein. »Kein Wort ohne Anwalt!«

Der alte Käpt'n nickte betreten.

Uz brummte etwas Unverständliches zum Abschied und machte eine unbeholfene Handbewegung.

Nun interessierte es mich aber wirklich, was zwischen den beiden vorgefallen war. Hatten sich seit Jahrzehnten weder gesehen noch gesprochen und bekamen vor lauter Sperrigkeit kaum ein vernünftiges »Moin« heraus.

Ich schüttelte Lürs die Hand und klopfte ihm tröstend auf die Schulter.

Er tat mir leid, wie er jetzt alleine auf seinem Hof zurückblieb. Einsam und voller Schmerz über den Tod seiner Söhne, voll Sorge über den Mordverdacht, unter dem seine einzige Tochter stand. Und nicht zuletzt die Zweifel, die sich trotz allen Vertrauens seiner Tochter gegenüber wie graue Nebelschwaden über seine Zuversicht legen würden: War Hilde Lürs wirklich unschuldig am Tod ihrer Brüder und Kollegen?

12

Während der Heimfahrt hing jeder seinen eigenen Gedanken nach. Auch die Verabschiedung zwischen Uz und mir fiel diesmal recht schweigsam aus. Ein kurzes Kopfnicken befanden wir beide für den heutigen Tag als völlig ausreichend.

Direkt nachdem Uz mich an meinem Haus abgesetzt hatte, machte ich mich auf den Weg Richtung Greetsiel. Schließlich hatte ich Greta versprochen, mich um Oma Frieda zu kümmern und bei ihr nach dem Rechten zu sehen. Die Probleme mit Malte, ihrem Enkel, konnten ja nicht so groß sein, als dass sie nicht mit einem kurzen Besuch gelöst werden konnten. Dachte ich. Doch ich sollte eines Besseren belehrt werden!

Obwohl mein letzter Besuch bei Oma Frieda schon einige Zeit her war, konnte ich mich noch sehr gut an die Strecke erinnern. Auch Motte schien genau zu wissen, wen wir besuchen wollten. Es verstand sich von selbst, dass ich den Dicken mitnahm, wenn ich Oma Frieda und dem Ort, wo sein erstes Körbchen gestanden hatte, einen Besuch abstattete. Untypischerweise hatte sich Motte nicht in voller Breite auf der Rückbank niedergelegt, sondern saß aufrecht und beulte fast schon das gute Sonnenlandverdeck meines Cabrio-Käfers aus, indem er seinen Schädel in den Stoff bohrte.

Zuerst war ich unsicher, ob ich den Dicken nach dem Intermezzo im Nebel mitnehmen sollte. Da sich sein wiedergewonnener guter Zustand aber stabilisiert hatte und er einen robusten Eindruck machte, hatte ich mich bei meiner Heimkehr mit einem dankbaren Händedruck von Holger Wehmann verabschiedet, der mit einem »Kein Ding, Jan« verlegen abgewunken hatte.

»Denk an die Laternen!«, rief ich ihm beim Abschied hinterher. »Ich komme auf dem Rückweg bei dir vorbei und hol die Dinger ab.«

Lächelnd bog ich in die Einfahrt zu Oma Friedas Hof ein, was Motte mit einem aufgeregten »Wuff!« kommentierte. Mit heraushängender Zunge hechelte er mir ins Ohr. Warmer Sabber tropfte mir in die Muschel.

»Hör auf!«, rief ich und versuchte seinen großen Schädel mit der Schulter zur Seite zu schieben, was sich während der Fahrt als schwierig herausstellte. »Lass das!«

Natürlich hörte der Dicke in keiner Weise auf mich, sondern schleckte mir vor lauter Begeisterung, als er Oma Friedas Hof erkannte, über meine rechte Gesichtshälfte. Während ich den Motor abstellte, wischte ich mit dem Jackenärmel Schläfe und Backe trocken. Motte konnte es vor lauter Aufregung nicht abwarten, bis ich ausgestiegen war, sondern quetschte sich zwischen den Lehnen auf den Fahrersitz, noch bevor ich diesen für ihn umklappen konnte.

»Beruhig dich, Dicker!«, rief ich Motte zur Ordnung, der aufgeregt am Boden schnüffelte. »Lass uns mal schauen, wo Oma Frieda ist.«

Obwohl es ein trüber, nasser Novembertag war, strahlte Oma Friedas historischer Gulfhof eine so heimelige Atmosphäre aus, dass ich mich trotz des Schietwetters wohlfühlte. Die sechsundachtzigjährige Dame war auf dem Hof geboren und würde wohl auch hier sterben. Ihr Leben lang hatte sie den Hof mit der großen Scheune und den Stallungen bewirtschaftet: zuerst als Jüngste von vier Geschwistern, später dann mit ihrem Mann, der auf den Hof eingeheiratet hatte. Zwei Jahrzehnte hatte sie neben der Viehwirtschaft gemeinsam mit ihrem Mann erfolgreich Pferde gezüchtet, wovon noch eine Reihe von Pferdeboxen und ein Reitplatz zeugten. Nach dem Tod ihres Mannes hatte sie in den ersten Jahren den Hof mit zwei Knechten weitergeführt, aber mit zunehmendem Alter die Viehwirtschaft und Pferdezucht nach und nach reduziert und vor ein paar Jahren komplett eingestellt.

Kurz nachdem ich von Oma Frieda den kleinen Welpen Motte abgeholt hatte, erfuhr ich, dass ihr Enkel Malte auf den Hof gezogen war, und ich war froh, das zu hören. So rüstig die alte Dame auch sein mochte, fand ich es doch beruhigend, sie nicht gänzlich allein auf dem Hof zu wissen.

»So«, dachte ich, während ich die große Eingangstür des Haupthauses ansteuerte. »Und jetzt macht Malte seiner Großmutter Sorgen.«

Ich wusste nicht viel von dem jungen Mann, hatte ihn zwei-, dreimal in Greetsiel beim Einkaufen getroffen, aber nie mit ihm gesprochen. Malte, den ich auf Mitte dreißig schätzte, sah in etwa so aus, wie man sich einen sogenannten Nerd vorstellt: eine Unterspezies des gemeinen Stubenhockers. Mit seinem bartlosen Gesicht und der für Nerds typischen schwarzen Rechteckbrille wirkte er langweilig und farblos. Seine Spezies interessiert sich weder für Frauen noch für Sport oder die üblichen Männerdinge, sondern hockt den ganzen Tag und den Großteil der Nacht, umgeben von Energiedrinks und leeren Pizzakartons, vorm Computer und entwirft Videospiele für andere Tageslichtscheue, die ebenfalls zwanzig Stunden täglich, umgeben von leeren Fast-Food-Packungen, vor ihren Hightech-Bildschirmen, Notebooks oder Flatscreens verbringen. Ich konnte mir beim besten Willen nicht vorstellen, welche Probleme ein Stubenhocker wie Malte verursachen konnte. Aber stille Wasser sind ja bekanntlich tief.

Ich betätigte den schweren eisernen Türklopfer und ließ ein lautes Pochen ertönen. Motte saß außergewöhnlich hellwach und aufmerksam mit gespitzten Ohren neben mir auf der Fußmatte und lauschte, ob sich hinter der Tür etwas regte.

Als ich geraume Zeit keine Antwort bekam, ließ ich den Türklopfer erneut gegen das Holz fallen und spitzte ebenso wie Motte meine Ohren.

Nichts.

Da ich wusste, dass zumindest Oma Frieda auf dem Hof sein musste, wuchs in mir eine leichte Sorge. Immerhin war die alte Dame sechsundachtzig. Da wäre es nicht verwunderlich, wenn die Gesundheit mal einen Aussetzer hätte.

Vielleicht ist sie ja auch irgendwo in der Scheune oder sonst wo, dachte ich, denn groß genug war das Anwesen ja.

Bevor ich mich aber aufmachen und Oma Frieda auf dem Hof suchen konnte, hatte sich Motte aufgerichtet und schnüffelte am Türspalt.

»Wuff«, machte er leise und begann vorsichtig, mit seiner Pfote an der Haustür zu kratzen.

»Hörst du etwas?«, fragte ich ihn und legte mein Ohr an die Tür.

Mit angehaltenem Atem lauschte ich, konnte aber außer Mottes Kratzen und ungeduldigem Schnaufen nichts hören.

»Ich glaube, wir schauen mal lieber nach«, schlug ich vor und streckte meine Hand nach dem Türknauf aus.

Der gut geölte Knauf ließ sich leicht und geräuschlos drehen. Ebenso geräuschlos schwang die Tür auf. Es war nicht unüblich, dass hier auf dem Land die Haustüren tagsüber nicht abgeschlossen werden.

»Oma Frieda!«, rief ich laut und lauschte dem Klang meiner Stimme nach, die in der großen Eingangshalle des repräsentativen Haupthauses laut hallte.

Die große Diele mit den hellblauen Fliesen und den alten Bauernschränken lag verlassen vor mir. Der schmiedeeiserne Leuchter, der von der Mitte der Decke herabhing, war zwar mit sechs Glühbirnen ausgestattet, von denen aber nur eine brannte. Ich schmunzelte, kannte ich doch Oma Friedas Sparmaßnahmen.

»Hallo!«, machte ich mich erneut bemerkbar. »Jemand zu Hause? Oma Frieda?«

Auch diesmal war meine Stimme das einzige Geräusch, das zu hören war. Motte hielt sich nicht lange mit Lauschen auf. Zielstrebig lief er los und blieb vor der hölzernen Treppe stehen, die seitlich der Eingangstür ins Obergeschoss führte, wo sich Friedas Schlafzimmer befand.

Schnuppernd hob er den Kopf.

»Ist da was?«, fragte ich ihn und folgte ihm zum Fuß der Treppe.

Entschlossen fuhr Motte herum und rannte mit großen Sätzen und einer für ihn ungewöhnlichen Leichtfüßigkeit Richtung Küche, deren Tür am gegenüberliegenden Ende der Diele halb geöffnet war.

»He!«, rief ich dem Dicken überrascht hinterher, der aber bereits hinter der Küchentür verschwunden war.

Während ich noch überlegte, ob ich ihm so einfach in Oma Friedas private Räume folgen sollte, hörte ich Motte leise winseln. Ohne einen weiteren Gedanken an Förmlichkeiten zu verschwenden, hastete ich Richtung Küche. Der Dicke winselte nicht ohne Grund und die Attacke des Unbekannten am Deich steckte mir noch immer in den Knochen.

Oma Friedas Küche war mir wohlvertraut.

Motte und ich hatten während seiner Welpenzeit immer gern die Bäuerin besucht. Nach jedem Besuch schleifte Motte seinen kleinen Bauch fast über den Boden, weil Frieda ihn genudelt hatte. Dank Oma Friedas wunderbaren Backkünsten hatte ich nach jedem Besuch ein gefühltes Kilo mehr auf der Taille. Ihre selbst gebackenen Kuchen waren ein Gedicht und ihre Kekse in der gesamten Krummhörn heiß begehrt. Niemand konnte solche knusprigen Schokoladenkekse mit eingebackenen Stückchen aus Zartbitterschokolade backen wie Oma Frieda. Sowie im November die Herbststürme von See aufzogen, begann Oma Frieda pünktlich mit ihrer Backzeremonie. Ihre Küche glich bis zum Dreikönigstag der reinsten Keksmanufaktur. Tüten über Tüten mit selbst gebackenen Anisplätzchen und Friesentalern und natürlich die unglaublich leckeren Neejahrskoken stapelten sich in der Küche, von der aus sie Freunde, Verwandte und einige auserwählte Händler in Greetsiel belieferte.

Ganz besonders beliebt waren ihre »Bruchtüten«, knisternde Zellophantüten mit unterschiedlichsten Keksen, die zum Beispiel beim Lösen vom Backblech zerbrochen waren. Diese Tüten mit Bruchgebäck packte sie in einen alten Weidenkorb und stellte diesen auf einen wackeligen alten Holztisch neben ihrer Einfahrt. Daneben stand ein ehemaliges Gurkenglas mit Schraubverschluss, in den sie einen Geldeinwurfschlitz geschnitten hatte. Jeder, der vorbeikam, kannte die Regel: Kekstüte gegen ein angemessenes Entgelt. Niemals wäre es jemandem in den Sinn gekommen, Oma Frieda übers Ohr zu hauen.

Ich klopfte kurz gegen die halb offene Küchentür und schob sie dann langsam ganz auf. Mein Blick fiel sofort auf den hölzernen Schaukelstuhl, der gegenüber am Fenster stand und in dem Oma Frieda reglos saß.

»Frieda?«, sagte ich beklommen und sah die alte Frau an, deren Kinn auf die Brust gesunken war.

Ich erwartete keine Antwort. Oma Frieda war offensichtlich während ihrer Küchenarbeit friedlich eingeschlafen. Die Rührschüssel mit Teig stand noch auf dem Tisch. Ihr gutmütiges Gesicht, in dem ihre blauen Augen stets spitzbübisch blitzten, sah friedlich und entspannt aus. Die Hände der alten Bäuerin lagen ineinandergefaltet auf ihrer verwaschenen blau-weißen Kittelschürze.

»Frieda?«, sagte ich erneut, ohne eine Antwort zu erwarten; es war nur eine Verlegenheitsfrage.

Beklommen betrat ich die gemütliche Bauernküche, in der ich so oft mit der alten Dame zusammengesessen und gemeinsam mit dem kleinen Fellknäuel Motte gespielt hatte. Jetzt saß das mittlerweile ausgewachsene Fellknäuel vor Oma Frieda und hatte seinen Kopf auf eins ihrer Knie gelegt. Ein leises Winseln kam aus seiner Kehle.

»Ach, Dicker«, seufzte ich und fuhr Motte über den Kopf. »Sei nicht traurig. Sie ist friedlich eingeschlafen.«

Wie um meine Worte zu bestätigen, machte die Totgeglaubte einen lauten Schnarcher, der mich fast zu Tode erschreckte.

»FRIEDA!«, rief ich entsetzt. »Hast du mich erschreckt!«

Auch Mottes Kopf war bei dem Schnarcher hochgefahren und er gab ein begeistertes »Wuff!« von sich.

So erleichtert ich über Oma Friedas Lebenszeichen auch war, stieg doch Sorge in mir auf. Ich beugte mich zu der Sechsundachtzigjährigen hinunter und griff vorsichtig nach ihrer Hand, um sie nicht zu erschrecken.

»Oma Frieda«, sagte ich behutsam. »Hörst du mich? Wir sind's: Motte und Jan.«

Meine erste Erleichterung wurde von einer zunehmenden Beklommenheit abgelöst. Oma Frieda gab außer dem einzigen lauten Schnarcher kein weiteres Lebenszeichen von sich. Vorsichtig tastete ich nach ihrem Handgelenk.

Kein Puls!

Verzweifelt suchten meine Fingerspitzen das schmale, fast schon puppenhafte Handgelenk der alten Dame ab. Aber sosehr ich mich auch bemühte – ich konnte keinen Puls ertasten. War das laute Schnarchen von Oma Frieda ihr letzter Atemzug gewesen, den sie in ihrem langen Leben getan hatte?

»Wuff!« Mit seiner Schnauze stupste Motte den Arm der alten Dame an.

Aufmerksam beobachtete der Dicke Oma Friedas Reaktion, die allerdings ausblieb. Hartnäckig schob mein Hund seine Schnauze unter den Arm der Schlafenden … oder Toten? Auch Mottes erneutes leises, da diesmal durch den Stoff der Kittelschürze gedämpftes Winseln erzeugte bei Oma Frieda keine Reaktion.

Ich tastete abermals das zarte Handgelenk der Sechsundachtzigjährigen ab, über dem die Haut wie dünnes Pergament lag. Und auch diesmal konnte ich keinen Puls ertasten.

»Lass gut sein, Motte«, sagte ich leise zu meinem Hund. »Sie ist eingeschlafen. Oma Frieda ist tot.«

Motte schien meine Worte zwar verstanden zu haben, aber er akzeptierte sie nicht. Er zog seine Schnauze unter dem Arm der alten Dame hervor und bellte laut. Einmal. Zweimal.

»Motte!«, ermahnte ich ihn. »Gib Ruhe jetzt.«

Unbeeindruckt von meinem Befehl bellte er erneut zweimal lautstark – und offensichtlich voller Wut.

Oma Frieda fuhr hoch, riss die Augen auf, röchelte einmal laut und fiel wieder in sich zusammen. Ihr Kinn sank erneut auf die Brust.

Ich schalt mich einen Vollidioten und einen medizinischen Dilettanten, während ich mit zitternden Fingern nach meinem Handy tastete und den Notruf wählte. Die erneute Reaktion der von mir Totgeglaubten hatte mich so erschreckt, dass ich der weiblichen Stimme am anderen Ende der Leitung ein hoffnungsloses Durcheinander von einer leblosen Person erzählte, die auf das Bellen einer Motte hin laut geröchelt hatte, obwohl ich keinen Puls tasten konnte.

»Bleiben Sie ruhig«, sagte die Stimme am anderen Ende bestimmt. »Wir kommen!«

Während ich mein Handy zurück in die Jackentasche steckte, beugte ich mich vorsichtig vor und hielt mein Ohr dicht an Oma Friedas Mund.

»Jaaan«, hauchte sie so leise, dass ich sie kaum verstand. »Bist du das?«

»Ja«, entgegnete ich erleichtert darüber, dass sie noch lebte. »Ich bin's, Jan. Und der Dicke ist auch da.«

»Ich hab sie gehört«, raunte die alte Dame und ein schwaches Lächeln erschien auf ihren blutleeren Lippen. »Ich war schon fast woanders. Da hab ich sie gehört.«

Mich überlief ein leichtes Schaudern. Konnte es sein, dass die alte Dame sich auf ihrem letzten Weg befunden hatte und wieder umgekehrt war, als sie Motte bellen hörte? Aber wieso »sie«?

»Die Geige ...«, hauchte sie.

»Welche Geige?«, fragte ich beklommen.

»Meine Schwester spielte so wunderbar Geige. Ich habe sie gehört ... fast ...«

Ich nahm vorsichtig die Hand der alten Dame in meine. Motte sah Frieda aufmerksam an, als würde er jedes Wort verstehen. Wahrscheinlich tat er das auch.

»... fast hätte ich sie auch gesehen.« Oma Frieda öffnete ihre Augen und sah mich mit leicht verschleiertem Blick an. »Was ist denn bloß mit mir los?«

»Du hattest einen Schwächeanfall«, behauptete ich. Was hätte ich auch sonst sagen sollen? »Es geht dir aber schon wieder besser.«

»Du Schwindler.« Ihre Stimme wurde schwächer und ihr Lächeln verschwand wie in Zeitlupe. »Da! Hörst du?«

»Was?«, fragte ich behutsam. »Was soll ich hören?«
»Die Geige. Sie spielt wieder.«
Erneut überlief mich ein Schauer bei dem Gedanken, Oma Frieda könnte mir unter den Händen wegsterben.

Während ich verzweifelt und ungeduldig auf den Notarztwagen wartete, hielt ich Oma Friedas Hand und erzählte ihr die Geschichten, über die wir immer so gern gelacht hatten: wie Motte mit seiner kleinen Hundeschnauze im Futternapf eingeschlafen war; wie er vor Alex, dem resoluten und arroganten Hahn, auf seinen kleinen Beinchen geflohen war. Zu dem Zeitpunkt war Motte mit seinem halben Jahr deutlich größer und schwerer als der gerade mal eineinhalb Kilo schwere Hahn von Oma Friedas Friesenhühnern, die eine ziemlich kleinwüchsige Rasse sind. Aber Alex machte seine geringe Körpergröße durch lautstarkes Krähen und wildes Geflatter doppelt wett.

Gottlob sah ich das Flackern des Blaulichts durchs Küchenfenster, bevor mir die Geschichten ausgingen. Zum zweiten Mal an diesem Tag begrüßte ich die Notarztbesatzung. Für heute reichte es mir!

Während ich den Rettungssanitätern und der Notärztin, einer drahtigen blonden Ärztin mit langem Pferdeschwanz, bei der Arbeit zusah, kraulte ich dem Dicken beruhigend den Kopf. Erleichtert sah ich, dass die Notarztbesatzung keine Reanimation einleitete, sondern lediglich eine Infusion anlegte.

»Sie hat einen guten Rhythmus«, stellte die am Boden kniende Ärztin fest und deutete auf das tragbare EKG-Gerät, auf dessen Bildschirm ich nicht sehen konnte.

Ich trat zwei Schritte näher an das Rettungsteam um Oma Frieda heran und reckte den Hals. Und tatsächlich! Das EKG, das über den kleinen Monitor flimmerte, zeigte deutliche und regelmäßige Ausschläge.

»Die Dame kann hundert werden«, sagte die blonde Ärztin. »Sie hat ein beneidenswert starkes Herz.«

»Aber ...«, ich konnte gar nicht glauben, was ich sah und hörte, »ihr Puls. Ich konnte keinen Puls spüren.«

Die Ärztin, an deren orangefarbener Jacke ein Namensschild mit dem Aufdruck Merle Rubens befestigt war, rollte ihr Stethoskop zusammen und steckte es sorgsam in die Seitentasche ihrer Jacke, während sie aufstand.

»Stimmt«, pflichtete sie mir bei. »Ihr Puls ist tatsächlich sehr flach. Er ist auch nur hier halbwegs tastbar.« Die Ärztin deutete auf eine Stelle an ihrem Handgelenk, das circa vier Fingerbreit von der Stelle entfernt war, wo ich verzweifelt herumgefühlt hatte. »Sie hätten besser an der Halsschlagader tasten sollen.«

Jetzt, wo die Ärztin mich drauf aufmerksam machte, fiel mir natürlich diese Möglichkeit wieder ein. In meiner Aufregung hatte ich nicht an diese viel sicherere Form des Pulsmessens gedacht.

»Aber ich gebe zu«, räumte Merle Rubens ein, deren Nachname so überhaupt nicht zu ihrer schlanken und durchtrainierten Figur passte, »Puls und Atmung waren so flach, dass ich auch ...«, sie brach ab und warf einen Blick zu Oma Frieda, die gerade von den Rettungssanitätern auf eine Trage geschnallt und mit einer Decke warm eingepackt wurde, »... sind Sie Angehöriger?«

Ich schüttelte den Kopf. »Nein. Ein Freund.«

»Verstehe«, nickte sie. »Wissen Sie trotzdem, ob die Dame etwas einnimmt. Medikamente oder ...«

»Soweit ich weiß, und darauf war sie immer stolz«, sagte ich, »nimmt Oma Frieda keinerlei Medikamente ein. Und was Sie mit ›oder‹ meinen, weiß ich nicht.«

»Nun ja.« Die Ärztin kaute leicht verlegen auf ihrer Unterlippe herum und druckste. »Es hört sich vielleicht komisch an ...«

Ich musterte sie argwöhnisch. »Was hört sich komisch an?«

»Nimmt sie Drogen?«

Ungläubig starrte ich die Notärztin an und meinte mich verhört zu haben.

»Ob sie was nimmt?«, fragte ich und dachte bei mir, dass ich diese Möglichkeit eher bei der Ärztin in Betracht ziehen sollte; wie absurd! »Drogen? Oma Frieda? Mit sechsundachtzig?«

»Ich kann mich ja auch täuschen.« Merle Rubens lächelte verlegen und zuckte entschuldigend mit den Schultern. »Wir machen im Krankenhaus auf jeden Fall ein Drogenscreening. Dann wissen wir genau, ob ich falsch gelegen habe oder nicht.«

»Wie kommen Sie darauf, dass eine sechsundachtzigjährige alte Dame kifft oder sonst was einwirft?« Noch immer ungläubig, schnaubte ich entrüstet.

»Stecknadelkopfgroße Pupillen, kaum tastbarer Puls, flache Atmung«, zählte sie auf und winkte im gleichen Moment schon wieder ab. »Vergessen Sie jetzt erst einmal, was ich gesagt habe. Wir müssen los. Die Kollegen haben die Patientin gerade in den Rettungswagen geschoben. Im Moment mache ich mir mehr Sorgen um ihr Herz.«

»Ich dachte, sie kann hundert werden«, entgegnete ich.

»Grundsätzlich ja. Aber das stärkste Herz macht schlapp, wenn es stolpert und nicht mehr im Rhythmus ist.«

Mit einem fast schon schuldbewussten Lächeln verabschiedete sich die blonde Notärztin von mir, drehte sich um und ergriff im Vorbeigehen ihren Notarztrucksack, der am Boden lag. Motte und ich sahen gleichermaßen verdutzt Richtung Küchentür, wo die Ärztin verschwunden war.

»Ja, ist das denn zu glauben?«, fragte ich Motte, der, anstatt mir zu antworten, aufstand und zur Tür trottete.

Ich fuhr mir mit der Hand über meinen Dreitagebart und konnte noch immer nicht fassen, was die Blonde vermutet hatte. Oma Frieda und kiffen?

»Vielleicht wirft sie ja noch ein paar Ecstasy-Pillen ein«, spottete ich.

Bevor ich Motte folgte, warf ich noch einen Blick in die Runde. Alles in Ordnung. Der Herd war zwar warm, aber ausgeschaltet. Ansonsten waren keine elektrischen Geräte in Betrieb. Mein Blick fiel auf den Beistelltisch neben der Tür, auf dem der alte Weidenkorb vollgepackt mit Zellophantüten voller Bruchkeksen stand. Den verlockenden Duft der Zartbitterschokolade konnte ich fast schon durch das Zellophan riechen. Ich fischte mir drei der Tüten heraus und kramte in meiner Tasche nach einem Geldschein. Glücklicherweise fand ich noch einen passenden Schein in der Innentasche meiner Jacke, den ich auf den Küchentisch legte und mit einer Zuckerdose beschwerte.

Beim Anblick der Schokoladenkekse lief mir das Wasser im Mund zusammen. So langsam knurrte mir der Magen. Schließlich hatte ich seit heute Morgen nichts mehr gegessen. Beim Hinausgehen zog ich die Küchentür hinter mir zu. Motte saß hechelnd auf der Schwelle der Eingangstür und wartete auf mich.

»Wer sind Sie denn?«, fuhr mich der glatt rasierte Mann an, der im Laufschritt um die Ecke bog.

»Malte«, stellte ich fest, als ich Oma Friedas Enkel erkannte. »Moin.«

»Wer sind Sie?«, wollte er wissen, ohne meinen Gruß zu erwidern.

Ich sah mein Gegenüber, der nervös an seiner rechteckigen Hornbrille herumnestelte, streng an und wiederholte meinen Gruß, statt auf seine Frage einzugehen. »Moin.«

»Was ist mit meiner Oma?« Aufgeregt wedelte er mit der Brille in der ausgestreckten Hand in die Richtung, in die der Notarztwagen gerade verschwand.

»Keine Ahnung«, erwiderte ich wahrheitsgemäß, aber undiplomatisch und wenig einfühlsam. »Die Notärztin wollte wissen, ob Oma Frieda Drogen nimmt.«

Malte klappte zunächst ungläubig die Kinnlade hinunter, bevor er mit beiden Fäusten gleichzeitig auf mich losging. »Ihr Schweine!«, schrie er aufgebracht. »Was habt ihr mit meiner Oma gemacht?«

Auch wenn es nicht zu meinem täglichen Fitnessprogramm gehört, mich mit bebrillten Nerds herumzuprügeln, wich ich reaktionsschnell zur Seite aus und ließ Malte ins Leere laufen. Gleichzeitig wandten wir uns wieder einander zu.

Ich hob beschwichtigend die Hände. »Malte.«

Einer seiner Windmühlenschläge traf zufällig punktgenau auf die Stelle, wo der Chirurg des Emder Krankenhauses mir vor ein paar Stunden meine Skalpellwunde mit zwei Stichen geflickt hatte. Die Backpfeife, die ich Malte daraufhin reflexartig versetzte, fegte ihn von den Füßen. Während er mit einem satten Geräusch auf sein Hinterteil klatschte, krümmte ich mich vor Schmerz. Meine impulsive Reaktion kam so schnell, dass Motte noch nicht einmal knurrte, als es schon klatschte.

»Kerl, Kerl, Kerl!«, fluchte ich mit zusammengebissenen Zähnen und krümmte mich vor Schmerz.

Mit beiden Händen hielt ich mir die höllisch brennende Seite, während mein treuer Hund vor dem am Boden sitzenden Malte stand und ihn drohend anknurrte.

»Komm, Motte«, stöhnte ich. »Vergiss es. Lass den Idioten.«

»Oh, Mann«, jammerte Malte, dem die Brille von der Nase gefallen war. »Was geht denn hier ab?«

»Das Gleiche könnte ich dich auch fragen, du Idiot!«, herrschte ich ihn an. »Wieso gehst du denn wie ein Irrer auf mich los?«

»Wer sind Sie denn? Verdammt!« Hektisch blinzelte mich Malte mit seinen kurzsichtigen Augen an.

»Jan de Fries«, antwortete ich. »Ein alter Freund deiner Oma. Von ihr habe ich Motte als Welpen bekommen.«

Malte kniete sich hin und tastete nach seiner Brille. Sie lag im Blumenbeet neben dem Fußweg. Ich bückte mich, hob die Brille auf und reichte sie ihm. Wortlos griff er danach, glücklicherweise war sie unversehrt geblieben. Umständlich klemmte er sich die Bügel hinter die Ohren und sah mich durch die mit Erde verschmierten Gläser an.

»Wen meintest du mit ›ihr‹?«, wollte ich wissen.

Es war ihm anzusehen, dass er die Situation sortierte und neu bewertete. Offensichtlich kam er gerade zu dem Schluss, dass ich nicht zu den ominösen »Schweinen« gehörte, denen er mich zunächst zugeordnet hatte, denn er ignorierte auch diesmal meine Frage.

»Was ist mit meiner Oma?«

»Wer sind die ›Schweine‹, zu denen du mich gezählt hast?« Forschend sah ich ihn an.

Störrisch presste Malte die Lippen zusammen und machte nicht den Eindruck, als würde er mir freiwillig eine Antwort geben.

Ich hatte keine Lust, mich weiter mit ihm herumzustreiten, und bückte mich ächzend nach den Tüten mit den Bruchkeksen, die ich fallen lassen hatte und die ihrem Namen jetzt doppelt Ehre machten.

»Komm, Motte. Wir gehen«, forderte ich den Dicken auf, aus dessen Kehle es nach wie vor dumpf grollte. Und Malte erklärte ich dann doch noch: ›Ich wollte deine Oma besuchen. Sie saß in der Küche und ich dachte, sie sei tot. Ich habe keinen Puls bei ihr fühlen können und den Notarzt gerufen. Das war schon alles«, sagte ich missmutig und klopfte Blumenerde von den Kekstüten.

»Und wieso kommen Sie drauf, dass sie … Drogen …«, er machte ein betont widerwilliges Gesicht, als bereite es ihm Ekel, das Wort auszusprechen, »… genommen haben soll?«

»Das hat die Notärztin gefragt«, antwortete ich. »Wie schon gesagt: kein tastbarer Puls, flache Atmung und so weiter.«

»Pfft«, machte er betont verächtlich und stand umständlich auf. »Drogen gibt's hier nicht. Und Oma hat nie etwas Stärkeres getrunken als Kamillentee.«

»Na, denn ist ja alles in Ordnung«, sagte ich und beendete das Gespräch demonstrativ, indem ich ihm nun wirklich den Rücken zudrehte. »Komm, Motte!«

Während ich zu meinem Grauen ging, presste ich noch immer den Ellbogen gegen meine Rippen. Langsam ließ der brennende Schmerz nach. Ich schloss die Autotür auf und legte die Kekse auf den Beifahrersitz. Motte quetschte sich hinter dem nach vorne geklappten Fahrersitz vorbei und legte sich quer auf die Rückbank.

Knatternd sprang der Käfer an. Ich warf einen Blick Richtung Haus, wo Malte an der Hausecke stand und zu mir herüberschaute, während er schon wieder an seiner Brille herumfummelte. Langsam rollte ich die Zufahrt entlang.

»Was für ein Tag!«, seufzte ich laut und griff mit einer Hand nach der Kekstüte.

Während ich mit der linken Hand das weiße Lenkrad des Käfers umklammerte, fummelte ich mit der rechten die Kekstüte auf. Wohlig brummend stopfte ich mir eine Handvoll der zerbröselten Schokoladenkekse in den Mund. Ich bin ein bekennender Fan von Oma Friedas Keksen und futtere mich jedes Jahr durch ganze Berge ihrer Köstlichkeiten. Ab Spätsommer kann ich es schon kaum abwarten, dass Oma Friedas Backsaison beginnt.

»Du auch, Dicker?«, fragte ich und hielt einen halben Keks über die Rückenlehne des Beifahrersitzes nach hinten.

Geräuschvoll schnüffelte Motte an dem Gebäck und nieste kurz, um mir dann mit seinem Kopf einen so kräftigen Stupser zu verpassen, dass ich nicht nur das Lenkrad verriss und fast auf der Gegenfahrbahn landete, sondern mir obendrein die

Kekstüte aus der Hand fiel und der Inhalt sich krümelnd über den Beifahrersitz verteilte.

»Was ist denn mit dir los?«, fragte ich unwirsch und bekam im gleichen Moment einen Hustenanfall.

Auch wenn mich gerade mein Heißhunger die Handvoll Keksfragmente in mich hineinstopfen ließ, lösten nicht die Brösel meinen Hustenreiz aus, sondern die ungewöhnlich trockene Konsistenz des Gebäcks. Ich hatte noch nie derart trockene Schokoladenkekse gegessen.

Mensch, Frieda, dachte ich und hustete ein paar Kekskrümel aus, die sich vor lauter Trockenheit nicht hinunterschlucken ließen. Da hast du aber in diesem Jahr den Backofen besonders gut angeheizt.

Nach einem kurzen Blick in den Rückspiegel lenkte ich den Käfer in eine kleine Ausbuchtung am Straßenrand, die früher von den Milchbauern genutzt wurde, um ihre Milchkannen zur Abholung abzustellen, und schaltete den Motor aus. Mit spitzen Fingern sammelte ich die noch halbwegs essbaren Kekse ein und erhielt einen weiteren Nasenstüber von Motte, der seinen Quadratschädel über den Beifahrersitz hängen ließ und mich zielgenau im Nacken traf.

Durch Mottes Schubs knallte ich mit dem Kopf gegen das Handschuhfach und stieß einen verärgerten Laut aus.

»Lass das, Dicker!«, raunzte ich Motte an. »Was ist denn mit dir los, bist du auf Diät?«

Umständlich sammelte ich auch noch die größeren Krümel ein, während ich mich über Mottes Verhalten wunderte. Normalerweise wäre er nicht zu halten gewesen und hätte die Kekskrümel wie ein lebendiger Staubsauger aufgesaugt, anstatt mich wie ein Schnäppchenjäger beim Schlussverkauf anzurempeln.

Als die Tüte wieder halbwegs befüllt war, setzte ich mich auf und begann zu schimpfen, weil Motte mir seinen warmen Sabber über Ohr und Wange verteilte. Als er mir obendrein ein knurrendes

»Wuff« ins Ohr bellte, sodass ich das Gefühl hatte, ein Knalltrauma zu erleiden, drückte ich die Wagentür auf und flüchtete ins Freie.

»Du bist heute aber wirklich wunderlich«, sagte ich zu Motte, der mich vorwurfsvoll durch die hintere Seitenscheibe des Käfer ansah.

Da Mottes Blick nicht wie gewohnt hungrig, sondern eher besorgt wirkte, wandte ich ihm den Rücken zu und stopfte mir den Mund mit einer Handvoll Bruchkekse voll, die ihrem Namen alle Ehre machten.

Auch wenn ich die Kekse vor lauter Trockenheit kaum schlucken konnte, kaute ich mit vollen Backen. Während ich noch an den letzten Krümeln herumkaute, begann ich mir eine Zigarette zu drehen. Wenn Motte mir schon eine unfreiwillige Rast bescherte, konnte ich den Stopp an der Landstraße ebenso gut für eine kleine Dosis Nikotin nutzen.

Knisternd setzte sich der Tabak in Brand, als ich die Flamme meines Feuerzeugs an die Spitze der etwas krumm geratenen Selbstgedrehten hielt. Genüsslich inhalierte ich den würzigen Rauch, der allerdings einen erneuten Hustenreiz in mir auslöste.

Da ich selten rauche, hat der Tabak, den ich beim Herumkramen in meinen Jackentaschen finde, meist seine Haltbarkeit überschritten und ist strohtrocken. So auch in diesem Fall; er machte den Keksen ernsthafte Konkurrenz. Trotzdem ließ ich mir Zeit und rauchte, unterbrochen von ein paar Hustenattacken, in aller Seelenruhe weiter. Ich spürte, wie mich langsam eine dumpfe Müdigkeit überkam; kein Wunder nach den außergewöhnlichen Geschehnissen dieses Tages.

Jetzt aber nicht einschlafen!, ermahnte ich mich und öffnete die Fahrertür, um mich laut seufzend auf den Sitz fallen zu lassen.

Das Sitzen übte auf mich die Wirkung einer Schlafpille aus. Mir fielen augenblicklich die Augen zu, als mein Kopf die Nackenstütze berührte.

»Nur ... eine Minute«, sagte ich mit schwerer Zunge zu Motte, der mich mit heraushängender Zunge anhechelte.

Ob und, wenn ja, wie lange ich eingedöst war, vermochte ich nicht zu sagen. Auf jeden Fall war es höchste Zeit, nach Hause zu fahren, als ich die Augen wieder aufschlug. Schläfrig fuhr ich mir mit der Hand über die Augen und suchte das Zündschloss. Das aber befand sich nicht wie gewohnt unten rechts neben der Lenksäule des Wagens, sondern rechts oberhalb des Hebels, mit dem der Scheibenwischer eingeschaltet wird. Es kostete mich einige Mühe, bis ich den Zündschlüssel gedreht bekam. Irgendwie lief heute meine Feinmotorik nicht ganz rund. Laut knatternd sprang der Käfer zwei Minuten später an.

»Geht doch«, grinste ich und sah angestrengt durch die schmale Frontscheibe des Käfer auf die Straße hinaus.

Nach ein paar Hundert Metern versuchte ich die auf dem Beifahrersitz liegende Kekstüte zusammenzuknüllen und wunderte mich, dass die Tüte sich nicht zusammenknüllen lassen wollte.

Erstaunt sah ich mir mit einem Auge die Tüte akribisch von allen Seiten an, während ich versuchte, die vor uns im plötzlich wieder aufgekommenen Nebel schwimmende Fahrbahn im Auge zu behalten.

Amüsiert über den Versuch, mit zwei Augen zwei verschiedene Sachen gleichzeitig zu beobachten, begann ich zu kichern und hielt mir die Tüte dicht vor das rechte Auge, während ich mit dem linken nicht sonderlich erfolgreich versuchte, die Straße zu beobachten.

»Irgendwie sieht das Zellophan nicht mehr so durchsichtig aus«, überlegte ich laut, »sondern irgendwie ... wie ein abgestandener Tee in einer Glastasse.«

»Oder wie eine Urinprobe«, kicherte ich albern und fuhr erschrocken zusammen, als die gellende Hupe eines mir entgegenkommenden Mercedes meine Aufmerksamkeit zurück auf die Fahrbahn lenkte.

Wild kurbelte ich am Lenkrad und konnte gerade noch verhindern, dass wir seitlich in den Graben rutschten.

Uii!, dachte ich erschrocken und hörte, wie mein Herz vor Schreck laut zu pochen begann; so laut, dass es sich wie das Tak-tak-tak des Blinkers anhörte.

Ich griff mir besorgt an die Brust. Alles in Ordnung. Mein Herz schien noch an Ort und Stelle zu sein. Es dauerte eine Weile, bis mir klar wurde, dass es wirklich der Blinker war, der so laut klackte, da ich ihn beim Ausweichmanöver versehentlich betätigt hatte.

Aber warum war dieser blöde Blinker so laut? Und warum stupste Motte mich ständig so heftig an? Irgendwas stimmte nicht!

Stöhnend fuhr ich mir mit der Hand übers Gesicht. Mir war heiß. Elendig heiß. Und schwindelig! Ich setzte den Blinker … oder hatte ich den Blinker schon gesetzt?

»Verdammt«, lallte ich mit schwerer Zunge. »Was ist denn heute nur los?«

Mit einer eleganten Lenkbewegung ließ ich den Grauen an den Straßenrand rollen. Als der rechte Kotflügel plötzlich aus meinem Blickfeld verschwand und die braunen Stoppel des abgeernteten Maisfeldes vor der Windschutzscheibe erschienen, begann ich zu ahnen, dass ich den Käfer doch nicht so elegant an den Straßenrand gelenkt hatte.

Schon wieder gellte eine Hupe. Oder waren es zwei?

Im gleichen Moment befanden sich die Bäume, welche die Straße säumten, plötzlich in der Waagerechten …

Ein gewaltiger Ruck presste mich in den Sicherheitsgurt und die Luft aus meinen Lungen. Mit dem Kopf schlug ich schmerzhaft gegen das Zweispeichenlenkrad und hatte das Gefühl, als würde mir jede Speiche einzeln die Schädelplatte abheben. Ein 57er-Käfer Karmann-Cabrio verfügt nun mal über keinen Airbag oder automatischen Gurtstraffer.

Lachend wischte ich mir das Blut aus den Augen, das mir aus der Platzwunde an der Stirn übers Gesicht und in die Augen lief.

»Ist mit dir alles in Ordnung, Dicker?«, war mein erster Gedanke, wobei ich mir nicht sicher war, ob ich ihn nur gedacht oder auch ausgesprochen hatte.

Als Antwort fuhr mir Mottes Zunge sabbernd durch den Nacken. Erleichtert tastete ich mit der Hand nach hinten und fuhr ihm über den Kopf.

»Scheiße«, lallte ich mit schwerer Zunge.

Verdammt! Was war nur mit mir los? Ich fühlte mich wie an dem stürmischen Abend im *Rettungsschuppen*, als Uz und ich uns mit Bier und Friesengeist unter den Tisch getrunken hatten. An dem Abend hatten wir auf dem Boden hockend und mit dem Rücken am Tresen lehnend unsere Freundschaft besiegelt. Aus reiner Gutmütigkeit und mütterlicher Fürsorge hatte uns Greta in dieser Nacht nicht vor die Tür gesetzt, sondern auf der Bank hinterm Tresen unseren Rausch ausschlafen lassen.

»Ich hab … doch nichts … getrunken«, lallte ich und versuchte die roten Schleier vor meinen Augen wegzublinzeln.

Dass ich gerade den Grauen in den Straßengraben gesteuert hatte, wurde mir nicht so richtig klar. Im Moment fand ich es lustig, dass sich die Scheibenwischer nicht von rechts nach links, sondern von oben nach unten bewegten. Leise kicherte ich in mich hinein.

Ich weiß nicht, wie lange ich den Scheibenwischern wie hypnotisiert zugeschaut hatte, als mich jemand an der Schulter rüttelte und eine Stimme ertönte, die sich nach meinem Wohlergehen erkundigte.

»Alles klar«, gähnte ich und beobachtete weiter die Scheibenwischer.

»Der Krankenwagen kommt gleich«, hörte ich jemanden sagen.

»Soll Brötchen mitbringen«, entgegnete ich, ohne zu wissen, wieso, musste aber gleichzeitig vollkommen albern über meine sinnfreie Antwort lachen.

»Der hat 'n Schock«, stellte eine Stimme von irgendwoher fest, worauf eine andere Stimme erwiderte, dass das ja auch kein Wunder sei – bei der Kopfwunde.

Ich verlor das Interesse an der Unterhaltung und spielte mit dem Lichtschalter herum, bis die roten Schleier, die wellenförmig durch mein Gesichtsfeld schwappten, immer dunkler wurden und mir langsam die Augen zufielen.

»So schnell sieht man sich wieder«, sagte eine Frauenstimme und schreckte mich aus meinem Dämmerschlaf hoch.

Verschlafen murmelte ich etwas und wollte mich auf die Seite drehen.

Unbeholfen tastete ich mit den Händen nach meiner Bettdecke. Mir war kalt. Ich wollte mir die Decke über die Ohren ziehen.

Das Navi, das ich wie gewöhnlich mithilfe seines Saugnapfes ans metallene Armaturenbrett des Käfer geklemmt hatte, ging mir auf den Keks.

»KEKSE!«, rief ich voller Begeisterung und bekam einen Lachanfall, während ich wie wild auf dem Armaturenbrett meines Käfer herumtrommelte. »Kekse!«

»Der ist ja schlimmer als Grobi aus der *Sesamstraße*«, lachte eine männliche Stimme.

Ich wusste gar nicht, dass Uschi ein Mann war. Dabei hatte ich die sehr weibliche Ansagerin meines Navis bewusst »Uschi« getauft, nach einer Kommilitonin aus meiner Studienzeit, die auch immer auf jede Frage eine Antwort wusste.

Irgendwie verstand ich das alles nicht mehr. Wo war meine Decke? Ich gab einen lauten Schnarcher von mir.

»Hallo. Bleiben Sie bei mir!«, forderte mich Uschi auf.

»Halt die Klappe, Klugscheißerin!«, fluchte ich und holte aus, um mit der Faust gegen die Klappe meines Handschuhfachs zu schlagen. »Blödes Ding!«

»He. Ganz ruhig«, nervte Uschi und fasste mich bei der Schulter. »Ich will Ihnen doch nur helfen.«

Irgendwie verstand ich nur Bahnhof. Seit wann hatte mein Navi Hände, um mich abzutasten. Etwas wischte mir über die Augen.

Ich blinzelte.

Der rote Schleier war verschwunden.

»Können Sie mich sehen?«, fragte die blonde Notärztin, die vorhin wissen wollte, ob Oma Frieda Drogen nimmt.

»Was ist das für eine verworrene Scheiße?«, dachte ich und blinzelte die letzten Schleier weg.

Grüne Augen!

Die Notärztin hatte grüne Augen!

»Was …«, mühsam versuchte ich trotz des Knotens in meiner Zunge, einen Satz zu bilden, was mir allerdings nicht so recht gelang, »… waas … mach…machen …«

»Ganz ruhig, Herr de Fries«, beruhigte mich Merle Rubens, die blonde Ärztin, deren Nachname so gar nicht zu ihrer Figur passen wollte.

»Sie … Sie … Sie sind nicht so üppig … wie …«, lallte ich so schwerfällig, als hätte ich den Friesengeist mehrerer Flaschen ganz alleine beschworen, »… Sie heißen …«

»Ach«, lachte die Ärztin. »Das bekommen Sie mit. Jetzt öffnen Sie aber mal wieder schön die Augen!«

Ich hatte gar nicht mitbekommen, dass mir die Lider schon wieder zugefallen waren.

»Auf drei!«, ließ sich die Männerstimme vernehmen; gleichzeitig spürte ich kräftige Hände, die mich durch die offen stehende Fahrertür hoben, die sich untypischerweise über meinem Kopf und nicht an meiner linken Seite befand.

Über mir drehte sich der neblig-trübe Himmel. Oder war es der Asphalt der Landstraße? Was auch immer sich gerade um mich herum wie ein Kettenkarussell drehte – es war mir egal.

Mir war plötzlich speiübel.

Ich übergab mich schwallartig und verteilte meinen Mageninhalt, der aus einer breiigen Masse Kekskrümeln bestand, über meine Retter. Den Rest bekam ich dankenswerterweise nicht mehr mit.

13

»Au!«, stöhnte ich unterdrückt auf.

Mit zusammengekniffenen Lippen sah ich auf das weiße Leukoplast-Pflaster, mit dem ich mir ein Büschel Unterarmhaare ausgerissen hatte. Jetzt kam der unangenehmere Teil: Die Infusionsnadel steckte noch in meinem Arm. Es wäre sicherlich vernünftiger gewesen, der Empfehlung der Nachtschwester zu folgen und geduldig bis zum nächsten Morgen auf die Arztvisite zu warten, um dann auf normalem Weg entlassen zu werden.

Aber Geduld war noch nie meine Stärke.

Es reichte mir schon, den Rest des Tages und die halbe Nacht hier im Krankenhaus untätig verpennt zu haben. Ich war in großer Sorge um Oma Frieda und Motte. Ganz abgesehen davon, dass ich wissen wollte, ob von meinem Käfer nicht nur ein Haufen Oldtimerschrott übriggeblieben war.

»Das wird die Schwester aber nicht gern sehen«, krächzte mein Zimmernachbar, ein älterer Herr, der mir die Wartezeit auf mein Klingeln nach der Nachtschwester hin mit ausführlichen Schilderungen seiner Prostataoperation verkürzen wollte.

»Mir egal«, knurrte ich unfreundlich. »Ich warte schon eine Ewigkeit!«

»Nicht länger als zehn Minuten«, widersprach mein Mitpatient. »Es kommt einem nur so lange vor. Was meinen Sie, welche Ewigkeit ich gewartet habe, als mein Katheter verstopft war und ich dachte, meine Blase platzt jed…«

»Dann verstehen Sie mich ja«, unterbrach ich den redseligen älteren Herrn, der mich freundlich aus dem Nachbarbett her angrinste.

»Ich dachte, ich platze …«

»Ich platze auch gleich!«, kündigte ich an.

»Die Schmerzen!« Anklagend erhob mein Bettnachbar seinen Zeigefinger. »Sie glauben ja gar nicht, wie schmerzhaft so eine Prostatata …«

»Ein ›ta‹ zu viel«, unterbrach ich ihn und schwang die Beine aus dem Bett.

»Hä?«

»Prostata. Nicht Prostatata!«

»Sag ich doch – Prostatata!« Energisch klopfte mein Nachbar gegen das Bettgitter, an das er sich lehnte, um besser zusehen zu können, wie ich mich krampfhaft am Infusionsständer festhielt, der wie die *Sirius* bei Windstärke acht zu schwanken begonnen hatte.

Mühsam hielt ich meine Augen geöffnet und fixierte das gegenüberliegende Waschbecken, das sich neben der Zimmertür befand und im Licht der Nachttischlampe meines Nachbarn matt schimmernd leuchtete.

Ich war noch nicht lange wach, vielleicht eine knappe Stunde. Mir brummte der Schädel, als kreiste unter meiner Schädeldecke ein Schwarm Honig sammelnder Bienen. Meine Finger ertasteten eine mächtige Beule an meiner Stirn, die wahrscheinlich vom Aufprall meines Kopfes gegen das Armaturenbrett des Grauen stammte.

Ich brauchte eine Viertelstunde, um die Geschehnisse der letzten Stunden zusammenzusetzen, wobei mir allerdings die

Stunden fehlten, in denen ich meinen Rausch ausgeschlafen hatte.

»Rausch!« Zunächst schüttelte ich ratlos den Kopf, hielt aber sofort in der Bewegung inne, als der Bienenschwarm zu einer Ehrenrunde anhob. Verdammt. Wo hatte ich nur diesen knochenharten Rausch her?

Es konnten nur Oma Friedas Schokoladenkekse gewesen sein, die mich in die Wüste geschickt hatten. Schließlich hatte ich während der Heimfahrt eine halbe Tüte innerhalb kürzester Zeit verschlungen. Der arme Motte hatte anscheinend sofort gewittert, dass mit dem Gebäck etwas nicht stimmte. Ich hatte mich schon gewundert, dass er den Keks, den ich ihm über die Rückenlehne hinweg angeboten hatte, ablehnte. Normalerweise hätte er einmal *schlapp* gemacht und das Teil wäre verschwunden gewesen.

Die Frage der blonden Notärztin, die mich vor Stunden noch empört hatte, hielt ich nach den Geschehnissen der letzten Stunden und einigen Überlegungen nicht mehr für so abwegig. Zwar konnte ich mir beim besten Willen nicht vorstellen, dass Oma Frieda eine Drogenoma war, von denen man schon mal gehört hatte. Aber dass nicht nur Mehl, Zucker und Backpulver in den Keksen gewesen sein konnte, stand für mich auch ohne amtliches Laborergebnis fest.

Ich tippte auf Cannabis. Hasch.

Während meiner Studentenzeit hatten Kommilitonen oft Gras geraucht. Die Gesundheitsbewussten unter den Kiffern hatten das Haschisch in Kekse eingebacken. Rezepte für Cannabiskekse, -muffins, -kuchen oder -mixgetränke gab es im Internet zuhauf.

Aber Oma Frieda? Es war nicht zu fassen!

»Drei Tage konnte ich nicht pullern!«, krähte mein Zimmernachbar fröhlich. »Drei Tage! Das muss man sich mal vorstellen!«

Ich seufzte schwer. Wenn ich mir etwas nicht vorstellen wollte, dann war es der Harnverhalt meines Zimmernachbarn.
Ich musste hier raus!
Sofort!
Mit weichen Knien schlurfte ich zum Waschbecken und schob den Infusionsständer vor mir her. Leise stöhnend hielt ich mich am Rand des Beckens fest.

»Mein Gott«, dachte ich. »So einen Kater hatte ich schon lange nicht mehr.«

»Musst du auch pullern?«, tönte es vergnügt vom Nachbarbett her.

»Ruhe jetzt!«, knurrte ich ungehalten. »Sie gehen mir mit Ihren Pinkelgeschichten mächtig auf die Nerven!«

»Regen Sie sich nicht auf, Jungchen«, meinte der Großvater nachsichtig. »Noch ein paar Jährchen und bei Ihnen ist es auch so weit.«

Ich ignorierte den munteren Greis und zog mir mit einem Ruck die Infusionsnadel aus dem Unterarm!

»Ah!« Mit zusammengebissenen Zähnen drückte ich eins der Papierhandtücher, das ich zusammengeknüllt hatte, auf die Einstichstelle. »Scheiße! Tut das weh!«

Aus dem hin und her baumelnden Infusionsschlauch tropfte die Flüssigkeit, die für meine Venen vorgesehen war, auf meine nackten Füße und die Vorderseite meines Flügelhemdchens. Wahrscheinlich bot ich mit meinem nackten Hintern, der aus dem Krankenhaushemd hervorschaute, und dem Papierknäuel, unter dem Blut hervorquoll, einen ziemlich lächerlichen Anblick. Ich hätte mir vor meiner schlauen Idee wenigstens eine Hose anziehen können. Und natürlich die Infusion zudrehen sollen. Aber so ist das mit den pfiffigen Einfällen, die einem mit verkatertem Brummschädel kommen.

»Da kannste schütteln oder klopfen …«, zitierte mein Zimmernachbar gut gelaunt einen alten Spruch, den ich schon öfter mal an Klotüren gelesen hatte, und lachte meckernd, »… in die Hose geht der letzte Tropfen.«

»Ich muss hier raus!«, wiederholte ich gereizt und versetzte dem Infusionsständer einen kräftigen Tritt.

Der Ständer schoss samt Infusionsflaschen wie ein wild gewordener Staubsaugerroboter quer durchs Zimmer und knallte gegen das Bettgitter des prostatischen alten Herrn, der im gleichen Moment wild zu kreischen begann.

»Mein Katheter!«, jaulte er so lautstark, dass er wahrscheinlich auf der ganzen Station zu hören war. »Du hast mir den Puller abgerissen!«

»Den was?« Obwohl die Situation für mich eigentlich nicht so lustig war, prustete ich los. »Den Puller?« Seit meiner Kinderzeit hatte ich den Ausdruck nicht mehr gehört.

»AUU AH AUA!«

»Was ist denn hier los?« Mit einem Ruck wurde die Tür aufgerissen.

Mit resoluten Schritten stürmte die Nachtschwester ins Zimmer. Ein Blick in die Runde reichte ihr, um die Situation zu erfassen.

»Sie!« Ein streng aufgerichteter Zeigefinger wies auf mich. »Ab ins Bett!«

Aus Erfahrung wusste ich, dass es nicht klug war, sich mit einer ausgewachsenen Nachtschwester anzulegen. Trotzdem sah ich sie nur trotzig an und rührte mich nicht.

»Und Sie!« Mit dem zweiten Zeigefinger zielte sie wie ein beidhändig schießender Revolverheld aus dem Wilden Westen auf den kreischenden Greis. »Hören Sie auf, hier herumzuschreien!«

»Mein Puller!«, heulte mein Zimmernachbar. »Der da hat ihn abgerissen!«

»Quatsch«, entgegnete die Schwester und stand mit zwei Schritten am Bett des alten Mannes, der mir trotz seines

Gebrülls leidzutun begann; vielleicht hatte ich ihn ja wirklich verletzt. »Das ist nur der Katheter, der drückt«, wies ihn die Schwester zurecht.

Sie schob den Infusionsständer beiseite und beugte sich über das Bettgitter. Ich sah einen Moment zu, wie sie sich mit geschickten Handgriffen am Katheter meines Zimmernachbarn zu schaffen machte, was dieser mit lautem Gebrüll kommentierte.

Zeit für mich, zu verschwinden.

Ich war schon fünf Meter den Gang entlanggeschlurft, als mich die Nachtschwester mit eisernem Griff am Oberarm packte. »Hiergeblieben!«, forderte sie mich auf.

Unwirsch riss ich mich los. »Lassen Sie mich!«

»Solange ich hier Dienst habe, verschwindet von meiner Station keiner meiner Patienten!«

»Einmal ist immer das erste Mal«, gab ich nicht sonderlich scharfsinnig zurück.

Die resolute Nachtschwester überholte mich auf ihren kräftigen Beinen, baute sich vor mir auf, die Arme in die Hüften gestemmt, und versperrte mir den Weg. »Bis hierher und nicht weiter!«

Mit einer Hand raffte ich das Flügelhemd hinter meinem Rücken zusammen und straffte gleichzeitig meinen Oberkörper, um mich halbwegs würdevoll der vor Energie strotzenden Krankenschwester präsentieren zu können.

»Sie bluten wie ein abgestochenes Schwein«, stellte die Schwester fest, in der ich erst jetzt die forsche rothaarige Schwester erkannte, die Mackensen und Freud auf den Pott gesetzt hatte.

»Sie?«

»Ja, ich!«, blaffte die Schwester, deren Wiedersehensfreude sich in Grenzen hielt.

Energisch packte sie mich am Oberarm und bugsierte mich zu einem vor dem Nachbarzimmer abgestellten Rollstuhl.

»Setzen Sie sich hin. Sie bluten mir den ganzen Fußboden voll. Ich muss die Schweinerei hinterher wieder sauber machen. Dabei sind wir hier völlig unterbesetzt. Als ob eine Doppelschicht nicht schon Strafe genug wäre!« Schimpfend lief die rothaarige Nachtschwester zum Untersuchungszimmer, um Verbandszeug zu holen.

Gehorsam setzte ich mich in den Rollstuhl und stellte meine nackten Füße auf die dafür vorgesehenen Trittbretter des Gefährts.

Und schon ist es mit der Würde vorbei, dachte ich mit bitterer Ironie, als ich meine nackten Beine betrachtete, die stämmig, bleich und behaart unter dem Saum des mit Infusionslösung und Blut verschmierten kurzen Krankenhaushemdes hervorschauten.

»Guten Abend, Herr de Fries«, sagte eine Stimme hinter mir. »Können Sie nicht schlafen oder warum machen Sie eine kleine Nachtwanderung?«

Neben dem Rollstuhl, in dem ich hockte, tauchte Dr. Boeckhoff auf, der Chirurg vom Vortag, der mir die Skalpellwunde genäht hatte.

»Moin«, erwiderte ich mit schlechtem Gewissen.

»Sie können offenbar Ihre morgige Entlassung nicht abwarten?«

Mit aufkeimender Zerknirschung nickte ich. »Stimmt. Ich muss los.«

»Spricht im Grunde nichts dagegen. Sind ja auch nur noch ein paar Stunden«, entgegnete der schon wieder oder noch immer diensthabende Chirurg und warf einen beiläufigen Blick auf seine Armbanduhr. »Sie dürfen nur nicht Auto fahren.«

»Wieso?« Ich sah hoch.

»THC«, erwiderte er knapp.

Scharf atmete ich ein.

Ich hatte es gewusst! Bei Tetrahydrocannabinol, oder kurz THC genannt, handelt es sich um den psychoaktiven Wirkstoff von Cannabis.

»Wie hoch?«, fragte ich beklommen.

»3,5!«, lautete die niederschmetternde Antwort des Arztes.

Wenn ich nicht schon gesessen hätte, wäre ich jetzt vor Schreck freiwillig auf den Rollstuhl geplumpst.

Kein Wunder, dachte ich entgeistert. Ich war high bis zur Halskrause.

Das Spacegebäck hatte mich gewaltig in die Wüste gebeamt, wie man unter Kiffern zu sagen pflegte. Das Problem war nur – meinen Führerschein war ich erst einmal los. Und da ich wusste, dass die Gerichte keine Toleranz bei Cannabiskonsumenten kennen, die bekifft im Straßenverkehr erwischt werden, war ich den Lappen wohl bis auf Weiteres los. Da es weder Toleranzen noch Messabschläge gibt, reicht bereits eine THC-Konzentration von 1,0 Nanogramm pro Milliliter Blut zum Entzug der Fahrerlaubnis.

»Verfluchter Mist!«, schimpfte ich und starrte stinksauer auf meine vor Kälte bleichen Zehen.

»Tja«, seufzte der diensthabende Arzt verständnisvoll. »Wir haben ja alle schon mal gekifft. Zumindest versuchsweise.«

Ich hob den Kopf und warf ihm einen bösen Blick zu. »Haben wir nicht!«, stellte ich entschieden fest; denn auf mich traf diese Verallgemeinerung definitiv nicht zu.

Ich bin ein Genussmensch und kann leiblichen Leckerbissen mitunter nicht widerstehen, weshalb mein ständiger Kampf ums Normalgewicht Bände füllen würde. Den Kampf hatte ich mittlerweile aufgegeben und die Latte auf das Niveau meines subjektiven Wohlfühlgewichts abgesenkt. Doch meine Angst, der Verlockung von Suchtmitteln nicht widerstehen zu können, war einfach größer als die Neugier auf unbekannte Genüsse. Deshalb trank ich – bis auf wenige Ausnahmen – sehr maßvoll. Von Drogen hatte ich mich schon immer ferngehalten. Mir hatte bereits meine Nikotinsucht gereicht. Zwar war ich seit meinem beruflichen Ausstieg kein hundertprozentiger Nichtraucher, hing aber auch nicht mehr als Kettenraucher am Glimmstängel. Ab und an einen Zigarillo oder eine Selbstgedrehte. Mehr nicht!

»Ich wollte Ihnen nicht zu nahetreten.« Beschwichtigend hob mein Gegenüber die Hände. »Ich meine, ich weiß ja aus eigener Erfahrung ...«

»Schon gut«, winkte ich ab. »Ich bin ja selber schuld.«

»Da haben Sie aber ganz schön zugelangt«, ließ Dr. Boeckhoff nicht locker. »Ich meine ... 3,5, das ist ordentlich. Und Sie sind heute nicht der einzige Notfall, den es ...« In seinen Augen blitzte es plötzlich wachsam auf.

Auch ich sah ihn aufmerksam an. Bevor ich etwas fragen konnte, tauchte die rothaarige Schwester mit einem kleinen fahrbaren Tischchen auf, auf dem sie diverse Pflaster, Mullbinden und Desinfektionsmittel vor sich her schaukelte.

»Zeigen Sie mal her«, forderte der Arzt mich auf und setzte sich die Lesebrille, die an einer Schnur um seinen Hals baumelte, auf die Nase.

Nachdem die Schwester mir mit geschickten Händen, Tupfer und einer sterilen Lösung das Blut vom Unterarm und den Händen gewaschen hatte, desinfizierte der Arzt die Einstichstelle, aus der ich mir die Infusionsnadel gerissen hatte.

»Es brennt mal kurz«, kündigte er an, was ich mit einem gezischten Stöhnlaut beantwortete.

»Das war's.«

Frisch verpflastert und erleichtert schlüpfte ich in den dicken Bademantel und die warmen Pantoffeln, die mir die rothaarige Schwester aus einem auf dem Gang eingebauten Wandschrank hervorzauberte.

»Kommen Sie mit«, lud mich der Diensthabende mit einem freundlichen Klaps auf die Schulter ein. »Zeit für einen Kaffee und ... ein offenes Gespräch.«

Für einen Kaffee hätte ich im Moment so ziemlich alles getan. Mühsam rappelte ich mich hoch.

»Bleiben Sie sitzen«, riet der Arzt. »Das ist ein Rollstuhl. Ich fahr Sie zum Kaffeeautomaten.«

»Nettes Angebot«, knirschte ich mit den Zähnen und richtete mich stöhnend auf. »Aber vergessen Sie's. Lieber schlecht gehumpelt als gut gefahren werden.«

Wenige Minuten später nippte ich, am Getränkeautomaten lehnend, vorsichtig an dem dampfenden Gebräu, das in einem braunen Strahl aus der Auslassdüse in einen kleinen Plastikbecher gelaufen war.

Meine Vorsicht war überflüssig. Der Kaffee war lauwarm. Heutzutage kam aus keinem Automaten mehr heißer Kaffee. Zu groß war die Angst der Hersteller und Betreiber, dass sich jemand an einem zu heißen Getränk verbrühen und die Verantwortlichen verklagen würde.

Mir war's egal. Heute Nacht hätte mir auch ein kalter Kaffee vorzüglich gemundet.

»Und?«, fragte mein großzügiger Spender und sah mich freundlich an. »Noch einen?«

Ich nickte dankbar und leerte den Becher in zwei großen Zügen. »Ja, bitte.«

»Was ich Sie fragen wollte«, sondierte er vorsichtig meine Gesprächsbereitschaft. »Haben Sie … ich meine … wie haben Sie das THC konsumiert – geraucht oder …?« Unausgesprochen ließ er seine Frage im Raum stehen.

»… gemeinsam mit der sechsundachtzigjährigen Oma Frieda ein paar Joints durchgezogen«, vervollständigte ich spöttisch seinen Satz.

»Nun ja …« Für einen Moment schien ein Schatten über das Gesicht des Arztes hinwegzuziehen.

Eine dunkle Vorahnung stieg in mir auf.

Ich umklammerte den Plastikbecher. Ein paar winzige Tropfen Kaffee rannen durch zwei kleine Schlitze des Bechers, als der Kunststoff in meiner Hand brach.

»Liegt Frau ... Frieda ...«, mir fiel Oma Friedas Nachname nicht ein, was schon mal passieren kann, wenn man jemanden nur unter seinem Vornamen kennt, »... liegt sie auch auf dieser Station?«

Dr. Boeckhoff sah mich mit müden Augen traurig an.

»Lag«, antwortete er. »Ja. Frau Röggelsen lag auch hier.«

In meiner Brust schien sich plötzlich ein großer Knoten zu befinden, der mir die Luft abschnürte.

»Ist sie ...«

»Ja.« Langsam nickte mein Gegenüber. »Frau Röggelsen ist eingeschlafen.«

»Wann?«

»Als Sie sich gerade zur Nachtwanderung aufgemacht haben.« Ein humorloses Lächeln überflog seine Mundwinkel. »Ich kam gerade aus ihrem Zimmer, als Sie und Schwester Erika sich kampfbereit gegenüberstanden.«

»Was war die Todesursache?«, fragte ich beklommen.

In mir drängte sich die brennende Frage auf, ob Oma Frieda noch leben würde, wenn ich sie nicht schon in ihrer Küche für tot gehalten und schneller den Notarzt gerufen hätte.

»Nun«, der Arzt seufzte kurz. »Frau Röggelsen war zwar sechsundachtzig, aber erfreute sich bester Gesundheit.«

»Und wieso ist sie tot?«, entgegnete ich.

»Auch eine rüstige Sechsundachtzigjährige kann an einer zu hohen Dosis Tetrahydrocannabinol sterben«, erwiderte Dr. Boeckhoff und trank einen Schluck Kaffee, während er mich aufmerksam musterte. »Insbesondere, wenn das THC mit Amphetaminen, Ephedrinen und was weiß ich noch alles zusammengemischt wurde. Die Feinanalyse der Laboruntersuchungen steht noch aus. Die Todesursache war Mehrfachorganversagen: die Leber, die Nieren und ein altes Herz, das aus seinem Rhythmus geworfen wurde.«

Ich fuhr schneller herum, als es meinem Brummschädel guttat. Mit einer angewiderten Handbewegung pfefferte ich den halb vollen Plastikbecher in den neben dem Automaten stehenden Mülleimer. Der Kaffee spritzte mir auf den Bademantel.

»Mord!«, presste ich zwischen den Zähnen hervor. »Das war kaltblütiger Mord!«

»Sind Sie sich sicher?«

»Und wie ich mir sicher bin!«, fuhr ich ihn an, obwohl der Arzt am allerwenigsten etwas dafürkonnte, dass Oma Frieda tot war.

Auch wenn ich schon vor ein paar Stunden irrtümlicherweise Oma Frieda für tot gehalten und Motte getröstet hatte, traf mich die Nachricht ihres Dahinscheidens aus dem Mund des diensthabenden Arztes wie ein Hieb in die Magengrube.

»Frieda«, murmelte ich kaum hörbar und schloss die Augen.

»Sie standen sich nahe?«, fragte der Arzt einfühlsam.

»Ich …«, verstohlen fuhr ich mir über die Augen, »sie hat mir vor ein paar Jahren meinen Hund geschenkt. Ich mochte sie sehr.«

»Verstehe.«

»Oh Gott!«, erschrocken riss ich die Augen auf. »Motte!«

In meiner Katerstimmung hatte ich den Dicken vollkommen vergessen. Der Bienenschwarm in meinem Kopf hatte mich keinen wirklich klaren Gedanken fassen lassen.

»Mein Hund!«, erneut fuhr ich herum. »Was ist mit meinem Hund? Wo ist er?«

»Entspannen Sie sich.« Beruhigend deutete der Arzt mit dem Daumen über seine Schulter. »Wenn Sie den prächtigen Berner Sennenhund meinen, der, während Sie weggetreten waren, nicht von Ihrer Seite gewichen ist? Den hat der Hausmeister draußen im Krankenhauspark im Gartenhäuschen untergebracht und mit Wasser und Futter versorgt. Jetzt schnarcht er friedlich.«

Erleichtert atmete ich aus. Das hörte sich überzeugend nach einem sehr entspannten Motte an. Es rührte mich zutiefst, zu hören, dass der Dicke nicht von meiner Seite gewichen war.

»Sie haben einen tollen Hund«, sagte Dr. Boeckhoff. »Er liebt Sie sehr. Wir haben ihn erst von Ihnen trennen können, als Sie komplett versorgt waren.«

»Danke«, winkte ich verlegen ab, jetzt war mir wirklich langsam zum Heulen zumute. »Ja, er ist der beste Hund, den man sich wünschen kann. Ich ... meinen Sie ...«, druckste ich herum, da mir meine Bitte selber ziemlich ungewöhnlich vorkam.

»Wollen Sie Frau Röggelsen noch einmal sehen?«, kam mir der Arzt zuvor.

Ich nickte stumm.

»Kommen Sie«, Dr. Boeckhoff klopfte mir auf die Schulter und ging an mir vorbei Richtung Fahrstuhl, »ich bring Sie runter.«

Mit schweren Schritten folgte ich ihm.

Motte hob den Kopf, als ich das kleine Gartenhaus betrat. Verschlafen, aber neugierig erhob er sich von der alten Wolldecke, die ihm der Hausmeister als Unterlage spendiert hatte. Lautstark schüttelte er sich und setzte sich mit gespitzten Ohren auf den Boden.

Schwerfällig ging ich in die Knie und vergrub mein Gesicht in seinem dichten Fell. Der Dicke roch ein bisschen streng. Es wurde mal wieder Zeit für die Badewanne.

»Schlechte Nachrichten, Motte«, murmelte ich ihm ins Ohr. »Oma Frieda ist tot.«

Auch auf die Gefahr hin, dass man mich auslacht: Ich war sicher, dass Motte meine Worte verstand. Er antwortete mir mit einem leisen Winseln.

»Komm«, sagte ich und erhob mich wieder. »Es ist Zeit, Adieu zu sagen.«

14

»Falls du irgendwann einmal gedenkst, deine Mailbox abzuhören, wäre ich dir sehr verbunden, wenn du mich zurückrufst!« Mürrisch drückte ich auf das rote Telefonsymbol auf dem Display meines Handys.

Mit äußerster Vorsicht lehnte ich meinen Kopf an die Nackenlehne des Taxis, in dem ich saß. Mir brummte noch immer der Schädel, der Bienenschwarm war noch fleißig am Werk. Motte gab die passende Geräuschkulisse dazu: Nachdem ich ihm die schlechte Nachricht von Oma Friedas Tod überbracht hatte, war er traurig, aber noch immer im Halbschlaf hinter mir hergetrottet. Als ich mich dem wartenden Taxi mit einem ausgewachsenen Berner Sennenhund näherte, schob der Fahrer nachdenklich seinen Elbsegler in den Nacken.

»Keine Sorge«, sagte ich müde. »Der tut nix. Der will nur pennen.«

Mit einem Satz war Motte auf dem Rücksitz und rollte sich zusammen. Mir überließ er gnädigerweise ein handtuchbreites Plätzchen auf dem Rücksitz.

Ich nannte mein Fahrtziel, während ich einen Blick auf meine Armbanduhr warf.

Zu meiner Erleichterung hatte es nicht mehr lange bis zu meiner Entlassung um sieben Uhr gedauert. Ich hatte die Zeit mit ein paar Bechern lauwarmen Kaffees neben dem Kaffeeautomaten verbracht, wo ich Ruhe hatte, an die schönen Plaudereien und Teestunden mit Oma Frieda zu denken, und über die heimtückische Art, wie sie zu Tode gekommen war, grübeln konnte.

»Mord!«, murmelte ich mehr als einmal. »Es war Mord!«

Vielleicht sah ich die Dinge manchmal etwas zu verkürzt, aber für mich stand fest, dass der Tod der fünf Muschelfischer an Bord der *Adele* mit dem Tod von Oma Frieda zusammenhing. Auch wenn ich mir die Verbindung zwischen den Todesfällen eher kreativ zusammenfantasierte als logisch herleitete, sah ich durchaus die Gemeinsamkeit der Todesursachen bei den Fischern an Bord der *Adele* und bei Oma Frieda.

Gift!

Wobei ich jegliche Art von Drogen grundsätzlich der Kategorie Gift zuordne. Es heißt ja auch schließlich Rausch*gift*. In meinem Berufsleben als Anwalt und Strafverteidiger hatte ich schon zu viel menschliches Leid und Unglück gesehen, um Drogen auch nur ein Quäntchen Toleranz entgegenzubringen.

Hatte ich Hilde Lürs meine Unterstützung noch aus Hilfsbereitschaft angeboten, weil sie mir leidtat, war durch Oma Friedas Tod nun ein höchstpersönliches Anliegen daraus geworden.

Ich würde den oder die Täter zur Strecke bringen!

Allerdings wusste ich noch nicht, wie. Viele Anhaltspunkte hatte ich ja nicht. Im Grunde genommen: eigentlich keinen.

Ich ging nicht davon aus, dass es sich bei dem Gift, mit dem die Fischer an Bord der *Adele* umgebracht worden waren, um die gleiche Substanz handelte, an der Oma Frieda gestorben war. Aber das Gift, das den Männern den Tod gebracht hatte, war in einer Torte eingebacken gewesen. Genauso wie das Rauschgift, das in Oma Friedas Schokoladenkeksen eingebacken worden war. Nur ging ich im Moment nicht davon aus, dass der oder die Täter die sechsundachtzigjährige alte Dame mit Vorsatz töten wollten. Es war wohl ein bedauerliches Missgeschick gewesen, dass Oma Frieda die Haschkekse gegessen hatte. Das gleiche Missgeschick, mit dem ich mich unbeabsichtigt mit Tetrahydrocannabinol abgeschossen hatte. Wäre Oma Frieda jünger gewesen, wäre sie vielleicht auch mit einem Brummschädel davongekommen, so wie ich.

Glück gehabt, dachte ich und fuhr mir mit dem Handrücken über meinen Viertagebart, der ein kratzendes Geräusch von sich gab.

Meine Heimfahrt hätte ebenso gut auf dem Obduktionstisch der Emder Gerichtsmedizin enden können, vor dem das Taxi gerade hielt, und nicht im Straßengraben. Für mich war der Drogenrausch glimpflich ausgegangen. Oma Frieda hatte mit ihrem Leben bezahlen müssen.

Ich würde ein ernstes Gespräch mit ihrem Enkel Malte führen. Irgendwie musste das Cannabis in die Kekse gekommen sein. Und für den Moment war Malte für mich der Hauptverdächtige in diesem Mordfall!

»So, wir sind da«, stellte der Fahrer fest und zog die Handbremse an. »Macht fünzehn fünfzig.«

Ich beförderte einen zerknüllten Zwanziger aus meiner Hosentasche und reichte ihn dem Fahrer nach vorne.

»Passt schon«, sagte ich und öffnete die Tür. »Danke.«

»Schönen Tag noch!«, rief er mir über die Schulter hinterher, während ich die Tür zudrückte, nachdem Motte sich mit halb geschlossenen Augen vom Rücksitz hatte runterrutschen lassen.

Mit noch leicht unsicheren Schritten ging ich auf die Eingangstür des Gebäudes zu, in dem die Gerichtsmedizin des Landkreises untergebracht war.

Ob Tillmann, der leitende Gerichtsmediziner, sich freuen würde, mich zu dieser frühen Stunde zu sehen, bezweifelte ich. Wie ich ihn kannte, arbeitete er bereits seit sechs Uhr morgens den Berg seines täglichen Arbeitspensums ab.

Tillmann war nicht nur leitender Gerichtsmediziner und Frühaufsteher, sondern auch häufiger Begleiter meiner Tochter Thyra. Eine Beziehung, die bei mir nicht gerade für Begeisterungsstürme gesorgt hatte, als ich im letzten Jahr davon erfuhr. Es war nicht so, dass mir der hoch aufgeschossene dürre Arzt mit seiner Afrofrisur, deren Farbe an frisch geschälte Karotten erinnerte, und dem ständig auf und ab hüpfenden Adamsapfel unsympathisch war.

Ganz im Gegenteil! Ich bin nicht der Meinung, dass es auf die Äußerlichkeiten eines Menschen ankommt. Mich interessierte auch nicht, dass er in seinen ausgelatschten Doc-Martens-Boots und den kreischend schrillen Shirts aussah wie ein Althippie.

Mich stört ebenso wenig, dass meine Tochter einen Freund hat; sie ist schließlich alt genug und kann tun und lassen, was sie will. Ich … mache mir halt manchmal Sorgen, ob es ihr gut geht und die Leute, mit denen sie zu tun hat, es auch wirklich gut mit ihr meinen. Ich müsste lügen, wenn ich nicht zugeben würde, dass ich mit Leuten in erster Linie Männer meine – eine Sorge, die ich meiner Tochter gegenüber natürlich niemals offenbaren würde.

Auch wenn Thyra noch jung genug ist, um darüber hinwegzukommen, hatte es das Schicksal mit ihr nicht gut gemeint, als ein Unfall ihren Freund Sean kurz vor ihrer geplanten Hochzeit aus dem Leben riss. Ich wünschte mir einfach nur, dass sie glücklich ist, und wenn es mit einem Gerichtsmediziner sein sollte, der aussieht wie Ronald McDonald, dann sollte mir das schlussendlich auch egal sein. Tillmann war ja auch ein netter Kerl, den ich mochte und dessen Arbeit unangefochten zu den besten zählte, die ich in meinem Berufsleben als Strafverteidiger kennengelernt hatte.

Vielleicht liegt es ja auch gar nicht an Tillmann, dachte ich versonnen, als ich den Finger auf die Klingel neben dem Schild mit der Aufschrift *Rechtsmedizinisches Institut Emden* legte. Vielleicht habe ich nur Angst …

Die Tür wurde aufgerissen und der Pathologe streckte den Kopf mit seiner schrecklichen Frisur heraus. Aus dem Türspalt quollen sofort die aseptischen Ausdünstungen von Reinigungs- und Desinfektionsmitteln, denen es trotz großzügiger Anwendung nie so recht gelang, den Geruch des Todes zu übertünchen.

»Wir haben noch geschlossen!«, bellte er unfreundlich in die entgegengesetzte Richtung von der, in der ich stand.

»Moin, Doc«, begrüßte ich ihn und kam ohne Umschweife auf den Grund meiner morgendlichen Störung zu sprechen. »Ich wollte mich nach den Obduktionsergebnissen der toten Muschelfischer erkundigen.«

Sein Kopf fuhr herum. Mit einer routinierten Handbewegung, die auf ein seit Jahren falsch angepasstes Brillengestell hindeutete, schob er sich die Sehhilfe den Nasenrücken hoch.

»Ach …« Gewohnt irritiert blinzelte er mich an. »Herr de Fries. So früh schon unterwegs?«

»Sie doch auch«, entgegnete ich und schob mich uneingeladen an ihm vorbei in den nüchternen Vorraum der Gerichtsmedizin.

Überrascht durch mein forsches Auftreten wich er zurück und gab den Eingang frei, was Motte nutzte, um sich zwischen unseren Beinen hindurchzuschlängeln und ins Warme zu schlüpfen. Vielleicht wäre Tillmann nicht so zurückhaltend gewesen, wenn ich nicht Thyras Vater gewesen wäre. Möglicherweise hätte er mich samt Hund sonst hochkant hinausgeworfen. Nun – manchmal muss man seine Karten ausspielen.

»Ja, schon«, erwiderte er. »Aber ich arbeite ...«

»Wollen Sie damit sagen, dass ich nicht arbeite?«, entgegnete ich mit schmalem Lächeln.

»Nein. Natürlich nicht!«, versicherte er eifrig und schüttelte den Kopf so heftig, dass ich Sorge bekam, er könne ihm von seinem langen und viel zu dünnen Hals fallen oder dieser abknicken. »Ich meine nur ... es ist noch so früh.«

»Störe ich Sie?«, fragte ich, statt ihm eine Erklärung zu geben, weshalb es mich in aller Herrgottsfrühe zu ihm in die Gerichtsmedizin verschlagen hatte.

»Ja ... nein ...«, unschlüssig zuckte Tillmann mit den Schultern.

»Umso besser«, lächelte ich ihn an. »Dann können Sie mir doch sicher schon etwas zu den Obduktionsergebnissen der fünf toten Fischer sagen. Sofern diese schon vorliegen.«

»Sind Sie ...«

»Bin ich!«, stellte ich fest und war mir gleichzeitig dessen bewusst, mich etwas weit aus dem Fenster zu lehnen, da ich noch keine schriftliche Vollmacht von Hilde Lürs vorweisen konnte. »Die schriftliche Vollmacht folgt.«

Tillmann sah mich unschlüssig an und zuckte dann ergeben mit den Schultern. »Okay. Weil Sie es sind.«

Der Pathologe ließ die Eingangstür ins Schloss fallen und eilte an mir vorbei Richtung Obduktionssaal.

Ich warf Motte einen kurzen Blick zu. Beneidenswert: Der Dicke hatte es sich neben der Besuchercouch bequem gemacht und auf dem Teppich zusammengerollt. Auch wenn er leise vor sich hin schnarchte, als wenn er kein Wässerchen trüben könne, wusste ich, dass er es sich auf der Couch gemütlich machen würde, sobald ich ihm den Rücken zugekehrt hätte.

Meinetwegen, dachte ich; sollte er sich ruhig aufs Sofa legen.

Ich hätte es ihm gern gleichgetan. Mir steckten Oma Friedas Dopekekse noch gehörig in den Knochen. Aber es nützte ja nichts. Die Pflicht rief. Ohne rechte Begeisterung folgte ich Doc Tillmann.

Seit ich denken kann, hatte ich schon immer diesen Teil meiner Arbeit als Strafverteidiger gehasst, den Gang in den Obduktionssaal inklusive der schrecklichen Dinge, die für gewöhnlich dort auf einen warten: Schicksale, Bilder und Gerüche, die man nie mehr in seinem Leben aus Kopf und Nase bekommt.

Für Tillmann war das, was mich im gleißenden Licht der Neonröhren erwartete, Berufsalltag. Er bewegte sich so munter wie ein Fisch in seinem aseptischen und vom Boden bis zur Decke mit weißen Kacheln bedeckten Aquarium. Ich hingegen brauchte einen Moment, um den Anblick der beiden toten Männer zu verdauen, die auf den metallenen Obduktionstischen lagen.

»Die Feststellung der Todesursache war schon eine kleine ...«, Tillmann suchte nach dem richtigen Begriff, um nicht pietätlos zu sein, »... berufliche Herausforderung.«

»Wieso?«, wollte ich wissen.

»Sie wissen, es war Gift im Spiel«, stellte der Pathologe fest. »Giftmorde sind zum einen keine Seltenheit und zum anderen haben sie viel von ihrem geheimnisvollen und unaufklärbaren Nimbus verloren, seitdem die moderne Labortechnik Standard in der Gerichtsmedizin geworden ist: DNA-Analyse, Photometer, Toxikologie. Aber das brauche ich Ihnen nicht zu erzählen, Sie kennen das ja alles«, winkte er ab.

»Bedingt«, antwortete ich und vermied den Blick zu den beiden fahlen Körpern, die dem kalten Neonlicht schutzlos preisgegeben waren. »Mir reichte es immer, wenn ich die Laborergebnisse auf den Tisch bekam.«

Ein verschmitztes Lächeln umspielte Tillmanns Lippen. Er kannte meine Abneigung gegen seine Welt der kalten Obduktionstische und der stummen Opfer sinnloser und brutaler Gewalt.

»Bei Giftmorden sind die Täter zudem meist nicht sehr kreativ«, fuhr er fort, ohne auf meine Befindlichkeiten einzugehen. »Rattengift, Abflussreiniger, Schlafmittel oder Frostschutzmittel, alles, was sich in der Abstellkammer oder Garage so finden lässt. In der Regel ist es nicht schwierig, die betreffende Substanz herauszufinden, die zum Tode geführt hat.« Wieder zuckte er mit den Schultern. »Das machen heutzutage die Geräte schon komplett alleine.«

»Lassen Sie das mal nicht den Staatsanwalt hören«, frotzelte ich. »Dann sind Sie Ihren Job los.«

»… und habe mehr Zeit zum Angeln«, grinste er zurück und kam endlich darauf zu sprechen, weshalb er diese Obduktion als »Herausforderung« empfunden hatte: »Aber ganz so einfach ist es dann auch wieder nicht. Bei den Fischern hier«, er deutete mit dem Kinn Richtung Obduktionstische, »waren die Geräte in den ersten beiden Analyseläufen ziemlich ratlos. Erst als ich die Software für Substanzen aktivierte, die der biologischen Sicherheitsstufe unterliegen, wurde ich fündig.«

»Und?« Gespannt sah ich ihn an, denn trotz aller Spekulation war es ja auch mir noch ein Rätsel, welches Gift die Muschelfischer mitten in der Bewegung umgebracht hatte, wobei ich mir schon dachte, dass es sich um etwas Ausgefalleneres handelte.

»*Chironex fleckeri!*«, verkündete Tillmann mit triumphierendem Gesichtsausdruck.

»Hört sich jetzt nicht soo ungemein gefährlich an«, erwiderte ich unbeeindruckt. »Was ist denn das für ein Zeug?«

Tillmann schüttelte wissend lächelnd den Kopf. »Nicht was, sondern wer?«

Ich sah ihn verdutzt an. »Wie wer?«

»Genau.« Einem Dozenten im Hörsaal gleich erhob er den Zeigefinger, um seinen Worten Nachdruck zu verleihen. »Das war die richtige Frage: Wer!«

»Ja, und?« Langsam wurde ich ungeduldig.

Es war ja toll, wenn Tillmann erfolgreich eine labormedizinische Herausforderung bewältigt hatte. Nun konnte er aber mal langsam zum Punkt kommen!

»Die Proteine des Giftes schädigen die Zellwand und führen zum sofortigen Tod der betreffenden Zelle«, referierte Tillmann begeistert und machte keine Anstalten, seinen Vortrag abzukürzen. »Das betrifft in erster Linie die Erythrozyten, also die roten Blutkörperchen, die für den Sauerstoff im menschlichen Körper verantwortlich sind. Das rasche Absterben der roten Blutkörperchen setzt eine große Menge an Kaliumionen frei, die den Blutkreislauf fluten.«

Tillmann sah mich mit begeisterten Augen an, um im gleichen Moment auszuholen und sich theatralisch mit der Handfläche gegen die Stirn zu klatschen.

Ich beobachtete mit skeptischem Gesichtsausdruck, wie er dem ersten Stirnklatscher einen zweiten folgen ließ.

»So schlimm?«, fragte ich ironisch.

»Schlimmer!« Tillmann rollte mit den Augen. »Ich stand wie ein Ochs vorm Berg und konnte mir den Grund für die akute Hyperkaliämie nicht erklären, geschweige denn, wieso alle fünf Männer fast gleichzeitig an einer Asystolie gestorben waren.«

»Hyper… was auch immer … die zu einem Asystolie geführt hat?«, fragte ich verständnislos. »Was heißt das für Nichtmediziner?«

»Einer!«, korrigierte Tillmann mich. »Asystolie ist feminin.«

Ich gab ein gefährliches Schnauben von mir.

»Durch die schlagartige Abgabe von Kaliumionen in die Blutbahn kommt es zu einem erhöhten Serumkaliumwert im Blut, einer sogenannten Hyperkaliämie. Der enorm hohe Kaliumspiegel im Blut führt zum Aussetzen der Herzfunktion, wir Mediziner sprechen von einer …«

»Herzstillstand!«, kürzte ich seine Ausführungen ab. »Hervorgerufen durch das Gift dieses *Chironex fleckeri*.«

»Oder so.« Tillmann legte den Kopf auf die Seite, sodass sein rechtes Ohr fast seine Schulter berührte; erstaunlich, was der Doc für Kunststücke beherrschte.

»Das heißt«, sagte ich langsam, während ich in meinem Kopf blitzschnell Thesen und Vermutungen aufstellte und diese im gleichen Sekundenbruchteil wieder verwarf, »die Fischer sind alle gleichzeitig an Herzstillstand gestorben?«

»Na ja.« Diesmal wiegte Tillmann seinen Kopf ebenfalls nachdenklich von rechts nach links. »Mehr oder weniger gleichzeitig. Im Abstand weniger Augenblicke.«

»Die Männer hatten sich zu einer Geburtstagsrunde auf See getroffen. Es gab Schokoladentorte, Kaffee und Friesengeist«, sagte ich bedächtig und ging mit ebenso langsamen Schritten zu den Obduktionstischen, auf denen zwei der Opfer mit geschlossenen Augen lagen.

Tillmann folgte mir wie ein Schatten. Seine weißen Krankenhausschuhe verursachten leise quietschende Geräusche auf dem Fußboden. Ich trat dicht an den ersten Obduktionstisch heran und sah in das wachsweiße, wettergegerbte Gesicht eines der toten Muschelfischer. Der Mann vor mir war vielleicht Mitte vierzig und hatte ein markantes Gesicht mit gerader Nase und kantigen Gesichtszügen. Zu Lebzeiten war der Mann sicher sehr gut aussehend gewesen.

»Ihr habt euch Kaffee eingegossen und euch über die Kaffeepause in der warmen Kombüse gefreut. Es war draußen nass und neblig, ein echtes Schietwetter.«

»Sie waren an dem Morgen auch auf See«, stellte Tillmann fest.

»Ihr habt eure erste Tasse Kaffee getrunken«, fuhr ich fort, ohne auf seine Anmerkung zu antworten. »Einer von euch hat die Schokoladentorte angeschnitten, die Hilde für euch gebacken hat.« Meine Stimme wurde leise wie die Stimme eines Erzählers in einer Dokumentation, als ich die Bilder beschrieb, die mir vor meinen geschlossenen Augen standen. »Die Torte war gut. Hilde macht eine ausgezeichnete Schokoladencreme. Sie hat euch geschmeckt. Ihr habt ein paar Bissen gegessen, während das Geburtstagskind eine Runde Ostfriesengeist eingeschenkt hat. Ihr habt gut gelaunt angestoßen, gelacht und dem Geburtstagskind gratuliert. Da wusstet ihr noch nicht, dass ihr nur noch wenige Minuten zu leben hattet.«

Ich stand mit geschlossenen Augen vor dem Leichnam eines der getöteten Fischer und fuhr mir mit beiden Händen übers Gesicht. Die Bilder, die ich sah, standen so deutlich vor meinem geistigen Auge, dass die Tragik des Todes der fünf Männer für mich kaum auszuhalten war.

»Die K.-o.-Tropfen haben euch mit einem Schlag umgehauen. Langsam seid ihr in euch zusammengesunken, während das Gift in der Torte zu wirken begann. Dann setzte euer Herzschlag aus. Wer noch nicht sofort tot war, weil er weniger Kuchen gegessen oder eine kräftigere Konstitution hatte, wurde von den K.-o.-Tropfen, die sich im Friesengeist befanden, im Tiefschlaf gehalten – bis auch bei ihm das tödliche Gift zu wirken begann und sein Herz aussetzte.«

Ich atmete tief ein. Im Moment nahm ich den verhassten Geruch von Desinfektionsmitteln und Tod nicht wahr.

Langsam öffnete ich die Augen und blinzelte in das grelle Neonlicht.

Vor mir stand Tillmann mit tief in den Kitteltaschen seines Arztkittels vergrabenen Händen und sah mich mit großen Augen an.

»Genauso war's«, sagte er tonlos. »Den Bericht schreiben Sie, de Fries.«

Ich lachte kurz und humorlos auf. »Welches Gift war es denn nun?«, wollte ich wissen. »Wer oder was ist dieses Fleckenteil?«

»*Chironex fleckeri!*«, erwiderte Tillmann. »Die Gemeine Seewespe. Also kein Stoff, sondern ein Lebewesen beziehungsweise das Extrakt, das man aus ihm gewonnen hat.«

»Oh«, machte ich beeindruckt und überrascht zugleich.

Ich hatte schon Berichte und Dokumentationen über das berüchtigte Gift der Seewespe gelesen und im Fernseher gesehen, das zu den stärksten Giften der Tierwelt zählt. Allerdings kamen diese riesigen Quallen, die ein Gewicht von über einem Kilo entwickeln können, nicht bei uns in der Nordsee vor. Die Tiere mit ihren zwei Meter langen Tentakeln, die wie Luftschlangen aussehen, leben zwar in Küstennähe, aber in Australien und Vietnam. Wie zum Teufel sollte es eine Würfelqualle hier zu uns nach Ostfriesland verschlagen haben und wieso hatten die Fischer sie gegessen? Selbst hartgesottene Seeleute würden sich wohl kaum eine Scheibe Würfelqualle oder eine Handvoll Tentakel abschneiden und auf die Torte legen.

»Wie soll das denn gehen?«, entgegnete ich ungläubig. »Diese Qualle gibt's bei uns hier nicht, und falls doch, wie soll sie denn in die Torte gekommen sein?«

»Geschmacksneutral, durchsichtig und in Tropfenform.« Tillmann klatschte begeistert in die Hände. »Schneller kann man jemanden nicht vergiften.«

»Wirkt das Gift wirklich so schnell, wie man sagt?«, wollte ich wissen.

»Mit Sicherheit!«, nickte er aufgeregt, während sein Adamsapfel sich selber zu überholen schien. »Wenn Sie in Australien beim Baden eine Begegnung mit einer Seewespe haben, ziehen Sie sich allerschwerste Brandwunden zu, die wochenlang nicht heilen und üble Narben hinterlassen. Je nach

Ihrer körperlichen Konstitution oder der Menge des Giftes, die Sie bei Ihrer Begegnung mit der Würfelqualle abbekommen, leben Sie nur noch ein paar Minuten. Es wirkt außergewöhnlich schnell, und wenn man es trinkt, wahrscheinlich noch schneller. Vielleicht nicht ganz so flott wie die K.-o.-Tropfen, aber zeitlich werden sich beide Substanzen nichts geben.«

»Trinken?«, fragte ich. »Wie soll das gehen?«

»In Australien ist die *Chironex fleckeri* bei Badegästen sehr gefürchtet«, erklärte der Pathologe. »Sie tritt massenhaft in Ufernähe auf. Wie schon gesagt: bei einer Berührung mit den Tentakeln der Seewespe wird das tödliche Toxin, das Nesselgift, abgegeben. Schwere Verbrennungen und in vielen Fällen akutes Herzversagen durch eine Hyperkaliämie, die zu einer Asystolie führen kann – akuter Herzstillstand!«

»Aber wie soll man das Gift trinken können?«, erinnerte ich ihn an meine Eingangsfrage.

»Tödliche Quallen sind nicht gut für den Tourismus. Es gab in Australien viele Badeunfälle mit tödlichem Ausgang. Ein Antidot, also eine Substanz, die das Gift neutralisieren oder dessen Wirkung verlangsamen kann, wäre höchst willkommen. Vor ein paar Jahren haben Forscher im Rahmen einer Studie mehr über die Wirkungsweise des Nesselgifts der *Chironex fleckeri* herausgefunden und ein neuartiges Verfahren entwickelt, um das Gift der Tiere zu gewinnen.«

»Das heißt, sie haben ein Serum aus den Quallen hergestellt?«, fragte ich.

»Genau.« Der Pathologe nickte bedeutsam. »Dieses Gift war die Grundlage, um ein Antidot herstellen zu können.«

»Und wie kommt das Gift von Australien hierher?«, entgegnete ich. »Die Gold Coast liegt schließlich nicht hinter der nächsten Ecke.«

»Nun …«, antwortete Tillmann mit vor der Brust verschränkten Armen und klimperte mit den Fingern seiner rechten Hand einen lautlosen Trommelwirbel auf seinen linken Oberarm, »... solche Forschungen laufen weltweit. Proben des Giftes werden an die an den Forschungen teilnehmenden Institute geschickt. Und ...«, er breitete vielsagend und in großer Geste die Arme auseinander, »... in irgendeinem Labor wird mindestens eine Ampulle des extrahierten Quallengiftes fehlen.«

»Die der Mörder über die Torte geträufelt hat.«

Tillmann und ich sahen uns an.

»Ich verstehe nur eins nicht«, gab ich zu bedenken. »Ich bin zwar kein Quallenexperte, aber soweit ich weiß, wirkt das Gift von Quallen über die Haut. Die Tiere geben das Gift durch ihre Tentakel ab.«

»Nesselkapseln, um genau zu sein«, warf der Pathologe ein. »Die Tentakel der Seewespe können bis zu drei Meter lang werden. Innerhalb dieser Tentakel sitzen Nesselkapseln, in denen sich das Gift befindet.«

»Kapseln oder Tentakel – wie auch immer«, nahm ich meine Frage wieder auf. »Das Gift wirkt über die Haut des Betroffenen ...«

»Was eine sofortige extrem schmerzhafte Reaktion auslöst: großflächige brandwundenartige Verbrennungen und nekrotisches Gewebe, um die wichtigsten zu nennen.« Tillmann konnte nicht oft genug darauf zu sprechen kommen und sah mich begeistert wie der Klassenprimus an, der mal wieder als Erster die Prüfungsfrage richtig beantwortet hat.

»Hören Sie mir bitte einmal bis zum Ende zu, Doc«, bat ich mit der Geduld eines britischen Wachsoldaten, der vor Schloss Windsor auf Posten steht und von übermütigen Touristen umlagert wird.

»Sorry«, lachte Tillmann. »Entschuldigen Sie bitte meine Begeisterung, aber so etwas Spannendes hat man nicht alle Tage in diesen Gemäuern.«

»Wenn also das Gift normalerweise über die Haut wirkt«, fuhr ich fort, nachdem ich verständnisvoll genickt hatte, »wirkt es denn auch, wenn man es schluckt?«

Tillmann deutete zu den Obduktionstischen. »Meine heutigen Gäste sind der beste Beweis, dass das Gift der Seewespe auch oral wirkt. Es enthält verschiedene Proteine, die toxisch wirken und sich im Blutkreislauf des Betroffenen entfalten. Dabei ist es egal, wie sie dorthin gelangen: Die Applikation kann dermal, also über die Haut, oder subkutan, also unter die Haut, sowie über offene Wunden, oral oder wie auch immer geschehen. Die Blutbahn ist entscheidend. Also funktioniert die Vergiftung auch über die Schleimhäute und den Magen.«

»Teuflisch!«, sagte ich tonlos. »Ein heimtückischer und gut durchgeplanter fünffacher Mord.«

»Wer hat die Torte gebacken?«, fragte Tillmann gespannt.

Ich löste den Blick vom Obduktionstisch und sah ihn an. »Hilde Lürs. Die Schwester zweier der Toten. Sie hat den Schokoladenkuchen gebacken. Genauso wie jedes Jahr. Nur diesmal enthielt er am Ende wohl eine Zutat mehr.«

»Ihre Mandantin?« Tillmann sah mich stirnrunzelnd an.

Ich nickte. »Ja.«

»Hat die Kripo diese Frau Lürs schon vernommen?«

Wieder nickte ich. »Zuerst ja, dann haben sie sie laufen lassen und wollten sie kurz darauf wieder verhaften.«

»Wollten?«, fragte Tillmann und sah mich irritiert an. »Was heißt das?«

»Sie hat einen Nervenzusammenbruch erlitten und ist im Moment nicht vernehmungsfähig.«

Tillmann nickte. »Verstehe.«

Das laute Schrillen der Klingel ließ uns zusammenzucken.

»Erwarten Sie Besuch?«, fragte ich misstrauisch; das fehlte mir jetzt gerade noch, wenn die Kripo in diesem Moment auftauchen würde.

Tillmann schüttelte den Kopf. »Nicht, dass ich wüsste. Ich geh mal schnell nachschauen.«

Er machte auf dem Absatz kehrt und schritt mit wehendem Kittel auf die doppelflügelige Schwingtür zu.

Ich sah ihm beklommen nach. Ein Aufenthalt in den Obduktionsräumen war an sich schon kein angenehmer Zeitvertreib, wurde aber noch getoppt von dem Umstand, allein inmitten der sichtbaren und unsichtbaren Toten zu sein. Mit verstohlenen Seitenschritten vergrößerte ich den Abstand zwischen mir und den Obduktionstischen und der Reihe von Kühlkammern an der Seitenwand des angrenzenden Raums.

Erschrocken fuhr ich zusammen, als hinter mir die Schwingtür geräuschvoll aufschwang.

»Moin, Papa!«

Ich fuhr herum.

»Thyra!«

»Du hast ja ganz schön Alarm auf meiner Mailbox geschlagen«, sagte sie und kam mit großen Schritten auf mich zu.

Wir umarmten uns. Ich gab meiner Tochter einen Kuss auf die Wange.

»Schön, dich zu sehen«, freute ich mich.

Ich hielt Thyra noch einen Moment im Arm, bevor ich sie wieder freigab.

»Was war denn los?« Besorgt musterte sie mich von oben bis unten; ihr Blick blieb an der Beule auf meiner Stirn und der dunklen Verfärbung über der Augenbraue hängen. »Und wie siehst du eigentlich aus?«

Knapp und ohne die Geschichte auszuschmücken, setzte ich Thyra ins Bild. Doktor Tillmann, der neben ihr stand, bekam immer größere Augen, je länger ich sprach.

»Oma Frieda!« Entsetzt schlug Thyra eine Hand vor den Mund. »Tot?«

Traurig nickte ich.

»Und Motte?«, wollte sie wissen.

»Dem geht's gut«, erwiderte ich. »Der hat ja die Kekse nicht angerührt. Er liegt draußen auf dem Sofa. Hast du ihn im Vorbeigehen gar nicht gesehen?«

»Und dein Käfer?«, fragte Thyra besorgt. »Was ist mit dem Käfer?«

»Als ich ihn zuletzt sah, lag er mit mir im Straßengraben«, sagte ich betrübt. »Wahrscheinlich hat ihn die Polizei nach der Unfallaufnahme abgeschleppt. Ich habe aber keine Ahnung, wohin.«

»Das krieg ich raus«, versprach Thyra. »Mach dir keine Sorgen. Ich kümmere mich um den Grauen.«

»Ja, das wäre gut. Weil …« Es war mir peinlich, Thyra zu erzählen, dass die Polizei meinen Führerschein einkassiert hatte; andererseits würde sie es ja ohnehin über kurz oder lang herausbekommen. »Ich kann im Moment ohnehin nicht fahren«, sagte ich wie beiläufig.

»Wieso nicht?« Forschend sah mich meine Tochter an. »Geht's dir nicht gut oder hat das etwas mit deiner Fahrt in den Straßengraben zu tun?«

»Nicht direkt«, versuchte ich das Thema herunterzuspielen. »Da muss noch was geklärt werden.«

Thyra fixierte mich aufmerksam. Zu aufmerksam für meinen momentanen Zustand.

»Haben sie dir den Führerschein abgenommen?«

»Wie kommst du denn auf diese Idee?«, gab ich betont entrüstet, aber wenig überzeugend zurück.

»Die Vermutung liegt nahe, dass Frau Lürs Kekse mit verbotenen Substanzen gebacken hat«, gab Tillmann ungebeten seinen Senf dazu. »Dein Vater hat unwissentlich davon gegessen und sich einen Drogenrausch eingehandelt. Er hat unter dem Einfluss diverser Drogen am Straßenverkehr teilgenommen, ist im

Straßengraben gelandet und die Polizei hat seinen Führerschein eingezogen.«

Während Thyra die Kinnlade hinunterfiel, warf ich Tillmann rasiermesserscharfe Blicke zu, um ihn zu töten.

Manchmal hasste ich ihn. Jetzt gerade war manchmal!

Vermutlich hatte er mir nur beistehen wollen. Aber auf diese Art von Beistand konnte ich gern verzichten. Auch wenn ich nicht wissen konnte, dass Oma Friedas Kekse das Potenzial hatten, mich ins All zu schießen, war mir die Fahrt in den Graben mehr als peinlich und ich hätte es weitaus lieber bei einer beiläufigen Bemerkung belassen.

»Papa!« Thyra sah mich entgeistert an. »Du?«

»Ja, ich!«, gab ich ungeduldig zurück. »Was ich?«

»Du nimmst Drogen?«

»Wenn du deinem …«, ich machte eine Pause, weil ich nach einem Ersatzbegriff für das Schimpfwort suchte, das mir auf der Zunge lag, »… deinem Freund besser zugehört hättest, wäre dir aufgefallen, dass er ›unwissentlich‹ gesagt hat.«

Thyra sah mich immer noch mit großen Augen an.

»U-n-w-i-s-s-e-n-t-l-i-c-h«, buchstabierte ich. »Das heißt, ich wusste nicht, was sich in den Keksen befunden hatte.«

»Tja«, mischte sich Tillmann erneut ungefragt ein, »es hätte schlimmer ausgehen können.«

»Es ist schlimm ausgegangen!«, fuhr Thyra ihn an. »Sieh dir mal an, wie mein Vater aussieht. Er hätte tot sein können. Der Käfer ist Schrott.«

Jetzt war es an Tillmann, große Augen zu machen. Er starrte Thyra erschrocken an.

»Und du!«, Thyra wandte sich jetzt mir zu und hielt mir ihren Zeigefinger unter die Nase, »du hättest tot sein können!«

»Da muss ich deinem Freund recht geben«, versuchte ich mich herauszureden. »Es hätte schlimmer kommen können. Außerdem ist der Käfer nicht total Schrott.«

»Pfft«, machte sie entrüstet. »Du solltest bei dem, was du tust, auch mal an deine Familie denken. Du fährst voll auf Droge in den Straßengraben und ich erfahre erst am nächsten Morgen davon.«

»Dann solltest du vielleicht mal dein Handy einschalten, wenn du bei deinem Freund übernachtest. Ich habe dich x-mal angerufen, du warst nicht erreichbar!«

Thyras Gesicht wechselte schlagartig seine Farbe. Sie sah mich an, als hätte sie mich am liebsten gefressen. Ich konnte förmlich sehen, wie es in ihr zu brodeln begann. Gleichzeitig flackerte in ihren Augen ein schuldbewusster Funke auf.

»Sie ... Thyra ... war letzte Nacht nicht bei mir ...« Tillmanns Stimme war so tonlos wie sein Gesicht blass, als er erst zu Thyra sah und dann den Blick auf den Boden heftete.

Autsch!, dachte ich peinlich berührt.

Offenbar war ich unbeabsichtigt mit beiden Füßen ins Fettnäpfchen getrampelt. Ahnungslos war ich allerdings auch, was Thyras Aufenthaltsort letzte Nacht anbelangte.

Wo warst du?, dachte ich und sah Thyra scharf an, die meinen Blick allerdings ignorierte.

Meine Tochter konnte ebenso stur und dickköpfig sein wie ich. Der Apfel fällt bekanntlich nicht weit vom Stamm.

Dass Thyra bei einer Freundin gewesen sein konnte, konnte ich mir nicht vorstellen. Da sie erst seit letztem Jahr hier in der Krummhörn wohnte, hatte sie noch einen überschaubaren Freundeskreis. Außerdem war sie nicht der Typ, der spontan bei Freunden übernachtete. Lieber trank sie keinen Alkohol oder ließ es nicht so spät werden, damit sie noch heimfahren konnte.

Blieb also nur ein Mann. Und das war nicht Tillmann!

Gab es einen anderen Mann in Thyras Leben? Auch wenn ich nicht gerade in Jubelgeschrei ausbrach, wenn ich mir den karottenköpfigen Tillmann als Schwiegersohn vorstellte, war er immerhin ein anständiger Mensch und guter Charakter.

Ich warf dem Pathologen einen unauffälligen Seitenblick zu. Er sah noch immer vollkommen konsterniert aus und tat mir irgendwie leid, wie er so hilf- und sprachlos dastand.

»So«, verkündete Thyra und klatschte übertrieben munter in die Hände. »Ich muss dann mal wieder los.«

Verdammt! Was ist eigentlich im Moment los?, dachte ich mit aufsteigender Bitterkeit. Uz verschweigt mir seine Freundin. Thyra scheint offenbar etwas am Laufen zu haben, wovon weder Tillmann noch ich wusste. Hab ich vielleicht irgendetwas an mir, dass man mich nicht mehr ins Vertrauen zieht?

»Willst du mitfahren?«, fragte Thyra, ohne mich anzusehen.

Ich gab ein zustimmendes Geräusch von mir, was Thyra als Zeichen zum Aufbruch interpretierte.

»Wir sind dann mal weg«, zwitscherte sie und hauchte Tillmann einen angedeuteten Kuss auf die Wange. »Tschau, tschau.«

»Danke, Doc«, sagte ich und klopfte dem Pathologen aufmunternd auf die Schulter. »Sie haben mir sehr weitergeholfen. Wir hören voneinander.«

Ich warf einen letzten Blick auf die beiden Männer, die bleich und regungslos auf den Obduktionstischen lagen, und verließ erleichtert den wenig einladenden Raum.

15

»Autsch! Verdammt noch mal!«, fluchte ich mit zusammengebissenen Zähnen.

Skeptisch musterte ich die Wunde, die von meiner Begegnung mit dem ominösen Jogger im Nebel herrührte. Am liebsten wäre es mir gewesen, wenn das Pflaster, das mir der Arzt im Krankenhaus verpasst hatte, noch ein paar Tage auf der Wunde geblieben wäre. Aber das heiße Wasser der Dusche, unter der ich mindestens eine halbe Stunde gestanden hatte, um mir die Müdigkeit und den Muskelschmerz von meinem Crash in den Straßengraben aus den Knochen zu spülen, hatte das Pflaster weitestgehend aufgeweicht.

»Sieht ja gar nicht so schlimm aus«, befand ich beim Anblick der zwei Stiche, mit denen die Wunde zusammengezogen war.

Der Arzt hatte recht behalten. Ein Messerstich mit einem Stilett oder Ähnlichem wäre weitaus schlimmer gewesen. So perfide der Angriff mit dem Skalpell auch gewesen war, so glatt und sauber waren Schnitt und Wundränder.

Ich desinfizierte die Wunde und fummelte ein frisches Pflaster aus der Packung, als es an der Tür klopfte. Es wunderte mich schon lang nicht mehr, dass es immer dann klopfte oder das Telefon klingelte, wenn man gerade wie ich unter der

Dusche stand, ein Nickerchen machte oder sich sonst wie in einer Situation befand, die keine Störung verdiente – aber das nur am Rande.

»Mach schon mal auf, Motte!«, rief ich runter in die Diele, während ich mir rasch das Pflaster über die Wunde klebte und ein großes weißes Frotteehandtuch um Bauch und Hüften wickelte.

Barfuß platschte ich die Stiegen meiner Holztreppe hinunter und gab dem Dicken, der sich ebenso lang wie tief mitten in der Diele ausgebreitet hatte, einen liebevollen Stüber in die Seite, als ich über ihn hinwegsteigen musste.

»Hättest ruhig die Tür aufmachen können«, flachste ich und zog die Tür auf.

»Moin, Anwalt!«

»Anna?« Ich bekam große Augen, während mich gleichzeitig ein heißer Schreck durchfuhr: Ich hatte unsere Verabredung vergessen!

Der Blick der schlanken Frau mit der flammend roten Haarmähne wanderte zu meinem noch vom Duschen feuchten Oberkörper hinunter zu meinen nackten Füßen und blieb am Badelaken hängen, das ich mir um die Hüften geschlungen hatte.

»Oho …«, lächelte sie anzüglich, »… das nenne ich aber mal ein Angebot.«

»Entschuldige bitte!«, sagte ich verlegen und spürte, wie mir vor Verlegenheit das Blut ins Gesicht schoss. »Ich … bin noch nicht so weit.«

»Ach so?«, feixte sie. »Und ich dachte schon, wir überspringen das Essen und widmen uns gleich dem Dessert?«

Mein Verlegenheitsräuspern galt ebenso meiner Schusseligkeit, die Verabredung mit Anna Harms vergessen zu haben, wie ihren Frotzeleien. Es war aber auch außergewöhnlich viel in den letzten achtundvierzig Stunden geschehen:

Skalpellattacke, Oma Friedas Tod, die Krankenhausaufenthalte und, nicht zu vergessen, die vollgedröhnte Heimfahrt, die im Straßengraben endete. Da konnte man schon mal eine Verabredung zum Mittagessen vergessen.

»Ich glaub's ja nicht«, lächelte Anna Harms. »Dass es das noch gibt: Männer, die rot werden können.«

»Komm doch herein«, sagte ich lockerer, als ich mich fühlte, und trat zur Seite. »Ich zieh mich rasch an und koch uns dann etwas Schönes.«

»Hey, was ist denn das?« Annas Finger fuhr behutsam über meine Rippen, berührte aber das Pflaster nicht. »Hast du dich verletzt?«

»Ach, das«, wehrte ich ab. »Ist nicht so schlimm. Erzähl ich dir später.«

»Aber nicht vergessen«, mahnte sie. »Du wirst dich wohl kaum beim Rasieren geschnitten haben.«

»Versprochen«, nickte ich.

Anna Harms hatte ich im vergangenen Sommer kennengelernt. Wir waren uns zum ersten Mal auf dem Hof ihres Vaters begegnet, als ich in einem schrecklichen Mordfall ermittelte. Unser Kennenlernen stand zunächst nicht unter einem glücklichen Stern. Anna stand mir wie eine fleischgewordene Amazone mit ihrer wilden flammend roten Mähne gegenüber. Ihre Augen funkelten ebenso gefährlich wie die Zinken der Mistgabel, die sie in ihren Händen hielt. An diesem Morgen war es nur ihrem Bruder Ben zu verdanken, dass es bei einer Beule blieb, als die temperamentvolle Rothaarige mir den Stiel der Mistforke gegen die Schläfe donnerte. Trotz dieser unerfreulichen Episode verstanden wir uns im Verlauf der Ermittlungen immer besser, je näher wir uns kennenlernten.

Nachdem Annas Vater im Sommer verstorben war, musste sie sich gemeinsam mit ihrem Bruder um Haus und Hof kümmern. Es musste geerntet und die neue Saat in den Boden eingebracht werden, bevor die Tage zu nass wurden: Im Herbst hat die Landwirtschaft Hochkonjunktur. Wir sahen uns gelegentlich zu einem Tee und plauderten miteinander.

Manchen Männern wäre die Geschwindigkeit des Sichannäherns zu langsam gewesen. Für mich war es ein perfektes Tempo. Zum einen bin ich nicht gerade ein Womanizer und zum anderen brauche ich in emotionalen Dingen länger als der Rest der Menschheit.

Anna nahm mich eines schönen Spätsommertages mit ihrem Trecker mit aufs Feld und wir verbrachten den Abend nach der Arbeit auf dem Acker mit einem Picknickkorb auf einer Wolldecke in der untergehenden Abendsonne.

Rotwein, Sonnenuntergang und Anna neben mir auf dem Stoppelacker: Mehr Romantik geht nicht. Und doch konnte der stimmungsvolle Abend die emotionale Leere in mir nicht ausfüllen, die Traute Lenzen, ehemalige Staatsanwältin in Emden, in meinem Gefühlsleben hinterlassen hatte.

Aber das ist eine andere Geschichte.

»Ich kann ja schon mal Tee machen«, bot Anna an und gab mir zur Begrüßung einen weichen Kuss auf meine unrasierte Wange. »Leg du dich erst mal trocken, obwohl …«, dem Wangenkuss folgte ein weiterer Kuss: warm, weich und zärtlich oberhalb meines Schlüsselbeins, »… du eigentlich auch so bleiben könntest.«

Anna warf mir einen Schleierblick zu, den sie nach einem kurzen, aber intensiven Augenkontakt, bei dem sich die Haare auf meinen Unterarmen aufstellten, über meinen nackten Oberkörper streifen ließ.

»Kalt«, hüstelte ich, obwohl mein Halskratzen ebenso kaum noch spürbar war wie andere etwaige Erkältungssymptome – Männergrippe halt. »Es ist ziemlich frisch hier in der Diele … nur so mit Handtuch. Außerdem bin ich gerade dabei, eine Erkältung abzuwehren.«

»Och …«, lächelte sie versonnen, »ich würde schon dafür sorgen, dass dir warm wird …«

Mir wurde schon allein bei ihrem Blick warm. Dennoch fand ich es ratsamer, mich anzuziehen – für den Moment.

»Bin gleich wieder da«, sagte ich deshalb und erwiderte ihren Begrüßungskuss ebenfalls mit einem Kuss auf ihre herbstwindkühle Wange. »Mach es dir bequem und wärm dich schon mal auf.«

Ich drehte mich eilig um, um nach oben zu verschwinden.

»Mir ist schon warm«, erwiderte sie und gab mir einen kräftigen Klaps auf meinen Hintern, sodass ich vor lauter Schreck fast mein Badetuch verloren hätte.

»Na, du traust dich was!«, sagte ich zweideutig und raffte mit beiden Händen mein Handtuch fester zusammen, während ich ihr einen vielsagenden Blick über die Schulter zuwarf.

»Verklag mich doch, Anwalt!« Herausfordernd funkelten mich Annas Augen unter ihrer Lockenmähne hervor an.

Ich verzichtete auf eine Erwiderung und genoss das Kribbeln auf meiner Haut, das ihr Blick in mir auslöste. Fast widerwillig löste ich unseren Blickkontakt, um nach oben zu gehen und mir endlich etwas überzuziehen.

Als ich wenige Minuten später in Jeans und einem bequemen Flanellhemd runter in die Küche kam, hatte Anna bereits das Teewasser aufgesetzt, Stövchen, Sahne und Kluntjes auf ein kleines Tablett gestellt.

»Also, erzähl«, forderte sie mich auf, als ich die Küche betrat.

Ich berichtete ihr von dem willkürlichen Angriff des vermummten Joggers auf Motte und der Skalpellattacke auf mich.

»Da hast du aber doppeltes Glück gehabt«, warf Anna erschrocken ein, als ich ihr vom zufälligen Auftauchen Holger Wehmanns erzählte. »Schlimm genug, dass der Typ euch attackiert hat. Aber wenn er statt eines Skalpells ein Jagdmesser dabei gehabt hätte … nicht auszudenken.«

»Stimmt«, bestätigte ich, »aber es geht noch weiter«, und ich erzählte ihr nun von meinem Besuch bei Oma Frieda und dem Überschlag mit meinem Käfer.

Anna presste die Lippen aufeinander und kam wortlos auf mich zu. Ihre Arme umschlossen mich und sie lehnte ihren Kopf an meine Brust. Ohne mein Dazutun legten sich meine Arme automatisch um ihre Schultern. Schweigend standen wir eng umschlungen. Mit geschlossenen Augen atmete ich den betörenden Duft ihrer Haut ein, als ich sie noch enger an mich zog.

»Pass bitte auf dich auf«, flüsterte sie kaum hörbar. »Ich … ich mag dich sehr, Jan. Es wäre nicht auszudenken, wenn dir etwas passieren würde.«

»Mach ich«, erwiderte ich mit leiser Stimme. »Du brauchst dir keine Sorgen zu machen.«

Anna hob ihren Kopf. Zärtlich strich ich ihr eine Haarsträhne aus dem Gesicht. Ihre Augen sahen mich liebevoll an.

»Ich meine das ernst, Jan«, sagte sie. »Das ist nicht nur so dahergesagt. Ich mag dich wirklich. Sehr sogar. Ich könnte es nicht ertragen, wenn dir etwas passieren würde. Allein schon die Geschichte mit den toten Fischern auf der *Adele* hat mich in größte Sorge versetzt.«

»Die Geschichte hat sich wohl schon herumgesprochen.«

»Herumgesprochen?«, erwiderte Anna und lachte kurz auf. »Du beliebst zu scherzen. Fette Schlagzeilen in der *Ostfriesen-Zeitung* und stündliche Berichterstattung in den Regionalnachrichten. Das ›Totenschiff vor Norddeich‹ ist Dorfgespräch.«

»Lass uns das Thema wechseln«, raunte ich und zog sie an mich.

»Ich meine es wirklich ernst«, flüsterte Anna und schmiegte sich bereitwillig in meine Arme. »Ich will nicht, dass dir etwas passiert.«

Während Anna ihre Augen schloss und sich ihre Lippen leicht öffneten, beugte ich mich über sie.

»Moin!«, ertönte lautstark eine Stimme und gleichzeitig klopfte es laut am Küchenfenster. »Jemand zu Hause?«

Erschrocken fuhren Anna und ich auseinander.

»Holger!«, knurrte ich ungehalten, als ich die fröhlich grinsende Gestalt am Küchenfenster erkannte. »Was will der denn hier?«

»Hier, Jan!«, rief Holger Wehmann fröhlich und schwenkte eine alte Schiffslaterne vor dem Fenster hin und her. »Du wolltest doch deine Laternen abholen.«

»Ich werde dir deine Laternen gleich …«, grollte ich leise und lockerte meine Umarmung.

»Lass mal, Jan«, kicherte Anna. »Holger meint es doch nur gut. Außerdem kocht sowieso das Teewasser.«

Sie löste sich aus meinen Armen und ging schnell zum Herd, um den pfeifenden Teekessel vom Feuer zu nehmen.

»Hast ja recht«, gab ich zu und drückte ihr einen Kuss aufs Haar, als ich Richtung Diele ging, um Holger die Tür zu öffnen.

»Na!« Vergnügt hob der geschäftstüchtige Inhaber der *Alten Müllerei* beide Hände hoch, in denen er zwei imposante antike Schiffslaternen hielt. »Wie findest du die?«

Auch wenn ich über Holgers unangekündigtes Auftauchen nicht erfreut war, verflog mein Ärger, weil er ja ein echt netter und hilfsbereiter Kerl war; immer leicht abgedreht, aber eine Seele von Mensch.

»Die sehen klasse aus!«, stellte ich anerkennend fest.

»Die hier ist von einem alten Kutter aus den Fünfzigerjahren«, schwärmte Holger und hielt eine gut erhaltene und rostfreie Bootslaterne hoch, die irgendjemand – vielleicht vor Jahrzehnten – in einem dunklen Rotton lackiert hatte. »Und die hier ist von 1972.« Holgers anderer Arm kam hoch und streckte mir eine zinkfarbene Positionslaterne entgegen. »Absolut rostfrei und funktioniert immer noch einwandfrei.«

Ich nahm ihm beide Laternen ab und stellte sie in die Diele.

»Tee?«

»Aber immer!«, strahlte Holger und stiefelte hinter mir her in die Küche.

»Anna«, sagte ich und deutete auf Anna, die gerade heißes Wasser in die Porzellankanne füllte, um sie vorzuwärmen. »Und das ist Holger.«

»Moin«, sagte Holger und zwinkerte mir anerkennend zu.

»Moin, Holger«, erwiderte Anna den Gruß. »Wir kennen uns ja schon.«

»Tun wir das?« Argwöhnisch musterte Holger meinen Damenbesuch.

Mit geübten Handgriffen hängte Anna das Teesieb in die Kanne und löffelte eine Portion meiner ostfriesischen Teemischung hinein.

»Ja. Wir kennen uns.« Anna stellte Kanne und Stövchen aufs Tablett. »Du hast meinem Bruder Ben vor ein paar Jahren einen alten Mercedes verkauft.«

»Ben?«

»Harms junior.«

Während Anna und Holger herausfanden, woher sie sich kannten, trug ich das Tablett nach nebenan und stellte das Teegeschirr auf ein kleines Tischchen vor den Kamin. Mit einem Streichholz zündete ich das Kaminfeuer an und sah zu, wie die Flammen gierig an dem trockenen Holzstapel emporzüngelten.

Ich liebe den Geruch und den Anblick des Kaminfeuers. Wohlig seufzend ließ ich mich auf mein geliebtes Chesterfieldsofa fallen und legte meine Füße auf die Ecke des Couchtisches. Mich erfassten Wehmut und Trauer, als ich an all die Toten der letzten achtundvierzig Stunden dachte. Natürlich galt mein erster Gedanke Oma Frieda, deren herzliche und knochentrockene

Art ich schon jetzt schmerzlich vermisste. Die Muschelfischer hatte ich zwar nicht persönlich kennengelernt, aber auch ihr vollkommen sinnloser und grausamer Tod berührte mich sehr. Und überhaupt – welcher Tod ist schon sinnvoll?

Ich dachte an die Familien der ermordeten Seeleute, an ihre Frauen, die ihren Mann und in einigen Fällen den alleinigen Ernährer der Familie verloren hatten, an die Töchter und Söhne, die nun keinen Vater mehr hatten, an Freunde und Nachbarn … ich hätte noch viele Menschen aufzählen können, die mit jedem dieser Männer einen schicksalhaften und unwiederbringlichen Verlust erlitten hatten.

Meine Gedanken gingen zu Hilde Lürs und ihrem Vater, die beide unter dem grausamen Schicksalsschlag schwankten, aber noch immer aufrecht standen. Ich fand die Kraft der beiden, die Söhne und Brüder verloren hatten, unglaublich beeindruckend. Ich hätte diese Kraft wahrscheinlich nicht.

Munter miteinander plaudernd betraten Anna mit Teekanne und Stövchen in den Händen und Holger das Wohnzimmer.

»Oh, wie schön«, lobte mich Anna. »Du hast es uns gemütlich gemacht.«

Sie legte je ein Kluntje auf den Boden der Teetassen.

»Für mich ohne«, sagte Holger hastig und wedelte abwehrend mit beiden Händen.

»Was bist du denn für ein Ostfriese?«, lachte Anna, während sie den dampfenden Tee eingoss. »Tee ohne Kluntje? Sehr ungewöhnlich!«

»Tja, so bin ich halt«, erwiderte Holger und legte den Kopf schief. »Extrem seriös merkwürdig.«

»Frag nicht nach«, empfahl ich Anna trocken, die mit der Teekanne in der Hand Holger verständnislos ansah. »Ich versteh's auch nicht.«

Knisternd begrüßten die Kluntjestückchen die heiße Assam-Darjeeling-Mischung. »Bleib du ruhig sitzen, du müder

Krieger«, flachste sie, während sie mir die Tasse reichte, deren herrlich duftendes Aroma mir in die Nase zog.

Holger bediente sich dafür reichlich mit frischer Sahne. Mithilfe des kleinen Löffels legte er sie innen an den Rand seiner Tasse, wo sie langsam zum Grund sank, sodass die typischen kleinen Sahnewölkchen aufstiegen und dem Tee sein unverwechselbares Aussehen verliehen.

Schweigend tranken wir unseren Tee, während das Kaminfeuer behaglich knisterte. Selbst Holger, der meist nicht länger als ein paar Sekunden ruhig auf einem Platz sitzen oder stehen, geschweige denn mal ein paar Minuten die Klappe halten konnte, genoss in stiller Andacht seinen Tee.

Nachdem Anna ihre Tasse geleert hatte, stellte sie diese auf den Beistelltisch und rutschte neben mich aufs Sofa. Vollkommen unbefangen, als sei es das Natürlichste der Welt, kuschelte sie sich in meinen Arm. Und was soll ich sagen; es fühlte sich gut an, wie sie sich an mich schmiegte. Auch für Holger schien es vollkommen natürlich zu sein, dass Anna so selbstverständlich in meinen Arm gerutscht war, sodass er weder etwas anzumerken noch irgendwelche augenzwinkernden Kommentare abzugeben hatte.

Erst nach einer Viertelstunde und der dritten Tasse Tee erwachte sein Mitteilungsbedürfnis.

»Das ist ja ein Ding«, murmelte er beiläufig und ließ offen, was er für ein Ding meinte, um mich zu einer Redeaufforderung zu veranlassen.

»Was ist ein Ding?«, erwiderte ich wunschgemäß.

Schlürfend leerte Holger seine Tasse und lehnte eine weitere Tasse mit einem Kopfschütteln ab, als Anna mit ihrem großen Zeh auf das Stövchen mit der großen bauchigen Teekanne deutete.

»Na, das mit Oma Frieda«, antwortete er.

»Ja«, nickte ich bedächtig. »Das ist wirklich ein Ding.«

»Ich dachte, sie wird hundert.«

»Dachte ich auch«, erwiderte ich.

»Sie war so ...«, Anna kuschelte sich noch enger an mich, als sie nach einem Begriff suchte, der Oma Frieda am treffendsten charakterisierte, »... zeitlos.«

Wir hingen einen Moment Annas Worten und dem Bild der zeitlosen Oma Frieda nach, bis Holger sich wieder zu Wort meldete.

»Stimmt das?«

»Was stimmt?«, entgegnete ich.

»Dass ihr zusammen gekifft habt?«

Ich beantwortete Holgers Frage mit einem Hustenanfall, der von dem heißen Tee verursacht wurde, der mir bei seiner Frage quer in die Luftröhre gerutscht war. Anna richtete sich auf und klopfte mir mit der flachen Hand mehrfach so kräftig auf den Rücken, dass es laut klatschte und fast wehtat.

Als ich wieder halbwegs zu Atem gekommen war, blinzelte ich Holger mehr amüsiert als verärgert an und wischte mir mit dem Handrücken ein paar vereinzelte Tränen aus den Augenwinkeln.

»Nee, Holger«, erwiderte ich und hustete zweimal. »Da muss ich dich leider enttäuschen. Oma Frieda ist nicht die Drogenoma, wie es vielleicht im Moment erzählt wird. Und ich habe mein Leben lang nicht gekifft.«

»Dann weißt du ja gar nicht, was du verpasst«, rutschte es Holger heraus.

Ich warf ihm einen strengen Blick zu.

»Oh doch, Holger!«, stellte ich schärfer als beabsichtigt klar. »Ich weiß durchaus, was ich verpasse. Obwohl ›verpassen‹ auf mich eher nicht zutrifft. Denn wenn es das ist, was ich gestern erlebt und erlitten habe, von dem du meinst, dass ich es verpasst hätte, liegst du falsch. Ich habe mich gestern nicht nur fast totgefahren, sondern habe den schlimmsten Kater meines Lebens erlebt ...«

»Von Gras bekommt man doch keinen Kater«, warf Holger mit verschmitztem Lächeln ein.

Ich warf ihm einen bösen Blick zu, ging aber nicht auf seinen Kommentar ein, sondern zählte weiter auf: »Mir ist noch immer übel, ich habe keinen Appetit und meine Augen sind seither so unscharf, als bräuchte ich endlich eine Lesebrille. Ich habe nichts verpasst, Holger. Rein gar nichts. Und was Marihuana anbelangt, gibt es nichts, was ich ein zweites Mal erleben möchte.«

»Schon gut.« Holger Wehmann hob beschwichtigend die Hände. »Ich wollte dir nix unterstellen, ich dachte nur, weil ...«

»... die Leute herumtratschen, dass unser Drogentest positiv war«, fuhr ich ihm ins Wort.

Mit einem unschuldigen Blick, der eines Bassets würdig gewesen wäre, sah er mich an und hob entschuldigend die Schultern. »Tja, was die Leute so alles erzählen.«

Ich seufzte hörbar.

Eigentlich war ich nicht verärgert, von Holger zu hören, was in Greetsiel und wahrscheinlich in der gesamten Krummhörn die Runde machte. Ich wunderte mich auch nicht darüber, woher die Leute das Halbwissen bezogen. Laborassistenten, Polizisten, Ärzte und Pflegepersonal sind bei aller beruflichen Schweigepflicht schließlich auch nur Menschen, die daheim beim Abendbrot darüber reden, was sie tagsüber erlebt haben.

»Ich weiß zwar nicht, was sich die Leute genau erzählen«, sagte ich und bedeutete ihm mit einer Handbewegung, zu schweigen, als er zu einer Erwiderung ansetzte. »Und ich will es auch gar nicht wissen. Ich würde mich nur unnötig ärgern. Aber so viel will ich dir verraten, Holger. Oma Frieda hatte ebenso wie ich eine THC-Vergiftung. Allerdings haben wir nicht zusammen gekifft, sondern beide von Keksen gegessen, die irgendjemand mit einem sträflichen Cocktail aus Cannabis, Amphetaminen, Ephedrinen und Sonstigem versetzt hat.«

»Oh Gott!« Anna richtete sich betroffen auf. »Oma Frieda war doch berühmt für ihre Kekse.«

»Halleluja«, flüsterte Holger beeindruckt. »Das müssen ja Hammerkekse gewesen sein.«

Missbilligend sah ich ihn an.

»Alles gut, Jan«, versicherte er schnell. »Ich hatte mir nur gerade vorgestellt …«

Ich machte eine unmissverständliche Handbewegung mit der Faust, die den Chef der *Alten Müllerei* abrupt verstummen ließ.

»Aufgrund ihres hohen Alters hat Oma Frieda trotz ihrer guten Konstitution die vergifteten Kekse nicht überlebt«, fuhr ich fort. »Ich hatte da mehr Glück. Mich hat der Dreck nur in den Straßengraben befördert.«

»Jan!« Noch immer erschrocken darüber, ergriff Anna meine Hand.

Angenehm überrascht von ihrer gefühlvollen Geste lächelte ich sie beruhigend an. »Du musst dir wirklich keine Sorgen machen. Außer einem Brummschädel und einer Beule am alten Dickkopf habe ich nichts abbekommen.«

»Was ist mit deinem Wagen?«, wollte Holger, ganz Kaufmann, pragmatisch wissen.

»Ich hoffe, dass es nur ein verbeulter Kotflügel ist«, erwiderte ich, klang aber nicht so wirklich überzeugend. »Thyra kümmert sich um den Wagen. Später erfahre ich mehr.«

»Wundern tut mich das nicht«, sagte Holger nachdenklich, fast versonnen, als er sich mit der Hand über den Kopf fuhr, den ähnlich dem meinen ein zwei Millimeter kurzer Stoppelhaarschnitt bedeckte. Bei der Berührung gab seine Frisur ein kratzendes Geräusch von sich, während er über meine Frage nachdachte, warum es ihn nicht wundern würde, dass die sechsundachtzigjährige Oma Frieda heimlich an einem in Keks eingebackenen Drogencocktail gestorben war.

»Na ja …« Erneut strich er sich mit dem entnervenden Geräusch über Kopf und Viertagebart.

»Holger!«, sagte ich ungeduldig. »Spuck's aus!«

»Na ja…«, wiederholte er aufs Neue, fügte diesmal aber ein paar Worte mehr an: »… das wundert mich nicht wirklich.«

»Wieso?« Manchmal ging selbst mir seine friesische Gemütlichkeit auf den Nerv. »Wieso, Holger?«

»Wenn man Malte kennt …«

»Oma Friedas Enkel?« Schlagartig erwachte mein Interesse. »Was ist mit ihm?«

»Man soll ja nichts Schlechtes über die Leute sagen …«, meinte er bedächtig, »… aber bei Malte weiß man schließlich schon länger, dass er kifft wie ein Weltmeister.«

»Was vielleicht moralisch verwerflich, dennoch rechtlich straffrei ist, wenn er nicht die Menge des Eigenbedarfs überschreitet«, stellte ich fest und ich konnte mir nicht verkneifen zuzufügen: »Und mit Sicherheit ist es gesundheitsschädlich.«

»Gut gesprochen, Doktor Anwalt«, lächelte Holger verschmitzt. »Und was ist, wenn du das Zeug anbaust?«

»Du meinst … Malte baut Marihuana an?« Überrascht sah ich Holger an. Ich konnte kaum glauben, was er da gerade sagte.

»Eine Cannabisplantage hier bei uns in Ostfriesland?« Auch Anna sah Holger ungläubig an. »Wie soll das denn gehen?«

»Pfft«, machte Holger verächtlich. »Das ist ja wohl kein Unding.«

»Ach, hör auf!«, winkte ich ab. »Ich habe zwar keine große Ahnung, was den Anbau von Marihuana anbelangt, aber ich hatte auch schon mal beruflich mit solchen Selbstversorgern zu tun. Das sind alles Studenten, die billig an ihr Gras kommen und sich noch ein paar Euros nebenher verdienen wollen, oder ein paar durchgeknallte Althippies, die sich als Protest gegen das Wettrüsten vollkiffen.«

»Jan, du hast wirklich keine Ahnung!« Jetzt war es an Holger, gönnerhaft abzuwinken. »Das war vielleicht früher mal so. Wirst du mit Cannabis im Ausland erwischt, beispielsweise in der Türkei, drohen dir drakonische Strafen. Und niemand, glaub mir, niemand will freiwillig in einem türkischen Gefängnis zwanzig Jahre Knast absitzen. Baust du hier in Deutschland Gras an, kriegst du lediglich ein paar Jahre, von denen du bei guter Führung heutzutage und je nach Richter lediglich ein Drittel abzusitzen brauchst.« Er grinste vielsagend. »Eine reine Kosten-Nutzen-Rechnung.«

»Okay«, gab ich zu. »So gesehen magst du recht haben, aber was ist mit der Technik? Wir haben nun mal nicht so viele Sonnentage wie in Mexiko oder Albanien, wo von Marihuana ganze Landstriche und Bevölkerungsgruppen leben.«

»Auch das ist heute kein Hexenwerk mehr, Jan«, klärte Holger mich auf. »Ein normales Treibhaus oder meinetwegen auch eine alte Scheune, mit der richtigen Belüftungstechnik und Beleuchtung ausgestattet, reicht vollkommen aus, um eine lukrative Plantage aufzuziehen.«

»Und der Geruch?«, wandte Anna ein. »Man liest doch immer wieder, dass Plantagen entdeckt werden, weil die Nase von jemandem misstrauisch geworden ist.«

»Stimmt«, gab ihr Holger recht. »Deshalb liegt ja auch Oma Friedas Hof in Norddeich so günstig. Weit und breit nur Ackerland und Wiesen. Der nächste Nachbarhof liegt fünf Kilometer entfernt. Ideale Bedingungen, um eine Cannabisplantage anzulegen und zu bewirtschaften.«

Nachdenklich nickte ich. Holger hatte tatsächlich recht. Oma Friedas Hof lag wirklich sehr abgelegen. Keine Nachbarn weit und breit. Auch keine Straße oder Fahrrad- und

Wanderwege, auf denen sich Urlauber tummelten. Im Grund also ideale Bedingungen.

So wie ich Oma Frieda kannte, hätte sie dem Anbau von Rauschgift allerdings niemals zugestimmt!

Geschweige denn, dass die Sechsundachtzigjährige auf ihre alten Tage noch in den Anbau von Rauschgift und den organisierten Drogenhandel eingestiegen wäre.

»Das ist vollkommen absurd!«, sagte ich mehr zu mir als zu Holger.

Wer Cannabis anbaut, macht das meiner Erfahrung nach nur theoretisch für den Eigenbedarf. Zuerst hält man es für chic und sich selbst für einen cleveren Geschäftsmann, der sich sein Gras selber züchtet. Aber schon mit der ersten Ernte beginnt der organisierte Rauschgifthandel. Der Ertrag war gut, die Ware top. Auch bei bestem Willen konnte ein Konsument die Menge einer guten Ernte kaum allein wegrauchen, wenn er nicht den ganzen Tag bekifft durch die Gegend laufen wollte. Was also tun? Verkaufen. Und schon war man im organisierten Handel. Denn die Pflanzen wollten ausgesät, mit Sonnenlicht versorgt, täglich ausreichend gewässert und gepflegt werden. Die Ernte muss getrocknet, sortiert, gewogen und abgepackt werden: alles juristische Beweise für einen organisierten Handel.

»Das ist gar nicht mal so abwegig, was du da gerade sagst, Holger«, gab ich nach ein paar Minuten intensiven Nachdenkens zu. »Oma Frieda hat sogar eine große Scheune hinter dem Haupthaus.«

»Woher weißt du das eigentlich, Holger?«, fragte Anna unschuldig.

»Woher weiß ich was?« Holger sah Anna treuherzig an, es fehlte nur noch der Heiligenschein, um ihn wie einen Heiligen aussehen zu lassen.

»Woher du weißt, dass Malte Cannabis anbaut!«, hakte auch ich jetzt nach.

»Nie sollst du mich befragen …«, zitierte Holger den fremden Ritter in heller Rüstung aus Richard Wagners Oper *Lohengrin*.

»… noch Wissens Sorge tragen, woher ich kam der Fahrt, noch wie mein Nam' und Art«, zitierte Anna mit versonnenem Blick den bekannten Vers bis zum Schluss.

Ich warf ihr einen anerkennenden Blick zu. Anna kannte sich offenbar sehr gut in romantischen Opern aus. Auch Holger sah Anna überrascht an.

»Wenn nicht wir dich befragen«, reimte ich frei nach Wagner ziemlich stümperhaft, »werden es am Ende die Häscher unweigerlich wagen.«

»Aua, aua!« Demonstrativ legte Holger die Hände an seine Ohren und sah mich gequält an. »Hör bitte auf zu reimen, Jan. Das ist scheußlich! Richard Wagner würde sich im Grab umdrehen, wenn er dich hören könnte. Ich gestehe alles!«

»Hast du mit Malte Geschäfte gemacht?«, fragte ich unverblümt.

»Niemals!« Holger fuhr von seinem Sessel hoch.

»Beruhig dich«, forderte ich ihn auf. »War ja nur 'ne Frage.«

Holger sah mich noch immer entrüstet über meine Frage an: »Du traust mir ja was zu.«

»Das hat mit zutrauen nichts zu tun«, erwiderte ich. »Du bist hier in Greetsiel geboren und aufgewachsen, du kennst hier jeden in der Krummhörn und hast immer dein Ohr am Ostfriesenfunk«, womit ich die Klatsch- und Tratschgeschichten meinte, die es in jedem guten Dorf gibt. »Außerdem bist du ein cleverer Geschäftsmann, der mit allen Wassern gewaschen ist.«

»Ach wo!«, winkte Holger ab. »Was die Leute sich immer so erzählen, wenn der Tag lang ist.«

»Nun hab dich mal nicht so«, mischte sich Anna ein. »Es weiß ja wohl so ziemlich jeder hier in der Krummhörn, dass du einem Eskimo eine Eismaschine verkaufst. Ich erinnere nur mal an deinen Deal mit Ben wegen des Mercedes damals. Jans Frage ist gar nicht so abwegig.«

»Ich wusste das nicht!« Holger pickte entrüstet mit seinem Zeigefinger in die Luft. »Woher sollte ich denn wissen, dass der Schlitten geklaut war?«

»Lass gut sein. Alte Kamellen«, winkte Anna ab. »Die Polizei hat den Mercedes beschlagnahmt und Ben war nicht nur den Kaufpreis los, sondern auch den Wagen.«

Als Holger im Brustton der Überzeugung zu einem Plädoyer seiner Unschuld ansetzte, war mir klar, dass die Diskussion dauern konnte. Ich schob Annas Hand von meinem Oberschenkel und stand auf, um mich um das vergessene Mittagessen zu kümmern.

»… konnte ich doch nicht wissen«, hörte ich noch Holger aufgeregt sagen, als ich mich unauffällig aus dem Wohnzimmer verdrückte. Das hier konnte dauern.

16

In der Küche holte ich die beiden Schollen aus dem Kühlschrank, die ich in Greetsiel gekauft hatte. Der Fisch war bereits ausgenommen, sodass ich nur mit einer Küchenschere Kopf und Flossen abzuschneiden brauchte. Ich setzte zwei Pfannen auf den Herd und gab Butter hinein. Während die Butter heiß wurde, schnitt ich die Kartoffeln vom Vortag in dünne Scheiben.

Im Kühlschrank fand ich noch einen ansehnlichen Kanten Räucherschinken, den ich gemeinsam mit zwei Zwiebeln in kleine Würfel schnitt.

»Ach, du Armer«, ertönte Annas Stimme von der Küchentür. »Du weinst ja. Ich hoffe, nicht wegen mir.«

Mit dem Handrücken wischte ich mir über die Augen. »Wenn, nur aus Freude, dich zu sehen«, lachte ich und gab die klein geschnittenen Zwiebeln in die heiße Butter, die laut zischte.

»Du Charmeur«, hauchte Anna mir ins Ohr, während sie mich von hinten umfasste. »Anwalt am Herd. Sehr verführerisch.«

»Im Ruhestand«, entgegnete ich. »Außerdem ist Hunger der beste Koch.«

»Ich meinte doch nicht die Bratkartoffeln«, gluckste Anna leise und biss mir ins Ohr. »Ich meine den Koch.«

»Dann freu ich mich schon jetzt auf den Nachtisch«, sagte ich mit rauer Stimme.

Annas Zähne knabberten an meinem Nacken.

»Wo ist eigentlich Holger?«, wollte ich vorsichtshalber wissen.

»Schon nach Hause abgeschwirrt«, flüsterte Anna so dicht an meinem Ohr, dass ich ihren heißen Atem spürte.

Mir wurde ebenfalls heiß und das lag nicht an den Bratkartoffeln, die langsam eine goldbraune Färbung annahmen.

»Das Essen …«, sagte ich halbherzig, denn ich bekam gerade auf etwas ganz anderes Appetit als auf Bratkartoffeln, so appetitlich diese auch rochen.

»… ist die Vorspeise«, kicherte Anna in mein Ohr. »Und das Dessert ist heute der Hauptgang …«

Sie löste ihre Arme, mit denen sie mich umschlungen hatte, und sah mich mit kokettem Blick herausfordernd an. »Wo sind die Teller?«

Ich deutete mit dem Kochlöffel auf den Küchenschrank. »In der Mitte, unteres Regal.«

Während ich die Schollen mit einer Prise Mehl bestäubte, deckte Anna den Tisch. Da der Fisch nur knapp sechs Minuten in der Pfanne brauchte, um gar zu werden, saßen wir wenig später am Tisch und sahen uns in die Augen, während wir die Weißweingläser hoben und mit einem leisen, eleganten Geräusch miteinander anstießen.

»Mmh…«, machte Anna und schloss genießerisch die Augen, als sie den ersten Bissen der knusprigen Scholle in den Mund schob, »… ein absoluter Zungenorgasmus!«

Ich verkniff mir die frivole Bemerkung, die mir auf den Lippen lag, und zerdrückte schmunzelnd eine Zitronenscheibe auf dem knusprigen goldbraunen Fisch.

»Du kannst tatsächlich auch noch gut kochen«, lobte Anna mich.

»Und nicht nur das!«, behauptete ich und zwinkerte ihr zu.

Annas Wimpern flatterten und ein Lächeln umspielte ihre Lippen. »Da bin ich mir sicher.«

Im gleichen Moment, als ich zum Dessert übergehen wollte, klingelte das Telefon.

Mist!, dachte ich und legte die Gabel beiseite. Muss das jetzt sein? Gerade jetzt?

Anna seufzte, sagte aber nichts.

Ich stand auf und ging zum Störenfried, der in der Diele stand.

»De Fries«, meldete ich mich knapp.

»De Fries?«, tönte es zurück.

»Ich kann mich nicht daran erinnern, ein Echo bestellt zu haben«, erwiderte ich.

»Die Welt ist klein und Ostfriesland ist ein Dorf«, lachte der Anrufer. »Hier ist Dr. Boeckhoff, der Arzt Ihres Vertrauens.«

»Machen Sie jetzt telefonische Visiten, Doc?«, fragte ich verdutzt.

»Nein, nein«, lachte er. »So weit ist es noch nicht. Ich rufe Sie an, weil mir die Schwester den Zettel einer Patientin in die Hand drückte und mich bat, diese Nummer anzurufen, weil eine Patientin vernehmungsfähig ist.«

»Hilde Lürs«, stellte ich fest.

»Sind Sie Anwalt?«, wollte Dr. Boeckhoff wissen.

»Ja. Ich bin Anwalt und Frau Lürs ist meine Mandantin.«

»Verstehe«, sagte er. »Dann können Sie ab sofort Ihre Mandantin besuchen. Allerdings sollten Sie sich beeilen, denn Ihre Mandantin tut es ihrem Anwalt nach und entlässt sich gerade selber. Außerdem musste ich auch die Kripo Emden von der Vernehmungsfähigkeit von Frau Lürs informieren.«

»Können Sie sie aufhalten?«

»Wen, die Polizei?«

»Nein, natürlich nicht«, entgegnete ich. »Frau Lürs!«

»Wie lange?«

»Eine halbe Stunde«, schlug ich vor.

Wenn ich mich sputete und gut durch den Verkehr kam, konnte ich es so gerade schaffen.

»Ich versuch's«, versprach Dr. Boeckhoff. »Aber ich schätze, dass die Kripo vor Ihnen eintrifft.«

»Haben Sie eigentlich Dauerdienst?«, fragte ich und ignorierte seine Bemerkung; ich hatte keine Lust, mit ihm über die Kripo zu diskutieren.

»Ja, so ungefähr«, antwortete der Arzt. »Normaler Dienst zwischen zwei Schichten Bereitschaft.«

»Und wann schlafen Sie?«

»Im OP«, lachte er. »Nein, keine Sorge. Wenn es während der Bereitschaft ruhig ist, leg ich mich aufs Ohr.«

»Na, dann bis gleich«, verabschiedete ich mich und drückte auf die Aus-Taste des Telefons.

»Das war's dann wohl mit unserem Nachtisch.« Anna legte ihr Besteck auf den Teller.

Ich seufzte tief und verzog das Gesicht.

»Iss wenigstens noch etwas, bevor wir losfahren«, empfahl sie und deutete auf meinen Teller.

Ich schüttelte den Kopf. Mir war der Appetit vergangen.

»Wieso sagst du ›wir‹?« Fragend sah ich sie an.

»Hast du schon vergessen, dass du keinen Führerschein mehr hast?«, zwinkerte sie mir zu. »Oder wolltest du nach Emden radeln?«

Ächzend verdrehte ich die Augen.

»Mist!« Anna hatte recht; ich hatte total vergessen, dass ich momentan weder über Auto noch Führerschein verfügte.

»Ich fahr dich gerne«, sagte sie und stand auf. »Vielleicht können wir ja später das Dessert noch nachholen.«

»Liebend gerne«, lächelte ich und spürte, wie sich mein Puls beschleunigte. »Vielleicht mit einem Rotwein vorm Kamin …«

»Dann lass uns schnell aufbrechen!«

Ich nickte voller Vorfreude auf unseren Kaminabend und füllte noch schnell Mottes Futternapf nach, während Anna sich schon Stiefel und Jacke anzog.

»Pass gut auf, Dicker!«, bat ich Motte, der sich neben den Kühlschrank platziert hatte und mich aufmerksam beobachtete.

Zwei Minuten später saß ich neben Anna, die ihrem Jeep ebenso temperamentvoll die Sporen gab wie allem, was sie anpackte. Schnell schloss ich den Sicherheitsgurt und hielt mich vorsichtshalber am Türgriff fest.

Wäre es draußen nicht so feucht und kalt gewesen, hätte Anna mit Sicherheit eine weithin sichtbare Staubfahne hinter dem Jeep aufgewirbelt. So schleuderten die breiten Reifen ihres Geländewagens nur nasse Erde und Dreck hinter uns auf.

Wir erreichten soeben Campen, als mein Handy sich meldete. Ich griff in die Innentasche meiner Jacke.

»Jetzt sagen Sie bitte nicht, dass die Kripo schon bei Ihnen aufgekreuzt ist, Doktor«, bat ich den Anrufer, bei dem ich davon ausging, dass es sich um Dr. Boeckhoff handelte.

»Doch, ist sie!«, erwiderte der Angesprochene trocken.

Ich erkannte Mackensens Stimme auf Anhieb!

»Verdammt!«, fluchte ich im Stillen, da genau das eingetroffen war, was ich insgeheim schon die ganze Zeit befürchtet hatte. Dabei hatte ich unbedingt unter vier Augen mit Hilde Lürs sprechen wollen, bevor die Kripo aufkreuzte.

»Da Sie der Anwalt von Frau Lürs sind, muss ich Sie als leitender Kommissar darüber informieren, dass Ihre Mandantin vernehmungsfähig ist und nach ihrem Rechtsbeistand verlangt«, leierte Mackensen seinen Text herunter. »Wir werden Frau Lürs zu den Vorfällen auf dem Muschelkutter *Adele* vernehmen. Es steht Ihnen frei, an der von der Kripo Emden angesetzten Vernehmung teilzunehmen.«

»Ich bin schon auf dem Weg«, erklärte ich.

»Dann fahren Sie aber in die richtige Richtung«, empfahl Mackensen knapp.

»Wohin bringen Sie meine Mandantin?«, fragte ich scharf.

»Wir fahren jetzt mit Frau Lürs zu einem Ortstermin«, antwortete der Kommissar. »Zur Küche von Mattes Lürs.«

Ich warf einen raschen Blick auf meine Armbanduhr und antwortete: »Ich bin in vierzig Minuten da.«

Ohne sich zu verabschieden, beendete Mackensen das Gespräch.

»Was ist los?« Anna sah mich von der Seite an. »Gibt's Probleme?«

Ich schüttelte den Kopf. »Das war die Kripo. Sie fahren mit ihr nach Hause: Ortstermin.«

Anna warf einen schnellen Blick in den Rückspiegel und fuhr langsamer. Nachdem unser Hintermann Annas Jeep überholt hatte, tippte sie kurz auf die Bremse und wendete mit einem dezenten Quietschen der Reifen auf der feuchten Straße.

Ich erklärte ihr kurz, wo Hilde Lürs wohnt.

»Kenne ich«, nickte sie und beschleunigte den Wagen so temperamentvoll, dass ich in den Beifahrersitz gepresst wurde.

Anna fuhr sicher und schnell.

Da nur wenige Autos unterwegs waren, die überwiegend von entspannt vor sich hin gondelnden Touristen gesteuert wurden, die sich bereitwillig überholen ließen, bogen wir eine knappe halbe Stunde später in die Zufahrt zu Mattes Lürs' Hof ein.

»Sie sind schon da«, sagte Anna mit Blick auf den vor Hilde Lürs' Haus parkenden Streifenwagen und Mackensens dunkle Limousine, aus der gerade die beiden Kommissare ausstiegen.

Mit knirschenden Reifen kam der Jeep neben dem Streifenwagen zum Stehen.

»Ich danke dir«, sagte ich und öffnete die Beifahrertür.

Die Türen des Streifenwagens öffneten sich ebenfalls und eine Polizistin half Hilde Lürs beim Aussteigen. Die Beamten hatten darauf verzichtet, ihr Handschellen anzulegen. Offenbar hielten sie die blass aussehende Frau, die verschlafen und mitgenommen aussah, für nicht fluchtgefährdet.

»Moin, Frau Lürs«, begrüßte ich meine Mandantin und reichte ihr die Hand, während ich die Polizistin mit einem Kopfnicken bedachte.

»Moin«, erwiderte sie tonlos und ergriff meine Hand.

»Wie geht's Ihnen?«, wollte ich wissen.

»Wat mutt, dat mutt«, entgegnete sie mit müdem Lächeln.

»Moin«, sagte Mackensen beim Näherkommen, während sein Kollege Kommissar Freud sich mit einem schmallippigen Lächeln begnügte, was ich auf das Pflaster zurückführte, das noch immer seinen Nasenrücken zierte.

Auch Mattes Lürs hatte das Polizeiaufgebot mitbekommen. Mit tief in den Taschen seiner Arbeitsjacke vergrabenen Händen bog er um die Hausecke und kam schweren Schrittes auf uns zugestapft.

Wortlos stellte er sich neben seine Tochter.

Ich sah, wie die Unterlippe von Hilde Lürs zu zittern begann. Ihre Augen suchten den Blick ihres Vaters, der unverwandt und ohne eine Miene zu verziehen auf das Rücklicht des Streifenwagens starrte.

»Nun sind wir ja fast alle versammelt«, stellte Kommissar Mackensen fest und warf einen Blick zu Anna, die in ihrem Wagen sitzen geblieben war. »Wer ist das?«

»Eine Freundin«, antwortete ich. »Sie hat mich gefahren.«

Mackensen verzog kaum merklich seine Lippen zu einem dünnen Lächeln. »Stimmt ja. Sie können im Moment nicht selbst fahren. Hatte ich ganz vergessen.«

Natürlich zeigte ich ihm nicht, wie wütend mich seine Bemerkung machte, und deutete ebenfalls ein Lächeln an, während ich unhörbar mit den Zähnen knirschte.

»Was heißt: fast alle?«, wollte ich wissen. »Wer fehlt noch?«

Mackensen hob den Arm und zeigte zu der Einfahrt, die von knorrigen Bäumen begrenzt wurde und durch die gerade eine weitere dunkle Limousine auf den Hof rollte. Der Mercedes blieb dicht hinter Annas Jeep stehen. Wegen der getönten Frontscheibe war der Fahrer nicht zu erkennen. Doch als die Fahrertür aufging und sich eine aristokratische Hakennase ins Freie schob, erkannte ich ihn auf Anhieb – Staatsanwalt Güll, der Nachfolger von Traute, mit dem ich im vergangenen Jahr böse aneinandergeraten war, als er mich geschickt in einem Mordfall provozierte.

Im Grunde halte ich mich ja für einen verträglichen Menschen, sofern man mir nicht dumm kommt oder mich absichtlich provoziert. Staatsanwalt Güll hatte in der ersten Minute unseres Kennenlernens beide Kriterien missachtet. Er rangierte auf Platz eins der Liste jener Menschen, mit denen ich niemals auf einer einsamen Insel stranden wollte, dicht gefolgt von Mackensen, obwohl ich den wiederum für einen sehr guten Polizisten hielt.

In seinen Händen, die in eleganten schwarzen Lederhandschuhen steckten, hielt er eine ebenfalls lederne Dokumentenmappe, als er in seinem dunkelblauen Burberry-Trenchcoat mit hochgeschlagenem Kragen gemessenen Schrittes auf uns zukam.

Ein Güll geht nicht, ein Güll schreitet.

»Guten Morgen zusammen«, grüßte er mit derselben ausdruckslosen Stimme in die Runde, mit der er mir bei unserem letzten Treffen unverantwortliches Handeln vorgeworfen hatte.

Die beiden Kommissare erwiderten höflich den Gruß ihres Chefs. Hilde und Mattes Lürs schwiegen ebenso wie ich.

»Ich sehe, wir sind vollzählig«, stellte er fest und rümpfte kaum merklich die Nase, als sein Blick an mir hängen blieb. »De Fries, stimmt's? Der Anwalt.«

»Güll, stimmt's? Der Staatsanwalt«, gab ich trocken zurück und sah ihn unbeeindruckt an.

Mackensen stieß ein leichtes Hüsteln aus, was sich fast wie ein unterdrücktes Prusten anhörte.

Staatsanwalt Güll gehörte zu dem elitären Typ, den ich in meiner Zeit als Strafverteidiger zur Genüge kennenlernen durfte: ebenso hochintelligent und erfolgreich wie arrogant und überheblich. Ein unschätzbarer Vorteil meines beruflichen Ausstiegs vor ein paar Jahren war, dass ich zu diesem Typ Mensch nicht mehr freundlich sein musste, weil ich nicht mehr vor Gericht meine Brötchen als Jurist verdienen musste und somit keine Gefahr mehr bestand, wegen Unfreundlichkeit eine Ordnungsstrafe aufgebrummt zu bekommen. Obwohl es natürlich ratsam war, als Vertreter von Hilde Lürs nicht den dicken Maxi zu mimen. Würde ich Güll provozieren, müsste meine Mandantin höchstwahrscheinlich seine schlechte Laune ausbaden. Spätestens im Gerichtssaal, wenn ich meine Mandantin vertrat, würde er sich revanchieren können, wenn ich ihn heute zu sehr reizte. Also beließ ich es bei der ironischen Begrüßung und setzte meine beste neutrale Juristenmiene auf.

Staatsanwalt Güll schoss einen eisigen Blick auf mich ab und ignorierte mich fortan.

»Die Personalien wurden festgestellt und protokolliert?«, wandte er sich fragend an Kommissar Mackensen.

Der nickte zustimmend. »Festgestellt und bekannt.«

»Gut.« Staatsanwalt Güll fasste Hilde Lürs ins Auge. »Im Rahmen des staatsanwaltschaftlichen Ermittlungsverfahrens zu dem Tod von ...«, er zog den Reißverschluss der ledernen Dokumentenmappe auf und las die Namen der fünf toten Muschelfischer der *Adele* von einem Blatt ab, um dann in seiner Anlasserklärung fortzufahren, »... werden wir Sie, Frau Lürs, vor Ort vernehmen. Sie waren einverstanden, Ihre Vernehmung hier an Ihrem Wohnort vornehmen zu lassen.«

Hilde Lürs' Gesicht hatte bei der Aufzählung der Namen der getöteten Fischer, unter denen sich ihre beiden Brüder befanden, eine aschgraue Färbung angenommen. Ihr Nicken, mit dem sie Gülls Frage beantwortete, war kaum wahrnehmbar.

»Sie waren doch einverstanden, Frau Lürs?«, wiederholte Staatsanwalt Güll seine Frage.

Behutsam wandte ich mich meiner Mandantin zu. Ich machte mir Sorgen, dass sie vielleicht doch zu früh aus dem Krankenhaus entlassen worden war.

»Ist schon gut«, sagte sie mit matter Stimme. »Ich bin ja einverstanden.«

Ich musterte sie kurz, konnte aber außer ihrer Müdigkeit und Abgeschlagenheit kein Anzeichen erkennen, weshalb ich mein anwaltliches Veto gegen die Vernehmung einlegen müsste.

»Ja«, wandte ich mich an den leitenden Staatsanwalt. »Meine Mandantin ist einverstanden.«

»Gut«, sagte Güll, mich noch immer ignorierend, zu seinen Kommissaren. »Dann können wir ja.«

Auch wenn es nicht zu den normalen Standards zählte, war es nicht unüblich, eine tatverdächtige Person, die Hilde Lürs offensichtlich für Kripo und Staatsanwaltschaft war, im Rahmen eines Lokaltermins zu vernehmen. Vermutlich wollten Mackensen und Freud in diesem Fall die vertraute heimische Atmosphäre des Tatorts ausnutzen, um Hilde Lürs noch massiver mit ihren Fragen in die Enge treiben zu können und sie dabei zu einer belastenden Aussage oder einem Geständnis zu verleiten. Dafür musste die Verdächtige aber erst einmal schuldig sein – obwohl: auch Unschuldige hatten schon unter Vernehmungsdruck Verbrechen gestanden, die sie nicht begangen hatten. Ich machte mich auf Mackensens Finessen gefasst, er hatte so einiges auf dem Kasten.

Auf ein Zeichen von Mackensen übernahm Kommissar Freud das Kommando und forderte uns auf, ihm zu folgen. Bevor ich mich dem Gänsemarsch Richtung Hilde Lürs' Haustür anschließen konnte, hielt mich Mattes Lürs, der alte

Muschelfischer, am Jackenärmel fest und sah mich aus seinen blassblauen Augen eindringlich an.

»Hilde ist unschuldig. Helfen Sie ihr!«

»Sagen Sie es ihr!«, entgegnete ich eindringlich. »Sagen Sie ihr, was Sie denken. Sie hat Ihren Beistand bitter nötig.«

Auch wenn dem Fischer Schock und Trauer über den Verlust seiner Söhne und den Tod der drei anderen Fischer ins Gesicht geschrieben standen, schien er mir standfester als seine Tochter zu sein. Er hatte in seinem Leben wahrscheinlich schon so manchen Schicksalsschlag einstecken müssen und schien mir hart im Nehmen; zumindest härter als seine Tochter, die noch immer am Rand eines Zusammenbruchs balancierte.

»Ich …«, sagte er hilflos und mahlte mit seinen Kiefern, als er versuchte, seinen Gefühlen Ausdruck zu verleihen; eine kaum zu bewältigende Herausforderung, wenn man sein Leben lang gewohnt war, seine Gefühle mit sich allein auszumachen.

Ich wusste, wovon ich sprach.

Der Fischer ließ meinen Jackenärmel los und wandte sich um, um sich seiner Tochter anzuschließen, die flankiert von zwei Uniformierten in Richtung ihrer Haustür ging. Ich sah kurz zu Annas Jeep hinüber, hinter dessen spiegelnder Windschutzscheibe ich ihre Umrisse sah. Sie erwiderte meinen Gruß und winkte mir kurz zu.

Mit schnellen Schritten holte ich die kleine Prozession ein und folgte ihr in die Küche. Obwohl die Küche von Hilde Lürs recht geräumig war, musste ich mich zwischen den Kühlschrank und meine Mandantin zwängen, um an deren Seite zu sein.

»Sie haben bei Ihrer ersten Vernehmung angegeben, dass Sie in der Küche Ihres Vaters einen Geburtstagskuchen für Ihre Brüder gebacken haben.«

Hilde Lürs nickte schwach.

Diesmal akzeptierte Staatsanwalt Güll ihr Nicken als Antwort.

Er gab Mackensen ein Zeichen, der daraufhin in den Ausführungen fortfuhr: »Die ermittlungstechnischen Untersuchungen haben keinen Nachweis toxischer Stoffe an Spüle und Abfluss der Küche Ihres Vaters ergeben, wo sie nach Ihren eigenen Angaben besagten Kuchen gebacken haben. Ihre Aussage wurde durch Ihren Vater bestätigt.«

»Stimmt genau!«, polterte der alte Muschelfischer dazwischen. »Und wenn Ihr jetzt fragen wollt, ob die Hilde den Kuchen hier gebacken hat, dann guckt mal in den Spülschrank!«

Wütend stapfte Mattes Lürs durch die Küche und beugte sich zu dem Unterschrank, auf dem das Spülbecken montiert war. Mit einem Ruck riss er die beiden Türen auf. Auf den ersten Blick war zu sehen, dass der Siphon der Spüle abmontiert worden war. In dem Rohrstück, das aus der Wand herausragte, steckte eine säuberlich zusammengedrehte Plastiktüte, die als provisorischer Geruchsverschluss diente.

»Seht ihr!«, rief der Fischer erbost. »Nix. Kein Abfluss vorhanden. Die Spüle kann man nicht benutzen. Ebenso wenig wie den Herd, geschweige denn den Backofen.«

Mattes Lürs wandte sich dem Elektroherd zu und drehte wahllos an den Schaltern herum.

»Lassen Sie mal gut sein, Herr Lürs«, sagte Mackensen und hielt sein Handy als Diktiergerät hoch. »Wir sehen, dass die Küche nicht funktionstüchtig ist.«

»Das hat alles ein Heidengeld gekostet«, schimpfte der Fischer. »Ein Heidengeld, aber nix funktioniert richtig. Die Küche ist erst ein halbes Jahr alt. Ist noch Garantie drauf. Aber glauben Sie mal nicht, dass die Küchenfirma Ersatzgeräte liefert. Der Schiet kommt doch alles aus Japan.«

Auch wenn der alte Muschelfischer über die neue und schon defekte Küche schimpfte, erkannte ich sein Bemühen, seiner Tochter ein Alibi zu geben. Seine Bemühungen waren auch erfolgreich. Er hatte bewiesen, dass Hilde Lürs in dieser Küche keinesfalls den Geburtstagskuchen gebacken haben konnte.

»Tja«, stellte ich fest und sah abwechselnd zwischen den Kripobeamten und Staatsanwalt Güll hin und her. »Ja. Meine Mandantin hat einen Geburtstagskuchen gebacken, und ja, sie hat ihn, wie bereits ausgesagt, in der Küche ihres Vaters gebacken. Und nein, meine Mandantin hat kein Gift in den Kuchen eingebacken. Nun haben Sie aber weder in der Küche des Vaters meiner Mandantin toxische Stoffe gefunden noch kann der Kuchen in der Küche meiner Mandantin gebacken worden sein.« Ich machte eine rhetorische Pause und ließ meinen Blick über die Anwesenden schweifen. »Ich sehe keinen Grund, meine Mandantin weiter in Haft zu behalten.«

»Richtig!«, rief der Fischer und knallte lautstark die Klappe des Backofens zu. »Jetzt hört gefälligst mit dem Schiet auf und lasst meine Hilde frei!«

»Ich kann Ihre Aufregung verstehen«, mischte sich nun Jungkommissar Freud ein. »Aber wir haben in Ihrer Küche, Herr Lürs, das gefunden.«

Freud griff in eine kleine Tasche, die er unter dem Arm getragen hatte, und zog eine Packung Schokoflocken heraus, die in einer durchsichtigen Plastiktüte steckte, wie ihn die Spurensicherung benutzte.

Demonstrativ hielt er die kleine Packung hoch: »Diese Schokoladenflocken sind mit Gift versetzt. Und diese Schokoladenflocken wurden auf die Torte gestreut, um diese zu verzieren.«

»Aber das habe ich doch nicht gemacht!« Hilde Lürs' Aufschrei gellte durch die Küche. »Ich hab das Zeug doch gar nicht auf die Torte gestreut!«

»Wer war es dann?« Mit schneidender Stimme fuhr Staatsanwalt Güll herum und baute sich vor Hilde Lürs auf.

»Wer hat denn dann die Schokoladenflocken auf die Torte gestreut?«

»Das war ...«, Hilde Lürs sah Güll hilflos an, »... ich ... ich weiß nicht, wie sie heißt.«

Betretenes Schweigen breitete sich in der Küche aus. Hilde Lürs' hilflose Antwort, dass sie die Person nicht namentlich kenne, die die vergifteten Schokoflocken auf den Geburtstagskuchen gestreut hatte, wirkte wie ein Schuldeingeständnis.

»Der berühmte große Unbekannte.« Gülls Stimme troff vor Sarkasmus, als er Hilde Lürs mit verächtlichem Gesichtsausdruck ansah. »Oh! Entschuldigung. Die Unbekannte.«

»Glauben Sie mir ...«, die Stimme der Kapitänin klang kläglich, »ich habe das Zeug nicht auf die Torte gestreut. Das ist doch Zartbitter und ...«

»Und was?«, hakte Kommissar Freud nach und hob die Packung hoch. »Stimmt. Zartbitter.«

»Lars und Jochen hassten Bitterschokolade«, antwortete Hilde Lürs mit leiser Stimme. »Ich habe immer nur Vollmilchschokolade verwendet.«

»Stimmt!«, donnerte der alte Muschelfischer. »Niemand von uns mag diese dunkle Schokolade!«

»Was zu beweisen wäre«, entgegnete der Staatsanwalt.

»Was wir beweisen werden!«, behauptete ich.

»Nun greifen wir mal nicht der Gerichtsverhandlung vor«, konterte Güll. »Erklären Sie lieber, um wen es sich bei der Unbekannten gehandelt haben soll.«

»Ich weiß nicht, wie sie heißt«, wiederholte Hilde Lürs, was ihre Erklärung nicht glaubhafter machte. »Das war eine Bekannte von Rike.«

»Wer ist denn nun wieder diese Rike?«, ließ sich Kommissar Mackensen vernehmen.

»Sie gehört zur Mannschaft der *Hilde,* dem Kutter meiner Tochter«, antwortete Mattes Lürs anstelle seiner Tochter.

»Ach«, erwiderte Mackensen und sah Hilde Lürs spöttisch an. »Und diese Rike war also hier, als Sie den Kuchen gebacken haben?«

»Nein«, schüttelte diese den Kopf. »Rike war nicht hier. Sie wollte kommen, ist aber nicht aufgetaucht.«

»Aber diese ... Bekannte, von der Sie gerade gesprochen haben, die war hier?«

Hilde Lürs nickte. »Ja, die war hier. Sie war mit Rike verabredet und hat sie gesucht.«

»Die aber nicht aufgetaucht ist?«, setzte Staatsanwalt Güll noch einmal nach.

»Das sagte meine Mandantin bereits«, mischte ich mich ein, um meiner Mandantin beizustehen.

»Warum waren Sie angeblich mit dieser Rike verabredet?«, fragte Mackensen.

»Sie wollte mir beim Transport der Torte helfen«, antwortete Hilde Lürs.

»Und sie ist nicht aufgetaucht?«, nahm Freud seine Tatverdächtige in die Zange.

»Nein. Rike ist nicht aufgetaucht. Da können Sie jetzt noch dreimal fragen!« Hilde Lürs' Stimme nahm einen wütenden Unterton an. »Aber die Frau hat noch eine Zeit lang gewartet und mir beim Backen zugesehen. Sie kam gerade vom Einkaufen und hatte einen Korb dabei.«

»Den sie vom Auto hier reingeschleppt hatte?«, klinkte sich jetzt auch Kommissar Freud ein. »Hatte die Frau Angst, dass ihr jemand die Tomaten aus dem Auto klaut?«

Hilflos sah mich Hilde Lürs an.

»Bleiben Sie doch bitte sachlich«, forderte ich Freud auf und warf Hilde Lürs einen ermunternden Blick zu, damit sie weitererzählte.

»Na, und dann bin ich kurz raus in die Speisekammer, weil ich ein paar Schokogitter zur Verzierung holen wollte. Und als ich wieder in die Küche reinkam, hatte die Frau schon fast die ganze Packung mit den Schokoflocken über die Torte gestreut. Das da ist der Rest.« Hilde Lürs zeigte auf die Packung, die Kommissar Freud in der Hand hielt.

»Und dann ist die Unbekannte verschwunden?«, fragte Mackensen vom anderen Ende der Küche her.

Hilde Lürs' Kopf fuhr herum. Ihre Augen suchten den Fragesteller und als sie Mackensen im Blick hatte, nickte sie. »Ja. Sie hat noch ein paar Minuten auf Rike gewartet, hat sich dann aber entschuldigt, weil sie fort musste.«

»Warum haben Sie denn die Schokoflocken nicht wieder von der Torte heruntergekratzt?«, wollte Mackensen wissen. »Wenn Ihre Brüder doch keine Bitterschokolade mochten.«

»Hab ich doch«, versicherte die des Mordes verdächtige Hilde Lürs mit schwacher Stimme. »Aber das Zeug war doch überall. Ich bekam nicht alles runter, die Schokolade war so merkwürdig klebrig, die Flocken pappten überall. Außerdem hatte ich keine Zeit mehr. Ich musste los.«

»Wieso?«, wollte Mackensen wissen.

»Weil wir auf See verabredet waren und ich nicht genau einschätzen konnte, wie lange ich bei diesem Nebel brauchen würde. Der Nebel wurde immer dichter und ich hatte Angst, dass ich es nicht mehr hinausschaffe.«

Was die bessere Möglichkeit gewesen wäre, dachte ich bei mir. Dann würden die fünf Fischer heute noch leben.

»Wie sah denn diese Frau mit dem Einkaufskorb aus?« Mackensen sah Hilde Lürs lauernd an. »Können Sie sie beschreiben?«

Die Kapitänin zuckte mit den Schultern. »Ja, klar kann ich sie beschreiben. Sie hatte aber nichts Besonderes an sich.«

»Und wie sah sie dann aus?«, kam es von Freud.

Hilde Lürs seufzte hilflos und zuckte erneut mit den Schultern. »Normal halt.«

»Frau Lürs!« Staatsanwalt Gülls Stimme klang ungeduldig, als er schroff das Wort ergriff. »Sie sind die Hauptverdächtige in einem fünffachen Mordfall. Jetzt kommen Sie uns mit der großen Unbekannten und können diese aber noch nicht einmal beschreiben? Was sollen wir denn wohl davon halten?«

Am liebsten hätte ich Güll gesagt, dass es uns ziemlich egal sei, was er wovon auch immer halte. Aber dem war leider nicht so. Seine Einschätzung war wichtig und würde darüber entscheiden, ob und in welche Richtung die Ermittlungen erweitert werden würden, und natürlich auch, ob Hilde Lürs in Untersuchungshaft bleiben würde oder nicht. Ich war aber ziemlich sicher, dass die Staatsanwaltschaft ihr die Geschichte von der Frau mit dem Einkaufskorb nicht abnehmen und sie als Hauptverdächtige in Haft nehmen würde. Allerdings rechnete ich mir beim Haftprüfungstermin realistische Chancen aus, meine Mandantin aus der Untersuchungshaft freizubekommen. Schließlich hatte die Staatsanwaltschaft zwar ihre Aussage, dass sie den Kuchen gebacken hatte, die von ihrem Vater bestätigt worden war. Aber Mattes Lürs würde auch noch aussagen, was er mir bereits im Beisein der Kripo bestätigt hatte – er hatte die Rührschüssel ausgeschleckt und damit den lebendigen Beweis erbracht, dass weder Teig noch Schokoladencreme vergiftet gewesen war. Was wiederum dafür sprach, dass es tatsächlich die Frau mit dem Korb gab. Denn dass sich das Gift in den Schokoladenstreuseln befunden hatte, stand fest. Die Aussage des Labors war in dieser Hinsicht eindeutig.

»Versuchen Sie sich zu erinnern«, bat ich sie deshalb. »Wie alt war die Frau? So alt wie Sie? Jünger oder älter?«

Die Kapitänin sah mich aus müden Augen an und schüttelte den Kopf.

Es war absolut verständlich, dass Hilde Lürs erschöpft war und durchhing. Sie musste nicht nur den tragischen Verlust ihrer Brüder und Kollegen erleiden, sondern sah sich obendrein der Ermittlungsmaschinerie von Kripo und Staatsanwalt ausgesetzt – mit ihr als Hauptverdächtige. Kein Wunder also, wenn sich ihre Batterien vollkommen entladen hatten.

Auch wenn ich das Gefühl hatte, dass etwas an Hildes Geschichte nicht stimmte, brachte sie doch zumindest eine weitere Verdächtige ins Spiel. Das konnte sie möglicherweise entlasten. Deshalb durfte ich ihr keine Schonzeit gewähren, denn das taten Kripo und Staatsanwaltschaft auch nicht. Ich sah sie zwar nach wie vor nicht als Mörderin, aber mit irgendetwas hielt sie hinterm Berg. Nun, wenn es eine Geschichte hinter der Geschichte gab, würde ich diese zum gegebenen Zeitpunkt aus ihr herausbekommen. »Überlegen Sie in Ruhe«, wiederholte ich deshalb meine Bitte mit eindringlicher Stimme. »Denken Sie nicht krampfhaft nach, sondern versuchen Sie sich an das Bild zu erinnern, als die Frau Ihnen in der Küche gegenüberstand. Dann lassen Sie im Geist Ihren Blick durch die Küche wandern und schauen sich dabei die Frau noch mal genau an.«

Hilde Lürs sah mich an und nickte langsam. Dann schloss sie die Augen.

Einen Moment wankte sie ein wenig, da sich ihr Gleichgewichtssinn orientieren musste.

In der Küche war es still. Keiner der Anwesenden sagte etwas oder machte ein Geräusch. Ich hoffte, dass es dabei blieb und Güll und Mackensen der Frau die Gelegenheit gaben, sich zu erinnern.

Eine halbe Minute verging, ohne dass jemand etwas sagte.

Ich beobachtete Hilde Lürs. Ihre Augäpfel bewegten sich leicht hinter ihren geschlossenen Lidern. Offenbar tat sie genau das, worum ich sie gebeten hatte. Sie sah sich in ihrer Erinnerung um.

Plötzlich nickte sie langsam.

»Sehen Sie die Frau?«, fragte ich behutsam.

»Ja.« Blinzelnd öffnete die Kapitänin ihre Augen. »Ja, ich glaube, sie war so in meinem Alter.«

Ich nickte ihr ermunternd zu. »Sie sind achtunddreißig, stimmt's?«

Hilde Lürs nickte.

»War die Frau dick, dünn oder normal gebaut.«

»Schlank«, erwiderte sie sofort. »Groß und schlank.«

»Können Sie sich an die Haarfarbe oder Frisur der Frau erinnern?«, tastete ich mich vorsichtig weiter vor.

»Als sie klopfte, hatte sie eine Kapuze auf ...«

»Kapuze von was?«, hakte ich sofort ein, da spontane Zwischenfragen, die sich auf Details beziehen, oftmals direkte Informationen des Unterbewusstseins abrufen.

So auch in Hilde Lürs' Fall.

»Wintermantel«, antwortete sie wie aus der Pistole geschossen. »Die Frau hatte einen langen Wintermantel an.«

Ich nickte zufrieden. Ein kurzer Seitenblick zeigte mir, dass sowohl die Kommissare als auch Staatsanwalt Güll interessiert zuhörten.

»Die Haarfarbe«, lenkte ich die Aufmerksamkeit der Kapitänin zurück auf die vorherige Frage.

Hilde Lürs überlegte einen Moment, dann schien ihr die Antwort einzufallen.

»Kurze Haare«, sagte sie entschieden. »Sie hatte kurze, dunkle Haare. So eine Art Männerhaarschnitt.«

»Männerhaarschnitt?« Erstaunt sah ich sie an.

Irgendetwas klingelte in meinem Unterbewusstsein. Ich wusste nur nicht, wieso, und schon gar nicht, was.

»Ja.« Hilde Lürs nickte und schien sehr erleichtert zu sein, dass sie sich an Details erinnern und meine Fragen beantworten konnte. »So ein kurzer Pony und auch an den Seiten ziemlich kurz. Ohren frei und so. Stand ihr aber gut.«

Ebenso erleichtert stellte ich noch ein paar Fragen. Aber sosehr sich Hilde Lürs auch bemühte, sich an weitere Details zu erinnern, konnte sie der Personenbeschreibung doch keine Einzelheiten mehr hinzufügen.

Mackensen stellte noch ein paar Fragen zum Einkaufskorb der Frau. Aber auch zu diesem Punkt konnte die Kapitänin keine weiteren Angaben machen.

»Wir können dann auch für heute die Vernehmung beenden«, befand der Staatsanwalt nach ein paar weiteren Fragen, die Hilde Lürs nicht beantworten konnte.

Obwohl ich die Antwort auf meine Frage bereits im Voraus kannte, stellte ich sie doch: »Bleibt die Untersuchungshaft für meine Mandantin bestehen?«

»Aber natürlich!« Diesmal sah mich Staatsanwalt Güll direkt an. »Dringender Tatverdacht!«

»Wieso?«, erwiderte ich. »Weil meine Mandantin einen Kuchen gebacken hat, in dem sich kein Gift befand?«

»Ob sich das Gift im Kuchen oder auf dem Kuchen befand, halte ich im Moment nicht für relevant«, sagte Güll im Ton eines Oberlehrers, der auf alle Fragen seiner Schüler die passende Antwort hatte. »Es besteht dringender Tatverdacht. Sie hat den Kuchen gebacken und aufs Schiff gebracht. Danach waren fünf Menschen tot.«

»Aber die Hilde war das nicht!«, polterte Mattes Lürs los. »Suchen Sie lieber die Frau, von der meine Tochter erzählt hat!«

»Überlassen Sie das mal ruhig uns«, erwiderte Güll arrogant und sah den alten Muschelfischer herablassend an. »Wir wissen schon, was wir tun.«

»Da bin ich mir nicht so sicher!«

Meine Hand schoss vor und ich hielt Mattes Lürs an der Schulter zurück. Sein Gesicht hatte eine dunkelrote Farbe angenommen und er sah so wütend aus, als würde er dem Staatsanwalt an die Gurgel gehen wollen. Ein Gefühl, das ich gut nachvollziehen konnte, das mir aber im vergangenen Sommer eine Nacht in einer acht Quadratmeter großen Arrestzelle beschert hatte. Eine solche Erfahrung wollte ich dem alten Muschelfischer ersparen.

Glücklicherweise reagierte Mattes Lürs auf meinen Griff und verharrte in der Bewegung. Für einen Moment stand die Situation in Hilde Lürs' Küche auf der Kippe und konnte jeden Moment eskalieren.

»Papa!« Hilde Lürs' Stimme klang beschwörend, als sie ihren Vater einen Sekundenbruchteil später ebenfalls mit beiden Händen am Arm fasste, um ihn davon abzuhalten, auf den Staatsanwalt loszugehen.

Mattes Lürs starrte noch immer aus vor Wut zusammengekniffenen Augen Staatsanwalt Güll an.

Mackensen schob sich zwei Schritte nach vorn.

»Herr Lürs!« Die Stimme des Kommissars klang eindringlich, als er scharf befahl: »Lassen Sie das. Bleiben Sie ruhig!«

Einen Moment lang starrte der alte Muschelfischer den Staatsanwalt noch an, dann entspannte er sich mit einem kaum hörbaren Seufzer. Seine Schultern fielen nach unten und er schien ein paar Zentimeter zu schrumpfen.

In Zeitlupe drehte er sich zu seiner Tochter um. Er sah sie aus seinen blassblauen Augen intensiv an. Langsam breitete er seine Arme aus. Mit einem trockenen Schluchzer fiel ihm seine Tochter in die Arme.

Ich löste meine Hand von der Schulter des Muschelfischers und trat einen Schritt zur Seite. Niemand konnte ihn in seiner spröden Art seiner Tochter gegenüber besser verstehen als ich.

Auch ich hatte eine emotionale Achterbahnfahrt erlebt, als meine Tochter Thyra mir zum ersten Mal in die Arme fiel. Und Mattes Lürs schien es ähnlich zu ergehen, er machte auf mich den Eindruck, als hielte er seine Tochter gerade zum ersten Mal im Arm.

Zu meiner Erleichterung hielten sich die Kommissare und Staatsanwalt Güll so lange zurück, bis sich die Situation wieder entspannte und Hilde Lürs sich aus der Umarmung ihres Vaters löste.

»Ähm«, räusperte sich Mackensen. »Wir beenden jetzt die Vernehmung und fahren zurück zum Präsidium.«

Hilde Lürs nickte wortlos.

Da sich auch ihr Vater wieder beruhigt hatte, gab sie ihm einen Kuss auf die Wange und folgte Kommissar Freud, als dieser sich Richtung Küchentür in Bewegung setzte.

»Wir sehen uns«, sagte ich und drückte zur Verabschiedung ihren Arm.

Staatsanwalt Güll heftete sich ebenfalls eilig an den jungen Kommissar. Offensichtlich wollte er so schnell wie möglich die Küche verlassen und für einen Sicherheitsabstand zwischen dem alten Fischer und sich sorgen.

Die Kapitänin war schon halb zur Küchentür hinaus, als sie abrupt stehen blieb. Sie wandte sich zu mir um und rief: »Grüne Augen! Die Frau hatte grüne Augen.«

»Sind Sie sicher?«, erwiderte ich, erstaunt über ihre plötzliche Erinnerungsfähigkeit an ein solches Detail. Sagte sie etwa doch die Wahrheit?

Eifrig nickte sie. »Ja. Grüne Augen. So wie diese Steine.«

»Steine?« Wieder klingelte es bei mir, diesmal noch intensiver.

»Ja.« Wieder nickte sie. »Die Steine, die man für Ketten und Ringe und so nimmt.«

»Jade«, sagte ich einem Impuls folgend.

»Ja. Die Frau hatte jadegrüne Augen.«

17

»Du solltest Uz auf jeden Fall darauf ansprechen!«, sagte Anna und trat das Gaspedal energisch durch.

»Und was soll ich sagen?«, fragte ich und griff nach dem Gurt, um mich anzuschnallen.

»Ihn fragen, wer die Frau ist.« Anna schaltete hoch und trat erneut das Gaspedal durch.

Nachdem die Kripo und Staatsanwalt Güll mit Hilde Lürs aufgebrochen waren, hatte ich noch ein paar Worte mit dem alten Muschelfischer gewechselt und mich dann verabschiedet. Da Anna ohnehin schon von den Geschehnissen auf der *Adele* wusste und sich um mich sorgte, erzählte ich ihr die komplette Geschichte und ließ auch die Begegnung mit der unbekannten Frau an Bord der *Sirius* nicht aus. Als Hilde Lürs den Hinweis auf die jadegrünen Augen der Besucherin mit den Schokoflocken gab, musste ich sofort an die Frau denken, die Uz besucht hatte.

»Celine«, sagte ich. »Uz hat gesagt, dass die Frau Celine heißt.«

»Dann weißt du zwar, wie die Frau angeblich heißt, aber noch nicht, wer sie ist«, erwiderte Anna scharfsinnig. »Und ich sehe dir an der Nasenspitze an, was du denkst.«

»Und was denke ich?«

»Das Gleiche wie ich«, erwiderte sie und nahm schwungvoll eine Kurve. »Nämlich dass Hilde Lürs' Besucherin mit den jadegrünen Augen identisch mit der unbekannten Frau ist, die deinen Kumpel besucht und von der er dir nichts erzählt hat. Die Frau, die ebenfalls jadegrüne Augen hat. Zufall?«

Nein, für einen Zufall hielt ich das ebenso wenig wie Anna – und wenn ich genau nachdachte, hatte es bereits bei mir geklingelt, als Hilde Lürs den langen Wintermantel erwähnte.

Anna hatte recht. Wenn ich wissen wollte, wer Uz' unbekannte Besucherin war und ob diese mit Hilde Lürs' Besucherin identisch war, musste ich ihn nochmals auf die Frau ansprechen. Dabei konnte ich ihm auch gleich von Hilde Lürs' Aussage über die unbekannte Besucherin mit den jadegrünen Augen erzählen.

Leider ein Gespräch, das ich im Grunde nicht führen wollte. Schon der Gedanke an Uz' verdrießliches Gesicht war mir unangenehm. Wir waren Freunde und akzeptierten einander. Dazu gehörte für mich auch, es zu akzeptieren, wenn der Kumpel über ein Thema nicht sprechen wollte. Natürlich ist Kommunikation wichtig. Und natürlich können Probleme und Meinungsverschiedenheiten durch ein offenes Gespräch gelöst oder vermieden werden.

»Aber doch nicht um jeden Preis«, dachte ich mürrisch. »Man kann schließlich Dinge auch zerreden.«

Weder Uz noch ich waren die Typen, die bei Problemen einen Stuhlkreis bildeten, um über ihre Probleme zu reden. Meist verstanden wir uns schweigend besser, als wenn wir jede Kleinigkeit auseinanderklamüsert hätten. Jeder von uns beiden hing seinen eigenen Gedanken nach und kam dann irgendwann auf den Punkt, der mit einem Nicken oder einer Geste signalisiert wurde. Ein Therapeut hätte wahrscheinlich von nonverbaler Kommunikation und Selbstreflexion geplappert und für diese Erkenntnis ein gepfeffertes Honorar verlangt. Den gesunden Menschenverstand, der auf Achtsamkeit, Lebenserfahrung und dem täglichen authentischen Umgang mit Menschen basiert, gab's dagegen gratis. Man durfte nur nicht den Zugang zu den Menschen, die einem wichtig waren, und zu der eigenen Realität verlieren.

Im Fall der unbekannten Frau, mit der mein Kumpel ein Problem oder zumindest ein Thema zu haben schien, reichte aber unsere besondere Art der Kommunikation diesmal nicht aus. In diesem Fall mussten wir Tacheles reden. Schließlich hegte ich nicht ohne Grund den Verdacht, dass die Frau mit den vergifteten Schokoflocken dieselbe Frau sein könnte, die ich bei Uz gesehen hatte.

Beunruhigt griff ich in meine Jackentasche und zog mein Handy heraus. Schnell rief ich Uz' Nummer auf. Das Freizeichen ertönte. Auch diesmal ging Uz nicht wie gewohnt beim ersten Klingeln ans Telefon.

»Moin!«, ertönte Uz' Stimme von der Mailbox und erklärte dem Anrufer, dass er momentan nicht erreichbar sei und man ihm eine Nachricht aufs Band sprechen möge.

»Moin, Uz«, folgte ich seiner Aufforderung. »Hier ist Jan. Schade, dass ich dich nicht erreiche. Ich muss dich dringend sprechen …« Ich stockte, denn was sollte ich ihm aufs Band sprechen – dass ich seine Damenbekanntschaft für eine fünffache Mörderin hielt? »… es geht um diese Frau, die dich besucht hat. Sie … äh … hat grüne Augen. Bei den Ermittlungen zu den toten Fischern ist eine unbekannte Frau aufgetaucht, die auch grüne Augen hat. Wir müssen reden! Ich komme später bei dir vorbei. Und – iss nichts, wenn … wenn sie dir etwas anbietet!«

Mit einem Piepsen schaltete sich die Mailbox ab und die Leitung war tot.

Ich beendete den Anruf.

Nach dieser Nachricht kam ich mir selten dämlich vor. Aber was hätte ich denn sonst sagen sollen?

Die Frage war nur: Wann hörte Uz die Mailbox ab?

Wenn ich Uz' neue Freundin, die er vor mir verheimlichte, für eine fünffache Mörderin hielt, konnte ich es nicht bei der Nachricht auf der Mailbox belassen.

Wieder nahm ich das Handy zur Hand.

»Jansen«, meldete sich Uz' Tochter Claudia nach dem dritten Freizeichen.

»Moin, Claudi«, begrüßte ich sie und hielt mich nicht lange mit Höflichkeitsfloskeln auf. »Ich muss Uz sprechen. Ist er zu Hause?«

Wenn jemand wusste, wo sich Uz aufhielt, war das Claudia. Und so war es auch.

»Er ist auf See«, antwortete sie. »Er müsste in zwei Stunden wieder im Hafen einlaufen.«

»Ist er allein unterwegs?«, fragte ich voller Sorge, denn ich hoffte nicht, dass Uz mit seiner neuen Freundin eine Bootstour unternahm.

»Nein«, erwiderte sie.

»Schiet!«, entfuhr es mir.

Claudia lachte. »Was ist denn mit dir los?«

»Wer ist mit draußen«, wollte ich wissen.

»Onno«, lachte sie erneut. »Was ist denn los?«

»Nur Onno?«

Claudias Lachen verstummte.

»Ja. Nur Onno«, antwortete sie und in ihre Stimme mischte sich ein misstrauischer Ton. »Was ist los, Jan?«

»Ist dir in letzter Zeit etwas Ungewöhnliches, etwas Merkwürdiges aufgefallen?«, fragte ich jetzt etwas beruhigter, da ich wusste, dass die Frau mit den jadegrünen Augen nicht in Uz' Nähe war.

»Ja«, entgegnete Claudia. »Du! Du verhältst dich mehr als merkwürdig!«

»Sorry, dafür gibt es auch einen Grund«, entschuldigte ich mich. »Aber vielleicht sehe ich auch nur Gespenster.«

Mit wenigen Worten setzte ich Claudia ins Bild und kam mir selber etwas überbesorgt vor, als ich meine eigene Vermutung laut ausgesprochen hörte.

»Du hast recht«, erwiderte Claudia trocken. »Es hört sich im ersten Moment ziemlich schräg an, wenn du denkst, dass Uz sich mit einer Mörderin eingelassen haben könnte. Andererseits kommt mir sein momentanes Verhalten tatsächlich etwas merkwürdig vor.«

»Inwiefern?«, hakte ich beunruhigt nach.

»Er scheint sich wirklich mit einer Frau zu treffen«, sagte Claudia. »Ich habe sie diesmal nur von Weitem gesehen.«

»Diesmal?«, fragte ich irritiert. »Wieso diesmal?«

»Ich glaube, dass sie vor drei Monaten schon einmal bei uns in Greetsiel war. Damals habe ich sie im Hafen getroffen, als sie gerade von der *Sirius* kletterte.«

»Da habe ich sie auch getroffen«, sagte ich. »Sie kam gerade von Bord.«

»Ich weiß ja, dass mein Vater ohnehin nicht gerade der Gesprächigste ist«, fuhr Claudia fort. »Und es dürfte ihm auch mehr als schwerfallen, sich mit seiner Tochter über eine Frau zu unterhalten. Er denkt vielleicht, dass ich von ihm erwarte, dass er nach Mamas Tod bis zum Ende seiner Tage keine Frau mehr anschauen darf. Dem ist aber nicht so!«

»Ihr solltet euch mal zusammen hinsetzen und miteinander reden«, schlug ich vor und handelte mir prompt eine Retourkutsche ein.

»Na, das sagt ja der Richtige!«, spottete Claudia.

»Ich werde mit Uz reden, wenn er später an Land kommt«, versprach ich und verabschiedete mich eilig von Claudia, da hundert Meter vor uns eine Kreuzung auftauchte, die mich spontan auf die Idee brachte, die Zeit bis zum Einlaufen der *Sirius* zu nutzen.

Denn jetzt, da ich wusste, dass Uz allein mit Onno auf See war, entspannte ich mich etwas. Er war nicht in unmittelbarer Gefahr, sofern mein Verdacht – oder eher meine vage Vermutung? – überhaupt zutraf und es sich bei der Frau mit den jadegrünen Augen, die ich auf der *Sirius* getroffen hatte, um dieselbe Frau mit den jadegrünen Augen handelte, die Hilde Lürs' Geburtstagstorte mit präparierten Schokoflocken vergiftet hatte – und auch hier musste erst geprüft werden, ob die Angaben meiner Mandantin zutrafen und es sich nicht nur um eine Schutzbehauptung handelte.

Ein Blick auf die Uhr am Armaturenbrett des Jeeps verriet mir, dass wir noch eine Menge Zeit hatten, bevor die *Sirius* anlegte. Zeit genug für einen spontanen Abstecher, den ich nicht geplant hatte, der mir aber von Moment zu Moment wichtiger wurde. Ich konnte den unerwarteten Tod von Oma Frieda noch immer nicht akzeptieren und vielleicht half mir ein kurzer Abstecher zu ihrem Hof dabei, ein Stückchen Abschied zu nehmen. Außerdem brannte es mir auf den Nägeln, mir Oma Friedas Küche anzuschauen, um Beweise zu finden, dass mein Drogenrausch unfreiwillig gewesen war. Ich ging zwar nicht davon aus, dass der Korb mit den Haschkeksen noch immer in der Küche stand, dafür hatte mit Sicherheit derjenige gesorgt, der Oma Frieda die Drogen untergeschoben hatte. Vielleicht fand ich jedoch Hinweise darauf, wobei ich Malte als Hauptverdächtigen im Visier hatte.

Ich wartete, bis Anna einen Trecker mit Anhänger überholt hatte, und kurz vor der nächsten Kreuzung, an der wir rechts abbiegen mussten, zeigte ich mit dem Zeigefinger nach vorn.

»Fahr bitte geradeaus«, bat ich Anna und fügte nach einem kurzen Seitenblick hinzu: »Falls du noch Zeit hast.«

»Für dich, mein Lieber, habe ich den ganzen Tag eingeplant.« Ein spitzbübisches Lächeln umspielte ihre Lippen, als sie nach einem koketten Seitenblick, den sie mir zuwarf, hinzufügte: »Und auch die ganze Nacht ...«

Annas blaue Augen fingen meinen Blick ein. Mir wurde schlagartig warm, als sich unsere Blicke trafen, und auch mein Pulsschlag stieg in den höheren Drehzahlbereich. Welchem Mann wäre es bei einem solch tiefen Blick in Annas Augen anders ergangen?

Vorsichtshalber erwiderte ich nichts auf ihre verheißungsvollen Worte, die ich bewusst nicht als Einladung interpretierte, was wahrscheinlich ziemlich spießig und langweilig war. Der Gedanke, die heutige Nacht mit Anna zu verbringen, sie bei mir zu haben und zu spüren ..., erschien mir zwar sehr verlockend; doch irgendwie stand ich mir gerade selber im Weg.

Wir verstanden uns sehr gut, lachten viel und ich mochte die temperamentvolle Frau mit den flammend roten Locken sehr gerne. Ich würde mich auch nicht als prüden Klosterschüler bezeichnen und hatte durchaus schon leidenschaftliche Nächte mit einer Frau verbracht, ohne dass es die große Liebe gewesen war.

An dieser Stelle kam das »aber« ins Spiel.

Ich verspürte tief in mir das Gefühl, dass ich erst noch eine sperrige Tür hinter mir schließen musste, bevor ich bereit war, die vor mir liegende zu öffnen.

Nur, wie sollte ich das Anna beibringen, ohne sie vor den Kopf zu stoßen?

Kommt Zeit, kommt Rat, flüchtete ich mich in eine halbherzige Untätigkeit und beschränkte mich auf einen langen Seitenblick, den ich Anna zuwarf.

Anna war schon eine sehr gut aussehende Frau. Hohe Wangenknochen, volle Lippen, eine von der Arbeit an der frischen Luft gesunde Gesichtsfarbe und feminine, doch gleichzeitig markante Gesichtszüge, die von der Flut ihrer roten Haare sehr verführerisch umrahmt wurden.

Mein Blick wanderte über ihre Schultern zu ihren Händen und wieder hinauf, um an ihrem Ausschnitt, der von einem Wollschal verdeckt war, hängen zu bleiben.

»Einem anderen Mann würde ich jetzt eins mit der Mistforke verpassen«, sagte Anna, ohne eine Miene zu verziehen, aber mit einer dunkleren Stimme als gewöhnlich, während sie unverwandt nach vorn auf die Straße sah. »In deinem Fall interpretiere ich diese Musterung als Kompliment.«

»Erwischt«, erwiderte ich mit unschuldigem Gesichtsausdruck, denn genau das waren meine Blicke ja auch: ein Kompliment. Wir Männer sind meist nicht so geschickt, was das Komplimentemachen anbelangt. Ich bin da keine Ausnahme.

»Das hast du ganz richtig verstanden«, erwiderte ich. »Ich mag es sehr, wie du aussiehst.«

»Oh, danke.« Anna warf mir einen koketten Blick zu. »Flirten wir gerade?«

Ich drückte mich zum zweiten Mal um eine Antwort und beließ es bei einem vielsagenden Lächeln.

Gerade noch rechtzeitig fiel mein Blick durch die Windschutzscheibe auf die Abzweigung, die zu Oma Friedas Hof führte und an der wir einen Moment später vorbeigebraust wären.

»Hier müssen wir ab!«, sagte ich hastig.

Anna stieg auf die Bremse und schlug das Lenkrad scharf ein. Der Jeep reagierte unglaublich schnell auf das Brems- und Lenkmanöver und hielt seine Spur wie auf einer Schiene, als er mit dezent quietschenden Reifen in die Abzweigung abbog.

»Wo fahren wir eigentlich hin?«, fragte Anna. »Es wäre interessant zu wissen, wohin du mich entführst.«

»Zum Hof von Oma Frieda«, sagte ich mit belegter Stimme, während ich ein paar Karnickeln zusah, die in einiger Entfernung vor uns über die Straße hoppelten.

Ich spürte, wie mich eine dumpfe Traurigkeit überkam, als ich an die alte Dame dachte. Sie würde mir sehr fehlen. Und auch Motte würde trauern – wie ein Hund trauert, wenn er einen nahestehenden Menschen verliert, denn das war Oma Frieda für ihn gewesen. Schließlich hatte sie ihn die ersten Wochen als kleiner Welpe großgezogen. Das hatte Motte nicht vergessen.

Wenige Minuten später bog Anna in die Hofzufahrt ein und stellte den Motor ab.

Als der Motor erstarb, umfing uns eine dumpfe Stille. In meinen Ohren begann es zu dröhnen und das Grau der Wolken schien sich zusammen mit der nasskalten Herbstluft unangenehm auf meine Lunge zu legen.

Der Hof lag wie ausgestorben vor uns – was ja auch kein Wunder war. Schließlich lag die warmherzige Herrin des Hofes in der Leichenkammer des Emder Krankenhauses. Wo ihr Enkel Malte sich aufhielt, vermochte ich nicht zu sagen. Vielleicht war er gerade auf dem Weg zum Krankenhaus, um notwendige Formalitäten zu erledigen, oder er trieb sich hier irgendwo auf dem Hof herum. Ich hatte auch keine Ahnung, wo sich sein Zimmer befand.

Anna machte ebenso wenig Anstalten wie ich auszusteigen. Schweigend sahen wir auf die geschlossene Haustür, die nie wieder von Oma Frieda geöffnet werden würde. Nie wieder würde ihr verschmitztes Gesicht im Türspalt auftauchen und mich willkommen heißen.

Als hätte Anna meine Gedanken gelesen, ergriff sie tröstend meine Hand.

Ich erwiderte den Druck ihrer Finger, die sacht meinen Handrücken streichelten. Ihre Berührung tat gut.

»Was willst du hier?«, unterbrach Anna unser Schweigen.

Ich zuckte unentschlossen mit den Schultern. Sie hatte recht. Was wollte ich hier eigentlich?

»Kann ich dir nicht genau sagen«, antwortete ich tonlos. »Es ist nur ein Gefühl. Es kommt mir so unwirklich vor, dass …« Hilflos brach ich ab und fuhr mir verstohlen über die Augen.

»Komm«, Anna drückte meine Hand, »lass uns ein paar Schritte gehen.«

Ich nickte.

Langsam stiegen wir aus. Wie selbstverständlich hakte Anna sich bei mir unter. Es tat gut, ihre Nähe zu spüren.

Während wir den Weg zum Haus entlanggingen, stiegen Erinnerungen in mir hoch: Oma Frieda, wie sie mir erklärte, dass Hundebabys sich ihren Besitzer selber aussuchen. Ob Oma Friedas augenzwinkernde Behauptung stimmte, vermochte ich nicht zu sagen. Im Falle von Motte traf sie allerdings hundertprozentig zu. Das kleine Fellbündel saß abseits von seinen Geschwistern, die sich um meine Hosenbeine balgten, und sah dem Treiben aufmerksam, aber ohne großes Interesse zu. Als ich mich dem Schlappohr näherte, wackelte er jedoch kurz mit seinen Ohren, um mir dann zur Begrüßung ans Bein zu pinkeln. Seit diesem Zeitpunkt waren wir beide ein Herz und eine Seele.

Mein Blick ging zur Ecke des Hauptgebäudes, hinter dem die große Scheune und einige kleinere Nebengebäude lagen. Dort an der Ecke hatte Oma Frieda damals im Schutz und unter dem Dach des großen Ahorns einen geräumigen Auslauf für die kleinen Welpen angelegt. Jetzt war der Boden mit Blättern bedeckt.

»Was ist das?« Anna löste ihren Arm, machte ein paar Schritte Richtung Haus und ging plötzlich in die Knie.

Mein Blick folgte ihr und ich sog scharf die Luft ein, als ich sah, was sie vom Boden aufhob.

»Kekse!«, rief sie und hielt die zerdrückte Zellophantüte hoch.

»Von denen sollten wir besser nicht naschen!«, antwortete ich düster und streckte die Hand nach der Tüte aus.

Bei Annas Fund handelte es sich tatsächlich um eine der Tüten mit Bruchkeksen, von denen ich zwei aus dem Korb mitgenommen hatte, der in Oma Friedas Küche stand.

»Sind das die Haschkekse?« Interessiert beäugte Anna das Gebäck.

Ich verzog das Gesicht. »Vermutlich ja.«

Was hatte die Tüte Bruchkekse aus Oma Friedas Weidenkorb hier neben dem Weg zu suchen? Entweder hatte jemand genau wie ich Bruchkekse gekauft und die Tüte beim Verlassen des Hofs verloren. Oder jemand hatte den Weidenkorb beiseitegeschafft und dabei die Tüte verloren. Vielleicht war die Kripo hier gewesen und hatte nach den Haschkeksen gesucht? Sicherlich hatte der Doc im Krankenhaus eine Meldung an die Polizei gemacht, als er die Laborwerte in der Hand hielt und es für gesichert hielt, dass Oma Frieda an den Auswirkungen der Kekse verstorben war.

»Komm«, sagte ich und ergriff Annas Hand, die sich bereitwillig von mir zur Haustür führen ließ. »Lass uns mal nachschauen.«

Vor der dunkelgrünen Tür mit den abgesetzten weiß lackierten Schnitzereien blieben wir stehen. Ich legte die Hand auf die Türklinke und ... zögerte.

»Vielleicht ist ja Malte da«, sagte ich und klopfte mit meinen Fingerknöcheln gegen das Holz.

»Malte?« Anna sah mich fragend von der Seite an.

»Der Enkel«, antwortete ich.

Das Klopfen hallte dumpf durchs Haus.

Ich wartete einen Moment, und als sich im Haus nichts rührte, klopfte ich nochmals. Diesmal nahm ich den Wagenschlüssel zur Hilfe, den Anna mir hinhielt.

Aber auch das laute Klopfen mit dem Schlüssel löste keine Reaktion im Haus aus. Ich griff nach der Türklinke und drückte sie hinunter.

»Abgeschlossen!«, stellte ich fest, als ich gegen die Tür drückte, die sich keinen Millimeter bewegte.

Ich ließ Annas Hand los und ging zu dem kniehohen blau glasierten Blumentopf, der seitlich neben der Tür stand. Prüfend steckte ich meine Fingerspitzen in die Erde und tastete den Innenrand des Topfes ab. Zunächst holte ich mir nur schwarze Fingernägel, als ich in der Erde herumstocherte. Dann aber ertastete ich einen Gegenstand.

»Na, wer sagt's denn?« Nicht wirklich überrascht zog ich eine schmale rosafarbene Plastikdose aus der Erde, die nicht größer war als eine Box für Visitenkarten.

Mit einer kurzen Handbewegung klopfte ich die daran haftende Erde am Rand des Blumentopfes ab und öffnete die kleine Dose.

»Volltreffer!«, stellte ich fest und griff nach dem eisernen Haustürschlüssel, der in der Kunststoffdose lag. »Der dürfte passen.«

»Man glaubt's nicht«, staunte Anna. »Das älteste Versteck der Welt.«

Es kam nicht von ungefähr, dass ich in dem Blumentopf nachgeschaut hatte, ob Oma Frieda dort einen Ersatzschlüssel deponiert hatte. Mein eigener Zweitschlüssel befand sich daheim an fast der gleichen Stelle.

Der Schlüssel glitt ins Schloss, das sich durch zweimaliges Herumdrehen leicht aufschließen ließ.

Langsam drückte ich die Tür auf.

»Hallo!«, rief ich halblaut und streckte meinen Kopf durch den Türspalt. »Jemand zu Hause?«

Meine Stimme verlor sich in der im Halbdunkel liegenden großen Diele.

Da erwartungsgemäß mein Rufen ohne Reaktion blieb, stieß ich die Tür ganz auf und betrat die Diele.

Beklommen sah ich mich um.

Ein paar Meter rechts von mir führte eine hölzerne Treppe zu den oberen Räumen, wo Oma Frieda ihr Schlafzimmer hatte. Am anderen Ende der Diele befand sich die Küchentür, die ebenso geschlossen war wie die anderen Türen, hinter denen sich Nebenräume und Kammern befanden.

Unsere Schritte klangen wie die von Eindringlingen, als wir vorsichtig die Diele durchquerten. Aber nicht nur unsere Schritte ließen an Eindringlinge denken, wir fühlten uns auch so. Das Haus hatte seinen guten Geist verloren. Oma Frieda war tot.

Annas Finger tasteten nach meinen. Ich umschloss ihre Hand, die sich warm und weich anfühlte.

»Gespenstisch«, flüsterte Anna mit gesenkter Stimme.

»Ja«, stimmte ich ihr im Flüsterton zu, denn auch ich fühlte mich unbehaglich. »Es fühlt sich an, als … als sei das Haus gestorben und wir befinden uns hier nur noch in einer leeren Hülle.«

Meine Begleiterin schmiegte sich enger an mich.

»Was machen wir eigentlich hier?«, flüsterte sie mir leise ins Ohr.

»Ich will mir kurz die Küche anschauen«, entgegnete ich, noch immer im Flüsterton. »Ich hab da so eine Ahnung.«

»Die Tüte, die draußen auf dem Boden lag?«

Ich nickte und holte angespannt Luft. Dann drückte ich die Küchentür auf.

Leise knarrend schwang die alte Holztür auf und gab den Blick in die ebenfalls im Halbdunkel liegende Küche frei.

Wie beim letzten Mal, als ich diesen Raum betreten hatte, fiel mein Blick auf den alten Schaukelstuhl, der am Fenster stand. Dämmeriges Novemberlicht schien durch das Küchenfenster und tauchte Oma Friedas Lieblingsplatz in ein sphärisches, ja, fast schon mystisches Licht.

Beinahe glaubte ich, Oma Frieda in ihrem hölzernen Schaukelstuhl sitzen zu sehen, als er wie von Geisterhand zu wiegen begann.

»Jan!« Annas Fingernägel gruben sich in meinen Handrücken.

Den Schmerz, als meine Haut unter ihren Nägeln aufplatzte, spürte ich vor Schreck nicht. Gebannt starrten wir auf den leicht hin und her schaukelnden Stuhl.

Auch wenn ich den Dingen, die sich zwischen Himmel und Erde abspielen, offen gegenüberstehe, bin ich bei Tageslicht betrachtet eher pragmatisch als spirituell unterwegs. Deshalb löste ich mich jetzt kurz entschlossen aus Annas Griff und eilte mit drei schnellen Schritten zum Schaukelstuhl.

»Miau!«, machte es kläglich.

Mit einem eleganten Sprung landete eine braun-gold getigerte Katze vor unseren Füßen.

»Rapunzel!«, fuhr ich die Katze an, die ihrerseits vor Schreck ein ängstliches Fauchen ausstieß. »Du hast uns fast zu Tode erschreckt!«

»Och, ist die süß«, lachte Anna erleichtert auf. »Komm mal her, du Süße.«

Anna ging auf die Katze zu, die sofort mit gesträubtem Nackenfell einen Buckel machte und noch lauter fauchte.

»Nu hab dich nicht so«, lockte Anna die Katze mit sanfter Stimme. »Komm mal her, du brauchst keine Angst zu haben.«

Während Anna den misstrauischen Stubentiger beruhigte und von ihren guten Absichten zu überzeugen versuchte, ließ ich meinen Blick durch die Küche schweifen.

»Sieh an!«, sagte ich mit halblauter Stimme und pfiff lautlos durch die Zähne. »Da war aber jemand fleißig.«

Offensichtlich hatte jemand säuberlich die Küche aufgeräumt, nachdem der Krankenwagen mit Oma Frieda an Bord

Richtung Krankenhaus aufgebrochen war. Alle Backutensilien waren verschwunden, vermutlich abgewaschen und an ihren Plätzen in den Schränken und Schubladen der alten Bauernküche verstaut worden. Die Küche war nicht nur penibel geschrubbt, sondern auch picobello aufgeräumt worden.

Wie ich es erwartet hatte, war der Weidenkorb mit sämtlichen Zellophanbeuteln, in denen sich die Bruchkekse befunden hatten, nicht mehr da. Kein einziger Keks war in der gesamten Küche zu sehen: Anisplätzchen, Friesentaler, die leckeren Neejahrskoken und auch die Schokoladenkekse waren allesamt verschwunden.

»Autsch!«, schimpfte Anna plötzlich laut. »Lass das!«

Ich warf ihr einen Blick über die Schulter zu. »Alles klar bei dir?«

»Das Biest hat mich gekratzt!«, schimpfte Anna und streckte mir ihre Hand vorwurfsvoll entgegen.

Auf ihrem Handrücken zeichneten sich deutlich rote Striemen ab. Die Katze hatte ganze Arbeit geleistet und Anna eine paar tiefe Furchen verpasst, aus denen bereits dicke Blutstropfen quollen. Mit einem kessen Fauchen verabschiedete sich der Stubentiger und huschte eilig zur Tür hinaus.

Während Anna den Wasserhahn am Spülbecken aufdrehte und ihre Hand zum Kühlen und Stillen der Blutung unter das kalte Wasser hielt, nahm ich mir die Freiheit heraus, sie allein zu lassen, und ging zurück in die Diele, wo sich die Türen zum Gäste-WC und zu Oma Friedas Bad befanden. Auch wenn ich wusste, dass Oma Frieda nichts dagegen gehabt hätte, wenn ich mir aus ihrem Bad ein Pflaster geholt hätte, verspürte ich eine gewisse Befangenheit, als ich das Bad betrat.

Zielstrebig öffnete ich einen Wandschrank, von dem ich wusste, dass Oma Frieda dort ihre Hausapotheke samt Pflaster und Mullbinden aufbewahrte.

»Denkste!«, dachte ich enttäuscht, als mein Blick auf nichts als einen Vorrat an Toilettenpapier und Papiertaschentüchern fiel, der den Schrank komplett ausfüllte.

Offenbar hatte Oma Frieda umgeräumt und ihre Hausapotheke woanders verstaut. Da Badezimmer für mich immer sehr intime Orte sind, in denen ich mich auch als willkommener Gast unwohl fühle, der ich im heutigen Fall noch nicht einmal war, musste ich mich überwinden, kurz in die Schränke und Schubladen zu linsen, um irgendwo Desinfektionsmittel und Verbandszeug zu entdecken. Das dämliche Katzenviech hatte Anna ein paar kräftige Kratzer zugefügt, die ich nicht unbehandelt lassen wollte. Wer weiß, über welchen Misthaufen Rapunzel heute schon stolziert war.

Nachdem ich auch in der letzten Schublade kein Verbandszeug gefunden hatte, verließ ich unverrichteter Dinge das Bad. Als ich die Tür hinter mir schloss, fiel mein Blick auf das Gäste-WC, von dem ich wusste, dass der Raum nicht nur außergewöhnlich groß, sondern auch mit einer Dusche ausgestattet war. Vielleicht hatte Oma Frieda das Verbandszeug in einen der dortigen Schränke geräumt.

Als ich die Tür öffnete, verspürte ich sofort den Reflex, mir die Nase zuzuhalten. Ein muffiger Schwall abgestandener Luft schlug mir feuchtwarm entgegen.

So ordentlich und aufgeräumt das Bad von Oma Frieda gewesen war, so unordentlich und chaotisch sah das Gäste-WC aus.

»Malte«, dachte ich naserümpfend.

Ich wusste zwar nicht, wo er im Haus sein Zimmer hatte. Aber wo Malte duschte und seine Morgentoilette durchführte, war unverkennbar. In einer Ecke lag ein großer Haufen schmutziger Handtücher. Der mannshohe beheizte Handtuchhalter, der an der gegenüberliegenden Wand neben dem Waschbecken montiert war, trug ebenfalls seine Last an nassen Handtüchern. Kein Wunder also, dass die Luft nass und muffig im Raum zu stehen schien, zumal das Fenster geschlossen war und sich auf der Fensterbank ein paar zusammengeknüllte Handtücher mit diversen lose herumliegenden Hygieneartikeln ein Stelldichein gaben. Für meinen Geschmack befanden sich in diesem kleinen Bad mehr nasse Handtücher, als ein Mensch an einem Tag verbrauchen kann. Es sei denn, er hätte einen Waschzwang.

Nachdenklich sah ich mich in dem kleinen Bad um. Ich hatte den Eindruck, als hätte jemand hastig aufzuräumen versucht, den nassen Handtüchern aber keine Aufmerksamkeit geschenkt. Mein Blick fiel auf den gefliesten Sockel, auf dem die Duschkabine montiert war. Zwei der Kacheln erweckten meine Aufmerksamkeit. Ich kniete mich hin und erkannte, dass die beiden locker saßen. Wahrscheinlich handelte es sich dabei um die übliche gefliese Metallplatte, die als Revisionstür fungierte und die sich durch Druck öffnen und herausheben ließ, wenn man an den Abfluss musste. Ich probierte es sofort aus und wie erwartet hatte ich im Handumdrehen die beiden Badfliesen entfernt.

»Sehr originell«, spottete ich halblaut, als ich zwei Waschbeutel sah, die irgendjemand in die Öffnung zwischen Duschwanne und Außenwand gequetscht hatte. »Das älteste Versteck, seit es Bäder gibt.«

Ich zog die zerdrückten Kulturtaschen hervor, hob bei einer mit spitzen Fingern neugierig die Klappe hoch und musterte den Inhalt: Zahnbürste, Elektrorasierer, Rasierwasser und der übliche Kleinkram, was man für die Toilette so alles benötigt. Im zweiten Kulturbeutel bot sich mir ein ähnliches Bild, nur war der Inhalt akribisch – fast schon militärisch akkurat – sortiert und ausgerichtet. Ein dritter ausklappbarer Waschbeutel hing halb verdeckt von einem feuchten Badelaken an der Heizung.

Die durchsichtigen Netzwände der Fächer offenbarten mir auf den ersten Blick die morgendlichen Gepflogenheiten seines Besitzers, bei dem es sich angesichts des Elektrorasierers ebenfalls um einen Mann handeln musste.

Außerdem waren am Waschbeckenrand noch einige Utensilien abgelegt – eine mit Zahnpasta verschmierte Zahnbürste, ein Kamm voller Haare und ein billiges Rasierwasser –, die meiner Logik nach Malte gehören mussten.

»Malte hat offenbar Besuch«, kombinierte ich. »Es sind außer ihm noch drei Typen hier.«

Herauszufinden, wer von ihnen die Küche aufgeräumt und geschrubbt hatte, dürfte spannend werden. Aber noch spannender war die Frage, wer von diesen vier Typen Hasch in die Kekse getan hatte. Denn nach diesem Fund hier im Bad war mir klar, dass Malte oder einer der Besucher dem Teig Cannabis beigemischt hatte.

Vielleicht waren sie es auch gemeinsam gewesen, die Oma Friedas Gutmütigkeit ausgenutzt hatten, als diese ihren Backtag hatte. Möglicherweise hatten sie Oma Frieda gebeten, eine »spezielle« Backzutat einzubacken. Da die Gute mit Sicherheit nicht wusste, um was es sich bei dem Haschisch handelte, wird sie der Bitte wohl nachgekommen sein. Vielleicht hatte auch ihr Enkel oder einer der Besucher in einem unbeobachteten Moment dem Teig eine Portion Hasch zugefügt. Wobei Oma Frieda spätestens beim Geruch der Kekse bemerkt haben müsste, dass etwas nicht stimmte. Aber vielleicht hatte sie auch deshalb die Kekse probiert? Und meine Leidenschaft für Bruchkekse hatte sie natürlich auch nicht auf dem Schirm gehabt.

Ohne mir große Mühe zu geben, meine Durchsuchungsaktivitäten zu verbergen, schob ich die Waschbeutel zurück in den Spalt und lehnte die beiden Fliesen locker gegen die Öffnung. So brauchte die Polizei nicht lange zu suchen, wenn sie hier im Rahmen ihrer Ermittlungen aufkreuzen würde.

Und wo sind jetzt die Pflaster?, dachte ich mit zunehmender Ungeduld, denn ich wollte Anna nicht noch länger warten lassen.

Unter dem Waschbecken befand sich ein Schrank. Meine letzte Hoffnung, denn ich hatte keine Idee, wo ich sonst noch suchen sollte. Noch immer auf den Knien hockend, streckte ich meine Hand aus.

»Na also!«, nickte ich zufrieden, als ich die Schranktür aufzog und endlich das Verbandszeug sah.

Ordentlich, wie ich es von Oma Frieda gewohnt war, standen diverse Packungen mit Heftpflaster im oberen Fach. Auch mehrere Mullbinden und eine Sprayflasche mit Desinfektionsmittel fand ich dort. Ich schnappte mir, was ich brauchte, und ging rasch zurück in die Küche.

»Ein Pflaster ist nicht nötig«, befand Anna und nahm das Papiertaschentuch entgegen, das ich ebenfalls mitgebracht hatte.

»Aber um das hier kommst du nicht herum!« Ich hielt das Desinfektionsmittel hoch.

Nachdem ich die Kratzer sorgfältig desinfiziert hatte, trug ich die Sachen zurück ins Gäste-WC und stellte sie wieder in den Unterschrank. Dabei stieß ich versehentlich gegen eine Pappschachtel, die vom Bord rutschte und zu Boden fiel. Der Deckel verrutschte und mehrere silbrig glänzende Päckchen glitten heraus. Ich hockte mich hin und griff nach einer der flachen Packungen.

»Einwegskalpell – steril«, las ich halblaut und spürte, wie sich meine Nackenhaare aufstellten.

Ein blauer Schriftzug auf der Packung informierte mich darüber, dass es sich bei den Skalpellen um 14,5 Zentimeter lange rostfreie Exemplare mit einer fest stehenden Klinge von knapp vier Zentimetern handelte.

Unbewusst tastete ich mit der freien Hand nach meinen Rippen, wo eine frisch vernähte Stichwunde von der heimtückischen Begegnung auf dem Deich mit einem Skalpell zeugte.

»Wozu brauchte Oma Frieda Einwegskalpelle mit fest stehender Klinge?«, flüsterte ich mit grimmiger Miene und wusste im gleichen Moment, dass dies nicht Oma Friedas Skalpelle waren.

»Was hast du da?«, wollte Anna wissen, die mir ins Bad gefolgt war und mir über die Schulter schaute.

Ich sammelte die Päckchen schnell auf und steckte sie zurück in die Pappschachtel, die ich wieder in den Unterschrank stellte. Nur eins der Einwegskalpelle steckte ich originalverpackt in die Seitentasche meiner Jacke. Dann erhob ich mich und drückte die Schranktür mit dem Fuß zu.

»Skalpelle«, sagte ich mit rauer Stimme.

»Das kann ein Zufall sein«, erwiderte Anna spontan.

Sie hatte ebenso wie ich sofort an die Attacke des unbekannten Joggers auf dem Deich gedacht.

»Möglich«, erwiderte ich. »Das kann Zufall sein, aber ich bin mir ziemlich sicher, dass das hier mit den Haschkeksen zu tun hat.« Ich zeigte auf die Handtuchmassen am Boden und auf der Fensterbank und den ausgeklappten Waschbeutel an der Heizung.

Auch wenn Anna den Fund der Einwegskalpelle für einen Zufall hielt, konnte ich mir nicht vorstellen, wofür Oma Frieda sie angeschafft haben sollte; daher war ich mir sicher, dass der Vermummte etwas mit dem zu tun hatte, was im Haus von Oma Frieda vor sich ging.

Annas Blick folgte aufmerksam meinem Zeigefinger und sie kombinierte blitzschnell.

»Besuch!«

»Genau.« Ich nickte grimmig. »Malte ist vor einiger Zeit bei Oma Frieda eingezogen.«

»Und wenn Holger recht hat mit seinen Andeutungen …«

»… bewirtschaftet Malte hier eine Cannabisplantage«, beendete ich Annas Satz.

»Und Malte hat Besuch«, spann Anna den Faden weiter. »Und dieser Besuch …«, sie sah mich fragend an, »… macht was?«

»Verbringt ein Wochenende auf dem Land … holt Maltes Ernte ab … feiert hier eine Party.« Ich schürzte nachdenklich die Lippen und hob fragend die Handflächen in die Luft. »Keine Ahnung, was die hier treiben. Aber ich bin mir sicher, dass sie für eine ganz spezielle Backmischung verantwortlich sind. Ob sie geplant oder spontan Cannabis in Oma Friedas Teig gemischt haben, weiß ich nicht«, mein Gesicht verfinsterte sich, als ich Anna grimmig ansah, »aber ich werde es herausfinden. Definitiv!«

»Und ich helfe dir dabei!« Annas Gesicht verfinsterte sich ebenfalls, als sie entschlossen fortfuhr: »Ich kenne zwar die alte Dame nicht so gut wie du, aber das hat sie nicht verdient. Mit sechsundachtzig Jahren an Drogen zu sterben. Wenn das diese Typen waren, die hier zu Besuch sind, werden sie dafür bezahlen!«

»Und dann wäre das hier noch!«, sagte ich gefährlich leise und klopfte entschieden auf meine Jackentasche, in die ich eins der originalverpackten Skalpelle gesteckt hatte. Warum auch immer – vielleicht konnte es mir noch nützlich sein.

Auch wenn ich mir einredete, dass die Skalpelle, die ich in Oma Friedas Wandschrank gefunden hatte, nichts, aber auch rein gar nichts mit der vermummten Gestalt im Nebel zu tun hatten, wurde ich das bedrohliche Gefühl nicht los, das mich beim Anblick der höllisch scharfen Instrumente befallen hatte.

»Du meinst das Skalpell?«

»Genau. Das meine ich.« Ich nickte. »Lass uns noch mal in der Küche nachschauen, ob wir nicht doch noch etwas Interessantes finden.«

Dicht gefolgt von Anna durchquerte ich die Diele und betrat die Küche. Jetzt, wo ich mir sicher war, dass Malte und seine Besucher die Kekse mit Cannabis versetzt hatten, musste ich davon ausgehen, dass wir nicht allein auf dem Hof waren. Irgendwo auf dem Anwesen betrieb Malte seine Marihuanaplantage, da war ich mir mittlerweile sehr sicher. Entweder war er gerade mit seinem Besuch bei der Pflanzenpflege oder er hielt sich im Krankenhaus auf, um Oma Frieda noch einmal zu sehen. Dann waren seine Besucher entweder ohne ihn bei den Pflanzen oder irgendwo in der Gegend unterwegs. Wie auch immer – wir mussten damit rechnen, dass jeden Moment jemand hereinschneien konnte.

Wir sollten so schnell wie möglich von hier verschwinden!

»Ist dir sonst etwas Besonderes aufgefallen?«, lenkte Anna meine Aufmerksamkeit zurück auf die Küche, in der wir standen.

»Jemand hat hier Frühjahrsputz gemacht«, antwortete ich und deutete mit einer weit ausladenden Handbewegung durch die Küche. »Da hat einer alles blitzblank geschrubbt und aufgeräumt.«

»Das könnte dieser Jemand auch gerne mal bei mir zu Hause machen«, flachste Anna. »Bei mir gäbe es auch so manche Spuren zu verwischen.«

»Jetzt machst du mich aber neugierig«, ging ich auf ihre Witzelei ein. »Backst du auch Haschkekse?«

Anna richtete sich auf und stemmte demonstrativ ihre Hände in die Hüften.

»Hab ich das nötig?«, fragte sie mit lasziver Stimme und klimperte demonstrativ mit ihren langen Wimpern, was zur Folge hatte, dass mein Pulsschlag unaufgefordert seine Drehzahl erhöhte.

Da ich mich, trotz Annas intensiv unter die Haut gehenden Blicks, in dieser Küche nicht mehr wohlfühlte und davon ausgehen musste, dass jeden Augenblick jemand auftauchen konnte, ging ich nicht auf ihre Frage ein, sondern beließ es mal wieder bei einem vielsagenden Blick, den ich ihr zuwarf.

Anna verstand mich, ohne dass ich mich erklären musste, und deutete mit ihrem Kopf Richtung Küchentür. »Lass uns von hier verschwinden!«

»Eine wunderbare Frau!«, dachte ich. »Versteht mich ohne viele Worte.«

»Gleich«, sagte ich und ließ meinen Blick ein weiteres Mal durch die Küche wandern. »Ich will nur noch mal kurz …«

Ohne zu wissen, was ich eigentlich suchte, aber im vollen Bewusstsein, dass ich hier überhaupt nichts verloren hatte, öffnete ich nacheinander die Türen der Küchenschränke und des alten Büfetts. Ich gebe zu, dass ich mich nicht nur wie ein Eindringling benahm, sondern auch fühlte. Aber irgendetwas musste es doch hier geben! Einen Beweis für die speziellen Kekse, die Oma Frieda das Leben gekostet hatten und mich beinahe im Straßengraben ein ähnliches Schicksal hätten erleiden lassen.

»Nichts!«, fluchte ich leise. »Es ist alles so sauber, als hätte Meister Propper Überstunden gemacht.«

In Oma Friedas Schränken gab es nichts, was uns weiterhelfen konnte: Geschirr, Backzutaten, Zucker, Mehl, Gewürze, Dosen und allen möglichen Krimskrams, wie man ihn in jeder Küche landauf, landab finden würde. Aber nichts, was eine Verbindung zwischen Oma Friedas Tod und meinem unfreiwilligen Drogenrausch mit dieser Küche oder untergemischtem Cannabis beweisen würde.

»Moment!«, dachte ich und hielt mitten in der Bewegung inne. »Dosen!«

Gezielt griff ich nach einer der Blechbüchsen im obersten Regal des Küchenschranks und schüttelte sie.

In der Dose rappelte es geräuschvoll. Gespannt hob ich den metallenen Deckel an und spähte hinein.

Sultaninen.

Na toll! Ich hatte Oma Friedas Rosinenvorrat entdeckt. Enttäuscht stellte ich das Behältnis zurück ins Regal. Im ersten Moment hatte ich gedacht, eine Dose mit Keksen gefunden zu haben. Mit den speziellen Keksen, versteht sich.

Leider Fehlanzeige.

»Hast du schon mal im Backofen nachgeschaut?«, frage Anna und stellte ebenfalls eine Dose zurück auf den Küchenschrank.

Ich schüttelte den Kopf. »Nein.«

Anna kniete sich vor den Herd und öffnete die Klappe des Backofens. »Nix«, stellte sie enttäuscht fest. »Dieser Jemand war wirklich sehr gründlich.«

»Nicht gründlich genug!«, sagte ich triumphierend und zog eine Zellophantüte Schokoladenkekse aus dem alten Butterfass, das halb verdeckt von einem Reisigbesen in der Ecke stand.

Ich beugte mich über das Holzfass, mit dem Oma Frieda wahrscheinlich schon als junges Mädchen gebuttert hatte.

»Im Butterfass?«, staunte Anna. »Ich glaub's nicht! Wieso hat sie Kekse im Butterfass versteckt?«

»Keine Ahnung.« Ich zuckte mit den Schultern. »Vielleicht, weil es dort trocken ist?«

»Quatsch!«, befand Anna. »Hier in der Küche ist es überall trocken. Kein Grund, sein Gebäck in einem Butterfass zu deponieren.«

»Wir werden es wahrscheinlich nie erfahren«, sagte ich bedrückt und beförderte eine weitere Tüte aus dem Innern des Butterfasses hervor ans Tageslicht.

»Na, so viele sind es ja auch nicht«, stellte Anna fest, als ich die letzte Kekstüte auf den Tisch stellte.

»Stimmt, ein Dutzend ist nun nicht gerade das, was man ein Drogenlager nennen würde.«

»Meinst du ...?«

»Nein!« Entschieden schüttelte ich den Kopf. »Oma Frieda hat nicht gewusst, was in den Keksen war. Die hat ihr jemand untergeschoben!«

»Malte und sein Besuch!«, stellte Anna fest. »Das ergibt Sinn.«

»Genau. Außer diesen Typen fällt mir niemand ein. Manchmal kann die Lösung so einfach sein«, sagte ich mit drohendem Unterton und begann, die Kekstüten in meine Taschen zu stopfen.

»Was machst du?«, wollte Anna wissen und sah mich mit großen Augen an.

»Beweismittel!«, sagte ich grimmig. »Keine Sorge. Ich nasche nicht davon.«

Nach einem letzten Blick Richtung Schaukelstuhl ergriff ich Anna an der Hand und führte sie zur Küchentür. Wehmut machte sich in mir breit. Ich würde nie wieder in Oma Friedas Küche zurückkehren. Wieso auch?

Ich hatte hier nichts mehr verloren.

Mit einer energischen Handbewegung zog ich die Haustür hinter mir ins Schloss.

18

Nachdenklich ließ ich meinen Blick über den Hof schweifen.

»Ich würde mich gern noch ein bisschen genauer umschauen«, sagte ich und sah Anna fragend an. »Bist du dabei?«

»Na klar, mein Großer«, zwinkerte sie mir spitzbübisch zu. »Ich bin zu allen Schandtaten bereit.«

»Ich nehme dich beim Wort«, erwiderte ich mit leicht rauer Stimme und musste mich zusammenreißen, um meine Fantasie nicht vom Grund unseres Hierseins abschweifen zu lassen.

»Liebend gerne …«

»Lass uns da langgehen«, schlug ich vor und ergriff wie selbstverständlich wieder Annas Hand.

Unmittelbar hinter dem Haupthaus befand sich eine alte Remise. Rund fünfzig Meter schräg dahinter lugte das Dach der alten Scheune hervor. Die Remise, die als Geräteschuppen diente, der so groß war, dass zwei große John-Deere-Traktoren drin Platz gehabt hätten, konnte ich von meinem Standort aus nicht erkennen. Ich wusste aber, dass der Schuppen halb rechts von mir stand, verborgen hinter der wilden Brombeerhecke, die über das Dach gewuchert war.

Langsam überquerten wir den teilweise mit altem Kopfsteinpflaster befestigten Weg Richtung Scheune.

»Das sieht hier alles so gepflegt aus«, stellte Anna anerkennend fest. »Da kann frau ja direkt neidisch werden.«

»Oma Frieda hat immer großen Wert darauf gelegt, dass in den Hof investiert wird«, erklärte ich und dachte mit leiser Wehmut an die Nachmittage zurück, an denen ich mit der alten Dame über ihre Zukunftspläne für ihren Hof philosophiert hatte.

»Ich hoffe nur, dass sich der Junge für den Hof interessiert«, hatte sie mir oft gesagt und dabei ein Gesicht gemacht, als würde sie selber nicht an die Erfüllung dieses Wunsches glauben.

Mit »Junge« war natürlich Malte gemeint. Ihr einziger Enkel. Der schien allerdings kein gesteigertes Interesse an einer beruflichen Zukunft in der Landwirtschaft zu haben.

»Immer nur diese Schietcomputers!«, pflegte Oma Frieda an dieser Stelle stets zu schimpfen. »Nichts anderes hat der Bengel im Kopf!«

Wenn unsere Vermutung stimmte, dass Malte sich als Marihuanabauer betätigte, hatte Oma Frieda jedoch mit ihrer Einschätzung falsch gelegen. Denn dann hatte er eindeutig mehr Interessen als nur für Computer.

Aufmerksam blickten wir uns in alle Richtungen um, während wir Richtung Remise gingen. Falls sich Maltes Besuch hier aufhielt, wollten wir ihm nicht direkt in die Arme laufen. Hinter dem Haus verlief ein schmaler Weg, der direkt zu dem alten Wirtschaftsgebäude führte. Zügig liefen wir den Weg entlang und blieben an der Seitenwand des Geräteschuppens stehen.

»Respekt vor der alten Dame«, flüsterte Anna mir leise ins Ohr. »Der Hof ist tipptopp in Schuss.«

Anna hatte recht. Auch der Remise, die wahrscheinlich das gleiche Baujahr wie das Hauptgebäude hatte, sah man ihr Alter nicht an. Das Holz der Außenwände war in dem gleichen guten Zustand wie das Dach und das große Tor. Vorsichtig schlichen wir seitlich an der Remise entlang. Ebenso vorsichtig lugte ich um die Ecke des Schuppens. Niemand war zu sehen.

»Die Luft ist rein«, sagte ich und schob mich eng an der Wand des Schuppens um die Ecke.

»Dort können wir hineinschauen.« Anna deutete nach vorn.

Tatsächlich! Drei Meter vor uns erblickte ich ein Fenster in gut erreichbarer Höhe in der Wand des Schuppens. Das Glas war trübe und der graue Himmel hatte keine Chance, sich in dem ebenso grauen Glas zu spiegeln.

Ich wischte mit der Hand über den unteren Teil der Scheibe und drückte meine Nase gegen das kalte Glas.

»Kannst du was sehen?«, raunte Anna mir ins Ohr.

Ich schüttelte den Kopf. »Alles finster.«

Während sich meine Augen langsam an das Halbdunkel im Innern der Remise gewöhnten, schälten sich die Konturen der dort abgestellten und eingelagerten Gerätschaften schärfer aus dem Dunkeln: Ich erkannte eine an der Wand lehnende Leiter aus Aluminium, mehrere Farbeimer, etwas Kantiges, das ich für einen Rasenmäher hielt, und die großen Hinterräder eines Treckers. Das restliche Inventar verbarg sich weiter im Dunkeln.

»Hier ist einiges, aber keine Cannabisplantage«, raunte ich Anna etwas enttäuscht zu; aber was hatte ich denn auch erwartet – eine Marihuanapflanzung in Oma Friedas Scheune, keine fünfzig Meter vom Haupthaus entfernt?

Mit einem unterdrückten Seufzen löste ich mich von dem Fenster und sah Anna an. »Nix zu sehen.«

»Hätte mich jetzt ehrlich gesagt auch gewundert«, meinte Anna. »Die alte Dame war ja noch ziemlich rüstig. Und vor einer halbwegs fitten Bäuerin kannst du nichts Größeres auf ihrem eigenen Hof verbergen. Und schon gar nicht im angrenzenden Geräteschuppen.«

Anna hatte recht. Aber das wusste ich ja selber. Ich hatte auch nicht ernsthaft damit gerechnet, hier im Schuppen fündig zu werden.

»Lass uns trotzdem noch einen Blick dort hineinwerfen«, schlug ich vor und wies auf die Scheune, die auf der anderen Seite des Grundstücks stand.

Wir sahen uns kurz um und vergewisserten uns, dass weit und breit niemand zu sehen war. Trotzdem beeilten wir uns, um möglichst schnell den Innenhof zu überqueren.

Leicht außer Atem lehnte ich mich mit dem Rücken gegen die Holzwand der Scheune.

»Puh!«, schnaufte Anna hinter mir und ließ sich mit einem unterdrückten Lachen gegen meine Brust fallen. »Das ist ja wie früher, als wir Seeräuber gespielt haben.«

»Und du warst die geraubte Prinzessin?«, schmunzelte ich, während sich meine Arme wie von selbst um sie schlossen.

»Niemals! Was denkst du denn von mir?« Energisch schüttelte Anna ihre rote Lockenmähne. »Ich war die Räuberbraut!«

Unsere Blicke trafen sich. Ich zog Anna langsam an mich und spürte, wie sie sich in meine Arme schmiegte. Ihr Körper, der sich an mich presste, war warm und weich.

»Komm, du Räuberbraut«, sagte ich mit rauer Stimme, während ich die Wärme ihres Körpers spürte. »Wir müssen weiter.«

Mir war natürlich klar, dass ich gerade den Hauptpreis im Wettbewerb »Unromantischster Idiot des Jahres« gewonnen hatte, aber ich musste meinen klaren Kopf bewahren. Wir waren mit Sicherheit nicht allein auf dem Hof und ich hatte keine Lust, bei meinem ersten Kuss mit Anna von einem der Cannabisbauern, die ich hier vermutete, überrascht zu werden.

Demonstrativ langsam öffnete Anna ihre Augen und sah mich mit verlangendem Blick an.

»Du verstehst es wirklich, es spannend zu machen …«, flüsterte sie mit leicht vibrierender Stimme.

»Es tut mir …«

»Pscht!«, machte Anna. »Halt die Klappe.«

Bevor ich michs versah, zog sie meinen Kopf zu sich herunter und küsste mich auf den Mund. Als ich ihre Lippen auf meinen spürte, war es mir schlagartig egal, ob jemand auftauchen würde. Meinetwegen auch der Nikolaus mit Knecht Ruprecht.

Bevor ich unseren Kuss intensivieren konnte, löste Anna ihre Arme von meinem Hals und schob mich von sich.

»Ich kann auch eine Diva sein«, flüsterte sie neckisch und sah mich mit einem demonstrativ lasziven Blick an. »Aber aufgeschoben ist nicht aufgehoben. Und jetzt komm!«

Anna ergriff meine Hand und zog mich hinter sich her, als sie die Holzwand des Schuppens entlangschlich. An der Hauswand blieb sie stehen. Ich trat von hinten dicht an sie heran und drückte mein Gesicht in ihre Lockenmähne.

Wieder legten sich meine Arme wie von selbst um ihre Schultern.

»Was ist da hinten?«, raunte sie und zeigte zur Baumreihe, die das Grundstück begrenzte.

»Was meinst du?«

»Da leuchtet doch etwas durch die Büsche.«

Jetzt sah ich es auch. »Komm«, flüsterte ich. »Lass uns mal etwas näher herangehen.«

Auch wenn ich die ganze Zeit über niemanden bemerkt hatte, wurde ich das Gefühl nicht los, dass wir nicht allein waren. Vielleicht wurden wir schon die ganze Zeit beobachtet. Ich wollte mit Anna an meiner Seite kein Risiko eingehen. Schließlich wusste ich nicht, wer sich hier herumtrieb, und konnte nicht einschätzen, wie dieser jemand reagieren würde, wenn sich hier wirklich eine Marihuanaplantage befand und wir sie entdeckten.

Aber zumindest wollte ich herausbekommen, was sich dort bei den Bäumen befand.

So leise wie möglich huschten wir gebückt über den Hof und erreichten die alten Bäume mit den tief hängenden Ästen. Ich verschnaufte kurz und schlich dann weiter in gebückter Haltung an den wettergegerbten und gebeugten alten Bäumen entlang.

»Das scheint ein Zelt zu sein«, raunte ich und kniete mich ins hohe Gras.

An der Stelle, wo die Baumreihe einen Knick machte und in eine hohe Hecke aus herabhängenden Ästen, hohem Gras und wilden Brombeerbüschen überging, sah ich eine Art Zelt, wie ich sie von der Bundeswehr kannte. Nur dass dieses hier nicht olivgrün, sondern sandfarben und deutlich länger war, als ich die Bundeswehrzelte in Erinnerung hatte.

»Nicht zu groß, nicht zu klein«, stellte Anna mit bäuerlichem Sachverstand fest, als sie hinter mir den Hals reckte und das vor uns liegende Zelt musterte. »Wenn das als Gewächshaus fungieren soll, sind die Jungs ziemlich clever.«

Um das herauszufinden, hätten wir uns das Zelt aus der Nähe anschauen müssen. Aber genau das wollte ich nicht am helllichten Tag. Zu gefährlich!

»Wenn es ein Gewächshaus ist, wie groß schätzt du die Anlage von innen?«

»Hm«, machte Anna und legte ihren Kopf auf meine Schulter. »Wenn man den Platz für Bewässerung, Material, Gerätschaften und so weiter abzieht, tippe ich mal auf rund fünfzig Quadratmeter reine Nutzfläche für Pflanzen.«

»Was denkst du als Landwirtin, wie viele Pflanzen kann man auf einer solchen Fläche anbauen?«, fragte ich.

Anna zuckte mit den Schultern. »Ich kenne mich mit Hanfpflanzen nicht aus. Keine Ahnung, wie groß die werden oder welche Abstände sie benötigen, um gut zu gedeihen. Aber ich vermute, von einer Größenordnung zwischen zweihundert und dreihundert Pflanzen kann man ausgehen.«

Ich pfiff lautlos durch die Zähne.

In meiner Zeit als Anwalt hatte ich einige Male mit illegalen Marihuanaplantagen zu tun gehabt. Ich konnte mich noch sehr gut an verschiedene Fälle erinnern. Mal hatte die Polizei eine Cannabisplantage mit achtzig Pflanzen in einem Schlafzimmer entdeckt, dann wieder eine professionelle Anlage in einem Lagerhaus mit Bewässerung, Beleuchtung und Belüftung für dreitausend Pflanzen ausgehoben. Die größten Pflanzen in dieser Anlage waren bis auf einen Meter achtzig hochgezogen worden.

»Ideale Gegebenheiten«, fuhr Anna flüsternd fort, während sie einen Blick in die Runde warf. »Weit und breit keine Nachbarn. Nur Wiese und Äcker.«

Ich nickte nachdenklich.

»Nicht zu groß, nicht zu klein. Wenn das professionell gemacht wird, kann eine solche Plantage gute Ernten im zweistelligen Kilobereich einfahren. Bei der günstigen Lage des Hofs ist auch eine Expansion nicht auszuschließen«, flüsterte ich.

Wenn ich mit meiner Vermutung richtig lag und die Besitzer der Waschbeutel aus dem Gästebad tatsächlich hier eine Cannabisplantage betrieben, würden sie sich über unsere Entdeckung nicht sonderlich freuen.

Allerdings war ich von meiner eigenen Vermutung nicht wirklich überzeugt. Eine solche Plantage bedurfte einer umfangreichen und lückenlosen Logistik, wenn sie nicht schon nach kürzester Zeit auffallen wollte. Da wir weder in der Remise noch in der Scheune irgendwelche Anzeichen gärtnerischer Aktivitäten gesehen hatten, musste es noch anderswo Gewächshäuser geben, sofern ich mit meinem Verdacht einer illegalen Züchtung überhaupt richtig lag. Vielleicht hatte ich aber auch schlicht und einfach den friesischen Buschfunk, von dem Holger Wehmann mir berichtet hatte, vorschnell und falsch interpretiert, weil mir die Erklärung logisch erschien und in den Kram passte.

Da aber nicht nur der Aufbau einer solchen Pflanzung eines erheblichen Aufwands bedurfte, sondern auch der Betrieb, passte es schon, dass sich mehrere Leute die tägliche Arbeit teilten; womit wir wieder bei den Besitzern der Waschbeutel waren. Ich konnte mir nur nicht vorstellen, dass Oma Frieda völlig Fremde über Wochen und Monate bei sich wohnen ließ, auch wenn es sich um Freunde von Malte handelte. Außerdem – wo wohnten die Gäste? Im Obergeschoss des Haupthauses?

Die Vorstellung, dass Oma Frieda dem Aufbau einer Marihuanaplantage zugestimmt haben könnte, womöglich weil sie nicht wusste, was es mit den Hanfpflanzen auf sich hatte, oder von den Aktivitäten auf ihrem eigenen Hof nichts bemerkt haben sollte, passte überhaupt nicht ins Bild.

Es gab nur eine Möglichkeit, diese Fragen zu beantworten. Ich musste nachschauen, was am Rand des Grundstücks vor sich ging.

Aber nicht hier und nicht jetzt!

Ich hatte keine Ahnung, wer diese Waschbeutelleute waren. Es konnte sich ebenso um Studenten handeln, die sich ihr Studium mit der Aufzucht von Marihuana finanzierten, wie um professionelle Drogendealer. Aber mit wem auch immer wir es hier zu tun hatten, ich wollte kein Risiko eingehen und ihnen in die Arme laufen. Es war besser, jetzt schleunigst zu verschwinden und erst am Abend wiederzukommen, wenn der Hof im Dunkeln lag.

Natürlich hätte ich auch einfach die Polizei anrufen und von meinem Verdacht berichten können. Aber womit sollte ich diesen begründen: mit ein paar Waschbeuteln, die ich im Gäste-WC entdeckt hatte? Oder mit den Schokokeksen, deren Herkunft ich nicht beweisen konnte, weil die Küche akribisch geschrubbt worden war und sich sicherlich keine Spuren mehr finden ließen?

Ich bezweifelte, dass der Richter auf meinen bloßen Verdacht hin einen Durchsuchungsbefehl ausstellen würde. Also blieb nur die Möglichkeit, im Dunkeln wiederzukommen und auf eigene Faust nachzuforschen, was auf Oma Friedas Hof vor sich ging.

»Na, dann wollen wir mal!«, sagte ich munterer, als ich mich fühlte, und ließ das stachelige Brombeergestrüpp in seine Ausgangsposition zurückschnellen. »Wir hauen ab!«

»Und die Plantage?«, fragte Anna. »Willst du nicht wenigstens wissen, ob es sie überhaupt gibt?«

»Zu riskant bei Tageslicht«, erwiderte ich. »Ich komme heute Abend im Dunkeln wieder.«

»Wir!«

Ich sah sie skeptisch an. »Du musst das nicht.«

»Ich weiß«, entgegnete sie und klimperte wieder leicht spöttisch mit ihren Wimpern. »Aber wann bekomme ich sonst die Gelegenheit, mich mit dir im Dunkeln in den Büschen herumzuwälzen?«

»Na, wenn das kein Angebot ist«, lachte ich. »Wie könnte ich da widerstehen?«

»Du sollst ja gar nicht widerstehen«, erwiderte sie keck und gab mir einen Kuss auf die Wange.

Ich verspürte das starke Verlangen, Anna in den Arm zu nehmen und ihren Kuss zu erwidern. Dann aber gewann dummerweise oder vielleicht auch glücklicherweise die Vernunft die Oberhand und ich löste mich widerstrebend von ihr.

Wir kletterten unter den Brombeerbüschen hervor und wieder nahm ich wie selbstverständlich Annas Hand in meine, als wir den Hof überquerten. Vorsichtig sahen wir uns nach allen Seiten um.

»Lass uns von hier verschwinden«, raunte ich ihr zu.

»Zu dir oder zu mir?«, hauchte sie mir kokett ins Ohr.

Weder noch ..., dachte ich beklommen, denn welcher normale Mann schlägt schon ein solches Angebot aus, nur um vagen Vermutungen nachzuspüren?

Ich wollte pünktlich im Greetsieler Hafen sein, wenn die *Sirius* einlief. Auch wenn es ein Zufall sein konnte, dass zwei Frauen die gleiche jadegrüne Augenfarbe hatten, wollte ich auf Nummer sicher gehen und Uz von der unbekannten Frau mit den Schokoladenflocken erzählen. Ich mochte nicht daran denken, wie mir zumute sein würde, sollte sich herausstellen, dass es sich bei den Frauen um eine und dieselbe Person handelte und ich Uz nicht rechtzeitig vor ihr gewarnt hatte.

Möglicherweise wäre die Mannschaft der *Sirius* das nächste Opfer eines Giftanschlags.

Obgleich mir dieser Gedanke im Moment eher abwegig als naheliegend erschien, musste ich ihm Beachtung schenken, denn noch immer war kein Motiv für den Tod der fünf Muschelfischer für mich erkennbar. Möglicherweise hatten die Ermittlungen der Kripo inzwischen etwas ergeben, was einen Rückschluss auf ein Motiv zuließ – was ich aber bezweifelte. Denn wenn sich Staatsanwalt Güll und Kommissar Mackensen an Hilde Lürs als Hauptverdächtiger festhielten, hatten sie weder Motiv noch alternative Verdächtige.

Ich würde mich schnellstmöglich auf den bald zu erwartenden Haftprüfungstermin von Hilde Lürs vorbereiten. Es würde nicht ausreichen, wenn Staatsanwaltschaft und Kripo sie für die Täterin hielten, weil sie den Kuchen gebacken und zur *Adele* gebracht hatte. Tillmann hatte mir ausführlich von dieser exotischen Qualle, von diesem *Fleckeri*-Ding, erzählt. Staatsanwalt Güll musste eine stichhaltige Erklärung vorbringen, wie denn Hilde Lürs seinen Erkenntnissen nach an das seltene und in unseren Breitengraden nicht vorkommende Gift der Seewespe herangekommen war. Und natürlich auch, warum! Außerdem musste ein handfestes Motiv für den fünffachen Mord an den Fischern vorhanden sein. Es würde ihm schwerfallen, zu begründen, weshalb Hilde Lürs zu einem Brudermord fähig gewesen sein sollte.

Ich rechnete mir sehr gute Chancen aus, Hilde Lürs nach dem Haftprüfungstermin heim zu ihrem Vater bringen zu können.

Erleichtert stellte ich fest, dass Annas Jeep unversehrt an Ort und Stelle stand. Mit einem lauten Seufzer ließen wir uns in die Sitze des Jeeps fallen.

»Mit dir wird's wirklich nicht langweilig«, grinste Anna und startete den Motor des schweren Geländewagens, der mit einem satten Brummen ansprang.

»Ich weiß auch nicht, wieso ich immer wieder in solche Geschichten hineinstolpere«, erwiderte ich lahm.

»Vielleicht weil du schlecht nein sagen kannst?«, traf Anna zielsicher meinen wunden Punkt.

Es lag in meiner Natur, die Dinge anzupacken, wenn ich sie sah. Insbesondere, wenn jemand ohne eigenes Verschulden in eine Sache hineingeschlittert war und ich helfen konnte, tat ich es, ohne lange nachzudenken. Mich plagte zwar kein Helfersyndrom und ich war auch kein Sozialpuschel, aber wenn ich Zeit und Gelegenheit hatte, jemandem aus seiner juristischen Misere helfen zu können, warum sollte ich das nicht tun?

Ich hatte keine Lust, in einer Welt zu leben, in der jeder nur an sich und seinen kurzweiligen Spaß denkt. Eine Welt, in der Profit vor Menschlichkeit steht.

Vielleicht lag es an meinem Alter, dass ich immer mehr das Gefühl hatte, dass die Kälte zwischen den Menschen zunahm und sich niemand mehr für seinen Nachbarn interessierte.

Vielleicht aber hatte sich die Welt tatsächlich in den letzten Jahren immer stärker verändert, war roher, schneller und berechnender geworden. Denn wieso gingen Menschen achtlos an einem auf dem Boden liegenden Menschen vorbei und wieso standen nach einem Unfall Gaffer an der Autobahn und filmten mit ihrem Handy, wie ein Fahrer in seinem Auto verbrannte, anstatt zu helfen?

Manchmal verstand ich die Welt nicht mehr. Vielleicht lag es wirklich an mir, daran, dass ich älter geworden war und Dinge aus einer anderen Perspektive betrachtete. War ich in Berlin noch ein echter Nachrichtenjunkie gewesen und hatte jeden Morgen mindestens zwei Tageszeitungen verschlungen, beschränkte ich mich heute nur noch auf die News, durch die ich mich in kürzester Zeit auf dem Display meines Handys scrollen konnte. Meistens reichte mir schon die Schlagzeile, um zu wissen, dass ich den Inhalt des Artikels nicht lesen wollte.

Ich schob die trüben Gedanken zur Seite.

Mir ging es gut. Ich hatte ein Dach über dem Kopf und mein Auskommen. Ich hatte eine wunderbare Tochter, die ich sehr liebe, und die besten Freunde der Welt. Der wundervollste und treueste Hund, den man sich vorstellen konnte, teilte sein Leben mit mir und ich lebte an dem schönsten Flecken Erde, den man sich nur wünschen kann – Ostfriesland!

Wenn es einem so gut geht und man so viel Glück und Zufriedenheit erlebt wie ich, kann man getrost etwas davon abgeben und jemandem helfen, der gerade nicht so viel Glück hat und in der Klemme steckt.

19

»Wir nehmen zweimal Labskaus«, gab ich die Bestellung auf.

»Gute Wahl!«, strahlte Greta uns an und ließ ihren Blick zwischen Anna und mir hin und her wandern.

Gretas Neugier konnte ich gut verstehen. Schließlich kreuzte ich seit gefühlten hundert Jahren zum ersten Mal nicht mit Uz oder meiner Tochter, sondern in fremder weiblicher Begleitung im *Rettungsschuppen* auf. Natürlich brannte Greta darauf, zu erfahren, wer die rothaarige Frau mit der Lockenmähne war, die sich vertraut an mich schmiegte, während wir gemeinsam die Speisekarte studierten. Ich hatte allerdings nicht vor, ihre Neugier zu befriedigen.

Nach unserem Ausflug in Oma Friedas Brombeerhecke waren wir nicht nur durchgefroren und durchnässt, sondern auch sehr hungrig. Auf der Rückfahrt hatten wir beschlossen, im *Rettungsschuppen* einzukehren und die Wartezeit bis zum Einlaufen der *Sirius* für eine warme Mahlzeit zu nutzen.

»So, ihr Lieben!«, rief Greta gut gelaunt durchs Lokal und balancierte zwei große Teller mit riesigen Portionen Labskaus in ihren Händen.

Ich hatte mir sagen lassen, dass Labskaus nicht jedermanns Sache sein soll, da manche vor der rötlichen pürierten Masse zurückschrecken. Das konnte ich gar nicht verstehen. Auch Anna hatte sich beim Anblick der Speisekarte spontan dafür entschieden.

Greta servierte ihr Labskaus im *Rettungsschuppen* traditionell zubereitet, so wie es mir am besten schmeckte: Gekochtes gepökeltes Rindfleisch, sauer eingelegte Rote Bete, Salzgurken, Zwiebeln und Matjes werden durch den Fleischwolf gedreht. Anschließend wird die rötliche Masse in einer guten Portion Schweineschmalz gedünstet und mit Gurkenwasser gekocht. Wenn sie gut durchgekocht ist, werden gestampfte Kartoffeln untergerührt – fertig ist die norddeutsche Spezialität!

Angerichtet wird das Labskaus, indem man eine ordentliche Portion davon auf einen Teller häuft und zwei, drei saure Gurken und ein paar Scheiben eingelegter Roter Bete rundherumlegt. Die Portion Labskaus wird dann mit einem Matjes und mit einem Spiegelei gekrönt serviert.

»Guten Appetit!« Schwungvoll stellte Greta die Teller vor uns auf den Tisch.

»Du hast dich mal wieder selber übertroffen«, stellte ich fest und merkte, wie mir beim Anblick der Riesenportion das Wasser im Mund zusammenlief.

»Dann lasst es euch schmecken.«

Wir taten, wie uns Greta empfohlen hatte, und genossen schweigend unser Mahl. Gelegentlich warf ich Anna einen verstohlenen Seitenblick zu. Es gefiel mir, wie sie es sich auf ganz natürliche Weise schmecken ließ. Menschen, mit denen man zum Essen beisammensaß und die verhalten an einem Salatblatt herumknabberten, waren mir schon immer suspekt gewesen.

Nicht so Anna!

Mit Genuss spießte sie einen ordentlichen Happen von dem Matjes auf ihre Gabel und hielt den Bissen genießerisch hoch.

»Mm!«, machte sie und verdrehte genussvoll die Augen. »Wunderbar, dieser Matjes!«

Wir beendeten schweigend unsere Mahlzeit. Mit mir und der Welt zufrieden, legte ich mein Besteck auf den Teller und lehnte mich wohlig zurück. Auch Anna hatte ihren Teller so leergeputzt, als hätte Motte ihn abgeschleckt.

»Nehmt ihr noch einen Friesengeist?«, wollte Greta wissen und hielt hinterm Tresen die Flasche hoch, bei deren Anblick ich sofort an die Szene im Mannschaftsraum an Bord der *Adele* denken musste.

Das beförderte mich schlagartig aus dem kulinarischen Himmel zurück in die novemberkalte Wirklichkeit, denn mir fiel sofort Hilde Lürs ein. Ich musste unbedingt noch einmal mit ihr über die seltsame Unbekannte sprechen.

»Also für mich nicht«, lehnte ich dankend Gretas Angebot ab.

Auch Anna schüttelte den Kopf.

»Aber ich nehme einen!«, ertönte es fröhlich von der Eingangstür her.

Sichtlich gut gelaunt zog sich meine Tochter eine Wollmütze von ihrem blonden Wuschelkopf und schüttelte die Regentropfen ab.

»Was für ein Schietwetter!«, sagte sie und durchquerte den Raum.

Sie beugte sich zu mir herunter und gab mir einen regennassen Kuss auf die Stirn. »Moin, Papa.«

»Moin, Lütte«, erwiderte ich ihre Begrüßung und nahm den leichten Duft ihres Parfüms wahr, das mich an das der Frau erinnerte, die mir auf der *Sirius* begegnet war.

Thyra zog sich einen Stuhl heran und setzte sich ungefragt zu uns. Interessiert musterte sie Anna, die ihre Hand auf meinem Unterarm liegen hatte.

»Ich bin die Anna«, sagte meine Begleiterin und streckte Thyra mit einem Lächeln ihre Hand über den Tisch entgegen.

Thyra sah Anna aufmerksam an und ich befürchtete einen Moment lang eine peinliche Situation, da sich meine Tochter ziemlich reserviert verhalten konnte, wenn eine fremde Frau in ihrem Tochterrevier auftauchte. Aber meine Sorge war unbegründet. Thyra checkte Anna in Sekundenbruchteilen ab, und da ihr Urteil offenbar zur vollen Zufriedenheit ausgefallen war, ergriff sie Annas Hand und drückte sie.

»Thyra«, stellte sie sich vor. »Ich bin die Tochter von Jan.«

»Unverkennbar«, schmunzelte Anna. »Das Grübchen habt ihr beide an der gleichen Stelle.«

»Vater und Tochter. Erkennt man auf den ersten Blick«, meinte jetzt auch Greta und stellte ein Schnapsglas mit Friesengeist vor Thyra auf den Tisch. »Und ich bin die Greta!«, platzte sie heraus und streckte Anna ebenfalls ihre Hand entgegen.

»Dein Labskaus war eine Wucht!«, lobte Anna die Wirtin vom *Rettungsschuppen* und ging formlos zum Du über, als sie die angebotene Hand schüttelte. »Ich bin Anna, die Bäuerin vom Harms-Hof. Der alte Harms war mein Vater.«

»Ja. Ich weiß.« Greta nickte mit ernstem Gesicht. »Er ist im letzten Sommer … mein nachträgliches Beileid.«

»Danke.« Auch Anna sah jetzt ernst aus, ließ aber keine Traurigkeit aufkommen, sondern lenkte das Gespräch sofort wieder in neutrales Fahrwasser. »Das Leben ist nun einmal so, wie das Leben ist. Im Moment ist es sehr gut zu mir.« Sie warf mir einen kurzen Blick zu, bevor sie mit einem glücklichen Lächeln fortfuhr: »Ich sitze hier mit Jan in deinem gemütlichen Lokal. Wir haben das beste Labskaus hinterm Deich gegessen und ich fühle mich rundum zufrieden. Was will frau mehr!«

Greta strahlte vor Freude über das Lob übers ganze Gesicht und zwinkerte mir verschwörerisch zu, als sie die Teller abräumte.

Ich war beeindruckt und insgeheim auch ein bisschen stolz auf diese tolle Frau. Anna hatte ein warmes und gewinnendes Wesen und brauchte nur sie selbst zu sein, um Leute für sie einzunehmen. Selbst Thyra, die immer etwas spröde gegenüber Frauen ist, für die ich mich interessieren könnte, war in Sekundenbruchteilen aufgetaut.

Außerdem sieht sie wahnsinnig gut aus!, dachte ich, während ich sie verstohlen beobachtete.

»Dem Grauen geht's besser als gedacht«, sagte Thyra und griff nach dem Friesengeist.

Sie legte ihren Kopf in den Nacken und kippte sich den hochprozentigen Kräuterlikör hinter die Binde. Thyra ist eindeutig keine Prinzessin, die am Prosecco nippt, stellte ich aufs Neue erfreut fest. Meine Tochter ist eher der Typ, mit dem man die sprichwörtlichen Pferde stehlen kann und die man eher in Gummistiefeln oder Lederjacke als im Kleidchen und auf High Heels sieht. Nicht nur deshalb liebe ich meine Tochter. Sie ist auch ein aufrechter Charakter mit dem Herzen am rechten Fleck. Und wenn der bekannte Spruch »Rau, aber herzlich« auf jemanden zutrifft, dann auf Thyra. Ich bedauerte zutiefst, dass wir uns erst kennengelernt hatten, als sie bereits erwachsen war. Aber auch das war eine andere Geschichte.

»Das sind gute Nachrichten!«, sagte ich erfreut und riss meinen Blick von Anna los. »Bekommt Ulli den Wagen wieder hin?«

Als Thyra mir versprach, sich darum zu kümmern, dass mein Käfer vom Unfallort abgeschleppt wurde, hatte ich ihr eingeschärft, den Wagen zu Ulli nach Wirdum zu bringen, einem der kleinen Warftendörfer hier bei uns in der Krummhörn. Ullis Werkstatt war zwar eher auf die Reparatur von Treckern und Landmaschinen ausgerichtet, aber der bärtige Landmaschinenschlosser hegte die gleiche Liebe und Leidenschaft für den legendären VW-Käfer wie ich. Außerdem war er als begnadeter Schrauber in der Käfer-Szene bekannt. Und an mein steingraues Karmann-Cabrio Baujahr 1957 mit der Höckerstoßstange und der mechanischen Seilzugbremse ließ ich nur einen Mechaniker meines Vertrauens.

Als ich seinerzeit nach meinem Burn-out in die Krummhörn umgesiedelt bin, hatte ich auch mit dem Nimbus luxuriöser SUVs und hoheitsvoll dahingleitender dunkel lackierter Limousinen gebrochen und mir den Wagen zugelegt, in dem ich vor vielen Jahren meinen Führerschein gemacht hatte und für den mein Herz noch immer leidenschaftlich schlug: den Käfer Cabrio. Wobei ich schon immer die Modellreihe Karmann 1302 bevorzugt hatte. Ich gebe auch gern zu, dass ich für den Betrag, den ich für meinen top restaurierten 57er Karmann hingelegt hatte, mir locker eine Mittelklasse-Limousine hätte leisten können. Aber als ich damals aus meinem Job als Anwalt ausstieg, hatte ich nur den einen Vorsatz: leben! Und zwar im Hier und Jetzt. Vorbei mit der wohlüberlegten Planung, erst das eine und danach gleich das nächste Ziel zu erreichen! Schluss mit vernünftigen Entscheidungen!

Thyras Stimme riss mich aus meinen Überlegungen, als sie erfreulicherweise sagte: »Und die Reparatur wird gar nicht mal so teuer, wie es zuerst aussah. Bis auf den hinteren Kotflügel und die eingedrückte Beifahrertür sind es nur Lackschäden.«

Ich atmete erleichtert auf. Mein Käfer hing mir schon sehr am Herzen, auch wenn meine Gedanken in den letzten Stunden um andere Dinge gekreist waren. Was ja auch verständlich war.

»Ach«, sagte Thyra und winkte Greta mit ihrem leeren Glas zu. »Die vordere Stoßstange hatte ich vergessen. Die ist ziemlich hinüber.«

Im Geiste überschlug ich die Kosten für Reparatur, Ullis Stundenlohn, der immer sehr fair kalkuliert war, und die Preise für die Käfer-Originalteile.

»Ulli macht dir einen guten Preis«, erklärte Thyra. »Wird aber trotzdem kein Schnäppchen werden.«

»Wat mutt, dat mutt«, entgegnete ich ohne große Begeisterung.

Auch wenn ich nicht gerade am Hungertuch nage und sowohl auf Rücklagen als auch auf meine regelmäßigen Einnahmen durch meine stille Teilhaberschaft an meiner alten Kanzlei zurückgreifen kann, zucke auch ich bei unvorhergesehenen Ausgaben zusammen; insbesondere, wenn man diese hätte vermeiden können. Sowie sich meine Vermutungen bestätigten und es Malte oder sein Besuch war, die Oma Frieda Cannabis untergejubelt hatten, würden sich die Herren warm anziehen müssen: Wenn ich einmal den Faden in der Hand habe, kann ich sehr hartnäckig und nachtragend sein. Mit den Burschen hatte ich in dem Fall gleich zwei Rechnungen offen.

»Es wird aber mindestens zehn Tage dauern, bis Ulli den Grauen fertig hat«, fuhr Thyra mit ironischem Unterton fort, während sie ein zweites Glas Friesengeist von Greta entgegennahm. »Aber das spielt ja keine Rolle. Du hast eh keinen Führerschein mehr. Prost!«

Schmunzelnd sah ich meine Tochter an. Erstaunlich. Offenbar war sie konservativer, als ich dachte und es ihre flippige Erscheinung vermuten ließ. Aber sie hatte natürlich recht. Vollgekifft Autofahren war kein Kavaliersdelikt.

Obwohl in meinem Fall mildernde Umstände ins Spiel kamen, denn ich hatte nicht ahnen können, dass die Kekse der sechsundachtzigjährigen Oma Frieda, die als Bruchkekse für den Straßenverkauf bereitstanden, mit Marihuana versetzt sein könnten.

Ich griff nach meiner Jacke, die neben mir über dem freien Nachbarstuhl hing, und zog zwei der Kekstüten aus der Tasche, die ich in Oma Friedas Butterfass gefunden hatte.

»Ich verstehe deine Einstellung, Thyra«, sagte ich und stellte die Zellophantüten auf den Tisch. »Du erinnerst dich sicherlich daran, dass ich ebenso überrascht von meinem Drogenrausch war wie du und dir sagte, dass ich unwissentlich präparierte Haschkekse gegessen habe.«

Thyras Blick heftete sich an die beiden Tüten, die ich auf den Tisch gestellt hatte. Ihr Gesichtsausdruck war starr, dennoch konnte ich die Abneigung in ihren Augen erkennen.

»Das hier sind die gleichen Kekse wie die, die ich gestern aus Oma Friedas Straßenkorb mitgenommen habe. Ich habe ihr das Geld für die Kekse auf den Küchentisch gelegt. Genauso wie ich es getan hätte, wenn ich die Kekse aus dem Korb an der Straße mitgenommen hätte.«

Thyras Blick war unverwandt auf die Zellophantüten geheftet, als würde sie jeden Krümel einzeln analysieren wollen.

»Ich hatte den ganzen Tag nichts gegessen. Mir knurrte der Magen. Im Auto habe ich dann fast eine ganze Tüte dieser Kekse gegessen. Ich wusste nicht, dass die Kekse mit Drogen präpariert waren. Ich bin im Straßengraben gelandet und mit dem sprichwörtlichen blauen Auge davongekommen. Oma Frieda wusste ebenso wenig, dass jemand Cannabis in den Teig gemischt hatte. Sie hat auch von den Keksen gegessen. Allerdings hatte sie nicht so viel Glück wie ich. Sie ist tot.«

Ich spürte Annas Finger, die mir zart über meinen Unterarm strichen, während wir zu dritt auf die Kekstüten starrten.

Schließlich griff Thyra nach einer davon.

Sie öffnete das Zellophan und nahm einen Keks heraus. Aufmerksam beäugte sie den Schokoladenkeks von allen Seiten, um ihn dann vorsichtig an die Nase zu halten. Argwöhnisch beschnüffelte sie das Gebäck.

»Der riecht lecker«, sagte sie verblüfft. »Überhaupt nicht nach Hasch oder so. Einfach nur wie ein Schokoladenkeks.«

Ich griff ebenfalls in die Tüte und fischte einen der Kekse heraus. Widerwillig schnupperte ich ebenfalls an dem Keks.

»Stimmt«, sagte ich. »Der riecht vollkommen unauffällig. Nur lecker nach Schokolade. Mir ist ja auch im Auto nichts Außergewöhnliches an den Keksen aufgefallen, abgesehen davon, dass die Kekse recht trocken waren.«

»Und Motte?«, fragte Thyra.

»Stimmt.« Meine Finger trommelten einen Wirbel auf die Tischplatte. »Motte hat nur einmal geschnuppert und sich dann weggedreht. Ich hatte mich zwar gewundert, mir aber nichts dabei gedacht.«

»Allein essen macht dick«, ertönte Gretas Stimme hinter mir und ihre Hand griff von hinten über meine Schulter. »Was für leckere Kekse! Selber gebacken?«

Ohne eine Antwort abzuwarten, stibitzte sie mir den Schokoladenkeks aus der Hand, um ihn sich in den Mund zu schieben.

Ich fuhr herum. Meine Hand schoss vor und umklammerte Gretas Hand wie ein Schraubstock.

»Nein!«, fuhr ich sie an. »Nicht!«

»Hey!« Erschrocken zerdrückte Greta den Keks in ihrer Hand.

Kekskrümel rieselten aus ihrer Hand auf den Tisch. Ich hielt sie noch immer so fest, dass nicht einmal die kleinste Bewegung möglich war.

»Au! Du tust mir weh, Jan!«, maulte Greta und versuchte sich aus meinem Griff zu befreien. »Wieso stellst du dich denn wegen eines Kekses so kleinlich an?«

»Weil das ein Drogenkeks ist«, erklärte ich und ließ vorsichtig ihre Hand los, wobei ich darauf achtete, dass die Krümel nur auf den Tisch und nicht auf den Boden fielen. »Sorry, Greta. Das konntest du schließlich nicht wissen.«

»Und wieso wedelst du hier mit Drogenkeksen herum?«, fragte sie pikiert und wischte noch ein paar Krümel von ihrer Handfläche auf die Tischplatte. »Ich will so 'n Kram nicht hier in meinem Laden!«

Mit gesenkter Stimme setzte ich sie und Thyra über unseren Fund in Oma Friedas Küche in Kenntnis. Die Waschbeutel im Bad erwähnte ich ebenso wenig wie meine Vermutung einer Marihuanaplantage.

Ich wollte Greta nicht so tief in meine Recherchen hineinziehen und bei Thyra war ich absolut sicher, dass sie Anna und mich sonst nicht ein zweites Mal zum Hof aufbrechen lassen würde. Sie hätte darauf bestanden, uns zu begleiten. Aber genau das wollte ich nicht! Zu zweit mussten wir uns schon sehr anstrengen, möglichst ohne jedes Geräusch das Gelände abzusuchen. Zu dritt war mir das Risiko einfach zu groß.

Am liebsten wäre ich ganz allein gegangen, aber Anna war ebenso hartnäckig wie meine Tochter. Sie würde mich nicht alleine dorthin lassen.

»Wann bringst du die Kekse zur Polizei?«, wollte Thyra wissen.

»Morgen«, antwortete ich wahrheitsgemäß. »Im Laufe des Tages.«

»Ich hoffe, du bekommst dann postwendend deinen Führerschein zurück«, sagte Thyra und sah mich scharf an. »Du wusstest wirklich nicht, was in den Keksen drin war?«

Ich sah Thyra intensiv an und schüttelte langsam den Kopf.

»Nein, Kleines, nicht das Geringste. Ich dachte, es sind die ganz normalen Bruchkekse, die Oma Frieda immer in ihrem alten Weidenkorb vor die Tür stellt.«

Thyra erwiderte ebenso intensiv meinen Blick, dann sagte sie: »Ich glaube dir, Papa. Verzeih mir, dass ich so argwöhnisch war.«

»Alles gut«, beruhigte ich sie. »Ich an deiner Stelle hätte auch zweimal nachgefragt.«

»Tut mir trotzdem leid«, sagte Thyra verlegen. Sie warf einen Blick auf ihre Uhr. »Oh, schon so spät! Ich muss los.«

Meine Tochter griff nach Schal und Jacke, die sie über ihre Stuhllehne gehängt hatte, und beugte sich über den Tisch, um mir einen Kuss auf die Wange zu geben.

»Hat mich gefreut, dich kennenzulernen, Anna«, sagte sie mit einem freundlichen Lächeln und streckte Anna ihre Hand entgegen. »Ich hoffe, wir sehen uns bald mal wieder.«

»Wonach riechst du?«, wollte ich wissen. »Das ist ein tolles Parfüm.«

»Och, nix Besonderes«, entgegnete Thyra. »*Flower* von Kenzo. Etwas Leichtes für jeden Tag.«

Ich nahm noch schnell eine Nase voll und nickte unmerklich. Es war genau der gleiche Duft, den die abendliche Besucherin von Uz in meiner Nase hinterlassen hatte.

»Und falls du Hilfe benötigst, Papa ...«, Thyra sah mich mit scharfem Blick an, »... meldest du dich einfach. Und seid heute Abend vorsichtig!«

»Vorsichtig?«, wiederholte ich unschuldig.

Thyra verzog ihre Lippen zu einem spöttischen Lächeln und deutete mit dem Kopf auf die Zellophantüte, die noch immer auf dem Tisch stand. »Haschkekse – Oma Friedas Küche – Oma Friedas Hof! Ihr wollt euch doch sicher, wenn es dunkel ist, auf den Weg machen und nachschauen, ob es dort eine Plantage gibt. Womit deine Mandantin vermutlich aus dem Schneider wäre – wobei ich den Zusammenhang noch nicht herstellen kann.«

Ich fühlte mich gerade wie ein Schüler, der von seiner Lehrerin mit einem Spickzettel erwischt worden war, und konnte mich auf die Schnelle nicht entscheiden, ob ich sauer oder erfreut sein sollte.

Thyra schlüpfte in ihre Jacke und winkte zum Abschied Richtung Tresen. »Moin, Greta!«

»Moin, Süße!«, winkte Greta zurück.

Sie war schon fast an der Tür, als ich ihr nachrief: »Kommst du heute Abend nach Hause?«

Thyra warf mir einen amüsierten Blick zu und griff nach der Türklinke.

»Nein. Ich bin verabredet. Ihr habt sturmfreie Bude. Nutzt die Zeit!«

20

»Da kommt sie.« Ich deutete Richtung Hafeneinfahrt, wo die *Sirius* aus dem Leyhörner Sieltief auftauchte und heimwärts zu ihrer Anlegestelle unterwegs war.

Annas Blick folgte meinem Zeigefinger, während sie einen Schluck Kaffee aus dem Pappbecher nahm, den ich im *Hafenkieker* besorgt hatte.

Wir saßen schon eine ganze Weile auf der Bank am Deich und sahen in den Greetsieler Hafen hinunter. Wenn der Anlass unseres Aufenthalts im Hafen nicht so ernst gewesen wäre, hätten wir einen total romantischen Nachmittag miteinander verbracht. Umso mehr genoss ich Annas Nähe, als sie sich auf der Bank eng an mich schmiegte und wir, unsere Finger ineinander verschränkt, heißen Kaffee aus Pappbechern schlürften.

Langsam näherte sich die *Sirius* mit laut tuckerndem Dieselmotor.

Am Bug konnte ich Onnos schmale Gestalt ausmachen, der ein langes Bootstau in den Händen hielt und sich auf das Anlegemanöver vorbereitete.

Ein Schwarm aufgeregt kreischender Möwen folgte dem Krabbenkutter. Immer in der Hoffnung, noch einen letzten

Leckerbissen zu erhaschen, der möglicherweise aus den Netzen fiel, umkreisten die weiß-grauen Vögel beharrlich die *Sirius*.

Ein paar Touristen, die durch den Hafen schlenderten, blieben stehen und sahen dem Anlegemanöver zu, das Onno geschickt durchführte.

Anna und ich hatten uns von der Bank erhoben und gingen den Weg entlang, der zum Hafen führte.

Als wir unten am Kai ankamen, legte die *Sirius* gerade mit ihrer Steuerbordseite an. Wir schlängelten uns zwischen den Touristen hindurch, von denen einige das Anlegemanöver fotografierten und sogar mit ihren Handys filmten.

Plötzlich blieb Anna stehen und zog mich in den Schatten eines der am Kai hoch aufragenden hölzernen Poller.

»Schau mal die Frau dort drüben.« Anna deutete unauffällig mit ihrem Kopf Richtung Deich. »Ist sie das, die große Unbekannte?«

Unauffällig wandte ich den Kopf und sah in die angegebene Richtung.

»Kann ich nicht sagen«, entgegnete ich ebenso unauffällig. »Sie ist zu weit weg. Außerdem laufen ständig Leute vor ihr vorbei.«

Angestrengt kniff ich meine Augen zusammen. Zwar bin ich nicht so kurzsichtig, dass ich eine Brille trage, aber ich verfüge auch nicht mehr über den Adlerblick, den ich mit zwanzig oder, sagen wir besser, mit dreißig gehabt hatte.

»Lass uns etwas näher rangehen«, schlug ich vor.

Auch wenn es in erster Linie der Tarnung diente, genoss ich das Gefühl, als Anna ihren Arm um mich schlang und ich sie eng an mich zog. Langsam schlenderten wir näher an die *Sirius* heran, die gerade ihr Anlegemanöver mit einem lauten Röcheln des Dieselmotors beendete.

Wir beobachteten, wie Onno das dicke Haltetau über den heimischen Poller warf und den Fischkutter sicher vertäute.

Durch die Glasscheiben des Steuerhauses konnte ich Uz erkennen, der im Innern herumhantierte. Es war ein befremdliches Gefühl, hier inmitten der Schaulustigen zu stehen und nicht an Bord zu sein und den Freunden bei ihrer Arbeit zu helfen.

Aus dem Augenwinkel sah ich die Frau seitlich von uns auftauchen und in Richtung Anlegestelle gehen. Unauffällig musterte ich sie und registrierte, dass sie einen auffälligen Wintermantel trug, dessen Kapuze sie nach hinten geschlagen hatte.

Kein Zweifel, stellte ich fest, als ich die extravaganten Schattengesichter bemerkte, die in den Mantel der Frau eingewoben waren. Das ist die Frau, die mir an Bord der *Sirius* begegnet ist.

Welche Frisur sie trug, konnte ich wieder nicht erkennen, da ihre Wollmütze bis zu den Ohrläppchen reichte. Die Frau suchte sich einen Weg durch die Gruppe von Touristen, die noch immer das Anlegemanöver der *Sirius* beobachteten.

Jetzt würde mich brennend interessieren, ob es dieselbe Frau ist, von der Hilde Lürs gesprochen hatte: die Frau mit den Schokoflocken.

Sie hatte die Kaimauer erreicht und beugte sich mit einem verbindlichen Lächeln zum Steuerhaus hinüber, in dem ich vorhin schon Uz ausgemacht hatte. Mit einem leichten Winken hob sie die Hand, um auf sich aufmerksam zu machen.

Ich sah, dass Onno der Frau einen Blick zuwarf, der nicht dafür sprach, dass sie eine gute Freundin war. Eher machte er den Eindruck, als wünschte er der Frau mit der Wollmütze die Algenpest an den Hals.

»Bleib hier stehen«, bat ich Anna und deutete zu einem der Holzpoller, die in regelmäßigen Abständen entlang des Kais emporragten. »Ich will kurz mit Onno sprechen. Vielleicht kann ich etwas Interessantes aufschnappen.«

Anna nickte kurz, schlenderte, ohne ein überflüssiges Wort zu verlieren, langsam auf den nächsten Poller zu und lehnte sich lässig an das von Sonne und Salz ausgebleichte Holz. Sie unterschied sich in nichts von den Touristen, die nach wie vor neugierig beobachteten, wie Onno jetzt die roten Kisten mit dem fangfrischen Granat an die Reling der *Sirius* schob.

»Komm, ich helfe dir«, sagte ich zu Onno, der überrascht zu mir aufsah.

»Moin, Jan«, sagte er erfreut. »Wo kommst du denn her?«

Da ich nicht vorhatte, Onno hier an der Kaimauer unter den Augen und Ohren der schaulustigen Touristen von den Geschehnissen der letzten Stunden zu erzählen, vertröstete ich ihn auf später.

»Erzähl ich dir später beim Köm«, erwiderte ich. »Komm, gib hoch!«

Onno reichte mir eine Kiste nach der anderen nach oben, bis ich sechs fast über den Rand gefüllte Plastikboxen auf dem Kai aufgestapelt hatte. Mit der Hand fuhr ich unter die Abdeckplane und fischte eine Handvoll frisch gekochter Krabben aus der Box, pulte sie routiniert aus der Schale und schob sie mir unauffällig in den Mund.

»Köstlich!« Genießerisch verdrehte ich die Augen.

Es gibt nichts Besseres als frisch gefangene Nordseekrabben!

»Hat der Käpt'n Besuch?«, fragte ich.

Onno seufzte und sah mich mit gequältem Gesichtsausdruck an. »Jo.«

»Geht wohl schon länger?«

Onno sah mich an und überlegte kurz. Dann nickte er.

»Ungefähr drei Monate?«, bohrte ich halblaut nach und blieb in der Hocke sitzen, damit ich nicht vom Steuerhaus aus gesehen werden konnte.

»Kommt hin.«

Onno war heute nicht besonders redselig.

»Ich weiß, Onno. Der Käpt'n redet nicht so gerne darüber«, sagte ich. »Ich warte, bis sein Besuch verschwunden ist, und halt dann mal einen Klönschnack mit ihm.«

»Ja, mach das bitte!« Onno sah mich flehentlich an. »Wenn einer mit ihm vernünftig reden kann, dann bist du das.«

»So schlimm?«

»Schlimmer.« Onno verzog den Mund zu einem gequälten Grinsen.

»Bin gleich wieder da«, versprach ich und kam langsam aus der Hocke hoch, während ich versuchte, etwas im Ruderhaus zu erkennen.

Durch die sich im Licht spiegelnden Glasscheiben des Steuerhauses konnte ich nicht viel erkennen. Die Frau legte gerade ihre Arme um Uz.

»Alter Schwede!«, flüsterte ich beeindruckt; ich hatte Uz noch nie mit einer Frau gesehen und schon gar nicht in inniger Umarmung.

Es war mir unangenehm, meinen Freund heimlich zu beobachten, und ich wollte mich gerade abwenden, als die Frau sich von Uz löste und zur Tür wandte. Da es mir peinlich gewesen wäre, wenn Uz mich in diesem Moment dabei erwischt hätte, wie ich ihn beobachtete, wich ich schnell ein paar Schritte zurück.

Im gleichen Moment, als sich die Tür des Steuerhauses öffnete und die Frau in dem langen Wintermantel heraustrat, wurde ich rücksichtslos von hinten angerempelt.

Ich stieß einen derben Fluch aus. Mit einem stechenden Schmerz brachte sich die Wunde unter meinem Rippenbogen in Erinnerung. Automatisch presste ich den Ellbogen dagegen und fuhr herum, um eine hochgewachsene Gestalt entlang des Kais davontraben zu sehen. Obwohl ich die Person in dem dunklen Jogginganzug nur von hinten sah, war ich sicher, dass es der Typ sein musste, der Motte im Nebel einen Kabelbinder um den Hals geschlungen und mir das Skalpell in die Rippen gerammt hatte. Und mit dem ich vor der Pizzeria gekämpft hatte.

»Schiet!« Wütend zerdrückte ich einen Fluch zwischen den Zähnen. Es war tatsächlich der Typ, der sich mit mir im Nebel vor dem *La Dolce Vita* angelegt hatte. Was hatte der hier zu suchen? War er etwa der heimliche Bodyguard dieser Frau oder spionierte er ihr nach?

Was sollte ich jetzt tun?

Meinem ersten Impuls nach wollte ich dem Kerl hinterherjagen und ihm kräftig eins ins Kreuz verpassen. Was aber, wenn währenddessen die Frau mit den jadegrünen Augen mit Uz verschwand? Ich konnte ihn doch nicht einfach ohne Warnung einer Frau überlassen, die ich im Verdacht hatte, fünf ahnungslose Fischer vergiftet zu haben!

Ich schickte also dem in der Ferne kleiner werdenden Jogger, der auch bei dieser Begegnung seinen Kopf unter einer Kapuze verborgen hatte, ein derbes Bündel von Verwünschungen hinterher und wandte mich wieder der *Sirius* zu.

Die Frau mit dem auffälligen Mantel lief mit gemächlichen Schritten Richtung *Hafenkieker*. Angst, sie aus den Augen zu verlieren, hatte ich nicht. Dafür war der Mantel mit den Schamanengesichtern zu auffällig. Ein kurzer Blick Richtung Steuerhaus zeigte mir, dass Uz dort noch etwas erledigte.

Ich machte Anna ein Zeichen, drüben im *Rettungsschuppen* auf mich zu warten und nahm kurz entschlossen die Verfolgung auf. Mit weit ausholenden Schritten eilte ich der Frau hinterher.

Gemächlich schlenderte die Frau mit dem langen Mantel die Sielstraße hoch. Am oberen Hafeneingang blieb sie stehen und warf einen Blick in das Café, in dem einige Urlauber saßen und voller Vorfreude auf ihre Eisportion in den frisch gebackenen dänischen Waffeln warteten.

Doch die Frau schien ein anderes Ziel zu haben. Nach kurzem Zögern schlenderte sie langsam weiter. Ein paar Schritte später verschwand sie in dem gemütlichen Teeladen mit den weißen Butzenfenstern und kleinen weißen Markisen. Ich blieb oben an der Brücke stehen, die das Greetsieler Außentief überspannt, und lehnte mich dort an die Steinmauer. In der Hand verborgen hielt ich mein Handy schussbereit.

Geduldig wartete ich, bis die Frau wieder aus dem Teekontor auftauchte.

In der Hand hielt sie eine blau-weiße Tüte, in der sich vermutlich Tee befand. Die Frau zog die Holztür mit dem kunstvoll verzierten weißen Holzrahmen hinter sich zu. Leise drang das Scheppern der Türglocke zu mir herüber. Da das Teekontor, wie ich aus eigener Erfahrung wusste, gemütlich beheizt war, hatte die Frau im Teeladen ihre Wollmütze abgenommen, um sie erst jetzt vor dem Laden wieder auf ihren dunklen Bubikopf zu setzen.

Mit demonstrativem Interesse sah ich den beiden Enten zu, die auf der gegenüberliegenden Mauer entlangstolzierten, und hob mein Handy. Allerdings richtete ich das Objektiv der erstaunlich leistungsfähigen kleinen Kamera nicht auf das quakende Federvieh, sondern auf die Frau, die ich endlich ohne Mütze oder Kapuze sah, und schoss eine ganze Serie von Fotos.

Genau wie Hilde Lürs ihre Besucherin beschrieben hat, dachte ich und beobachtete gespannt, wie die Frau weiter in Richtung *Hohes Haus* spazierte.

Hilde Lürs hatte nur nicht erwähnt, wie gut die Frau aussah.

Wenn mein Verdacht zutraf, war diese attraktive Frau, die gerade die Sielstraße entlangschlenderte, eine fünffache Mörderin!

Das ehemalige Rentmeisterhaus, eine Art Finanzamt aus dem 16. Jahrhundert, lag direkt am Siel und war mit seiner Backsteinfront und seinen dunkelgrün gestrichenen hohen Fensterläden und Butzenscheiben ein beliebtes Fotomotiv der Urlauber. Heute beherbergte das Haus, an dessen Fassade die Jahreszahl 1696 in großen Lettern angebracht war, ein gemütliches Hotel, das stilvoll und urig mit alten Antiquitäten eingerichtet war, und ein ausgezeichnetes Restaurant mit leckeren Fischgerichten.

Es ist schon einige Zeit her, dass ich an einem der vorderen Tische mit Blick auf den Siel eine Fischplatte gegessen habe, ging es mir durch den Kopf, als ich beobachtete, wie die Frau mit dem Bubikopf sich dem Eingang des historischen Gebäudes zuwandte, um kurz darauf durch die Eingangstür zu verschwinden.

Sieh an, dachte ich zufrieden. Hier wohnt sie also. Wie praktisch.

Natürlich hätte es auch sein können, dass die Frau im *Hohen Haus* verschwunden war, um dort zu speisen, aber ich war mir ziemlich sicher, dass sie hier ein Zimmer bewohnte.

Schnell bog ich in den Kalvarienweg ein, den Weg, den in früheren Jahrhunderten die zum Tode Verurteilten auf ihrem Weg zum Richtplatz nehmen mussten, und streckte vorsichtig meinen Kopf in den Durchgang, der zum Gartenlokal und dem angrenzenden Gästehaus des Hotels führte.

»Sag ich doch!«, brummte ich, als sich die Hintertür des Hotels öffnete, die Frau mit dem Bubikopf erschien und den gepflasterten Innenhof überquerte, um in der Tür der alten Pastorei zu verschwinden, die nach aufwendiger Restaurierung als Gästehaus diente.

Ich hatte mit meiner Vermutung richtiggelegen! Sie hatte im Haupthaus an der Rezeption ihren Zimmerschlüssel geholt.

Dann schauen wir mal, ob wir herauskriegen, wie du heißt, dachte ich und ließ meinen Blick über die hohen Fenster mit ihren kleinen Butzenscheiben gleiten. Es wäre doch gelacht, wenn ich nicht herausfinden würde, wer meinem Kumpel den Kopf verdreht!

Als die Tür des Gästehauses hinter der Frau zugefallen war, wartete ich noch einen Moment, um zu vermeiden, ihr in die Arme zu laufen, falls sie etwas vergessen haben sollte und spontan kehrtmachte. Drei Minuten später war ich sicher, dass sie in ihrem Zimmer verschwunden war, und ging durch den Torbogen Richtung Hintereingang des Hotels, wo sich die Rezeption des *Hohen Hauses* befand.

»Moin, Chrissi«, begrüßte ich die junge Frau hinter dem Tresen.

Überrascht fuhr der Kopf der dunkelblonden Frau von ihren Listen hoch, in die sie gerade etwas eintrug.

»Jan?«, fragte Chrissi erstaunt, die ich einige Male in Onnos Begleitung getroffen hatte und von der ich nicht wusste, ob sie nun Onnos Flamme war oder nicht.

Auch wenn Onno eine echte Quasselstrippe war, so stand er doch Uz und mir in puncto Einsilbigkeit in nichts nach, wenn es um persönliche Gefühle ging; und erst recht, wenn eine Frau im Spiel war. Als Onno vor zwei Monaten überraschend bei mir aufgekreuzt war und mich um eine Auftragsarbeit bat, brauchte es zwei Friesengeist, bis er rausrückte, was er eigentlich von mir wollte und wem er den Tattooentwurf schenken wollte: Chrissi war die Glückliche.

Da ich Onnos Idee, der jungen Frau den Entwurf eines Krabbenkutters zu schenken, ebenso unpassend fand wie seinen Vorschlag, einen des Pilsumer Leuchtturms, überzeugte ich ihn davon, mir Chrissis Telefonnummer zu geben, damit ich mir ein Bild von ihren Vorstellungen machen konnte. So fanden wir ein passendes Motiv für sie.

Als Onno dann die kleine Zeichnung abholte, welche die Silhouette zweier Katzen zeigte, die dicht aneinandergeschmiegt in einer halbmondförmigen Sichel saßen und den Sternenhimmel betrachteten, wischte er sich vor lauter Rührung verstohlen über die Augen. Ich tat natürlich so, als hätte ich nichts von seiner Gefühlswallung bemerkt, und winkte bei seiner Frage nach den Kosten für den Entwurf ab.

»Sieh es als kleinen Freundschaftsdienst«, hatte ich gegrinst. »Dafür bist du das nächste Mal mit Pannfisch dran!«

Mit einem strahlenden Gesicht wie ein Honigkuchenpferd war Onno dann abgezogen und ich freute mich schon jetzt auf die nächste Fangfahrt mit der *Sirius*, wenn Onno zum Frühstück an Deck seinen berühmten Pannfisch zubereiten würde.

Aber die nächste gemeinsame Fangfahrt mit Uz und Onno stand im Moment noch in den Sternen. Erst musste zwischen uns klar Schiff gemacht werden!

»Willst du bei uns einziehen?«, lachte die blonde Chrissi, während sie ihre Arme um mich legte und zur Begrüßung auf die Wange küsste.

»Nein«, lachte ich. »Das kann ich Motte nicht antun. Ich kam gerade vorbei … und dachte …«

»So ganz zufällig?«, zwinkerte Chrissi mir zu, da sie sich noch an meinen Besuch vor geraumer Zeit erinnerte, als ich die attraktive Schwester eines Mordopfers als Anwalt vertrat und sie in der Dependance des *Hohen Hauses* zum Essen abholte.

»Erwischt«, gab ich zu. »So ganz zufällig dann auch wieder nicht. Ich habe eine Frage.«

»Ich hoffe, nicht zu unseren Gästen.« Chrissis Gesicht nahm einen ernsten Ausdruck an. »Du weißt, ich darf doch keine Auskunft geben.«

»Was macht eigentlich dein Tattoo?«, wechselte ich abrupt das Thema, denn ich wollte Onnos Freundin nicht kompromittieren. »Ich hoffe, du bist meinem Rat gefolgt und hast es von Toto stechen lassen?«

Chrissis Augen begannen zu strahlen, als sie begeistert nickte. »Dein Tipp war super. Toto hat es wirklich drauf!«

Der schwergewichtige und gemütliche Toto betrieb in Loquard, einem der achtzehn Warftendörfer der Krummhörn, einen kleinen Tattooladen. Seine ruhige Hand schien mir ideal für die feinen Linien von Chrissis Tattoo. Offensichtlich waren

Entwurf und Ausführung ein voller Erfolg, denn Chrissi strahlte voller Freude. Ich wünschte Onno, dass er an der Freude seiner Freundin teilhaben konnte. Schließlich war das Tattoo seine Idee gewesen.

»Willst du mal sehen?« Chrissis Augen funkelten vor Begeisterung.

»Klar«, nickte ich und hoffte, dass Toto ihr das Tattoo nicht an allzu delikater Stelle gestochen hatte.

Chrissi sah sich kurz verstohlen um, aber weit und breit war nichts von ihrer Chefin oder anderen Gästen zu sehen. Sie brachte sich seitlich des Tresens in Positur und stellte ihr Bein auf den Schirmständer.

»Schau mal!«, rief sie entzückt und zog das Hosenbein ihrer dunkelblauen Diensthose elegant bis zur Wade hoch. »Es sieht so geil aus!«

Chrissi hatte recht. Der etwa fünf Zentimeter große Halbmond mit den beiden Silhouetten der nebeneinandersitzenden und in den Sternenhimmel blickenden Katzen war Toto sehr gut gelungen. Ich fand es immer wieder erstaunlich, dass der ehemalige Schlosser mit seinen großen Pranken derart feine Linien zeichnen konnte. Als Clou hatte er das Blitzen der Sterne durch weiße Tinte dezent, aber effektvoll angedeutet.

»Es ist wirklich niedlich geworden«, bestätigte ich und deutete mit dem Finger auf das Tattoo, das Chrissi sich auf ihre rechte Wade knapp oberhalb des Knöchels hatte stechen lassen. »Das könntet ihr sein.«

Verlegen ließ Chrissi ihr Hosenbein wieder hinunterrutschen. Meine Anspielung auf die beiden Katzen, von denen eine ihren Kopf an die Schulter der anderen gelegt hatte, trieb ihr eine leichte Röte in die Wangen.

»Wenn er nur nicht immer so schüchtern wäre«, klagte sie mit leichter Ungeduld in der Stimme.

»Onno?«

»Hm«, machte Chrissi und nickte verschämt.

»Hat Onno schon mal für dich gekocht?«

»Gekocht?« Die junge Frau riss erstaunt die Augen auf. »Onno kann kochen?«

»Er kann sogar sehr gut kochen«, erwiderte ich und beugte mich verschwörerisch über den Rezeptionstresen. »Ich gebe dir jetzt mal einen Tipp.«

Mit gesenkter Stimme raunte ich Chrissi meine Empfehlung für einen romantischen Abend mit Onno ins Ohr.

»Und du meinst …«, Chrissi sah mich ungläubig an, »… das hilft?«

Vielsagend nickte ich ihr mit verschwörerischem Blick zu. »Ich kenne Onno ein bisschen. Glaub mir, er wird es lieben.«

»Hach!«, seufzte Chrissi und sah mich verträumt an. »Das wär' so schön.«

»So!«, sagte ich und nickte ihr zu. »Ich werd' dann mal wieder.«

»Ja, aber …«, Chrissi sah mich überrascht an, »… du wolltest doch etwas fragen. Schon vergessen?«

»Lass gut sein«, winkte ich ab. »Ich will dich nicht in Verlegenheit bringen. Schließlich weiß ich ja, dass du nicht über Gäste plaudern darfst. Insbesondere nicht über Frauen mit Bubikopf und Wintermantel.«

»Du meinst die Dame aus Zimmer 19?« Demonstrativ erschrocken legte Chrissi ihre Hand auf den Mund. »Uups.«

»Was sagtest du?«, erwiderte ich, ohne eine Miene zu verziehen, und deutete Richtung Restaurant. »Ich hab dich gerade nicht verstanden. Es war gerade so laut dahinten.«

»Du hast recht«, antwortete Chrissi mit ebenfalls todernstem Gesicht. »Ich glaube, die Chefin hat mich gerade gerufen. Entschuldige bitte. Bin gleich wieder da.«

Chrissi drehte sich auf dem Absatz um und verschwand Richtung Gang, der zum Restaurant führte.

Ich wartete zwei Sekunden und schob mich blitzschnell hinter den Rezeptionstresen, wo der Bildschirm des Computers leuchtete. Chrissi hatte den Zimmerplan geöffnet, in dem die Buchungen der Woche in farbigen Kästchen gekennzeichnet waren.

Die belegten Zimmer waren in Grün markiert und ich fand Zimmer 19 auf Anhieb.

»Pfft«, machte ich spöttisch. »Von wegen Celine. Gesine Uhland. Wilhelmshaven«, las ich halblaut. »Hab ich doch gesagt, ich krieg dich.«

Schnell zückte ich mein Handy und machte ein Foto von dem Eintrag, da ich mir die komplette Adresse nicht merken konnte. Ebenso schnell, wie ich um den Tresen herumgehuscht war, nahm ich meinen alten Platz davor wieder ein. Gerade rechtzeitig, als sich die Tür hinter mir öffnete und ein neuer Gast eintrat.

Ich trat einen Schritt zur Seite, um dem Neuankömmling Platz zu machen. Als ich den Mann, der gerade hereingekommen war, aus den Augenwinkeln sah, erstarrte ich.

Neben mir stand der Jogger mit der Kapuze!

Im gleichen Moment, als ich in ihm dieselbe vermummte Gestalt erkannte, die mich vorhin im Hafen angerempelt und mir am Tag zuvor ein Skalpell zwischen die Rippen gerammt hatte, überkam mich eine eisige Ruhe. Jetzt, wo das Überraschungsmoment nicht auf der Seite des Vermummten war, fühlte ich mich als gleichwertiger Gegner und nicht als wehrloses Opfer.

»Moin«, sagte ich mit gefährlich leiser Stimme und sah den hochgewachsenen Mann mit wachsamem Blick an, der mit einer Handbewegung seine Kapuze vom Kopf gestreift hatte. Gleichzeitig drehte ich mich seitlich und wandte meinen Kopf ab, damit er mich nicht direkt erkannte.

»Ja«, erwiderte dieser, ohne mich eines Blickes zu würdigen. »Tach auch.«

Der Mann schob sich an mir vorbei und stellte sich an den Tresen, wo er begann, ungeduldig mit den Fingerspitzen auf das blau lackierte Holz zu trommeln.

Ich nutzte die Gelegenheit, um mir seine Erscheinung einzuprägen: Typ durchtrainierter Marathonläufer, Mitte dreißig, einen halben Kopf größer als ich, schlank und mit seinem Kurzhaarschnitt und den markanten, fast schon eckigen Gesichtszügen ein attraktiver Mann.

Aber ein mieses Arschloch, das einem Hund, der ihm nichts getan hat, eine Schlinge um den Hals legt, dachte ich voll kalter Wut und ballte die Faust, wobei mir bewusst wurde, dass ich noch immer mein Handy in der Hand hielt.

Mit einer unauffälligen Bewegung schaltete ich dessen Videofunktion ein, verschränkte die Arme vor der Brust und richtete dabei das kleine Objektiv auf den Typen vor mir. Es war ja schließlich nichts Ungewöhnliches, wenn jemand sein Handy in der Hand hielt. Ich achtete nur darauf, das hell erleuchtete Display gegen den Stoff meiner Jacke zu drücken, damit der Typ nicht merkte, dass ich ihn filmte. Aber wahrscheinlich hätte ich auch einen Handstand machen können und er hätte mich nicht angesehen. Er schien angestrengt über etwas nachzudenken und hatte keine Augen für das, was um ihn herum passierte. Vielleicht hatte er mich auch deshalb im Hafen angerempelt.

»Moin, Herr Dorndreher«, begrüßte Chrissi den Mann am Tresen mit einem freundlichen Lächeln, als sie um die Gangbiegung kam. »Den Schlüssel für Ihr Zimmer hat schon Ihre Frau.«

»Okay«, erwiderte Dorndreher gedankenverloren und wandte sich grußlos ab.

»Sie ist schon oben auf dem Zimmer!«, rief Chrissi ihm freundlich hinterher. »Die 19!«

Zunächst durchfuhr mich ein Schreck und ich glaubte, nicht richtig zu hören. Dann aber jubelte es in mir: »Volltreffer!«

Ich hatte nicht nur die Frau mit dem Bubikopf und den Vermummten vom Deich identifiziert, sondern auch die Verbindung zwischen den beiden herausgefunden; wenn auch eher zufällig als geplant – vorausgesetzt, die beiden hatten an der Rezeption richtige Angaben gemacht.

Der Soziopath, der beim Joggen Würgeschlinge und Skalpell bei sich trug, die er wahllos und ohne erkennbaren Grund einsetzte, war der Lebensgefährte von Gesine Uhland, der Frau mit dem Bubikopf, die ich verdächtigte, die fünf Fischer der *Adele* vergiftet zu haben.

Hastig verabschiedete ich mich mit einer kurzen Umarmung von Chrissi, eilte zur Tür und spähte durch die Butzenscheiben. Dorndreher verschwand gerade gegenüber im Gästehaus, der alten Pastorei.

»Ich danke dir, Chrissi!«, rief ich über die Schulter und drückte schwungvoll die Tür auf.

»Tschüss, Jan!«, rief sie mir hinterher. »Gern geschehen!«

Mit raschen Schritten überquerte ich den Innenhof und steuerte zielstrebig direkt auf die grün-weiße Tür des Gästehauses zu.

Wenn ich mehr über das mörderische Duo erfahren wollte, musste ich halt wie ein plattfüßiger Privatdetektiv aus einem schlechten Krimi an Hotelzimmertüren lauschen.

Scheißegal!, dachte ich grimmig. Aufs Ergebnis kommt es an.

Und um den oder die Mörder der fünf Muschelfischer und Oma Friedas zu überführen, war mir jedes Mittel recht. Natürlich war ich von Haus aus Jurist und würde allein schon aus moralischen Gründen keine Gesetze brechen. Obwohl ich zugeben muss, dass ich, seit ich aus der Juristerei ausgetreten bin, in bestimmten Situationen moralisch flexibler handle.

Es würde mir im Moment keine nennenswerten Gewissensbisse verursachen, dem Typen mit dem Skalpell eine Tracht Prügel zu verabreichen, an die er sich noch lange erinnern würde. Ich bin weder Hardliner noch Anhänger der Selbstjustiz, aber auch kein Sozialromantiker, und in manchen Fällen kann ich zum sprichwörtlichen Keil werden, der auf einen groben Klotz gehört. Und ein Typ, der einem freundlich schnuppernden Hund eine Würgeschlinge umlegt und einem friedlichen Jogger wie aus dem Nichts heraus ein Skalpell zwischen die Rippen jagt, ist ohne Frage ein ziemlich grober Klotz!

Bei dem Vermummten, dessen Namen ich dank Chrissi nun wusste, ging es mir aber nicht mehr nur um das, was er Motte und mir angetan hatte. Viel wichtiger und interessanter fand ich seine Beziehung zu Gesine Uhland, die irgendetwas mit Uz am Laufen hatte.

Was war da los?

In dem Moment, als durch Chrissis freundlichen Hinweis klar war, dass der Kapuzenmann gemeinsam mit Gesine Uhland ein Zimmer bewohnte, schrillten bei mir sämtliche Warnsirenen gleichzeitig.

Das alles konnte kein Zufall sein!

Braute sich über Uz das gleiche Unheil zusammen, wie es die Muschelfischer der *Adele* ereilt hatte? Was wollte die Frau von ihm und was hatte es mit diesem Dorndreher auf sich?

Dass Gesine Uhland und Dorndreher ein mörderisches Duo waren, stand für mich schon jetzt fest.

Sie – mutmaßliche Giftmörderin, auch wenn ich das nicht beweisen konnte. Noch nicht!

Er – soziopathischer Stecher und Würger!

Jetzt musste ich herausfinden, wieso die Fischer vergiftet worden waren. Im Moment konnte ich noch keinen Zusammenhang erkennen, aber dass es ihn gab, stand für mich fest.

Um Hilde Lürs erfolgreich verteidigen zu können, war es für mich derzeit schon ausreichend, wenn ich die Verbindung zwischen dem Duo Uhland–Dorndreher und den Opfern herausfand. Dann würde ich wahrscheinlich das Motiv, das ich im Moment noch nicht sah, wie einen reifen Apfel vom Baum abpflücken können.

Wenn ich als Hilde Lürs' Verteidiger der Staatsanwaltschaft zwei dringend Tatverdächtige nebst Motiv und ihren Verbindungen zu den Opfern präsentieren konnte, würde Güll die Anklage gegen meine Mandantin fallen lassen müssen. Es war dann Sache der Staatsanwaltschaft und Kripo, die entsprechenden Beweise zu finden und zusammenzutragen.

Deshalb würde ich mich darauf beschränken, in aller Unauffälligkeit meine Recherchen zu betreiben und im günstigsten Fall dabei unbemerkt zu bleiben. Auch wenn es mir gerade gewaltig in den Fingern juckte, mir diesen Dorndreher zur Brust zu nehmen. Andererseits tat ich vielleicht ganz gut daran, meine persönliche Wut auf den Typen zu zügeln. Wenn er der Soziopath war, für den ich ihn hielt, war ihm einiges zuzutrauen. Motte und ich hatten ja auf dem Deich bereits eine Kostprobe seiner brutalen Unberechenbarkeit zu spüren bekommen.

Also, dachte ich. Tarnkappe auf und flach atmen.

21

Entschlossen drückte ich die hölzerne Eingangstür der alten Pastorei auf und betrat die verlassen vor mir liegende Diele, die wie die gesamten Flure und die Holztreppe des Gästehauses mit einer blauen Auslegeware bedeckt war. Treppengeländer und Deckenbalken waren ebenso konsequent wie geschmackvoll in grünen und türkisfarbenen Farben lackiert und verliehen dem Inneren der alten Pastorei ein besonderes friesisches Flair.

Weit und breit war niemand zu sehen.

Wahrscheinlich waren die Gäste des *Hohen Hauses* im Ort oder der Umgebung unterwegs und kehrten erst zur Abendbrotzeit zurück ins Hotel. Umso besser für mich. Da es unauffälliger war, sich wie ein Tourist zu benehmen, als mit hochgeschlagenem Mantelkragen und Lupe durch die Gänge zu huschen, zog ich mir meine Mütze vom Kopf und streifte meine Jacke ab. Nachdem ich die Mütze in die Jacke gestopft hatte, fischte ich mein Handy aus deren Innentasche und steckte es mir in die Hosentasche.

Seitlich der Treppe stand ein Schubladenschrank. Unbefangen, als würde ich hier wohnen, zog ich die unterste Schublade heraus, in der ein paar Pappkartons mit Gesellschaftsspielen für die Gäste verstaut waren: Zeitvertreib für regnerische Tage. Schnell schob ich die Kartons in eine Ecke und faltete meine Jacke zusammen, um sie neben die Schachteln in die Schublade zu stopfen. Einen Karton, in dem sich ein *Monopoly*-Spiel befand, stellte ich auf der Kommode ab.

Mit dem Knie schob ich die Schublade zu und rollte mir die Ärmel meines Flanellhemdes lässig hoch. Dann klemmte ich mir das *Monopoly*-Spiel unter den Arm und setzte den abgeklärten Gesichtsausdruck eines Familienvaters auf, der sich um die Bespaßung seines Nachwuchses kümmerte.

Mein Blick wanderte über die Zimmernummern, die neben dem jeweiligen Türrahmen des betreffenden Zimmers angebracht waren. Die 19 musste eine Etage über mir liegen. Aufmerksam nach oben lauschend, stieg ich die mit blauem Teppich belegten Stufen hoch in die erste Etage.

Der Flur lag ebenso still und verlassen vor mir wie das Erdgeschoss.

Langsam ging ich den Gang entlang. Vor der Zimmertür mit der Nummer 19 blieb ich stehen und lauschte. Auch wenn es mir widerstrebte, legte ich mein Ohr gegen das Holz. Zunächst hörte ich nichts anderes als das Rauschen meines eigenen Bluts. Nach wenigen Augenblicken aber nahm ich gedämpfte Geräusche hinter der Tür wahr. Die Türen zeugten von alter Wertarbeit und waren so massiv, dass ich keine Einzelheiten verstehen konnte.

Plötzlich bewegte sich die Türklinke und die Tür öffnete sich einen Spalt.

Ich erstarrte vor Schreck.

»Bring auch gleich den *Moët* mit!«, hörte ich eine Männerstimme sagen.

Die Zimmertür ging ein paar Zentimeter weiter auf, aber nicht komplett. Offenbar hielt die Frau mit dem Bubikopf die Türklinke niedergedrückt im Begriff, die Tür zu öffnen, um eine Besorgung zu machen, verharrte jedoch in der Bewegung, weil der Mann ihr gerade zurief, dass sie den Champagner mitbringen sollte.

»Eis auch?«

»Nee. Haben wir noch. Im Kühler«, ertönte die Stimme des Mannes.

Mit einem großen, aber geräuschlosen Satz sprang ich Richtung gegenüberliegender Zimmertür und stand mit einem weiteren Schritt vor dem Schloss, an dem ich mit einem Luftschlüssel so tat, als bekäme ich die Tür nicht auf.

Keine Sekunde zu früh!

»Moin«, sagte hinter mir eine Frauenstimme.

»Moin«, brummte ich zurück und versuchte den Anschein zu erwecken, dass ich mich mit dem imaginären Zimmerschlüssel abmühte.

»Haben Sie auch Probleme mit dem Schlüssel?«, fragte die Stimme und kam näher.

Da ich befürchtete, dass die Frau mich von unserer Begegnung in der nebligen Nacht auf dem Deck der *Sirius* wiedererkennen könnte, vermied ich es, mich umzudrehen.

»Soll ich Ihnen helfen?« Jetzt stand die Frau direkt hinter mir.

Ich spürte, wie mir vor Anspannung der Schweiß ausbrach. Vielleicht war es aber auch die immer noch in mir schwelende Erkältung, die sich wie Blei in meinem Körper auszubreiten schien.

»Nicht nötig«, versicherte ich hastig und beugte mich noch tiefer zum Schlüsselloch hinunter.

»Ziehen Sie die Tür fest zu sich heran und drehen dann den Schlüssel«, empfahl mir die Frau, die so dicht hinter mir stand, dass mich der Duft ihres Parfüms in der Nase kitzelte: Kenzo!

Während ich merkte, wie mir ein Schweißtropfen langsam an der Schläfe hinunterlief, gab ich ein zustimmendes Brummen von mir.

»Lassen Sie mich doch mal.« Eine Hand tauchte seitlich von mir auf und griff nach der Türklinke.

Jetzt wurde es brenzlig!

Ich hatte keinen Schlüssel, den ich ihr geben konnte. Außerdem konnte jeden Moment die Tür aufgehen, falls das Zimmer belegt war und der Bewohner nicht gerade im Greetsieler Hafen Fischbrötchen verspeiste.

»Geben Sie mir doch mal den Schlüssel.«

Herrgott noch mal!, fluchte ich im Stillen. Was für ein penetrantes Weib! Kein Wunder, dass Uz so übel gelaunt ist.

Da mir keine andere Möglichkeit einfiel, von dem nicht vorhandenen Schlüssel abzulenken, ließ ich den Karton mit dem *Monopoly*-Spiel unter meinem Arm abrutschen.

»Ach herrje!«, rief Gesine Uhland, als sich die Karten der Parkstraße, Schlossallee und alle übrigen gemeinsam mit den bunten Häusern, Hotels und Würfeln auf dem Teppichboden verteilten. »Kommen Sie, ich helfe Ihnen.«

Wird man denn diese Frau überhaupt nicht los?, dachte ich verzweifelt und kniete mich auf den Fußboden, um die Einzelteile des *Monopoly*-Spiels einzusammeln.

»Das ist ja viel Zeug«, stellte die Frau mit dem Bubikopf fest und klaubte mit spitzen Fingern ein paar der Hotels auf.

»Was machst du denn da?«, ertönte glücklicherweise die barsche Stimme des Mannes, den Chrissi unten an der Rezeption Herrn Dorndreher genannt hatte. »Ich dachte, du holst den Champagner.«

»Bin schon unterwegs«, versicherte Gesine Uhland und ließ die bunten Plastikhäuschen fallen, als hätte sie sich an ihnen verbrannt.

Ohne mich eines Blickes zu würdigen, wofür ich ihr höchst dankbar war, erhob sich die Frau aus der Hocke und rauschte ohne ein weiteres Wort den Gang entlang zur Treppe.

Während ihre Schritte treppabwärts verklangen, blieb ich am Boden und sammelte mit umständlichen Bewegungen die Einzelteile des *Monopoly*-Spiels zusammen. Aus den Augenwinkeln sah ich die Füße des Mannes, der in Socken auf dem Gang stand.

Unverwandt hielt ich den Blick auf den Pappkarton gerichtet und sortierte die bunten Karten des Spiels: Parkstraße, Chausseestraße, Schillerstraße, Ereigniskarten … alles sammelte ich umständlich ein.

Die Socken blieben ein paar Sekunden lang in der Tür stehen. Die Zehen zeigten auf mich.

Plötzlich fiel eine Tür ins Schloss. Die Socken waren verschwunden.

»Pffft.« Geräuschvoll atmete ich aus.

Das war knapp, dachte ich und fuhr mir mit dem Unterarm über die schweißnasse Stirn. Ich musste später unbedingt Fieber messen.

»Was machen Sie denn da?«, fuhr mich eine Stimme an.

Ich hob den Kopf und sah in das rosige Gesicht einer wohlbeleibten Frau, die einen Bademantel mit überdimensionalen aufgedruckten Rosen vor ihrem mächtigen Busen zusammenhielt.

»Wonach sieht das denn aus?«, gab ich entnervt von mir; für heute reichte mir die Bekanntschaft mit anstrengenden Frauen. »Ich sammele ein Spiel auf.«

»Das sehe ich«, erwiderte sie schnippisch. »Geht das auch leise?«

Da ich keine Lust hatte, dass der Typ aus dem gegenüberliegenden Zimmer wieder auftauchte und ich nur von hier verschwinden wollte, gab ich der Frau in dem Bademantel keine Antwort. Stattdessen schaufelte ich mit beiden Händen die Einzelteile des *Monopoly*-Spiels in den unteren Teil des Pappkartons und stülpte rasch den Deckel darüber.

»Ich würde jetzt gerne meinen Mittagsschlaf fortsetzen!«, verkündete die Frau in dem Rosenbademantel mit schriller Stimme.

»Ich werde Sie mit Sicherheit nicht davon abhalten!«, entgegnete ich trocken und klemmte mir den *Monopoly*-Karton unter den Arm. »Moin!«

Eilig verschwand ich über die Treppe ins Erdgeschoss und hörte noch, als ich bereits am Spieleschrank stand, wie die Frau mit dem wogenden Busen mir hinterherschimpfte und ein empörtes »Sie Flegel!« verlauten ließ.

Nur wenige Augenblicke später fiel die Eingangstür des Gästehauses mit einem dumpfen Geräusch hinter mir ins Schloss.

Erleichtert atmete ich tief durch und warf einen vorsichtigen Blick um mich. Von Gesine Uhland war nichts zu sehen.

Nix wie weg hier!, dachte ich erleichtert und zog mir meine Jacke über, die ich noch immer zu einem Bündel zusammengerollt unter dem Arm trug.

Ich setzte meine Mütze auf und machte mich auf den Weg zurück zum *Rettungsschuppen*, wo Anna auf mich wartete.

22

»Na, du kannst dich ja wohl heute gar nicht von hier trennen«, lachte mir Greta entgegen, als ich die Tür vom *Rettungsschuppen* aufdrückte.

»Das liegt nur daran, dass es bei dir so gemütlich ist«, entgegnete ich und zwinkerte ihr zu.

»Magst du eins?« Greta hielt ein frisch gezapftes Bier mit verlockender Schaumkrone hoch. »Gerade frisch gezapft.«

»Wenn du mir noch einen Aquavit dazu gibst, gern«, antwortete ich und steuerte die Bank neben dem Tresen an, wo Anna bereits erwartungsvoll zu mir hersah.

»Keinen Friesengeist?«, wollte sie wissen.

»Ne. Lass mal!« Ich winkte ab.

Was hatten denn plötzlich alle mit diesem Ostfriesengeist? Mir war der Kräuterlikör von jeher viel zu süß und zu klebrig. Ich mochte lieber die klaren Sachen. Einen ehrlichen Doornkaat oder Aquavit, gern auch abends vorm Kamin einen alten Single Malt von der grünen Insel oder den Highlands.

Ich streifte mir meine Jacke ab und rutschte neben Anna. Sie legte ihre Hand in meinen Nacken und begrüßte mich mit einem Kuss. Ihre Lippen fühlten sich zart und vertraut an.

»Na, wie war's?«, fragte sie und legte ihre Hand jetzt wie selbstverständlich auf meinen Oberschenkel. »Hast du etwas herausfinden können?«

Mit Annas Hand auf meinem Oberschenkel fiel es mir nicht leicht, mich zu konzentrieren. Bevor ich antworten konnte, trat auch schon Greta mit den Getränken an den Tisch.

»Lasst es euch schmecken«, sagte sie und warf Anna einen verschwörerischen Blick zu.

Statt mit ihrem Tablett wieder zurück zum Tresen zu gehen, blieb Greta stehen und verschränkte ihre Arme. Mit verträumtem Blick sah sie uns an.

»Zum Wohl«, sagte ich und stieß mit Anna an, der Greta ebenfalls ein kühles Bier in einem hohen Glas hingestellt hatte.

Ich nahm einen tiefen Schluck und setzte das Glas mit einem wohligen Seufzen ab, um es zurück auf den Tisch zu stellen. »Aah. Das ist jetzt genau das Richtige!«

Mein Blick fiel auf Greta, die uns noch immer beinahe entrückt ansah.

»Alles in Ordnung?«, fragte ich stirnrunzelnd und sah zu ihr hoch.

»Ja, ja«, beeilte sich Greta zu versichern und nickte heftig mit dem Kopf, sodass ihr die blonde Mähne so wild in die Augen fiel, als habe sie gerade ein paar Runden Headbanging zur Luftgitarre gemacht. »Es ist nur …« Seufzend brach sie ab.

»Was ist wie?«, wollte ich wissen, während ich nach dem vereisten Aquavitglas griff, um ihr und Anna zuzuprosten.

Heißkalt lief mir der golden schimmernde Aquavit die Kehle hinunter und hinterließ auf seinem Weg einen feurigen Kondensstreifen in meiner Speiseröhre, bis er sich mit einer kleinen Detonation wohlig warm in meinem Magen ausbreitete.

»Uhh!«, machte Anna, der Greta ebenso ungefragt den Schnaps gebracht hatte wie das zweite Bier, und zog eine Grimasse.

Ich lächelte und stellte mein Glas auf den Tresen.

»Ihr seid so ein tolles Paar!«, platzte es aus Greta heraus, während sie uns anstrahlte.

»Ähm … noch …«, erwiderte ich verlegen und brach im gleichen Moment ab.

Wieso sollte ich sagen, dass wir noch kein Paar waren? War das jetzt wichtig, dass wir uns weder geküsst noch Sex miteinander gehabt hatten?

Ich fühlte mich in Annas Anwesenheit ausgesprochen wohl, um nicht zu sagen sauwohl! Sie war bodenständig, hatte Charme und ich mochte sie sehr. Wir hatten uns viel zu erzählen und lachten viel miteinander. Abgesehen davon war sie sehr sexy.

Blödmann!, dachte ich. Wieso zögerst du eigentlich die ganze Zeit?

Natürlich wusste ich, weshalb ich mich Anna gegenüber so zögerlich verhielt. Noch immer hatte sich Traute nicht komplett aus meinem nicht immer einfach gestrickten Gefühlsleben verabschiedet. Kein Grund, mich nicht dazu zu bekennen, wie wohl ich mich mit Anna fühlte.

»Danke«, antwortete ich deshalb und legte meinen Arm um Anna, die mir einen erstaunten Seitenblick zuwarf. »Anna ist auch eine tolle Frau.«

»Hach«, seufzte Greta, »das ist so schön, dass ihr euch gefunden habt! Ich wünschte, das könnte man auch von deinem Freund Uz behaupten.«

»Wie kommst du darauf?« Erstaunt sah ich die Wirtin vom *Rettungsschuppen* an, die mich mit ihrer Bemerkung an meinen heutigen Vorsatz erinnerte, mit Uz zu reden.

»Na ja«, Greta machte ein abweisende Handbewegung und setzte ein vielsagendes Gesicht auf, »es wäre ihm auch zu wünschen, dass es mit ihm und …« Greta stockte und musterte mich forschend. Als ich auf ihre Andeutung nicht einging, fuhr sie in abgewandelter Form fort: »... na, dass es bei ihm auch mal wieder funkt.«

Schweigend griff ich nach dem Bierglas und leerte es in einem Zug. Mit einem harten Geräusch stellte ich das Glas auf den Tisch und sah Greta grimmig an.

»Bin ich eigentlich der Einzige, der nichts von der Frau wusste?«

Greta zuckte unschuldig mit den Schultern und griff nach dem leeren Bierglas. »Noch eins?«

»Wie lange geht das schon mit der Frau?«, fragte ich geradeheraus.

»Ach, hätte ich mal nix gesagt.« Greta rollte gequält mit den Augen.

»Seit Mitte Sommer?«, bohrte ich nach.

»Ach ...«, sagte sie erneut und wand sich verlegen, »... gehen ist ja auch zu viel gesagt. Uz hat nur ein-, zweimal mit der Frau hier gegessen. Das kann ja auch nur eine Touristin gewesen sein.«

»Und jetzt ist sie wieder da«, stellte ich fest, ohne auf Gretas Verlegenheit Rücksicht zu nehmen.

»Mm«, machte Greta und hielt das Bierglas hoch. »Magst du noch eins?«

»Nee, lass mal«, entgegnete ich und ließ meinen Arm von Annas Hüfte rutschen. »Ich geh mal kurz zu Uz runter.«

Ich verabschiedete mich von Anna, indem ich ihr kurz über den Rücken strich, und wandte mich dem Ausgang des *Rettungsschuppens* zu. Im Hinausgehen zog ich mir meine Cabanjacke über und schlug den hohen Stehkragen hoch.

Draußen dämmerte es mittlerweile.

Der Nebel hatte sich verzogen, nur ein nieseliger November-Dunstschleier lag über dem Hafen. Ich stapfte die Stufen der Steintreppe hinunter, die direkt vor dem *Rettungsschuppen* in den Deich eingelassen war, und ging auf direktem Weg zum

Liegeplatz der *Sirius*, der sich nur ein paar Hundert Meter nach links am Kai befand.

Schon von Weitem sah ich das warme Licht, das aus dem Steuerhaus der *Sirius* auf den Betonboden des Kais fiel. Uz war also noch dort zugange.

Je näher ich der *Sirius* kam, umso langsamer wurden meine Schritte.

Was sollte ich meinem Kumpel denn nur sagen?

Bei unserem letzten Gespräch hatte er sich noch einsilbiger als gewöhnlich gezeigt und war meinen Fragen ausgewichen. Sollte ich ihm einfach so mitteilen, dass ich seine Damenbekanntschaft für eine fünffache Mörderin hielt?

»Schiet!«, fluchte ich lautlos. »Da ist es wirklich leichter, die eigene Tochter aufzuklären.«

Wenige Meter, bevor ich die *Sirius* erreichte, erlosch das Licht im Steuerhaus. Offenbar hatte ich Glück und würde Uz gerade noch rechtzeitig erwischen, bevor er seinen Krabbenkutter verließ.

»Moin«, begrüßte ich Uz, der mir den Rücken zudrehte, als er die Tür des Steuerhauses verschloss.

Überrascht wandte er sich um und sah zu mir zum Kai hoch.

»Jan?«, fragte er und blinzelte ins Licht der Bootslaterne, unter der er stand.

In seiner abgewetzten ledernen Thälmannjacke mit der Patina eines langen Landarztlebens, deren Kragen er ebenso wie ich hochgeschlagen hatte, und der Wollmütze auf dem Kopf sah er so zünftig aus, wie man sich einen gestandenen Kutterkapitän landläufig vorstellt. Sein weißer Vollbart leuchtete silbern im Licht der Bootslampe und erfüllte auch das letzte Klischee eines Seebären.

»Hast du mal einen Moment Zeit für mich?«, fragte ich zur Antwort.

»Ja, klar«, entgegnete er und hielt seine zerbeulte Teekanne ins Licht der Bootslampe. »Magst du einen Tee?«

Ich nickte zustimmend und kletterte über die Reling.

Wir hockten uns schweigend nebeneinander auf die hölzerne Luke, unter der sich Uz' umgebaute Messe befand. Schweigend goss er den dampfenden Tee in zwei verbeulte Emaillebecher, die er aus dem Ruderhaus geholt hatte.

Ebenso schweigend nahm ich den heißen Becher entgegen und hielt ihn mit beiden Händen umklammert.

»Und?«, fragte ich wenig originell. »Wie läuft's?«

»Läuft so«, entgegnete Uz nicht minder wortgewandt.

Ein paar Minuten tropften zäh aufs Deck, bis ich alle freundschaftliche Diplomatie vergaß und herausplatzte: »Wie lange geht das denn schon mit euch?«

Mein Ausbruch schien Uz nicht zu überraschen, dafür kannte er mich zu gut. Er wusste, dass ich aus meinem Herzen keine Mördergrube machte, obwohl ich nicht immer die richtigen Worte fand, wenn es um zwischenmenschliche Gefühle ging.

»Wenn du Celine meinst …«, entgegnete er gemächlich, »… ich kenne sie seit den Hundstagen.«

Als Hundstage werden landläufig die heißen Tage im Sommer bezeichnet, deren Zeitraum vom 23. Juli bis zum 23. August reicht. Ich erinnerte mich schwach daran, ihn seinerzeit einige Tage nicht telefonisch erreicht zu haben, was für Uz, der sich ja für gewöhnlich mit dem ersten Klingelzeichen am Telefon meldet, vollkommen unüblich war.

»Aber da läuft nichts!«, stellte er im gleichen Atemzug klar, in dem er mir den Zeitpunkt bestätigte. »Und das ist auch gut so!«

Wenn ich an die Szene dachte, deren Zeuge ich am Vortag zufällig an Bord der *Sirius* geworden war, wunderte mich Uz' Antwort nicht wirklich.

Diese Frau, die für Uz Celine hieß und von der wiederum ich wusste, dass sie Gesine Uhland hieß, sah nicht nur verdammt gut aus, sondern hatte mitunter auch eine spitze Zunge, wie ich mitbekommen hatte. Kein Wunder also, wenn Uz froh war, dass nichts »lief«.

Aber vermutlich war diesem Stadium der Beziehung ein harmonischeres Miteinander vorausgegangen, weshalb mir mein Kumpel schon leidtat, noch bevor er Einzelheiten erzählte – sofern er überhaupt vorhatte, irgendwelche Details von sich zu geben.

»Es ist nicht ganz so, wie du vielleicht denkst, Jan«, sagte Uz und nippte an seinem Teebecher. »Und ich kann verstehen, wenn du sauer auf mich bist.«

»Bin ich das?«, gab ich dumpf zurück.

»Ja, mein Freund«, nickte er zur Bestätigung. »Das bist du.«

Obwohl es in mir vor Kränkung grummelte, weil mir mein Freund nichts von dieser ominösen Frau erzählt hatte und ich offenbar der Einzige war, der nichts von dieser Beziehung – oder was immer das nun auch sein mochte – wusste, konnte ich ihm nicht böse sein.

Uz stand mir im Umgang mit Dingen, die ein Gefühlsleben ausmachen – insbesondere im Umgang mit Frauen –, in nichts nach. Wir waren beide nicht besonders geschickt darin, Gefühle auszudrücken, geschweige denn überhaupt darüber zu reden, was in uns vorging.

»Celine stand eines Morgens am Kai«, erzählte Uz mit ruhiger und sonorer Stimme; eine Stimme, der man gerne zuhörte und die für Lagerfeuergeschichten bestens geeignet war. »Sie fand die *Sirius* toll.«

»Wie eine gefühlte Million Touristen vor und nach ihr«, sagte ich ironisch, denn ich kannte aus eigener Erfahrung die Wirkung der liebevoll bis ins letzte Detail restaurierten *Sirius* auf die erholungsbedürftigen Urlauber und Aussteiger, die am liebsten den Großstädten, aus denen sie in den Sommermonaten flohen, den Rücken gekehrt hätten, um sich als Fischer ihren Traum von Natur und Freiheit zu verwirklichen.

Ich vermochte nicht zu sagen, wie viele ausgestiegene Manager oder Geschäftsleute Uz seine *Sirius* in den letzten Jahren abkaufen wollten.

»Du hast recht.« Uz lachte leise in sich hinein. »Nun, sie war total hingerissen von der *Sirius*. Und ich war total geschmeichelt.«

»Was ich gut verstehen kann«, entgegnete ich. »Die *Sirius* ist ja auch schließlich der schönste Kutter der gesamten Küste!«

»Danke dir, mein Freund«, sagte Uz, und in seiner Stimme schwang berechtigter Stolz mit. »Celine wollte mir den Kutter abkaufen. Sie hat mir ein Angebot gemacht.«

»Abkaufen?«, entfuhr es mir, während mein Kopf herumfuhr. »Sie sieht aber nicht gerade wie eine Fischerin aus, die bei jedem Schietwetter raus auf See fährt.«

»Ach«, lachte Uz leise. »Du hast dir Celine aber schon sehr genau angeschaut.«

»Zwangsläufig«, gab ich zu und beschloss, meinem Freund nichts von meiner Verfolgung der Frau zu erzählen, die ihm offenbar etwas zu bedeuten schien. »Wir sind uns hier an Bord begegnet.«

»Verstehe«, nickte Uz. »Letztens, als du hier warst.«

»War sie deshalb an dem Abend bei dir an Bord, weil sie die *Sirius* kaufen wollte?«, fragte ich, noch immer total entgeistert über den absurden Gedanken, dass Uz seinen Kutter verkaufen könnte. »Was will sie mit einem Kutter?«

»Ja«, bestätigte Uz. »Sie hat mir ein letztes Angebot gemacht und die Frist lief am nächsten Morgen ab. Sie wollte mich noch einmal an die Frist erinnern.«

»Wieso letztes Angebot?«, schüttelte ich verständnislos den Kopf. »Hat sie dir denn vorher schon Angebote gemacht?«

»Einige.«

Meine Hände schlossen sich so fest um den Teebecher, dass ich mich nicht gewundert hätte, wenn die Emaille abgeblättert wäre.

»Du verkaufst aber wohl nicht?« Auch wenn ich wusste, dass Uz den Kutter mehr als alles andere liebte, beschlichen mich leise Zweifel.

»Du wirst lachen«, erwiderte Uz mit nachdenklicher Stimme. »Ich habe einen Moment über das Angebot nachgedacht.«

Ich fuhr herum und starrte ihn entsetzt an. »Du willst die *Sirius* verkaufen?«

»Beruhig dich, Jan«, lachte Uz. »Ich gebe zu, dass ich über das Angebot nachgedacht habe. Aber nicht ernsthaft oder als Gegenentwurf zu meinem jetzigen Leben. Eher unter der Überschrift, was mir im Leben wichtig ist und was ich noch alles erleben möchte.«

»Hört sich ja fast wie eine Midlife-Crisis an.«

Wieder lachte Uz. »Die hab ich Gott sei Dank schon hinter mir. Aber trotzdem machte mich das unerwartete Angebot von Celine nachdenklich. Mich reizte der Gedanke: Was wäre, wenn?«

»Was wäre, wenn?« Ich zuckte mit den Schultern. »Das habe ich mich auch schon oft gefragt.«

»Siehst du!« Uz kramte ein zerdrücktes Päckchen Zigarillos aus der Innentasche seiner Lederjacke und streckte mir die Packung entgegen. »Du hast es doch auch gemacht.«

Ich wusste, worauf Uz anspielte. Klar, er hatte recht. Ich war seinerzeit auch aus meinem Job ausgestiegen, aber das hatte andere Gründe.

»Ich hatte einen Burn-out«, entgegnete ich deshalb und lehnte das Tabakstäbchen kopfschüttelnd ab. »Meine Ehe war gerade den Bach runtergegangen und in der Kanzlei verbrachte ich sechzehn Stunden am Tag. Aber was erzähle ich dir das? Du weißt das doch eh alles – weshalb ich ausgestiegen bin.«

»Ich weiß, ich weiß«, brummte Uz und hielt ein Streichholz an das ausgefranste Ende des Zigarillos.

Er schmauchte ein paar Züge und blies dann genießerisch blaugraue Nikotinwolken in den jungen Abendhimmel.

Ich hustete und trat einen Schritt zur Seite.

»Du bist bereits ausgestiegen, Uz«, sagte ich mit einem schiefen Lächeln. »Deine Tochter führt deine Praxis so gut weiter, dass dich deine Patienten nicht einmal vermissen. Du hast den prächtigsten Krabbenkutter hier an der Küste. Warum also denkst du über ein Kaufangebot nach?« Ich machte eine kurze Pause und sah ihn von der Seite an: »Ist es die Frau?«

Uz kniff die Lippen zusammen und sah nachdenklich, ja fast schon melancholisch hinaus auf die dunkle Wasseroberfläche des Hafenbeckens.

»Es war Anfang August, als Celine eines Morgens am Kai stand. Die Sonne war gerade aufgegangen und es war sonst niemand im Hafen.« Mit rauer Stimme begann Uz mir zu erzählen, wie es zu der Begegnung mit der Frau gekommen war. »Sie war total begeistert von der *Sirius*. Und sie hatte Sachverstand. Ihre Fragen hatten Hand und Fuß, sie schien sich mit Seefahrt und Schiffstechnik ziemlich gut auszukennen.«

In mir keimte ein Verdacht auf, als Uz vom Sachverstand der Frau mit den jadegrünen Augen sprach.

»Hattest du das Gefühl, dass es sich um einen Zufall handelte, als sie am Kai stand?«, wollte ich wissen.

»Wieso fragst du das?«

Ich zögerte und überlegte einen Moment, ob ich Uz die volle Wahrheit sagen sollte, entschied mich aber, noch zu warten. Wenn ich mit meinem Gefühl richtig lag, bedeutete die Frau ihm mehr, als Uz zugab. Ich wollte ihn nicht unnötig verletzen.

»Nun …«, antwortete ich deshalb, »… wenn sie die *Sirius* kaufen wollte, wäre das wohl kaum ein Spontankauf gewesen.«

»Stimmt. Den Gedanken hatte ich auch schon gehabt«, räumte er ein und zuckte dabei mit den Schultern. »Ist aber im Grunde auch egal. Sie wollte die *Sirius* kaufen und ich wollte nicht verkaufen.«

»Und das war alles?«, fragte ich und streckte ihm den leeren Teebecher hin.

»Nun … wir haben uns gut verstanden. Ich konnte mit Celine über alles reden. Auch wenn sie an dem Schiff interessiert war, hatte ich nie das Gefühl, dass es ihr ausschließlich ums Geschäft ging.«

»Was zum Teufel will sie mit der *Sirius*?« Ungläubig schüttelte ich den Kopf, da ich mir beim besten Willen nicht vorstellen konnte, was Gesine Uhland mit einem achtzehn Meter langen und fünfzehn Tonnen schweren Fischkutter anstellen wollte.

»Sie arbeitet in der Werbebranche«, antwortete Uz, während er die Thermoskanne aufschraubte und meinen Becher nachfüllte. »Den Kutter wollte sie für Werbeaktionen, Events und so 'n Kram.«

»Hm«, machte ich und bemühte mich, mir meine Skepsis nicht anmerken zu lassen.

Dass die Frau, die sich Uz gegenüber Celine nannte, in der Werbebranche tätig war, konnte gut sein. Wer einen solch auffälligen Mantel trug, passte wahrscheinlich auch gut in die extrovertierte Branche. Aber sich einen Fischkutter für Events anzuschaffen, konnte ich mir schwerlich vorstellen. Ich wusste, dass Uz die *Sirius* ohne Schwierigkeiten jederzeit für einen sechsstelligen Betrag verkaufen konnte, wenn er wollte. Aber welche Werbeagentur konnte mal so eben Ausgaben in dieser Höhe tätigen? Schließlich war das hier nicht die Formel 1.

»Im August hat sie mir das Angebot zum ersten Mal gemacht«, fuhr Uz erstaunlich redselig in seiner Erzählung fort. »Celine ist dann ein paarmal übers Wochenende bei uns in Greetsiel gewesen und hat sich eine Auszeit vom Job gegönnt. Sie hat bei ihrem Angebot auch keinen Druck gemacht, nur nachgefragt, ob ich darüber nachgedacht hätte.«

»Und, hattest du?«, unterbrach ich ihn.

Uz presste kurz die Lippen zusammen, bevor er antwortete. »Ja. Hatte ich. Meine Antwort lautete noch immer Nein.«

»Und wie hat sie reagiert?«

»Hast du doch erlebt.«

»Oh«, machte ich und verzog unmerklich das Gesicht, jetzt war ich doch ins Fettnäpfchen getreten. »Ich wusste nicht, dass es am besagten Abend Thema war.«

»Doch«, erwiderte Uz. »War es. Sie hat mir unmissverständlich eine letzte Bedenkfrist gesetzt und …« Mit einem Ruck stand Uz auf und trat an die Reling, von wo er in die zunehmende Dämmerung starrte, die sich über den Hafen legte. »Es ging aber nicht nur um das Schiff …«, nahm Uz seine Erzählung wieder auf. »Celine wollte … wir wollten …«

Ich stand ebenfalls auf und stellte mich schweigend neben ihn. Ein paar Minuten taten wir das, was wir beim Diskutieren am besten konnten – wir schwiegen. Er nahm kurz hintereinander zwei tiefe Züge von seinem Zigarillo und blies den blauen Rauch in den Nebel.

»Was wäre, wenn?«, sagte ich leise.

Uz nickte stumm.

»Ist das etwas …«, ich zögerte kurz, bevor ich aussprach, was ich am meisten für Uz befürchtete, »… Ernstes mit euch?«

Einen Moment lang war es still. Es schien fast so, als würde Uz über meine Frage nachdenken, bevor er antwortete. Seine Antwort war eindeutig.

»Nein!«, sagte er mit harter Stimme. »Wie gesagt, zwischen uns läuft nichts. Und das ist … auch besser so! Es war nur … ein Traum. Ich habe nur für einen Moment geträumt. Und der Traum war auch schon im gleichen Moment ausgeträumt, als ich anfing, darüber nachzudenken.«

Die Klarheit seiner Antwort war für mich überraschend. Ich hatte damit gerechnet, dass er sich ausschweigen würde. Aber als Uz weitersprach, wurde sehr deutlich, dass er sich bereits lange mit dieser Frage beschäftigt haben musste. Was möglicherweise auch der Grund für seine schlechte Laune in den vergangenen Wochen gewesen war.

»Ich dachte … ihr …«, ungeschickt suchte ich nach den richtigen Worten, »… habt … ich meine, habt ihr …«

»Du willst wissen, ob wir eine Affäre haben?«, brachte Uz mein Gestammel auf den Punkt.

»Ja!«, seufzte ich erleichtert. »Das wollte ich dich fragen.«

»Und du fragst dich, wieso ich dir nichts gesagt habe«, stellte Uz fest. »Du bist sauer auf mich, weil ich dir nichts von Celine erzählt habe.«

Ich war gleichermaßen erstaunt wie erleichtert über die Offenheit, mit der Uz über das sprach, was im Moment zwischen uns stand.

Abrupt drehte er sich zu mir um. »Es gab doch auch nichts zu erzählen. Was hätte ich denn sagen sollen? Vielleicht, dass ich alter Esel mir zusammenfantasiert hatte, dass ich mit einer Frau, die meine Tochter sein könnte, einen Südamerikatrip machen könnte? Und dass ich angefangen habe, mir zu überlegen, dafür meine *Sirius* zu verkaufen?« Uz' Stimme war lauter geworden. »Hättest du mir das geglaubt?«

Entgeistert starrte ich Uz an.

»Nein«, erwiderte ich trocken. »Ich hätte dich für verrückt gehalten.«

»Siehst du.« Uz lachte bitter. »Ich auch! Ich habe das Gleiche gedacht. Ob ich nämlich komplett verrückt geworden bin. Soll's ja geben ab einem bestimmten Alter«, fügte er sarkastisch hinzu.

Hilflos zuckte ich mit den Schultern. Ich wusste nicht, was ich auf Uz' Gefühlsausbruch erwidern sollte.

»Und nein! Wir hatten keine Affäre!«, ergänzte er mit dumpfer Stimme. »Weißt du, Jan, ich glaube … so etwas macht man nur einmal in seinem Leben und dann nie wieder. Meine Affäre liegt über vierzig Jahre zurück.« Er lachte bitter. »Sollte also schon verjährt sein. Andererseits – manche Dinge verjähren nie …«

Jetzt sprach Uz in Rätseln. Auch wenn wir bislang immer offen miteinander umgegangen waren, wie es beste Freunde tun, gab es offenbar doch Dinge, über die sich der Schleier der Vergangenheit gelegt hatte. Jeder von uns hatte Erlebnisse, über die er mit niemandem sprach – die sprichwörtlichen Leichen im Keller: vergessen, verdrängt oder vor sich selber verleugnet.

»Aber«, fuhr Uz fort. »Alles nicht so schlimm. Celine war tags drauf noch mal hier und hat ihr Angebot zurückgezogen.«

»Wieso denn das so plötzlich?«, fragte ich überrascht.

»Sie hat eingesehen, dass ich nicht verkaufen werde, und will mich nicht unter Druck setzen.«

»Und nun?«, wollte ich wissen und sah Uz fragend von der Seite an. »Seht ihr euch wieder?«

»Ja«, nickte er. »Morgen. Wir sehen uns morgen Nachmittag. Ich nehme sie und ihren Bruder mit raus zum Fischen. Er will ein paar Fotos für einen Kunden machen. Irgend etwas mit Pfefferminz und Meer.«

Ungläubig sah ich Uz an.

Das hatte es meines Wissens noch nie gegeben, dass Uz jemanden zum Fischen mit rausnahm. Da immer wieder Touristen nachfragten, ob sie mal mit zum Krabbenfischen mitfahren können, hatte Uz ebenso wie die Berufsfischer im Hafen solche Ausflüge stets kategorisch abgelehnt. Die Berufsfischer durften keine Touristen oder Ausflügler auf See mit rausnehmen, weil die Berufsgenossenschaft solche Fahrten aus versicherungstechnischen Gründen nicht erlaubte. Bei Uz war es ähnlich. Zwar war er kein Berufsfischer, aber wenn einem Ausflügler bei ihm an Bord etwas passieren würde, käme keine Versicherung für etwaige Personenschäden auf. Wenn Uz jetzt das Duo mitnahm, tat er das vollkommen auf eigenes Risiko.

»Ich weiß, was du sagen willst, Jan«, kam er mir zuvor. »Normalerweise nehme ich auch niemanden mit raus auf See. Morgen ist die absolute Ausnahme!«

»Soll das eine Entschädigung dafür sein, weil du ihr deinen Kutter nicht verkaufst?«

Uz nickte: »Kann man so sagen.«

»Wann fahrt ihr morgen?«

»Nachmittags«, antwortete Uz. »Um drei.«

Ich seufzte tief.

Was soll ich ihm denn nun sagen?, dachte ich ratlos. Dass ich die Frau, mit der er so gerne einen Südamerikatrip gemacht hätte, für eine Mörderin hielt?

Genau das tat ich.

Es gab für mich keine Alternative, als meinem besten Freund reinen Wein einzuschenken. Ich konnte und wollte es nicht verantworten, dass er sich in Gefahr begab und im schlimmsten Fall das gleiche Schicksal wie die Muschelfischer der *Adele* erlitt.

»Du weißt ja, dass ich Hilde Lürs vertrete«, wechselte ich abrupt das Thema.

»Klar«, erwiderte Uz. »Ich war ja schließlich mit auf Mattes' Hof.«

»Dann erinnerst du dich auch an die unbekannte Frau, von der Hilde Lürs gesprochen hat – die mit den Schokoflocken?«

»Worauf willst du hinaus?« Jetzt war es an Uz, herumzufahren und mich anzustarren.

»Uz«, beschwörend sah ich ihn an, »es tut mir wirklich schrecklich leid und ich weiß auch nicht ...« Unschlüssig brach ich ab und suchte nach den richtigen Worten, um meinen Freund nicht mehr als notwendig zu verletzen.

Es war eine Scheißsituation!

Im Moment verfluchte ich mich selber und meine ausgeprägte Neigung, den Dingen ständig auf den Grund gehen zu wollen.

»Raus damit!«, forderte Uz mit rauer Stimme und in seinen Augen las ich, dass er eine Vorahnung von dem hatte, was ich ihm sagen wollte und nicht übers Herz brachte. »Jan! Wir sind zwar nicht die großen Redner, aber wir waren immer ehrlich miteinander. Schließlich sind wir Freunde! Also – raus damit, was du mir sagen willst!«

Ich holte tief Luft. Uz hatte recht. Wir waren Freunde und ich war es ihm schuldig, ihm die Wahrheit zu sagen.

»Deine Celine heißt Gesine Uhland und kommt aus Wilhelmshaven«, sagte ich deshalb mit schonungsloser Offenheit. »Sie wohnt im *Hohen Haus*. Zimmer 19. Der Mann, der mit Gesine Uhland das Zimmer bewohnt, ist – nicht ihr Bruder.«

Uz sah mich mit versteinertem Gesicht an. Auch wenn sich in seiner Miene kein Muskel bewegte, sah ich in seinen Augen, wie es in ihm arbeitete.

Es tat mir in der Seele weh, meinem guten alten Freund die Wahrheit so schonungslos wie die Diagnose einer tödlichen Krankheit ins Gesicht sagen zu müssen. Aber ich konnte sie ihm nicht verheimlichen. Er befand sich in Gefahr. In tödlicher Gefahr!

Wir sahen uns schweigend an.

Plötzlich zuckte Uz unmerklich zusammen. Mit einer Handbewegung warf er den Zigarillo, der in seiner Hand verglimmt war, über die Bordwand.

Gedankenverloren rieb er sich die von dem Glimmstängel verbrannten Finger.

»Ich glaube, es ist besser, wenn du jetzt gehst, Jan«, sagte er, ohne mich anzusehen.

»Wollen wir …«

»Nein!«, unterbrach er mich barsch mit einer Stimme, die wie ein Reibeisen klang. »Es reicht! Für heute reicht es, was du mir gesagt hast.«

»Es tut mir leid«, sagte ich und wandte mich ab.

Langsam ging ich zur Ladeluke und stellte meinen halb leeren Teebecher auf den Rand. Ich warf Uz noch einen letzten Blick zu, bevor ich mein Bein über die Reling schwang und schweigend im Nebel verschwand.

23

Die gleißend hellen Halogenscheinwerfer des Jeeps stachen in die Dunkelheit. Aus dem Autoradio rieselte leise Jazzmusik. Ich liebe Jazz. Offenbar eine weitere Gemeinsamkeit, die Anna mit mir teilte.

»Should I care«, sagte ich, als ich das Stück von Nils Landgren, einem brillanten Sänger und Posaunisten, erkannte.

»Und ob dich das kümmern sollte!«, erwiderte Anna mit leisem Lachen in Anspielung auf das Lied, das aus dem Radio tönte. Sie warf mir einen zärtlichen Seitenblick zu. »Du kennst Mr. Red Horn?«

»Montreux Jazz Festival 1998!«, antwortete ich versonnen. »Ich hab ihn damals mit seiner Band Funk Unit gesehen. Live!«

»Du warst damals in Montreux?« Anna schlug ungläubig mit der Hand aufs Lenkrad. »Ich fass es nicht!«

»Du etwa auch?«

Anna lachte schallend. »Ostfriesland ist ein Dorf!«

Während das nächste Stück erklang und Mr. Red Horn das Instrumentalstück *Kristallen* unvergleichlich melancholisch mit seiner Posaune interpretierte, hingen wir unseren Gedanken nach, bis Anna meine Erinnerungen an eine rotweinschwangere Jazzsession in einem Montreuxer Jazzklub unterbrach.

»Ich denke, sie will etwas von ihm«, sagte Anna unvermittelt.

»Denke ich auch«, erwiderte ich und wusste, ohne nachzufragen, dass sie die Frau mit den jadegrünen Augen meinte, die angeblich seinen Kutter kaufen wollte. »Ich glaube auch nicht, dass sie es auf Uz' Krabbenkutter abgesehen hat«, sagte ich nachdenklich, während ich zusah, wie die Scheinwerfer Karnickel vom Straßenrand aufscheuchten.

»Du denkst ...«, Anna zog die Nase kraus, »... der Kutterkauf ist nur vorgeschoben?«

Ich nickte. »Darauf nehme ich jede Wette an. Sie haben etwas anderes vor: Gesine Uhland und ihr angeblicher Bruder.«

»Aber was?«

»Keine Ahnung«, dachte ich laut. »Aber eins ist gewiss. Ich lasse Uz morgen nicht alleine mit dem Duo hinausfahren.«

»Du willst mitfahren?« Anna sah mich kurz an, bevor sie das Lenkrad einschlug und wir die Einfahrt zu Oma Friedas Zufahrt hochfuhren.

»Definitiv!«, sagte ich bestimmt und deutete gleichzeitig auf den Straßenrand. »Fahr bitte rechts ran. Und mach die Scheinwerfer aus.«

Fast geräuschlos und mit erloschenen Lichtern rollte der Jeep auf den Grünstreifen am Fahrbahnrand. Ebenso leise betätigten wir beim Aussteigen die Türen.

Wie selbstverständlich griff ich nach Annas Hand, als wir Richtung Zufahrt gingen.

»Ich wollte mich übrigens noch bedanken«, flüsterte sie.

»Wofür?«

»Dass du mich für eine tolle Frau hältst und – das auch noch sagst.«

»Du bist doch auch eine tolle Frau«, erwiderte ich und war froh, dass es dunkel war, sodass Anna mein zaghaftes Lächeln nicht sehen konnte. »Und warum soll ich dieses Wissen für mich behalten?«

Abrupt blieb Anna stehen. »Du bist süß«, flüsterte sie mir so zart ins Ohr, dass ich eine Gänsehaut bekam, die bis in die Zehenspitzen kribbelte.

Den Kuss, den sie mir aufs Ohr hauchte, konnte ich leider nicht mehr genießen, denn vor uns tauchte ein Lichtschimmer auf.

»Da ist Licht!«, raunte ich und zog automatisch den Kopf ein, was mir bei dem Versuch, unentdeckt zu bleiben, allenfalls rhetorische Punkte brachte.

Der Lichtschein fiel ein paar Zentimeter unter der Eingangstür von Oma Friedas Haupthaus hervor. Wahrscheinlich war Malte daheim. Vorsichtig und uns weiterhin an den Händen haltend, schlichen wir wie Hänsel und Gretel auf Oma Friedas Hof. Geräuschlos drückten wir uns an der Hauswand entlang.

Wir erreichten das Ende der Baumreihe, unter der wir tagsüber entlanggeschlichen waren.

Da zunehmender Mond kurz vor Vollmond herrschte und sich die Wolkendecke etwas gelichtet hatte, war die beginnende Nacht nicht zappenduster und die Umgebung war in ein geisterhaftes Licht getaucht.

Vor uns lag ein riesiges Feld vertrockneter Sonnenblumen. Jetzt im November ragten nur noch die dürren strohigen Stiele in die Luft, an deren Ende die ehemals goldgelben Blüten der Sonnenblumen wie dunkle Schrumpfköpfe hingen. Das Feld mit den aschgraubraunen Stängeln und hutzeligen abgeknickten Blüten strahlte im bleichen Mondlicht einen ganz besonderen melancholisch-morbiden Charme aus.

Langsam und angestrengt darauf bedacht, möglichst keine Geräusche zu verursachen, schlichen wir am äußeren Rand des Sonnenblumenfelds entlang, bis wir eine Baumreihe erreichten.

Ich warf einen hoffnungsfrohen Blick in den Himmel, aus dem es in den letzten Stunden nicht mehr geregnet hatte. Die schwarzgrauen Wolken hatten ihre Farbe gewechselt und sahen immer durchsichtiger aus. Das Wetter machte einen ziemlich friedlichen Eindruck. Nur der Wind hatte nordwärts aufgefrischt.

Da ich nicht vorhatte, hier im Freien Wurzeln zu schlagen, war ich zuversichtlich, möglichst schnell wieder von hier verschwinden zu können. Schließlich war da noch Hilde Lürs, um deren Verteidigung ich mich zu kümmern hatte. Wenn auch nicht heute Abend, dann doch morgen früh. Obwohl ja auch das, was ich heute Nacht hier tat, Hilde Lürs helfen konnte. Ich wusste nur noch nicht genau, wie. Aber mein Bauchgefühl signalisierte mir, dass ich mich nicht vollkommen auf dem Holzweg befand.

Im Moment jedoch handelte ich nicht uneigennützig, denn ich wollte meine Vermutung bestätigt haben, dass sich hier eine Marihuanaplantage befand. Ich benötigte nur ein paar aussagekräftige Fotos und Pflanzenproben und schon hätte ich das nötige Beweismaterial, das ich der Staatsanwaltschaft auf den Tisch legen würde. Vielleicht gelang es mir sogar, ein paar Bilder von Maltes Besuchern zu schießen. Damit wäre diese ostfriesische Rauschgiftplantage ausgehoben. Außerdem könnte ich zusammen mit den Keksen in meiner Tasche unumstößlich klarstellen, dass ich zufälliges Opfer und nicht genusssüchtiger Konsument der Haschkekse war. Den Führerschein bekäme ich zurück, und wenn ich eine Querverbindung zu der Kapitänin herstellen und sie entlasten könnte, umso besser. Bislang erschloss sich mir aber noch gar nichts.

Nur die Chance, meinen Führerschein ohne mühseliges Gerichtsverfahren im Eilverfahren zurückzuerhalten, hatte sich deutlich verbessert!

»Da!« Anna blieb wie angewurzelt stehen und spähte durch die abgestorbenen Sonnenblumenstängel nach vorn. »Da steht ein Auto.«

Ich blieb ebenfalls stehen und starrte angestrengt nach vorn. Auch ich sah jetzt die Rückleuchten und die Stoßstange eines Wagens durch den Wald toter Sonnenblumen schimmern. Vorsichtig pirschten wir uns am Rand des Feldes weiter voran. Die Blumen wurden weniger und als wir das Ende des Felds erreicht hatten, erkannten wir deutlich ein mattsilbernes Wohnmobil.

Witternd wie Motte, der den Inhalt seines Futternapfs überprüft, reckte ich den Hals und spitzte die Ohren. Es war kein Laut zu hören und keine Menschenseele zu sehen.

Langsam schlichen wir weiter.

Beim Wohnmobil angekommen, ging ich kurz in die Hocke und legte meine Hand an den Auspuff. Kalt. Das Fahrzeug stand, genau wie wir es erwartet hatten, schon länger hier. Sowohl der Stapel nasser und halbtrockener Handtücher, die ich im Gästebad gesehen hatte, als auch die mit Wasserflecken und Rasierschaum verklebten Waschbeutel machten den Eindruck, als stünden sie schon eine ganze Weile unbenutzt im Bad. Bestimmt schon eine Woche.

Anna drückte warnend meine Hand.

Ich wandte den Kopf und sah sie an.

Sie gab mir aufgeregt ein Zeichen mit ihren Augen und ich blickte in die angegebene Richtung. Unwillkürlich hielt ich die Luft an. Keine zehn Meter entfernt von uns kam eine ganz in Schwarz gekleidete Gestalt auf das Wohnmobil zu. Das Gesicht konnte ich nicht erkennen, da wir blitzschnell abtauchen mussten.

Hastig ging ich in die Hocke und zog Anna mit zu Boden. Mit festem Griff fasste ich sie an der Schulter und schob sie unter das Wohnmobil. Fast gleichzeitig warf ich mich auf den Bauch ins nasse Gras und kroch, so schnell ich konnte, hinter ihr her unter das Fahrzeug. Seite an Seite lagen wir mucksmäuschenstill unter dem Wohnmobil und sahen angespannt auf die Grasnarbe vor uns.

Unvermittelt tauchten nahezu geräuschlos ein paar schwarze Joggingschuhe neben uns im Gras auf.

Hatte uns die Gestalt gesehen?

Wie gebannt hing mein Blick an den Schuhen, die sich uns langsam näherten. Annas Finger umklammerten meine Hand wie ein Schraubstock.

Wenige Meter von uns änderten die Schuhe, an denen ich weder ein Markenzeichen noch sonst etwas Auffälliges erkennen konnte, ihre Richtung und verschwanden aus unserem Blickfeld.

Erst jetzt merkte ich, dass meine Finger von Annas Griff fast taub waren und ich die ganze Zeit die Luft angehalten hatte. Langsam atmete ich aus und achtete darauf, kein Geräusch zu machen. Annas schreckgeweitete Augen sahen mich voller Anspannung an. Ich legte den Finger an meine Lippen. Sie nickte in Zeitlupe.

Plötzlich hörten wir ein metallisches Geräusch. Dann schlug eine Tür mit einem satten Ton ins Schloss. Über uns knarrte es. Schritte. Die Gestalt hatte das Wohnmobil durch die Seitentür betreten und bewegte sich mit scharrenden Schritten über uns.

Wir rührten uns eine endlos erscheinende Minute lang nicht.

Was sollten wir jetzt tun?

Da der Typ im Wohnmobil hockte, bestand die Gefahr, dass er uns durch ein Fenster bemerkte, wenn wir den Rückzug antraten. Liegen bleiben konnten wir auch schlecht. Wir hätten uns in dem nassen Gras den Tod geholt.

Was also tun?

Meine Gedanken ratterten: abwarten, ein Ablenkungsmanöver starten, wegrennen in der Hoffnung, dass der Typ über uns zufällig in eine andere Richtung schaute?

Unerwartet wurde uns die Entscheidung abgenommen.

Mit lautem Brummen sprang der Motor des Wohnmobils an!

Mir fuhr der Schreck über das plötzlich einsetzende Geräusch in die Glieder. Bevor ich einen klaren Gedanken fassen konnte, setzte sich das Wohnmobil über uns in Bewegung. Blitzschnell rollte ich mich auf den Rücken und gab Anna mit einem kräftigen Stoß meines Ellbogens zu verstehen, es mir gleichzutun. Während sie sich ebenfalls hastig auf den Rücken drehte, hob ich den Kopf, um zu kontrollieren, dass unsere Arme und Beine nicht in der Fahrspur lagen. Ich zog Anna ganz dicht an mich heran und warf einen prüfenden Blick auf den Wagenboden über uns. Glücklicherweise lagen wir unter einem hochbeinigen Wohnmobil, dessen Unterboden uns höchstwahrscheinlich nicht das Fell über die Ohren ziehen würde.

Der Fahrer legte den Gang ein. Schnell zischte ich Anna eine Warnung zu.

»Kopf runter! Ganz platt machen!«

Wir drehten beide gleichzeitig unsere Köpfe zur Seite und pressten sie ins nasse Gras. Schulter an Schulter liegend starrten wir uns stumm in die Augen, während sich das Bodenblech des Wohnmobils über uns hinwegbewegte.

Ein letzter Blick auf die Hinterachse des Fahrzeugs und der schwarzgraue Himmel erschien wieder über uns.

»Puuuh!«, machte ich und rollte mich auf den Bauch, um den Rücklichtern des Campers nachzuschauen.

Ich hoffte nur, dass der Fahrer keinen Blick in seinen Rückspiegel warf.

Erst als der Wagen fast verschwunden war, atmete ich erleichtert auf.

»Oh, Scheiße«, ließ sich Anna vernehmen, blieb aber noch regungslos vor Schreck auf dem Rücken liegen.

Ich rollte mich zu ihr hin. Ihre Augen flackerten noch vor Anspannung. Behutsam beugte ich mich über sie und küsste sie sanft.

Mein Kuss weckte ihre Lebensgeister und mit einem wohligen Seufzen schlang sie ihre Arme um mich.

Unser Kuss schien ewig zu dauern und erst als uns die Kälte in die Knochen drang, lösten wir uns voneinander und standen auf.

»Mit dir erlebt man ja was«, seufzte Anna. »Da muss man sich erst einmal von einem Wohnmobil überfahren lassen, um von dir geküsst zu werden.«

Ich ließ meinen Blick um uns wandern und sah wenige Meter von uns entfernt ein längliches Gebilde, das sich auf den zweiten Blick als ein Gewächshaus mit textilen Seitenteilen entpuppte.

»Volltreffer!«, sagte ich grimmig.

Anna griff nach meiner Hand und wir pirschten uns in gebückter Haltung an das zeltartige Gewächshaus heran.

Obwohl alles dunkel war, vermieden wir jedes Geräusch, schließlich konnte es durchaus sein, dass Maltes restliche Besucher sich in dem Gewächshaus aufhielten.

Eine Minute später standen wir an dem Treibhaus, dessen Dach und Seitenwände tatsächlich aus Stoff bestanden. Überhaupt sah diese Konstruktion nicht nach einer stationären, sondern einer mobilen Angelegenheit aus. Mich erinnerte das lang gezogene Teil an die Großraumzelte der Bundeswehr. Möglicherweise hatten sich die Betreiber der Plantage ausgemusterte Bundeswehrzelte besorgt, die sich sehr schnell auf- und abbauen ließen.

Bei näherer Betrachtung allerdings machte das Zelt keineswegs den Eindruck, dass es sich um ein ausgemustertes Exemplar handelte. Die Zeltbahnen waren in einem einwandfreien Zustand.

Prüfend legte ich meine Hand an die Stoffbahn und fuhr über die Seitennaht. Absolut intakt. Dieses Zelt war neuwertig. Da hatte jemand kräftig investiert.

Vorsichtig und jeden Moment darauf gefasst, einem von Maltes Besuchern gegenüberzustehen, gingen wir auf Zehenspitzen an dem Zelt entlang.

Ganz schön lang, dachte ich staunend.

Ich wusste, dass die Großraumzelte der Bundeswehr als Einzelelemente endlos aneinandergebaut werden konnten. Das hatte hier offenbar jemand getan. Das Zelt, an dem wir uns entlangtasteten, besaß eine Höhe von zwei Metern und war rund dreißig Meter lang. Da es meines Wissens nach keine Zelte gab, die standardmäßig solche Ausmaße hatten, waren ziemlich sicher einzelne Großraumzelte aneinandergereiht worden.

In Abständen von ungefähr zehn Metern liefen Versorgungsleitungen unter den Zeltbahnen hindurch ins Innere. Seitlich am Zelt standen mehrere olivgrün lackierte Kanister in Reih und Glied nebeneinander. Ich kniete mich hin und öffnete den Verschluss des ersten Kanisters. Prüfend schnupperte ich an der Öffnung. Diesel. Unverkennbar. Obwohl ich nirgendwo ein mobiles Stromaggregat sehen konnte, musste irgendwo eins herumstehen. Wozu sonst benötigten sie hier die Kanister mit Diesel? Nachdenklich griff ich nach einem der dicken Kabel. Das waren eindeutig Stromkabel. Wahrscheinlich kam der Strom von Oma Friedas Hof oder wurde irgendwo illegal von einer Freilandleitung abgezapft. Vermutlich traf Ersteres zu, da das Elektrizitätswerk einen Stromdiebstahl schnell entdeckt hätte. Und für den Notfall oder um den Stromverbrauch halbwegs im Normalbereich zu halten, stand hier wahrscheinlich irgendwo als zusätzliche Energiequelle ein mobiles Stromaggregat herum.

Wir schlichen weiter und erreichten den Kopfteil der Zeltkonstruktion. Vorsichtig spähte ich um die Ecke.

Niemand zu sehen.

An der Seite des Zeltes gab es eine Türöffnung, die mit einer Plane verhängt war. Behutsam schob ich sie zur Seite und spähte ins Innere. Diffuser Lichtschein fiel aus dem Spalt ins Freie und meine Nase nahm sofort den charakteristischen Geruch von Cannabispflanzen wahr.

Ich warf Anna einen fragenden Blick zu. Sie blickte mich kurz an und nickte dann zustimmend.

Respekt!, dachte ich und lächelte sie an. Die Frau hat Mumm!

Ich zog mein Handy aus der Tasche und schaltete die Videofunktion ein, um das, was wir im Inneren vorfinden würden, zu dokumentieren. Mit einem Schwenk fing ich das Außengelände und die Zeltkonstruktion ein und hielt das Handy in Brusthöhe, als ich mit den Fingerspitzen die Zeltplane zur Seite schob und hindurchschlüpfte, dicht gefolgt von Anna.

Obwohl wir eine Cannabisplantage erwartet hatten, rissen wir vor Überraschung die Augen auf. Das Innere dieser Gewächshauskonstruktion war sehr geräumig. Unter dem Zeltdach waren lange Hängelampen angebracht, die den Raum mit dem für die Pflanzen lebenswichtigen UV-Licht bestrahlten. Obwohl das Zelt gut belüftet war, lag ein intensiver, jedoch nicht unangenehmer süßlich aromatischer Geruch über allem.

Die Cannabispflanzen standen in langen Kästen dicht an dicht, hatten aber genügend Abstand zueinander, sodass sie ungestört wachsen konnten. Die Größten von ihnen reichten mir bis zum Kinn. Die Bewässerungsschläuche gingen links und rechts vom Hauptschlauch ab, der im Mittelgang verlief. Insgesamt machte die Plantage einen äußerst durchorganisierten und gut gepflegten Eindruck.

Wenn Malte tatsächlich diese Anlage betrieb, war Oma Friedas Sorge, dass sich ihr Enkel nur für Computer interessierte, unbegründet gewesen. Der Job hier als Cannabiszüchter ging über einen lockeren Freizeitjob hinaus. Auch wenn die Bewässerung der Plantage automatisiert war, musste sie doch ebenso wie die Beleuchtung und Belüftung täglich kontrolliert werden.

»Was glaubst du, wie viele Pflanzen hier stehen?«, flüsterte ich Anna zu.

»Puh«, seufzte sie. »Schwer zu sagen.«

Sie ließ ihren Blick den Mittelgang entlangstreifen und maß danach mit ihren Augen die Breite der Zeltkonstruktion ab. »Ich schätze, so ungefähr eintausend Pflanzen.«

Wieder pfiff ich lautlos durch die Zähne und schwenkte mit der Kamera durch das Zelt, um Pflanzen, Bewässerungs- und Beleuchtungstechnik zu dokumentieren. Den Ertrag der Plantage konnte ich schwer einschätzen, da ich weder die Erntehäufigkeit noch den Ertrag einer Cannabispflanze einschätzen konnte. Trotzdem schätzte ich den Gesamtertrag der hier im Zelt befindlichen Pflanzen auf einen dreistelligen Kilogrammertrag. Ich konnte damit aber auch völlig danebenliegen.

Ich schaltete die Kamera aus und steckte das Handy in die Hosentasche, während ich mit den Fingerspitzen über die Blätter der Pflanze strich, die vor mir stand. Mit spitzen Fingern pflückte ich ein paar Handvoll der saftigen Blätter ab und stopfte sie in die Seitentasche meiner Cargohose.

»Lass uns verschwinden«, raunte Anna mir leise über die Schulter ins Ohr. »Du hast deine Beweise.«

»Einen Moment noch«, flüsterte ich zurück und ließ meinen Blick langsam über die Stromkabel wandern, die am Rahmen der Zelte befestigt waren. Ich vermisste die abgehenden Leitungen zu etwaigen Stromverbrauchern. Die armdicke Leitung mit dem gelben Blitz, der in Abständen von zwei Metern auf das Schwarz der Schutzummantelung aufgedruckt war, diente einem anderen Zweck als der Versorgung der Pflanzen, die friedlich vor uns standen und ihren typischen süßlich-würzigen Geruch verströmten.

Mit vorsichtigen Schritten folgte ich dem Gang, Anna dicht an meinen Fersen. Nachdem wir ein paar der Anbauelemente durchquert hatten, näherten wir uns einer Öffnung am Ende des letzten Zeltes, die, mit einer Plane verhängt, als Tür diente.

Vorsichtig steckte ich den Kopf hindurch.

»Schau sich das mal einer an«, flüsterte ich und stieß einen unhörbaren Pfiff aus. »Eine komplette Anlage!«

Anna schmiegte sich an mich und sah mir über die Schulter. »Wow!«, entfuhr es ihr. »Das ist ja fast wie bei *Breaking Bad*.«

»So was schaust du dir an?«, raunte ich, ohne den Blick von den Metalltischen zu nehmen, auf denen allerlei Utensilien aufgereiht waren, die zur Weiterverarbeitung der Marihuanapflanzen benötigt wurden: Kocher, Waagen, Plastiktrichter, Edelstahltöpfe, Laborgeräte sowie Filterpapier und jede Menge unterschiedlicher Plastiktüten, die wahrscheinlich als Verpackungsmaterial dienten.

»Na klar«, hauchte Anna mir ins Ohr, worauf sich eine wohlige Gänsehaut in meinem Nacken bildete. »Freu dich schon jetzt auf unsere Fernsehabende vorm Kamin.«

Bei solch verlockenden Aussichten musste ich mich schon zusammenreißen, um nicht den Grund unseres Ausflugs zu vergessen und mich Anna intensiv zu widmen. Also betrat ich das Labor und setzte meine Nachforschungen diszipliniert und mit Gänsehaut im Nacken fort.

»Butangas«, sagte ich halblaut und deutete auf den gegenüberliegenden Metalltisch, neben dem zwei bauchige Glasflaschen auf dem Boden standen. »Und daneben alles, was man für die Ölextraktion von Cannabispflanzen benötigt.«

»Du kennst dich aber gut aus«, sagte Anna anerkennend. »Wenn ich nicht wüsste, dass du Anwalt bist, könnte ich auf falsche Gedanken kommen.«

Ich lachte leise. »Berufskrankheit. Ich hatte früher ein paarmal als Strafverteidiger mit der Szene zu tun, du brauchst dir also keine Sorgen zu machen. Meine einzige Droge ist mein Ostfriesentee morgens.«

»Sonst nichts?«, kicherte Anna und presste ihren Oberkörper gegen meinen Rücken. »Mir würde da schon noch so das eine oder andere einfallen.«

»Ich lasse mich gerne zu neuen Erfahrungen verführen«, entgegnete ich mit rauer Stimme.

»Versprochen?«

»Versprochen!«

Trotz meines Flirts mit Anna ließ ich meinen Blick über die Sammlung Pappschachteln schweifen, in denen durch einen Wabeneinsatz aus grauer Pappe bruchsicher getrennt ein paar Hundert Glaszylinder fein säuberlich nebeneinander aufgereiht standen.

»Wofür sind die?«, wollte Anna wissen, die meinem Blick folgte.

»Das sind Butangas-Extraktoren«, antwortete ich. »Das Glasröhrchen wird mit gehäckselten Pflanzenteilen gefüllt. Das Butangas wird durch die Löcher in der Plastikkappe hineingeleitet. Dann muss man nur noch warten, bis das Gas verdampft ist, und das fertige Haschischöl kann entnommen werden.«

»So einfach geht das?«, staunte Anna. »Ich dachte immer, Haschisch gäbe es nur als Pulver.«

Ich schüttelte den Kopf. »Auch, aber nicht nur. Hauptsächlich werden die Blüten geerntet, da sich in ihnen mehr Harz befindet als in den Blättern und den restlichen Pflanzenteilen. Aber im Grunde kannst du alle Bestandteile der Pflanze verwerten.«

»Verstehe«, lachte Anna. »Warum sollte man etwas umkommen lassen, wenn man die Pflanze mit Stumpf und Stiel verwerten kann. Eine beneidenswert effektive Form der Landwirtschaft.«

»Aber verboten!«, erwiderte ich und trat an zwei hohe Kühlschränke heran.

In deren Fächern lagen fein säuberlich auf den Gitterrosten kleine schokoladentafelgroße Formen aufgereiht, die in ihrer Farbe ebenfalls an Schokolade erinnerten.

»Das hier sind Harzblöcke«, sagte ich und deutete in den Kühlschrank. »Das aus den Blüten gewonnene Haschischharz wird getrocknet und dann verpackt.«

»Wie viel ist das?«, fragte Anna, die mir über die Schulter spähte.

»Das ist nicht so viel«, antwortete ich. »Nicht für die Menge Pflanzen. Was hier trocknet, sind vielleicht drei bis fünf Kilo.«

»Was kostet so was?«

»Das kommt immer auf den Marktwert an«, sagte ich. »Aus meiner Zeit als Strafverteidiger weiß ich, dass ein Kilo Marihuana etwa zehntausend Euro bringen kann.«

Jetzt pfiff Anna durch die Zähne. »Na, das lohnt sich ja mal.«

Nachdenklich ließ ich meinen Blick durch das Zelt schweifen. »Hier wird nur produziert«, sagte ich. »Das Lager muss sich woanders befinden. Wäre interessant zu sehen, welche Mengen die Jungs hier produzieren.«

»Es ist aber nicht ungefährlich, was wir hier machen«, wandte Anna ein. »Jeden Moment könnte jemand auftauchen.«

»Stimmt«, erwiderte ich und ergriff ihre Hand. »Darum hauen wir jetzt auch ab.«

Wir verließen das Zelt und standen plötzlich im bleichen Mondlicht.

Ein paar Meter seitlich ragten die Umrisse eines großen Mannschaftszeltes von ungefähr acht mal acht Metern auf. Die Stofffenster des Zeltes waren an der Zeltleinwand verknüpft und machten nicht den Eindruck, als hätte jemand vor, sie irgendwann einmal zu öffnen.

»Noch mehr Pflanzen?«, wisperte Anna.

»Lass uns mal nachschauen«, entgegnete ich leise.

Vorsichtig schlichen wir näher.

Als ich die Zeltplane, die den Eingang verhängte, einen Spalt öffnete, stellte ich fest, dass unsere Vorsicht für den

Moment unbegründet gewesen war. Im Innern des Zeltes, das mit einem weißen, fast steril aussehenden Innenzelt ausgekleidet war, befand sich kein Mensch. Stattdessen wurden wir von einer Galerie an Notebooks und überdimensional großen Monitoren empfangen, vor denen diverse kabellose Tastaturen und Mäuse platziert waren.

»Was ist das denn hier?«, raunte Anna. »Die Gebühreneinzugszentrale?«

Ich glückste leise in mich hinein. Die Frau war nicht nur tough, sie hatte auch noch Witz.

Ihre Frage war aber berechtigt. Auch wenn kein Mensch anwesend war, waren sämtliche Geräte in Betrieb und die Bildschirme tauchten den Raum in das typische Licht, bei dem es allein schon deshalb nicht verwunderte, dass Computer-Nerds wie Malte immer so bleich aussahen, als würde die Sonne für sie nicht scheinen.

Auf einigen Monitoren waren bunte Grafiken zu sehen, die offenbar einen Countdown anzeigten. Anders konnte ich mir die abwärts zählenden Digitalanzeigen, die Uhren darstellen sollten, nicht erklären. Auf anderen Bildschirmen blinkten die aktuellen Börsenkurse des Tages.

»Schau mal hier.« Anna zeigte zu einem Arbeitsplatz, auf dem ein silbern glänzendes Notebook der Oberliga stand; auf dem Display war das Einlogmenü einer mir vertrauten Großbank aufgerufen, als würde hier jemand ständig seine Kontobewegungen kontrollieren wollen.

»Ich glaube, du hast recht.« Mit lautlosen Schritten trat ich an das Notebook heran und vermied es tunlichst, irgendetwas anzufassen.

Zu groß war die Gefahr, etwas auszulösen, was gefährlich war und wir nicht kontrollieren konnten. Stattdessen schoss ich ganze Serien von Fotos von den Gerätschaften und Monitoren samt dem, was sie abbildeten.

»Die sind alle online«, stellte Anna mit flüsternder Stimme fest. »So, als würden sie auf etwas warten.«

»Oder etwas vorbereiten«, ergänzte ich ihre Überlegungen.

Auf mich machte das Zeltinnere den Eindruck einer Kommandozentrale. Beim zweiten und dritten Blick erschloss sich mir die Systematik des Inventars. Es handelte sich um mehrere Arbeitsplätze, von denen jeder mit dem gleichen Set an Bildschirmen, Rechner und sonstigen Gerätschaften ausgestattet war.

Lautlos zählte ich die bequem aussehenden und qualitativ hochwertigen Bürostühle mit den futuristisch-ergonomisch geformten Rückenlehnen und Sitzpolstern und kam auf insgesamt vier.

»Passt«, knurrte ich, denn auch die Waschutensilien waren genau vier Personen zuzuordnen.

Als ich erkannte, dass der Raum in vier Arbeitsbereiche unterteilt war, wurde mir sofort klar, dass es sich nur um die Arbeitsplätze von Malte und seinen Gästen handeln konnte.

Was treibt ihr hier?, dachte ich und musterte nachdenklich die sehr professionelle Ausstattung.

»Das sieht nicht aus, als würden die hier halbe Sachen machen«, stellte Anna fest. »Meinst du, das hier hat etwas mit dem Marihuana zu tun?«

Ich schüttelte den Kopf.

»Nur, wenn Cannabis seit Neuestem an der Börse gehandelt wird«, erwiderte ich und beugte mich zu einem der überdimensionalen Bildschirme hinunter, auf dem die Börsenkurse eingefroren den aktuellen Tagesendstand zeigten.

»Lass uns von hier verschwinden«, bat Anna. »Mir ist das alles nicht mehr geheuer.«

»Sofort«, antwortete ich und schoss eine Bildserie von dem Arbeitsplatz mit den Börsenwerten.

Ich warf einen letzten Blick in die Runde. Offenbar lief hier ein Rund-um-die-Uhr-Projekt, da sich alle Geräte im Arbeitsmodus befanden. Ihre menschlichen Pendants schienen hingegen Feierabend gemacht zu haben.

»Allzeit bereit«, ging mir der Slogan einer alten Werbekampagne durch den Kopf. Aber wofür?

Ich würde – entweder heute Nacht noch oder spätestens morgen früh – versuchen, im Internet so viel wie möglich über diese Börsentools und Grafiken herauszufinden.

»Ja, lass uns von hier verschwinden«, bestätigte ich Annas Bitte und nahm ihre Hand, die sich trotz ihrer aufkommenden Nervosität angenehm warm und trocken anfühlte. »Nicht, dass doch einer der Typen hier auftaucht.«

»Nichts lieber als das!«, flüsterte Anna. »Ich will hier schleunigst weg!«

24

Der Jeep tuckerte im Leerlauf.
Anna war mit ihrem Wagen direkt bis vor meine Haustür gefahren. Sie machte keine Anstalten, den Motor auszuschalten.

»Ein ereignisreicher Abend«, stellte ich mit matter Stimme fest und beobachtete angestrengt ein paar Insekten, die im Scheinwerferlicht einen Tanz aufführten.

»Ein ereignisreicher Tag!«, korrigierte Anna mich, während sie auf die Motorhaube des Jeeps starrte.

Sie hatte recht. Der ganze Tag hatte es mächtig in sich gehabt und mir die reinste Gefühlsachterbahn präsentiert: Vom Spähtrupp in der Marihuanaplantage über tiefschürfende Männergespräche bis hin zu nervenaufreibenden Begegnungen im Flur des *Hohen Hauses* war alles dabei gewesen.

Ganz oben auf der Gefühlsskala aber stand das Zusammensein mit Anna!

Den ganzen Tag über hatte ich Annas Nähe, ihre Berührungen und ihre Art, mit mir umzugehen, genossen. Zugegeben – zunächst war ich ihr gegenüber ziemlich spröde und distanziert gewesen. Ich hatte mich streckenweise unbeholfen gefühlt und mich wohl auch entsprechend verhalten. Im Verlauf des Tages aber taute ich immer mehr auf.

Es war still im Wagen. Ich hörte nur Annas leise Atemzüge. Sie starrte ebenso wie ich durch die Windschutzscheibe.

Wir sahen uns nicht an. Es war, als würden wir beide an das Gleiche denken, uns aber nicht trauen, es auszusprechen.

Während ich dem Scheibenwischer bei seiner monotonen Arbeit zusah, verspürte ich tief in meinem Innern eine zunehmende Leichtigkeit, als sich in mir eine emotionale Tür schloss und sich gleichzeitig eine andere für meine Gefühle öffnete. Den Lebensabschnitt mit Traute hatte ich beendet.

Wie befreit atmete ich tief durch und wandte mich Anna zu.

»Der Abend muss ja noch nicht zu Ende sein ...«, sagte ich mit ruhiger Stimme, da ich mir nun nicht mehr selber im Weg stand.

Es fühlte sich zwar sehr ungewohnt an, aber dafür ehrlich und richtig, als ich Anna das Angebot machte, das heutige Zusammensein nicht hier im Wagen, sondern gemütlich mit einem Glas Rotwein vor dem Kamin ausklingen zu lassen.

»Ein sehr verlockender Gedanke, mein Lieber«, sagte Anna mit sanftem Lächeln. »Trotzdem, oder vielleicht gerade deshalb, fahre ich lieber nach Hause.«

»Verstehe«, murmelte ich enttäuscht. Verstand ich wirklich?

Aber was hatte ich erwartet? Etwa, dass Anna mir sofort um den Hals fällt, wenn ich endlich den Startschuss gebe?

»Ich glaube, im Moment bist du nur enttäuscht«, erwiderte Anna und legte ihre Hand auf meinen Unterarm. »Du brauchst Zeit. Und ich möchte dir gerne alle Zeit geben, die du brauchst. Ich möchte nicht, dass du dich auf etwas einlässt, solange du noch nicht bereit dafür bist.«

»Aber ich ...«, setzte ich an.

»Pscht«, machte Anna und legte ihre Fingerspitzen auf meine Lippen. »Wir haben Zeit. Wir müssen nichts überstürzen.«

Ihre Fingerspitzen fühlten sich zart an.

Ich nickte. Anna hatte recht. Wir hatten alle Zeit der Welt. Niemand drängte uns und niemand forderte etwas.

»Gute Nacht, Jan.« Ihre Fingerspitzen machten ihren Lippen Platz.

Als sich unsere Lippen voneinander lösten, hatte ich nicht das Gefühl, auf etwas zu verzichten, wenn wir die heutige Nacht nicht miteinander verbrachten. Ich hatte eher das kribbelnde Gefühl der Vorfreude auf die Nächte, die noch vor uns lagen, wenn ich diesen Fall abgeschlossen hatte.

Der Fall!

Uz!

Hilde Lürs!

Seufzend öffnete ich meine Augen und zwinkerte in das vom Scheinwerferlicht sanft erleuchtete Wageninnere. Für einen Moment hatte ich Uz, das dubiose Duo Gesine Uhland/Dorndreher und – ich gebe es zu – auch meine Mandantin vollkommen vergessen.

Ist ja auch kein Wunder, dachte ich und schaute in Annas Augen, die mich zärtlich ansahen.

»Gute Nacht«, sagte nun auch ich und gab ihr noch einen letzten Kuss, bevor ich ausstieg.

Ich drückte die Beifahrertür des Geländewagens ins Schloss und trat einen Schritt zur Seite, damit Anna wenden konnte. Sie legte den Rückwärtsgang ein, während sie mir einen Luftkuss zuwarf, und lenkte ihren Wagen zurück auf den holprigen Weg, der von meinem alten Kapitänshaus wegführte.

Versonnen blickte ich den immer kleiner werdenden Rücklichtern nach, bevor Annas Wagen ganz aus meinem Blickfeld verschwand.

Motte sah mich vorwurfsvoll an, als ich die Haustür öffnete. Er saß regungslos in der Diele und wartete hoheitsvoll auf meine Begrüßung.

»Moin, Dicker«, lachte ich. »Na, was ist los? Hast du Hunger oder Sehnsucht?«

Die nächste halbe Stunde verbrachte ich damit, meinem Dicken seine vermissten Streicheleinheiten zu verabreichen. Als er gebührend gekrault und gestreichelt worden war, erhob er sich würdevoll und schritt majestätisch in die Küche, um mich an meine Pflichten zu erinnern.

Glücklicherweise hatte ich für Motte noch eine ordentliche Portion seines Lieblingsfutters im Kühlschrank: Lunge mit Reis. Motte ließ mich nicht aus den Augen, während ich den Kochtopf auf den Herd stellte und ihm seine Mahlzeit aufwärmte. Da ich noch immer pappsatt von Gretas Labskaus war, reichte mir als Abendbrot ein kühles Bier. Mit einem lauten Plopp ließ ich den Verschlussbügel der kleinen Flasche aufschnappen und nahm einen tiefen Schluck.

Nachdem Motte es sich mit einem lauten und nicht ganz geruchsneutralen Rülpser vor dem Kamin bequem machte, genehmigte ich mir ein zweites Bier und machte es mir meinerseits an meinem Schreibtisch bequem.

Ich kramte in den Untiefen meiner Schreibtischschubladen das Verbindungskabel meines Handys heraus und übertrug zunächst einmal die Fotos, die ich von Gesine Uhland und ihrem angeblichen Bruder geschossen hatte, auf meinen Rechner.

»Moin, Gesine Uhland aus Wilhelmshaven«, begrüßte ich die Frau auf dem Foto, das in erstaunlich guter Qualität auf dem Monitor erschien.

»Moin, du Arsch!«, begrüßte ich das markante Gesicht Dorndrehers in dem Video, das ich heimlich an der Rezeption des *Hohen Hauses* von dem skalpellschwingenden Jogger gemacht hatte.

Ich nahm einen Schluck Bier und musterte die beiden Aufnahmen eingehend. Obwohl ich auf das kleinste Detail achtete, fiel mir nichts auf, was mich in meinen Recherchen weiterbringen würde. Als ich das Foto aufrief, das ich der Einfachheit halber von Chrissis Zimmerplan des *Hohen Hauses* gemacht hatte, knallte ich die Bierflasche vor Begeisterung so laut auf die Tischplatte, dass sogar Motte den Kopf hob und einen missbilligenden Knurrlaut von sich gab.

»Daran hätte ich ja auch gleich denken können«, murmelte ich und vergrößerte das Foto, sodass ich den Eintrag des Zimmerplans deutlich lesen konnte:

Krummhörn 19
Gesine Uhland – Wilhelmshaven
Andreas Dorndreher – Wilhelmshaven

Nun, da ich die Namen und Vornamen von beiden wusste, würde ich mich etwas näher mit ihnen beschäftigen.

Als Erstes gab ich *Andreas Dorndreher* in die Suchmaschine meines Rechners ein und scrollte durch die lange Liste der Einträge, die mir angezeigt wurde.

»Sieh an, sieh an«, murmelte ich und überflog konzentriert die Stichwörter der Einträge.

Als mir bereits beim dritten Eintrag der Hinweis auf den beruflichen Hintergrund des Mannes entgegensprang, schüttelte ich ungläubig den Kopf.

Sollte die Lösung so einfach sein?

Dr. Andreas Dorndreher: Two Immunologists working in the Pacific
Dr. Andreas Dorndreher: Kosten-Nutzung-Abwägung im Kontext Artenschutz – Pharmanutzen
Dr. Andreas Dorndreher: Zellbiologie der Chironex fleckeri

Ich öffnete den angegebenen Link und gelangte auf die Website der Gallus-Stiftung, einer Gesellschaft für Naturforschung mit Schwerpunkt Meeresbiologie – dem Arbeitgeber von Andreas Dorndreher. Die Gallus-Stiftung war im Jahr 1840 in Wilhelmshaven gegründet worden und hatte als gemeinnützige Organisation ihren Sitz in Frankfurt am Main. Die Gesellschaft verfolgte das Ziel, meeresbiologische Naturforschungen zu betreiben und die Ergebnisse ihrer Forschungen der Allgemeinheit zur Verfügung zu stellen.

Dr. Andreas Dorndreher war einer der leitenden Wissenschaftler der Gesellschaft. Und Koordinator der Kooperationsgruppe mit der *Sancta*-Gruppe, einem weltweit agierenden Pharmakonzern mit Sitz in den Niederlanden.

Na, dachte ich spöttisch. … dann ist es mit der Gemeinnützigkeit auch nicht mehr weit her.

Ich griff zum Telefon, das auf meinem Schreibtisch lag, und rief eine abgespeicherte Nummer im Adressbuch an.

Nach dem dritten Freizeichen meldete sich Tillmann. Erfahrungsgemäß war er auf seinem Handy auch nach Dienstschluss zu erreichen.

»Moin, Doc«, begrüßte ich den Pathologen. »De Fries hier.«

»Was verschafft mir die … den … äh…«, erklang Tillmanns lallende Stimme so unverständlich aus dem Hörer, dass ich die Hälfte erraten musste. »Moin, Herr de Fries.«

»Was ist denn mit Ihnen los, Doc?«, lachte ich amüsiert, denn ich kannte Tillmann bislang nur knochentrocken und wusste gar nicht, dass er auch mal einen zu viel trank. »Haben Sie am Formalin genascht?«

»Aach …«, machte Tillmann lang gezogen, »… wenn Sie wüssten …«

»Ist irgendetwas passiert?«, wollte ich wissen und vermutete sofort, dass Tillmanns Zustand mit dem Verhalten meiner Tochter zusammenhing.

»Nichts!«, entgegnete er, sichtlich bemüht, nüchtern zu klingen, was seine Aussprache noch schwerer verständlich machte. »Das ist es ... ja, genau ...«, brach er ab und hustete lautstark, da er offenbar einen Schluck gemacht hatte, während er mir etwas erzählen wollte. »Thyra ...«

Ich wartete so lange, bis er seinen Hustenanfall überstanden hatte, und scrollte mich unterdessen weiter durch die Unmenge der naturwissenschaftlichen Fachaufsätze und Vorträge. Dorndreher hatte eine ganze Reihe wissenschaftlicher Abhandlungen veröffentlicht. Die Website der Gallus-Stiftung widmete allein seinen Forschungsergebnissen eine eigene Seite. Obwohl ich nicht allzu viel von den naturwissenschaftlichen Themen verstand, war auch für mich als Laie zu erkennen, dass die Zusammenarbeit mit dem niederländischen Pharmakonzern eine sehr enge zu sein schien. Schwerpunkt von Dorndrehers Fachaufsätzen neueren Datums war die Behandlung von Zivilisationskrankheiten wie Rheuma, Depressionen, Bluthochdruck und diverser anderer akuter oder chronischer Erkrankungen durch Froschgifte.

»Thyra ... die deine Tochter ist, Herr von Fries ... die ...«, Tillmann suchte nach Worten, die ihm aufgrund seines Alkoholkonsums entfallen zu sein schienen, »... die ist nicht hier, falls du das fragen wolltest. Ich erreiche sie nicht. Telefon aus. Schluss aus. Ende. Kein Anschluss unter ...« Der Rest seines Satzes ging in seinem immer leiser werdenden Gebrabbel unter.

»Kambo-Therapie«, sagte ich lautlos und tippte den Begriff in die Suchmaschine.

Während mir Tillmann wortreich und umständlich bis unverständlich erklärte, dass er Thyra nicht erreichen konnte, sie sich in den letzten Wochen immer distanzierter ihm gegenüber verhalten habe und sie beide ..., an dieser Stelle seines Vortrags legte ich den Hörer beiseite – und das nicht nur, um beide Hände für die Tastatur frei zu haben. Es gibt einfach Dinge, von denen möchte ein Vater definitiv nichts wissen.

Die Meinungen über die Behandlung mit dem Gift des Riesenmaki-Froschs gingen kontrovers auseinander. Während die einen auf die Energie des aus Froschsekret gewonnenen Giftes schworen, sprachen die anderen von den Gefahren eines anaphylaktischen Schocks, in dessen Verlauf es zum Tod kommen konnte. Die Kosten für therapeutische Einzelsitzungen lagen bei einem Stundenpreis von zweihundertfünfzig Euro aufwärts.

Ein stolzes Sümmchen, wenn eine Therapie nur als erfolgversprechend beschrieben wurde, wenn sie mindestens zwölf Einzelsitzungen umfasste.

»Ganz schön viel Geld, um sich die Seele aus dem Leib zu kotzen«, fand ich, denn in einem Artikel las ich, dass die Inhaltsstoffe des Froschgiftes binnen Sekunden das Blut- und Lymphsystem erreichen, was eine reflexartige Entleerung des Magens zur Folge hat. »Der Körper reinigt sich, indem er bis zu zwei Liter Flüssigkeit von sich gibt: Schwermetalle, Medikamentenrückstände, Pestizide, Toxine und was weiß ich nicht alles würde durch diese Entgiftung aus dem Körper entfernt«, las ich.

»Sind Sie noch da, Herr Fries?«, fragte es aus dem Hörer und ein dezentes Rülpsen folgte. »Ich wollte Sie mal was fragen.«

»Nur zu«, forderte ich ihn auf. »Was möchten Sie denn wissen?«

»Hältst du mich für einen ... einen ... komischen Vogel, Herr Fries?«, fragte mich Tillmann mit schwerer Stimme.

»Ich halte Sie für einen exzellenten Gerichtsmediziner und einen sehr ... sagen wir mal ... individuellen Typen: sympathisch, ehrlich und mit dem Herzen auf dem rechten Fleck. Und wie gesagt – ziemlich individuell.«

»Ich habe gefragt, ob du mich für einen komischen Vogel hältst!«, wiederholte Tillmann seine Frage mit der typischen Hartnäckigkeit eines alkoholseligen Gastes, der die Barfrau nach ihrer Telefonnummer löchert.

»Eindeutig!«, beantwortete ich seine Frage konsequent ehrlich. »Ich halte dich für einen seltenen und manchmal auch komischen Vogel. Und wenn du schon beim Du bist, können wir auch gleich dabei bleiben«, schlug ich vor.

»Theodor«, stellte sich Tillmann vor und ich sah ihn im Geiste sein Glas heben. »Prost, Jan!«

»Jan«, erwiderte ich ebenso formell und hob meine Bierflasche, um mit der Kante freundlich gegen den Telefonhörer zu klopfen. »Prost, Theo.«

Ein längeres lautes Glucksen tönte aus dem Hörer und ich hoffte, dass Tillmann nichts Hochprozentiges in sich hineingluckern ließ.

»Jetzt habe ich aber auch mal eine Frage, Theo«, unterbrach ich das Geräusch. »Wie heißt noch mal das Fleckenvieh, an dessen Gift die fünf Muschelfischer gestorben sind?«

»Ha!«, rief er. »De Fries ist noch bei der Arbeit.«

»Stimmt«, erwiderte ich und verspürte einen ersten Anflug von Ungeduld. »Wie war noch gleich der Name von dieser Qualle?«

»*Chironex fleckeri*«, sagte Tillmann klar und deutlich, als stünde er im Hörsaal und hielte einen Vortrag vor Medizinstudenten. »Das Gift der Würfelqualle aus der Familie der Chirodropida: Unterart *Chironex fleckeri*.«

Ich runzelte erstaunt meine Augenbrauen.

Meinen Namen konnte Tillmann nur noch lallen, aber die exotischsten lateinischen Namen von Viechern, die mit Sicherheit nicht Bestandteil seiner täglichen Arbeit als Gerichtsmediziner waren, sagte er wie aus der Pistole geschossen auf. Tillmann war wirklich ein komischer Vogel.

»Danke für die Information, Doc«, sagte ich anerkennend.

Da er noch zweimal nachfragte, ob ich wisse, wo Thyra sei, erklärte ich ihm umständlich, dass meine Tochter zwar bei mir wohne, ich aber nicht über jeden ihrer Schritte informiert sei. Auch als er mich bat, doch mal nachzuschauen, ob sie in ihrem Zimmer sei, erklärte ich ihm, dass Thyra eine erwachsene Frau sei und ich sie nicht kontrollieren würde.

»Warte einfach bis morgen, Theo«, riet ich ihm. »Bei deinem Anliegen solltest du vielleicht besser artikulieren können und nicht über jedes zweite Wort stolpern.«

»Du hast ja recht«, stimmte er mir zu, wobei seine Stimme einen kläglichen Ton angenommen hatte. »Aber ich will doch nur …«

»Hör auf zu jammern!«, befahl ich ihm wie ein autoritärer Unteroffizier, der seinem Gefreiten gerade beibringt, dass es überhaupt nicht schlimm sei, durch das nächste Schlammloch zu kriechen.

Mit einem plötzlich einsetzenden Schluckauf verstummte Tillmann abrupt.

»Was trinkst du eigentlich die ganze Zeit?«, fragte ich besorgt, denn wenn er die ganze Zeit Whiskey oder Brandy in sich hineinkippte, würde ich ihn entgiften lassen müssen.

»Einen ganz hervorragenden 2015er Bodegas Miquel Oliver Son Calo Negre«, schwärmte er sogleich. »Ein ausgezeichneter Rotwein, den ich auf Mallorca kennengelernt habe. Ich habe mir im letzten Urlaub aus Petra, einem winzigen Städtchen im Norden der Insel, eine ganze Kiste mitgebracht.«

Ich ermahnte ihn noch, die Flasche jetzt mal langsam zu verkorken und sich ins Bett zu legen. Nachdem Tillmann mir mit halbwegs stabiler Stimme versichert hatte, meinem Ratschlag zu folgen, verabschiedeten wir uns voneinander.

»Gute Nacht, Jan«, sagte Tillmann und hörte sich etwas nüchterner an, vielleicht hatte der fachliche Vortrag seinen

Alkoholpegel etwas ausgebremst. »Falls du noch etwas zu der *Fleckerl* wissen möchtest, ruf einfach an. Du weißt ja, wie du mich erreichst.«

»Mach ich, Theo«, antwortete ich. »Und nu hau mal den Korken zurück in die Flasche. Du hast genug für heute Abend!«

»Mach ich. Und bist du bitte so nett …«, sagte Tillmann kleinlaut, »… und sagst Thyra bitte nichts davon, dass ich nach ihr gefragt habe?«

»Ich weiß gar nicht, dass du angerufen hast«, entgegnete ich demonstrativ unschuldig.

Damit beendete ich mein Gespräch mit dem Pathologen und war heute schon gespannt auf sein Gesicht, wenn wir uns das nächste Mal wiedersehen würden.

Ich holte mir ein frisches Bier aus dem Kühlschrank und setzte mich wieder an meinen Schreibtisch.

Du hast es ja gerade nötig, dachte ich selbstkritisch. Dem armen Doc verbietest du seinen Depressionsrotwein und selber genehmigst du dir schon das dritte Bier.

Ein wirklich schlechtes Gewissen hatte ich jedoch nicht, denn die Flaschen mit dem Bügelverschluss waren wirklich klein. Ich nahm einen kräftigen Schluck und gab Gesine Uhlands Namen und den im Zimmerplan angegebenen Wohnort Wilhelmshaven ins System ein. Auch bei ihr zeigte die Suchmaschine eine ellenlange Liste mit Links an, die im Zusammenhang mit ihrem Namen standen.

»Mal schauen«, murmelte ich gedankenverloren, während ich durch die Suchergebnisse scrollte.

Wie erwartet war Gesine Uhland, wie es heutzutage üblich ist, mit allen möglichen sozialen Medien verknüpft, von denen Claudia und Thyra mir oft erzählten. Ich stöberte querbeet durch die angezeigten Links und fand auch zwei Profile von ihr, in denen sie allerdings keine Fotos von sich eingestellt hatte, sondern die Großaufnahme der Takelage eines Windjammers.

Macht ja Sinn, wenn man aus Wilhelmshaven kommt und im Internet sein Gesicht nicht zeigen will, dachte ich missmutig.

Ich durchforstete noch eine ganze Weile das Internet und gab es dann auf, nach Hintergrundinformationen von Gesine Uhland zu suchen. Stattdessen nahm ich mir erneut ihren angeblichen Bruder vor.

Bei ihm hatte ich mehr Glück. Auf der Website der Gallus-Stiftung prangte sein offizielles Foto, ganz seriös im weißen Kittel, den er über Anzug und Krawatte trug. Dorndreher entsprach in der Art, wie er sich präsentierte, dem Aussehen, das man bei einem Wissenschaftler und Kooperationskoordinator einer Organisation mit Sitz in Frankfurt erwartete.

Aber es gab auch den anderen Dorndreher: im Laufdress beim Berlin-Marathon, auf dem Siegerpodest eines Kreismarathons mit im Siegestaumel hochgerissenen Armen.

Konzentriert folgte ich seinen digitalen Fußspuren in jede nur erdenkliche Richtung, die er durch seine beruflichen und privaten Aktivitäten hinterlassen hatte. Ich wusste nicht, ob ich erschrocken oder beeindruckt sein sollte, mit welcher Leichtigkeit ich Einblick in Dorndrehers Leben bekam.

Als Marathonläufer lieferte er ebenso viele Hinweise und Hintergrundinformationen zu seiner privaten Person, wie seine persönlichen Pressemitteilungen über Forschungsprojekte und fachliche Publikationen umfassende Auskunft über sein berufliches Wirken gaben.

Beschrieben ihn Rezensionen und fachliche Meinungen von Berufskollegen als eloquenten Redner, brillanten, zielorientierten und weit über das Maß hinaus engagierten Forscher, der sein Privatleben immer hinter seine Arbeit stellte, so waren die Pressestimmen und Sprüche von Sportskameraden in den sozialen Medien in ihrer Aussage ähnlich, aber deutlicher: »besessener Läufer, der über jede Grenze geht, lieber auf der

Strecke sterben als aufgeben, manischer Wettkämpfer, erfolgsgeil, brutale Kampfsau«.

Ich musste kein Psychologe sein, um mir aus den umfangreichen Selbstdarstellungen, Presseberichten und Dialogen von Kollegen und Sportsfreunden ein Bild von Andreas Dorndreher machen zu können: Der Mann war rücksichtslos, selbstverliebt, egoistisch und brutal. Eigenschaften, die Eloquenz, gutes Aussehen und Intelligenz nicht ausschlossen, sondern ihn eher noch gefährlicher machten. Das Bild, das ich mir durch die öffentlich zugänglichen Informationskanäle machen konnte, passte ziemlich genau auf die Art und Weise, wie ich ihn auf dem Deich erlebt hatte, als er Motte und mich attackierte.

»Fehlt nur noch unberechenbar und durchgeknallt!«, sagte ich zu dem breit in die Kamera grinsenden Psychopathen, der soeben auf einen Klick hin auf meinem Bildschirm aufgetaucht war. Eloquent hin oder brillant her, für mich war der Typ hochgradig gestört. Das Foto zeigte einen triumphierenden Andreas Dorndreher, neben dem eine ebenso begeisterte Gesine Uhland eine Sektflasche hochhielt.

»Ach, sieh an!« Gespannt rutschte ich näher an den Monitor heran, um die Fotounterschrift des Presseartikels besser erkennen zu können.

Knapp am Cup vorbei!
Nur knapp verpasste die ARTEMIS den Sieg beim diesjährigen Wilhelmshaven-Sailing-CUP. Mit von der Partie war auch in diesem Jahr wieder der begeisterte Segler und Naturwissenschaftler Dr. Andreas Dorndreher mit seiner Frau Thekla Dorndreher-Schmiss.

Den restlichen Artikel überflog ich schnell und erfuhr, dass Dorndreher mit seiner Frau Thekla, alias Gesine Uhland, alias

Celine, im vergangenen Jahr an der ältesten Traditionssegler-Regatta der Nordsee teilgenommen hatte.

»Hab ich es mir doch gedacht!«, knurrte ich grimmig. »Von wegen Brüderlein und Schwesterlein.«

Bei dem Wilhelmshaven-Sailing-CUP stechen zwölf Traditionssegler, sogenannte Windjammer, in See. Das Spektakel ist bei Firmen beliebt, da sich das Segelevent nach Angaben des Veranstalters besonders gut als Kommunikationsplattform eignet.

»Das kann ich mir gut vorstellen«, murmelte ich leise, während ich den Artikel weiterblätterte. »Deshalb hat *Sancta Pharm* auch gleich das ganze Schiff gechartert und die Gallus-Stiftung zu einem Firmenevent eingeladen.«

Es folgten noch ein paar Fotos, die das Einlaufen der Windjammer durch die Kaiser-Wilhelm-Brücke und ein abendliches Höhenfeuerwerk zeigten.

»Nobel, nobel«, sagte ich und gab als neuen Suchbegriff *Thekla Dorndreher-Schmiss* ein.

Diesmal wurde ich fündig. Und zwar doppelt.

Zunächst wurden jede Menge Fotos der Frau mit den zwei Aliasnamen angezeigt. Auf vielen Fotos war sie sehr gut zu erkennen. Sie war eine sehr attraktive Frau mit einer wohlgerundeten Figur und sinnlicher Ausstrahlung.

Kein Wunder, alter Freund, dachte ich mitfühlend an Uz, als ich mir die Bilder ansah. Ich kann dich sehr gut verstehen. Mit der Frau hätte ich mich auch nach Südamerika weggeträumt.

Auf einigen älteren Bildern erschien die Frau mit deutlich längeren Haaren und verschiedenen Haarfarben, die einen vollkommen anderen Typ aus ihr machten. Auf mehreren Fotos war sie mit langem blondem Haar zu sehen und erinnerte mich an eine Talkmasterin im Fernsehen, deren Name mir zwar nicht einfiel, deren blonde Mähne und üppige Formen mir aber im Gedächtnis geblieben waren.

»Alter Chauvi«, schimpfte ich mich selber und warf Motte einen Blick zu, der sich gerade aufsetzte und zu überlegen schien, ob er sich noch einmal einen Happen in der Küche holen sollte. »Du bist nicht gemeint. Jedenfalls nicht heute. Und nichts verraten, das bleibt unter uns Männern!«, rief ich ihm hinterher, als er schlaftrunken Richtung Futternapf wankte.

Nachdem ich im Menüband der Suchmaschine vom Symbol für *Fotos* auf *Allgemein* gewechselt hatte, wurden mir jede Menge Links angezeigt, die entweder auf soziale Medien oder Erwähnungen im Zusammenhang mit ihrem Mann verwiesen.

Ich fand keinerlei Hinweise darauf, dass die Frau, die sich Uz als Celine vorgestellt hatte, beruflich in Sachen Werbung, Marketing oder Eventplanung unterwegs war, wie sie behauptet hatte. Ebenso wenig fand ich eine Erklärung, wieso sie Uz mit technischem Wissen über Seefahrt oder Boote beeindrucken konnte.

Plötzlich wurde mir mit einem Link beeindruckend vor Augen geführt, weshalb es immer heißt, das Internet vergisst nichts.

Thekla Schmiss: Geschäftsführerin Love 4you
Zu zweit durch den Sommer – Singles mit
Niveau – Sexy & Seriös

»Was ist das denn?«, rief ich überrascht aus und glaubte meinen Augen nicht zu trauen. »Ist das eine Singlebörse oder ein Escortservice?«

Ein Klick auf den Link, der ein paar Jahre alt war und sich vermutlich auf den Geburtsnamen der Frau bezog, brachte Klarheit über den beruflichen Hintergrund der Frau mit den vielen Aliasnamen.

Bei dem Unternehmen *Love 4you,* bei dem Thekla Schmiss als Geschäftsführerin benannt war, handelte es sich um ein Datingportal.

Auf der bordeauxfarbenen Website klärten mich Gütesiegel, Prüfhinweise und eine attraktive junge Frau, deren Foto sich mit dem eines smarten jungen Mannes im Sekundentakt abwechselte, darüber auf, dass ich mich hier auf einer seriösen Partnervermittlungsseite befand, die nachweislich neunundneunzig von hundert Paaren glücklich gemacht hatte.

»Wer's glaubt, wird selig«, lachte ich spöttisch.

Es war nicht so, dass ich hinter Partnervermittlungsbörsen grundsätzlich etwas Schlimmes vermutete. Ich hatte schon mal selber mit dem Gedanken gespielt, mich bei den Datingportalen mal umzuschauen. Bis ich dann seinerzeit Traute über den Weg gelaufen war und sich das Thema für mich erledigt hatte.

Ich klickte den winzigen Link mit der Überschrift »Impressum« an und sah meine Zweifel bestätigt. Neben Angaben zur Umsatzsteuernummer und einem Eintrag ins Handelsregister war auch der Name der Online-Partnervermittlung angegeben:

TS Media GmbH mit Firmensitz in
Wilhelmshaven,
Geschäftsführerin: Thekla Schmiss

Jetzt war mein Jagdtrieb geweckt und ich wollte wissen, was sich hinter der Firma *TS Media* verbarg. Ohne lang nachzudenken, loggte ich mich in das Aufnahmeformular für Neukunden auf der Website ein und registrierte mich als solcher. Eine virtuelle Assistentin fragte mich, ob ich ein Mann oder eine Frau sei und ob ich eine Frau oder einen Mann in der Konstellation Mann–Mann beziehungsweise Frau–Frau suche. Ich outete mich als Klassiker und gab an, dass ich eine Frau suchte.

Nachdem ich ein Drei-Monats-Abo abgeschlossen und mich durch einen psychologischen Test geklickt hatte, wurde ich als neues Premiummitglied begrüßt. Mit der Begrüßung erhielt ich Zugang zu den partnersuchenden Damen sowie eine Liste mit Favoritinnen, die mit meinem Profil eine höchstmögliche Übereinstimmung erzielt hatten.

Nach zwei attraktiven Damen, einer Zahnärztin und einer Architektin, strahlte mich Thekla Schmiss mit gewinnendem Lächeln an. Diesmal hieß sie Isabel Lindgren und war von Beruf Richterin.

»Hallo, Frau Kollegin«, lachte ich amüsiert. »Das ging ja schnell mit der Beförderung!«

Zwar hatte ich noch immer keinen Schimmer davon, was die Frau mit den jadegrünen Augen gemeinsam mit Dorndreher ausbrütete. Aber dass es sich um eine krumme Sache handelte, stand für mich ebenso fest wie mein Verdacht, dass sie die Fischer der *Adele* vergiftet hatte, und die Tatsache, dass ihr Mann mir ein Skalpell zwischen die Rippen gestoßen und meinen Hund fast zu Tode stranguliert hatte. Thekla Schmiss betrieb Partnervermittlung als ein Geschäft. Hinter ihrem Interesse an Uz schien noch etwas ganz anderes zu stecken, als ich mir im Moment zusammenreimen konnte.

»Was habt ihr vor?«, flüsterte ich nachdenklich. »Was treibt ihr hier in Greetsiel?«

Offenbar war Dr. Dorndreher ein angesehener Naturwissenschaftler, der eng mit einem weltweit agierenden Pharmakonzern zusammenarbeitete. Seine Frau, die ich der Einfachheit halber Thekla nennen wollte, wie sie in dem Presseartikel genannt worden war, betrieb ein Datingportal mit dem werbewirksamen Namen *Love 4you,* in dem sie offensichtlich mit Fakeprofilen Kunden lockte. Vielleicht war nur ihr Profil ein Dummy, in dem sie sich als Richterin mit dem wohlklingenden Namen Isabel Lindgren ausgab. Aber wenn ich mir die Galerie attraktiver Frauen mit wohlklingenden Namen und beeindruckenden Berufen ansah, die einen solventen finanziellen Hintergrund suggerierten, kam ich nicht umhin, Zweifel an der Echtheit sämtlicher Profile zu hegen.

Wenn ich mit meiner Vermutung recht behielt, handelte es sich bei der Partnerschaftsvermittlung *Love 4you* um reine Abzocke. Inwieweit Dorndreher aktiv oder passiv mit in das betrügerische Geschäftsmodell involviert war, vermochte ich zu diesem Zeitpunkt nicht zu sagen. Aber ich war sehr entschlossen, das herauszufinden. Vielleicht war es ein altes Geschäftsmodell seiner Frau, das sie vor ihrer Ehe mit Dorndreher betrieben hatte. Vielleicht war aber auch der Wissenschaftler Dorndreher nur ein Fake. Und es wäre auch nicht das erste Mal, dass sich zwei Betrüger gesucht und gefunden hatten.

Aber welche Konstellation auch immer sich am Ende als die richtige herausstellen würde, auf jeden Fall hatte das Ehepaar Dorndreher-Schmiss etwas vor, bei dem es wahrscheinlich nicht gestört werden wollte. Und schon gar nicht von einem süßholzraspelnden leitenden Oberstaatsanwalt. Deshalb schrieb ich ein paar begeisterte Zeilen und Komplimente an Isabel Lindgren und stellte mich als leitender Oberstaatsanwalt vor, der gerade Urlaub in seinem Ferienhäuschen in Greetsiel machte und sich nichts lieber wünschte, als die Richterin Isabel Lindgren kennenzulernen.

»Vielleicht kann ich euch ja ein bisschen unruhig machen«, grinste ich boshaft und schickte die Mail mit einem Klick ab.

Denn wenn das Duo die Mail lesen würde, müssten die beiden bei jedem Schritt im Hotel damit rechnen, dass der auf Freiersfüßen wandelnde Oberstaatsanwalt das Objekt seiner Begierde aus dem Internet erkannte, wenn man sich zufällig in einem solch kleinen Ort über den Weg lief. Peinlich, wenn das gerade am Frühstückstisch geschah. Und ganz sicherlich war die Reaktion eines Oberstaatsanwalts nicht vorhersehbar, wenn dieser feststellte, dass er einen saftigen Jahresbeitrag für ein Datingportal bezahlte, dessen angepriesene Dame mit anderen Herren ihre Nächte verbrachte, obwohl sie ihm als Partnerin vorgeschlagen wurde, weil sie mit neunundneunzigprozentiger Sicherheit zu ihm passt.

Und falls das Ehepaar Dorndreher nicht an einen solch unglaublichen Zufall glauben würde, müssten sie davon ausgehen, dass ihnen jemand auf der Spur war oder sie beobachtete. In diesem Fall würden sie hoffentlich keine angenehme Nachtruhe verbringen und mit etwas Glück hätte ihnen meine Mail das Frühstück verdorben.

Noch während ich mir schadenfroh ausmalte, wie sich in diesem Duo die Unruhe breitmachte, kam mir ein Gedanke. Nach meinen eigenen Erfahrungen als Strafverteidiger waren auch Betrüger nur bedingt kreativ und meist faul. Wenn Trickbetrüger mit mehreren Aliasnamen arbeiteten, kombinierten sie gern bereits benutzte Namen miteinander. Ein Verhalten, das dem vieler Menschen ähnelt, die bei Passwörtern bevorzugt ihr Geburtsdatum abwandeln, indem sie die Jahreszahl nach vorne oder das Tagesdatum in die Mitte der Zahlenkombination setzen. Zu groß war die Angst, eine Zahlenkombination zu vergessen, zu der sie keinerlei Bezugspunkt hatten.

Ich nahm meine Beine vom Tisch und zog die Tastatur zu mir heran. Schnell tippte ich die Alias- und den Realnamen der Frau mit den jadegrünen Augen ein:

> Celine: Bekannte von Uz
> Isabel Lindgren: Richterin, Datingportal *Love 4you*
> Thekla Schmiss: Geschäftsführerin *TS Media GmbH*
> Thekla Dorndreher-Schmiss: Ehefrau von Dr. Andreas Dorndreher

Nicht schlecht für den Anfang, dachte ich.

Sollte sich mein Verdacht als richtig herausstellen, würde die Kripo im sprichwörtlichen Keller der Frau weitere sprichwörtliche Leichen finden.

Für meine Mandantin Hilde Lürs sah es schon jetzt gut aus. Denn ich konnte mit diesen Ergebnissen der Polizei ein mordsgefährliches Duo präsentieren, von dem zumindest der weibliche Part ein dubioses Datingportal mit gefälschten Profilen betrieb, um gutgläubigen Kunden eine attraktive vermittlungswillige Dame präsentieren zu können.

Vielleicht …, überlegte ich, … ist ja auch dieses Datingportal nur die Spitze eines Eisbergs.

Mit zwei Fingern tippte ich die für mich naheliegendsten Namenskombinationen der Reihe nach in die Suchmaschine ein:

Celine Schmiss
Celine Dorndreher
Isabel Dorndreher
Isabel Schmiss
Thekla Lindgren
Thekla Dorndreher

Bei zwei Namen wurde ich fündig: Celine Schmiss und Thekla Lindgren.

In mehreren Presseartikeln wurde ausführlich und mit großer Begeisterung über die romantische und märchenhafte Hochzeit berichtet: einmal mit dem Inhaber einer Kaufhauskette und beim anderen Mal mit dem Gründer einer Fabrik, die unter anderem Babywindeln herstellte.

»Eine Heiratsschwindlerin!«, rief ich so laut, dass ich mir erneut ein unwilliges Brummen von Motte einhandelte. »Die Frau ist eine Heiratsschwindlerin!«

Das Datingportal war ein lukratives Geschäft: hohe monatliche Mitgliedsbeiträge für Profile, die es nicht gab. Vielleicht waren ja auch Profile von realen Frauen darunter, die sich an dem Portal angemeldet hatten. Schließlich gab es dort sehr attraktive Herren – doch handelte es sich bei denen wahrscheinlich ebenfalls um Lockvögel. Ich konnte mir einfach nicht vorstellen, dass eine solche Vielzahl männlich markanter Svens, Larse und Mikes, die Ärzte, Piloten, Architekten und Unternehmensberater waren, tatsächlich existierte …

»… aber man weiß ja nie«, sagte ich, um im gleichen Moment mit der zum Mund erhobenen Bierflasche in der Hand zu erstarren.

Aber was wollte sie dann von Uz?

Uz war sicherlich gut situiert. Ihm gehörten Haus und Praxis und auch die *Sirius* hatte er bis auf das letzte Ankertau bar bezahlt. Wollte die Frau deshalb, dass Uz seinen Kutter verkaufte, damit sie ihm das Geld irgendwie abknöpfen könnte? Vielleicht während eines Aufenthalts in Südamerika, von dem er …

… nicht wiederkehrte!, durchfuhr mich ein schrecklicher Gedanke. Immerhin war die Frau zweimal verheiratet.

Zumindest war ich bei meiner Recherche bislang nur auf zwei Hochzeiten gestoßen. Ebenso wie noch mehr Namenskombinationen möglich waren, konnte auch die tatsächliche Anzahl der Heiraten weitaus höher sein. Was bedeutete …

»Eine schwarze Witwe!«, flüsterte ich kaum hörbar.

Langsam ließ ich meine Hand mit der Bierflasche sinken. Mit einem leisen Geräusch stellte ich die Flasche auf die Tischplatte. Wenn ich hier von schwarzer Witwe redete, meinte ich nicht die vier Zentimeter große Spinne mit dem rot-schwarz gefleckten Hinterleib, sondern die männermordende schwarz verschleierte Witwe, die am Grab ihres Mannes trauert, obwohl sie ihn eigenhändig umgebracht hat, um in den Genuss einer einträglichen Erbschaft zu gelangen.

Möglicherweise fischte sich die Frau die kapitalsten Fische aus dem Pool des Datingportals und begegnete ihren potenziellen Opfern als Richterin, Architektin, Bibliothekarin oder Stewardess unter ihren Aliasnamen Celine Schmiss und Thekla Lindgren. Hatte sie ihre Opfer abgekocht, verschwanden diese auf Nimmerwiedersehen in den exotischen Urlaubsländern.

Das herauszufinden, ist Sache der Kripo, dachte ich. Ich werde den Teufel tun und versuchen, eine schwarze Witwe zu überführen.

Ich musste nur morgen pünktlich an der Anlegestelle der *Sirius* sein, um zu verhindern, dass Uz mit dem mörderischen Duo allein hinausfuhr. Wie ich es anstellen sollte, dass ich Uz auf der Tour mit den beiden begleitete, wusste ich noch nicht. Aber da vertraute ich auf mein Improvisationstalent. Loswerden würden sie mich auf keinen Fall!

Denn dass ich meinen alten Kumpel Uz allein und arglos seinem Schicksal überließ, kam für mich nicht infrage!

Ein Blick auf meine Armbanduhr zeigte mir, dass ich langsam Schluss machen sollte, wenn ich noch eine Mütze voll Schlaf finden wollte.

Ich ließ den Rechner einfach laufen, druckte mir aber trotz der späten Stunde noch rasch die Fotos von Thekla und Andreas Dorndreher aus. Während der Drucker brummte, riss ich ein paar große Blätter von meinem Zeichenblock ab, auf dem ich für gewöhnlich meine Entwürfe skizziere. Die Blätter legte ich nebeneinander auf den Fußboden und verband sie mit ein paar Streifen transparenten Klebebands, sodass ich eine große Zeichenfläche auf dem Dielenboden vorm Kamin erhielt.

Motte dachte natürlich nicht daran, mir Platz zu machen und sich woanders hinzubegeben, sodass ich mich mit den Fotoausdrucken in der einen und ein paar Stiften in der anderen bäuchlings neben ihn gequetscht vor dem Kamin niederließ. Während Motte sein Schnarchkonzert wiederaufnahm, legte ich die Fotos meiner beiden Hauptverdächtigen auf das Zeichenpapier.

Gedankenverloren stützte ich mich mit den Ellbogen auf und skizzierte dann ein paar Linien aufs Papier, welche die Muschelkutter *Adele, Ina, Hilde* und *Petra* darstellen sollten. Unter das jeweilige Boot schrieb ich in sauberen Druckbuchstaben die Namen der Besatzungen. Auch die der *Hilde*. Hinter fünf Namen der toten Fischer, die Uz und ich an Bord der *Adele* gefunden hatten, setzte ich ein Kreuz.

Ein kleines Kästchen, das ich mit zwei Fensterläden verzierte, stellte das *Hohe Haus* dar. Daneben schrieb ich die Namen von Andreas Dorndreher und seiner Frau, deren diverse Aliasnamen ich säuberlich darunterschrieb. Die Fotos des dubiosen Duos legte ich rechts daneben. Auf die linke Seite des Blattes zeichnete ich drei kleine Rechtecke, die Oma Friedas Hof darstellen sollten: Haupthaus, Remise und Scheune.

Als ich neben Oma Friedas Namen ein kleines Kreuz malte, hatte ich Mühe, den Kloß, der sich augenblicklich in meinem Hals bildete, hinunterzuschlucken. Links neben die Gebäude zeichnete ich ein paar Cannabispflanzen und schrieb daneben die Namen von Malte und Heino, die ich dank Holger Wehmanns Tipp als maßgebliche Marihuanagärtner in Verdacht hatte. Beide Namen versah ich mit einem Fragezeichen.

Neben das kleine Wohnmobil, das ich zwischen Haupthaus und Cannabisplantage malte, setzte ich ein dickes Fragezeichen stellvertretend für die Frage: Wer war der Fahrer des Wohnmobils?

Nachdenklich betrachtete ich mein detektivisches Kunstwerk. Mit einem Filzstift begann ich die kleinen Zeichnungen zu verbinden, die miteinander in einem Zusammenhang zu stehen schienen, zum Beispiel, weil sich ihre Wege gekreuzt hatten.

»Wir fehlen noch«, sagte ich zu dem schnarchenden Motte, der beim Klang meiner Stimme einen Sekundenbruchteil innehielt, um dann seinen Flatulenzen geräuschvoll freien Lauf zu lassen. »Ist das alles, was du dazu beitragen kannst?«, stöhnte ich laut auf und hielt mir die Nase zu.

Wer selber mit einem Hund zusammenwohnt, weiß, was ich manchmal aushalten muss.

Ich flüchtete vor Mottes Abgasen zur Terrassentür, um großzügig zu lüften. Bei der Gelegenheit schaute ich nach dem morgigen Wetter. Der Nachthimmel war noch immer mit dunklen Wolken verhangen, es war also keine Änderung zu erwarten.

Als sich das Raumklima wieder normalisiert hatte, hockte ich mich erneut über meine Skizzen.

»Ich bekomme euch dran!«, knurrte ich und warf meinen Zeichenstift aufs Papier, sodass die Spitze auf Dorndrehers rechtes Auge zeigte. »Versprochen!«

Mit der Drohung streckte ich mich wieder neben Motte aus, rollte mich auf den Rücken und benutzte meinen Hund als Kopfkissen.

Während ich noch über die möglichen Pläne Dorndrehers und seiner schwarzen Witwe nachdachte, fielen mir bei Mottes monotonem Schnarchen langsam die Augen zu.

25

Der Gang lag wie ausgestorben vor mir. Kein einziges Geräusch war zu hören.

Das geisterhafte Licht der Notbeleuchtung hüllte mich wie ein verblichenes Leichentuch ein.

In der unheimlichen Totenstille würde jeder Ton überlaut klingen wie der eines Eindringlings – was ich ja auch war.

Ein mörderischer Gestank, der mir fast die Kehle zuschnürte, lag in der Luft. Es roch nach Faulgasen, Verwesung und Tod. Ich hielt die Luft an und setzte meinen Fuß geräuschlos und in Zeitlupe in den Gang. Voller Unbehagen sah ich auf die zerkratzte hellgraue Metalltür, die sich nach wenigen Schritten vor mir aus dem grünlichen Dämmerlicht der Notbeleuchtung herausschälte.

Meine Hand zitterte leicht, als ich sie nach dem von dauerndem Gebrauch abgewetzten Metallgriff ausstreckte. Mit einem leisen, aber dennoch ungemein hässlichen Quietschen schwang die Tür wie von Geisterhand vor mir auf.

Die Mannschaftsmesse des Muschelkutters lag in einem ebenso geisterhaft grünlichen Licht wie der Gang, durch den ich soeben gegangen war. Wobei der Vergleich mit einem verblichenen Leichentuch für diesen Raum noch stärker zutraf.

Die rund um den Tisch versammelten Männer waren alle tot!

Heimtückisch betäubt, um an dem zuvor unwissentlich verzehrten tödlichen Gift einer australischen Seewespe zu sterben, ohne den eigenen Tod zu spüren. Teuflisch und unbemerkt hatte Gevatter Tod an Bord der *Adele* reiche Ernte gemacht, als er die Muschelfischer sanft zu sich in sein Totenreich geleitete.

Wie erstarrt stand ich auf der Schwelle zum Mannschaftsraum.

Die toten Männer saßen auf ihren Stühlen.

Einer der Fischer lag halb ausgestreckt auf dem Tisch, die bleiche Hand wie eine Vogelklaue um die auf dem Tisch stehende Schnapsflasche gekrallt. Einem anderen Toten klebten noch Schokoladenreste des Geburtstagskuchens im Bart. Und einem weiteren Opfer lief ein Rinnsal Kaffee aus dem Mundwinkel, sodass er aussah wie der Rapper Bobby Raps in einem Musikvideo, in dem er, in geisterhaft grünliches Licht getaucht, gemeinsam mit dem Rapper Corbin einen Song singt, während ihm eine grünliche Brühe aus dem Mund läuft.

Es passte nur zu gut, dass sich im selben Moment, als ich den Mann betrachtete, das Handy in meiner Tasche mit den düsteren Klängen des Songs »Welcome to the Hell Zone« meldete.

Ich griff nach dem Telefon in meiner Tasche, um die morbiden Klänge abzustellen, die mich in diesem Moment tatsächlich wie Musik aus der Vorhölle trafen. Meine Hand erstarrte mitten in der Bewegung, als sich die Köpfe der Toten plötzlich drehten und mir ihre bleichen Gesichter zuwandten.

»Ich bin in der Hölle!«, flüsterte ich tonlos.

Ein fürchterlicher Schreck durchfuhr mich und ich hatte das Gefühl, als umklammerte eine eisige Hand mein Herz.

»Geh ran!«, forderte mich der Tote auf, dem die grünbraune Brühe aus dem Mund rann. »Vielleicht ist das Heino.«

»Genau«, pflichtete die Leiche des Fischers mit dem schokoladenverschmierten Bart seinem Kameraden bei. »Vielleicht will er sich entschuldigen, dass er heute nicht an Bord erschienen ist.«

»Der hat gestern bestimmt zu viel gesoffen«, schimpfte der nächste Tote und warf seine Kaffeetasse in meine Richtung, die mich aber glücklicherweise verfehlte.

Trotz der Aufforderung, ans Telefon zu gehen, verharrte ich wie in Schockstarre regungslos mitten in der Bewegung.

»Oder er war wieder mit diesem Weib unterwegs«, blubberte der Tote, dessen kariertes Hemd von der Plörre, die ihm immer heftiger aus dem Mund lief, vollkommen durchweicht war.

Angewidert starrte ich auf die Tröpfchen, die ihm beim Sprechen aus dem Mund sprühten.

»Geh ran!«, fuhr er mich so wütend an, dass einige der grünbraunen Tropfen auf meinem Gesicht landeten.

»Reg dich nicht so auf«, mischte sich sein Kumpel ein, der noch immer auf dem Tisch lag und die Flasche Friesengeist umkrallte. »Trink erst mal einen. Schließlich hat Jochen Geburtstag!«

»Na, das will ich meinen!«, rief der Käpt'n der *Adele*, Jochen Lürs, und hob ein Schnapsglas. »Prost, Kameraden!«

»Prost!«, erklang es im Chor. »Auf dein Wohl, du alte Sprotte!«

»Ich trink nichts«, sagte Hilde Lürs, die wie aus dem Boden gewachsen neben mir auftauchte, und schüttelte den Kopf. »Ihr wisst doch, mein Zucker!«

»Du bist entschuldigt!«, rief der Käpt'n laut. »Auch wenn du uns umgebracht hast!«

»Ich war das nicht«, entgegnete meine Mandantin und zeigte auf mich. »Hier, der Anwalt kann's bezeugen.«

»Krieg ich denn keinen Schnaps?«, fragte Oma Friedas Enkel Malte, der ebenfalls wie aus dem Nichts plötzlich da war. Er stand direkt neben mir und erneut fiel mir auf, was für einen harten Kontrast seine schwarz gerahmte Nerdbrille zu seinem leichenblassen Gesicht bildete.

Das ganze Szenario war ebenso absurd und irreal wie furchterregend und gruselig.

Jetzt fehlt nur noch Oma Frieda, die Schokoladenkekse verteilt, glaubte ich zu denken, denn so ganz sicher war ich mir nicht, ob ich träumte zu denken oder dachte zu träumen.

Langsam und bedrohlich wandten sich alle Köpfe zu Malte und mir und starrten uns mit ihren toten Augen an.

Der Käpt'n der *Adele* stieß einen zischenden Laut aus, der wie ein Peitschenhieb durch das gespenstische grünliche Dämmerlicht fuhr.

»Er war's!« Anklagend hob er seine Hand, in der er eine Kuchengabel hielt, zwischen deren Zinken Tortenreste klebten.

Ein dumpfes Raunen, das mich an zerbrechende morsche Zweige denken ließ, stieg aus den toten Kehlen der Muschelfischer und verdichtete sich zu einer drohenden Geräuschkulisse, die immer lauter wurde und sich auftürmte wie eine Brandungswelle bei Sturm, um im nächsten Moment an die Küste zu donnern.

»Er war es!«, erklang es dumpf grollend. »Malte hat Schuld!«

Bevor ich die Absurdität dessen, was ich gerade zu träumen meinte oder zu denken dachte, näher ergründen konnte, öffnete sich die Tür zu dem Klo und eine bestialisch stinkende Wolke waberte in die stählerne Gruft, in der sich gerade Irrsinn und Grauen ein Stelldichein gaben.

Mit ein paar schnellen Schritten durchquerte der vermummte Kapuzenmann vom Deich, von dem ich mittlerweile wusste, dass es sich um Dorndreher handelte, die Messe und trat hinter den leichenblassen Malte. In einer fließenden Bewegung umfasste er mit der einen Hand die Stirn des Marihuanagärtners – der, um die Absurdität auf den Höhepunkt zu treiben, eine lindgrüne Latzhose mit aufgestickten Sonnenblumen trug –, während er mit der anderen ein gefährlich blitzendes Skalpell quer über Maltes Hals zog.

Hinter der Nerdbrille zeichnete sich ungläubiges Staunen ab, als ihr Träger sich mit einem lautlosen Schmerzensschrei an die Kehle griff.

Ich sah ebenso ungläubig auf den klaffenden Schnitt an Maltes Hals, aus dem kein einziger Tropfen Blut floss, obwohl er sich halbmondförmig von Schlüsselbein zu Schlüsselbein zog.

Auch die toten Fischer starrten auf Maltes Kehle, wollten sich aber, da kein Blut aus der Wunde strömte, nicht damit zufriedengeben. Vereint hoben sie ihre Schnapsgläser und knallten sie mit einem so harten Geräusch auf die Tischplatte, dass es mir in den Ohren dröhnte.

Erneut hoben sich die dickwandigen Gläser, erneut schlugen sie damit auf das zerschrammte Holz.

Es klang, als würden Eispickel auf eine stabile Scheibe krachen.

Wieder knallten die Gläser synchron auf den Tisch. Die Gesichter der toten Fischer waren leichenfahl und ausdruckslos.

Der Kapuzenmann ließ das Skalpell wie ein glühendes Eisen fallen.

Die Gläser knallten auf das Holz.

Blitzschnell bückte sich meine Mandantin und hob das Skalpell auf.

»Mach du es, Jan!«, forderte sie mich auf und drückte mir das funkelnde Skalpell in die Hand.

Unfähig, mich zu bewegen, starrte ich Hilde Lürs an.

»Tu es, Jan!«, rief jetzt auch der Käpt'n und schlug zur Bekräftigung seiner Forderung die ganze Schnapsflasche so laut auf den Tisch, dass der Knall in meinen Ohren dröhnte wie ein Pistolenschuss.

»Jan! Jan! Jan!«, skandierten die Muschelfischer mit rauen Stimmen, die an aneinanderreibende trockene Austernschalen erinnerten, und knallten ihre Gläser im Takt dazu auf den Tisch.

Wieder und immer wieder: rhythmisch, monoton und schmerzhaft laut.

Meine Starre schien sich zu lösen, denn meine Hände fuhren wie von selbst zu meinen Ohren, um sie zu schützen.

Einem Impuls folgend riss ich die Augen auf und blinzelte in das helle Licht des Morgens.

»Jan!«, rief eine Stimme, während jemand lautstark ans Fenster klopfte. »Hey, Jan. Bist du da?«

Ich stieß einen Fluch aus und wollte mich erheben, was mir aufgrund meines Nickerchens auf dem harten Holzboden ziemlich schwerfiel. Erschwerend kam hinzu, dass Motte die Gelegenheit genutzt und die Stellung mit mir getauscht hatte. Nun lag ich mit dem Kopf auf dem harten Fußboden, während er seinen Schädel auf meinem Bauch abgelegt hatte.

Stöhnend wand ich mich unter Mottes Gewicht hervor, was ihm lediglich ein verschlafenes Brummen entlockte.

»Mensch. Mach doch mal Platz, Dicker!«, schimpfte ich und versuchte Motte, der wie ein tonnenschwerer See-Elefant auf mir lag, wegzuschieben, worauf er mit dem leisen, aber geruchsintensiven Abgang einer Flatulenz antwortete, die mir zumindest eine teilweise Erklärung für meinen Albtraum lieferte.

»Jan. Mach doch mal auf!«, ertönte es vom Fenster her, während die Fischer im Hintergrund noch immer mit ihren Schnapsgläsern auf den Holztisch klopften – der jetzt allerdings beim Fenster zu stehen schien.

»Ja, doch!«, stöhnte ich und quälte mich schwerfällig vom Boden hoch.

Ich war definitiv aus dem Alter heraus, in dem man sich spontan auf dem Fußboden vorm Kamin zusammenrollt. Nicht ohne Grund waren mir von jeher Campingurlaube mit Übernachtungen in Schlafsäcken auf hartem Untergrund ein Gräuel. Ein weiches und bequemes Bett jeglicher Form zog ich auch der luxuriösesten Isomatte vor. Wenn Kommilitonen während meiner Studienzeit fragten, ob man nicht am Wochenende an der Spree zelten wolle – »mit Lagerfeuer und so« –, löste das schon damals sofortige Fluchtreflexe in mir aus.

Da ich weder Gardinen noch Jalousien vor meinen Fenstern angebracht habe, erkannte ich sofort meinen frühmorgendlichen Besuch, der seine Nase an der Scheibe plattdrückte: Holger Wehmann!

»Nicht schon am frühen Morgen!«, dachte ich und öffnete das Fenster.

»Moin, Jan«, begrüßte mich der Chef der *Alten Müllerei Greetsiel* und hielt ein Bündel hoch. »Ich hab dir ein paar Kabel mitgebracht«, freute er sich und strahlte übers gesamte Gesicht.

»Ein paar Brötchen zum Frühstück wären mir lieber«, entgegnete ich.

»Damit brennen deine Bootslaternen aber nicht«, gab er schlagfertig zurück.

Jetzt fiel mir wieder ein, dass Holger mir versprochen hatte, die Kabel für die beiden Schiffslaternen nachzuliefern. Allerdings war nicht die Rede davon gewesen, dass er zu nachtschlafender Zeit gegen meine Fenster hämmern sollte.

»Tee?«, fragte ich mürrisch.

»Jo!«, antwortete er gut gelaunt.

»Komm rum«, forderte ich ihn auf. »Hinten, durch die Küche. Ist offen.«

Nachdem ich das Fenster geschlossen hatte, versuchte ich mit ein paar halbherzigen Dehnübungen, den Albtraum abzuschütteln. Es war schon erstaunlich, wie das eigene Unterbewusstsein ackert, während man meint, selig zu schlafen. Bekanntermaßen wird nur ein Bruchteil der am Tag millionenfach anfallenden Informationen und Reize bewusst wahrgenommen und verarbeitet. Der Rest landet im Unterbewusstsein und ist im Schlaf an der Reihe.

Mein Unterbewusstsein hatte in den paar Stunden, während derer ich vor dem Kamin neben Motte gepennt hatte, wahre Schwerstarbeit leisten müssen. Zu viele dramatische und nervenaufreibende Ereignisse waren in den letzten beiden Tagen auf mich eingeströmt.

»Moin«, sagte Holger, als er mit dem Bündel Kabel unterm Arm das Wohnzimmer betrat. »Hier sind die guten Teile.«

»Leg sie einfach da hin«, erwiderte ich und zeigte aufs alte Chesterfield-Sofa.

»Nee, mein Lieber«, entrüstete Holger sich. »Die montiere ich dir gleich dran. Du hast, ohne zu mucken, einen fairen Preis für die Bootslaternen bezahlt. Dann ist das Ehrensache, dass ich dir auch, ohne zu mucken, die Kabel anmontiere.«

»Wie du willst«, antwortete ich ohne große Begeisterung, da ich im Moment andere Sorgen hatte als die zugegebenermaßen toll aussehenden Bootslaternen.

Aber Mord geht nun mal vor!

»Na, denn«, lachte er fröhlich. »Wer früh anfängt, kann früh aufhören.«

»Ich mach dann mal Tee«, murmelte ich und verdrückte mich in die Küche, bevor Holger noch ein paar seiner Weisheiten vom Stapel lassen konnte.

Motte folgte mir ebenso muffelig, wie ich es war, in die Küche, wo ich ihn als Erstes mit Wasser und Trockenfutter versorgte.

»Heute gibt's nur das hier«, erklärte ich ihm und kippte ihm seinen Napf voll. »Sonst explodierst du mir mit einem riesigen Furz.«

Ungerührt von meinem dezenten Hinweis auf seine Blähungen, mit denen er meinen Träumen ein Höchstmaß an

Authentizität verliehen hatte, steckte Motte seine Nase tief ins Trockenfutter und begann geräuschvoll zu kauen.

»Ich kann dich auch gut leiden«, lachte ich und begann laut mit der Teekanne zu hantieren.

Heute verzichtete ich auf mein geliebtes Teeritual: zwei Kannen anwärmen, Darjeeling-Mischung angießen, ziehen lassen und in die zweite Kanne umgießen. Stattdessen stopfte ich der Einfachheit halber ein paar Teebeutel in die Kanne und goss heißes Wasser drüber. Mochte mich doch heute der Ostfriesengeist oder Klabautermann oder wer auch immer zur Strafe holen. Während der sündige Klumpen an Teebeuteln zog, gönnte ich mir ein paar Handvoll kaltes Wasser, das ich mir, über das Spülbecken gebeugt, ins Gesicht schaufelte.

Mit zusammengekniffenen Augen tastete ich nach der Rolle mit den Papiertüchern und riss mir einen langen Streifen ab, um mir Gesicht und Hände abzutrocknen. Dank der erfrischenden Katzenwäsche fühlte ich mich jetzt halbwegs wach.

Zumindest hatte ich die Augen geöffnet, als ich mit zwei Teepötten in den Händen zurück ins Wohnzimmer ging. In der Zeit, als ich in der Küche beschäftigt war, hatte Holger bereits meine neuen Errungenschaften mit Kabeln ausgestattet.

»Fertig!«, verkündete er fröhlich und klappte sein Schweizer Taschenmesser zusammen, mit dessen Hilfe er die letzte Befestigungsschraube an der größeren der beiden Laternen befestigt hatte.

Ich hielt ihm einen Becher mit Tee hin: heiß, stark und mit dunkelbrauner Färbung und, da Holger für einen Ostfriesen, was Teetrinken anbelangt, vollkommen aus der Art geschlagen war, ohne Milch und Kluntje!

Holger nahm den Becher entgegen und nippte an dem dampfenden Getränk. Sofort verzog er gequält das Gesicht. »Teebeutel!«, stellte er fest.

»Bist du jetzt Teesommelier?«, brummte ich. »Der Tee ist heiß, braun, ohne Milch und Kluntje. Genauso, wie du ihn trinkst.«

»Aber es ist ein Beuteltee«, sagte er pikiert und verzog das Gesicht.

»Dann stell dir einfach vor, ich hätte die Teeblätter gerade frisch hinterm Deich gepflückt«, gab ich ungehalten zurück.

Holger war ein wirklich netter Kerl, aber wenn es um Ostfriesentee ging, konnte er friesischer als Otto Waalkes sein. Seit ich in Ostfriesland wohnte, diskutierten wir mit verlässlicher Regelmäßigkeit darüber, ob das Kluntje in die leere Teetasse eingelegt und dann der heiße Tee drübergegossen wird oder erst der Tee in die Tasse kommt und man das Kluntje hineinplumpsen lässt. Auch wenn Holger seinen Tee für einen Ostfriesen untypisch ohne Kluntje trinkt, ist er überzeugter Verfechter der zweiten Variante und schimpft mich Kulturbanause. Ich nenne ihn dafür Korinthenkacker.

»Was ist denn das?«, beendete Holger das Teebeutelthema und deutete grinsend auf den Boden. »Machst du 'n Puzzle?«

»So in der Art«, erwiderte ich. »Nix für dich.«

Aber neugierig, wie Holger nun mal war, kniete er sich sogleich auf den Boden und inspizierte interessiert Fotos, Namen und Orte, die ich in Form von Linien, Kreisen und Quadraten zu Papier gebracht hatte.

»Holger!«, mahnte ich und bückte mich, um ihm die Fotos von den beiden Dorndrehers unter der Nase wegzufischen.

»*Adele*, *Ina*, Malte …«, murmelte er versonnen vor sich hin und grinste plötzlich, während er gleichzeitig auf die Cannabispflanzen zeigte. »Sagte ich doch: Malte und Heino. Die beiden Kiffer.«

Im gleichen Moment, als Holger den Namen von Oma Friedas Enkel aussprach, schoben sich die Bilder meines Albtraums ins Bewusstsein. Fast schon meinte ich das rhythmische Hämmern zu hören, mit dem die toten Fischer ihre Schnapsgläser auf die Tischplatte der Todesgruft der *Adele* knallten.

»Malte hat Schuld«, flüsterte ich den Chor der Toten nach, dessen Klang mir wie ein Erinnerungsfetzen in Endlosschleife im Ohr klang. »Malte hat Schuld.«

Schnell ging ich zum Schreibtisch und stellte den Teepott ab. Ich griff nach der Tastatur meines Rechners und gab Maltes Namen ein. Die Suchmaschine zeigte mir erneut eine ganze Reihe von Einträgen an, in denen Maltes Name vorkam. Bei meiner nächtlichen Recherche hatte ich mir schon eine gewisse Routine beim Durchstöbern der Links angeeignet.

»Und ich dachte immer, du hast mit Computern nicht viel am Hut«, staunte Holger, der mir interessiert über die Schulter schaute.

»Kein Ding«, gab ich an und stutzte, als ich auf eine Bildergalerie stieß, die mir bekannt vorkam.

Schnell scrollte ich mich durch die Fotos, die historische Drei- und Viermaster bei der Durchfahrt unter der Kaiser-Wilhelm-Brücke zeigten.

Konnte es sein?

Und tatsächlich!

Eine Bildergalerie unter der Rubrik »Wir über uns« auf der Firmenseite der *Sancta Pharm* trug den Titel »Unser Team auf der Windjammer-Parade Wilhelmshaven«. Malte stand neben einem anderen jungen Mann im Lichterglanz eines funkelnden Feuerwerks, bei dem es sich wahrscheinlich um das als spektakulär beschriebene Höhenfeuerwerk handelte, und machte kein besonders glückliches Gesicht. Diesen Eindruck vermittelte unter anderem sein Mund, dessen Lippen er zu zwei schmalen Strichen zusammenpresste. In seiner Hand hielt er ein Bierglas, um das sich seine Finger so fest schlossen, dass seine Fingerknöchel weiß hervorstachen.

Andreas Dorndreher hingegen, der seitlich neben Malte stand, strahlte in Siegerlaune in die Kamera. Wobei sein Lächeln routiniert und wie angeknipst wirkte. Wahrscheinlich hatte Dorndreher als professioneller Marathonläufer sein Lächeln ebenso unter ständiger Kontrolle wie sein Trainingspensum als Sportler.

Die Fotos waren während der Windjammer-Parade aufgenommen worden, als die *Sancta Pharm* das Schiff gechartert und die Belegschaft der Gallus-Stiftung zu einem exklusiven Firmenevent eingeladen hatte.

Malte und Dorndreher gehören zu einem Team, dachte ich. Dann hängt Dorndreher auch in irgendeiner Form in der Marihuanasache mit drin.

Vielleicht ein kleines Zubrot? Wobei die Bezeichnung »klein« nicht zutraf. Die Anlage war hochprofessionell aufgezogen worden.

Wie man es bei Laborwissenschaftlern erwarten würde, dachte ich spöttisch. Die wissen, wie's geht.

»Den da kenne ich auch!«, sagte Holger hinter mir.

»Wen kennst du auch?«, erwiderte ich und zeigte mit dem Cursor auf das Foto von Andreas Dorndreher. »Meinst du den hier?«

»G 740 GJ«, antwortete Holger mit schief gelegtem Kopf und versuchte, den Text neben dem Foto zu lesen.

»Hä?«, machte ich.

»Pilot Galaxy auf Basis eines Fiat Ducato mit 150 PS, vier Schlafplätze, Dusche, Klimaanlage ...«

»Willst du mir ein Auto verkaufen?«

»Wenn du so viel Kohle hast«, lachte Holger, während er sich abwandte und zurück zu der am Boden liegenden Skizze ging, um meine Notizen weiterzustudieren. »Für den legst du mal schlappe Achtzigtausend hin. Neuntöter fährt so ein Wohnmobil.«

Schlagartig wurde ich hellhörig.

»Wer zum Teufel ist Neuntöter?« Leicht gereizt schob ich den Schreibtischstuhl zurück und stand auf. »Musst du immer in Rätseln sprechen? Und woher weißt du das überhaupt?«

»Weil der sich immer so dreist auf den Bürgersteig in die Mühlenstraße stellt«, erwiderte Holger und zog eine Grimasse. »Ich hab ihm schon ein paarmal die Meinung gegeigt. Interessiert ihn aber nicht. Beim nächsten Mal ruf ich den Sheriff!«

»Pass auf, Holger!«, warnte ich ihn mit ernster Stimme. »Der Typ ist gefährlich.«

»Wieso das denn?«

»Ich glaube, das ist der Typ vom Deich.«

»Der dich angepiekst und Motte die Schlinge um den Hals gelegt hat?« Jetzt war auch Holger alarmiert.

Ich nickte. »Ja. Aber jetzt erklär mir erst einmal, was es mit dem Namen und dem Wohnmobil auf sich hat. Das versteht ja kein normaler Mensch!«

Holger lachte laut. »Danke fürs Kompliment. Die deutsche Sprache ist ja eine der schönsten, da darf man auch mal in Worten schwelgen.«

»Holger!« Scharf sah ich mein Gegenüber an.

»Sei doch nicht gleich so ungeduldig«, grinste er breit und es war ihm anzusehen, dass es ihm Spaß machte, mich auf die Folter zu spannen. »Neuntöter, Neunwürger, Neunmörder – Dorndreier. Das sind alles Namen für einen kleinen rotbraunen Sperlingsvogel.« Holger hob die Hand und spreizte Daumen und Zeigefinger auseinander. »Nicht größer als sechzehn bis achtzehn Zentimeter.«

»Und was hat das mit dem Wohnmobil zu tun?« Verständnislos sah ich Holger an und verspürte eine zunehmende Ungeduld, dass er doch mal endlich auf den Punkt kommen sollte.

»Na, hier ist der Name Programm.« Holger zeigte auf die Skizze. »Andreas Dorndreher steht dort.«

»Stimmt.« Ich nickte ungeduldig. »Und?«

»Dorndreier, wie der Vogel unter anderem heißt, ist Plattdeutsch und heißt Dorndreher. Der Mann heißt also genauso wie das kleine Vögelchen.«

»Und wieso sagst du, dass der Name Programm ist?«, hakte ich nach.

Holger lachte amüsiert. »Weil der Neuntöter zur Familie der Würger gehört; um genau zu sein, ist es ein sogenannter Rotrückenwürger. Verstehst du?« Verschmitzt sah er mich an. »Das ist ein Wortspiel, der Typ heißt wie ein Vogel, ein Rotrückenwürger, und läuft hier am Deich mit einer Würgeschlinge herum.«

»Hm«, machte ich und sah Holger unschlüssig an. Ich wusste grad nicht, ob er genial oder ein Spinner war. »Woher weißt du das mit den Vögeln? Hast du dich vom Teespezialisten zum Ornithologen umschulen lassen?«, fragte ich ironisch.

»Du hast es auch drauf, Jan. Ganz schön schlagfertig.« Anerkennend schnalzte Holger mit der Zunge. »Und jetzt kommt die Pointe!« Gespannt sah er mich an.

»Und?«, entgegnete ich gedehnt und mit zunehmender Ungeduld. »Was ist denn nun die Pointe?«

»Wenn du den Deich weiter entlanggehst, da, wo Motte und du diesem Neuntöter begegnet seid, läufst du ja am Leysiel und der Fahrrinne entlang. Wenn du weitergehst, landest du mitten im Naturschutzgebiet. Weiter nordwestlich ist alles Naturschutzgebiet. Auf den großen Deichwiesen rasten und brüten Unmengen von Zugvögeln, bevor sie nach Afrika weiterziehen. Die ganzen Wiesen, so weit du gucken kannst, nur Zugvögel. Und der Neuntöter, also der Vogel, rastet dort auch. Verstehst du?« Holger sah mich begeistert an. »Der Typ mit der Würgeschlinge namens Andreas Dorndreher kam aus dem

Gebiet, wo der Vogel namens Neuntöter rastet. Beide heißen Neuntöter oder halt auf Platt Dorndreier. Et voilà!« Holger deutete eine elegante Armbewegung an, die mich an einen Duellanten aus einem der alten Mantel-und-Degen-Filme erinnerte.

»Langsam wirst du mir unheimlich.« Beeindruckt nickte ich Holger zu. »Woher du das alles weißt. Aber warum heißt dieser Piepmatz *Neun*töter?«

»Weil er seine Nester in Hecken baut. Vorzugsweise in Dornenhecken. Brombeer- oder Weißdornhecken und so was. Der Neuntöter ist ein Raubvogel, genauso wie der Zweibeiner, dem du auf dem Deich begegnet bist. Der kleine Vogel jagt Insekten, aber auch kleine Tiere wie Mäuse oder Jungvögel. Raupen walkt er von vorne bis hinten durch. Wespen oder Hornissen schleudert er gegen eine harte Unterlage. So lange, bis sie sich nicht mehr bewegen. Dann trennt er Beine und Flügel sorgfältig ab und zieht den Viechern auch noch den Stachel raus. Seine Beute spießt er auf die spitzen Dornen der Hecke, in die er sein Nest gebaut hat.«

»Und wieso neun?«, drängte ich ungeduldig mit einem Blick auf die Uhr; so langsam musste ich los.

Holger grinste verschmitzt. »Weil die Dörfler damals dachten, dass der Vogel erst neun Tiere tötet, bis er eins auffrisst. Das stimmt natürlich nicht. Er spießt zwar seine Beute auf, das ist richtig. Aber eigentlich nur, um sich einen Vorrat für schlechte Zeiten anzulegen. Ein sehr pfiffiges Kerlchen. Und nicht ungefährlich, sofern du ein Käfer oder ein fetter Regenwurm bist.«

»Andreas Dorndreher ist gefährlicher!«, sagte ich stoisch.

»Warum rufst du dann nicht die Blauen?«, fragte Holger und sah mich aufmerksam an.

»Weil ich es nicht beweisen kann«, antwortete ich. »Ich bin aber in einer anderen Sache an ihm dran, und sobald ich Klarheit habe, gehe ich zur Polizei.«

»Vernünftig.« Holger nickte zustimmend und dachte einen Moment nach. »Ja, warte am besten noch ab.«

Er wandte sich erneut dem Zeichenpapier zu und deutete nach einem kurzen Blick mit dem Zeigefinger auf zwei Namen, die ich auf die Blätter geschrieben hatte. »Und die beiden hier sind ein Paar.«

»Ach was«, sagte ich überrascht. »Das hat aber bisher noch niemand erwähnt.«

»Das liegt vielleicht daran, dass der alte Lürs etwas gegen Techtelmechtel an Bord seiner Kutter hat und die beiden deshalb lieber die Klappe halten.«

Nachdenklich sah ich Holger an, während ich die neue Information einzuordnen versuchte. Heino war Matrose auf der *Ina*, dem Kutter, der sich mit der *Adele* zum Geburtstagskaffee auf See getroffen hatte. Heino war an dem Tag nicht zum Dienst erschienen, was den alten Lürs sauer gemacht hatte. Soweit ich wusste, galt Heino als sehr zuverlässig.

Und Rike, die zur Mannschaft der *Hilde* gehörte, des Kutters von Hilde Lürs, war mit Hilde verabredet. Sie wollte der Kapitänin beim Kuchenbacken helfen, war aber auch nicht erschienen.

Stattdessen tauchte die Frau mit den jadegrünen Augen auf, von der ich mittlerweile weiß, dass es sich um Thekla Dorndreher handelte, grübelte ich.

Ich spürte fast körperlich, dass es einen Zusammenhang gab, der erklärte, weshalb Rike und Heino ihren Verabredungen gleichzeitig ferngeblieben waren.

»Wenn ihr beide ein Paar seid …«, kombinierte ich lautlos, »… dann redet ihr auch miteinander. Dann erzählt ihr euch auch Sachen, die ihr niemand anders sagen würdet. Dann …« Ich sah Holger an und sagte laut: »… dann warnt ihr euch auch vor Gefahren!«

»Du meinst Rike und Heino?«

Ich nickte. »Genau! Die beiden meine ich.«

»Tja«, Holger zuckte mit den Schultern, »wird wohl so sein.«

Ein Blick auf meine Uhr sagte mir, dass es höchste Zeit war aufzubrechen.

»Bist du mit dem Wagen da?«, fragte ich unvermittelt.

Holger grinste breit. »Ja. Mit meinem ›blonden Engel‹.«

Ich wusste, dass Holgers Liebling sein 78er Benz war: ein Mercedes 280 SLC, technisch tipptopp und mit einem Historienkennzeichen versehen. Holger bezeichnete seinen Wagen gerne als Luden-Benz und war besonders stolz darauf, dass er den 185 PS starken Flitzer seit zwei Jahren nicht gewaschen hatte.

»Kannst du mich mitnehmen?«

»Wohin denn genau?«, wollte er wissen.

26

»Schau mal einer an«, staunte Holger, als wir uns der Zeltkonstruktion näherten, unter der die Marihuanapflanzen so prächtig gediehen.

Neugierig, wie er war, musste ich Holger nicht lange überreden, einen kurzen Abstecher zu Oma Friedas Hof zu machen, bevor er mich am Greetsieler Hafen absetzte.

Der Hof lag verlassen da. Die Haustür des Haupthauses war verschlossen. Ich ging schnurstracks Richtung Plantage, wobei ich lediglich darauf achtete, mich dicht an den Gebäuden zu halten. Holger folgte mir dichtauf.

Als wir um die Ecke der Scheune bogen, drang mir ein leichter Brandgeruch in die Nase. Witternd wie ein Jagdhund streckte ich die Nase in die Luft.

»Riechst du das auch?«, sagte ich halblaut über meine Schulter zu Holger.

»Da kokelt jemand.«

In mir stieg ein fürchterlicher Verdacht auf!

»Komm!«, rief ich entschlossen und setzte zu einem Sprint an.

Im gleichen Moment, als wir die Baumreihe erreicht hatten und die Zelte in Sichtweite kamen, sah ich schon von Weitem die an den Stoffbahnen emporlodernden Flammen.

»Och nee«, japste Holger, der ziemlich außer Atem neben mir stehen blieb. »Das schöne Zeug!«

Ich antwortete nicht, da es mir um das Marihuana wahrhaftig nicht leidtat. Rauschgift ist Rauschgift. Punkt! Was mich gerade in Alarmbereitschaft versetzte, war die Computerzentrale, die tagsüber ja wohl mit irgendwelchen Akteuren besetzt sein musste. Und wenn es im unmittelbaren Umfeld brannte und die komplette Cannabisernte in Gefahr war, hätte ich aufgeregt herumlaufende Menschen erwartet. Hier ließ sich aber niemand blicken.

»Warum löscht denn hier keiner?«, sprach Holger den Gedanken aus, den ich gerade hatte.

»Ich befürchte, dass hier niemand mehr lebt, der löschen könnte«, sagte ich und hoffte, dass ich mit meinem Bauchgefühl falsch lag.

Im Laufschritt liefen wir außen an den Zelten entlang. Helle Flammen stiegen daraus hervor und leckten gierig an den Zeltbahnen empor, während wir daran vorbeieilten.

Als wir das Ende der Zeltkonstruktion erreicht hatten, blieben wir abrupt stehen.

»Ach du Scheiße!«, keuchte Holger und starrte wie gebannt in die Flammen.

Auch das separat stehende große Zelt, in dem die Computerzentrale untergebracht war, stand in hellen Flammen. Ein intensiver Geruch von verbranntem Kunststoff stach mir in die Nase. Kleine schwarze Rußpartikel wirbelten durch die Luft.

Die Computer!, schoss es mir durch den Kopf. Wie ich in der vergangenen Nacht gesehen hatte, war das Zelt mit Notebooks, Druckern, Monitoren und Kilometern von Kabeln samt Zubehör vollgestellt gewesen.

Gehetzt sah ich mich um. Ein paar Meter seitlich türmte sich ein Komposthaufen auf, auf den die Cannabisgärtner

Pflanzenabfälle geworfen hatten. An einem kleinen Baum daneben lehnten ein paar Gartengeräte.

»Bin gleich wieder da!«, rief ich Holger zu und spurtete zu dem Komposthaufen.

Mit einer Mistforke und einem Rechen in der Hand kam ich wenige Augenblicke später zurückgerannt.

»Komm mit!«, rief ich und warf Holger im Laufen den Rechen zu, den er mit einer lässigen Handbewegung auffing.

»Was hast du vor?«, wollte er wissen.

Ich schenkte mir die Antwort und rannte auf den Zelteingang zu, der von einer Zeltbahn verhängt war und an der ebenfalls gelbe Flammen emporloderten. Mit der Mistforke, die ich in beiden Händen hielt, versuchte ich die Stoffbahn anzuheben, was das Feuer noch verstärkte, da den Flammen dadurch frischer Sauerstoff zugeführt wurde.

Nach einigen Versuchen gelang es mir schließlich, die linke Seite der Zeltbahn zur Seite zu ziehen.

»Warte, ich helf dir«, sagte Holger und drückte mit dem Rechen gegen den Stoff. »Obwohl ich bescheuert finde, was du tust!«

»Wat mutt, dat mutt!«, entgegnete ich knapp und zog meine Jacke aus, um sie mir über Kopf und Schultern zu legen; schließlich hatte ich keine Lust, mir meine Zwei-Millimeter-Endfrisur zu ruinieren.

Mit gesenktem Kopf und hochgezogenen Schultern hastete ich durch den Spalt, der als Eingang diente. Das Innere des Zeltes lag im glühenden Feuerschein der ringsum lodernden Zeltbahnen. Ein stechender Brandgeruch nach Kunststoff und Cannabis drang mir in die Nase. Der graue Rauchschleier, der mir entgegenwaberte, trieb mir Tränen in die Augen und löste einen Hustenreiz aus. Während ich mir hustend einen Jackenärmel vor Mund und Nase hielt, versuchte ich mich im Zeltinneren zu orientieren.

Durch den blaugrauen Rauch hindurch bot sich mir ein grauenhafter Anblick!

Noch immer stand der große Arbeitstisch mit den elektronischen Geräten in der Mitte des Zeltes. Diesmal waren die Stühle besetzt. Der Kopf des Mannes, der sich frontal zu mir in seinem Schreibtischstuhl zu fläzen schien, war wie von einem Heiligenschein umgeben. Das Haar stand in Flammen und der Hipsterbart brannte ebenfalls, was sein Gesicht, oder das, was noch davon unter der Rußschicht zu erkennen war, zum Schmelzen brachte. Wimpern und Augenlider waren bereits von den Flammen weggefressen worden, die Augäpfel gnädigerweise mit Ruß überzogen. Aus den Augenwinkeln lief eine wässrig-trübe Flüssigkeit, als würde der Tote seinen eigenen Tod beweinen. Seine Handgelenke waren an den Lehnen seines Stuhls mit Kabelbindern gefesselt.

Am schrecklichsten an dem Bild, das sich mir bot, war jedoch der klaffende Schnitt, der sich quer über den Hals des in Flammen stehenden Mannes zog. Aus der Wunde musste ziemlich viel Blut geflossen sein, denn der Pullover des Mannes, der leise zischte, als würde ein Steak in der Pfanne brutzeln, war getränkt mit schwarzem Blut.

Mein Traum war kein Traum mehr! Nur dass es sich bei dem Toten nicht um Malte handelte.

Ein Hustenanfall löste mich aus meiner Erstarrung. Ich zog den Kopf noch tiefer zwischen die Schultern, um besser vor dem beißenden Rauch geschützt zu sein. Schnell umrundete ich den Tisch und beugte mich zu der zweiten Gestalt hinunter, die mit Kopf und Oberkörper vor einem Monitor lag, dessen Gehäuse sich durch die Hitze des Feuers zu wellen schien, was aber nicht sein konnte, weil ich es sonst wohl kaum in diesem Zelt ausgehalten hätte.

Der Mann lag mit dem Gesicht auf einem Teller mit irgendwelchen Essensresten, seine zerbrochene Brille klemmte noch mit einem Bügel an einem Ohr. Ich fasste ihn an der Schulter und versuchte, ihn herumzudrehen, was mir nicht recht gelang, da Leichen im echten Leben offensichtlich schwerer zu bewegen sind, als man es in Krimis vorgegaukelt bekommt. Im Gesicht des Mannes klebten Krümel und Klümpchen von etwas Schmierigem.

Auch dieser Tote war nicht Malte, wie ich zuerst angenommen hatte. Das mit Essen verklebte Gesicht des jungen Burschen kam mir bekannt vor. Mir fiel ein Foto von der Windjammer-Parade ein, auf dem Malte mit Bierglas in der Hand neben einem jungen Mann steht, der ebenfalls eine Brille trägt. Er könnte der Tote sein. Vielleicht ein Arbeitskollege von Malte, der sich mit dieser Form der lukrativen, aber auch illegalen Nebenbeschäftigung sein Gehalt bei *Sancta Pharm* aufbesserte?

Genau wie bei dem Mann am anderen Ende des Arbeitstisches waren auch seine Handgelenke an den Stuhllehnen gefesselt. Und auch diesem jungen Burschen war die Kehle durchgeschnitten worden. Er war mit dem Gesicht auf den Teller gekippt und dort ausgeblutet. Mein Blick blieb an seiner rechten Hand hängen. Seine Fingerspitzen waren blutig und schienen nur noch aus rohem Fleisch zu bestehen. Als ich dann das Einmalskalpell neben dem Teller liegen sah, war mir klar, was hier geschehen war. Jemand – und ich ging von Dorndreher aus – hatte die beiden Männer überwältigt und sie mit Kabelbindern an ihre Stühle gefesselt. Ob gleichzeitig oder nacheinander, würde die Gerichtsmedizin herausfinden müssen. Mit zwei Schritten stand ich neben dem Toten und sah meinen Verdacht bestätigt. Auch ihm waren die Fingerkuppen abgetrennt worden.

»Dafür hast du Scheißkerl also das Skalpell und die Kabelbinder mit dir herumgetragen«, flüsterte ich halblaut. »Allzeit bereit.«

Die einzelnen Puzzlesteine ergaben zwar noch kein Gesamtbild, aber ich hatte die Vermutung, dass es hier um Daten ging, die illegal abgesaugt und gespeichert worden waren. Wahrscheinlich waren die Daten, um die es ging, mit einem Fingerabdrucksensor gesichert. Und um an die Daten zu kommen, brauchte man eben die entsprechenden Finger. Deshalb hatte der Mörder den Männern ihre Fingerkuppen abgetrennt und mitgenommen. Dorndreher hatte den Mord an den Männern geplant und vorsorglich die Mordutensilien in der Tasche gehabt.

»Jan!«, brüllte Holger lautstark. »Komm raus da. Die ganze Scheiße geht gleich hoch!«

Der dumpfe Knall einer Explosion bestätigte Holgers Worte und ich sah durch die vom Feuer zerfressene Rückwand des Zeltes eine gewaltige Stichflamme in den grauen Himmel aufsteigen.

»Raus!«, ertönte erneut Holgers aufgeregte Stimme.

Als ein noch glühender Fetzen Zeltbahn auf meinen Kopf fiel, den ich mit meiner Jacke zu schützen versuchte, wurde es auch mir im wahrsten Sinne des Wortes zu heiß.

Für die beiden Toten konnte ich nichts mehr tun. Malte war nirgendwo zu entdecken und bevor ich selber bei dem Versuch verbrannte, die beiden unbekannten Leichen aus dem Zelt zu ziehen, überließ ich sie notgedrungen den Flammen.

Wild schüttelte ich meine Jacke aus. Nur widerwillig schwebten versengte Zeltfetzen zu Boden. Mit einer Handbewegung zog ich mir die Cabanjacke wieder über den Kopf, die aber auch keinen wirksamen Schutz mehr bot, da der Wollstoff pulvertrocken war und ebenfalls bereits zu kokeln begann. Ich wandte mich dem Ausgang zu, der mittlerweile in Flammen stand. Panik stieg in mir auf, als ich herumwirbelte und feststellte, dass die Explosion draußen eine Druckwelle herübergeschickt hatte und die Flammen durch die gewaltige zusätzliche Sauerstoffzufuhr nun gierig am gesamten Zelt hochschossen.

»Scheiße!«, brüllte ich laut.

»Hier, Jan! Hier!«, rief Holger laut, in dessen Stimme ebenfalls erkennbare Panik lag. »Hier, an der Seite!«

Welche Seite er meinte, sagte Holger allerdings nicht.

Was aber auch ziemlich egal war, da ich aufgrund des Rauchs, der mit dem Auflodern der Flammen zugenommen hatte und das Zelt komplett ausfüllte, ohnehin nichts sehen konnte.

Hustend und fast blind tastete ich mich in die Richtung vor, aus der ich Holgers Stimme zuletzt gehört hatte. Mit dem Knie stieß ich gegen einen harten Gegenstand, der ebenso spitz wie glühend heiß war.

Meinen lauten Fluch beantwortete Holger mit einer Richtungsansage. »Hier unten, Jan!«

Als ich über etwas Längliches stolperte, das sich wie ein menschliches Bein anfühlte, und ich meinen Sturz im letzten Moment mit einem schnellen Ausfallschritt verhindern konnte, sah ich endlich den hellen Lichtspalt am Boden. Ich ließ mich auf die Knie fallen und kroch auf den Spalt zu.

Gierig schnappte ich nach Luft, als ich mich bäuchlings unter der Zeltbahn hindurchschob und zumindest mit dem Oberkörper bereits im Freien war. Meine Freude währte aber nur kurz, weil etwas glühend Heißes auf meinen rechten Unterschenkel fiel und damit genau auf das Bein, mit dem ich mich drinnen an etwas abstieß, um mich nach draußen zu drücken.

Holger setzte das Zeltgestänge ab, das er hochgehoben und mir dadurch einen Fluchtweg geschaffen hatte. Er packte mich mit beiden Händen unter den Achseln und zog mich wie einen nassen Sack unter der lichterloh brennenden Zeltplane hervor.

Ächzend schleifte und schleppte er mich aus der Gefahrenzone. Keuchend und fluchend ließen wir uns in das novembernasse Gras fallen.

»Was machst du denn für einen Schiet!«, japste er und versetzte mir einen Knuff in die Rippen.

Immer noch keuchend machte ich ein paar tiefe Atemzüge und hustete mir ein paar Strophen fast die Lunge aus dem Hals.

»Da standen Computer drin«, hustete ich. »Das waren Arbeitsplätze. Ich musste nachschauen, ob Malte noch drin war.«

»Und. War er?«

»Nee.« Ich schüttelte den Kopf. »Nur zwei Leichen.«

»Äh!«, machte Holger entsetzt. »Wer war das?«

»Keine Ahnung«, antwortete ich. »Ich glaub aber, dass der eine Tote ein Arbeitskollege von Malte war.«

»Auch einer von denen aus dem Labor?«

Ich fuhr herum und sah Holger entgeistert an. »Das weißt du auch schon wieder?«

»Pfft«, machte er. »Ja klar. Malte arbeitet doch als Laborassistent in Wilhelmshaven. Der ist immer nur am Wochenende hier. Und …«, Holger konnte schon wieder schlitzohrig grinsen, »… gärtnert hier ein bisschen für den Hausgebrauch.«

»Nach Hausgebrauch sieht das hier nicht gerade aus«, hustete ich.

»Rauch nicht so viel, Jan«, riet Holger lachend und erhob sich langsam aus dem nassen Gras.

Holgers Witz über Maltes Hausgebrauch und das Rauchen löste in mir einen Gedankenblitz aus: Zwei plus zwei ergibt noch immer vier!

»Moment mal!«, rief ich zwischen zwei Hustenanfällen und quälte mich ebenfalls auf meine Beine hoch. »Riechst du das?« Ich zeigte auf die hell in Flammen stehenden Zelte und schnüffelte demonstrativ in die regenverhangene Luft, die vom Brandgeruch und dem charakteristischen Aroma des Marihuanas erfüllt war.

»Und ob«, nickte Holger und machte ein langes Gesicht. »Schade um das schöne Gras!«

»Du wusstest davon!«, behauptete ich, da ich in diesem Moment bereits die Antwort auf meine folgende Frage kannte, sodass Holger eigentlich gar nichts mehr erwidern musste.

Unschuldig zuckte er mit den Schultern.

»Du hast dich an dem Morgen, als das mit Motte passierte, mit Malte auf dem Parkplatz getroffen!«, redete ich nicht lange um den heißen Brei herum.

»Was für 'n Parkplatz?«, stellte sich Holger dumm und sah mich mit treuem Dackelblick an.

»Der am Akkenschloot natürlich!«, entgegnete ich und hob drohend den Zeigefinger. »Stell dich nicht blöd. Sonst müsstest du noch fragen, welchen Deich ich meine. Du hast dich mit Malte getroffen. Er versorgt dich mit Gras – für deinen Hausgebrauch«, stellte ich fest, da mir jetzt klar war, weshalb Holger an besagtem Morgen in aller Früh auf dem Parkplatz gewesen war.

»In Berlin sind zehn Gramm erlaubt für den Eigenbedarf«, grinste Holger schlitzohrig. »Und außerdem kriegst du das Zeug sowieso demnächst auf Rezept.«

»Nur, wenn es der Hausarzt verschreibt und du nachweislich eine schwere Krankheit hast«, entgegnete ich trocken. »Und was den Eigenbedarf anbelangt, unterliegst du einem Irrtum. Wenn man Marihuana als Eigenbedarf besitzen dürfte, würde es einem bei einer Kontrolle nicht weggenommen werden. Eigenbedarf bedeutet im juristischen Sinne nichts anderes, als dass dein Verfahren beim ersten Mal, wenn du erwischt wirst, wegen Geringfügigkeit eingestellt werden *kann*. Die Betonung liegt auf ›kann‹! Grundsätzlich liegt die Eigenbedarfsgrenze bei null Komma null Gramm! Cannabis ist und bleibt verboten!«

»Du hörst dich ja an wie ein Anwalt«, sagte Holger und verdrehte die Augen.

»Ich bin Anwalt«, erwiderte ich süffisant. »Und das weißt du auch.« Mit ausholender Armbewegung zeigte ich zu den brennenden Zelten. »Und alles, was über dem Eigenbedarf liegt, oder was du so nett Hausgebrauch nennst, ist Drogenhandel.«

»Jawohl, Euer Ehren!« Mit einem schiefen Grinsen legte Holger die Hand an seine Schläfe.

»Es ist mir scheißegal, ob du Gras, Haferflocken oder Ostfriesentee rauchst!«, sagte ich mit bitterer Stimme. »Es ist mir aber nicht scheißegal, ob jemand heimlich Cannabis in den Keksteig einrührt und eine unschuldige Person daran stirbt – so wie Oma Frieda.«

Holgers Gesicht wurde schlagartig ernst. Jegliches Grinsen war verschwunden. »Ja«, sagte er ungewöhnlich leise und nickte. »Ich habe davon gehört.«

»Dann wirst du auch sicherlich davon gehört haben, dass ich mit meinem Käfer in den Graben gefahren bin und mir fast den Hals gebrochen habe.«

Wieder nickte er.

»Siehst du, mein Lieber«, sagte ich mit schneidender Stimme. »Und dafür kriege ich denjenigen dran. Dafür unterbreche ich auch gerne mal meinen Ruhestand!«

»Aber nicht nur deshalb«, warf er ein. »Auch wegen der Hilde Lürs.«

»Ja. Stimmt.« Ich nickte. »Auch, wenn das ein anderes Thema ist. Obwohl ich …«, mit grimmigem Gesichtsausdruck wandte ich mich der lichterloh brennenden Marihuanaplantage und dem Zelt mit den zwei Toten zu, »… mir mittlerweile ziemlich sicher bin, dass beide Fälle miteinander zusammenhängen.«

27

Mit dumpfem Röhren sprang der 185 PS starke Motor an.

Probeweise trat ich das Gaspedal durch. Der Motor antwortete mit einem unterdrückten Brummen, dem die Kraft der Maschine anzuhören war.

Ich hatte nicht lange mit Holger herumdiskutiert, sondern nach einem Blick auf die Uhr gesagt, dass ich nicht auf Polizei und Feuerwehr warten konnte, da es sonst möglicherweise zwei weitere Tote geben würde: Uz und sein Matrose Onno, ohne den er nicht rausfahren würde. Eigentlich hatte ich vorgehabt, die Polizei mit den Fotos, die ich bei meinem letzten Besuch gemacht hatte, zu einem Großeinsatz zu veranlassen. Das hatte sich mit dem Feuer erledigt. Die kamen sowieso. Die Bilder dienten jetzt als wichtiges Beweismittel, um den Betrieb der Plantage nachzuweisen. Mit den Überresten des Drogenlabors, die der Brandsachverständige und die Spurensicherung finden würden, und meinen Fotos war den Betreibern und Hintermännern dieser Plantage ein mehrjähriger Aufenthalt hinter Gittern gewiss. Doch darum würde ich mich später kümmern. Jetzt gingen meine Freunde vor!

Die Zeit war knapp.

Wenn mein Verdacht zutreffend war, nahm Uz in wenigen Minuten zwei Mörder an Bord. Denn wenn ich den Faden weiterspann, gingen die beiden Toten aus dem Zelt auf das Konto des Paars. Ich hatte noch keine schlüssige Idee, wie beide Fälle zusammenhingen, vermutete aber, dass Dorndreher in dem Computerzelt ein großes Ding am Laufen hatte, bei dem es nicht um Marihuana ging. Drogenhandel mit Cannabis schien mir für den smarten Wissenschaftler zu profan zu sein. Obwohl manchmal die Dinge in Wirklichkeit einfacher sind, als man es sich zusammengereimt hatte.

Trotzdem nahm der zunächst nur intuitive Gedanke, dass hier etwas lief, was mit Dorndrehers wissenschaftlicher Arbeit zu tun hatte, immer konkretere Formen an. Obwohl mir noch die wichtigsten Puzzlesteine fehlten, um eine Verbindung herzustellen zwischen dem, was sich auf Oma Friedas Hof abgespielt hatte, und dem, was den Fischern auf der *Adele* den Tod brachte. Und was war das Motiv?

Ich legte den Gang ein und gab Gas.

Die Reifen des 78er Benz drehten ein paar Runden durch und warfen Erde und lose Steine in die Luft, sodass Holgers »*b*londer Engel« in einem Kondensstreifen zu starten schien. Dass ich derzeit keinen Führerschein besaß, hatte ich Holger nicht auf die Nase gebunden. Wozu auch. Ich wäre so oder so gefahren.

In einer eleganten Kurve lenkte ich den Wagen auf die Landstraße und trat das Gaspedal durch. Der 280 SLC beschleunigte so stark, dass ich in die Ledersitze gedrückt wurde. Da Holger mir gesagt hatte, dass sein »Engel« zwanzig Liter auf einhundert Kilometer schluckte, warf ich vorsichtshalber einen Blick auf die Tankuhr, die erfreulicherweise mit ihrer weißen Nadel auf das volle Tanksymbol zeigte. Nun ja, 1978 war die Ölkrise von '73 vergessen und die ein Jahr später folgende Rohölpreiserhöhung hatte noch niemand auf dem Schirm.

Im Tiefflug überholte ich zwei Trecker und blieb der Einfachheit halber gleich auf der Gegenfahrbahn. Gemessen an meinem Käfer war Holgers Benz eine echte Rakete.

Die Greetsieler Straße verlief gradlinig parallel zum Störtebekerkanal und war größtenteils sehr gut zu überschauen, sodass ich etwaigen Gegenverkehr früh genug erkennen konnte. Ich war ja schließlich kein Kamikaze-Pilot. Das Einzige, was mir ein wenig Sorgen bereitete, waren die mobilen Blitzer, die immer öfter aufgebaut wurden.

Wenn man mich beim Tieffliegen ohne Führerschein erwischte, würde sich Thyra wahrscheinlich zur Adoption freigeben. Auf dem letzten Stück der Greetsieler Straße hätte wirklich keine Radarfalle stehen dürfen, da ich die lange Gerade nutzte, um verlorene Zeit wieder hereinzuholen. Erst kurz vor der Kreuzung schaltete ich runter, lenkte scharf rechts und bremste den Wagen mit der Handbremse aus, was der Benz mit einer filmreifen Staub-Wasser-Fontäne quittierte, in die sich der Gummiabrieb der Hinterräder gemeinsam mit dem Wasser aus ein paar kleineren Pfützen mischte. Zwei Fahrradfahrer auf der Sielseite der Mühlenstraße verrissen vor Schreck ihre Lenker und machten einen Abstecher ins Grün des Alten Greetsieler Sieltiefs.

Glücklicherweise waren bei dem Wetter nur ein paar vereinzelte Radfahrer und Fußgänger auf der Mühlenstraße unterwegs, die brav auf den für sie vorgesehenen Wegen radelten oder schlenderten. Hinter der Brücke, die über die Binnenmuhde führte, bog ich rechts in den Schatthauser Weg ab, den ich bis zum Ende hochfuhr, um den Wagen kurzerhand und verkehrswidrig am Neuen Deich stehen zu lassen: wenn schon, denn schon.

Im Laufschritt hastete ich die Straße hoch und überquerte die Brücke, von der aus ich die Frau mit den vielen Namen fotografiert hatte. Schon ziemlich außer Atem joggte ich etwas gemäßigter die Straße zum Kai hinunter, um dem Lauf der Mole zu folgen.

»Verdammt!«, fluchte ich laut und beschleunigte mein Tempo wieder, wobei das witzlos war, denn ich sah schon von Weitem, dass der Liegeplatz der *Sirius* verwaist war.

Ich hatte Uz verpasst!

Schwer atmend stützte ich mich mit den Händen auf meine Oberschenkel und schaute in den Hafen hinaus. Weit und breit war nichts von der *Sirius* zu sehen. Ein Blick auf meine Uhr sagte mir, dass Uz schon seit über zehn Minuten unterwegs war. Hastig sah ich mich um. Wenn ich ein Fahrrad auftreiben würde, hätte ich noch eine Chance. Meiner zeitlichen Schätzung nach tuckerte die *Sirius* im Moment noch das Leyhörner Sieltief entlang. Wenn ich mich beeilte und schnell genug radelte, könnte ich Uz mit seiner *Sirius* noch an der Schleuse des Leyhörner Außentiefs einholen.

Eine vertraute Stimme hinter mir ließ die letzte Chance, Uz vor dem Auslaufen mit dem mörderischen Duo an Bord abzufangen, wie eine Seifenblase zerplatzen.

»Was machst du denn hier, Jan? Warst du joggen?«

Ich wirbelte herum. Vor mir stand Onno!

»Und was machst *du* hier?«, fuhr ich ihn an. »Warum bist du nicht mit Uz rausgefahren?«

Onno sah mich perplex an und suchte nach Worten. »Weil … weil …«

»Hast du ein Fahrrad?«, unterbrach ich ihn.

»Ein was?«

»Ein Fahrrad!«, wiederholte ich ungeduldig. »Das ist das Ding mit den zwei Rädern und der Klingel dran.«

»Was willst du denn damit?«, fragte Onno mit großen Augen.

»Herrgott!«, fluchte ich ungeduldig, weil Onno sich so begriffsstutzig anstellte. »Den Deich lang zur Schleuse hoch. Ich muss Uz einholen, bevor er rausfährt.« Mit dem ausgestreckten Arm wies ich in Richtung Hafenausgang.

»Dann musst du aber übers Wasser radeln können wie Jesus«, erwiderte Onno.

Ich verzichtete auf den Hinweis, dass Jesus nicht übers Wasser geradelt, sondern gegangen war, und fragte nur knapp. »Wieso denn das?«

»Weil Uz schon vor 'ner Stunde abgelegt hat!«

Wenn das stimmte, was Onno sagte – und davon ging ich aus –, hatte die *Sirius* bereits die Schleuse des Leyhörner Außentiefs passiert und war auf See.

Ich spürte, wie mir vor Schreck die Knie weich wurden, und wankte zu einem der Eisenpoller, die in regelmäßigen Abständen den Kai säumten, um mich darauf niederzulassen.

»Ist alles okay mit dir, Jan?«, fragte Onno besorgt. »Du bist ja total weiß im Gesicht.«

Nichts ist okay!, dachte ich verzweifelt. Uz ist alleine auf See mit Neuntöter nebst Gemahlin und ich hab's versaut.

Ich war zu spät gekommen. Schuld an meiner Verspätung war der Abstecher zu Oma Friedas Hof gewesen. Dass jemand die gesamte Plantage und alle Zelte abfackeln würde, damit hatte ich nicht gerechnet. Da hatte jemand wahrhaftig die Zelte hinter sich abgebrochen!

Ich schoss vom Hafenpoller hoch, als stünde dieser plötzlich unter Strom.

»Wir müssen Uz einholen!«, sagte ich beschwörend zu Onno, während ich gleichzeitig fieberhaft überlegte, wie ich das anstellen konnte.

Mackensen anrufen?

Und dann? Der würde mich erst gar nicht ausreden lassen. Ich hatte Holger zwar genau eingeschärft, was er dem Kommissar ausrichten sollte, weshalb ich nicht am Ort des Geschehens das Eintreffen von Polizei und Feuerwehr abgewartet hatte. Doch so wie ich Mackensen kannte, würde er mich erst verhaften und dann Fragen stellen.

Nächste Möglichkeit: Polizei und Küstenwache alarmieren? Was sollte ich denen sagen, damit sie eine Großaktion mit Schnellboot und Hubschrauber einleiten würden?

»Also, wenn du ein Fahrrad brauchst«, hörte ich Onno sagen, »... da ist eins.«

»Jetzt brauch ich auch kein Fahrrad mehr«, winkte ich geistesabwesend ab. »Die *Sirius* ist längst auf See.«

»Ich dachte ja nur, dass du Hilde fragen könntest.«

»Hilde? Welche Hilde denn?« Gereizt hob ich den Kopf und sah Onno verständnislos an.

»Na, die Hilde vom alten Lürs«, erwiderte Onno und zeigte zum Deich hinüber, wo gerade ein Fahrradfahrer die Zufahrt zur Kaianlage hinuntergeradelt kam. »Die da drüben.«

»Das soll Hilde Lürs sein?«, fragte ich ungläubig, da ich die Gestalt aus der Entfernung nur als Umriss erkennen konnte. »Das kann nicht sein, die ist doch noch viel zu geschwächt.«

»Is sie aber trotzdem!«, widersprach Onno energisch. »Ich kenn sie doch.«

»Erkennst du den Radfahrer überhaupt?«, fragte ich skeptisch.

»Na logo!«, nickte Onno stolz. »Man nennt mich nicht umsonst Adlerauge.«

Ich wusste zwar nicht, wer Onno jemals Adlerauge genannt hätte, neigte aber dazu, ihm zu glauben. Was aber zum Teufel tat Hilde Lürs hier im Greetsieler Hafen? Uz hatte sie als nicht vernehmungsfähig diagnostiziert, deshalb saß sie nicht in Untersuchungshaft. Wieso radelte sie durch den Hafen?

»Wo radelt sie denn hin?«, fragte ich deshalb nachdenklich.

»Na, zur *Petra*«, beantwortete Onno meine Frage, ohne erst überlegen zu müssen.

»Wer ist *Petra*?«

»Der Muschelkutter vom alten Lürs.«

»Der liegt hier in Greetsiel?« Verblüfft sah ich in die Richtung, in die Onno gewiesen hatte. »Ich dachte, Mattes Lürs hat seine Flotte in Norddeich liegen.«

»Hat er ja auch«, klärte Onno mich auf. »Nur die *Petra* liegt immer hier. Schon seit Jahren. Wohl, weil der Weg zu den alten Muschelbänken von Greetsiel aus kürzer ist als von Norddeich aus. Das kostet nur halb so viel Sprit.«

Ich hörte Onno nur mit einem Ohr zu, denn mir kam gerade ein siedend heißer Gedanke.

»Komm mit!«, rief ich entschlossen und spurtete aus dem Stand heraus dem Fahrradfahrer hinterher.

»Wieso denn das?«, hörte ich Onno noch hinter mir herrufen, gab aber keine Antwort; zu sehr elektrisiert war ich von meinem Gedanken.

Ich rannte den Kai hinunter und erreichte meine Mandantin, als sie gerade das Fahrrad an einem Container anschloss.

»Moin, Frau Lürs«, keuchte ich atemlos. »Was machen Sie denn hier?«

Hilde Lürs warf mir nur einen kurzen Seitenblick über ihre Schulter zu, bevor sie den Schlüssel vom Fahrradschloss abzog und sich den Korb griff, den sie auf dem Gepäckträger ihres alten Hollandrads befestigt hatte.

»Moin«, erwiderte sie knapp meinen Gruß, wobei sie vermied, mich anzuschauen.

»Ich dachte …«, ich rang nach Luft, »… Sie müssen sich noch schonen.«

»Meinem Vater geht's nicht gut. Ich muss heute mit raus.«

»Was ist mit Ihrem Vater los?«, hakte ich nach.

Sie kniff die Lippen zusammen.

»Frau Lürs«, sagte ich mit eindringlicher Stimme. »Ich bin Ihr Anwalt! Sie sollten mir vertrauen.«

Unwillig schnaubte sie leise durch die Nase, entschloss sich dann aber doch zu einer Antwort: »Krebs. Mein Vater hat Krebs.«

»Das tut mir leid«, sagte ich betroffen. »Dann verstehe ich, dass Sie ihm zur Seite stehen wollen.«

Ihre abweisende Körperhaltung machte deutlich, dass Hilde Lürs nicht die Absicht hatte, weiter mit mir zu reden. Schroff wandte sie sich ab und machte Anstalten, mich einfach am Kai stehen zu lassen. Ich spürte, wie ich langsam wütend wurde, hielt mich aber zurück, da ich etwas von ihr wollte.

Mit zwei schnellen Schritten trat ich ihr in den Weg.

»Weiß die Polizei, dass Sie hier sind?«, fragte ich mit bemüht ruhiger Stimme. »Sie wissen, dass man Sie in Untersuchungshaft nehmen will.«

»Ich muss heute mit raus«, erwiderte sie unbeirrt. »Morgen können mich die Blauen ja verhaften, wenn sie wollen.«

Die Kapitänin machte einen Schritt zur Seite, um sich an mir vorbeizudrücken.

Mit einem Griff hielt ich sie am Arm fest.

»Sie sind meine Mandantin!«, sagte ich scharf. »Sie selber haben mich um juristischen Beistand gebeten. Es geht hier um Mord – um fünffachen Mord. Für die Polizei sind Sie erst einmal die Hauptverdächtige. Deshalb wird man sie sofort festnehmen, wenn sie vernehmungs- und haftfähig sind. Haben Sie das kapiert?«

»Lassen Sie mich los!« Mit einem Ruck entwand sie sich meinem Griff, lief aber nicht weiter, sondern blieb unentschlossen stehen.

»Frau Lürs«, sagte ich beschwörend. »Während Ihres Krankenhausaufenthaltes war ich nicht untätig, sondern bin einer Spur gefolgt und konnte zwei Verdächtige ermitteln, die ich im Zusammenhang sehe mit dem, was an Bord der *Adele* geschehen ist. Die unbekannte Frau, von der Sie erzählt haben, war dabei.«

»Und warum haben Sie das nicht schon längst den Blauen erzählt?«, unterbrach sie mich schroff.

»Aus dem gleichen Grund, weshalb ich nicht auf der Stelle die Kripo anrufe und denen erzähle, dass meine Mandantin aus dem Krankenhaus abgehauen ist«, entgegnete ich nicht minder schroff. »Manchmal entwickeln sich die Dinge anders, als man gedacht hat, und dann muss man Prioritäten setzen«, erklärte ich und verzichtete auf nähere Einzelheiten.

Dafür war später noch Zeit. Erst musste ich Hilde Lürs davon überzeugen, dass wir gemeinsam mit der *Petra* der *Sirius* folgen mussten. Im Moment hatte für mich das rechtzeitige Erreichen der *Sirius* Priorität, bevor Uz das gleiche Schicksal wie den ermordeten Muschelfischern widerfuhr.

»Die Frau mit den Schokoflocken hat einen Komplizen. Die beiden haben hier ein großes Ding am Laufen. Ich weiß zwar noch nicht konkret, worum es geht, aber es hat zwei weitere Tote gegeben. Die Frau und der Mann befinden sich in diesem Moment an Bord der *Sirius*. Uz hat keine Ahnung davon, dass er in Gefahr schwebt.«

Als ich die Schokoflocken erwähnte, hob Hilde Lürs für einen Moment die Augenbrauen und sah mich an, als würde sie etwas sagen wollen. Ihre Miene war zwar noch immer abweisend, aber in ihr schien es zu arbeiten. Nervös begann sie, auf ihrer Lippe herumzukauen.

Ich warf ihr einen fragenden Blick zu, aber als sie keine Anstalten machte, etwas zu sagen, fuhr ich in meinen Erklärungen fort. »Ich denke, dass die beiden hinter dem Giftmord stecken, dem Ihre Brüder und die Mannschaften der *Adele* und der *Ina* zum Opfer gefallen sind. Konkrete Beweise habe ich allerdings nicht.«

»Hm«, machte Hilde Lürs. »Und was soll das Ganze dann, wenn Sie keine Beweise haben?«

»Ich bin Ihr Anwalt und nicht die Kripo«, entgegnete ich. »Um Sie zu entlasten und zu verhindern, dass Sie in Untersuchungshaft schmoren, reicht es, wenn ich der Kripo und der Staatsanwaltschaft die Frau und den Mann als schlüssige Hauptverdächtige präsentieren kann. Im günstigsten Fall liefere ich belastendes Material und Motiv gleich mit. Doch so weit bin ich noch nicht. Aber die Zusammenhänge, die ich der Staatsanwaltschaft gegenüber schon jetzt anführen kann, reichen aus, um Sie freizubekommen«, erklärte ich, um auf mein dringendstes Anliegen zu kommen. »Uz ist in Gefahr! Wir müssen mit der *Petra* hinterher, um zu verhindern, dass ihm ein ähnliches Schicksal wie Ihren Brüdern widerfährt.«

»Sie haben wohl 'n Knall«, prustete Hilde Lürs los. »Wie stellen Sie sich das denn vor?«

»Indem wir an Bord gehen und Sie die Leinen losmachen«, entgegnete ich drängend.

»Wir müssen raus auf Fang. Außerdem bin ich nicht der Käpt'n der *Petra*.«

»Aber wir können mit Ihrem Vater sprechen und Sie können mir helfen, ihn zu überzeugen, der *Sirius* hinterherzufahren.«

Wie aufs Stichwort erschien Mattes Lürs an der Reling der *Petra* und sah zu uns runter.

»Was ist denn los?«, knurrte er ungehalten seine Tochter an. »Komm an Bord. Wir müssen raus!«

»Sie haben's gehört«, sagte Hilde Lürs und schob sich an mir vorbei. »Ich muss los.«

Einen Moment sah ich ihr hinterher und ballte wütend die Fäuste. Zwei Sekunden später setzte ich mich ebenfalls entschlossen in Bewegung und folgte ihr die Gangway hoch, die an Bord von Mattes Lürs' Muschelkutter führte.

»Moin«, begrüßte ich den Käpt'n der *Petra* und versuchte, mir den Schreck nicht anmerken zu lassen, der mich bei seinem Anblick durchfuhr.

Auch wenn man Mattes Lürs den »alten Muschelfischer« nannte, war er, soweit ich wusste, gleich alt mit Uz. Heute aber hätte niemand bei den beiden denselben Jahrgang vermutet. Die Bemerkung seiner Tochter, dass es ihrem Vater heute nicht gut ging und sie deshalb mit ihm rausfahren musste, erschien mir schwer untertrieben.

Mattes Lürs wirkte seit unserer letzten Begegnung auf seinem Hof um Jahre gealtert. Seine unrasierten Wangen, auf denen die Bartstoppeln der letzten fünf Tage standen, waren eingefallen. Das Weiß seiner Augen hatte eine gelbliche Färbung angenommen, was auf eine Erkrankung von Leber oder Galle hindeutete, wie ich wusste.

Als er meinen Gruß mit einem rauen »Moin« erwiderte, hatte ich das Gefühl, dass seine Zähne zu groß für seinen Mund waren.

»Was gibt's?«, fragte er ebenso schlecht gelaunt, wie mich seine Tochter begrüßt hatte.

Aber zumindest sah er mich an. Anstalten, mir die Hand zu geben, machte er allerdings nicht.

Ich hatte keine Zeit mehr zu verlieren. Uz war mit Neuntöter auf See, und auch wenn ich noch immer nicht wusste, worum es eigentlich ging, sah ich ihn in großer Gefahr.

»Sie haben mich gebeten, die Unschuld Ihrer Tochter zu beweisen«, kam ich deshalb direkt und schnörkellos zur Sache. »Ich habe zwei Tatverdächtige ermittelt. Wenn ich die beiden der Polizei ausliefere, sieht's gut für Ihre Tochter aus. Wenn nicht, wandert sie in den Knast. So weit klar?«

Der Muschelfischer sah mich einen Moment aus seinen gelbstichigen Augen an.

Schwerfällig nickte er. »Klar.«

»Die beiden Verdächtigen befinden sich auf der *Sirius*. Uz hat keine Ahnung, dass er sich in Gefahr befindet. Wir müssen die *Sirius* einholen und stoppen«, sagte ich beschwörend. »Und dabei ist es mir im Moment scheißegal, ob Sie heute zum Fischen kommen oder nicht!«

Mattes Lürs stieß ein trockenes Husten aus und spuckte einen Schleimbrocken, der ebenso gelblich war wie die Verfärbung seiner Augäpfel, knapp an meiner Schulter vorbei über Bord. Ich hörte seinen Auswurf auf die Wasserfläche des Hafens klatschen.

»Klar?«, fragte ich, ungeduldig darauf wartend, dass sein Hustenanfall nachließ.

Als Mattes Lürs wieder zu Luft gekommen war, sah er mich ohne erkennbare Gefühlsregung an.

»Uz ist draußen?«

»Ja!«, antwortete ich. »Er ist in Gefahr!«

Der Blick des alten Fischers begann leicht zu flackern, während er mich unverwandt ansah.

»Alles fügt sich zu seiner Zeit«, sagte er tonlos und meinte offenbar nicht mich, denn sein Blick schien sich in einer Erinnerung zu verlieren.

»Was meinen Sie damit?«, wollte ich wissen.

Mattes Lürs blieb mir die Antwort schuldig, denn plötzlich ging ein Ruck durch seinen Körper und er fuhr erstaunlich schnell für seinen Zustand herum, um in Richtung Steuerhaus loszustapfen.

»Leinen los!«, rief er dem stämmigen Matrosen zu, der am Achterdeck auftauchte.

Ich betrachtete das Kommando des Käpt'n als Einverständnis, der *Sirius* zu folgen, und winkte Onno auffordernd zu, der am Fuß der Reling stand und unschlüssig von einem Bein aufs andere trat.

»Komm schon!«, zischte ich halblaut, weil ich nicht noch lange herumdiskutieren, sondern Tatsachen schaffen wollte.

Eilig hastete Onno das Laufbrett hoch und warf dem stämmigen Matrosen ein knappes »Moin« zu, als er sich an ihm vorbeidrückte, bevor dieser die Gangway zurückschieben konnte.

»Is der Käpt'n denn einverstanden, dass ich mitkomme?«, fragte Onno nervös.

»Klar«, interpretierte ich das Leinen-los-Kommando zugegebenermaßen recht großzügig und klopfte Onno beruhigend auf die Schulter. »Es geht ja schließlich um deinen Käpt'n!«

Als wir in das Steuerhaus der *Petra* kletterten, würdigte Mattes Lürs uns keines Blickes. Er stand völlig in sich versunken und hielt das Ruder mit beiden Händen umklammert. Als ich sein bleiches Gesicht mit den gelblichen Augäpfeln sah, überlief mich ein leichtes Schaudern, denn ich musste unwillkürlich an den untoten Kapitän des Fliegenden Holländers denken, der Rache an den Lebenden nahm, die er für seinen Tod verantwortlich machte.

Alter Spökenkieker, schalt ich mich, denn der alte Muschelfischer war nicht auf Rachefeldzug, sondern schlicht und einfach krank, wie man unschwer erkennen konnte.

Mich beschlich ein ungutes Gefühl, das ich mir nicht erklären konnte.

28

Erleichtert atmete ich auf, als sich die schweren Tore vor dem Bug der *Petra* öffneten und wir die Schleuse des Leyhörner Außentiefs passierten.

Nach ein paar Minuten nahm der Muschelkutter direkten Kurs auf die Passage zwischen der backbord liegenden Insel Borkum und der auf der Steuerbordseite auftauchenden Vogelinsel Memmert, die Juist vorgelagert ist und auf der außer einem Vogelschutzwart keine Menschenseele lebt. Manchmal wünschte ich mir, ich wäre der Vogelwart. Heute war so ein Tag.

Mattes Lürs hatte seine Entscheidung, der *Sirius* zu folgen, nicht weiter kommentiert. Hilde Lürs und der stämmige Fischer, den ich auf dem Achterdeck gesehen hatte, holten die Leinen ein. Mit kraftvollem Dröhnen der Dieselmotoren schob der dreißig Meter lange Muschelkutter *Petra* beim Auslaufen aus dem Greetsieler Hafen eine schäumende Bugwelle vor sich her. Der dritte Mann der Besatzung war irgendwo unter Deck verschwunden und Onno hatte sich draußen an Deck verkrümelt. Offenbar war ihm die ganze Aktion nicht geheuer. Hilde Lürs lehnte seit dem Auslaufen am Fenster des Steuerhauses und sah auf die Wasserfläche des Leyhörner Sieltiefs hinaus.

Jeder hing seinen Gedanken nach.

Niemand sagte ein Wort, bis Mattes Lürs das Schweigen im Steuerhaus unterbrach.

»Welchen Kurs hat Uz eingeschlagen?«, fragte er unvermittelt, ohne mich anzuschauen.

»Weiß ich nicht genau«, antwortete ich. »Er sprach nur davon, dass es entlang der Inseln gehen würde.«

Mit Inseln waren die Ostfriesischen Inseln gemeint. Sie bilden vor der niedersächsischen Festlandküste eine Inselkette, die sich auf einer Länge von neunzig Kilometern von West nach Ost erstreckt. Ein viel zu großes Gebiet, um einen Krabbenkutter auf gut Glück zu suchen. Deshalb griff Mattes Lürs zum Funktelefon und schaltete es ein.

»GRE 11 *Sirius*!«, sagte er halblaut in die Sprechmuschel des Hörers. »Hört ihr mich?«

Aus dem Lautsprecher, der über dem Wandapparat des Funktelefons montiert war, ertönte nur leises statisches Rauschen.

Mattes Lürs wiederholte seinen Funkruf.

»*Sirius* hört«, erklang plötzlich Uz' Stimme nach einem trockenen Knacken. »Wer ruft?«

»GRE 17 *Petra*«, antwortete Mattes Lürs formell, um direkt zur Sache zu kommen. »Wo gibt's heute Krabben?«

Ganz schön gerissen!, dachte ich und warf Käpt'n Lürs einen anerkennenden Blick zu, als er den üblichen Seemannsschnack anstimmte: Windstärke, Sicht und Fanggebiet. Worüber sich Fischer halt über Funk unterhalten.

»Habt ihr schon was eingeholt?«, fragte Mattes Lürs unschuldig, um nicht den Argwohn der mit Sicherheit neben Uz stehenden Passagiere zu erregen.

Die Unterhaltung musste sich für einen Außenstehenden so typisch ostfriesisch einsilbig anhören, dass keiner vermutet hätte, dass Mattes und Uz bis auf ein »Moin« in vierzig Jahren nicht miteinander gesprochen hatten.

»Wir haben die Netze noch drin«, antwortete Uz mit ruhiger Stimme, der weder Anspannung noch Nervosität anzuhören war.

Alleine die Tatsache, dass Uz in aller Seelenruhe mit Mattes Lürs über Funk sprach, war der Hinweis an mich, dass etwas ganz und gar nicht stimmte. Uz wusste ganz genau, dass ich neben dem alten Muschelfischer stand und zuhörte. Ich hatte ihn vor der heutigen Tour gewarnt und ihm angekündigt, mit rauszufahren. Als Mattes Lürs, mit dem er – abgesehen von der einsilbigen Begrüßung auf dessen Hof – seit vierzig Jahren nicht mehr gesprochen hatte, ihn nun plötzlich anfunkte, musste ihm sofort klar gewesen sein, dass ich den Fischer überredet hatte, der *Sirius* zu folgen.

»Wo, denkst du, lohnt es heute die Netze auszuwerfen?«, baute der alte Muschelfischer Uz eine raffinierte Brücke, damit dieser unbemerkt seine Position durchgeben konnte.

»Ameland soll heute gut sein«, antwortete Uz und bewies mit seinem Hinweis auf die niederländische Insel, dass ich mit meiner Vermutung richtig lag.

Kaum hatte Uz den Namen der westlich von uns liegenden Insel ausgesprochen, legte Mattes Lürs einen westlichen Kurs an.

»Dann sehen wir uns heute noch«, kündigte Mattes Lürs unverblümt an.

Darauf erwiderte Uz nichts. Nur das übliche Rauschen und Knistern der Funkverbindung war zu hören.

Plötzlich knackte es kurz. Dann herrschte Stille. Die Verbindung war unterbrochen. Mich durchfuhr ein eisiger Schreck. Was hatte das zu bedeuten?

»Die sind schon an Borkum vorbei«, ließ sich Hilde Lürs vom Fenster her vernehmen. »Ich schätze, die sind schon in Holland.«

Holland?, dachte ich. Was wollen die denn in Holland?

»Wir müssen hinterher!«, sagte ich mit eindringlicher Stimme und wandte mich Mattes Lürs zu. »Wir sehen Uz sonst vielleicht nicht lebend wieder!«

Der alte Kapitän drehte langsam seinen Kopf und sah mich aus gelb unterlaufenen Augen an, in denen eine Bitterkeit und ein Hass lagen, wie ich sie in seinem Blick noch nie gesehen hatte. Ich wusste ja, dass Mattes Lürs mit Uz eine sprichwörtliche Leiche im Keller hatte, über die beide nicht sprachen, konnte mir aber beim besten Willen keinen Grund für einen Bruch vorstellen, der über Jahrzehnte Bestand hatte.

»Kurs liegt an«, sagte er kaum hörbar.

Langsam wandte sich der alte Fischer wieder seinem Steuerrad zu. Seine Hände umklammerten das viele Jahrzehnte lang durch schwielige Seemannshände polierte Holz. Sein Blick ging zum Bug.

Die Unterhaltung war beendet.

Da auch Hilde Lürs keine Anstalten machte, mit mir zu reden, legte sich düsteres Schweigen über das Steuerhaus der *Petra*. Nach ein paar Minuten hielt ich das Schweigen nicht mehr aus. Wortlos drehte ich mich um und öffnete die Tür des Steuerhauses, um die Leiter hinunter an Deck zu klettern.

Nervös trat ich an die Reling und begann in meinen Taschen nach etwas Rauchbarem zu suchen. Leider erfolglos.

»Willste eine?«, ertönte Onnos Stimme plötzlich hinter mir.

Erschrocken fuhr ich herum.

»Ich bekomm deinetwegen noch mal einen Herzinfarkt!«, fuhr ich ihn an, was mir im gleichen Moment schon wieder leidtat. »War nicht so gemeint«, entschuldigte ich mich. »Ich bin nur ziemlich nervös.«

»Wegen Uz?«

Ich nickte und griff nach dem verbogenen Glimmstängel, der aus der zerdrückten Packung hervorschaute, die Onno mir hinhielt.

»Warum bist du eigentlich nicht mit rausgefahren?«, fragte ich und knickte die lange Papierhülse zweimal zusammen, damit die typische Luftkammer entstand, die anstelle eines Filters an der kurzen Papierhülse angebracht war, und zündete die russische Zigarette an. »Wusste gar nicht, dass es die Papirossa überhaupt noch gibt«, murmelte ich überrascht und nahm einen tiefen Zug, der sofort einen heftigen Hustenanfall auslöste.

Noch während mich der Husten schüttelte, warf ich die Zigarette in hohem Bogen über Bord. Es war eine selten dämliche Idee von mir gewesen zu rauchen. Und dann auch noch eine russische Papirossa, die nur etwas für hartgesottene Nikotinjunkies war.

Onno klopfte mir lachend auf den Rücken, während er einen tiefen Zug von seiner Kippe nahm.

»Das sind quasi Nostalgieexemplare«, lachte Onno. »Die habe ich von Heino bekommen, der besorgt sich die immer. Weil sich der Tabak leicht herausschütteln und sich das Ding stattdessen zum Kiffen füllen lässt.«

»Ich glaub's nicht«, sagte ich zwischen zwei röchelnden Atemzügen. »Du kiffst auch?«

»Nee!«, widersprach Onno im Brustton der Überzeugung. »Ich habe mit dem Zeug nix am Hut.«

»Und wie kommst du an die Kippen?«, wollte ich wissen.

»Hat Heino mir vorhin gegeben.«

Jetzt fiel auch bei mir der Groschen. Der stämmige Matrose, der die Gangway eingeholt hatte, war Heino! Das trifft sich gut, dachte ich. Den knöpfe ich mir gleich mal vor!

»Wo ist er jetzt?«, fragte ich.

Onno zeigte Richtung Bug. »Vorn beim Pumpenraum.«

Das traf sich sehr gut. Die Zeit, bis wir die *Sirius* erreichten, würde ich nutzen, um mir von Heino ein paar Fragen beantworten zu lassen. Zuerst aber musste ich Onno darüber informieren, was ich vorhatte, wenn wir die *Sirius* erreichten. Es war nicht ungefährlich und Onno musste wissen, auf was er sich einließ, wenn er mir half.

In kurzen Sätzen klärte ich ihn darüber auf, dass ich Neuntöter und seine Frau für die Mörder der Muschelfischer hielt, die wir auf der *Adele* gefunden hatten, und berichtete auch über die Geschehnisse auf Oma Friedas Hof.

Onnos Augen wurden bei meinem Kurzbericht immer größer.

»Ich weiß zwar noch nicht, wieso, aber ich befürchte, dass Uz sich in großer Gefahr befindet«, beendete ich meine Ausführungen.

»Echt krass«, staunte Onno. »Und was willst du machen, wenn wir die *Sirius* erreicht haben?«

»Weiß ich auch noch nicht genau.« Unschlüssig sah ich aufs Wasser. »Darüber mache ich mir erst Gedanken, wenn es so weit ist. Mir fällt schon noch was ein.«

»Am besten klettern wir einfach rüber an Deck«, meinte Onno aufgeregt. »Wie ein Enterkommando!«

»Vielleicht hast du recht«, erwiderte ich und lachte bitter. »Gar nicht erst lange quatschen, sondern gleich entern.«

Vielleicht lag Onno tatsächlich richtig. Manchmal waren die einfachsten Dinge die sinnvollsten. Ich kannte Uz gut genug, um zu wissen, dass er den Tipp mit Ameland nicht einfach so gegeben hatte. Höchstwahrscheinlich hatte sich an Bord der *Sirius* schon etwas getan. Und was immer es war, es konnte nichts Gutes gewesen sein. Wenn wir die *Sirius* erreichten, mussten wir das Überraschungsmoment nutzen und schnell handeln. So schnell, dass Neuntöter nicht zum Überlegen kam.

»Wenn du an Bord gehst, bin ich natürlich mit von der Partie«, sagte Onno entschlossen. »Das is ja wohl mal klar!«

»Ich wusste, dass ich auf dich zählen kann«, sagte ich und gab ihm einen Klaps gegen den Oberarm. »Die *Sirius* ist Richtung Ameland unterwegs.«

»Ameland. Davor kommt Schiermonnikoog«, sagte Onno. »Das sind zwei Inseln vor der holländischen Küste. Wir waren schon ein paarmal mit der *Sirius* dort. Nicht zum Fangen, nur zum Gucken. Wegen der Fischereirechte und so.«

»Wie lange brauchen wir dahin?«, fragte ich.

Onno legte die Stirn in Falten. »Hm ... mal nachdenken. Die *Petra* legt sich ganz schön ins Zeug und ist flott unterwegs«, überlegte er laut. »Ich denke ... so in einer Dreiviertelstunde sollten wir sie eingeholt haben.«

»Das reicht, um ein paar Worte mit Heino zu reden!« Entschlossen schob ich das Kinn vor.

Anstatt Hilde Lürs und ihrem Vater beim Schweigen zuzuhören, konnte ich die Gelegenheit nutzen und mir Heino vorknöpfen. Es gab schließlich noch eine ganze Reihe von Fragen, die auf Antworten warteten.

Ich machte mit Onno aus, dass er an Deck blieb und Ausschau nach der *Sirius* hielt, damit er mich rechtzeitig rufen konnte, falls der Kutter mit Uz in Sicht kam und ich noch unter Deck war. Dann machte ich mich auf die Suche nach Heino, der sich nach Onnos Angaben irgendwo unter Deck aufhielt.

29

Die schwere Metalltür quietschte leise in ihren Angeln, als ich sie vorsichtig aufschob. Ein Schwall abgestandener Luft aus Maschinenöl, Fisch und nassen Socken empfing mich. Im Pumpenraum war es dunkel. Nur das Licht der Notbeleuchtung über der Tür warf einen Lichtschein in den Raum vor mir.

Wo steckt Heino denn?, dachte ich überrascht.

Ich hatte erwartet, den Matrosen der *Petra* bei der Arbeit vorzufinden. Was immer auch ein Matrose während der Fahrt im Pumpenraum zu tun hat. Stattdessen lag der Raum im Dunkeln und von Heino gab es keine Spur.

Mittlerweile hatten sich meine Augen an die Dunkelheit gewöhnt. Ich erkannte an der backbordseitigen Wand mehrere Metallhaken, an denen die Mannschaft offenbar ihr nasses Wetterzeug zum Trocknen aufhängte. Vor den orangefarbenen hüfthohen Fischerlatzhosen standen fein säuberlich mehrere Paare gefütterte Gummistiefel aufgereiht, was den Geruch nach nassen Socken erklärte. Vor mir erkannte ich die Umrisse von Maschinenteilen und Armaturen, bei denen es sich um die Pumpen handeln musste.

Noch während ich mich im Dämmerlicht der Notbeleuchtung umsah, ertönte ein unterdrückter

Schmerzensschrei, der mich zusammenfahren ließ. Ob das Heino war? Vielleicht hatte er sich verletzt?

»Hallo!«, rief ich deshalb in die Dunkelheit hinein.

Nur das Stampfen der Dieselmotoren war zu hören. Ansonsten kein Laut. Weshalb meldete sich Heino nicht?

»Hallo!«, rief ich deshalb noch einmal, diesmal lauter. »Heino, sind Sie da? Ist alles in Ordnung?«

Nichts. Keine Antwort.

Plötzlich ertönte erneut ein Schmerzenslaut.

Vorsichtig und mit ausgestreckten Armen, um nirgendwo dagegenzulaufen, tastete ich mich vor. Überrascht zuckte ich zusammen, als zwei Armlängen entfernt vor mir eine metallene Tür aufgerissen wurde.

Der Kopf des stämmigen Matrosen, bei dem es sich um Heino handeln musste, erschien im Türspalt, aus dem der dämmerige Lichtschein einer zweiten Notbeleuchtung fiel.

»Was ist los?«, fuhr er mich wütend an. »Du hast hier nix zu suchen!«

Heinos Augen blitzten mich an. Seine stämmige Gestalt füllte den Türspalt fast komplett aus und versperrte mir die Sicht auf das, was sich hinter ihm im Raum befand.

»Nun mach mal halblang!«, schnauzte ich zurück und schenkte mir die formelle Anrede. »Ich bin der Anwalt der Kapitänin und hab ein paar Fragen an dich!«

Mein Gegenüber starrte mich an. In seinem Kopf schien es zu rattern. Es dauerte ein paar Sekunden, bis er sich dazu entschlossen hatte dichtzumachen.

»Ich sag nix!«, verkündete er entschieden.

»Das ist dein gutes Recht«, erwiderte ich und sah ihn mit mildem Lächeln an. »Ich weiß ohnehin so ziemlich alles.«

Misstrauisch sah er mich mit zusammengekniffenen Augen an. »Was willst du denn wissen? Hau hier ab, Anwalt. Hier ist die Schiffstechnik.«

»Ich würde an deiner Stelle mal nicht so große Töne spucken«, riet ich ihm. »Du steckst bis zum Hals in der Geschichte mit drin. Ich kann beweisen, dass du mit Malte auf Oma Friedas Hof eine Marihuanaplantage betreibst.«

Mit einem Satz sprang der kräftig gebaute Fischer vor. Seine riesigen Pranken waren es durch die harte Arbeit an Bord gewohnt zuzupacken. Er griff mich mit beiden Händen am Revers meiner angekokelten Jacke und zog mich dicht zu sich heran.

»Sag das nicht noch mal!«, zischte er drohend und ich spürte, wie mir feine Speicheltröpfchen ins Gesicht sprühten, als sich unsere Gesichter so dicht voreinander befanden, dass sich unsere Nasen fast berührten.

»Was willst du denn machen, Heino?«, fragte ich spöttisch, um ihn zu provozieren. »Mir genauso den Hals durchschneiden wie den beiden armen Teufeln auf eurer Plantage?«

»Damit hab ich nix zu tun!«, brüllte er mich wütend an und verpasste mir eine neue Speicheldusche.

Als er mich durchschütteln wollte, reichte es mir.

Mit ausgestreckten Armen knallte ich ihm meine Handflächen auf beide Ohren. Eine äußerst wirksame Form der Selbstverteidigung. Durch den plötzlich auftretenden Druck, der beim Schlag entsteht, verliert der Getroffene nicht nur für einen Moment das Gehör, sondern auch die Orientierung.

Heino brüllte vor Schmerz und Schreck auf, als ihn meine Handflächen trafen. Er ließ mich los und hielt sich mit beiden Händen die Ohren.

»Ah!«, jaulte er. »Verdammte Scheiße. Ich bin taub, du Arsch!«

Ich verzichtete darauf, ihm einen weiteren Schlag zu versetzen. Schließlich wollte ich mich nicht mit ihm herumprügeln. Ich kann es nur nicht leiden, wenn man mich wie einen nassen Sack durchschütteln will.

»Lass ihn rein, Heino«, erklang eine klägliche Stimme aus dem Raum, den der Fischer mit seinem Kreuz versperrte. »Ich brauch Hilfe.«

Diesmal war ich es, der mit beiden Händen sein Gegenüber packte und herumzog. Heino taumelte in den dämmerigen Pumpenraum, als ich ihn losließ. Noch immer hielt er sich mit beiden Händen die Ohren, als er sich gebückt gegen die Bordwand lehnte. Er würde eine Weile mit sich selber beschäftigt sein.

Ich zog die ovale mannshohe Metalltür mit den beiden schweren Verschlusshebeln ganz auf und schob mich vorsichtig in den Raum, bei dem es sich um einen Vorratsraum für Gerätschaften handelte mit allem, was die Fischer zum Flicken der Netze oder für technische Arbeiten an den Maschinen benötigten.

Obwohl auch hier nur die Notbeleuchtung den Raum erhellte, erkannte ich Malte sofort.

Oma Friedas Enkel saß auf dem kahlen Schiffsboden und hielt sich ein blutverschmiertes, ehemals weißes Handtuch gegen seine Rippen gepresst. Mitfühlend verzog ich das Gesicht. Ich wusste aus eigener Erfahrung, wie schmerzhaft eine Wunde in dem Bereich ist.

»Lass mal sehen«, forderte ich ihn auf und kniete mich neben ihn.

Vorsichtig umfasste ich sein Handgelenk und zog das zusammengeknüllte Handtuch vorsichtig von der Wunde ab, die sich knapp unterhalb des Herzens befand. Glücklicherweise blutete sie nicht, was sie aber reichlich getan hatte, wie unschwer an dem großen geronnenen Blutfleck auf seinem mintgrünen Sweatshirt zu erkennen war. Vorsichtig zupfte ich an dem blutigen Stoff, um mir die Wunde genauer anzuschauen, was Malte mit einem schmerzhaften Aufstöhnen quittierte. Ich ließ mich nicht von seinem Stöhnen beirren. Es gab bereits zu viele Tote, die auf grausame Art und Weise gestorben waren, als dass mich seine Verletzung in diesem Moment besonders berührt hätte. Er würde den Stich überleben, da war ich sicher. Interessanter fand ich, dass er offenbar eine Stichwunde hatte, wie sie mir sehr bekannt vorkam. Sie schien von einem Skalpell zu stammen und im selben Moment fiel mir die Packung mit Einmalskalpellen ein, die ich in Oma Friedas Bad gefunden hatte. Das waren mir ein paar Zufälle zu viel. Maltes Stichwunde trug eindeutig die Handschrift des Mannes, der auch mir das Skalpell zwischen die Rippen gerammt hatte.

Neuntöter, dachte ich grimmig. Der Name ist Programm.

Wenn ich zu den beiden Toten im Zelt die fünf vergifteten Fischer und Oma Frieda als Kollateralschaden hinzuzählte, fehlte ihm nur noch ein Toter und Dorndreher würde seinem Namen auf makabre Weise gerecht werden. Wie es im Moment aussah, könnte Uz der neunte Tote sein, der auf Neuntöters Konto ging. Ich würde alles in meiner Macht Stehende tun, dass dies nicht geschah.

Im Moment konnte ich allerdings nichts weiter tun, als die Zeit, bis wir die *Sirius* erreicht hatten, zu nutzen und Malte auf den Zahn zu fühlen. Es gab eine ganze Reihe offener Fragen, auf die er mir eine Antwort schuldig war.

»Im Moment blutest du nicht«, konzentrierte ich mich deshalb auf das vor mir hockende Häufchen Elend namens Malte. »Du musst aber schleunigst ins Krankenhaus.«

»Ich will nicht sterben«, sagte er mit zittriger Stimme.

»Daran stirbst du nicht«, entgegnete ich wenig empathisch. »Reiß dich zusammen!«

Zwar bin ich Anwalt und kein Arzt, aber da mir keine Arterie verletzt zu sein schien und Malte noch bei Bewusstsein war, ging ich davon aus, dass seine Verletzung zwar schmerzhaft, aber nicht tödlich war. Auch wenn sein Shirt blutverklebt und sein Gesicht totenbleich war, sah es für mich nicht so aus, als würde er an seinem Blutverlust sterben.

»Wir holen dich gleich hier raus und verbinden dich oben im Steuerhaus«, sagte ich.

»Nein!« Erschrocken wich Malte von mir zurück, bis das Regal in seinem Rücken ihn stoppte. »Bloß nicht!«

»Warum nicht. Schiss vorm Käpt'n?«, entgegnete ich.

Malte wich meinem Blick aus und schien noch weiter vor mir zurückzuweichen.

»Vor dem brauchst du keine Angst zu haben. Du solltest dich eher vor dem Kerl fürchten, der dir das Skalpell zwischen die Rippen gejagt hat«, sagte ich, wobei sich mein Mitgefühl ihm gegenüber in Grenzen hielt.

»Ist er hier?« Malte fuhr hoch, sackte aber sofort mit einem unterdrückten Stöhnen in sich zusammen.

Mit vor Panik geweiteten Augen, die wie Kohlenstücke im Gesicht eines Schneemanns wirkten, sah er mich an.

»Wer? Neuntöter?«, warf ich ihm den Köder hin, während ich mein bestes Pokergesicht aufsetzte.

»Woher wissen Sie?«, schnappte Malte nach meinem Halbwissen, das wiederum zur Hälfte lediglich aus einer Vermutung bestand.

»Dass Dorndreher Neuntöter heißt, wie dieser Vogel? Oder dass der feine Doktor den zwei Burschen im Zelt die Kehle durchgeschnitten hat?«, erwiderte ich kalt. »Vielleicht meinst du auch, wieso ich weiß, dass seine Frau die vergifteten Schokoladenstreusel auf den Geburtstagskuchen gestreut hat, an dem fünf ehrliche Seeleute elendig verreckt sind?«

»Ich hab damit nichts zu tun«, sagte Malte mit zittriger Stimme und sah mich flehend an. »Ich hab doch nur bei ihm gearbeitet. Er hat mich erpresst.«

Jetzt wird's interessant, dachte ich mit der Zufriedenheit eines Jagdhundes, der die Schweißfährte seiner Beute aufgenommen hatte.

»Woher weißt du eigentlich von dem, was auf dem Muschelkutter passiert ist?«

»Von Rike.«

Ich stutzte. Rike? Dann fiel mir Holgers Hinweis ein, dass Heino und Rike, die als Fischerin bei Hilde Lürs auf der *Hilde* fuhr, ein Paar waren.

Meine Vermutung, dass es zwischen dem fünffachen Mord auf der *Adele* und den beiden Toten in der Cannabisplantage eine Verbindung gab, bestätigte Malte mir relativ unspektakulär.

»Dorndreher wusste von der Plantage auf dem Hof deiner Oma«, stellte ich fest. »Er wusste, dass du gemeinsam mit Heino professionell Marihuana angebaut hast.«

Überrascht hob Malte den Kopf und sah mich an. Dann nickte er ergeben. Ihm wurde klar, dass Leugnen nichts half, da ich offenbar gut informiert war und Schweigen ihm keine Punkte brachte.

»Ja«, gab Malte kleinlaut zu, während er bei dem Versuch, sich aufzurichten, leise aufstöhnte und es dann sein ließ, weil ihn die Wunde zu sehr schmerzte. »Der Doktor wusste davon. Ich arbeite bei Doktor Dorndreher im Labor.«

»In Wilhelmshaven?«

Malte nickte. »Ja. Als medizinisch-technischer Laborleiter.«

Volltreffer!, dachte ich, verspürte aber seltsamerweise nicht das geringste Gefühl von Genugtuung. Deshalb auch die hohe Professionalität bei der Planung der Plantage. Malte hatte sein labortechnisches Wissen perfekt umgesetzt.

»Okay«, sagte ich und sah Malte scharf an. »Fassen wir zusammen: Du arbeitest bei der Gallus-Stiftung in Wilhelmshaven als technischer Laborleiter in Doktor Dorndrehers Labor – Fachgebiet Meeresbiologie. Derzeitiger Schwerpunkt seiner Forschung ist die Nutzung des Giftes sowohl des Pfeilfrosches als auch der Seewespe *Chironex fleckeri*«, brachte ich die Mischung aus Recherche und Vermutung auf den Punkt, wobei ich mich über mich selber wunderte, dass ich den lateinischen Namen dieses Quallenviechs aussprechen konnte.

»Woher wissen Sie das alles?« Maltes Mund klappte abermals vor Überraschung auf. Er hatte offenbar nicht damit gerechnet, dass ein Außenstehender so gut über die Hintergründe informiert war, in die er verstrickt war.

»Nun ist ja leider eure Geschäftsidee in Flammen aufgegangen«, überlegte ich laut. »Bei meiner kleinen Besichtigungstour habe ich zwar jede Menge Pflanzen gesehen, aber keine Ernte. Wie viele Pflanzen waren das denn überhaupt?«, wollte ich wissen.

»So genau weiß ich das nicht. Vielleicht tausendzweihundert oder so«, antwortete er. »Wir haben nachgekauft und auch Setzlinge gezogen.«

»Da wart ihr ja voll auf Expansionskurs«, sagte ich spöttisch. »Sehr tüchtig. Ihr habt eine richtige Produktionsstraße aufgebaut. In den Kühlschränken habt ihr ein paar Kilo Harz getrocknet. Wo befindet sich euer Lager?«

Malte senkte den Blick und presste die Lippen zusammen. Er machte nicht den Eindruck, als hätte er vor, meine Frage zu beantworten. Was aber auch nicht notwendig war. Durch den Brand wusste die Polizei ohnehin, dass es sich bei den Pflanzen um eine Cannabisplantage gehandelt hatte. Sie würden mit Sicherheit Oma Friedas Hof komplett umkrempeln, ebenso wie sie Maltes und Heinos Wohnung und ihr gesamtes Umfeld unter die Lupe nehmen würden.

Da ich Malte aber weiter in Plauderstimmung halten wollte, verzichtete ich darauf, ihm seine Zukunft im Knast vor Augen zu führen, und lenkte stattdessen das Gespräch zurück auf seinen Chef Dorndreher.

»Was wollte Dorndreher von dir? Wahrscheinlich keine Gewinnbeteiligung«, bohrte ich nach. »Wollte er seine Zelte bei dir aufschlagen?«

»Nee«, schüttelte er den Kopf. »Das Gras hat ihn nicht interessiert. Er wollte nur ein paar Wochen den Camper auf dem Hof abstellen.«

»Und die beiden Hacker?«, schoss ich einen Pfeil ins Blaue ab, da es sich bei den beiden Toten im Zelt mit Sicherheit nicht um seriös arbeitende Computerspezialisten gehandelt hatte. »Die gehörten zum Deal dazu?«

Malte schien noch blasser zu werden, als er es ohnehin schon war, und ließ den Kopf sinken. Betroffen nickte er. »Beavis und Butthead wohnten nur zwei Wochen auf dem Hof.«

»Beavis und Butthead?«, fragte ich kopfschüttelnd, da mir die beiden anarchistischen Zeichentrickfiguren bekannt waren, die sich aufs Übelste beschimpfen und bei MTV zu allem und jedem ihren Senf abgeben.

»Ihre Nicknames in der Szene. Sind … sind sie beide … tot?« Zögernd, als hätte er Angst vor der Antwort, kam Maltes Frage.

»Beide sind verbrannt. Ihnen wurde die Kehle durchgeschnitten, bevor Neuntöter die Zelte mit Benzin aus den Reservekanistern übergoss und anzündete«, antwortete ich schonungslos. »Du hattest Glück. Mit dem Stich zwischen die Rippen bist du noch gut davongekommen.«

Maltes Schultern begannen zu zucken. Er gab ein leises Schluchzen von sich.

Ich gab ihm ein paar Sekunden und setzte dann mit der nächsten Frage nach.

»Wer hat das Gift besorgt?«

Es brauchte einen Moment, bis die Frage bei ihm angekommen war.

Lautstark schniefte er und wischte sich mit dem Ärmel seines Shirts über die Augen. Widerwillig hob er den Kopf und warf mir einen furchtsamen Blick zu. Hinter seiner Stirn arbeitete es, während er mich musterte. Wahrscheinlich überlegte er, wie viel ich noch wusste, und wägte ab, ob es für ihn positiver wäre, wenn er mit der Wahrheit herausrückte.

»Der Doktor bewahrte seine Referenzproben immer im Wagen auf«, gab er ganz im Sinne einer Salamitaktik zu: scheibchenweise.

»In dem Galaxy?«, vermutete ich, da mir gerade das Wohnmobil einfiel.

Wieder nickte Malte und beantwortete damit die Frage nach dem Fahrer des Wohnmobils, unter dem Anna und ich gelegen hatten. »Ja. In einem Seitenfach, das immer verschlossen war. Und doch war eines Morgens ein Päckchen mit sechs Ampullen verschwunden.«

»Wer kann die Ampullen gestohlen haben?«

»Keine Ahnung.« Malte zuckte mit den Schultern. »Ehrlich!«

»Warum mussten die Fischer auf der *Adele* sterben?«, setzte ich das Kreuzverhör aus einer anderen Richtung fort, die Malte zusehends verwirrte – was auch Sinn der Sache war.

Er wusste zwar, wovon ich sprach, schüttelte aber spontan den Kopf.

»Das weiß ich nicht!« Fast schon flehentlich sah er mich an. »Damit hatte doch niemand von uns etwas zu tun.«

»Aber das Gift befand sich im Wohnmobil vom Doktor!«, stellte ich fest.

»Ja, schon …«

»Niemand außer euch hatte Zugang zu dem Galaxy: du, Neuntöter, Beavis und Butthead«, zählte ich die Namen der Beteiligten auf und sah ihn provozierend an. »Wer sollte sonst die Ampullen gestohlen haben – Oma Frieda vielleicht?«

Malte setzte zu einer Antwort an, als sein Blick über meine Schulter fiel und sich seine Augen angstvoll weiteten.

Ich fuhr herum und ließ mich gleichzeitig zur Seite fallen.

Nur knapp entging ich dem Hieb mit der Eisenstange, der Malte gegolten hatte, aber zu kurz bemessen war, um ihn zu treffen. Der Schmerz schoss mir bis in die nicht vorhandenen Haarspitzen und ich hatte das Gefühl, dass sich meine Kopfhaut kräuselte, als ich der Länge nach auf den metallenen Schiffsboden aufschlug. Ich gab einen fluchenden Schmerzensschrei von mir und trat mit voller Wucht gegen Heinos Knöchel, der sich glücklicherweise genau vor mir in unmittelbarer Reichweite befand.

Mein Tritt war zwar nicht besonders zielsicher platziert gewesen, aber da Heino offenbar noch immer von dem Schlag, den er von mir auf seine Ohren bekommen hatte, benommen war, reichte es, um ihn ins Straucheln zu bringen. Laut scheppernd fiel die gelb lackierte Eisenstange zu Boden, die er in den Händen gehalten hatte.

Heino stieß ein wütendes Keuchen aus und wälzte sich schwerfällig auf den Bauch, um sich wieder aufzurappeln. Da er mir beim Versuch, auf die Beine zu kommen, einladend sein Hinterteil entgegenstreckte, konnte ich nicht anders, als ihm einen kräftigen Tritt in seinen Allerwertesten zu verpassen. Mit einem lang gestreckten Satz landete Mattes Lürs' Matrose auf dem Bauch und schlitterte noch ein Stück Richtung Tür.

»Lass es gut sein, Heino!«, rief ich. »Das rettet eure Plantage auch nicht. Der ganze Scheiß ist abgefackelt und die beiden Jungs in dem Zelt sind tot – verbrannt.«

»Leck mich!«, rief er und stützte sich vom Boden ab.

Erstaunlich flink erhob er sich und war schon bei der Tür, als ich mich noch mit schmerzender Hüfte auf die Knie quälte.

»Hier könnt ihr verrecken!«, rief er mir mehr panisch als hasserfüllt zu.

Mit beiden Händen warf er die schwere Metalltür zu und schob die breiten Riegel vor. Das Zuschlagen der Tür dröhnte noch schmerzhaft in meinen Ohren, als das Licht erlosch.

Schlagartig war es stockfinster.

Und ich dachte immer, eine Notbeleuchtung könne nicht ausgeschaltet werden. So kann man sich irren.

In dem Vorratsraum der *Petra* war es finster wie in einem Sarg.

30

»Was denkt sich dieser Vollidiot denn eigentlich dabei?« Wütend schlug ich mit der Faust gegen die Tür.

Ein dumpfes Wummern und zwei aufgeplatzte Fingerknöchel waren das Ergebnis meiner sinnlosen Attacke auf die Eisentür.

Ohne auf den Schmerz zu achten, zog ich zum x-ten Mal mein Handy aus der Tasche.

Kein Empfang leuchtete es mir noch immer vom Display entgegen. Ungeduldig schaltete ich die Taschenlampenfunktion ein und leuchtete erneut die Metalltür ab. Vielleicht hatte ich ja übersehen, wie sich die Tür öffnen ließ. Irgendeinen Notschalter oder Mechanismus, mit dem die Tür auch von innen her geöffnet werden konnte, musste es doch geben.

Fehlanzeige: Die Tür war wasserdicht und ausbruchssicher. Da war nichts dran zu rütteln.

»Was machen wir denn jetzt?«, kam es kläglich aus Maltes Richtung.

»Abwarten«, knurrte ich. »Oder hast du vielleicht eine andere Idee?«

Als Antwort ertönte ein leises Schluchzen.

»Wir kommen hier schon raus«, versuchte ich ihn zu beruhigen. »Glaubt dieser Idiot wirklich, er kann etwas retten, wenn er uns hier unten einsperrt?«

Malte schniefte durch die Nase. »Weiß ich auch nicht. Er schiebt wahrscheinlich auch Panik.«

»Wusste er von Beavis und Butthead?«, fragte ich und leuchtete Malte mit der Taschenlampe ins Gesicht. »Dass sie ... tot sind?«

Der schüttelte mit zusammengekniffenen Augen den Kopf. »Nein. Ich hab's ihm gesagt.«

»Warum bist du überhaupt hier?«

»Weil ...«, wieder schniefte Malte, »... weil ich sonst nicht wusste, wohin. Ich ... ich hatte Angst vor den Bullen, wegen der Sache mit Oma. Aber vor allem hatte ich Angst, dass ...«

»... dass Neuntöter dich erwischt«, beendete ich seinen unvollendeten Satz. »Wie bist du ihm eigentlich entwischt?«

»Ich bin durchs Badezimmerfenster abgehauen.«

»Wieso denn durchs Badezimmerfenster?«, fragte ich erstaunt.

»Er wollte von mir wissen, wo die verschwundenen Ampullen mit dem Serum der *Fleckeri* sind«, sagte er. »Dabei weiß ich das wirklich nicht.«

»Deshalb hat er dich bei seiner Aufräumaktion am Leben gelassen«, nickte ich. »Verstehe. Und du bist durchs Fenster raus?«

»Ja. Ich hab mir nur ein Handtuch auf die Wunde gedrückt, um nicht zu verbluten, und bin dann weg. Zum Glück lasse ich meinen Wagenschlüssel immer stecken, wenn ich heimkomme. So konnte ich abhauen.«

»Du wärst nicht verblutet«, sagte ich dumpf. »Neuntöter kennt sich mit dem Skalpell sehr gut aus. Er wollte etwas von dir und hätte nicht riskiert, dass du verblutest. Der wollte dir nur Angst machen und – wehtun.«

Ein Blick auf den Ladezustand des Handys sagte mir, dass ich jetzt besser das Gerät abschaltete, da der Akku ziemlich leer war.

Wieder war es stockfinster, als ich das Handy in die Tasche steckte.

Meine Gedanken begannen sich um Uz und die *Sirius* zu drehen.

Ich hatte zwar vergessen, auf die Uhr zu schauen, nachdem Mattes Lürs den Kurs angelegt hatte. Aber nach meiner Schätzung würde es nicht mehr allzu lang dauern, bis wir die *Sirius* eingeholt haben würden.

In der Vorratskammer der *Petra* stand die Luft. Es war sehr warm hier unten und ich hatte das Gefühl, dass es immer drückender in dem stickigen Raum wurde. Ächzend zog ich mir die Jacke und das schweißnasse Hemd aus. Trotzdem hatte ich das Gefühl, dass es in diesem stählernen Raum unter Deck nicht nur heißer wurde, sondern auch der Sauerstoff immer knapper.

War die Metalltür wasserdicht?

Falls ja, war sie dann nicht auch luftdicht?

Eine leichte erste Welle von Panik stieg langsam, aber sicher in mir auf.

Wann endlich erreichten wir Ameland? Und warum zum Teufel ließ sich Onno eigentlich nicht sehen? Er wusste doch, dass ich unter Deck war!

»Aber …«, fuhr es mir durch den Kopf. »Ich hatte ihm doch gesagt, dass ich mit Heino sprechen wollte. Und der war oben. Also keinen Grund … verdammt! Was war, wenn Heino auch Onno aus dem Verkehr gezogen hatte?«

Der Panikpegel in mir stieg unaufhaltsam.

»Ich krieg keine Luft mehr«, japste Malte plötzlich unruhig. »Mir ist so heiß!«

»Flach atmen«, sagte ich und bemühte mich, ruhig und gelassen zu klingen. »Es ist genug Luft im Raum. Das langt dicke, bis der Käpt'n uns vermisst.«

Im Moment glaubte ich meinen eigenen Worten nicht. Aber es reichte vollkommen, wenn nur ich zu zweifeln begann, ob wir hier wieder lebend rauskamen. Was war, wenn Heino oben an Deck vollends durchdrehte? Was passierte, wenn wir die *Sirius* erreichten?

»Verdammter Schiet!«, knurrte ich und stand auf, um mich im Dunkeln wieder zur Tür vorzutasten.

Im gleichen Moment, als ich die Tür aufs Neue abtastete, hörte ich ein Geräusch auf der anderen Seite der Metalltür, wo sich der Pumpenraum befand.

Ich hielt die Luft an und legte mein Ohr an die Tür, um besser hören zu können.

Ein metallisches Geräusch erklang und dann glaubte ich zu hören, wie jemand leise meinen Namen rief.

Das musste Onno sein!

Mit den Fingerknöcheln klopfte ich gegen das Metall. Wieder raschelte es hinter der Tür. Endlich bewegten sich mit metallischem Quietschen beide Riegel. Mit einem saugenden Geräusch der Gummidichtung öffnete sich die Tür einen Spalt. Die nach nassen Socken riechende Luft, die durch den Spalt hereinströmte, kam mir wie eine frische Meeresbrise vor. Mit der Schulter drückte ich die Tür ganz auf, sodass Onno, der dahinter stand, gegen die Wand gequetscht wurde.

»He!«, protestierte er, während er sich gegen die Tür stemmte, um nicht plattgedrückt zu werden. »Mach mal langsam!«

Erleichtert stolperte ich über die Schwelle in den Pumpenraum hinein.

Glücklicherweise hatte Onnos Sturmfeuerzeug für einen einsamen Lichtschein gesorgt, sodass ich ihn sogleich erkennen konnte, ohne meine Augen zusammenkneifen zu müssen.

»Bin ich froh …«, setzte ich erleichtert an, um von ihm aufgeregt unterbrochen zu werden.

»Du musst sofort hochkommen. Die *Sirius* ... schnell. Beeil dich!«, sprudelte es aus ihm heraus, während er hinter der Tür zappelte.

»Ist sie in Sicht?«, fragte ich erleichtert.

»Der Käpt'n hält voll drauf zu!«, rief Onno aufgeregt. »Ich glaub fast, er will die *Sirius* rammen!«

»Rammen?« Ich traute meinen Ohren kaum. »Wieso denn rammen?«

»Weiß ich doch auch nicht!«, antwortete Onno und wand sich hinter der Tür hervor.

Was hatte Mattes Lürs bloß vor? Seine Bemerkung »Alles fügt sich zu seiner Zeit«, bevor er den Befehl zum Auslaufen gegeben hatte, klang mir im Ohr, als stünde er neben mir.

Doch jetzt war keine Zeit, über Mattes Lürs' nebulöse Andeutungen zu sinnieren. Ich musste handeln!

»Kümmere dich um Malte«, forderte ich Onno auf und hatte schon die Klinke der Tür in der Hand, die nach draußen führte. »Er ist verletzt.«

»Was soll ich denn tun?«, entgegnete er entsetzt. »Ich bin doch keine Krankenschwester!«

»Bring ihn an Deck und leg ihm eine Schwimmweste an!«, rief ich ihm über die Schulter zu und stieß die Tür zum Oberdeck auf.

Obwohl es draußen an Deck grau und nieselig war, stach mir das Tageslicht schmerzhaft in die Augen. Mit zusammengekniffenen und tränenden Augen hastete ich Richtung Bug. An die Möglichkeit, Heino in die Arme zu laufen, verschwendete ich keine Sekunde lang einen Gedanken. Zu sehr hatte mich Onnos Warnung alarmiert, dass Mattes Lürs die *Sirius* rammen wollte. Was ich für einen vollkommen abwegigen Gedanken hielt.

Warum sollte der alte Muschelfischer so etwas tun?

Hastig eilte ich die Backbordseite entlang zum Bug. Ich blinzelte mir die Tränen weg und konnte nicht glauben, was ich sah!

Onno hatte recht.

Mattes Lürs hatte direkten Kurs auf die *Sirius* genommen und würde den Kutter jeden Moment mittschiffs rammen!

Ich erreichte schwer atmend den Bug der *Petra* und hob reflexartig beide Arme, um die *Sirius* vor der drohenden Katastrophe zu warnen, was aber völlig nutzlos war. Die *Sirius* versuchte bereits, die drohende Kollision zu verhindern, und lief mit Höchstgeschwindigkeit volle Kraft voraus.

Uz stand im Steuerhaus seines geliebten Krabbenkutters und hielt das Steuer in beiden Händen. Seinen Kopf hatte er Richtung *Petra* gewandt. Seine Augen schienen mich direkt anzustarren.

Am Heck der *Sirius* erkannte ich den großgewachsenen Dorndreher. Neben ihm stand die Frau, die Uz wahrscheinlich noch immer für Celine hielt. Beide umklammerten die Reling der *Sirius* und sahen ebenfalls in unsere Richtung. Ich konnte die Entfernung zur *Sirius* schlecht abschätzen, aber der Zusammenprall stand unmittelbar bevor. Auf Neuntöters Gesicht spiegelte sich eine Mischung aus ohnmächtiger Wut über das Durchkreuzen seiner Pläne – welcher Art die auch immer waren – und der Angst vor der Kollision. Er riss sich aus seiner Erstarrung los und kletterte auf die Heckbank der *Sirius*. Offenbar wollte er sich mit einem Sprung in die Nordsee in Sicherheit bringen. In seiner Hand erkannte ich einen orangefarbenen Rettungsring. Da Dorndreher offenbar nicht wusste, dass unter Deck der *Sirius* ein Satz Rettungswesten verstaut war, und der Ring, den er in der Hand hielt, eher Dekoration als Rettungsmittel war, musste sich die offensichtliche Auseinandersetzung mit Celine darum drehen, wer den Rettungsring bekam.

Neuntöter beendete die Diskussion, indem er seiner Frau, die sich mit beiden Händen an ihn klammerte, zwei Ohrfeigen verpasste, deren Klatschen ich bis an Bord der *Petra* hören konnte, und anschließend mit dem Rettungsring in der Hand vom Heck der *Sirius* ins eisige Wasser der Nordsee sprang.

Celine umklammerte schreiend die Reling. Ihr Blick jagte zwischen ihrem feigen Ehemann und dem Bug der *Petra* hin und her. Sie rang mit sich, ob sie nicht auch noch kurz vor Schluss über Bord springen sollte.

Ich schnellte herum. Auch wenn mein Vorhaben aussichtslos war, sprintete ich wie ein Wahnsinniger Richtung Steuerhaus, um Mattes Lürs in letzter Sekunde das Steuer aus der Hand zu reißen.

Auf diese Idee waren aber auch schon Hilde Lürs und der stämmige Matrose Heino gekommen. Die beiden aus dem Steuerhaus Ausgesperrten standen auf der obersten Stufe der Treppe, die zum Steuerhaus führte, und trommelten mit ihren Fäusten gegen die Scheiben.

»Papa! Nicht!«, gellte schrill die Stimme meiner Mandantin.

Matrose Heino beschränkte sich darauf, das Gesicht einer Bulldogge zu imitieren, und hieb mit seinen Fäusten auf das Glas ein. Da es sich bei den Scheiben des hochseetüchtigen Kutters jedoch um Sicherheitsglas handelte, das auch widrigsten Wetterverhältnissen und extremem Wellenschlag standhalten musste, brauchte es schon mehr als Heinos Fäuste, die es zugegebenermaßen in sich hatten.

Das Gesicht des alten Kapitäns leuchtete fahl wie ein mit Pergament bezogener Totenschädel hinter den regennassen Scheiben des Steuerhauses. Seinen Blick hielt er starr geradeaus gerichtet.

Sein Gesichtsausdruck hatte etwas Endgültiges und ich wusste, dass es keine Chance mehr gab, den Angriff zu vermeiden. Ich wandte mich wieder der *Sirius* zu und sah dort noch immer die Frau stehen, die sich nicht überwinden konnte, über Bord zu springen.

Der stählerne Bug des über dreißig Meter langen Muschelkutters nahm ihr die Entscheidung ab, als er mit voller Schubkraft die *Sirius* rammte.

Der Zusammenprall fegte mich von den Beinen und ich schlug schwer auf meine bereits in Mitleidenschaft gezogene Hüfte auf. Ein glühender Schmerz fauchte mir in die Hirnschale und ich trat für einen Moment von der Bühne des Geschehens ab.

Meine Bewusstlosigkeit konnte nur Sekundenbruchteile gedauert haben. Denn als ich leicht benommen meine Augen wieder aufschlug, war noch immer das ohrenbetäubende metallische Kreischen und Scheppern von Stahl und Eisen zu hören. Schwankend zog ich mich an dem weiß lackierten Eisengeländer hoch, das vor mir aufragte, und wunderte mich, wieso das Geländer sich nicht in der Waagerechten befand, sondern ein steiles Gefälle aufzuweisen schien.

Noch immer benommen sah ich über Deck, das ebenfalls schief zu stehen schien.

Vor dem Bug der *Petra* breitete sich die graue Wasserfläche der Nordsee aus, die am Horizont übergangslos in den dunstigen Novemberhimmel überzugehen schien.

Die *Sirius* war verschwunden!

So schnell ich konnte, hastete ich zurück zum Bug, der auf der Steuerbordseite von dem Aufprall wie gespalten schien. Ich wusste, dass die hochseetüchtigen Kutter dieser Größe außerordentlich robust gebaut waren und einiges aushielten. Aber hielten sie auch einen Frontalzusammenstoß mit einem ebenfalls kapitalen Krabbenkutter aus?

Ohne auf hervorstehende Eisenspitzen oder scharfe Metallkanten zu achten, lehnte ich mich über die Reling. Es brach mir fast das Herz, die in der Mitte geborstene *Sirius* auf der Seite im Wasser liegend zu sehen. Das Steuerhaus war zur

Hälfte eingedrückt. Die Scheiben zersprungen und aus den Rahmen gedrückt.

»Uz!«, schrie ich, während meine Augen fieberhaft die Wasseroberfläche absuchten. »Uz! Kannst du mich hören?«

Ich konnte nicht glauben, was ich sah. Rund um den Krabbenkutter trieben Trümmer im Wasser. Mittschiffs schäumte die Wasseroberfläche, wo die Nordsee ins Bootsinnere eindrang und der Kutter volllief.

Die *Sirius* sank.

»Uz!«, rief ich verzweifelt.

Ich konnte und wollte nicht glauben, dass mein Kumpel tot sein sollte.

»Den Zusammenstoß hat da drüben niemand überlebt«, sagte eine Stimme hinter mir.

Mit Tränen der Wut über die Sinnlosigkeit der ganzen Aktion fuhr ich herum.

»Wieso?«, schrie ich Hilde Lürs an, die vor mir stand. »Wieso hat Ihr Vater das getan?«

Sie sah mich ausdruckslos an und es war ihr anzusehen, dass auch sie keine Antwort auf meine Frage wusste.

»Die *Petra* ist leckgeschlagen, wir sinken auch. Wir müssen von Bord«, sagte sie, ohne auf meine Frage einzugehen.

»Wir müssen versuchen, Uz zu retten!«, schrie ich wütend.

»Zuerst die eigene Mannschaft. Dann die übrigen Schiffbrüchigen, die man retten kann«, entgegnete sie mit tonloser Stimme. »Uz würde das verstehen.«

Fassungslos sah ich sie an. Auch wenn ich wusste, dass sie recht hatte, hätte ich sie vor Verzweiflung durchschütteln können.

»Kommen Sie«, forderte sie mich auf und wandte sich ab. »Wir lassen am Heck die Rettungsinsel zu Wasser.«

»Hauen Sie doch ab!«, schrie ich und schob mich an ihr vorbei Richtung Steuerhaus.

Wenn ich mich recht erinnerte, hatte ich das rote Zeichen, das auf Rettungswesten verwies, über einer wasserdichten Kiste vor dem Steuerhaus gesehen.

Meine Erinnerung trog nicht. Schnell fand ich das Gesuchte und rannte Hilde Lürs auf dem Rückweg zum Bug fast über den Haufen, als sie mir entgegenkam.

»Sie wollen doch wohl nicht ...«

Ohne Erwiderung hastete ich an ihr vorbei.

Am Bug angekommen, legte ich mir mit fliegenden Fingern die orangefarbene Rettungsweste an. Als ich die Seitenverschlüsse sicher verzurrt hatte, klemmte ich mir die zweite Schwimmweste unter den Arm und schwang meine Beine über die Reling. Während sie in der Luft baumelten, sandte ich ein Stoßgebet zum Himmel und bat darum, dass mich nicht ein spitzer Eisenträger oder ein scharfkantiges Trümmerteil aufspießen würde, wenn ich ins Wasser sprang.

Ich ließ die Reling los.

Das eisige Wasser schlug über mir zusammen.

Die Kälte traf mich wie ein Schock. Ich hatte das Gefühl, als würde mein Herzschlag in den eisigen Fluten aussetzen. Die Rettungsweste ließ mich wie der Korken einer Sektflasche an die Wasseroberfläche emporschießen.

Salzwasser war mir in Mund und Nase gedrungen. Ich spuckte aus und schnappte nach Luft, während ich blitzschnell eine Bestandsaufnahme machte: Arme und Beine waren noch vorhanden und bewegten sich, als ich im Wasser zu strampeln begann. Schmerzen spürte ich nicht. Mein Stoßgebet war offenbar gehört worden. Schnell öffnete ich die Augen und wischte mir das salzige Wasser aus dem Gesicht. Vor mir sah ich den dunklen Kiel der *Sirius*, der sich im Rhythmus der Wellen auf und ab bewegte.

Der Krabbenkutter lag jetzt vollkommen auf der Seite.

Zwei Meter neben mir ragte der Bug der *Petra* auf, der sich bereits zu einem deutlich größeren Teil unter der Wasseroberfläche befand, als es im Greetsieler Hafen der Fall gewesen war. Der Kutter hatte bei dem Crash gehörig was abbekommen. Der vordere Teil des Vorschiffs sah zerschrammt, aber weitestgehend unbeschädigt aus. Auf der Steuerbordseite allerdings klaffte ein unterarmbreiter Riss, der sich einen Meter unterhalb der Reling befand und bis unter die Wasserlinie zu verlaufen schien. Wo der Riss unter der Wasseroberfläche verschwand, brodelte und schäumte das Wasser. An dieser Stelle schien der Kutter gerade vollzulaufen.

Ich hoffte, dass Onno den Zusammenprall gut überstanden hatte und sich in Sicherheit bringen konnte. Da ich Hilde Lürs für eine gute und erfahrene Kapitänin hielt, war ich sicher, dass sie die Mannschaft heil vom Schiff auf das Rettungsfloß bekam.

Jetzt aber musste ich Uz finden!

Den Gedanken, dass er bereits tot sein konnte, ließ ich erst gar nicht zu. Die zweite Rettungsweste dicht an mich gepresst, begann ich mit den Füßen zu paddeln und nahm Kurs auf das Heck der *Sirius*, das zur Hälfte aus dem Wasser herausragte. Vermutlich würde ich es von dort aus schaffen, mich an Bord zu hieven.

Da die Entfernung zwischen den beiden Kuttern nur wenige Meter betrug, dauerte es nicht lange, bis ich mit der Hand an die Bordwand der *Sirius* schlug. Mit beiden Händen suchte ich Halt, den ich auch bei einem der Fender fand, an dem ich mich mühsam aus dem Wasser zog.

Es war ein vollkommen surreales und schockierendes Bild, das sich mir bot, als ich auf der Backbordseite des Hecks des Krabbenkutters kniete. Mir war das Heck des Kutters, an dem wir unzählige Male gemeinsam gesessen und Onnos Pannfisch gegessen oder selbst gedrehte Zigaretten geraucht hatten, sehr vertraut. Jetzt aber lag es zur Hälfte unterhalb der

Wasseroberfläche der Nordsee, die es bislang immer getragen hatte, und war ebenso wie die Steuerbordseite der *Sirius* vom wild schäumenden Wasser umgeben.

Die *Sirius* teilte das gleiche Schicksal wie die *Petra* und lief ebenfalls voll.

Ich hatte keine Sekunde zu verlieren!

»Uz!«, brüllte ich laut und reckte den Hals, um gleichzeitig nach meinem Kumpel Ausschau zu halten. »Kannst du mich hören?«

Ich hielt mich nicht damit auf, lange auf Antwort zu warten, kletterte mühsam Richtung Steuerhaus, wo ich Uz zuletzt gesehen hatte. Das Steuerhaus, in dem wir vor Kurzem noch gemeinsam Tee getrunken und uns angeschwiegen hatten, lag zur Hälfte unter Wasser und war zur anderen Hälfte durch die Wucht des Zusammenpralls mit der *Petra* zerdrückt worden. Durch die Seitenwand, die normalerweise im Boden des Decks fest verankert war, konnte ich fast meinen Oberkörper schieben, da die gesamte Konstruktion gleich dem Deckel einer Pappschachtel abgehoben worden war.

Ich balancierte über Trümmer und geborstenes Holz. Glücklicherweise hatte es die hölzerne Tür des Steuerhauses aus ihren Angeln gerissen und wohl über Bord gespült, sodass ich direkten Zugang zum Inneren hatte.

Vorsichtig kniete ich mich auf die Seite des Steuerhauses und beugte mich über die Öffnung, um hineinzuspähen. Mir kamen fast die Tränen, als ich das Innere des wohlbekannten Steuerhauses sah: auch hier zerborstenes Holz, blank liegende Kabel, herausgerissene Instrumente, und im Wasser schaukelte ziemlich mitgenommen der Teepott, aus dem ich für gewöhnlich meinen Tee trank, wenn ich gemeinsam mit Uz und Onno auf Fangfahrt war.

Von Uz keine Spur!

Heiße Angst überkam mich. Was, wenn Uz unter Wasser lag. Zerschmettert, eingeklemmt, tot?

»Nein!«, schrie ich und löste mit fliegenden Fingern die Verschlüsse der Rettungsweste, die ich mir kurzerhand über den Kopf zog, um tauchen zu können.

Ohne lang nachzudenken, ließ ich mich kopfüber in das Trümmergewirr und die dunkle Brühe im Steuerhaus der sinkenden *Sirius* rutschen. Bevor mein Kopf unter Wasser tauchte, holte ich tief Luft.

Es war kalt, dunkel und eng. Ich bekam eine Scheißangst, mich irgendwo zu verfangen, hängen zu bleiben und gemeinsam mit der *Sirius* auf den Grund der Nordsee zu versinken. Trotzdem blieb ich unter Wasser und tastete zentimeterweise den Boden des Steuerhauses ab, der aufgrund der Seitenlage des Kutters nun eine vertikale Wand war.

Nichts!

Erleichtert schoss ich aus dem Wasser empor und klammerte mich an dem Fensterrahmen fest. Da noch ein paar scharfkantige Scherben darin steckten, zerschnitt ich mir zwar die Hände, schenkte dem aber keine Beachtung.

Uz befand sich nicht unter Wasser!

Ob das gut oder schlecht war, vermochte ich im Moment nicht zu sagen. Ich war nur heilfroh, dass meine schlimmste Befürchtung nicht eingetreten war, das leblose Gesicht meines Kumpels ertasten zu müssen. Ich zog mein linkes Bein an und stellte den Fuß in den Fensterrahmen, um mich hochzustemmen und aus dem Inneren des Steuerhauses zu hieven. Mit beiden Armen zog ich mich zurück an Deck und gönnte mir zwei Sekunden, in denen ich tief Luft holte und ein paar Tropfen Salzwasser abhustete.

»Uz!«, rief ich erneut, als ich wieder halbwegs Luft bekam, und zuckte erschrocken zusammen, als plötzlich ein schwaches »Hier« antwortete.

»Wo?«, rief ich und richtete mich vorsichtig auf dem schwankenden Steuerhaus auf. »Wo bist du?«

»Hier«, krächzte eine Stimme, die zwar schwach war, aber unverkennbar Uz gehörte. »Bei den Netzen.«

»Danke«, flüsterte ich leise. »Uz lebt!«

Auf Knien rutschte ich bis an die Kante des Steuerhauses und beugte mich vor, um Richtung Mast zu schauen, an dem die Ausleger mit den Fischernetzen angebracht waren.

Dann sah ich Uz!

Er lag bis zur Brust im Wasser unter dem Ausleger eines der Fischernetze begraben. Sein Kopf lehnte gegen einen Knäuel Taue und das Wasser stand ihm im wahrsten Sinne des Wortes bis zum Hals.

Vorsichtig setzte ich mich auf die Kante des Steuerhauses, um mich langsam zu Uz ins Wasser hinabzulassen. Der gewaltige Ruck, der in diesem Moment durch die *Sirius* ging, machte mir allerdings einen Strich durch die Rechnung.

Kopfüber platschte ich in die Fluten und verschluckte erneut eine Portion Nordseewasser.

Lauthals prustend und hustend tauchte ich wieder auf. Entsetzt sah ich, dass Uz verschwunden war. Etwas im Inneren der *Sirius* musste vollgelaufen sein und hatte den Kutter ruckartig absacken lassen.

Mit zwei Schwimmzügen war ich bei Uz, der sich noch an derselben Stelle, aber nun ganz unter Wasser befand. Hilflos und mit weit aufgerissenen Augen starrte er mich durch die Wasserwand an. Blitzschnell griff ich mit einer Hand unter seinen Kopf und mit der anderen unter seine Achsel, um ihn mit einem kräftigen Ruck hochzuziehen.

Mit meiner Hilfe konnte Uz seinen Kopf über den Wasserspiegel heben und holte ebenso wie ich vor wenigen Augenblicken prustend und schnaubend Luft. Es dauerte ein paar Sekunden, bis er wieder halbwegs atmen konnte.

»Ich bin dir 'nen Köm schuldig«, keuchte er.

»Können auch gerne zwei sein«, entgegnete ich. »Aber erst mal müssen wir hier raus!«

»Da sehe ich schwarz, Kumpel«, keuchte er.

»Quatsch! Unkraut vergeht nicht!«

»Dein Optimismus in allen Ehren, Jan«, erwiderte er, noch immer nach Luft schnappend. »Die *Sirius* sinkt und ich bin eingeklemmt.«

»Scheiße!«, entfuhr es mir.

»Lass gut sein, Jan«, sagte Uz mit erstaunlicher Ruhe. »Ein Käpt'n geht mit seinem Schiff unter. So war es immer und so bleibt es auch.«

»Vergiss es!«, widersprach ich und schob ein Tau zur Seite, das sich um seinen Kopf legen wollte. »Die *Sirius* kann man wieder heben. Und wir beide schauen uns das Schauspiel gemeinsam vom Bergeschiff an.«

Es war keine Zeit zu verlieren! Jeden Moment konnte der Kutter wieder mit einem Ruck ein Stück tiefer absacken. In dem Fall war Uz verloren.

Ich beendete die Diskussion, indem ich tief Luft holte und wieder tauchte. Diesmal riss ich die Augen unter Wasser weit auf. Was ich sah, machte mir wenig Hoffnung. Uz' Beine verschwanden unter einer Ansammlung ineinander verkeilter Trümmer, um die sich auch noch ein Teil des Fischernetzes gewickelt hatte.

Mir ging die Luft aus.

Schnaubend und nach Luft japsend tauchte ich auf.

»Lass gut sein, Jan«, sagte Uz mit kraftloser Stimme. »Ich bleib hier. Den Schnaps musst du wohl doch selbst zahlen.«

»Von wegen«, sagte ich grimmig. »Du alter Knauser drückst dich nicht vor der Freirunde.«

Wieder tauchte ich unter.

Ich ertastete den Ausleger mit dem Fischernetz und zog dran. Es tat sich nichts. Hastig tastete ich mit meinen Füßen nach festem Halt, den ich auf der Kante von irgendetwas fand. Mit aller Kraft versuchte ich, den Ausleger nach oben zu hebeln.

Genauso gut hätte ich versuchen können, mit bloßen Händen den Anker der *Sirius* vom Grund der Nordsee hochzuheben. Ich mühte mich so lange ab, bis mir die Luft ausging.

Als ich nach oben kam und heftig nach Luft rang, legte mir Uz die Hände auf die Schulter.

»Lass es gut sein, Jan«, wiederholte er mit einer so ruhigen Stimme, als hätte er schon mit allem abgeschlossen – was offensichtlich seinen folgenden Worten nach auch der Fall war: »Wir hatten gute Zeiten, Jan. Jetzt ist dieser Schiet passiert und keiner kann es ändern. Alles hat seine Zeit.«

»Ach, hör auf!«, fuhr ich ihn an und machte Anstalten, erneut unterzutauchen.

»Bevor wir uns trennen, habe ich nur eine Bitte an dich, Jan«, sagte er mit eindringlicher Stimme.

Ich sah ihn wütend an, denn ich wollte es nicht akzeptieren, dass mein bester Kumpel vor meinen Augen ertrank. Solche Abgänge gab es nur im Spätfilm nach den Lottozahlen oder in schlechten Krimis.

Aber nicht heute! Nicht hier! Und nicht jetzt!

»Ich hatte letztens angedeutet, dass ich …«, er suchte nach den richtigen Worten, »… auch mal eine Dummheit gemacht habe. Das ist auch der Grund, dass Mattes Lürs und ich vierzig Jahre nicht miteinander gesprochen haben.«

»Neununddreißig«, lachte ich bitter. »Du hast gesagt, neununddreißig.«

»Klugscheißer.« Uz verzog den Mund zu einem schiefen Grinsen. »Heute auf den Tag genau werden es vierzig Jahre. Ich weiß das genau, denn heute ist der Todestag von Mattes' Frau Agnes.«

Ich sah Uz abwartend an, denn mir war nicht klar, worauf sich seine Bitte bezog. Außerdem brannte mir die Zeit auf den Nägeln. Die *Sirius* konnte jeden Moment absaufen!

»Seit vierzig Jahren glaubt Mattes, seine beiden Söhne Jochen und Lars sind nicht seine leiblichen Jungs.«

Verständnislos sah ich Uz an. »Nicht? Von wem denn?«

»Von mir.«

Uz' Bekenntnis raubte mir für einen Moment den Atem. Ich brauchte ein paar Sekunden, um mich zu sammeln. Sekunden, die wir nicht hatten. Uns stand das Wasser im wahrsten Sinne des Wortes bis zum Hals.

»Agnes und ich hatten etwas zusammen. Das ist die einmalige Erfahrung, von der ich gesprochen hatte.«

»Und dann gab's zwei Schwangerschaften?« Ich verstand nur Bahnhof.

»Natürlich nicht«, sagte Uz mit zunehmend schwächer werdender Stimme. »Die Jungs sind nicht von mir. Mattes glaubt das aber. Seit rund vierzig Jahren.«

»Wer ist denn der Vater der Jungs?«

»Mattes natürlich«, erwiderte Uz. »Er glaubt aber seit vierzig Jahren, nicht er sei der Vater, sondern ich. Auch dann noch, als nach dem Erstgeborenen Lars ein knappes Jahr später Jochen geboren wurde. Oder vielleicht gerade deshalb. Mattes kann sehr verbohrt sein.«

»Und du meinst, er …?« Ungläubig sah ich Uz an, während ich besorgt auf das Rauschen des Wassers hörte, das unaufhörlich ins Innere der *Sirius* lief.

»Ja.« Uz nickte. »Ich glaube, dass er gerade reinen Tisch macht. Deshalb hat er mich versenkt.«

Ein unglaublicher Verdacht stieg in mir auf.

Bevor ich dem Gedanken weiter folgen konnte, ging ein dumpfes Knirschen durch den Schiffskörper. Die *Sirius* sank unaufhaltsam.

»Und was ist jetzt deine Bitte?«, rief ich mit aufsteigender Panik und holte tief Luft, um wieder unterzutauchen und erneut zu versuchen, Uz unter dem Ausleger hervorzuziehen.

»Die Jungs sind nicht von mir«, sagte er und ich sah es in seinen Augen verdächtig glitzern, wobei ich nicht wusste, ob es Wasserspritzer oder Tränen waren. »Die Hilde ist meine Tochter.«

Vor Überraschung baff starrte ich ihn an und vergaß, Luft zu holen. Erst ein Hustenreiz erinnerte mich daran, dass es eine gute Idee war, auch wieder auszuatmen.

»Sag es ihr bitte!« Eindringlich sah Uz mich an. »Sie weiß es nicht. Sonst lebt keiner mehr, der es ihr sagen könnte.«

Ich sah Uz scharf an. »Sag es ihr selber!«, blaffte ich ihn an. »Noch lebst du. Daran wird sich auch nichts ändern!«

Mit zwei tiefen Atemzügen füllte ich meine Lunge mit Sauerstoff und tauchte unter.

Hat Mattes Lürs …?, schoss es mir kurz durch den Kopf, bevor ich mich mit aller Kraft darauf konzentrierte, diesen verdammten Ausleger von Uz' Beinen runterzubekommen.

Ich kämpfte mit aller Kraft verzweifelt um Uz' Leben, bis mir schwarz vor Augen zu werden drohte und sich meine Lungen anschickten zu explodieren.

In diesem Moment platschte etwas neben mir ins Wasser und ich bekam einen Riesenschreck, weil ich dachte, die *Sirius* bräche auseinander. Statt aber gemeinsam mit Uz in das Schwarz der eisigen Fluten abzutauchen, packten mich kräftige Hände und zogen mich an meiner Jacke aus dem Wasser.

Wie ein Ertrinkender, der ich in diesem Moment ja auch tatsächlich war, schnappte ich geräuschvoll nach Sauerstoff.

»Nimm den mal«, sagte eine Stimme und ein paar Hände packten mich unsanft und schoben mich zur Seite.

»Komm, Jan«, ertönte Onnos Stimme und ich öffnete mühsam meine Augen. »Komm hoch und mach Platz.«

Ich wusste, dass Onno zäh war und über Kräfte verfügte, die man seinem eher schmächtigen Körper auf den ersten Blick nicht ansah. Trotzdem wunderte ich mich, wie leicht es ihm fiel, mir beim Hochklettern auf die Seitenwand der *Sirius* zu helfen.

»Wo kommst du denn her?«, schnaufte ich mühsam. »Lass mich. Hilf lieber Uz.«

»Schon dabei«, entgegnete Onno und zog mich ganz zu sich hoch. »Hier, zieh die Weste an und dann spring achtern über Bord. Die *Sirius* geht jeden Moment unter!«

»Und Uz?«, fuhr ich auf. »Ohne ihn geh ich nicht!«

»Den Käpt'n holen wir jetzt!«, rief Onno entschlossen und sprang an mir vorbei ins Wasser.

Mühsam drehte ich den Kopf und sah Heinos Kopf aus den Fluten auftauchen.

Mit breitem Grinsen reckte er den Daumen steil nach oben.

Onno packte Uz unter beiden Achseln und zog ihn zu sich heran. Auch wenn meine letzte Begegnung mit Heino mehr als unerfreulich gewesen war, war ich jetzt heilfroh, den stämmigen Matrosen zu sehen, der nochmals untertauchte, um wenige Sekunden später prustend wie ein Walross aufzutauchen.

»Er ist frei!«, rief er Onno zu, der Uz mit beiden Händen unter den Achseln packte und aus der Gefahrenzone zog.

Ich legte mich auf den Bauch und streckte Uz die Hand entgegen, der von Onno hochgeschoben wurde.

»Du solltest doch verschwinden«, krächzte Uz mit vor Schmerz verzerrtem Gesicht.

»Meinst du, ich will den ganzen Spaß versäumen?«, knurrte ich und zog ihn mühsam hoch.

Onno und Heino zogen sich ebenfalls eilig aus dem Wasser. Gemeinsam legten wir Uz eine Rettungsweste an, dann kletterten wir mit ihm zum Heck der *Sirius*, von wo aus wir uns über Bord gleiten ließen.

Als die Wellen der Nordsee erneut über mir zusammenschlugen, kam mir das Wasser kaum noch kalt vor, aber vielleicht war ich ja auch schon erfroren. Heino und Onno packten Uz und mich an den Rettungswesten und schleppten uns hinter sich her, als sie sich mit kräftigen Schwimmstößen von der *Sirius* entfernten.

Keine Sekunde zu früh. Plötzlich ertönte hinter uns ein gewaltiges Geräusch von berstendem Holz, in das sich ein metallisches Kreischen von Eisen mischte, das auf Eisen rieb.

Mühsam paddelte ich mit den Füßen, um mich umzuschauen. Auch Onno und Heino wandten sich um und begannen Wasser zu treten. Wie gebannt hing unser Blick auf der leck geschlagenen und zum Untergang verdammten *Sirius*.

Das Heck von Uz' Krabbenkutter schien zu vibrieren, als wenn es sich mit letzter Kraft gegen den Ritt in die Tiefe wehrte. Es verharrte für ein paar Sekunden in der Senkrechten, doch dann glitt die *Sirius*, begleitet von dem dröhnenden Brodeln der sie umgebenden Wassermassen, auf unbestimmte Zeit ihrem nassen Schicksal auf dem Grund der Nordsee entgegen. Mit einem letzten Aufbäumen verschwand der Kutter in der Tiefe.

An der Stelle, wo sich gerade noch die *Sirius* befand, stieg eine Wolke blubbernder Luftblasen an die Wasseroberfläche, die die Unglücksstelle wie einen Whirlpool des Infernos aussehen ließ.

»Ich hol dich von da unten wieder hoch«, versprach Uz, der neben mir vollkommen erschöpft in seiner Rettungsweste hing, seiner *Sirius* mit matter, aber umso entschlossenerer Stimme.

Mir wurde ganz schwer ums Herz, als ich Uz einen verstohlenen Seitenblick zuwarf. In seinen Augen glitzerte es feucht. Wir konnten den Blick nicht von der Stelle abwenden, an der die *Sirius* noch vor einem Moment vor uns in den Wellen dümpelte, bis Onno uns aus unseren Gedanken riss.

»Da kommt Hilfe!«, rief Onno aufgeregt und begann wild zu winken. »Die fischen uns raus.«

Und tatsächlich! Auch ich sah jetzt eine Jacht, die direkt auf uns zuhielt.

Während Onno und Heino der sich uns schnell nähernden Jacht zuwinkten, sah ich zur *Petra* hinüber, die zwar noch nicht gesunken war, aber mit erheblicher Schlagseite kämpfte. Hilde Lürs hatte, wie erwartet, umsichtig und zuverlässig den Kutter geräumt. In der Rettungsinsel konnte ich neben Hilde Lürs ihren Vater und Malte erkennen.

Als ich mich wieder der Jacht zuwandte, sah ich auf einem Wellenkamm ein Bündel treiben, das kein Trümmerteil der gekenterten *Sirius* zu sein schien. Ich kniff die Augen zusammen und suchte mit meinem Blick konzentriert die Wellen vor mir ab. Wenige Sekunden später tauchte der dunkle Punkt wieder auf und ich erkannte, dass es sich um einen größeren Gegenstand und einen Kopf handelte.

»Behalt mich im Auge!«, rief ich Onno zu und machte mich mit weit ausholenden Schwimmbewegungen auf den Weg zu dem Kopf, der gerade wieder in einem Wellental versank.

»Wo willst du denn hin, Jan?«, hörte ich Onno noch rufen, verzichtete aber auf eine Antwort, da ich mich aufgrund des Wellengangs gehörig anstrengen musste, um vorwärtszukommen. Die Strömung drückte mich kontinuierlich Richtung Küste.

Endlich war ich so nah an dem auf dem Wasser tanzenden Kopf, dass ich erkennen konnte, um wen es sich handelte. Es war die Frau mit den jadegrünen Augen, die sich an einer blauen Plastiktonne festhielt, von denen zwei an der Sortiermaschine der *Sirius* standen.

Die Frau, die sich Gesine Uhland, Thekla Schmiss und Celine nannte, hatte die Augen geschlossen und umklammerte mit beiden Armen die Tonne, in der wir für gewöhnlich den Beifang aufbewahrten.

Außer Atem erreichte ich die Frau und schob meinen Arm unter ihren Oberkörper. Erschrocken über die unerwartete Berührung zuckte sie zusammen und riss die Augen auf.

»Was ... was ist ...?«, stammelte sie erschrocken, während sie panisch mit ihren Beinen zu strampeln begann.

»Keine Angst«, rief ich und umfasste ihren Oberkörper, da ihre Hände bei dem Gezappel von der glitschigen Plastiktonne abrutschten. »Ich bleib bei Ihnen, bis Hilfe kommt.«

»Wer sind Sie?« Ihre grünen Augen sahen mich ängstlich an.

Ich schenkte mir eine Antwort, weil mir hier mitten in der Nordsee nicht der rechte Ort für Förmlichkeiten schien. Wir waren schließlich nicht auf einer Dinnerparty. Stattdessen fragte ich: »Wo ist Ihr Mann – Dorndreher?«

Ihre Augen blitzten hasserfüllt.

»Abgesoffen!«

»Sicher?«, fragte ich und ließ meinen Blick in die Runde schweifen; immerhin hatte Neuntöter den Rettungsring in der Hand, als er vom Heck der *Sirius* ins Wasser sprang.

»Absolut!« Die Frau stieß ein hässliches Lachen aus. »Dieser Rettungsring war ein Fake. Er hat sich in das Teil reingezwängt und ist dann nicht mehr rausgekommen, als sich das Ding voll Wasser gesaugt hat.«

Auch wenn offenbar ein Mensch zu Tode gekommen war, hielt sich meine Trauer um Dorndreher in Grenzen. Als er erkannte, dass die *Petra* nicht abdrehen, sondern das Boot, auf dem er sich mit seiner Frau befand, in voller Fahrt rammen würde, hatte er sich den Rettungsring der *Sirius* geschnappt und war über Bord gesprungen, um sich zu retten. Und nur sich. Er hatte die Kälte besessen, den vermeintlichen Rettungsring sogar mit Ohrfeigen gegenüber seiner Frau zu verteidigen.

Dass er nun mit dem Teil untergegangen war, bei dem es sich tatsächlich um Dekoration und nicht um ein funktionstüchtiges Rettungsmittel handelte, hatte tatsächlich etwas von ausgleichender Gerechtigkeit.

»Warum haben Sie die Fischer vergiftet?«, fragte ich schroff.

»Was soll das denn?«, fuhr sie mich an. »Wollen Sie mich vollquatschen. Ich will hier raus!«

»Sie haben Hilde Lürs besucht«, fuhr ich fort, während wir von einer hohen Welle emporgehoben wurden. »Warum haben Sie die Streusel über die Torte gekippt?«

»Was denn für eine Torte, Sie Schwätzer?«, prustete sie angsterfüllt, als die Gischt über uns zusammenschlug.

Mir lief das Salzwasser übers Gesicht und brannte in den Augen. Ich spuckte eine Ladung Wasser aus, das mir durch die Nase in den Mund gelaufen war, und hustete mit der Frau im Duett. Auch ihr war das Wasser in Mund und Nase gelaufen.

Als ich wieder halbwegs klar sah und Luft bekam, hielt ich nach der Jacht Ausschau, die Kurs auf die Unglücksstelle der *Sirius* genommen hatte. Es würde nicht mehr lange dauern, bis sie die Schiffbrüchigen der *Sirius* erreicht haben und dann uns auflesen würde, da Onno mich sicherlich immer im Auge behielt.

Diese Zeit würde ich kaltschnäuzig nutzen, um von der Frau mit den vielen Namen ein paar Antworten zu bekommen. Meine Skrupel hielten sich in Grenzen, denn das Bild der tot auf ihren Stühlen sitzenden Muschelfischer hatte sich auf meiner Netzhaut eingebrannt.

»Sie haben Hilde Lürs besucht und Schokoladenstreusel auf die Geburtstagstorte gekippt!«, sagte ich und zog die Frau mit einem Ruck frontal an mich heran; dass ihre Hände dabei von der blauen Tonne abrutschten, nahm ich in Kauf und packte sie an ihren Handgelenken.

»Bist du noch ganz knusper?« Die Frau kreischte erschrocken auf und spuckte mir eine Ladung Salzwasser ins Gesicht. »Was denn für eine verschissene Torte? Lass mich in Ruhe und hau ab!«

Die Aufforderung ließ ich mir nicht zweimal sagen und ließ ihre Handgelenke los. Vielleicht würde die nächste Welle meiner Frage den nötigen Nachdruck verleihen.

Wieder kreischte die Frau laut. Diesmal klang ihr Schrei mehr panisch als erschrocken, was verständlich war, da die blaue Tonne mittlerweile ein paar Meter abgetrieben war. Im Grunde bin ich ja ein sehr gutmütiger Mensch, mitunter jedoch vertrete ich schon die Meinung, dass der Zweck die Mittel heiligt. Dann kann auch ich hart und rücksichtslos sein.

Ich machte zwei, drei Schwimmzüge und entfernte mich zwei Meter von der Frau.

»Hilfe!«, kreischte sie wieder voller Panik. »Lass mich hier nicht absaufen!«

Auch wenn ich die Frau für eine mutmaßliche mehrfache Mörderin hielt, hätte ich sie niemals ertrinken lassen. Das wusste ich zwar, sie aber nicht.

Ich wartete zwei weitere Wellen ab, deren Gischt uns ins Gesicht sprühte, und schwamm dann mit wenigen Zügen zurück zu der Frau. Mit sicherem Griff packte ich sie und zog sie so dicht an mich, dass ihr Gesicht, von dem das Seewasser in Strömen ablief, nur wenige Zentimeter von meinem entfernt war. In ihren Augen stand blanke Todesangst.

»Bitte, bitte!«, flehte sie und umklammerte meine Hüfte mit ihren Beinen. »Lassen Sie mich nicht alleine. Ich will nicht ertrinken.«

»Warum haben Sie die Torte vergiftet?«

»Ich weiß von keiner Torte«, keuchte sie und klammerte sich noch fester an mich. »Bitte, bitte, lassen Sie mich nicht los!«

Auch wenn ich mir sicher war, dass es sich bei der Frau um dieselbe Frau handelte, von der Hilde Lürs behauptet hatte, dass sie ihr die vergifteten Schokoladenstreusel gebracht hatte, glaubte ich ihr. Die Panik der Frau und die Todesangst, dass ich sie ertrinken lassen würde, waren echt. Daran zweifelte ich nicht, als ich in ihre weit aufgerissenen Augen sah, deren Grün intensiv leuchtete.

»Wozu brauchtet ihr Uz und die *Sirius*?«

Meine Frage lenkte sie für einen Moment davon ab, hier mitten in der Nordsee mit einem ihr völlig fremden Mann herumzupaddeln. Von der Jacht, die hinter ihrem Rücken bereits Kurs auf uns nahm, um uns zu Hilfe zu eilen, wusste sie nichts, weil ich sie so hielt, dass sie nur das offene Meer sehen konnte.

Trotz ihrer Angst, dass ich sie loslassen könnte, stockte sie einen Moment mit einer Antwort. Mit ausdruckslosem Blick lockerte ich meinen Griff, mit dem ich sie hielt.

»Nein. Nein. Bitte, bitte!«, schrie sie und umklammerte mich noch stärker mit ihren Oberschenkeln. »Nicht loslassen! Bitte nicht!«

»Was wollet ihr von Uz?«, wiederholte ich meine Frage.

»Wir … wir brauchten das Boot, um uns mit jemandem auf See zu treffen«, japste sie.

Da ich schon etwas in diese Richtung vermutet hatte, überraschte mich ihre Antwort nicht, sondern bestätigte meine vage Vermutung, dass Neuntöter etwas ganz anderes plante als den Handel mit Maltes und Heinos Marihuanapflanzen.

»Wen wollt ihr treffen und warum?« Erneut lockerte ich leicht meinen Griff, was ihre Bereitschaft, mir zu antworten, enorm motivierte.

»Mein Mann erwartete … eine … wir wollten jemand von seiner Firma treffen.«

Mit einem Mal war mir alles klar. Dorndrehers Forschungen! Es ging um seine Forschungsreihen mit den exotischen Giften, die eingestellt worden waren. Es ging um Geld.

Hatte Neuntöter seinen Arbeitgeber erpresst?

»Wie viel Geld hat Ihr Mann von der Gallus-Stiftung erpresst?«

Die Frau sah mich irritiert an. »Wieso denn von denen?«

Ich sah sie scharf an. In meinem Kopf ratterte es. Dann fiel bei mir der Groschen und ich nickte grimmig. Ich hatte falsch kombiniert. Es ging um die Firma, die großes Geld hatte.

»Ich meinte natürlich die *Sancta Pharm*«, korrigierte ich mich und sah sie mit durchdringendem Blick an. »Die Gallus-Stiftung hat die Arbeit Ihres Mannes eingestellt. Da hat er kurzerhand den Geldgeber seines Arbeitgebers erpresst, um weiterforschen zu können. Oder wollte er sich einfach nur rächen, weil seine Forschungen eingestellt worden waren?«, überlegte ich laut. »Für einen Siegertypen, der es gewohnt ist, ein Gewinner zu sein, muss es schwer zu ertragen gewesen sein, dass seine Forschungen am Ende waren.«

Die Frau starrte mich mit großen Augen an. »Wer sind Sie? Polizei?«

Ich schüttelte den Kopf und warf einen unauffälligen Blick zu der sich uns immer schneller nähernden Jacht. Es blieb mir nicht mehr viel Zeit, um der Frau die Hintergründe zu entlocken. Auch wenn die Dinge, die sie mir gerade erzählte, vor keinem Gericht Bestand haben würden, könnten Staatsanwaltschaft und Kripo mit derartigen Hintergrundinformationen in die richtige Richtung ermitteln. Bisher gab es zwischen den toten Muschelfischern und dem Duo Dorndreher nur die Verbindung des tödlichen Giftes. Mehr hatte ich bisher nicht, um meine Mandantin zu entlasten. Ein bisschen wenig. Grund genug zu pokern.

»Wie viel Geld wollte die *Sancta Pharm* ihrem Mann geben?«, fragte ich schroff.

Sie kniff ihre Lippen zusammen und funkelte mich wütend an.

Todesangst ist stärker als Wut, dachte ich und ließ sie erneut los.

Ihre Hände krallten sich in meine Rettungsweste und ihre Oberschenkel umschlangen voller Panik mein Becken.

»Du Mistkerl! Nein!«, kreischte sie panisch. »Keine Sorge, ich sag alles, was ich weiß.«

»Wie viel?«

»Zehn Millionen!«, schrie sie und spuckte eine Fontäne Salzwasser aus.

»Warum die *Sirius*?«

»Wir wollten nach der Geldübergabe rüber nach Texel«, sagte sie. »Ein Freund hat da auf dem Flugplatz eine Cessna stehen.«

Das hatten sich die beiden fein ausgedacht. Neuntöter hatte seine Mitwisser beseitigt und Maltes Plantage und damit alle Beweise in Flammen aufgehen lassen und setzte sich über die Nordsee ab, um von der holländischen Ferieninsel Texel aus mit einer Privatmaschine auf Nimmerwiedersehen zu verschwinden. Wieso aber diese Kommandozentrale auf Oma Friedas Hof? Wollte er nur die Millionen oder waren die Millionen nur Mittel zum Zweck, um irgendwo seine Forschungen auf eigene Faust weiterzuführen?

»Wozu waren die Computer auf dem Hof notwendig?«, fragte ich deshalb schnell, da die Jacht bis auf Rufweite herangekommen war; wenn die Frau gemerkt hätte, dass Hilfe nahte, hätte sie mir sicher nichts mehr erzählt.

Stumm kniff sie die Lippen zusammen und sah mich mit hasserfülltem Blick an.

»Antworten Sie«, sagte ich schroff. »Oder ich lass Sie wirklich los. Dann können Sie hier ebenso absaufen wie Ihr Mann!«

Panik stieg in ihren Augen auf und sie beeilte sich, meine Frage zu beantworten: »Andreas hat von zwei ehemaligen Mitarbeitern alle Datenbanken von laufenden Forschungen und Medikamentenentwicklungen hacken lassen. Nicht nur seine eigenen, sondern auch die in Luxemburg, der Schweiz und den USA. Wenn er die Daten vernichtet hätte, wäre es vorbei gewesen mit den lukrativen Medikamentenentwicklungen. Das wäre das Ende von *Sancta Pharm* gewesen.«

»Warum nur zehn Millionen?«, fragte ich erstaunt, das war doch eine vergleichsweise bescheidene Summe für einen Pharmakonzern dieser Größe.

»Der Betrag wäre als Sonderausgabe verbucht worden«, antwortete Dorndrehers Frau widerstrebend. »Alles drüber hätte an die große Glocke gehängt werden müssen.«

Ganz schön gewieft, dieser Kerl, dachte ich, zehn Millionen waren ein stolzes Sümmchen.

Wahrscheinlich hatte Neuntöter seine eigenen Forschungsergebnisse beizeiten in Sicherheit gebracht. Beavis und Butthead, die beiden toten Hacker aus dem Zelt, hatten für ihn die Datenbank der *Sancta Pharm* gehackt und ihm zusätzlich die kompletten Forschungsergebnisse und Daten des Unternehmens besorgt. Mit den Forschungsunterlagen hätte er wahrscheinlich bei jedem konkurrierenden Pharmakonzern übergangslos einsteigen und weiterforschen können. Oder er hätte ein eigenes Forschungszentrum eröffnet und die Forschungsentwicklungen des Unternehmens zur Marktreife gebracht. Mit zehn Millionen in der Hinterhand und einem Koffer voller lukrativer Forschungsergebnisse standen ihm alle Möglichkeiten offen.

Dumm gelaufen, dachte ich bitter. So viele Tote. Alle sinnlos gestorben und nun liegt der Typ mit einem unbrauchbaren Rettungsring um die Brust im Schlick der Nordsee. Eine Frage allerdings war noch offen.

»Warum hat er meinen Hund und mich auf dem Deich angegriffen?«, fragte ich schnell, bevor sie merken würde, dass es für sie keinen Grund mehr gab, meine Fragen zu beantworten.

Celine schnappte hektisch nach Luft, bevor sie bereitwillig antwortete: »Ich habe Andreas von unserer Begegnung auf dem Fischkutter erzählt und er hielt Sie für einen Freund von Uz, der uns belauscht hatte.«

»Stimmt ja auch«, dachte ich spöttisch.

»Andreas hatte Sorge, dass Sie mir hinterherschnüffeln und Uz davon abbringen könnten, mit uns zur Geldübergabe rauszufahren.«

»Und deshalb sticht er einfach bei der nächsten günstigen Gelegenheit zu?«, sagte ich ungläubig.

»Andreas ist ein Macher«, zischte sie mich feindselig an. »Er schafft Tatsachen.«

»Das kann er ja jetzt vom Meeresgrund aus«, sagte ich spöttisch und machte mich mit einem Ruck von ihr los. »Danke für das Gespräch.«

Die Frau begann wild um sich zu schlagen. »Du Scheißkerl kannst mich doch nicht hier allein lassen! Ich will nicht ertrinken!«

Im gleichen Moment klatschte ein Rettungsring aufs Wasser, den die Skipper der Jacht, die sich bis auf wenige Meter an uns herangeschoben hatte, zielgenau zwischen uns geworfen hatten. Die Jacht hatte sich so leise genähert, dass es die Frau – wohl aufgrund ihrer Panik und der Wut auf mich – bis zuletzt nicht bemerkt hatte.

Mit einem Satz krallte sie sich nun an den Rettungsring und versuchte, mich anzuspucken.

Ich ignorierte sie und ließ meinen Kopf erschöpft gegen den Kragen meiner Rettungsweste sinken.

Zumindest dieser Teil des Falls ist gelöst, auch wenn er nicht direkt mit meiner Mandantin Hilde Lürs zu tun hat, dachte ich und schloss die Augen, während mich die Wellen unablässig auf und nieder schaukelten. Immerhin. Jetzt galt es herauszufinden, wer mit Neuntöters Giftampullen die fünf Fischer ermordet hatte!

Am liebsten wäre ich direkt an Ort und Stelle eingeschlafen. Die Unterkühlung zeigte ihre Wirkung.

Nachdem die Besatzung der zu unserer Rettung herbeigeeilten Jacht die Frau aus dem Wasser gezogen hatte, warfen sie auch mir eine Rettungsleine zu, mit deren Hilfe ich mich an Bord ziehen ließ.

31

»Tee?«

Träge nickte ich und streckte meine zitternde Hand aus.

»Nehmen Sie am besten beide Hände«, empfahl der Skipper, der mir einen Becher mit dampfendem Tee entgegenhielt.

»Danke«, erwiderte ich matt und folgte seinem Rat.

Mit beiden Händen umfasste ich den Becher und genoss das Gefühl, mir gerade die Finger zu verbrennen.

»Da haben Sie aber mächtig Glück gehabt«, stellte der Steuermann der Jacht fest, die uns nach Untergang der *Sirius* aufgefischt und an Bord genommen hatte.

Schweigend trank ich einen Schluck von dem brühend heißen Tee und verbrannte mir zu den Fingern auch gleich noch die Unterlippe, was mir aber egal war.

Es war wirklich großes Glück im Unglück gewesen, dass die Jacht in unmittelbarer Nähe unterwegs gewesen war, nachdem die *Sirius* und damit Uz' Traum vom eigenen Krabbenkutter vor unseren Augen gesunken war.

Die Hauptsache war: Wir lebten!

Nun, nicht alle.

Dorndreher blieb nach wie vor verschollen und man musste davon ausgehen, dass er tatsächlich ertrunken war.

Und Mattes Lürs hatte zwar die Kollision der beiden Kutter überlebt, war aber im gleichen Moment, als die Besatzung der zur Hilfe geeilten Jacht die Schiffbrüchigen von der Rettungsinsel der *Petra* geborgen hatte, zusammengebrochen. Herzversagen. Ob er den Transport an Land überleben würde, war fraglich.

Die drei Crewmitglieder der Jacht hatten den leblosen Muschelfischer in eine der drei Kabinen auf eine Koje gelegt. Hilde Lürs saß bei ihm und hielt Wache. Neuntöters Witwe war vollkommen erschöpft in Decken eingehüllt auf einer Koje in der Kabine nebenan eingeschlafen.

Auch Uz lag in einer Kabine, er hatte Brüche an beiden Beinen erlitten, als der Ausleger der *Sirius* ihn unter sich begraben hatte. Onno und Heino hatten sich in Decken gehüllt und mit heißem Tee bewaffnet ans Heck der Jacht verkrümelt. Ich saß bei der Crew im Steuerhaus und wartete auf die vom Skipper der Jacht informierte Küstenwache. Neben mir auf einer kleinen Sitzbank hockte Malte und knetete mit gesenktem Kopf schweigend seine Hände.

Eine Unzahl von unbeantworteten Fragen und Gedanken wirbelte durch meinen Kopf. Eine Frage, die mich brennend interessierte, schob sich in mein Bewusstsein.

Wieso ist Heino so plötzlich auf mich losgegangen?, schoss es mir durch den Kopf. Ich wollte Malte zu den Giftampullen auf den Zahn fühlen, als Heino ... hatte er mehr mit dem Mord an den Fischern zu tun, als ich bislang angenommen hatte?

»Die Küstenwache bringt auch gleich die Waterpolitie mit, worum Sie ja gebeten hatten, Herr de Fries«, sagte der Skipper und riss mich aus meinen Gedanken, »die holländische Wasserschutzpolizei.«

Neugierig musterte er mich.

Ich nickte müde und nippte schweigend an dem dampfenden Tee. Als ich ihm zwar ein dankbares Lächeln schickte, jedoch keinerlei Anstalten machte, mit ihm zu plaudern, nickte auch er nur kurz und wandte mir dann den Rücken zu, um sich wieder mit seinen Instrumenten zu beschäftigen.

Sancta Pharm Crew prangte in eleganten weißen Lettern auf dem Rücken seiner marineblauen Wetterjacke.

Ich glaub's nicht!, dachte ich, und verbrannte mir vor Überraschung auch noch die Zunge an dem heißen Tee. Obwohl es eigentlich keine Überraschung war, nach dem, was die Frau mir im Wasser erzählt hatte. Es sollte ja eine Geldübergabe auf See stattfinden. Ich hatte nur nicht vermutet, dass der Pharmakonzern sich eine eigene Jacht leistete. Aber dann fielen mir wieder die Fotos des Windjammer-Cups in Wilhelmshaven ein, in dessen Rahmen der Konzern zu einem Firmenevent eingeladen hatte. Offenbar hegte *Sancta Pharm* eine gewisse Affinität zu maritimen Investitionen. Die Jacht war nicht zufällig zum richtigen Zeitpunkt am richtigen Ort erschienen. Sie hatte ein Date mit Neuntöter, der für die Geldübergabe die *Sirius* gechartert hatte, die für diesen Ausflug einen hohen Preis zahlen musste und nun auf dem Meeresgrund lag.

»Wer von euch Jungs hat denn den Sparstrumpf?«, fragte ich ironisch.

Der Skipper warf mir einen amüsierten Blick über die Schulter zu. »Dann war's ja doch kein Zufallstreffen hier draußen.«

Der dritte Mann der Crew, der ebenfalls eine marineblaue Wetterjacke trug, schob sich aus dem Hintergrund des Steuerhauses nach vorn. Auch er hielt einen Becher Tee in der Hand.

»Schmittke«, stellte er sich vor. »Ich bin Prokurist der *Sancta Pharm GmbH*. Unserer Firma gehört die *Sancta I.*, das Boot, auf dem wir uns befinden. Und mit wem habe ich das Vergnügen?«

Ich verzichtete darauf, ihm eine Antwort zu geben, sondern sagte stattdessen: »Falls Sie noch auf Doktor Dorndreher warten, es wird wohl noch eine ganze Weile dauern, bis er wieder auftaucht.«

Mein Gegenüber, der sich als Prokurist der *Sancta Pharm* vorgestellt hatte, musterte mich interessiert. »Woher wissen Sie das?«

»Von seiner Frau«, antwortete ich.

Der Prokurist runzelte die Stirn, während er mich fragend ansah. »Wo ist Doktor Dorndreher?«

Ich sah ihn einen Moment ausdruckslos an und zeigte dann mit dem Daumen auf den Boden. »Ich vermute, dreißig Meter unter uns.«

Schmittke musterte mich kurz und sah dann den Skipper der Jacht wortlos an.

Der nickte. »Passt.«

Schmittkes Gesicht entspannte sich sichtlich.

»Sie können Ihre zehn Mille wieder zurück in die Portokasse packen«, sagte ich. »Wahrscheinlich haben Sie den Hackerangriff bereits erfolgreich abgeblockt und die Sicherheitslücke geschlossen. Das Geld wäre nur der Preis für die Daten gewesen, die Neuntöter Ihnen abgezapft hat.«

Ein feines Lächeln umspielte die Lippen des angeblichen Prokuristen.

»Sie sind erstaunlich gut informiert«, lächelte er. »Sogar Doktor Dorndrehers Spitznamen kennen Sie. Respekt.«

»Dann ist ja heute ein Glückstag für Sie. Der Erpresser liegt auf dem Meeresgrund. Sie haben eine Menge Geld gespart und können wieder nach Hause«, sagte ich ohne Ironie, da mir die Geschäfte der *Sancta Pharm* schnurzpiepegal waren.

»Eine Zusammenfassung, die es auf den Punkt bringt«, nickte Schmittke und nahm einen Schluck Tee aus dem Becher, den er immer noch in der Hand hielt. »Wir sind nicht daran interessiert, die Sache ...«

»… an die große Glocke zu hängen«, vollendete ich seinen Satz und erhob mich schwerfällig. »Ihre Geschäfte interessieren mich nicht. Vielen Dank für den Tee.«

Schmittke und der Skipper sahen mir schweigend hinterher. Der Prokurist würde wahrscheinlich auf der Rückfahrt seine Chefs anrufen und die frohe Kunde vom unerwarteten Ableben des Erpressers überbringen.

Mit der Decke um die Schultern schlurfte ich aus dem Steuerhaus und ging in die Kabine, in der Hilde Lürs neben ihrem Vater Sitzwache hielt.

»Ich störe Sie ungern, aber es gibt da jemand, der Ihnen etwas sagen muss.«

Langsam hob Hilde Lürs ihren Kopf und sah mich mit rotgeweinten Augen an. »Wer denn? Muss das jetzt sein?«

»Ja«, sagte ich mit bitterem Ton in der Stimme. »Es ist schon zu lange geschwiegen worden.«

Widerwillig stand sie auf und vergewisserte sich, dass ihr Vater noch atmete. Dann folgte sie mir zögernd, als ich voraus zur Nachbarkabine ging. Leise trat ich an Uz' Koje heran und legte ihm die Hand auf die Schulter.

Uz schlug die Augen auf. Er sah mich einen Moment an, bevor sein Blick zu Hilde Lürs ging. Dann nickte er kaum merklich.

»Ich lass euch dann mal alleine«, sagte ich und beruhigte Hilde Lürs im Hinausgehen, indem ich ihr versicherte, dass ich die Sitzwache bei ihrem Vater übernehmen würde.

Mattes Lürs lag noch immer regungslos auf dem Rücken, die Arme seitlich auf der Decke ausgestreckt, die ihm bis zur Brust reichte. Ich setzte mich auf den Stuhl, den einer von der Crew neben die Koje gestellt hatte, und betrachtete das wettergegerbte Gesicht des alten Muschelfischers.

Fast vierzig Jahre lang hatte er in dem Glauben gelebt, dass seine Söhne nicht seine leiblichen Kinder waren. Ich konnte verstehen, dass man die Augen vor dem verschloss, was man nicht wahrhaben wollte, und sich so mit einer Lebenslüge arrangierte.

Nicht zu fassen, dachte ich. Da haben die beiden Sturköppe ein Leben lang nicht miteinander geredet und du, alter Mann, hast dein Leben mit deinem Schweigen vergiftet! So vergiftet, wie du Jochen und Lars vergiftet hast. Die beiden Jungs, die du großgezogen hast und mit denen du gelebt hast. Und von denen du dein Leben lang gedacht hast, dass es die Söhne deines ehemals besten Kumpels waren.

Hatte Mattes Lürs wirklich die beiden Jungs vergiftet? Aber wer sollte es sonst gewesen sein? Niemand hatte einen Grund für einen solchen Giftmord. Die ganze Zeit hatte ich Celine in Verdacht, es wahrscheinlich auf Geheiß von Neuntöter und aus einem Grund, der für mich noch im Dunkeln lag, getan zu haben. Aber in dem Moment, als ich Dorndrehers Frau untertauchen ließ und die Todesangst in ihrem Gesicht sah, glaubte ich ihr, dass sie keine Ahnung von der vergifteten Torte hatte. Menschen, die vorm Ertrinken stehen und in deren Augen Todesangst flackert, lügen nicht.

Blieb nur noch Mattes Lürs. Er hatte das stärkste Motiv: vierzig Jahre Lebenslüge; vierzig Jahre aufgestaute Enttäuschung, die im Angesicht des eigenen Todes in Hass umgeschlagen war? Zuerst hatte ich den ungeheuerlichen Gedanken nicht zugelassen.

Es war einfach eine zu monströse Vorstellung, dass der alte Muschelfischer nach vierzig Jahren die beiden Männer vergiftet haben könnte, die er für Kuckuckskinder hielt.

»Absurd!«, schüttelte ich den Kopf. »Vollkommen unmöglich.«

Wie in Zeitlupe beugte ich mich vor. »Mattes«, sagte ich im Flüsterton. »Können Sie mich hören?«

Wie erwartet regte sich der alte Muschelfischer nicht. Nur seine Brust hob sich kaum merklich in unregelmäßigen Abständen.

Ganz tief beugte ich mich über ihn. So nah, dass ich seinen Geruch nach Öl und Salzwasser riechen konnte.

»Mattes. Sie sind krank, schwer krank«, flüsterte ich leise, aber umso eindringlicher. »Ich weiß nicht, ob Sie überleben oder hier an Bord sterben werden. Ich weiß auch nicht, ob Sie etwas mit dem Tod fünf aufrechter Seeleute zu tun haben. Ich kann es mir nicht vorstellen. Sie sind auch ein aufrechter Mann! Ich weiß aber auch, dass Sie vierzig Jahre eine schwere Bürde mit sich herumgetragen haben. War das der Grund, weshalb die Männer sterben mussten? Oder hat Heino etwas damit zu tun?«

Ich brach ab und setzte mich auf.

Mit einem Mal war ich mir unsicher, ob mein Verdacht wirklich stimmte. In mir sträubte sich gerade alles, dem alten Fischer die Verantwortung für den Tod seiner Söhne und Matrosen zu geben. Wer aber sollte es sonst gewesen sein? Hilde Lürs? Ebenso undenkbar! Heino? Oder doch Neuntöter? Machte ebenso wenig Sinn wie mein ursprünglicher Verdacht, dass seine Frau die Schokoladenstreusel ... wer hatte eigentlich?

Ich runzelte die Stirn. Hilde Lürs hatte die Frau mit den jadegrünen Augen beschrieben; die große Unbekannte. Warum hatte sie das getan, wenn nicht, um den Verdacht von sich abzulenken oder etwas zu vertuschen?

Das rasselnde Geräusch, mit dem der alte Fischer plötzlich nach Atem rang, riss mich aus meinen Überlegungen. Ich sah ihn an. Seine gelb verfärbten Augen waren weit aufgerissen. Sein Blick irrte zur Kabinendecke, um sich dann in meinem Blick zu verkrallen.

»... tragisch ... es ... glücksfall ...«, röchelte er, »... tut mir ... leid für ... er sollte doch den Kutter haben.«

Mit letzter Kraft versuchte Mattes Lürs mir etwas zu sagen, von dem ich nur die Hälfte verstand. Er würde die Antwort auf meine Fragen mit ins Grab nehmen. Aber zumindest wollte ich ihm die Möglichkeit geben, auf den letzten Metern seinen Frieden mit seinen Söhnen zu schließen.

Wieder beugte ich mich so tief zu ihm hinunter, dass ich ihn riechen konnte; diesmal mischte sich der Geruch des Todes unter den Geruch des Salzwassers, das in seinem Bart und den wirren Haaren getrocknet war.

»Ich habe mit Uz gesprochen. Er hat mir gesagt, dass er nicht der Vater Ihrer Söhne ist. Sie waren immer der leibliche Vater. Ich glaube Uz. Sie haben seine *Sirius* versenkt und er hätte allen Grund, Ihnen Pest und Cholera an den Hals zu wünschen, was er aber nicht tut. Ich soll Ihnen nur ausrichten, dass Sie ein sturer alter Bock sind. Und der Vater von Jochen und Lars; der sind und bleiben Sie!«

Der Blick von Mattes Lürs nahm an Intensität zu. Seine Hand fuhr hoch und strich ziellos an der Decke entlang, die ich mir umgehängt hatte. Ich ergriff die raue Hand des Muschelfischers.

»Sag Uz ... es tut mir leid!«, hauchte er, während seine Hand sich in meine krallte.

Der Blick seiner Augen lockerte sich ebenso wie der Griff seiner Hand. Die letzte Kraft strömte aus seinem Körper.

Sein Blick wurde leer. Die gelben Augen starrten mich noch im Tod an.

Vorsichtig legte ich seine Hand neben seinen Körper auf die Decke. Sanft fuhr ich ihm mit den Fingerspitzen über die Augen und schloss seine Lider – für immer.

»Gute Reise, Seemann«, flüsterte ich rau.

Ich blieb noch eine Minute bei dem toten Muschelfischer sitzen und erwies ihm die letzte Ehre, indem ich ein Gebet für ihn sprach. Dann stand ich schwerfällig auf und verließ die

Kabine. Mit schweren Schritten schlurfte ich ans Deck der Jacht.

Mir war kalt.

Und das lag nicht nur daran, dass ich – wie auch die anderen Schiffbrüchigen – noch immer die nassen Klamotten am Leib hatte und die Thermodecke nur wenig wärmte.

Erleichtert sah ich am Horizont die Umrisse eines Boots auftauchen, das sich uns schnell näherte. Es musste die niederländische Küstenwache sein.

32

»In was reitest du dich auch immer nur hinein!«, schimpfte Thyra und reichte mir den dicken Frotteebademantel durch den Türspalt ins Badezimmer. »Du hättest tot sein können.«

Ich schlüpfte in den weichen Bademantel und stellte meine Ohren auf Durchzug. Meine Tochter führte sich manchmal wie eine Glucke auf. Nicht, dass ich ihre Fürsorge nicht zu schätzen wusste, aber manchmal musste ich auch mit dem Kopf durch die Wand, denn: Ein Mann muss nicht immer ein Held sein, aber ein Mann kann immer ein Mann sein!

»Kaum lässt man dich mal einen Abend allein, schon kann man dich von der Polizei oder aus dem Krankenhaus abholen«, setzte sie ihre Litanei fort.

»Es war die Küstenwache«, stellte ich fest und zurrte mir den Bademantelgürtel fest.

»Meinetwegen auch die!«, fuhr Thyra mich an. »Das nächste Mal muss ich dich aus der Leichenhalle abholen!«

»Apropos Leichenhalle«, griff ich ihr Stichwort auf, um vom Thema abzulenken. »Wie läuft's eigentlich mit dir und Tillmann?«

»Wie …«, Thyra brach abrupt ab und sah mich irritiert an, »wieso … ich meine, wie kommst du darauf?«

»Weil du öfters erst morgens heimkommst«, brachte ich das Thema auf den Punkt, der mir schon seit Wochen, wenn nicht sogar Monaten durch den Kopf ging. »Bei Tillmann bist du aber nicht.«

Auch wenn ich weiß, dass Thyra eine erwachsene Frau ist, die lediglich aus organisatorischen Gründen nach ihrer Umsiedlung in die Krummhörn zu mir ins alte Kapitänshaus gezogen ist, nehme ich mir die Freiheit heraus, mitunter besorgt zu sein. Vom Kopf her weiß ich natürlich, dass Thyra mit beiden Beinen voll im Leben steht. Aber seit sie ihren Job als Radiomoderatorin an den Nagel gehängt hatte und seither als freie Autorin tätig war, beschäftigt sie sich auch gern mit Themen, die mancher Zeitgenosse so tief unter den Teppich gekehrt hat, dass Thyra sich mitunter sehr schmutzige Finger holte, um den Dreck hervorzukehren und ans Tageslicht zu holen. Da ich aus eigener Erfahrung weiß, dass Recherchen mitunter eine völlig unerwartete Wendung nehmen und einen in lebensgefährliche Situationen bringen können, machte ich mir halt Sorgen, wenn meine Tochter nächtelang verschwand und ich nicht wusste, wo sie steckte.

Thyra sah mich mit offenem Mund an. Es dauerte eine Weile, bis sie sich entschieden hatte, ob sie lachen oder sich aufregen sollte.

»Es ist …«, Thyra fuhr sich mit gespreizten Fingern durch ihr kurz geschnittenes Haar, das wie gewohnt wild in alle Richtungen abstand, »… kompliziert.«

Wenn Frauen oder Männer auf die Frage nach ihrer Beziehung mit dem Satz »Es ist kompliziert« antworten, steckt meist ein handfestes Beziehungsproblem dahinter.

»Hast du jemand anderen kennengelernt?«, fragte ich sie ganz direkt; langsam ging mir dieses Versteckspiel auf die Nerven.

»Ich fass es nicht!«, empörte Thyra sich. »Du bist mein Vater!«

»Eben«, erwiderte ich trocken. »Und deshalb mache ich mir auch Sorgen, wenn ich nächtelang nichts von dir höre.«

»Nächtelang?«, echote sie und schüttelte empört den Kopf. »Du führst dich manchmal wie eine Glucke auf!«

»Gack«, sagte ich und dachte insgeheim, dass ich das Gleiche vorhin über sie gedacht hatte. Ich schob mich an ihr vorbei und machte mich auf den Weg in die Küche. »Es geht mich ja auch nichts an«, lenkte ich ein, da ich wusste, wie temperamentvoll Thyra auf Fragen dieser Art reagieren konnte. »Magst du auch Tee?«

»Stimmt genau. Es geht dich nichts an, mit wem ich meine Nächte verbringe!«, rief sie mir hinterher.

»Tee?«, rief ich über die Schulter und verzichtete darauf, die Diskussion zu vertiefen.

»Ich muss zwar gleich los, aber eine Tasse trinke ich mit«, antwortete sie.

Während ich in der Küche darauf wartete, dass das Teewasser zu sprudeln begann, kraulte ich Motte, der wie gewohnt vorm Kühlschrank döste, ausgiebig seinen Pelz.

Als Thyra mich von der Küstenwache abholte, hatte ich mich bereits von Uz verabschiedet, der mit einem Rettungswagen ins Krankenhaus nach Leeuwarden gebracht worden war. Wir anderen erhielten von der Seenotrettung trockene Kleidung und landeten gemeinsam ebenfalls in der beschaulichen niederländischen Kreisstadt. Allerdings auf einer Polizeiwache der Politie Nederland, wo wir den Rest des Tages damit verbrachten, mehrfach vernommen zu werden. Da sich die Beamten des Dienstes Nationale Recherche, des Pendants zur deutschen Kriminalpolizei, nicht mehr Arbeit als nötig machen wollten, wurden wir am Abend aufgrund des bestehenden Polizei- und

Justizvertrages an die Bundespolizei Niedersachsen übergeben, die uns nach Hause verfrachtete – zur Kripo Emden, wo bereits Mackensen und Freud auf uns warteten.

Nach meiner Vernehmung, die über zwei Stunden dauerte und von Staatsanwalt Güll höchstpersönlich geleitet wurde, konnte ich heimgehen. Meine Aussagen deckten sich mit den Ermittlungen der Kripo und dem vorgefundenen Tatort auf Oma Friedas Hof. Heino ließen sie ebenfalls nach einer kurzen Vernehmung laufen, da er behauptete, Malte nur flüchtig zu kennen, und von dessen Geschäften weder gewusst habe noch beteiligt gewesen sei. Ich hatte nichts von der Auseinandersetzung mit ihm im Maschinenraum der *Adele* erzählt. Wozu auch? Ich konnte nichts beweisen. Heino konnte alles abstreiten, und ob Malte meine Aussage bestätigt hätte, stand auf einem anderen Blatt, da der erst einmal in Untersuchungshaft blieb. Schließlich konnte ihm problemlos bewiesen werden, dass er die Plantage auf dem Hof seiner Großmutter aufgezogen hatte.

Staatsanwaltschaft und Kripo zeigten sich höchst erfreut, dass sie die Identität der beiden Brandleichen frei Haus geliefert bekamen. Auf die Frage, ob ich eine Ahnung hätte, wer die Fischer an Bord der *Adele* vergiftet hatte, konnte ich nur mit den Achseln zucken.

Güll und Mackensen vertraten nunmehr die Ansicht, dass der Tod der Muschelfischer ebenso das Werk von Neuntöter gewesen war wie der von Beavis und Butthead, den beiden Helfern bei der Erpressung des Pharmakonzerns.

»Das Wasser kocht!«, stellte Thyra fest und nahm mir die Teekanne aus der Hand, die ich zwar zum Vorwärmen aus dem Schrank geholt hatte, seitdem aber gedankenverloren hin und her schwenkte.

Ich zog mir den Bademantel fester um meinen Körper und sah zu, wie Thyra den Tee zubereitete.

»Denkst du wirklich, dass es dieser Neuntöter war, der die Fischer umgebracht hat?«, fragte Thyra, während wir darauf warteten, dass der Tee gezogen hatte.

Ich zuckte ebenso mit den Schultern, wie ich es bei meiner Vernehmung von Staatsanwalt und Kripo getan hatte.

»Wo ist jetzt deine Mandantin?«, wollte Thyra wissen.

»Zu Hause. Sie ist nicht mehr meine Mandantin«, antwortete ich. »Es gab keinen Grund mehr für die Kripo, sie festzuhalten. Dafür haben sie ja die Frau mit den jadegrünen Augen.«

»Stimmt«, erwiderte meine Tochter. »Diese … Celine oder wie hieß sie gleich noch?«

»Celine, Gesine Uhland, Thekla Schmiss-Dorndreher«, erwiderte ich. »Such dir etwas aus.«

Thyra goss den dampfenden Darjeeling in die dünnwandigen Tassen, in die sie zuvor je ein Stück Kluntje gelegt hatte. Schweigend legte ich den kleinen Sahnelöffel an die Innenseite der Tasse, ließ die Sahne einfließen und beobachtete, wie sie vom Boden der Tasse aus in kleinen Wölkchen aufstieg.

»Also ist mit dem Tod von diesem Doktor Dorntöter der Fall beendet«, sprach Thyra zum Kluntje, das auf dem Grund ihrer Teetasse leise knisterte.

Ich schloss die Augen und trank einen Schluck von dem aromatisch duftenden Ostfriesentee. Vor meinem geistigen Auge stiegen die Bilder der letzten Stunden auf. Einige davon verdichteten sich zu einem Kaleidoskop und immer wieder blitzte ein Gesicht auf, das ich nicht scharf genug gestellt bekam.

Mit einem Ruck öffnete ich die Augen.

»Nein!«, sagte ich entschieden. »Mit dem Tod von Neuntöter ist der Fall noch nicht beendet.«

»Wo willst du hin?«, rief Thyra mir nach, als ich meine Teetasse auf den Untertasse knallte, aufsprang und zur Küchentür eilte.

»Ich muss noch mal weg!«, rief ich über die Schulter und stieg die Stufen zu meinem Schlafzimmer hoch, um mich anzuziehen.

»Wo willst du hin?«, wiederholte meine Tochter, die mittlerweile mit vor der Brust verschränkten Armen an der Eingangstür lehnte.

»Zu Oma Friedas Hof«, antwortete ich und zog mir meine alte Lederjacke über. »Ich muss noch mal dorthin.«

»Du wirst nichts finden«, sagte Thyra. »Falls du nach dem Lager von Malte und Heino suchst, kommst du zu spät. Die Kripo hat ein kleines Lager gefunden. Die Menge war nicht der Rede wert. Ein paar Kilo und das war's auch schon.«

»Woher weißt du das?«, fragte ich, während ich sie zur Seite schob und die Tür öffnete.

»Buschfunk. Kennst du doch«, entgegnete sie und stellte ihren Fuß vor die Türkante. »Ich komme mit.«

Überrascht sah ich sie an.

»Du wolltest doch weg.«

»Egal! Ich komme mit.« Ihr Gesichtsausdruck ließ keine Widerrede zu. »Außerdem … wie willst du denn ohne deinen Grauen zu Oma Friedas Hof kommen? Ganz zu schweigen davon, dass du deinen Führerschein noch immer nicht zurückbekommen hast.«

»Mist!«, stöhnte ich.

Ich hatte total vergessen, dass mein Käfer nach der Kekstour im Straßengraben gelandet war und sich zur Zeit in der Werkstatt befand.

Eine Minute später waren wir mit Thyras Mini-Cooper unterwegs.

»Was suchst du bei Oma Frieda?«, rief Thyra, während sich der kleine Flitzer in eine lang gezogene Kurve der Eilsumer Landstraße legte.

Ich schwieg mich aus und versuchte, das Gesicht scharf zu stellen, das sich hinter dem rosa Elefanten versteckte.

»Halt hier an«, sagte ich ein paar Minuten später, als wir uns der Zufahrt von Oma Friedas Hof näherten.

Es wurde schon wieder langsam dämmerig. Die Tage im trüben November sind kurz.

Wir stiegen aus und drückten die Autotüren leise ins Schloss. Dann machten wir uns auf den Weg zu Oma Friedas Haus. Vorsichtig schlichen wir die Zufahrt entlang.

»Na, sag ich doch!«, flüsterte ich, während ich in die Einfahrt lugte.

Vor Oma Friedas Hauseingang stand Neuntöters Galaxy, das hochbeinige Wohnmobil. Dorndreher musste den Wagen irgendwo am Hafen abgestellt haben, wo ihn jemand abgeholt hatte. Und dieser jemand war gerade dabei, die Seitenfächer des Wohnmobils zu beladen.

Als eine Gestalt mit zwei schweren Plastiktüten beladen aus dem Haus trat und zum Wohnmobil hastete, um die Last zu verstauen, drückten Thyra und ich uns eng an die Hauswand.

»Du bleibst hier!«, flüsterte ich leise und versuchte die Person zu erkennen, deren Gestalt mir bekannt vorkam, ich aber trotzdem nicht zuordnen konnte.

»Papa!«

»Keine Widerrede, du bist hier meine Rückendeckung!«, sagte ich nachdrücklich und sah Thyra so scharf an, dass sich zwar ihre Nase vor Unwillen kräuselte, sie aber nicht widersprach. »Du rufst jetzt die Polizei an. Mach denen Dampf!«

»Und du?«

»Ich husch kurz rüber und sorg dafür, dass niemand den Hof verlässt, bevor die Polizei da ist«, flüsterte ich und beobachtete, wie die Umrisse der Gestalt wieder im Haus verschwanden.

Ohne weiter zu diskutieren, hastete ich gebückt über den Hof, wobei ich die Strapazen der Karambolage und des

Herumpaddelns in der eisigen Nordsee in jedem meiner Knochen spürte. Wenn das hier vorbei war, würde ich eine Woche lang das Bett nicht verlassen, außer um Anna Frühstück zu machen.

Ich erreichte den Galaxy, den ich mir mit Anna bereits ausgiebig aus der Waagerechten angeschaut hatte.

»Da habt ihr aber geschlampt!«, sagte ich und stellte mir Mackensens Gesicht vor, wenn er die Gepäckfächer des Wohnmobils sehen würde.

Schnell öffnete ich einen der schwarzen Müllsäcke, wie sie wegen ihrer Reißfestigkeit für gewerblichen Müll genommen werden, und inspizierte den Inhalt: gegossene Harzplatten, Pulver, Öl!

Die seitlichen Gepäckfächer waren randvoll mit Cannabis-Erzeugnissen.

Alles, was des Kiffers Herz begehrte und für ein vermeintlich sorgenfreies Leben unter südlicher Sonne sorgte; sofern man den pubertären Träumen von Möchtegern-Dealern Glauben schenken mochte.

Im gleichen Moment, als ich zufrieden nickte, traf mich der Schlag, vermutlich mit einer Mistforke. Genau konnte ich das nicht sagen, weil vor Schmerz unzählige rotglühende Sterne vor meinen Augen explodierten. Da ich aus Erfahrung wusste, dass dem ersten Schlag in der Regel ein zweiter folgt, drehte ich mich, so schnell ich konnte, zur Seite.

Nicht schnell genug.

Zwar verfehlte die Mistforke, die tatsächlich als Schlagwerkzeug diente, meinen Schädel, traf dafür aber umso schmerzhafter mein Schulterblatt. Aufstöhnend vor Schmerz ging ich in die Knie. Ein Tritt gegen meine rechte Hüfte sorgte für ein blitzblaues Hämatom, das mich die nächsten Wochen begleiten würde – sofern ich diese Attacke lebend überstand –, und warf mich auf den Rücken.

»Ich hätte dich ersaufen lassen sollen, du verschissener Schnüffler!«, fauchte Heino mich voller Wut an und hob die Mistforke, die sich bei näherem Hinsehen doch als Schaufel erwies.

»Und ich hätte dir zusätzlich eine reinhauen sollen«, gab ich stöhnend zurück.

Meine Antwort quittierte Heino mit einem hässlichen Lachen und einem Tritt, der mich wieder an der rechten Hüfte treffen sollte. Ich schaffte es aber noch, mich halb herumzurollen, sodass mich seine Schuhspitze nur streifte. Glücklicherweise trug er Turnschuhe, was den Tritt nicht so heftig ausfallen ließ, als wenn er Stiefel oder derbe Arbeitsschuhe getragen hätte.

Während ich mich weiterrollte, um aus der Reichweite seiner Tritte zu gelangen, erspähte ich zwischen seinen Beinen hindurch eine Bewegung in den Büschen an der Hauswand. Die Büsche bewegten sich, als würde sich jemand aus dem Staub machen oder verstecken.

»Lass fallen, du Pfosten!«, zerschnitt eine scharfe Stimme die bedrohliche Situation.

Thyra tauchte hinter Heinos Rücken auf und drückte dem Fischer etwas in den Rücken, was der ihrem Plan nach wohl für eine Waffe halten sollte, aber natürlich nicht tat.

Mein Gott!, dachte ich. Das ist der älteste Trick der Welt!

Heino wirbelte einmal um die eigene Achse. Obwohl der grün gefärbte Strahl des Pfeffersprays, das Thyra in der Hand hielt, Heino mitten ins Gesicht traf, holte er aus und streckte meine Tochter mit einem Hieb des Spatens zu Boden.

Als ich Thyra mit einem stummen Aufschrei zu Boden gehen sah und Heino zu einem weiteren Schlag ausholte, überkamen mich übermenschliche Kräfte. Meine Beine schnellten hoch und mit beiden Stiefelspitzen traf ich Heinos Fußgelenk, das mit einem scharfen Knacken brach. Der kräftige Mann ging mit einem tierischen Aufschrei zu Boden und ich nutzte die

Gelegenheit, um mich aufzurappeln und mit beiden Händen den Müllsack zu ergreifen, den er abgestellt hatte, um mich mit dem Spaten attackieren zu können. Obwohl der Sack richtig schwer war, riss ich ihn unter Mobilisierung meiner letzten Kraftreserven vom Boden hoch und ließ ihn auf Heinos Rücken niederkrachen. Dass der Sack herumschwang und ihn gleichzeitig am Hinterkopf erwischte, war nicht geplant, hatte aber den Effekt, dass der stämmige Fischer, der soeben den Versuch machte, sich aufzurichten, mit einem unterdrückten Schmerzensschrei erneut zu Boden ging.

Der Sack platzte auf und durch den Riss purzelten ein Karton sowie etliche Rollen verschiedenfarbiges Klebeband, mit denen die Verpackungssäcke des Cannabis verschlossen und deren Inhalte mithilfe der entsprechenden Farbe nach Warenart gekennzeichnet wurden. Ich schnappte mir ein giftgrünes Band und schlang es um Heinos Handgelenke. Noch während ich ihn verschnürte, sah ich besorgt zu Thyra, die sich ächzend aufsetzte.

»Alles klar, Süße?«, rief ich ihr besorgt zu.

Sie nickte stöhnend und hielt sich den Kopf. »Ich glaub, ich brauch ein paar Aspirin.«

So war meine Tochter: pragmatisch und halb so wehleidig wie ich.

Während sich Thyra langsam erhob, verschnürte ich den stämmigen Matrosen wie ein Luftpostpaket mit den bunten Tapebändern.

»Was hast du dir eigentlich dabei gedacht?«, sagte ich und ließ mich stöhnend neben Thyra auf den Boden fallen.

»Gar nichts«, erwiderte sie lapidar. »Ich konnte schließlich nicht zusehen, wie er dich totprügelt.«

»Ich weiß nicht, ob er das gemacht hätte«, sagte ich mehr zu dem am Boden liegenden Heino als zu Thyra.

»Nun. Er hat fünf seiner Kollegen auf dem Gewissen«, erwiderte sie. »Da kommt es auf einen mehr oder weniger nicht an.«

»Stimmt das?«, fragte ich den stämmigen Fischer. »Hast du die Männer von der *Adele* auf dem Gewissen?«

Statt einer Antwort starrte mich Mattes Lürs' Muschelfischer nur aus rot geschwollenen Augen an, für die Thyras Pfefferspray gesorgt hatte.

»Warum?«, fragte ich und erwartete nicht, dass er mir meine Frage beantwortete; es war ohnehin Sache der Kripo, die Motive für sein Handeln zu ermitteln.

Mein Job war bereits erledigt.

Ich hatte mein Versprechen gegenüber dem alten Muschelfischer eingehalten. Hilde Lürs' Unschuld war bewiesen. Meine Mandantin war frei. Heino als Mörder und Drogenproduzenten zu überführen kam als Zugabe obendrauf.

Warum bringt ein Matrose seine langjährigen Kollegen um?, dachte ich, während ich Heinos blutunterlaufene Augen musterte. Dann kamen mir die letzten Worte des alten Muschelfischers in den Sinn: »… tut mir … leid für … er sollte doch den Kutter haben.«

Ich fuhr hoch und sah Heino durchdringend an.

Also doch!, dachte ich und verspürte ein bitteres Gefühl in mir. Mein monströser Verdacht schien sich nun doch aufs Schmerzlichste zu bestätigen.

»Es ging dir um den Kutter«, sagte ich mit Nachdruck. »Mattes Lürs hat dir den Kutter versprochen.« Er wusste, dass er nicht mehr lange zu leben hatte. Er war überzeugt davon, dass Jochen und Lars nicht seine eigenen Söhne waren. Er wollte reinen Tisch machen.

Welch beschissene Ironie!, dachte ich und verzog das Gesicht. Der alte Lürs dachte, seine Söhne seien Kuckuckskinder, und ließ sie von Heino vergiften, um seiner vermeintlich einzig leiblichen Tochter seine Kutterflotte zu vermachen. Dabei war Hilde sein Kuckuckskind und Jochen und Lars waren sein eigen Fleisch und Blut!

Heino sah mich mit tränenden Augen an.

»Und jetzt wolltest du hier reinen Tisch machen«, stellte ich fest. »Die Plantage abgefackelt. Malte in U-Haft und die Polizei hat Oma Friedas alten Keller nicht gefunden.«

Ich kannte Oma Friedas alten Keller. Deshalb war ich noch einmal hierhergekommen.

Es hätte einfach nicht gepasst, wenn die hoch professionelle Plantage nur ein paar Kilo Cannabis-Erzeugnisse abgeworfen hätte. Oma Friedas in den Krummhörner Boden gegrabener Naturkeller stammte aus der Zeit, als während der Naziherrschaft ostfriesische Juden im Keller versteckt wurden. Der Unterschlupf war damals in unzähligen Nächten von unzähligen Händen gegraben worden. Auf den Bauplänen des Hofs existierte der Keller überhaupt nicht.

»Und der Zugang ist extrem unsichtbar im Boden eingelassen. Schließlich hat er jahrelang die Nazis an der Nase herumgeführt. Da gelingt das heute auch mit ein paar verschnarchten Dorfpolizisten«, sagte ich ironisch, obwohl ich Mackensen bei aller Antipathie nicht als verschnarchten Dorfpolizisten bezeichnen würde. Mir gefiel die Parabel nur so gut.

»Den versprochenen Kutter gibt's ja nun nicht mehr«, streute ich Salz in Heinos Wunden. »Der liegt ja nun im Schlick vor Ameland.«

»So einfach kann es sein«, ließ sich Thyra vernehmen. »Die Motive sind schlussendlich doch immer nur Habgier und Rache.«

Wie zur Bestätigung ihrer Worte bogen in diesem Moment die Polizeiwagen aus Emden mit blinkendem Blaulicht in die Hofeinfahrt ein.

»Die Arbeit ist getan«, grinste ich spöttisch. »Mackensen rückt an.«

Und tatsächlich stieg Mackensen aus der ersten dunklen Limousine mit aufgesetztem Blaulicht, der zwei blau-silberne Polizeiwagen gefolgt waren.

Die anschließende Polizeiaktion ging recht schnell über die Bühne. Da ich wusste, wo sich Oma Friedas Marmeladen und sonstiges Eingemachte befanden, führte ich die Kripobeamten Mackensen und Freud zu dem versteckten Keller. Die Stufen waren so steil, dass mich Oma Frieda bei meinen Besuchen oft gebeten hatte, den Vorrat an selbst gekochter Marmelade und Kompott in dem Naturkeller zu verstauen, weil die über Achtzigjährige mit Gläsern in der Hand nicht mehr allein hinunterklettern wollte. Sicherlich wäre die Lagerung ihres Eingemachten in der Speisekammer weniger umständlich gewesen, als immer auf Besuch zu warten, der die Gläser in den Keller trug. Aber Oma Frieda schwörte darauf, dass die gleichmäßig kühle Temperatur des Naturkellers den leckeren Schätzen ihre unvergleichliche Note gab. Wäre ich in den letzten zwei Jahren öfter zu Besuch bei Oma Frieda gewesen, wäre ich irgendwann unweigerlich über das Cannabislager gestolpert.

Mit dem Inhalt der Säcke, die Heino bereits verstaut hatte, belief sich der Marktwert in Dealerkreisen nach Einschätzung von Mackensen auf eine Dreiviertelmillion Euro. Eine stolze Summe. Der Ertrag einer äußerst professionell betriebenen Cannabisplantage. Ebenso professionell würde nun aber auch die langjährige Haftstrafe für Malte und Heino ausfallen!

Einer der Uniformierten klemmte sich hinter das Steuer des Wohnmobils, um es zur Kripo nach Emden zur Spurensicherung zu bringen. Heino wurde in einen der Polizeiwagen verfrachtet und Mackensens Verabschiedung fiel ungewohnt wohlgesinnt aus.

»Das haben Sie richtig gut gemacht«, lobte er mich, während er Thyra einen Blick zuwarf, den ich nicht einordnen konnte.

Er ließ sich sogar dazu herab, mir anerkennend die Hand zu schütteln, bevor er sich mit seinem mürrisch dreinblickenden Kollegen Freud zurück auf den Weg ins Präsidium machte.

Thyra und ich standen nebeneinander und sahen den zuckenden Blaulichtern hinterher, als der Konvoi der Polizei den dunklen Hof verließ.

»Komm, Paps!«, sagte Thyra und stieß mich mit dem Ellbogen an. »Ab geht's nach Hause.«

»Fahr schon los«, antwortete ich. »Ich bleib noch hier.«

Thyra wandte den Kopf und sah mich misstrauisch an. »Ist alles in Ordnung mit dir?«

»Ja«, nickte ich. »Alles bestens. Es ist nur … es gab so viele Tote. Und dann ist da auch noch Oma Frieda. Ich möchte mich in Ruhe von all dem hier verabschieden.«

Thyra sah mich abschätzend an und nickte dann. »Wie kommst du nach Hause?«, wollte sie wissen.

»Ich rauch noch in Ruhe eine Zigarette und ruf dann ein Taxi. Elke steht mit Sicherheit mit ihrem Taxi in Wirdum am Grill«, sagte ich. »Sie sammelt mich dann auf der Eilsumer Landstraße auf. Mach dir keine Sorgen. Ich komme gut heim.«

Thyra beugte sich zu mir herüber und gab mir einen Kuss auf die Wange. »Pass gut auf dich auf!«, flüsterte sie.

»Bis später«, flüsterte ich zurück.

Während Thyra im Dunkeln über den Hof stakste, kramte ich in den unergründlichen Tiefen der Taschen meiner Lederjacke nach etwas Rauchbarem. Und siehe da! Meine Erinnerung hatte mich nicht getrogen. Meine Fingerspitzen ertasteten ein Päckchen mit Tabak.

Mein Feuerzeug flammte auf.

Knisternd setzte sich das Ende meiner selbst gedrehten Zigarette in Brand.

Mit geschlossenen Augen inhalierte ich den würzigen Tabak, der allen gesundheitspolitischen Empfehlungen zum Trotz gut und scharf in meiner Lunge brannte, als ich einen tiefen Zug nahm.

Ich blies eine blaue Nikotinwolke in den dunklen Abendhimmel und sagte fast beiläufig: »Du kannst jetzt rauskommen!«

Für einen Außenstehenden sah es so aus, als ob ich Selbstgespräche führen würde.

Ich aber wusste, dass ich nicht allein war. Die ganze Zeit über war noch eine weitere Person da gewesen. Zwar hatte ich die Augen, die jede unserer Bewegungen beobachteten, nicht gesehen – aber gespürt!

Es dauerte noch ein paar Nikotinzüge, bis der unsichtbare Beobachter meiner Aufforderung folgte und sich wie in Zeitlupe aus dem Schatten der Wildrosenhecke löste, die Oma Frieda neben ihrem Hauseingang gepflanzt und die ich stets wegen ihrer Blütenpracht bewundert hatte.

»Moin, Rike«, begrüßte ich die unsichtbare Beobachterin und stieß eine blaue Nikotinwolke aus. »Magst du auch eine Selbstgedrehte? Sind zwar nicht gesund, aber gut.«

Ich hatte Rike auf einem der Fotos gesehen, die Hilde Lürs in ihrer Diele von der Wand gefegt hatte. Ich erkannte die blonde Matrosin mit dem schmalen, hübschen Gesicht sofort.

»Ja. Bitte.« Schüchtern trat Hilde Lürs' Matrosin in den funzeligen Schein von Oma Friedas Haustürbeleuchtung.

In aller Ruhe drehte ich für sie eine Zigarette und hielt ihr das Tabakstäbchen zusammengerollt hin, jedoch ohne den Klebestreifen anzulecken. Mit leicht zitternden Fingern übernahm Rike die Selbstgedrehte und vollendete mein Werk. Ich gab ihr mit meinem zerkratzten Sturmfeuerzeug Feuer.

Mit einem tiefen Seufzer nahm Rike einen tiefen Zug aus der selbst gedrehten Zigarette mit dem starken Tabak. Sie hustete kurz und spuckte aus.

»Du rauchst wohl nicht so oft?«, lachte ich leise.

»Nie«, entgegnete sie und hustete noch einmal lauter.

»Daran wirst du dich gewöhnen«, prophezeite ich ihr. »Im Knast hast du nicht viel zu tun. Du wirst viel nachdenken. Und dabei wirst du viel rauchen.«

»Wie viel bekomme ich?«

»Was du getan hast, war vorsätzlich und geplant«, sagte ich, weil ich nun wusste, dass Rike die Fischer umgebracht hatte, um ihrem Freund Heino zu dem Muschelkutter *Petra* zu verhelfen. »Warum?«, fragte ich trotzdem, obwohl ich glaubte, die Antwort zu wissen.

Meine Frage hing in der Luft und ich dachte schon, dass Rike sie mir nicht beantworten würde.

Dann aber sagte sie schlicht: »Heino wollte mich erst heiraten, wenn er einen eigenen Kutter hatte. Der alte Käpt'n hatte ihm die *Petra* versprochen. Heino ist von klein auf beim Käpt'n mitgefahren. Der Käpt'n wollte, dass alles genauso weiterläuft wie immer, wenn er mal nicht mehr da ist. Aber da ... waren noch die eigenen Söhne, die doch gar nicht seine waren.«

»Und dafür bringt man fünf Männer um?«, sagte ich mehr zu mir selber als zu Rike, die im Halbdunkeln vor mir stand.

Ein solches Motiv war zwar möglich, aber erschien mir zu schwach und viel zu kurz gesprungen. Hilde Lürs war Alleinerbin. Da half auch ein mündliches Versprechen des alten Lürs nicht.

»Wollte ich doch auch nicht!«, bestätigte sie schüchtern meinen Gedanken.

»Aber du hast die Schokoladenstreusel auf den Kuchen gestreut«, sagte ich.

»Ja. Aber ich wusste doch nicht, dass die vergiftet waren.« In Rikes Stimme mischte sich ein leichtes Schluchzen.

»Wer hat dir die Streusel gegeben?«, fragte ich.

Statt einer Antwort fing sie an zu weinen.

»Rike!«, sagte ich mit ruhiger Stimme. »Wusste Heino, dass Hilde Lürs Diabetes hat?«

»Nein«, schluchzte sie.

»Heino hat dir die Schokoladenstreusel gegeben!«

Mit einem Mal sah ich klar! Heino war viele Jahre beim alten Lürs gefahren und der alte Lürs hatte ihm die *Petra* versprochen, wenn er einmal das Zeitliche segnen sollte. Er wollte nicht, dass Lars und Jochen, die er für seine Kuckuckskinder hielt, seinen Stammkutter erbten, wenn der Krebs ihn umgebracht hatte. Heino wusste nichts von Mattes Lürs' wahnhafter Idee der Kuckuckskinder, sondern hatte Angst, dass auch die *Petra* an die Kinder des alten Käpt'n gehen würde. Er wusste von dem Gift, das Dorndreher im Wohnmobil aufbewahrte. Irgendwann musste er auf die Idee gekommen sein, der Geburtstagstorte das Gift unterzumischen, ebenso wie er und Malte Cannabis in Oma Friedas Keksteig gemischt hatten.

»Ja«, wimmerte Rike aus dem Halbdunkeln heraus und ließ meinen Verdacht zur Gewissheit werden. »Heino hat mir das Paket mitgegeben. Er hat gesagt, er habe etwas von dem Gras untergemischt, damit die Jungs auf See auch mal ein bisschen Spaß haben.«

»Wieso eigentlich ein solcher Cocktail?«, wollte ich wissen.

Dass sich Marihuanakonsumenten als Gag oder weil sie aus falsch verstandenem Gesundheitsbewusstsein das Gras nicht rauchen wollen, Haschkekse backen, war nichts Ungewöhnliches. Aber Amphetamine unterzumischen, war mir neu.

»Er ... er steht auf so was – experimentieren«, sagte sie mit kläglicher Stimme. »Er hat schon früher verschiedene Pillen geschluckt. Ich wollte das nicht, aber er wollte, dass Käpt'n Lürs denkt, dass die Jungs Pillen nehmen.«

Verstehe, dachte ich. Heino wollte auf Nummer sicher gehen, dass der alte Lürs bei seinem Versprechen bleibt und ihm die *Petra* gibt. Es hatte ihm nicht gereicht, seine Kollegen außer Gefecht zu setzen. Wahrscheinlich wollte er es wie eine Kiffer- und Amphetaminparty aussehen lassen, die aus dem Ruder gelaufen war. Wenn jemand überlebt und ausgesagt hätte, dass er noch nie Drogen genommen hat, hätte das nicht mehr ins Bild gepasst. Deshalb ein kompletter Rundumschlag. Das älteste Motiv der Welt: Habgier.

»Heino hat dich benutzt!«, sagte ich und verspürte keine Genugtuung darüber, die Erklärung für den Tod der fünf Muschelfischer gefunden zu haben. Ich war fassungslos angesichts Heinos Skrupellosigkeit, mit der er die Frau, die ihn liebte und heiraten wollte, zu einem fünffachen Mord benutzt hatte. Würde man Hilde Lürs mitzählen, die ja ebenfalls von der Torte essen sollte, hätte er sogar sechs Tote in Kauf genommen. »Und du hast dich benutzen lassen«, fügte ich leise hinzu.

Rike antwortete nicht.

Ich sah nur, wie die Glut ihrer Selbstgedrehten im dunklen Grau des Novemberabends aufleuchtete.

Schweigend rauchten wir unsere Zigaretten zu Ende.

In hohem Bogen flog Rikes Zigarettenkippe durch die Dunkelheit, einen kometenhaften glühenden Schweif hinter sich herziehend.

Eine allumfassende Stille legte sich über Oma Friedas Hof.

In diese Stille hinein hörte ich zunächst das leise Klirren, als etwas Gläsernes auf dem Pflaster von Oma Friedas Hof zersprang.

Dem zarten Ton der Giftampulle folgte eine Sekunde später der dumpfe Aufprall ihres Körpers.

Rike!

Ich sprang hoch. Mit zwei langen Sätzen war ich bei der jungen Frau, die auf dem Rücken lag.

Ihre gebrochenen Augen starrten leblos in das Grau des nächtlichen Novemberhimmels. Neben ihr lag ein kleiner weißer Karton mit Glasampullen. Einige waren durch den Aufprall zerbrochen. Eine klare Flüssigkeit lief heraus und versickerte im Boden. Das mussten die Giftampullen aus Dorndrehers Labor sein, die verschwunden waren. Offenbar hatte sie die Phiolen für Heino aufbewahrt.

Traurig sah ich die junge Frau an. Auch ihr Tod war vollkommen sinnlos.

Eine einzelne Träne rann der Toten aus dem Augenwinkel und hinterließ eine matt glänzende Spur auf ihrer Schläfe.

EPILOG

Geräuschlos ließ ich die Tür zum Saal hinter mir ins Schloss fallen und huschte die Treppe hinunter ins Foyer der Hamburgischen Staatsoper.

Mit beiden Händen in den Taschen meines schwarzen Anzugs kramend, eilte ich an der verständnisvoll lächelnden Platzanweiserin vorbei in den verglasten Vorraum. Erleichtert suchte ich mir zwischen anderen mehr oder weniger verstohlen an ihren Zigaretten schmauchenden Leidensgenossen einen Platz unter dem von Säulen getragenen Vorbau der Staatsoper.

Genussvoll nahm ich einen tiefen Zug von meiner Selbstgedrehten und sah den Nikotinkringeln hinterher, die in den kalten Januarabend aufstiegen. Es war kein Zufall, der mich heute Abend in Begleitung der tief dekolletierten Anna und des in seinem grauen Anzug unglücklich wirkenden Holger in die Hamburgische Staatsoper führte.

Ich hatte die beiden zu einer Aufführung von Richard Wagners Oper *Lohengrin* eingeladen. Da beide so wunderbar aus dem Stück zitieren konnten, drängte sich ein Opernbesuch als kleines Dankeschön für ihre Hilfe bei meinen Recherchen geradezu auf.

»Nie sollst du mich befragen«, verlangt der fremde Ritter in heller Rüstung in *Lohengrin* und doch hatte ich genau das getan und mit Uz unser längst überfälliges Männergespräch geführt.

Mit ungewohnter Emotionalität erzählte Uz mir vom Unfall seiner Frau und wie sehr er unter ihrem Tod gelitten hatte. Für ihn gab es danach nur noch seine Tochter Claudia und seine Arbeit als Landarzt in seinem Leben. Erst Jahre später begegnete er der Frau von Mattes Lürs. Bei beiden funkte es, als sei der Landblitz eingeschlagen. Sie hatten eine heftige Affäre, die nur wenige Wochen andauerte. Dann siegten der Verstand und die Konvention: Schließlich war Martje mit Mattes Lürs verheiratet. Einige Wochen nach ihrer Affäre gestand Martje Uz ihre Schwangerschaft. Schweren Herzens blieben beide in ihrem Leben. Zu einem gemeinsamen Leben fehlte Martje der Mut, da ihr Mann sich mit dem Aufbau seiner Kutterflotte hoch verschuldet hatte und auf ihre Unterstützung angewiesen war. Martje Lürs wollte ihren Mann auf keinen Fall im Stich lassen.

Uz sah Martje erst in jener verhängnisvollen Dezembernacht Ende 1978 wieder, als der Norden Deutschlands von der berüchtigten Schneekatastrophe überrascht wurde und die junge Mutter mit ihrem Säugling auf dem Rücksitz im Schneesturm gegen einen Strommast prallte und noch am Unfallort starb. Für Uz wiederholte sich der tragische Unfalltod seiner Frau und der Tod von Martje erschien ihm als Strafe für die sündhafte Affäre mit der verheirateten Frau. Seither spielte außer seiner Tochter Claudia nie wieder eine Frau eine Rolle in seinem Leben.

Nun aber spielte auch Hilde Lürs eine Hauptrolle in seinem Leben. Die dramatischen Ereignisse hatten Tochter und Vater zusammengeführt.

Auch Hilde Lürs hatte eine Menge zu verarbeiten. Uz half ihr dabei, den Tod ihrer Brüder und ihres Vaters zu verarbeiten. Auch der Verlust ihrer Matrosin Rike traf Hilde Lürs schwer. Bei ihrer Vernehmung durch die Kripo gab sie zu, dass es Rike gewesen war, die mit den Schokoladenstreuseln den Geburtstagskuchen verziert hatte. Sie hatte ihrer Matrosin den Mord nicht zugetraut und darauf gebaut, dass sich alles aufklären würde. Um Rike vor den Vernehmungen der Polizei zu schützen, hatte Hilde Lürs sich kurzerhand eine unbekannte Frau ausgedacht. Dabei war ihr eine Frau in den Sinn gekommen, die sie einmal am Kai gefragt hatte, ob man ihr Boot für einen Tagesausflug mieten konnte – die Frau mit den grünen Augen, die später bei der Suche nach einem Boot bei Uz Glück gehabt hatte.

Die Frau mit den grünen Augen schöpfte bei Uz aus ihrem Repertoire als Geschäftsführerin des Datingportals *Love 4you*, das sie als Heiratsschwindlerin und Kontaktanbahnerin unter dem Namen Thekla Schmiss betrieb. Uz hatte gegen die Charmeoffensive der Frau mit den jadegrünen Augen keine Chance. Zwar wehrte er sich erfolgreich gegen die nicht ernst gemeinten Kaufangebote, diese dienten aber ohnehin nur dem Ziel, dass er später aus Gutmütigkeit und um des lieben Friedens willen der Charter zustimmte und das Erpresserduo zur Geldübergabe nach Holland fuhr.

Ich für meinen Teil vermutete aber, dass es Thekla Schmiss einfach nur Spaß machte, mit Uz zu spielen. Denn das hochstaplerische Spiel mit Männern war ihr Metier. Ein Spiel, in dem sie sehr erfolgreich war. Vielleicht hatte sie auch tatsächlich vor, Uz zum Verkauf der *Sirius* zu bewegen, um ihn dabei über den Tisch zu ziehen. Quasi einen Nebenjob zusätzlich zu Neuntöters eigentlichem Plan. Vielleicht würde die Kripo etwas über die Motive der Heiratsschwindlerin herausfinden, was ich aber stark bezweifelte. Und wenn schon – mit etwas Glück würde man ihr höchstens eine Mittäterschaft nachweisen können, was als Haftstrafe ohnehin nicht gravierend ins Gewicht fiel. Solche Frauen wie Celine, Gesine Uhland oder meinetwegen Thekla Schmiss fielen immer auf die Füße. Sie hatte sicherlich Geld beiseitegelegt und würde mit einer Bewährungsstrafe davonkommen. Ihr standen alle Möglichkeiten offen.

Überhaupt schob sie ihrem toten Mann die ganze Schuld in die Schuhe und zog alle Register, um Dorndreher als rücksichtslosen Mörder darzustellen. Was ihr auch nicht weiter schwerfiel. Schließlich hatte er seine beiden Computerspezialisten umgebracht. Da er nicht wusste, ab welchem Zeitpunkt er sich der beiden Mitwisser entledigen konnte, hatte er stets seine Mordinstrumente in der Tasche: Skalpell und Kabelbinder.

Allzeit bereit, dachte ich mit Schaudern. Er hätte jedem von uns jederzeit die Kehle durchschneiden können, wenn es seinen Plänen gedient hätte.

Ich war nicht überrascht, als ich wenige Tage nach unserer Havarie auf See in der *Ostfriesen-Zeitung* las, dass ein Containerschiff, das sich auf dem Weg nach England befand, eine männliche Wasserleiche aufgefischt hatte, die wenig später als der renommierte Forscher und Wissenschaftler Andreas Dorndreher identifiziert wurde.

Wahrscheinlich hatte Mattes Lürs' Manöver Uz vor dem gleichen Schicksal wie dem der beiden Hacker bewahrt.

In Mattes Lürs hatte ich mich nicht getäuscht. Er war ein aufrechter Mann gewesen.

Mit dem jetzigen Wissen vermutete ich auch, dass er auf dem Totenbett nicht von einem Glücksfall, sondern von einem Unglücksfall gesprochen hatte. Die erste Silbe hatte sein Röcheln verschluckt. Ich war sehr erleichtert, dass ich ihm auf den letzten Metern die Wahrheit über seine Söhne sagen konnte. In seinen Augen hatte ich lesen können, dass er mir glaubte.

Das Geheimnis von Martje und Uz hatte ich dabei vergessen. Und das war auch gut so!

Die Geschichte der Frau mit den jadegrünen Augen und Neuntöters war die eine Geschichte. Die andere war die

Ermordung von fünf Muschelfischern, über deren Tod ihre Angehörigen und Freunde noch lange nicht hinwegkommen würden.

Heino hatte zunächst alles abgestritten. Aber die Beweise sprachen eine deutliche Sprache. Heino hatte schon vor einiger Zeit gemeinsam mit Malte eine kleine Cannabisplantage betrieben. Als das Pharmaunternehmen dann Neuntöters Forschung einstellte, verlor auch Malte seinen Job im Labor. Kurz entschlossen zogen er und Heino die Cannabisplantage im größeren Stil auf. Heino träumte von einer eigenen Kutterflotte, so wie Mattes Lürs sie über Jahrzehnte aufgebaut hatte. Der versprochene Kutter *Petra* sollte der Grundstock sein. Dafür tat er alles. Er hatte seine Freundin Rike benutzt, seine Kollegen und die vermeintlichen Kuckuckskinder aus dem Weg zu räumen. Ein großer Aufwasch, von dem er annahm, dass der Tod der Muschelfischer ihm vielleicht die ganze Flotte vom alten Lürs in die Hände spielen würde. Ihm stand nach dem Tod des alten Fischers nur noch Hilde Lürs im Weg; dass sie bei dem Coup mit der Torte am Leben blieb, war nicht vorgesehen. Vielleicht hätte er sie auch noch aus dem Weg geräumt. Aber das war Spekulation. Seine Beteiligung an der Plantage und den Giftmord an den fünf Fischern konnte ihm die Kripo nach intensiven kriminaltechnischen Untersuchungen nachweisen, sodass er schlussendlich ein Geständnis ablegte.

Heinos Motiv war Habgier gewesen. Reine Habgier.

Mit einem Schnipp beförderte ich die halb gerauchte Zigarette in den Standaschenbecher und wandte mich um.

Vor mir stand Anna und hielt in der einen Hand unsere Mäntel und in der anderen unseren Hotelschlüssel.

»Lass uns verschwinden«, flüsterte sie mir verführerisch zu. »Wagner wird maßlos überschätzt ...«